레이디존의 법칙

이생존의

레이디 생존의 법칙 2

초판 1쇄 찍은 날 | 2017년 6월 7일
초판 1쇄 펴낸 날 | 2017년 6월 16일

지은이 | 시로야차
펴낸이 | 예경원

편집 | 유경화

펴낸곳 | 예원북스
등록번호 | 제396-2012-000132호
등록일자 | 2012. 7. 25
YRN | 제1-0189호

주소 | 경기도 고양시 일산동구 호수로 646-24 위너스 21-Ⅱ 206A호 (우) 10401
전화 | 031-819-9431 팩스 | 031-817-9432
http://cafe.naver.com/yewonromance
E-mail | yewonbooks@naver.com

ⓒ 시로야차, 2017

ISBN 979-11-6098-282-4 04810
ISBN 979-11-6098-280-0 (세트)

레이디 생존의 법칙

시로야차 장편 소설

Goldline-Romance-Story

II

LINE GOLD

C · O · N · T · E · N · T · S

✤✤ Rule 7 ✤✤

레이디는
기사가 되어야 한다

"약속해 주세요."

진지하기 그지없는 셰리의 눈동자가 푸르게 일렁였다.

루키나는 떨떠름한 기세로 제게 손가락 걸기를 요구하는 셰리를 빤히 응시했지만 셰리는 꽤나 강경했다.

그녀는 후우, 한숨을 내쉬며 오른손을 뻗었다.

셰리는 혹여나 루키나가 손을 내뺄까 싶어 얼른 그녀의 새끼손가락에 제 손가락을 걸더니 말했다.

"좋아요. 그럼 우리 정말 약속한 거예요. 다시는 그렇게 취할 때까지 술을 드시지 않기로. 네?"

"셰리. 그건 몇 번이나 말했잖아. 그때는……."

"알아요, 알아. 상심해서 그랬다고. 하지만 하마터면 들킬 뻔했다고요. 왕자님이 눈치가 없어서 망정이지, 만약 들켰다면 아가씨는 2차 시험에 갈 수도 없었을 거예요. 안 그래요?"

타이르듯 말하는 셰리의 말이 결코 틀린 것이 아니었기에 루키나는 대꾸하지 않았다.

셰리의 말대로다.

만일 그날, 자신이 술에 취해 남자가 아니라고 외쳤더라면 어떻게 됐을까?

「어젯밤?」

「예. 혹 제가…… 실수를…… 저지르지 않았습니까?」

조마조마한 심정으로 말을 꺼낸 자신에게 픽 웃음을 흘리던 남자는 어깨를 으쓱였다.

그리곤 묘한 눈길로 저를 내려다보더니 대답했다.

「그 정도는 괜찮다.」

「……네?」

「어젯밤, 그대와 술잔을 기울이면서 내가 느꼈던 건 편안함이었어. 나는 그대가 내게 마음을 연 것 같아 왠지 기분 좋았다. 앞으로도 종종 그런 시간을 가지도록 하지, 아이반.」

툭툭, 제 어깨를 치며 앞서 나가던 유리안의 미소가 부드럽게 자리를 잡는 것을 지켜보던 루키나는 한동안 움직이지 못했다.

'눈치 제로라 천만다행이다.'

얼마나 안도했는지. 덕분에 셰리에게서 꾸중을 들어야 하기는 했지만, 유리안의 눈치 없음에 속으로 환호를 내지르며 루키나는 가슴을 쓸어내렸다.

대체 어떻게 된 영문인지는 모르겠지만, 그녀는 기적적으로 1차 서류 전형에 통과를 했다.

저를 못마땅한 눈으로 노려보던 윈스턴 공작이 수를 쓸 줄 알았건만 말이지.

환생을 했을 때보다 진한 희열을 느끼던 루키나는 셰리의 말에 전적으로 공감했다.

'이제부턴 정말 조심해야 해.'

서류밖에 보지 않는 1차 관문을 무사히 통과한 후, 2차부터는 실전이다. 그녀가 무사히 기사가 되기 위해서는 앞으로의 일이 매우 중요했다. 일단 일차적으로 최종 관문까지 통과하는 것이 우선이기는 했지만, 그사이 자신이 여자라는 것을 절대로 들켜선 안 된다.

루키나는 미친 듯이 고개를 끄덕이며 주먹을 불끈 쥐었다.

"그런데 2차 시험은 대체 뭐예요?"

그녀의 맞은편에 앉은 셰리가 숨을 고르고 있던 루키나에게 물음을 던진 건 바로 그 시점이다.

루키나는 슬며시 고개를 들어 셰리를 응시했다.

"무슨 시험이길래 그렇게 비밀스럽게 구는 건지. 원래 기사단에 들어가는 게 이렇게 까다로운 거예요?"

의아해하는 셰리에게 루키나는 빙긋 미소 지었다.

「2차 입단 테스트는 이틀 뒤, 오노르 본부 내에서 열릴 예정이에요. 1차 관문 통과자들은 정오까지 로비에 모여주세요.」

제 이름이, 아니, 물론 가명이지만, 자신이 사용하는 이름이 당당히 벽보에 붙어 있는 걸 본 순간 느꼈던 희열이 생각나 입꼬리를 올리던 루키나는 합격자들을 향한 붉은 머리 접수원 아가씨의 외침을 떠올렸다.

본부 내에서 치르는 2차 입단 테스트에 대한 주제는 아직 합격자들에게 알려지지 않은 상황.

내일이면 기다리던 2차 테스트가 열리는지라 심장이 두근두근하다.

루키나는 투덜투덜거리는 셰리를 향해 말해주었다.

"오노르는 다른 기사단이랑은 달리 신분을 막론하고 사람들을 뽑잖아. 신분 상승의 엘리베이터나 마찬가지라고. 수많은 지원자들 중 단 열 명만을 귀족으로 만들어주는 곳이니 그만큼 까다로울 수밖에."

"엘리베이터는 또 뭐예요? 자꾸 이상한 말을— 오, 오셨습니까!"

입술을 삐죽이던 셰리가 갑자기 그녀의 등 뒤에서 누군가를 발견하더니 벌떡 일어나자 루키나 역시 고개를 돌렸다.

부드러운 걸음으로 그녀의 테이블을 향해 다가오고 있는 사람은 다름 아닌 유리안이었다.

루키나는 저도 모르게 윽, 하고 낮은 탄성을 흘렸다.

"셰필드."

"고, 공자님."

"마릭. 내가 셰필드의 자리를 빼앗을 예정이니 셰필드와 함께 다른 자리를 마련해 보도록 해라."

"예, 도련님."

루키나는 아주 자연스럽게 셰리의 자리를 차지하고선 그녀의 앞에 자리를 잡는 유리안을 빤히 응시했다.

'흐응.'

찰랑거리는 금색 머리카락을 뒤로 넘긴 그는 영락없는 귀족의 분위기를 풍겼다.

동화 속 부드러운 미소를 짓는 왕자님이 있다면 바로 이 남자와 같은 모습이겠지.

루키나는 얼떨결에 제 자리를 빼앗긴 셰리가 걱정이 가득한 눈으로 자신을 흘긋거리다 조금 떨어진 테이블에 마릭과 자리 잡는 것을 지켜보다 유리안을 응시했다.

"유리 님."

"왜 그러지, 아이반?"

당신, 정말 환궁 안 해?

싱긋 웃는 유리안을 향해 목구멍까지 차오른 말을 뱉어내려다 말고 루키나는 고개를 내저었다.

"…… 아무것도 아닙니다."

"하하, 싱겁긴. 주인장!"

"예!"

"호박 수프 하나 부탁하네."

"옙! 호박 수프 하나요!"

루키나는 아주 자연스럽게 저녁 식사를 주문하는 유리안을 쳐다보다 한숨을 내쉬었다.

보면 볼수록 이상한 남자란 말이지.

그녀가 들었던 소문과는 큰 차이가 있는 남자는 여유롭게 손을 들어 올려 식사를 주문하곤 제게 환한 미소를 보냈다.

그 모습을 보자니 어쩐지 머리가 아파와 루키나는 말을 건네는 것을 포기했다.

도통 제 곁을 떠나 황궁으로 돌아가지 않는 유리안을 체념해 버린 루키나가 그와 저녁 식사를 이어가던 중이었다.

"기사님?"

유리안이 건네는 썰렁하기 그지없는 농담에 어색한 미소를 짓고 있던 그녀는 제 곁에서 들리는 음성에 고개를 돌렸다.

"어머! 정말 기사님이 맞군요!"

"우리 기사님이라고?"

"정말 기사님이세요? 기사니임!"

……응?

루키나는 순식간에 자신이 앉아 있던 테이블 주변을 뱅그르르 둘러싼 웬 여자들을 발견하곤 움찔거렸다.

그녀의 시야로 왠지 낯이 익은 세 명의 여인들이 꺅꺅 비명을 질러대고 있는 것이 보였다.

젠장.

루키나는 그런 그녀들이 얼마 전, 아르시에서 자신이 도움을 주었던 바로 그 여자들이라는 것을 알아차렸다.

먹고 있던 감자가 목구멍에 턱 걸리는 기분이었던지라 루키나의 얼굴은 딱딱하게 굳어졌다.

"레, 레이디들."

하필이면 로브를 벗어두고 온 상황이었건만, 어떻게 알아본 건지.

루키나는 식은땀이 흘러내리는 것을 느끼며 들고 있던 감자를 그릇 위에 올려둔 뒤 살짝 목례를 했다.

그런 그녀를 보고 볼을 빨갛게 붉힌 여인들이 루키나의 의자 옆에 세워져 있던 붉은 레이피어를 가리켰다.

"저 검을 보고 기사님이라 확신했어요!"

"아아, 기사님. 얼마나 다시 뵙고 싶었는지 몰라요! 큰일을 당하셨다고 들어서 걱정을 많이 했거든요!"

"맞아요. 클락 일행이랑 시비가 붙으셨다고 했는데, 무사하셔서 정말 다행이에요!"

당장이라도 그녀에게 달려들 기세로 소리치는 여자들로 인해 여관 내의 식당에 앉아 있던 다른 손님들이 루키나의 테이블로 시선을 모았다.

부담스러운 그 광경에 당황해하던 루키나는 하하, 쓴웃음을 흘렸다.

"염려 덕분에 무사했습니다. 레이디들께서도 안녕하셨지요?"

"그럼요!"

"기사님을 다시 만날 수 있게 돼서 너무 기뻐요!"

"이 여관에 묵으시는 건가요? 호호호, 자주 와야겠어요!"

눈을 빛내는 그녀들은 흡사 사냥감을 노리는 야수의 시선 못잖다.

루키나는 억지로 미소를 지어야 했다.

"그런데 기사님. 그때 제 기억으로는 기사님은 기사단에 입단하기 위해 준비하신다고 하셨는데, 입단은 하신 건가요?"

유리안의 자리를 위협할 정도로 억지로 루키나의 테이블에 둘러앉아 버린 세 여인 중 초록 머리의 여자가 당황해하는 루키나에게 물었다.

루키나는 유리안과 시선을 교환하며 잠시 머뭇거리다 고개를 끄덕였다.

"예."

"어디예요?"

"오노르 기사단입니다."

"어머, 오노르! 많이 들어봤어요! 흠, 오노르의 입단 시험은 단계가 꽤 많다던데 이제 막 1차를 통과하셨을 테니 아직 최종 입단 시험은 치르지 않았겠네요!"

"네? 아, 네."

"그럼 저희도 응원 갈게요!"

······뭐?

"맞아요! 제 기억으론 오노르의 최종 입단 테스트는 일반 대중들한테도 공개를 하던 것 같았는데. 저희가 가서 응원할게요! 저희 응원을 받으시면 더욱 힘 나실지 모르잖아요!"

"맞아요, 기사님! 저희가 응원할게요!"

"아…… 그게……."

힘차게 고개를 끄덕이며 외치는 세 여인들이 얼굴이 화끈거릴 정도로 제게 얼굴을 들이밀자 루키나는 어쩔 줄 몰라 했다.

유리안에게 도와달라고 눈빛을 보내봤지만 그는 흐뭇한 표정을 지으며 웃기만 했다.

식은땀이 흘러내리는 것을 느끼던 루키나가 그녀들을 말리려고 할 때, 둔탁한 소리와 함께 으르렁거리는 목소리가 들려왔다.

철컥—

"치욕이군. 오노르에서 저런 비실이도 단원 후보로 통과시키다니."

고개를 든 루키나의 눈에 저보다 몸이 두 배는 큰 데다 얼굴에 털이 가득한 남자가 자신을 서늘하게 내려다보는 것이 보였다.

남자의 주변에 서 있던 그의 동료들이 피식 비웃음을 흘렸다.

"돈이라도 써서 서류 전형을 통과했나 보네, 뭐."

"치욕이야. 그렇게라도 오노르에 입단하고 싶을까?"

"왜, 그런 얘기가 있잖아. 요즘은 기사가 되려고 온갖 짓을 하는 녀석들이 있다고. 얼굴만 번지르르한 저 녀석이 바로 그런 녀석인가 보지."

"기사는커녕 무인으로서의 자격도 없군. 계집들이나 쓰는 레이피어라니. 남자로서 자존심도 없나."

루키나는 픽 웃으며 쟤게 말을 던진 뒤 그녀에게서 시선을 떼는 덩치와 눈이 마주쳤다.

덩치의 연갈색 눈동자엔 경멸이 서려 있었다.

대놓고 자신들의 은인을 비웃는 네 명의 남자들의 말을 놓치지 않은 세 여인들이 자리에서 일어나 소리치려 했지만 루키나가 손을 들어 올려 그녀들을 막은 뒤였다.

"아이반."

분노로 뛰는 가슴을 억지로 가라앉히기 위해 노력하던 루키나를 향해 유리안이 말하는 소리가 들려온다.

"저자들의 말을 마음에 담아둘 필요는 없다. 그대는 훌륭한 무인이야."

저를 위로하듯 건넨 말이었지만 루키나는 웃을 수 없었다.

―……데, 웬걸! 그 두 연놈들이 저를 까맣게 속이며 저 몰래 붙어먹고 있었지 뭡니까! 젠장할! 그때, 저는 깨달았죠! 아, 이것들을 가만히 두면 안 된다! 이것들에게 본때를 보여줘야 한다! 나는, 기사가 되어야 한다!

"풋."

무심코 터져 나온 자신의 웃음소리에 흠칫 놀란 그는 주위를 살폈다.

후우.

다행스럽게도 그가 실소를 터뜨렸다는 것을 알 만한 사람은 현재 존재하지 않는다.

혼자 있을 때 읽어서 다행이군.

라펠은 가슴을 쓸어내렸다.

―돌아가신 아버지의 유언도 유언이지만 그러한 이유로 저는 반드시 기사가 되어야 했습니다. 그 여인이 저를 속이고 그 녀석에게 붙어먹은 걸로도 모자라 저를 죽이려 했던 것을 후회하게 만들어주기 위해서라도, 저는 반드시 기사가

되어야 했습니다! 그리고 뭣보다 저를 기사의 길로 인도한 건······.

'인도한 건?'

—우연히 만난 레이디가 한 말 때문이었습니다. 그 아리따운 레이디는 제게 말씀하셨죠. 당신의 재능은 묻히기 아깝다! 정식으로 검을 잡게 된다면, 정말이지 좋은 기사가 될 수 있을 것이다! 라고. 그걸로도 모자라 그분께선 제게 말씀하셨습니다. 만약 자신이 남자였다면, 자기의 기사단에 제가 입단하도록 권유했을 것이다—라고 말이지요!

미르티스 라펠 윈스턴은 '레이디'라는 대목에 몸을 움찔거렸다.
'레이······ 디.'
불현듯 한 장면이 눈앞을 스쳐 지나갔다.

「만일 그대가 여성이 아니었더라면, 난 그대에게 내 기사단으로 들어오라는 권유를 했을지도 모르겠어.」

"······설마."
"네?"
쾅!
"각하?"
빌어먹을!
누군가의 외침과 종이 위의 글자가 겹쳐 보이는 것 같은 착각이 일었다. 조용히 중얼거리던 라펠은 귓가를 간질이는 낯선 음성에 화들짝 놀라 자리에서 일어났다. 어찌나 빠른 움직임인지 의자가 뒤로 넘어갈 정도였다.

갑작스러운 그의 행동에 당황한 것은 오히려 그의 어깨 너머로 라펠을 내려다보고 있던 남자였다. 사자의 갈기와 같은 풍성한 갈색 머리카락을 자랑하는 남자는 미간을 좁히는 라펠을 향해 고개를 갸웃거리고 있었다.

라펠은 인상을 쓰며 말했다.

"언제부터 거기 서 있었나, 와이너."

"하하하, 정말 눈치 못 채신 겁니까? 저 아까부터 와 있었는데요."

"……."

"그나저나 대체 무엇을 읽으시고 계셨길래 제가 온 것도 모르고…… 아아, 아이반 밀드레드! 그 녀석의 자기소개서를 읽고 계셨군요! 재미있는 스토리죠?"

하얀 이를 드러내는 와이너를 향해 라펠은 웃을 수 없었다.

이 소개서 속의 '레이디'가 바로 자신이라는 사실 역시 밝힐 수 없다.

제기랄.

라펠은 픽 웃으며 그의 손에 들린 소개서를 흘긋거리고선 책상 앞 소파로 가 착석하는 와이너를 지켜보았다.

와이너는 풍성한 갈색 머리카락을 넘기며 중얼거렸다.

"실화인지 아니면 잘 만든 소설인지는 모르겠지만, 꽤나 감명이 깊은 이야기 아닙니까?"

"실화다."

"……예?"

나지막하게 중얼거린 라펠의 말을 제대로 듣지 못한 와이너가 말을 잇다 말고 그를 쳐다보았다. 라펠은 말없이 서 있었다.

자신이 잘못 들었다고 여긴 와이너는 입술을 달싹였다.

"아마 이번 서류 전형 통과자들 중 유일하게 심사관 모두가 동의한 후보자가 있다면 바로 그 녀석일 겁니다. 이런 재미있는 이야기를 쓴 녀석이 대체 어떤 녀석인지, 다들 얼굴이라도 보자고 하더군요."

하하, 웃는 와이너의 웃음소리가 그의 집무실을 가득 울렸다.

라펠은 흐트러진 옷을 정리하고는 다시 자신의 의자에 착석했다. 손에 들린 루키나의 자기소개서를 내려놓은 라펠은 좁아진 미간을 펴지 않았다.

와이너는 그런 라펠을 흘긋거리더니 중얼거렸다.

"헌데, 그 밀드레드라는 녀석에 대해 약간 걸리는 점이 있습니다."

"……?"

"그 녀석의 신분 말입니다. 여러모로 수상하단 말이죠."

티를 내지 않았지만 시선이 가는 건 사실이다. 라펠은 왠지 모르게 긴장하는 자신을 느꼈다.

'들킨 건가.'

라펠은 동요하려는 마음을 진정시키며 굳게 닫혀 있던 입술을 움직였다.

"그게 무슨 소리지, 와이너?"

"아아, 뭐 별건 아닙니다. 단지 밀드레드가 과연 평민 출신 기사 집안의 삼남이 맞는 건지에 의문이 들어서 말이죠."

"빙빙 돌리지 말게."

"사실 말입니다, 각하. 제가 밀드레드와 관련하여 청탁을 받은 게 있습니다."

……뭐?

라펠의 푸른 눈동자가 동그래졌다.

그런 라펠의 반응을 예상했다는 듯, 뒷머리를 긁던 와이너는 말을 이었다.

"제 고향 친구 중, 황궁에서 일하는 녀석이 있습니다."

"황궁?"

"예. 듣기로는 꽤 높으신 분을 모시고 있다던데…… 쨌든, 오랜만에 만난 녀석이 1차 합격자 발표 전, 절 은밀히 불러 뭔가 부탁을 하더군요."

라펠의 눈이 서늘해지는 것을 발견한 와이너는 침을 꼴깍 삼켰다. 멈칫하긴 했지만 이미 말을 꺼낸 이상 끝을 맺어야 했기에 그는 다음 말을 뱉어냈다.

"밀드레드가 탈락할 위기라던데, 어떻게 구제할 방법이 없냐고 말이죠."

일렁이던 벽안이 차분히 내려앉았다.

'……4황자인가?'

렉시어드 황자와의 인연이 완벽하게 끊어진 이상 로델린의 공작 영애의 뒷배경이 되어줄 만한 사람은 그녀와 꽤 친해 보이던 4황자, 휴이렌 프란시스 리우드뿐이다.

만약 그가 아니라면…….

'로델린 공작 정도가 되겠군.'

라펠은 말없이 턱 끝을 매만졌다.

오노르 기사단을 이끌고 있는 단장, 와이너는 흠흠 헛기침을 흘리며 라펠의 눈치를 살피다 말을 이었다.

"그런데 웃긴 점은, 이미 밀드레드는 벌써 1차 관문 통과가 확정되어 있던 상황이었거든요. 대체 어디서 그런 소문이 난 건지는 모르겠지만, 꽤 난감했지 뭡니까. 이것도 일종의 부정 청탁이라 합격을 취소해야 할지, 말지 고민하다…… 2차부터는 실전이니 일단 합격은 시켜줬습니다만, 잘한 일일까요?"

"……."

"각하? 무슨 생각을 그리하십니까? 역시, 제가 잘못한 걸까요?"

라펠은 상념에서 벗어나 와이너를 응시했다. 그는 의아해하는 와이너에게 고개를 내저었다.

"……그 정도는 아니다. 어떻게 될지는 2차 시험을 지켜보면 되겠지."

"그렇겠지요?"

"……여기까지 와줘서 고맙네, 와이너."

"아하하, 아닙니다! 마땅히 제가 와서 보고드렸어야 할 일인걸요!"

오노르의 사자라고 불리지만 팬텀 공작의 총관인 드미트리에게서 오노르 기사단의 실질적 주인인 팬텀 공작의 앞에선 순한 양이라는 평가를 받은 전적이 있던 와이너는 배시시 웃으며 수줍게 손을 흔들었다.

라펠은 그런 와이너에게 나가라는 듯 손을 휘휘 저었다. 씩 웃던 와이너가 2차 시험도 훌륭하게 준비하겠다며 사라지는 것을 지켜보던 라펠은 달칵 문이 닫히는 소리를 들으며 루키나의 자기소개서를 내려다보았다.

'아이반 밀드레드.'

그의 푸른 눈이 차갑게 가라앉았다.

쩽쩽 뙤약볕이 내리쬐는 세이번의 한낮.

오노르 기사단의 세이번 본부 앞에는 건장한 체격을 자랑하는 수많은 남성들이 곧 있으면 시작될 2차 시험을 응시하기 위해 걸음을 옮기고 있었다.

"주인님, 힘내세요!"

그리고 여기.

두 팔을 번쩍 들어 올려 주먹을 불끈 쥐는 한 소년의 외침이 있다.

루키나는 영 어색해 보이는 갈색 머리 가발을 눌러쓴 채 소리치는 셰리를 내려다보며 왠지 모르게 얼굴이 붉어지는 것을 느꼈지만 픽 웃을 수밖에 없었다.

"고마워. 반드시 통과하고 올게."

"예! 아자, 아자, 파이팅!"

언젠가 루키나가 셰리의 앞에서 사용하곤 했던 말을 흘리며 셰리는 활짝 웃었다.

그녀의 응원이 힘이 되는 것을 부정할 수는 없었던 터라 고개를 끄덕인 그녀는 시선을 옆으로 돌렸다.

"배웅해 주지 않으셔도 되는데, 감사합니다."

"하하, 뭘. 셰필드가 무슨 소리를 하는 건지는 모르겠지만, 나 역시 파이팅이다, 아이반!"

"……고, 고맙습니다."

루키나는 셰리와는 달리 한 팔을 들어 올려 주먹을 불끈 쥐는 유리안에게 옅은 미소를 그려준 뒤 몸을 돌렸다.

'좋아. 2차도 반드시 통과하자!'

허리춤에 찬 자신의 레이피어가 제대로 있는지 확인한 루키나는 코앞에 위치한 오노르의 본부로 발을 내딛으려 했다.

터벅.

터벅.

'……어?'

한 걸음. 두 걸음.

앞으로 내딛는 발걸음이 1차 시험의 합격자 명단을 보러 올 때보다 확실히 힘이 들어가 있음을 느끼던 그녀는 자신이 발을 뻗을 때마다 또 다른 발걸음 소리가 들려오는 것을 인지했다.

그리고 그 소리가 본부 안, 로비로까지 이어지자 결국 루키나는 걸음을 멈추어 뒤를 돌아보았다.

그녀의 시야로 제 뒤를 따라오고 있는 유리안이 보였다. 루키나는 황당한 표정을 지었다.

"어디를…… 들어가시는 겁니까?"

유리안은 미간을 좁히는 루키나에게 빙긋 웃으며 손을 들어 올렸다.

"어디라니? 저기."

무슨 소리야?

"유리 님. 저기는 오노르 기사단의 1차 입단 시험을 통과한 사람……헉!"

도통 이해할 수 없는 말을 하고 있는 유리안에게 타박을 주려던 루키나는 품을 뒤적이던 유리안이 뭔가를 꺼내어 제게 보여주자 입을 벌렸다.

유리안이 내민 서류는 저 역시 들고 있는 바로 그것, 1차 관문 합격증이었다.

루키나는 소리쳤다.

"언제 서류를 낸 겁니까?"

이 자식이 서류를 낸 건 못 봤는데!

유리안은 기겁하는 루키나를 보며 당당히 말했다.

"하나밖에 없는 친구가 제대로 된 기사단에 들어가는 건지, 알아볼 필요성을 느꼈다."

"……예?"

"그대와 함께 입단을 해서 이 기사단이 괜찮은 곳인지 확인해 볼 생각이다."

"……!"

"게다가 그대 혼자 보내는 것이 왠지 걱정스러워서 말이지. 위험하기도 하고."

당신이 더 위험해질 것 같은데? 라는 말이 목구멍까지 차올랐지만 차마 꺼낼 수는 없었다.

"그리고 왠지……."

유리안은 주위를 두리번거리더니 씩 웃으며 제게 다가왔다.

"재미있을 것 같기도 해."

쾌쾅— 벼락을 맞는 기분이 바로 이런 것이라고, 루키나는 확신했다.

그녀는 아직 닫히지 않은 본부의 출구 쪽을 흘긋거리며 심각하게 물었다

"마릭은…… 이 사실을 알고 있습니까?"

"알지. 안 그래도 마릭이 내 명을 거부하려고 해서 곤란했다. 나를 대체 뭘로 보는 건지. 이 정도는 가뿐하지."

씩 웃는 유리안은 순진해도 너무 순진하다.

이 남자, 자기가 제국의 황태자라는 사실을 완벽하게 망각하고 있는 것이 아닐까.

'이 나라…… 괜찮은 거야?'

돌연 리우드 제국의 미래가 걱정됐다. 그가 황위를 이을지, 아닐지는 아직 장담할 수 없지만 설령 잇는다면…… 끔찍해지는군.

"참, 아이반."

리우드의 미래를 걱정하며 혀를 차던 루키나는 이젠 아예 자신을 지나쳐 앞서가던 유리안이 걸음을 멈추는 것을 지켜봤다.

유리안은 낮게 속삭였다.

"앞으로 나를 유리 님이나 전하라고 부르지 말게."

이건 또 무슨 소리야?

의아해하는 루키나에게 그는 설명을 덧붙였다.

"우리는 고향 친구라는 설정이야. 음, 그러니까 유리 님 말고 '내 친구 유리'가 좋겠군."

눈부실 정도로 환하게 웃는 유리안에게 '이 미친 인간아!'라고 소리치고 싶은 마음이 굴뚝같았으나 루키나는 실천에 옮기지 못했다.

그때였을까.

"자, 주목해 주세요!"

로비를 가득 채우던 1차 합격자들의 시선을 한데로 모으는 외침이 들려왔다.

서류 모집 때, 접수처에 앉아 있던 붉은 머리 아가씨가 돌돌 말린 종이에 입을 대고 크게 외치는 게 보였다.

"1차를 통과한 여러분들. 축하드려요. 오노르의 기사단원이 되기 위한 여정에 합류하신 걸 말이죠! 그럼 지금부터 2차 입단 테스트를 진행하도록 하겠습니다. 이제부터 제가 두 분씩 호명할 건데요, 이 두 분은 파트너가 되어 지하 1층에 위치한 비밀 관문을 지나게 됩니다. 통과하시는 분들은 합격, 통과하지 못하시는 분들은 불합격인 셈이죠! 어때요, 간단하죠? 자, 그럼 지금부터 각 조의 조원들을 불러 드리도록 할게요. 먼저 1조! 라이언 휴블 씨!"

"옙!"

"네, 이리로 와주시고요. 라이언 휴블 씨와 파트너를 이루실 분은……."

비밀…… 관문?

루키나는 숨도 쉬지 않고 말을 뱉어낸 붉은 머리 아가씨가 다음 사람을 부르기 위해 소리를 내지르는 것을 지켜보며 눈썹을 꿈틀거렸다.

여기 지하 1층에 뭐가 있는 거야, 대체?

드래곤이라도 키우는 건가.

의미심장하게 들리는 '비밀 관문'이라는 말에 장내가 술렁이는 것을 아는지 모르는지 붉은 머리 아가씨는 2조에 배치된 사람들을 호명했다.

　루키나는 아직까지 나오지 않은 제 이름을 기다리던 도중 그녀의 옆구리를 쿡쿡 찌르는 유리안을 발견했다.

　"우리가 같은 조가 되면 좋겠군."

　하고.

　빙긋 웃는 유리안의 말에 간담이 서늘해지는 것을 느끼던 루키나는,

　"아이반 밀드레드!"

　저를 부르는 그녀의 외침에 손을 들어 올렸다.

　"네, 접니다!"

　"아, 그쪽에 계셨군요. 좋아요. 그럼 아이반 밀드레드 씨와 조원이 될 분은……."

　부디 유리안만 아니어라.

　이 남자랑 같은 조가 되면 무지 귀찮아질 느낌이야.

　쿵쾅쿵쾅 뛰는 가슴을 진정시키며 루키나는 숨을 죽였다.

　목소리를 가다듬으며 주위를 둘러보던 붉은 머리 아가씨는 긴장한 루키나의 귀에 들릴 만큼 커다란 목소리로 루키나의 파트너를 불렀다.

　"로렐 산트너!"

　……로렐?

　"로렐? 로렐이라고 했나, 지금?"

　"뭐야. 여자가 있어?"

　"계집애가 지원한 거야?"

　붉은 머리 아가씨의 외침에 로비가 들썩였다.

　루키나 역시 당황한 것은 마찬가지다.

　아무리 오노르가 신분의 제약이 없다지만 성별의 제약은 있었는데.

만약 그녀의 파트너가 여자라면 저 역시 남장을 할 필요는 없었……!

쿵—

"나다."

루키나는 소란스러워진 장내를 침묵에 휩싸이게 만든 굉음에 정신을 차렸다.

루키나의 몸만큼이나 큰 창을 쥐고 있던 커다란 덩치의 남자가 붉은 머리의 아가씨를 향해 손을 드는 게 보였다.

"아, 거기 계셨군요! 두 분이 같은 조입니다. 13조요. 자, 그럼 14조는—"

붉은 머리 아가씨는 말을 이은 뒤 그들에게서 시선을 떼며 다음 조원들을 부르기 시작했다.

한 조가 되지 못해 아쉽다고 하는 유리안의 말을 깨끗하게 무시하던 루키나는 어느새 제 곁에 다가온 덩치를 발견하고선 눈에 힘을 줬다.

"너군, 비실이."

"……."

남자의 연갈색 눈동자에 불쾌감이 스쳐 지나갔다.

루키나는 말없이 그를 올려다보았다.

"방해되면, 죽인다. 꼬마."

"으아악! 아아악! 아아아악!"

타타타타—

새하얗게 질린 얼굴로 문을 박차고 나오는 사람의 기괴한 비명 소리가 복도를 가득 울린다.

곧 있으면 다가올 제 차례를 기다리며 긴장하고 있던 루키나는 저도 모르는 사이 허리춤에 차고 있던 레이피어의 힐트 쪽으로 손이 가는 것을 막지 못했다.

"이…… 이 미친 것들! 입단 시험을 이딴 걸로 치르다니! 안 해! 더, 더러워서 안 해! 안 한다고!"

앞서 비밀 관문으로 향했던 그의 외침은 줄지어 서 있던 대기자들을 동요하게 만들기 충분했다.

대체 무슨 일인데 저러지?

아직까지 오노르 기사단의 2차 기사 입단 시험에 대해 알지 못하던 지망생들은 불안한 마음을 안은 채 다른 사람의 손에 끌려 복도를 빠져나가는 남자를 흘긋거렸다.

"뭔가 무시무시한 것이 있나 보군."

벌써 열 명째.

저렇게 광분을 하며 들어갔던 문으로 얼마 지나지 않아 다시 뛰쳐나온 지망생들은 자그마치 열 명에 해당한다.

곁에서 들려오는 유리안의 나지막한 음성에 루키나는 말없이 고개를 끄덕이며 숨을 크게 들이마셨다.

'바짝 긴장해야겠네.'

앞서 비밀 관문 속으로 들어갔던 지원자들의 반응으로 짐작해 보면 오노르 기사단 본부에는 드래곤이라도 존재하는 게 틀림없다.

그렇지 않고서야 저렇게 경기를 일으킬 리 없으니까.

"자, 다음은 13조! 아이반 밀드레드 씨와 로렐 산트너 씨, 대기해 주세요!"

비밀 관문은 총 두 개의 코스로 이루어져 있다고 했다.

2코스에 서 있던 유리안과는 달리 1코스의 줄에 서 있던 루키나는 저를 부르는 붉은 머리 아가씨의 외침에 고개를 끄덕이며 유리안을 쳐다봤다.

"통과하고 밖에서 보도록 하지, 아이반."

무엇이 그리 자신 만만한지, 빙긋 웃으며 말을 건네는 유리안에게 어색하게 웃어주던 루키나는 고개를 돌려 대기선 앞으로 걸어갔다.

"이봐. 계집."

루키나와 한 조라는 사실을 몹시 마음에 들어 하지 않던 덩치, 로렐의 시선이 붉은 머리 아가씨를 향했다.

로렐을 쳐다보는 붉은 머리 아가씨의 표정엔 변화가 없었다.

로렐은 인상을 쓰며 중얼거렸다.

"대체 저 안에 뭐가 있길래 저치들이 저렇게 난리를 치는 거지?"

"들어가면 알게 되겠죠."

"뭐?"

"13조, 두 분의 차례입니다. 3초 내로 안 들어가시면 탈락 처리할게요."

"……!"

"1, 2……."

"제길!"

이미 어두컴컴한 문안에 발을 내딛은 루키나와는 달리 주춤하던 로렐이 신경질을 내며 비밀 관문의 1코스로 발을 내딛는 순간 쾅— 문이 닫혔다.

'흐응.'

들어오기 직전, 각각 건네받았던 작은 램프를 들고 있던 루키나는 비정할 정도로 꽉 닫혀 버린 문 앞에 서선 인상을 쓰고 있는 로렐을 흘긋거리다 앞으로 발을 내딛었다.

또각.

또각.

도통 빛이라곤 보이지 않는 어두컴컴한 계단을 내려가는 루키나의 뒤를 따라 엉거주춤 걸어오고 있는 발걸음 소리가 들려온다.

이 아래에 대체 무엇이 존재하기에 이리도 음산한 분위기를 풍기는 건지.

'2차 시험은 지망생들의 용맹이라도 시험하려는 건가?'

멀리서 느껴지는 분위기로 짐작해 보면 대충 그런 의도로 이 관문을 설치해 놓은 것이 틀림없다.

일부러 가는 길목 곳곳에 해골 모양의 모형을 둔 것부터 시작하여 실처럼 길게 늘어진 거미줄, 모퉁이 쪽에서 들려오는 으흐흐, 의심스러운 웃음소리 등등.

웬만한 놀이공원에 위치한 유령의 집과 흡사한 이 모습에 루키나는 코웃음을 쳤다.

'죽음도 몇 번을 경험해 봤는데, 이딴 담력 테스트에 흔들릴 리는 없지.'

다행스럽게도 2차 관문은 생각했던 것보다 수월하게 통과할 수 있을 거라는 생각에 입꼬리를 올리던 그녀는 주저 없이 성큼성큼, 앞으로 나아가기 시작했다.

"이…… 이봐."

얼마쯤 걸었을까.

문이 닫힌 뒤 2, 3분가량이 지났을 즈음이었다.

루키나는 사랑스러운 이름과는 어울리지 않는, 거대한 덩치에 무수한 털을 자랑하는 로렐이 저를 부르는 소리에 걸음을 멈추었다.

뒤를 돌아본 루키나의 시야에 어두워서 제대로 얼굴이 보이지는 않지만, 덩치에 맞지 않게 벽에 바짝 달라붙어 있는 로렐의 모습이 들어왔다.

"왜 그러십니까?"

루키나는 의아한 표정을 지으며 그에게 물었다.

"빠, 빨라."

"예?"

"네 걸음 속도! 빠르다고, 비실이!"

버럭 소리를 지르는 로렐의 외침에 루키나의 눈이 동그래졌다. 갑자기 부르기에 분명히 시비를 걸 것이라고 생각하기는 했지만 걸음 속도를 가지고 시비를 걸다니.

황당하기 그지없는 로렐의 모습에 인상을 찌푸리던 루키나는 대답도 하지 않고 다시 휙 고개를 앞으로 돌렸다.

터벅터벅.

끝이 보이지 않는 길은 계속해서 이어졌다.

어쩐지 스산한 느낌이 일어 팔을 슥슥 문지르던 루키나는 어느새 제 뒤를 바짝 쫓아온 낯선 인기척에 뚝 걸음을 멈췄다.

"컥! 뭐, 뭐야! 깜짝 놀랐잖아!"

조금 전까지만 하더라도 저와 일정한 거리를 유지하던 로렐이 그녀의 그림자를 밟을 태세로 제 뒤를 바짝 붙어 다가오고 있는 것을 발견하자 루키나는 뚱한 얼굴로 그를 올려다보았다.

"뭐? 왜?"

수북한 털이 가득한 얼굴에 비 오듯 줄줄 땀을 흘리고 있던 로렐은 일부러 태연한 척 눈을 부라리더니 신경질을 부렸다.

루키나는 그런 로렐을 빤히 직시하며 물었다.

"로렐 씨."

"로렐이라니! 산트너라고 불러라, 비실이!"

로렐은 흥분한 상태로 소리쳤다.

루키나는 녹색 눈을 그에게 고정시키며 다시 입을 움직였다.

"······로렐."

"젠장! 이 비실이가 누구 마음대로 자꾸 이름을 부르······."

"워!"

"우아아악! 아아아악! 으아아악!"

루키나는 살짝 놀라게 했을 뿐인데 기겁하며 주저앉더니 귀까지 막고 소리를 질러대는 로렐을 내려다보았다.

"젠장! 젠장할! 빌어먹을! 으흑흑흑, 흐으으······."

커다란 덩치에 어울리지 않게 어깨를 들썩이며 흐느끼는 로렐의 모습은 꽤나 처량하기 그지없다.

루키나는 '빌어먹을 오노르 놈들······' 하고 이를 부드득부드득 갈며 귀를 틀어막고 있는 로렐을 향해 걸어갔다.

"여기서 나가기만 해봐, 나가기만······. 다 죽여 버리겠어. 다 죽여 버릴 거야!"

거대한 창을 등에 메고 있는 것이 무색할 정도로 현 상황을 두려워하던 로렐은 이번 테스트를 준비한 오노르 기사단의 간부들을 저주하며 어깨를 들썩이고 있었다.

루키나는 그런 그의 코앞까지 다가가서는 손을 내밀었다.

"뭐······ 야?"

갑자기 다가온 손길에 멈칫하던 로렐이 자신을 무표정하게 내려다보고 있는 루키나를 발견하곤 얼굴을 일그러뜨렸다. 루키나는 빙긋 웃었다.

"잡아."

"······뭐?"

로렐의 연갈색 눈동자가 급격하게 흔들리는 것이 보였다. 루키나는 어리둥절해하는 로렐을 향해 강하게 명령했다.

"잡으라고, 로렐."

"……!"

"이 관문, 너도 통과하도록 도와줄 테니 군말 말고 잡아."

저를 보자마자 깔보고, 무시했던 자였기에 콧방귀를 뀌며 모른 체하고 혼자만 빠져나갈 수 있는 일이다.

하지만 그냥 지나치기엔 이상하게 마음에 걸린다.

루키나는 바닥에 둔 램프의 촛불에 반사되어 흔들리는 연갈색 눈동자와 허공에서 조우했다.

의심의 기색을 거두지 않은 로렐이 찜찜한 표정을 지으며 그녀의 손을 말없이 바라보고만 있자 슥 입꼬리를 올린 루키나는 소리를 뱉어냈다.

"싫어? 그럼 말……!"

덥석! 어찌나 세게 움켜쥐는지 손이 으스러질 정도다.

루키나는 자신이 등을 돌리기 전에 두툼한 손을 뻗어 그녀의 손바닥 위에 제 손바닥을 겹치는 로렐을 놀란 눈으로 응시했다.

로렐은 줄줄 흘러내리는 식은땀을 닦지 못한 채 루키나를 올려다보더니 입술을 움직였다.

"……왜."

응?

"어째서 나를…… 도와주는 거지?"

떨리는 로렐의 목소리가 루키나의 귀에 닿았다.

의심을 가득 담은 로렐의 말에 루키나는 싱긋 웃었다.

"너도 간절할 테니까."

"……!"

너무도 간절하기에 고작 이런 관문에 쓰러져야 한다는 사실을 용납하지 못하는 게 틀림없다.

덩치에 어울리지 않게 흐느낀 것도 아마도 자신의 부족한 담력을 탓해서이기도 하겠지.

저도 그런 위기를 불과 며칠 전에 겪었다. 라펠에게 정체를 들켰을 때, 얼마나 분하고 초조했던가.

이번 한 번만 통과할 수 있다면, 그래서 기사가 될 수 있다면 세상 무엇도 부럽지 않을 거라 여겼던 그날의 일이 떠올라 루키나는 손을 뻗었다.

로렐은 미소 짓는 루키나를 멍하니 올려다보며 아무 말도 하지 않았다.

루키나는 말했다.

"기사가 되고 싶어하는 건 나도, 그리고 너도 마찬가지니 이깟 관문에 무너지고 싶지 않다면 마지막까지 꼭 잡고 있으라고. 협력할 테니."

"……."

"아, 물론, 비실이의 도움이라도 괜찮다면 말이야."

저를 끌어당기는 루키나에 의해 몸을 일으킨 로렐의 연갈색 눈동자가 풍랑을 만난 듯 요동쳤다.

"정말 이대로 두고 봐도 되는 겁니까?"

쾅!

하얀 거품이 가득한 술잔을 테이블 위로 세게 내려놓으면서 누군가 소리쳤다.

얼굴을 잔뜩 일그러뜨린 채 불만을 가득 표하고 있는 그는 오노르 기사단의 1, 2, 3차 시험을 통과한 후 이제 이틀 앞으로 다가온 최종 시험만을 남겨둔 한 지망생이었다.

랄프라는 이름을 가진 기사 지망생은 미간을 좁힌 채 주위를 둘러보며 소리를 질러대고 있었다.

"지금 다른 기사단 놈들이 저희보고 뭐라고 하는지 아십니까?"

"……뭐라고 하는데?"

"잔꾀로 기사가 되려는 놈들이랍니다! 무예가 기준이 아니라, 술수로 신분 상승을 꿈꾼다고요!"

소리를 내지르는 랄프의 얼굴은 처참하게 일그러진 상태.

그의 말을 들은 주변 동료들의 표정이 좋을 리 없었다.

랄프는 버럭 외쳐도 분이 가시질 않는다는 듯 미간을 좁히며 내려놓은 술잔의 손잡이를 부여잡았다.

"젠장할! 이게 다 그 비실이 녀석 때문입니다. 3차까지 무슨 술수를 쓴 건지 모르겠지만, 그 녀석이 모든 테스트에서 우위를 차지하는 바람에 다른 놈들이 우리를 깔보고 있지 않습니까!"

리우드 제국의 황도, 세이번에 거점을 둔 기사단들이 신입 단원들을 모으기 시작한 지 열흘이 흘렀다.

며칠 전 이미 신입 단원 채용을 완료한 곳도 있었고, 아직까지 입단 테스트를 진행 중인 곳도 있었지만 대부분 채용의 마지막 단계에 들어간 것은 사실이다.

가장 마지막까지 지원자들을 모집했던 오노르 기사단은 전자가 아닌 후자에 속해 있었는데 그들의 최종 입단 테스트는 앞으로 이틀 뒤, 오노르 기사단 본부에 위치한 연무장에서 열릴 예정이었다.

1차 서류 전형 테스트에 이어, 2차 지원자들의 용맹을 시험하는 담력 테스트가 끝이 난 뒤 재개된 3차 테스트는 바로 지원자들의 인성을 시험하는 일이었다.

오노르의 붉은 머리 아가씨는 2차를 통과한 지원자들에게 30페니가 든 주머니를 쥐어준 후, 1시간 동안 각자가 생각하는 가장 의미 있는 곳에 돈을 사용하라는 지령을 내렸다.

2차 담력 테스트가 끝나고 나서 다른 후보생들과 드디어 검을 맞댈 수 있을 것이라 여겼던 기사 지망생들은 난데없이 제게 돈이 주어지자 흠칫 놀라면서도 저마다의 생각대로 움직이기 시작했다.

그리고 한 시간 뒤.

총 30명이 되는 3차 관문의 합격자들 중 상위에 랭크되었던 자는 바로 아이반 밀드레드였다.

짧은 갈색 머리에 녹안을 소유하고 있는, 왜소한 체격의 후보생은 30페니의 돈을 자신을 위해 쓴 것이 아니라 거리의 약자들에게 나누어주며 그들에게서 고맙다는 진심 어린 인사를 받아왔다는 데 큰 점수를 얻었다.

리우드의 기사로서 지녀야 할 가장 큰 덕목 중 하나인 '약자 보호'의 정신을 훌륭하게 수행했다는 점에서 오노르의 심사관들은 크게 감명을 받은 모양이었다.

"남자의 품격이나 다름없는 기사가 되는 시험에서, 계집애처럼 머리만 굴려서 최종 관문까지 오르다니요! 어디 이게 말이나 되는 소립니까? 형님들. 얄팍한 수만 쓴 그 녀석에게는 본때를 보여줘야 합니다. 안 그렇습니까?"

겉으로 보기에는 체력이라곤 없어 보이는 한 기사 지망생이 얍삽하게 머리를 굴려 2차와 3차 입단 테스트에서 수석을 차지했다고 확신한 랄프의 외침에 같은 테이블에 앉아 있던 오노르 기사단의 기사 지망생들은 동의의 의사를 표했다.

"산트너 형님! 형님은 어떻게 생각하십니까? 그러고 보니 형님께선 2차 테스트 때 그 녀석이랑 같은 조에 계셨지요? 그때도 그 녀석, 제 머리만 믿고 까불었습니까?"

세이번의 한 거대 펍에서 평소 친분이 있던 지원자들과 함께 술을 마시던 로렐은 갑자기 제게로 꽂힌 화살에 몸을 움찔거렸다.

'그래요, 형님! 뭐라고 말 좀 해주십시오!' 라든가 '그 녀석 보는 것처럼 야비한 녀석입니까?' 라든가, '한 방감도 안 되는 녀석이지요?' 라는 말 등등이 제게로 쏟아지는 것을 듣고선 로렐은 묵묵히 앉아 있었다.

「나도 당신이랑 같거든.」

「같…… 다고?」

「그래, 같아. 나 역시 당신처럼 기사가 되고 싶어. 편견을 갖지 않고, 약자를 보호하고, 주군을 섬기는 명예로운 기사.」

「……!」

「그런 기사가 되고 싶으니까 네 간절함을 무시할 수 없는 거야.」

앞길이 보이지 않는, 새카만 어둠 속에서 제게는 한줄기 빛이나 다름없던 아이반 밀드레드는 말했다.

담력 테스트를 진행하는 동안 로렐, 그의 의지가 되어주던 비실이의 말에 로렐은 적잖은 충격을 받았다.

단순히 신분 상승을 꿈꾸며 지원했던 기사의 길이 아이반 밀드레드로 인해 달라 보였다.

한때 그를 겉모습만으로 판단하여 무시했던 사람 중의 하나로서 부끄러움을 느끼던 로렐은 당당하게 앞서 나가는 작은 체구의 지망생의 등이 왠지 커 보인다고 생각했다.

"산트너 형님!"

"아."

"하하, 무슨 생각을 그리하십니까? 그 야비한 녀석을 밟아줄 생각을 하고 계셨습니까?"

씩 웃는 랄프의 말에 로렐은 미간을 좁혔다.

"랄프. 이제 그만하도……."

철컥—

"이야, 이게 누구야? 찌질이 집합소 오노르의 예비 단원들 아니야?"

정도가 지나친 랄프를 말리기 위해 타박을 주려던 로렐은 갑자기 그들 사이를 끼어든, 무장한 기사의 말에 입을 다물었다.

로렐을 비롯한 오노르의 3차 관문 통과자들의 눈동자가 은빛으로 번쩍이는 갑옷을 입은 몇몇 무리들을 향했다.

"낯짝을 보니 틀림없군."

"저 녀석들이 그 녀석들인가? 미천한 출신이라 기사가 되어서 신분 상승을 꿈꾼다는?"

"신분 상승을 위해 숭고한 기사가 되려 하다니. 정말 급 떨어지는군."

"큭큭, 맞는 소리야."

"별거 없는 놈들이 뽑는 과정은 지나치게 까다롭다던 소문이 있던데."

"아, 그건 나도 들었어. 듣자 하니 레이피어 따위를 사용하는 놈이 최종에 붙었다며?"

"지원자들이 얼마나 형편없었으면 그런 놈이 최종 입단 시험까지 남을까."

"하하, 그러게?"

슥—

자신들을 비웃는 것이 분명한 무장 세력들의 말을 듣고 있던 오노르의 지원자들이 벌떡 몸을 일으키려는 순간, 로렐이 그들을 저지했다.

"참아."

"형님!"

"귀족들이다."

"……!"

"참아야 해."

얼굴을 붉히던 오노르의 지망생들은 입술을 잘근 깨물며 반쯤 일어났던 엉덩이를 붙일 수밖에 없었다.

아직 정식 작위도 받지 않은 평민 출신의 기사 지망생일 뿐인 그들이 귀족 집안 출신의 저들을 건드린다면 결과는 불 보듯 뻔했다.

빌어먹을.

낮은 욕설을 흘리며 꼬리를 내리는 로렐 일행을 보고 피식 웃던 무장한 세력들은 코웃음 섞인 말을 내뱉었다.

"달려들 용기조차 없는 녀석들이군."

"저치들과 후일 기사단 대회를 치를지도 모른다니, 이거 우리가 치욕이 아닌가?"

"그러게. 기사가 될 자격조차 없는— 윽! 뭐야! 앞을 제대로 보고 걸……!"

헉, 숨을 크게 들이마시는 그들의 숨소리가 여기까지 들려온다. 로렐은 더 이상 들려오지 않는 목소리에 슬며시 고개를 들었다.

'……!'

머리부터 발끝까지 온통 검은색으로 물들어 있는 한 남자가 서늘하기 그지없는 푸른 눈동자로 그들을 노려보고 있었다. 눈을 살짝 가리는 검은 가면이 그가 누구인지 짐작하게 만들었다.

팬텀, 아니, 윈스턴 공작.

제국의 그림자라고도 불리는 그가 왜 이런 떱에 있는 건지 모르겠지만 가면에서부터 뿜어져 나오는 차가운 기운은 틀림없이 그가 분명하다.

철컥.

"모, 몰라 뵀습니다, 각…… 헉!"

아마도 팬텀 공작과 부딪쳤던 건지 인상을 쓰던 한 무장 기사가 잔뜩 긴장한 음성으로 외쳤다.

팬텀 공작은 변명하는 그를 말없이 바라보더니 한 걸음 그를 향해 다가갔다. 말을 잇다 말고 뒤로 주춤하던 무장 기사는 계속 뒷걸음질 치던 끝에 쿵 하고 바닥에 엉덩방아를 찧을 수밖에 없었다.

와자지껄하던 펍이 침묵에 휩싸이는 것은 순식간이었다. 누구 하나 침도 삼키지 못하고 있던 그들 중 고요한 말을 흘린 사람은 다름 아닌 팬텀 공작이었다.

"요즘 기사들은 시정잡배나 다름없군."

싸늘한 푸른 눈동자를 아래로 고정시키며 경멸에 가까운 말을 뱉어낸 남자는 그 말에 어쩔 줄 몰라 하는 무장 기사에게서 시선을 돌린 뒤 로렐이 앉아 있던 테이블로 눈길을 줬다.

"그대들도 마찬가지다."

……뭐?

"겉모습만으로 사람을 판단하지 마라. 그 레이피어가 그대들의 빈틈을 파고들 수도 있는 일이니까."

"……!"

"가지, 디마."

"예, 주인님."

로렐 일행을 차갑게 내려다보며 일갈을 날린 뒤, 곁에 있던 부하에게 말을 한 팬텀 공작은 당황한 그들을 내버려 둔 채 펍을 빠져나갔다.

웅성웅성.

침묵에 휩싸여 있던 펍 안의 분위기는 팬텀 공작이 나가자마자 변했다.

천하의 팬텀 공작을 제 눈으로 직접 봤다는 얘기부터 시작하여, 꺅꺅

소리를 질러대는 뭇 여자들과 그를 선망 어린 눈으로 응시하던 몇몇 소년들과는 달리 입술을 잘근 깨물고 있던 은빛 갑옷의 기사들은 로렐 일행을 한 번 노려본 뒤 펍을 빠져나갔다.

"실제로 보니 위압감이 엄청 나네요."

불타오르려던 불씨가 팬텀 공작으로 인해 꺼져 버리자 약간은 안도한 표정을 짓던 로렐 일행 중 누군가 나지막하게 중얼거렸다.

로렐은 조용히 동의하며 고개를 끄덕였다.

"그런데 마지막 그 말 말이에요."

응?

"우리보고 한 말…… 맞죠?"

"그러게. 겉모습으로 사람을 판단하지 말라는 그 말, 우리한테 한 말 같았는데?"

"아니. 우리가 언제 겉모습으로 사람을 판단했다고. 그리고 레이피어는 대체 무…… 어?"

휘이잉, 소란스러운 주변과는 달리 싸한 바람이 로렐 일행이 앉은 테이블을 스쳤다.

그들은 굳은 얼굴로 서로를 응시했다.

"잠깐. 우리 지금 같은 생각하고 있는 거냐?"

"에이, 설마. 그럴…… 리가."

"과한 생각이야. 아이반 밀드레드와 팬텀 공작이 아는 사이일 리 없잖아?"

"맞아. 과해. 과하다고, 하하하."

어리둥절해하는 일행들이 묘한 시선을 주고받으며 어색한 웃음을 터뜨리는 사이, 로렐은 말없이 술잔을 부여잡았다.

"쓸데없는 생각 말고 술이나 마시자고."

"흠흠. 그럼 부탁해, 셰필드."

보는 눈이 있었기에 루키나는 일부러 목소리를 내리깔며 눈앞의 셰리를 향해 말했다.

그녀에게서 뭔가를 건네받은 셰리는 힘차게 고개를 끄덕이며 주먹을 불끈 쥐었다.

"저만 믿으세요. 반드시 임무를 완수하고 돌아올게요! 대신 주인님께서도 약조해 주세요."

"뭘?"

"제가 돌아올 때까지, 한 판도 지지 않기로!"

파랗게 일렁이는 셰리의 눈동자가 어쩐지 부담스러울 만큼 강렬해서인지 루키나는 풋 웃음을 터뜨렸다.

"누가 보면 네가 무슨 전쟁이라도 나가는 줄 알겠다. 고작 아버지께 드릴 편지를 보내고 오는 거잖아!"

버럭 소리 지르는 루키나의 말에 꽤나 머쓱했는지, 콧등을 슥 훑던 셰리는 어깨를 으쓱이며 대꾸했다.

"에이, 주인님도 참! 그게 얼마나 중요한 일인데요! 전쟁에 나가는 군인 못잖은 중요한 일이라니까요!"

"참 나."

"어쨌든, 약속해 주세요. 제가 돌아올 동안 탈락하시면 안 돼요!"

"흐응."

"주인님!"

"알겠어, 알겠어. 반드시 이기고 있을 테니까 편지나 잘 보내고 와."

"넵! 그럼 저 다녀올게요!"

훠이훠이. 얼른 가버려.

루키나는 씩 웃더니 제게서 몸을 돌리는 셰리가 시야에서 사라질 때까지 그녀를 쳐다보고 있다 낮은 실소를 터뜨렸다.

하여간 못 말린다니까.

"셰필드는 어디를 가는 거지?"

"어디긴요. 아버지께 편…… 헉!"

셰리가 사라진 뒤, 조금 전까지 하고 있던 레이피어를 닦는 일에 다시 집중하기 위해 고개를 숙인 루키나는 무심코 들려온 질문에 대답하려다 몸을 움찔했다.

슬며시 고개를 들던 그녀는 찬란한 금발을 아래로 늘어뜨린 미남이 자신을 빤히 응시하고 있는 것을 발견했다.

젠장할!

루키나는 저를 주시하고 있는 금발의 미남자에게 하하, 억지 미소를 보냈다.

"유, 유리 님……. 언제…… 오셨어요?"

유리안이 싱긋 웃으며 자신의 앞에 서 있는 것이 보였다.

하마터면 들고 있던 레이피어를 아래로 떨어뜨릴 뻔했지만 가까스로 견뎌낸 루키나는 경직된 입꼬리를 꿈틀거리며 말을 건넸다.

"조금 전에. 헌데 아버지라니? 그대의 아버지는 돌아가셨다고 하지 않았어?"

빌어먹을.

귀는 더럽게 밝네.

"하하, 예! 돌아가셨지요! 아주 오래전에 돌아가셨지요! 흑, 갑자기 아버지의 얘기를 하니 정말이지…… 큭, 너무 그립습니다. 아아, 아버지. 너무 인자하신 분이셨는데, 흑……. 음, 그런데 어쩐 일로 여기까지 오신 거예요? 유리 님도 제1시합을 준비하셔야 하지 않습니까?"

대답하기 곤란할 때는 화제를 돌리는 게 유일한 방법이다.

일부러 어깨를 들썩이며 과장된 흐느낌을 표출하던 루키나는 돌연 주제를 바꾸며 물음을 던졌다.

"별건 아니고. 아이반 자네의 시합이 나보다 먼저니, 응원이라도 해줄까 해서."

루키나는 하얀 이를 드러내며 웃는 천진난만한 황태자를 응시하더니 미간을 좁히며 그를 쳐다보았다.

"저기, 유리 님."

"응? 왜?"

"……."

"아이반?"

"정말로…… 나가실 겁니까?"

"무엇을?"

의아한 표정을 짓는 유리안을 향해 루키나는 주저하다 말했다.

"시합들 말입니다. 나가셔도…… 괜찮으시겠습니까?"

눈앞의 황태자가 대체 무슨 생각을 하고 있는 건지 모르겠다.

1차, 2차, 그리고 3차 관문까지는 그래, 몸을 쓰지 않는 테스트라 여기까지 버틴 것이 이해는 된다. 그러나 최종 입단 테스트는 직접 무예를 겨루는 시합이다.

다른 사람도 아니고 제국의 황태자가 고작 일개 기사단에 입단하기 위해 최종 입단 테스트를 진행하는 것은 말도 안 되는 소리라는 이야기.

루키나는 그간 나름 친해진 유리안의 앞날이 괜스레 걱정이 되어 조심스럽게 말을 건넸다.

'……어?'

유리안은 그런 루키나의 염려 섞인 표정에 옅은 미소를 그리더니 팔을 뻗어 그녀의 어깨 위로 제 손을 얹었다.

톡톡, 어깨를 두드리는 유리안의 손짓이 부드럽기 그지없어 왠지 안정감을 느끼던 루키나는 이어지는 그의 말에 귀를 기울였다.

"그대가 나를 걱정해 주다니, 기분이 좋군."

"……예?"

"너무 걱정하지 않아도 되네, 아이반. 나도 한때는 검깨나 다뤘다는 이야기를 들었어. 이 정도 입단 테스트는 가볍지."

"어…… 저기, 유리 님. 언제 그런 얘기를 들었는지 여쭤도 될까요?"

"하하, 글쎄. 언제였더라? 내가 건강할 때였으니 일곱 살쯤이었나? 그래. 내가 렉스나 휴이 두 녀석들이 덤벼도 끄떡없던 시절이었으니…… 아마 그때가 맞을 거야. 헌데, 아이반. 왜 그런 표정을 짓는 거지?"

의아한 듯 고개를 갸웃거리는 유리안을 향해 '그건 벌써 20년도 전의 일이잖아요!' 라고 외치려다 말았다.

"아, 아무것도 아닙니다."

순진무구한 그를 보자니 두통이 일어 미간을 좁히던 루키나는 갑자기 제게 뭔가를 건네는 유리안을 응시했다.

"이게 뭡니까?"

루키나는 제게 금색으로 된 펜던트 하나를 내민 유리안을 의아하게 바라봤다.

유리안은 빙긋 웃으며 말을 이었다.

"내 부적이나 마찬가지인 물건이야. 내가 위기에 닥쳤을 때마다 나를 구해주었던 물건이기도 하지. 의지가 될 만한 것이니 그대에게도 도움이 되었으면 해. 실전은 그대의 생각보다 쉽지 않을 수도 있으니 혹시나 하

는 마음으로 품에 지니고 있게. 그대가 수월하게 시합에서 이겼으면 하는
바람으로, 잠시 보관하라는 말이야."

"예? 아니, 유리 님의 부적을 왜 제가……?"

"나는 경기에 쉽게 통과할 것 같거든. 허니 그대에게 더 필요할 거야."

이봐, 그거 너무 지나친 자신감 아니야?

루키나는 억지로 제게 펜던트를 쥐어주고는 '나를 위해서라도 반드시
승리하게!' 라 외친 뒤 사라져 버리는 유리안을 황당한 눈으로 응시하다
혀를 끌끌 찼다.

'정말 저 녀석이 황제가 되면 이 나라 큰일 날지도 모르겠는데…….'

쯧, 혀를 차던 루키나는 어느새 제 손에 들려 있던 펜던트를 말없이 내
려다보며 인상을 썼다.

……위기에 닥쳤을 때마다 구해주었던 물건이라.

'뭐, 밑져야 본전이니까.'

뭔가 찜찜하기는 하지만 힘없는 제국의 황태자가 지금까지 그 자리를
유지하게 하는데 많은 의지가 되었던 것이란다.

부적을 믿는 편은 아니지만 착용한다고 해서 문제가 되는 건 아니니
까.

루키나는 목걸이로 된 펜던트를 목에 걸고선 다시금 레이피어를 손질
하기 위해 타월을 향해 손을 뻗으려 했다.

"아, 고마……!"

오른손으로 레이피어를 들어 올린 뒤 남은 왼손으로 타월을 움켜쥐려
하던 루키나는 제 코앞에 그녀의 타월을 내미는 누군가를 향해 고개를 까
딱이려다 눈을 크게 떴다.

두근, 심장이 들썩이는 소리가 났다.

루키나는 멍한 얼굴로 저를 빤히 내려다보고 있는 남자를 올려다보

았다.

"다, 당신이 여긴 어떻게……."

잠깐.

"호, 혹시 봤어요?"

"보다니?"

루키나는 푸른 눈동자의 사내가 미간을 좁히는 제 물음에 어리둥절해 하자 가슴을 쓸어내렸다.

황태자는 보지 못한 모양이네.

만약 황태자와 그가 정면에서 마주쳤다면…… 으으, 생각만 해도 끔찍하다.

게다가 자신이 황태자와 어쩔 수 없이 엮인 사이라는 것까지 알게 된다면…… 더할 나위 없이 곤란하지.

루키나는 하하, 과장된 웃음을 터뜨리며 주위를 살피더니 사람이 없는 으슥한 모퉁이 쪽으로 그를 끌고 갔다.

"또 무슨 일이에요, 미스터 라펠! 저 지금 엄청 바쁘단 말이에요!"

미르티스 윈스턴. 일명, 미스터 라펠.

그림자 한번 밟아보기도 힘들다는 제국의 팬텀 공작이 왜 이렇게 제 눈앞에 자주 띄는 건지 모르겠다.

물론 그녀가 입단하고자 하는 기사단이 그의 기사단이라는 아주 중요한 이유가 있기는 하지만, 그래도 일개 기사 지망생인 제 눈앞에 띄기에는 너무 높은 신분이 아닌가.

혹시 저들을 바라보는 시선이 있나 싶어 주위를 꼼꼼히 살피더니 낮게 소리 지르는 루키나를 라펠은 입을 다문 채 쳐다보고 있었다.

'뭐, 뭐야?'

가면을 쓰지 않고 있어 왠지 모르게 더욱 푸르게 빛나는 그의 눈동자

가 재게 꽂히자 루키나는 몸을 움찔거렸다

"그대에게 하고 싶은 말이 있어서 찾아왔다."

"뭔데요?"

"……."

"미스터 라펠. 저 지금 엄청 중요한 경기를 앞두고 있는 상황이라, 용건만 간단하게 해주시겠어요?"

"지금 그대가 하고 있는 일들이 단순한 유흥에 불과하다면 지금이라도 그만두도록 해, 레이디 이브."

……뭐?

앞으로 몇 분 뒤면, 지난 몇 달 동안 고생해 온 결과가 나오게 된다.

3차까지 이어지던 입단 테스트는 바로 오늘을 위해 존재하는 것이나 마찬가지.

어젯밤 밤잠을 설쳐 가며 머리맡에 둔 레이피어를 닦고 또 닦았던 것도 바로 오늘 열릴 열매를 위해서였다.

정식 기사가 될 수 있는 길을 코앞에 둔 지금, 시합에 집중해도 모자랄 판이건만 루키나는 제게 경고하는 라펠의 말에 고개를 들어 올렸다.

라펠은 떨리는 루키나의 녹안을 내려다보며 말을 이었다.

"내가 그대에게 권할 수 있는 마지막 기회다."

"……."

"레이디 이브. 잘 생각하는 것이 좋아. 그대와 같은 '레이디'들에겐 기사라는 거친 직업은 어울리지 않아. 남장은…… 더더욱 그렇지."

"……."

"그간 그대의 무용담은 듣고 싶지 않아도 들을 수밖에 없었어. 하지만 이번 관문은 다르다. 지금까지는 힘을 쓰지 않는 시험들이어서 그대가 수월하게 통과를 했을지 몰라도…… 이번엔 달라. 겨우 검을 쥘 수 있는 그대가 감당할 수준이 아니야."

"……."

"만약 그대가 지금이라도 그만두겠다고 한다면 뒤처리는 내가 알아서……."

"이봐요, 미스터 라펠."

라펠의 경고를 들으며 묵묵히 입을 다물고 있던 루키나의 입술이 열린 것은 그가 뒤처리를 언급하고 있던 바로 그 시점이었다.

라펠은 제 말을 툭 끊어버리고선 씩 웃고 있는 남장 여자를 직시했다.

아름다운 은색 머리카락을 갈색의 짧은 가발 아래로 감추어 버린 여자는 의지가 가득한 풀빛 눈동자를 제게 고정시킨 뒤 환하게 웃으며 붉은 입술을 달싹였다.

"여태껏 제 말을 대체 뭐로 들은 거예요?"

질책하는 말투에 라펠의 미간이 좁아졌다.

루키나는 풋 웃으며 고개를 절레절레 젓더니 그를 향해 다가갔다.

"……."

라펠은 서슴없이 제게로 다가오는 그녀의 행동에 무의식적으로 뒷걸음질 치다 툭, 벽과 등이 맞닿는 것을 느꼈다.

"레이―!"

꾸욱, 그녀의 기다란 손가락이 그의 왼쪽 가슴을 세게 짓누르자 라펠은 미간을 좁혔다.

루키나는 싱긋 웃으며 얼굴을 일그러뜨리고 있는 그를 올려다보더니 말을 이었다.

"당신께서 한 가지 망각하고 계시는 게 있는데 저는, 로델린의 사람입니다."

"……!"

"우리 로델린가는 한번 하고자 마음먹은 일은, 절대로 포기하지 않습니다."

"레이디 이브."

"그것이 무엇이든. 절대로."

"……."

"당신이 저를 왜 그토록 걱정하는지 그 이유는 대충 짐작하지만, 전 반드시 기사가 되어야겠습니다. 여기까지 오게 된 이상, 더더욱."

강한 의지를 표하는 루키나의 녹안에서 빛이 흘러나왔다.

라펠은 여전히 입을 다물고 있는 상태였다.

루키나는 빙긋 입꼬리를 더욱 올렸다.

"지켜봐 줘요. 제가 최종 시험을 통과해서 당당히 기사가 되는 모습을. 당신이 무시했던 제가, 기사는 될 수 없다고 확신했던 제가, 어디까지 올라가는지를."

루키나는 그의 가슴을 누르고 있던 손을 떼어낸 뒤 살짝 목례를 하며 웃었다.

아무 말도 하지 않은 채 저를 주시하고 있는 라펠을 향해 루키나는 말을 이어 나갔다.

"그런 당신이 신입 단원이 된 저를 직접 기사로 임명해 준다면…… 몹시 영광일 것 같군요, 미스터 라펠."

"……."

"그럼, 이제 곧 시합이 시작될 예정인지라. 먼저 실례하도록 하죠."

철컥.

다른 기사 지망생들이 입고 있던 갑옷보다는 가벼워 보이는 갑옷을 입은 루키나가 홱 몸을 돌려 사라질 때까지 입을 다문 채 서 있던 라펠은 그녀가 완벽하게 자신의 시야에서 사라질 때까지 움직이지 않았다.

부우우우―!

경기 시작을 알리는 요란한 나팔 소리가 창문 너머에 위치한 연무장 쪽에서 들려오고 나서야 긴 상념에서 벗어난 라펠은 창문 너머를 응시하며 피식 웃음을 흘렸다.

'그대의 말대로 어디 한번 두고 보도록 하지.'

펄럭이는 망토 자락을 휘날리던 그는 연무장 쪽으로 걸음을 옮기기 시작했다.

오늘은 오노르 기사단에 입단하고자 하는 기사 지망생들이 가장 고대하던 바로 그날. 오노르 기사단의 최종 입단 테스트가 열리는 날이다.

"제2경기가 열리는 곳이 어디라고? 오늘 우리 조카가 거기서 경기를 하는데―"

"내가 듣기론 짝수 경기가 열리는 곳은 제2연무장이라고 들었어. 서른 명이 동시에 경기를 진행해서 오노르 기사단 본부의 연무장 두 개를 다 쓴다고 하더군!"

"뭐라고? 연무장 두 개를 다 써?"

"이야, 그거 정말 기대되는데! 오랜만의 공개 무술 시합이 아닌가!"

세이번에 위치한 다른 기사단들과는 달리 리우드 제국민들에 한해 공개 관람을 허용한 오노르의 최종 입단 시험은 오노르의 기사단장, 이안 와이너가 직접 부른 나팔 소리에 의해 시작되었다.

그런 오노르의 최종 입단 시험을 관람하기 위해 흥분된 표정을 지으며 오노르 기사단 본부 내로 들어오고 있는 제국민들의 얼굴엔 흥분이 가득했다.

서른 명이 되는 오노르의 기사 지망생들 중 단 열 명만을 뽑는 진검승부.

각 지원자들이 주로 사용하는 무기를 들고 상대를 쓰러뜨리는 것을 목적으로 한 최종 입단 시험은 토너먼트 형식으로 진행된다.

오노르의 기사 지망생들은 사교계에서부터 알려졌던 다른 기사단의 신입들보다 알려지지는 않았지만, 신분을 고려하지 않고 뽑는 오노르 기사단의 특성상 그들에게 동질감을 느낀 제국민들이 많았기에 매번 최종 입단 시험 때마다 관중들이 몰리는 인기를 끌고 있었다.

"이번엔 어떤 지망생이 우승을 할까?"

"내가 듣기로는 바스타드 소드를 사용하는 가일 모어라는 남자가 검술 실력이 출중하다더군!"

"클레이모어를 쓰는 션 로저도 무시할 수는 없지!"

"남자라면 투 핸드 소드지! 나는 브리드 앤더슨이 끌리던걸?"

말하기를 좋아하는 호사가들은 저마다의 우승 후보를 꼽으며 눈을 빛냈다.

개중엔 이번 최종 입단 시험에서 우승을 차지하는 자에 대한 내기를 하는 사람들도 있을 정도였다.

두 손에 메모지와 펜, 그리고 사람들이 쥐어준 돈을 가득 움켜쥔 채 후보자들의 목록에 도박꾼들의 이름을 적어 내려가던 페릭은 갑자기 드리워진 어둠에 슬며시 고개를 들었다.

"뭐, 뭐요?"

"뭘 하고 있는 거지?"

검은 로브 사이로 음산한 목소리가 흘러나오자 페릭은 움찔했다.

만만한 사람은 아니군.

왠지 모르게 긴장되는 것을 느끼며 침을 꼴깍 삼킨 페릭은 곧 평정심을 되찾고는 주위를 휙휙 둘러보았다.

그러고는 누런 이를 드러내며 씩 웃었다.

"그쪽도 참가하실라우?"

"……참가?"

"이번 대회 우승자를 뽑는 내기 말이오!"

"……!"

"어디까지나 재미로 하는 거요, 재미. 혹시 아오? 그쪽이 돈을 건 사람이 우승을 할지? 어때, 한번 참가해 보겠소?"

그는 음흉한 눈빛을 보내는 페릭을 말없이 내려다보았다.

'판돈은 50페니부터요' 라는 말까지 덧붙이는 페릭의 말에 입을 다물고 서 있던 그는 로브 안쪽을 뒤적이더니 작은 주머니를 하나 건넸다.

"……엥?"

"10실버다."

"……예?"

"모두 한 사람에게 걸지."

"뭐, 뭐를…… 아, 자, 잠깐만요. 잠깐…… 10실버면 1,000페니 아닌…… 후우, 조, 좋습니다! 좋아요. 와, 이거 판돈 엄청 올라가겠는데?"

"……."

"형님. 누구한테 거실 생각이십니까?"

조금 전까지 내비쳤던 껄렁한 태도를 금세 감춰 버리고선 자리에서 벌떡 일어나 허리까지 굽실거리는 페릭을 가만히 내려다보던 그는 붉은 입술을 달싹였다.

"아이반 밀드레드."

"……네? 누구요? 아이반…… 밀드레드? 그자는 한 표도 얻지 못한 자인데 어째서……."

의아한 표정을 지으며 고개를 갸웃거리는 페릭을 응시하던 그는 홱 몸을 돌렸다.

"자, 잠깐만요, 형님! 성함은 말씀해 주시고 가셔야……."

"디마."

"예?"

"디마로 적어둬라."

그는 어리둥절해하는 페릭을 내버려 둔 뒤 등을 돌렸다.

또각또각.

제국민들로 인해 북적이는 오노르 기사단 본부의 로비를 지나 오노르 기사단의 간부들, 혹은 손님들만이 지나갈 수 있는 복도를 걷고 있던 구두 소리가 길게 울려 퍼졌다.

그는 멈추지 않고 걸었다.

「전 반드시 기사가 되어야겠습니다.」

손끝이 떨릴 만큼 강한 의지가 느껴지는 목소리가 귓가에 맴돈다. 저를 빤히 바라보던 녹색 눈동자가 시선을 피할 수 없게 만들었다.

「여기까지 오게 된 이상, 더더욱.」

확고한 의지를 표하는 붉은 입술이 다물어지는 모습을 그는 똑똑히 지켜보았다. 실로 오랜만에 가슴속의 무언가가 끓어오르는 것을 느꼈다면 과한 발언일까.

그는 잠시 멈추어 서선 쓴웃음을 흘렸다.

"각하! 각하!"

얼마쯤 걸었을까.

조금 전부터 시작된 오노르 기사단의 최종 입단 시험은 기사단 본부 건물 안쪽에 위치한 두 개의 연무장에서 현재 성황리에 진행 중이었다.

하지만 아직 열 명의 옥석들을 바로 고르기에는 시간이 걸렸다.

아마도 오후쯤이 되어서야 기사단에 입단 가능한 열 명의 인원들이 정해질 것이라 여기며 비교적 느긋하게 걸음을 옮기던 그는 뒤에서 들려오는 귀 익은 음성에 걸음을 멈추었다.

"헉헉, 여기, 헉헉, 계셨군요!"

"한참을 찾았습니다, 각하."

그, 아니, 미르티스 라펠 윈스턴이라는 이름을 가진 남자는 자신을 부르며 달려오는 사내들을 발견했다.

"디마. 와이너."

그의 총관인 드미트리와 오노르의 와이너 단장이 제 앞에 멈춰 서자 라펠은 고개를 까딱였다.

어느새 라펠과 발을 맞춘 두 남자는 그의 오른편과 왼편에 서서는 단장실 쪽으로 발걸음을 옮기기 시작했다.

그중 먼저 입을 연 것은 오노르의 와이너 단장이었다.

"드미트리 님께 각하께서 직접 참관하신다는 이야기를 듣고 깜짝 놀랐습니다! 이거, 꽤 이례적인 일 아닙니까? 그간 제가 계속 초대를 해도 콧방귀만 뀌지 않으셨습니까, 하하하!"

물론, 확실히 그랬었다.

일개 기사단원들을 뽑는 시험에 자신이 직접 걸음 할 필요성을 느끼지 못했으니까.

이번에는…… 상황이 좀 다르지만.

라펠은 호탕하게 웃는 와이너의 말에 대꾸하지 않았다.

"혹시 각하께서 개인적으로 관심이 가는 지원자라도 있는 겁니까? 아, 그러고 보니 얼마 전에 각하께서 몇몇 지원자들의 소개서를 읽고 계셨던 게 기억이 나는군요!"

"......."

"그러고 보니 저도 그 녀석들의 본 실력이 궁금하기는 합니다. 3차까지는 무예랑은 상관없는 테스트여서 실력을 꽁꽁 숨기고 있었을 텐데 말이죠. 아, 그렇지! 아마 지금쯤 한창 1경기를 치르고 있을 텐데, 괜찮으시다면 연무장으로 안내해 드릴까요?"

"......."

"각하?"

"그렇게 하시죠, 단장님."

입을 다물고 있는 라펠을 흘긋거리며 눈치를 보던 와이너를 향해 드미트리가 라펠을 대신하여 대답했다.

하하, 머쓱한 표정을 짓던 와이너는 '이쪽입니다! 제가 장내가 잘 보이는 곳으로 안내하겠습니다!' 라고 외친 뒤 몸을 틀어 앞서 걸어갔다.

"주인님, 대체 어딜 다녀오신 겁니까? 갑자기 사라지셔서 깜짝 놀랐습니다."

터벅터벅.

조우하게 된 후 줄곧 침묵으로 일관하는 라펠의 곁에 서서는 입을 다물고 있던 드미트리가 성큼성큼 앞서 걸어 나가기 시작한 와이너의 등을 쳐다보다 불쑥 말을 꺼냈다.

라펠의 푸른 눈동자가 천천히 내려가 드미트리에게 꽂혔다.

"본부 로비 쪽에 페릭이라는 자가 내기를 주선하고 있다."

"......예?"

"돈을 걸었으니 나중에 찾아오도록 해라."

"……네?"

드미트리가 뜬금없는 라펠의 말에 황당함을 느낀 나머지 뚝 멈춰 선 것을 개의치 않으며 라펠은 계속해서 발을 앞으로 내딛었다.

"여깁니다!"

이미 앞서 나가던 와이너 단장이 라펠과 드미트리를 향해 손짓을 했다.

라펠은 창가에 서서는 사람들로 가득한 연무장 쪽을 가리키고 있는 와이너의 곁으로 다가갔다.

"다른 자들의 시선도 끌지 않고 장내를 동시에 볼 수 있는 적절한 장소지요. 아, 마침 제1시합들이 끝난 것 같습니다!"

'저기, 저깁니다!' 하고, 손으로 가리키고 있는 와이너 단장의 손길을 따라 라펠의 벽안이 움직였다.

와아아아!

창문 너머에서 들려오는 관중들의 함성 소리.

바로, 승패가 갈리는 소리다.

"하아, 하아."

가빠오는 숨결.

"하아, 하아——"

거칠어지는 호흡.

"하아, 하아."

그리고 미친 듯이 뛰는 심장.

주르륵 흘러내린 땀방울이 온몸을 적신다.

목구멍을 가득 채우는 갈증이 온몸을 휘감아 돌지만 한번 달아오른 혈기는 쉽게 가라앉을 생각을 하지 않는다.

챙—!

검과 검이 맞닿아 발생하는 소리가 청량할 정도로 맑게 귀를 울렸다.

서로를 바라보는 적대적인 시선은 자신도, 상대도 비슷하건만 한 가지 다른 점이 있다면 그녀는 자신의 레이피어를 손에 꽉 쥐고 있다는 점이었고 상대는 그렇지 못하다는 점이었다.

「져…… 졌습…… 니다.」

입술을 세게 악물며 고개를 아래로 떨구는 상대의 말 한마디가 심장을 울릴 줄은 몰랐다.

루키나는 단 한 번이었던 자신의 맞대응에서 밀려나 경기장을 나가 버리는 상대를 하염없이 바라보았다.

'이제 겨우 제1시합이 끝난 거야.'

후우우.

그녀는 눈꺼풀을 아래로 내리며 길게 숨을 내쉬었다.

한껏 부풀기 시작한 열기가 조금은 안정을 찾아가는 것이 느껴진다.

루키나는 웽웽 울리던 귀가 맑아지는 것을 느끼며 다시금 눈꺼풀을 들어 올렸다.

검게 물들어 있던 세상이 다시 환해졌다.

"아이반 밀드레드 씨. 곧 제2시합이 열릴 예정이니 준비해 주세요."

몇 분 전 끝이 난 제1시합이 끝나기가 무섭게 제2시합에 대한 일정을 알려주는 붉은 머리 아가씨의 말을 듣고 그녀는 고개를 끄덕였다.

제1시합에서 현란하게 휘어지던 레이피어의 블레이드를 떠올리며 머릿속으로 앞으로 있을 경기들을 구상해 보던 루키나는 스윽, 제 앞에 다가온 그림자를 발견하고선 얼굴을 들었다.

"네 녀석이 아이반 밀드레드지?"

루키나는 싱긋 웃고 있는 남자를 올려다보며 미간을 좁혔다.

"나는 랄프 테닝이다. 제2시합에서 너와 붙을 자고. 경기 전에 간단히 인사라도 할까, 우리?"

빙긋 미소 지으며 제게 손을 내밀고 있는 초록 머리의 말에 루키나는 잠시 머뭇거리다 자리에서 일어났다.

"아, 네. 반가워요. 우리 좋은 경기 해봐요……!"

좋은 경기를 해보자고 말을 할 생각이었던 그녀의 말은 이어지지 못했다.

루키나는 그와 맞잡은 손바닥에서 갑작스러운 통증이 느껴지자 무의식적으로 미간을 좁혔다.

그녀의 손을 있는 힘껏 움켜쥐고 있던 랄프가 씩 웃으며 루키나를 끌어당긴 것은 그 시점이었다.

랄프는 그녀의 귀에 대고 비릿한 숨을 흘렸다.

"나도 웬만해선 이렇게까지 하고 싶지 않았는데 말이지. 아이반, 네 녀석 같은 비실이가 우리 기사단에 입단하겠다고 설쳐 대는 게 너무 치욕적이라서 말이야."

……뭐?

"경기는 살살 해줄게. 네 녀석이 부끄러움을 느끼지 않도록. 하하…… 악!"

갑작스러운 상황에 놀란 루키나가 눈을 동그랗게 뜨고 있는 사이, 비릿한 미소를 지으며 말을 잇던 랄프의 몸이 공중에 떴다.

루키나는 랄프보다 커다란 누군가가 그의 뒷목을 잡아챈 채 랄프를 들어 올리고 있다는 것을 알아차렸다.

"이, 이게 무슨…… 혀, 형님!"

"비열한 자식."

"예? 으악!"

쿵—!

"당장 꺼져라. 한 번만 더 이런 수를 써서 걸리면 세이번에는 발도 못 디딜 줄 알고."

"혀, 형님!"

"안 꺼져?"

서늘하기 그지없는 남자의 말에 움찔하던 랄프는 '젠장!' 하고 욕설을 흘리더니 그녀와 남자의 앞에서 줄행랑을 쳤다.

루키나는 도망치는 랄프의 뒤를 바라보고 있다가 서서히 제게로 고개를 돌리는 남자를 빤히 주시했다.

"어째—"

툭.

"……뭐야, 이건?"

저를 무뚝뚝하게 내려다보고 있는 남자를 향해 물을 생각이었던 루키나의 눈동자가 제게로 던져진 작은 물체를 발견하곤 동그래졌다.

그녀가 의아해하며 묻자 수북한 털 사이로 볼을 붉히던 남자, 로렐의 두툼한 입술이 움직였다.

"상처 치료에 좋은 약이다."

"뭐?"

"곧 시합에 나갈 테니 얼른 바르도록 해. 이걸로 빚을 조금이나마 갚았다고 생각해 주면 좋겠군."

"……!"

퉁명스레 말을 뱉어낸 로렐은 저를 빤히 바라보고 있는 루키나의 시선이 꽤나 부담스러웠던 모양인지 몸을 돌려 순식간에 사라졌다.

그녀는 멍하니 그가 사라지는 뒷모습을 바라보고 서 있다 고개를 내저었다.

'하마터면 큰일 날 뻔했군.'

옅은 미소를 그리고 있던 그녀는 다행히 랄프와 악수를 한 손이 왼손이라는 사실에 안도하며 쓰고 있던 장갑을 벗겼다.

지난 1, 2, 3차 시험에서 그녀가 상위 클래스를 차지한 것이 다른 지망생들에게 반감을 샀다는 이야기를 듣기는 했었지만 이 정도일 줄이야.

얄팍한 수를 써서까지 자신을 시합에 못 나오게 만들려는 수작을 직접 마주하니, 어쩐지 웃음이 난다.

'눈에는 눈, 이에는 이지.'

아마도 날카로운 것을 쥐고 있었는지, 장갑을 뚫고 손바닥에 상처를 남겨 버린 랄프의 음흉한 얼굴이 눈앞에 맴돈다.

다행스럽게도 로렐이 주고 간 약으로 손바닥의 상처를 문지른 뒤, 천으로 감자 더 이상의 피는 흘러나오지 않았다.

"아이반 밀드레드 씨, 대기해 주세요!"

기사가 되기 위한 최종 관문이나 다름없는 이번 최종 입단 시험에서 안정권 안에 들려면 오후에 열릴 예정인 8강전까지만 진출하면 된다.

앞으로 두 경기. 단 두 경기만 더 이긴다면 그렇게 고대하던 기사가 될 수 있다는 소리.

그런 의미에서 비교적 가벼운 몸놀림에도 불구하고 일부러 시간을 끌며 제1시합에 임했었건만 어찌 된 영문인지 자신을 향한 견제가 갈수록 심해진다.

우승까지 바라본다면 앞으로 네 경기를 더 이겨야 했지만 어차피 처음부터 눈에 띌 생각은 없었고, 우승하고자 하는 꿈은 꾸지도 않았었기에 상대의 공격에 놀라는 척하던 루키나는 피식 웃음을 흘렸다.

"예."

저를 부르는 붉은 머리 아가씨의 말에 손을 들어 올린 루키나는 후우, 짧게 심호흡을 했다. 슬며시 고개를 돌린 루키나의 시야에 의자에 놓아둔 레이피어가 보였다. 그녀가 천으로 손바닥을 감싼 왼손이 아닌 오른손을 뻗자 그녀의 손등에 핏줄이 돋아났다.

꽈악—

루키나는 컵 모양의 가드 아래, 붉은빛이 감도는 힐트를 세게 부여잡고선 빙긋 웃음을 그렸다.

'어차피 가늘게는 힘들었으니까 말이지.'

옅은 미소를 건 루키나의 눈매가 매서워졌다.

그녀는 철컥거리는 갑옷을 입은 상태로 제게로 손짓하고 있는 붉은 머리 아가씨를 향해 걸어갔다.

'기사가 되기로 결심한 거, 이왕이면 끝내주게 멋진 기사가 되어보자고!'

굵고 긴 삶을 꿈꾸는 레이디 루키나 이베타 로델린이 생존하기 위한 일곱 번째 법칙.

레이디는 기사가 되어야 한다.

그리고 그로부터 하루가 지난 날.

오노르 기사단의 본부 대문에는 커다란 벽보가 하나 붙었다.

'제국민께 알리는 말씀'이라는 타이틀을 지닌 그 벽보의 내용은 아래와 같다.

　—리우드 제국의 용맹한 기사 지망생들의 지원하에 펼쳐진 제7회 오노르 기사단의 신입 단원 모집은 성황리에 끝이 났습니다.

　지원해 주셨던 많은 여러분들께 감사를 표하며 앞으로 오노르의 기사로서 활동할 아래 열 명의 신입 기사들에게 아낌없는 박수를 보내주길 바랍니다.

　저희 오노르는 제국을 위해, 그리고 제국을 사랑하는 백성을 수호하기 위해 앞으로도 노력을 게을리하지 않겠습니다. 감사합니다.

　　　　　　　　　　　　—오노르 기사단장 이안 와이너 드림.

　~제7회 오노르 기사단 신입 단원 모집 최종 결과~

　10위. 에릭 로버

　9위. 브리드 앤더슨

　8위. 유리 로우드

　…

　…

　…

　4위. 로렐 산트너

　3위. 가일 모어

　2위. 라이언 휴블.

　1위. 아이반 밀드레드.

　이상, 총 10인.

❖

—사랑하는 아버지께. 이브, 오랜만에 인사드립니다.

리우드 제국 동북쪽에 위치한 로델린 공작령에 한 통의 편지가 도착했다. 정갈한 글자로 쓰인 편지의 내용은 고향을 떠나온 공작 영애의 그리움을 가득 담고 있었다.

로델린의 풀 냄새, 다리, 뒷산의 사냥터, 호수, 영주민, 그리고 공작성에서 그녀의 소식을 기다리고 있을 다른 수많은 사람들까지. 사소한 것 하나부터 시작하여 놓치기 쉬운 식솔들까지 언급하는 로델린 공작 영애의 편지는 비단 로델린 공작뿐 아니라 로델린 공작성에서 일하고 있는 많은 이들의 가슴을 들썩이게 했다.

그런 서신의 내용을 조금만 들여다보자면, 다음과 같다.

—……는지 모르겠네요. 찰스 아저씨의 빵은 많이 먹어보지는 못했지만 그 냄새가 매우 그립습니다. 미스 미레이도 잘 지내고 계시죠? 그리고 빼먹을 수 없는 우리 유렐! 유렐 또한 어떻게 지내고 있는지 매우 궁금합니다.

"아흑, 아가씨이!"

평소 깐깐하기 그지없는 총시녀장 유렐이 공작성의 총관 카일의 편지 낭독에 닭똥 같은 눈물방울을 뚝뚝 흘려대는 것을 보며 몇몇 시녀들은 쿡쿡 웃음이 터져 나오려는 것을 겨우 참아야 했다.

"쉬, 유렐! 카일, 어서 계속해 보게!"

카일은 인상을 쓰면서까지 유렐에게 눈치를 주더니 다시 저를 바라보는 에드문드의 뜨거운 시선에 어색한 웃음을 흘리며 입술을 움직였다.

―……그리고, 대망의 그날이 다가오고야 말았습니다!

"오오, 그날?"

"최종 입단 시험 날 말이에요!"

"아가씨께서 뭐라고 하십니까? 붙으셨답니까? 이기셨답니까?"

루키나 이베타 로델린이 보내온 편지 낭독회에서 줄곧 평정을 유지하던 슈비트 에단은 '최종 입단 시험'이라는 말을 듣자마자 자리에서 벌떡 일어났다.

좌중을 압도하는 커다란 목소리를 뱉어내며 외치는 슈비트 에단의 말에 에드문드는 눈을 부라렸다.

"흠흠. 흐음……."

가장 중요한 대목에서 끊어져 버린 낭독으로 인해 눈치를 받던 슈비트 에단이 괜한 헛기침을 흘리며 시선을 피한 것은 당연했다.

다시금 고요해진 주위를 두리번거리던 카일 아렌은 빙긋 웃더니 말을 이어 나갔다.

―제1시합이 시작되었습니다. 상대는 롱소드를 사용하는 자였어요. 왼손잡이였고, 체격은 아버지께도 짐작하셨겠지만 저보다 컸습니다. 아무래도 첫 시합인지라 당황하지 않을 수가 없었죠. 하지만 언제나 아버지, 그리고 에단 경께서 하셨던 말씀을 잊지 않았습니다. '네 실력을 믿어라. 너는 내 가르침을 받았다'라는 말씀들 말이죠.

"하하하, 제가 그런 말씀을 아가씨께 드리곤 했었죠. 이거 매우 부끄…… 흠흠."

또다시 카일의 말을 끊어버린 슈비트 에단은 에드문드의 서늘한 시선에 뱉으려던 말을 주워 담고선 그의 시선을 회피했다.

'누가 에단 경의 입 좀 틀어막아' 라고 싸늘하게 중얼거린 에드문드는 카일을 응시했다.

멋쩍은 미소를 짓던 카일은 고개를 끄덕이며 입술을 달싹였다.

──……저는 8강전에만 진출하자는 마음뿐이었습니다. 하지만 저를 무시하는 그자들을 보자니 피가 들끓더군요! 제가 누굽니까, 아버지!

"내 딸이지!"

"예?"

"아무것도 아니다. 계속해라, 카일."

콜록콜록──

기막힌 성대모사로 내내 다른 사람들에게 눈치만 주던 에드문드까지 동요시킨 카일은 헛기침을 해대는 에드문드를 향해 옅은 웃음을 그리며 소리를 내뱉었다.

──아버지의 자랑스러운 딸, 이브 아닙니까! 저를 무시하는 것은 용서할 수 있어도 제 검술 실력을 의심하는 것은 절대로 용서할 수 없었습니다! 아버지께서 무리 없이 기사단에 들어갈 수 있는 실력이라고 평가해 주신 바로 이 검술로 저는 랄프, 그놈을 처참하게 무너뜨린 걸로도 모자라 8강 상대였던 에릭 로버, 4강 상대였던 가일 모어, 그리고 결승전 상대였던 라이언 휴블까지! 모두 완벽하게 이겨 버렸습니다!

와아아아!

루키나 이베타 로델린의 다이어트 전담 팀원들이 자주 모이던 본성 4층 응접실에서 커다란 함성 소리가 울려 퍼졌다.

카일의 박진감 넘치는 낭독을 듣고 있던 뭇 관중들이 우레와 같은 박수를 건넨 것이다. 짝짝짝, 흐뭇한 표정을 지으며 고개를 끄덕이는 것은 비단 루키나의 전담 팀뿐만이 아니었다.

"내 딸이 기사 시험에 통과했어!"

최종 입단 시험에서 우승을 차지했다는 소리는 곧 기사 시험에 합격했다는 이야기.

에드문드 매튜 로델린은 주변의 시선 따윈 의식하지 않고 어느새 앉았던 소파에서 다시 일어나 큰 박수와 함께 소리치고 있었다.

루키나가 곧 열리게 될 기사 서임식에 에드문드가 꼭 와주었으면 좋겠다고 적어놓은 마지막 문구까지 완벽하게 낭독한 카일은 부드러운 미소를 지으며 진심 어린 인사를 건넸다.

"하하, 축하드립니다, 각하."

하지만 에드문드는 그런 카일의 인사 따위는 신경도 쓰지 않고 그의 어깨를 세게 부여잡더니 눈을 부라렸다.

"카일. 들었나? 내 딸이 기사 시험에 통과했다고!"

"예? 아, 네! 정말 축하드립니다, 각하!"

혹시 자신의 인사가 전해지지 않은 것인가?

카일은 잠시 의아해했지만 이내 흥분을 감추지 못하는 에드문드를 향해 눈꼬리를 휘며 다시 축하를 건넸다.

"으하하하—! 내 자랑스러운 딸이 기사 시험에 통과하다니! 카일 들었나?"

……응?

"내 딸이, 그 어려운 기사 시험을 통과했어!"

"아, 예! 저도 들었—"

"아하하하! 카일! 에단! 유렐! 찰스! 수잔! 다들 들었냐고! 내 하나밖에 없는 딸이, 기사가 됐다는 말이다! 아하하하!"

에드문드 로델린은 루키나가 의식불명에서 깨어났다는 이야기를 들었을 때만큼이나 기뻐 보이는 표정을 지으며 말하고 또 말했다.

처음엔 그의 말에 흐뭇한 표정을 지으며 고개를 끄덕여 주던 루키나 로델린의 다이어트 전담 팀을 비롯한 공작성의 총관 카일 아렌은 그런 에드문드의 행동이 한 시간 넘게 이어지자 질린 듯한 표정을 지으며 고개를 가로저었다.

"지금 당장 모든 일정을 중단하고 세이번으로 떠날 채비를 해라! 우리 이브를 보러 갈 것이다!"

그리고 그 서신이 도착했던 그날 밤, 에드문드는 세이번으로 향할 준비를 끝냈다.

히이잉—!

다그닥, 다그닥 이어지던 말발굽 소리가 끊어진 것은 마부가 고삐를 잡아당기는 바람에 발생한 말 울음소리가 들려오고 난 직후였다.

마차 안에서 곧 만나게 될 루키나의 모습을 떠올리며 그녀가 보내온 두 통의 서신을 읽고, 또 읽기를 반복하던 에드문드는 갑자기 멈춰 버린 마차를 의아하게 여기며 창문을 열었다.

"무슨 일이지?"

"저기, 그게……."

"로델린 공작 각하십니까?"

마차 밖에서 당황한 표정을 짓던 카일의 모습에 의아함을 느낄 사이도 없이 하얀 머리의 노인이 빙긋 웃으며 다가오자 에드문드는 미간을 좁혔다.

누구냐는 시선을 카일에게 날리자 그를 대신하여 하얀 머리의 노인이 에드문드를 향해 고개를 숙이며 말했다.

"저는 로건이라고 합니다. 뵙게 되어 영광입니다, 로델린 공작 각하."

"로건?"

"예. 저는 현재 소단…… 아니, 이브 아가씨께 남은 제 평생을 바친 몸입니다."

"그대가? 우리…… 이브에게?"

"각하께서 아가씨의 편지를 받으신다면 필히 이곳을 지날 것이라 아가씨께서 친히 일러주셔서 각하를 뵐 기회를 얻었습니다. 각하께서 허락하신다면, 아가씨가 계시는 세이번까지 제가 안내하겠습니다."

"……!"

"괜찮으시겠습니까, 각하?"

공손하기 그지없는 하얀 머리의 노인, 로건의 말이 의심스럽지 않다면 거짓이었지만 루키나가 자주 사용하던 빗까지 보여주며 말을 건네자 에드문드는 조금 흔들렸다.

서늘한 눈을 빛내며 로건을 한 번 내려다보던 에드문드는 픽 웃음을 터뜨리며 고개를 끄덕였다.

마차 안의 자신을 향해 올곧은 시선을 보내고 있는 로건에게선 결코 거짓 따위는 보이지 않았다.

"봤나, 카일? 내 딸이 부하도 만들었어!"

덕분에 에드문드 로델린은 호탕한 웃음을 터뜨리며 외칠 수 있었다.

카일은 경계의 시선을 거두고선 빙그레 미소를 그렸다.

"예. 정말 대단한 아가씹니다. 공작성을 나선 지 한 달도 안 된 것 같은데 벌써……."

"하하하, 카일! 내 딸에게도 부하가 있어!"

"아……."

또 시작이군.

웃으며 에드문드에게 대답하려던 카일은 공작성에서 이어 2차로 시작된 에드문드의 딸 자랑에 두 손 두 발을 다 들어 올리며 긴 한숨을 내쉬었다.

"총관님. 각하께서 왜 저러십니까?"

당시 밤을 꼬박 새워가며 에드문드의 루키나 자랑을 듣고 있어야 했던 그날의 일을 알지 못하는 로건이 의아한 표정을 지으며 카일에게 속삭였지만 카일은 대답하지 못했다.

"아하하하! 내 딸이 부하를 만들었다고! 정말 대단하지 않은가? 늙었지만 든든해 보여!"

로건이 카일이 짓던 표정의 의미를 알아챈 건 그다음 날이 되고 나서였다.

"오늘이지?"

"응, 오늘이야!"

"우리 기사님을 위해 나는 해바라기를 준비했는데, 너희는 뭘 준비했어?"

"나는 장미! 그것도 붉은 장미!"

"어휴, 촌스럽게 장미가 뭐야? 흰 백합 정도는 되어야지! 기사님이랑 흰 백합, 얼마나 잘 어울리니!"

꺅꺅, 길가를 가득 울리는 탄성 소리가 터벅터벅 걸음을 옮기던 에드문드의 귀에 닿는다.

'역시 황도군.'

리우드 제국의 황도, 세이번.

넓은 길임에도 불구하고 각종 노점상들과 사람들로 빼곡히 찬 이곳은 발 디딜 틈도 없어 보인다.

몇 번을 와도 북적이는 이 도시는 적응이 되지 않았다.

그런 소란스러움은 오랜 시간이 지나도 낯설게 느껴졌기에 일부러 동북쪽에 위치한 고요한 영지를 달라고 황제께 청한 것이었고, 흔쾌히 땅을 내어준 황제에게서 로델린령이라는 이름까지 하사받기까지 했다.

잠정 은퇴를 선언한 이후 어쩔 수 없이 황도에 들를 때마다 곧장 황궁으로 직행했던 에드문드는 이런 북적거림이 왠지 간지럽게 느껴져 어색한 표정을 지으며 길을 걸어갔다.

"불편해 보이십니다, 각하."

그런 그의 마음을 읽었던 걸까.

빨강, 초록, 파랑 머리의 여인들을 흘긋거리며 괜한 헛기침을 흘리던 에드문드는 빙긋 웃으며 묻는 카일의 말에 옆얼굴을 긁적였다.

"광장까지 나오는 건 오랜만이라…… 흠흠, 그나저나 얼마나 더 가야 하지? 서임식이 시작되기 전까지는 도착해야 하는데. 그런데, 어째서 이쪽으로 향하는 건지 모르겠군. 카르디아 궁은 광장 쪽이 아니라 에디드산 쪽이 아닌가?"

어째서 수월한 마차를 타고 가는 것이 아니라 도보로 걸어가는 건지 이해가 가지 않을 정도다.

항상 마차를 타거나, 혹은 말을 타고 이동했던 에드문드는 로건이 안내해 줬던 고급 여관에서 하룻밤을 묵은 뒤 기사 서임식이 열린다는 장소로 자신을 안내하는 로건의 뒷모습을 의아하게 응시하며 카일을 흘긋거렸다. 카일은 그런 에드문드의 말에 큰 충격을 받은 듯 걸음을 멈췄다.

"카일?"

"각…… 하. 지금 무슨 소리를 하시는 겁니까?"

에드문드는 당황을 금치 못하는 카일을 의아하게 바라봤다.

왜 이런 표정을 짓는 거지?

"내 말이 틀린 건가, 카일? 우리 이브는 아그노스에 입단하지 않았느냐?"

"……하하, 가, 각하. 뭔가 오해를 하신 모양입니다."

"오해?"

"아가씨께서 입단하신 기사단은 아그노스가 아닙니다."

"……그게 무슨 소리지?"

그럼, 우리 이브가 입단할 곳이 아그노스 외에 또 있었던가?

에드문드는 심각한 표정을 지으며 카일의 말이 이어지길 기다렸다.

무려 제국 최강이라 불리는 자신의 검을 한 번이나 받아낸 실력자이자, 눈에 넣어도 아프지 않을 제 딸이 입단할 곳은 분명 아그노스뿐이라 여겼건만.

아그노스가 아니라고?

카일은 놀라는 에드문드를 향해 반달처럼 눈을 휘며 대답했다.

"아가씨께선 아그노스가 아닌, 오노르에 입단하셨습니다."

"오…… 오 뭐? 오 뭐?"

덜컥—

가슴이 내려앉는 기분을 느낀 것은 실로 오랜만이었다.

에드문드는 루키나가 독으로 쓰러졌다는 이야기를 들은 이후 처음으로 숨을 쉴 수가 없었다.

에드문드는 '각하, 도착했습니다! 여기가 바로 오노르입니다!' 하고, 앞서 걸어가던 로건이 웬 건물 하나 앞에 서서는 소리치는 것을 발견하고 나서야 정신을 차릴 수 있었다.

「오노르 기사단. 고위 귀족이라고 알려져 있기는 하지만 창단 이후 지금까지 줄곧 정체를 밝히지 않은 한 귀족이 후원하고 있는 제국의 기사단입니다. 어떻게 황제 폐하의 허가를 받은 건지도 자세히 알려지지 않았으나 창단된 지는 벌써 7년이 지났습니다. 천민, 평민, 귀족 등을 가리지 않고 기사로 등용하여 제국에 큰일이 생겼을 때 각종 도움을 줬던지라 일반 백성들에게는 많은 호응을 얻고 있습니다만, 귀족들의 시선은 그리 곱지 않습니다. 기사를 신분 상승의 도구로 이용한다고 해서 말이지요. 하지만 한 가지 확실한 건, 오노르에는 실력자들이 상당하다는 사실입니다. 황제 폐하께서도 간혹 오노르의 단원들을 살필 정도로 관심을 두고 계신다는 말도 있고요.」

오노르에 대해 간략하게 설명해 주던 카일의 말을 떠올리던 에드먼드의 시선이 오노르 본관 로비를 날카롭게 훑었다.

'내부는…… 나름 잘되어 있군.'

딸이 지내기엔 여러모로 부족한 점이 많지만 몇 군데 보수를 한다면 꽤나 괜찮을 것 같기도 하다.

아무래도 카일을 시켜 익명의 후원자가 되어야겠다고 다짐하던 에드먼드는 웅성거리는 소리가 들려오는 복도 끝을 바라보며 눈을 크게 떴다.

"아가씨께서는 저곳에서 대기 중이십니다."

"고맙네, 로건."

"별말씀을. 그럼 다 끝나면 불러주십시오. 저는 대기하고 있겠습니다."

에드먼드는 제게 고개를 숙이고는 물러나는 로건의 뒷모습을 바라보다 흐뭇한 미소를 지었다.

'이브가 정말 괜찮은 수하를 거뒀군.'

나이는…… 많지만.

속으로 나지막하게 중얼거리던 에드문드는 문을 지키고 있던 기사들을 향해 로건으로부터 건네받은 초대장을 보여주는 카일의 뒤를 따라 연회장 안으로 들어갔다.

"이브는 어디 있지?"

"글쎄요. 조금 찾아봐야 할 것 같…… 헉! 각하, 저기 셰리 아닙니까?"

카일의 손끝이 향한 곳은 왠지 익숙한 뒤태의 누군가가 서 있는 방향이었다.

에드문드는 어색하기 그지없는 갈색 가발을 꾹꾹 눌러쓴 채 정면에 있는 누군가에게 쉴 없이 말하고 있는 셰리를 향해 다가갔다.

"……그러니까, 그쪽도 조심하라는…… 아, 잠깐만요. 저 지금 얘기 중이잖아요! 잠깐만 기다려…… 헉!"

퉁명스러운 얼굴의 한 남자를 향해 쉴 새 없이 뭔가를 지적하고 있던 셰리는 톡톡, 어깨를 두드리는 카일의 행동에 손을 뿌리치다 결국 뒤를 돌아보았다.

동그래지는 셰리의 눈동자가 튀어 나올 정도로 큼지막해지는 것을 카일과 에드문드는 놓치지 않았다.

"각……!"

"오랜만이지?"

셰리의 입에서 '각하!'라는 말이 새어 나오기 전에 에드문드는 빙긋 웃으며 그녀에게 말을 건넸다. 셰리의 눈에서 그렁그렁, 물방울이 맺힌 것은 말할 필요도 없었다.

"아이반 밀드레드. 그대는, 언제 어디서나 약자를 보호하고 명예를 우선시하며, 겸양과 용맹을 겸비한 오노르의 자랑스러운 기사로서 리우드를 위해 평생을 바칠 것을 맹세합니까?"

언젠가 저 역시 서약했던 바로 그 말들.

기사가 되기 위해 반드시 거쳐야 하는 맹세의 말들을 듣고 있자니 어쩐지 감회가 남다르다.

자신이 영원한 주군인 지금의 황제 앞에서 했던 말 한마디 한마디가 귓가에 맴돌아 에드문드는 옅은 미소를 지었다.

"예, 맹세합니다."

그 누구보다도 먼저, 가장 높은 위치에 올라 오노르의 기사단장인 와이너에게 기사로 임명받고 있는 자신의 딸을 보자니 가슴이 뭉클하는 감정을 막을 수 없었다.

억지로 남자로 분하기 위해 목소리를 낮추어 대답하는 딸아이가 안쓰럽기 그지없었지만 이것이 미래의 제국 최초의 여기사가 되는 발걸음이 될 거라 믿어 의심치 않았다.

에드문드는 자랑스럽기 짝이 없는 루키나가 기사로 임명되는 모습을 지켜보다 몸을 돌렸다.

"각하? 어찌 더 보시지 않으시고……."

"되었다. 내가 여기 있다가는 아까처럼 또 의심을 살 수 있어. 기사가 되는 모습을 본 걸로 만족한다."

정식 서임식이 열리기 전, 그의 등장에 루키나가 '아버지!' 하고 외치는 통에 그녀의 정체가 들켜 버릴 뻔한 일이 있었다.

아이반 밀드레드의 아버지는 이미 죽어버렸던 터라, 그녀의 외침에 의심의 눈초리를 보내는 사람들이 생겨났다.

그 시선을 의식했는지, 아버지라는 말을 뱉어내고선 곧이어 '큰아버지!' 하고 한 번 더 큰 소리로 외친 루키나가 자신을 부둥켜안지 않았다면 그녀를 향한 의심은 더욱 짙어졌겠지.

낮은 탄성을 터뜨리며 수긍하는 카일과 시선을 교환한 에드문드는 말을 이었다.

"게다가 모처럼 다시 황도에 왔으니 카르디아 궁에 들러 폐하께 인사를 드려야겠지. 폐하의 성격상, 한 번 궁에 들어가면 한 달은 붙잡으시는 터라 쉽게 빠져나올 수 있을지도 모르겠고."

"그래도 혹시 모르니 거처를 준비해 두겠습니다."

"그러는 게 좋겠……!"

그의 마음을 헤아리는 유능한 총관, 카일 아렌을 향해 흐뭇한 미소를 날리던 에드문드는 연회장을 빠져나오다 말고 누군가와 허공에서 시선을 마주쳤다.

"……각하?"

사랑하는 딸을 내버려 둔 채 빠져나오는 아비의 심정은 참으로 고통스럽겠지만, 어쩔 수 없는 상황이었다. 한숨을 내쉬며 연회장을 빠져나오려는 에드문드의 마음을 이해하던 카일은 갑자기 멈춰 선 에드문드를 의아하게 바라보았다.

에드문드는 서임식이 열리고 있는 연회장의 중앙 쪽이 아니라 오른쪽 기둥 모퉁이를 뚫어져라 응시하며 미간을 좁히고 있었다.

"각하, 왜 그러십니까?"

"……."

"각하?"

"아, 미안하다. 잠깐…… 헛것을 본 듯하여."

에드문드는 의아해하는 카일을 향해 고개를 내저으며 중얼거렸다.

'여기 있을 리 없지.'

다른 사람도 아니고 제국의 그림자나 다름없는 그 남자가 이런 기사단에 어슬렁거릴 리 없다.

에드문드는 풋 웃으며 곁에 서 있던 카일에게 말했다.

"로건이 기다리고 있겠군. 어서 움직이도록 하지."

"예."

"유리 로우드!"

……응?

"유리 로우드는 앞으로 나오라!"

연회장의 출구 쪽으로 발을 뻗으려던 에드문드의 발걸음이 뚝 멈췄다.

'왠지 익숙한 성이군.'

셀레스틴 황제가 과거 황태자였던 시절, 자주 사용하곤 했던 성인 '로우드'가 뒤에서 들려오자 웃으며 한 번 흘긋거린 에드문드의 시야로 금발 머리의 사내가 오노르의 기사단장의 앞에 머리를 숙이고 있는 것이 보였다.

"각하?"

발을 떼려다 말고 멈추어 서선 기사 서임식을 지켜보고 있는 에드문드의 모습이 꽤나 수상쩍었는지, 카일이 고개를 갸웃거렸다.

에드문드는 얼굴을 볼 수 없던 금발의 사내가 무릎을 꿇은 채 기사로 임명되는 모습을 지켜보다 피식 실소를 터뜨렸다.

"하하, 설마. 그럴 리가 없지."

로우드라는 성은 흔하진 않지만 없는 것도 아니다.

물론 굳이 황족들 중에 저런 화려한 금발을 가진 자들을 꼽아보자면 휴이렌 황자, 그리고 유리안 황태자가 있기는 하지만…….

'황태자는 병약해서 궁에만 박혀 있지 않은가.'

휴이렌 황자 역시, 요즘은 세력을 끌어모으느라 이런 기사단 서임식에 걸음을 했을 리도 없고.

에드문드는 쓴웃음을 흘리며 카일에게 작은 주머니 하나를 내밀었다.

"각하?"

"쉽게 발이 떨어지지 않는 건 아무래도 미련이 남아서인 것 같군."

"예?"

"너무 환하게 빛나는 내 딸에게 대놓고 축하를 해줄 수 없어서인 것 같다. 카일, 로건에게 이 주머니를 건네주도록 해라. 우리 이브가 오늘은 먹고 싶은 것을 마음껏 먹을 수 있도록, 충분한 식비로 사용하라고 하고."

"네!"

에드문드의 말에 세차게 고개를 끄덕이는 카일을 보며 그는 입가에 미소를 걸었다.

저보다 한발 앞서 연회장을 빠져나가는 카일의 뒤를 이어 터벅터벅, 발을 내딛던 에드문드는 미간을 좁혔다.

'이곳에서 황태자와 윈스턴 공작을 보다니…… 뭔가 문제가 있는 것이 틀림없군.'

부드득, 부드득—

그는 두툼한 손등으로 눈을 비비며 고개를 절레절레 저었다.

에드문드 매튜 로렐린은 이 연회장을 빠져나가는 즉시, 시력 검사를 받아야겠다고 다짐했다.

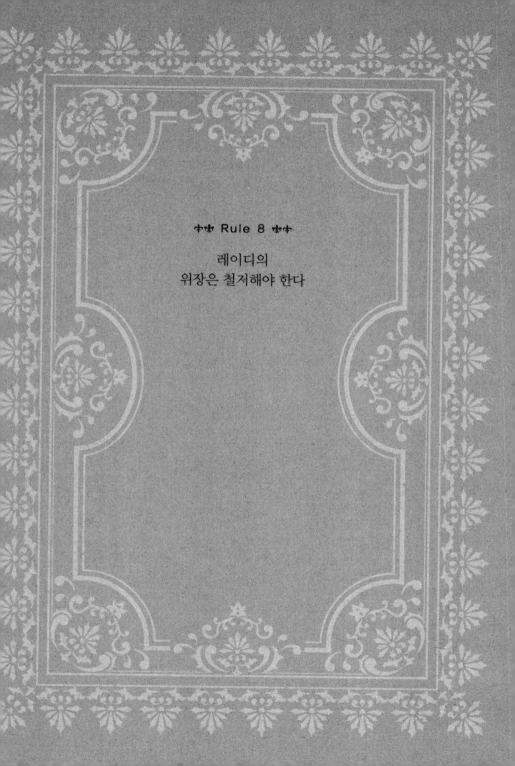

✤✤ Rule 8 ✤✤

레이디의
위장은 철저해야 한다

「아이반 밀드레드. 그대는, 언제 어디서나 약자를 보호하고 명예를 우선
시하며, 겸양과 용맹을 겸비한 오노르의 자랑스러운 기사로서 리우드를 위
해 평생을 바칠 것을 맹세합니까?」

　당시 느꼈던 심장의 고동 소리.
　가쁘게 흘러나왔던 거친 숨결.
　어깨와 목덜미를 두드리던 금속의 촉감까지.
　고생 끝에 드디어 '기사'가 되던 바로 그 순간들을 한동안은 잊기 어려
울 것이다.
　탁탁탁—
　"어이, 여기 잔이 부족해!
　"여기는 술이 모자라다고!"
　"여기는 고기! 고기!"

……젠장.

되새기면 되새길수록 깊은 감동을 주고 있던 기사 서임식에서의 일을 떠올려 보며 눈을 감고 있던 루키나의 눈꺼풀이 올라간 것은 테이블을 두드리는 요란한 소리 덕분이었다.

루키나는 환호성을 내지르며 술잔을 든 채 외치는 건장한 체격들의 청년들을 흘긋거리며 후우, 한숨을 내쉬었다.

감상에 좀 빠져 보려 했더니 도통 그럴 기회 따위는 주지 않는다.

루키나는 쓴웃음을 흘리며 '즐기자, 즐겨!' 라는 외침과 함께 술잔을 들어 올리고 있는 신입 단원들을 바라보았다.

현재 루키나를 비롯한 오노르의 신입 단원들이 앉아 있는 이곳은 오노르 기사단 2층에 위치한 대식당.

기사 서임식을 마친 총 열 명의 신입 단원들은 각자의 가족들과 지인, 그리고 그들을 모시던 몇몇 시종들과 헤어진 뒤 오노르 기사단에서 직접 준비한 신입 환영회를 즐기기 위해 대식당으로 향했다.

곧 있으면 선배 기사단원들을 비롯한 오노르의 간부들이 온다는 이야기는 들었지만 벌써 꽤 시간이 흘렀음에도 그들이 등장하지 않자, 열 명의 인원들은 총 세 개로 된 기다란 식탁 앞에 뿔뿔이 흩어져 각자의 취향대로 기쁨을 즐기고 있던 중이었다.

'흐음.'

루키나가 현재 앉아 있는 곳은 다른 두 개의 식탁과는 달리 비교적 고요하기 그지없는 분위기를 풍기고 있었다.

그녀는 스윽, 자신과 같은 식탁 앞에 앉아 있는 사람들을 흘긋거렸다.

생글생글 웃으며 주위를 두리번거리고 있는 유리안이 그녀의 맞은편에 자리를 잡고 있었고, 그런 유리안의 옆자리에는 사랑스러운 이름과는 달리 꽤나 까칠한 얼굴의 로렐이 연신 술잔을 들이켜며 미간을 좁히는 중이다.

루키나는 제 앞에 앉아 있는 두 명의 남자들 너머의 또 다른 그룹들이 아까부터 계속해서 그들이 앉은 식탁 쪽을 흘긋거리고 있다는 것을 인지하기는 했으나 애써 모르는 척했다.

'틀림없이 이 상황을 원하기는 했지만…….'

어째, 상황이 영 석연치는 않다.

소드 마스터인 로델린 공작의 검까지 받아내는 투혼을 벌여가며 공작성을 나섰고, 기사단에 입단하기 위해 각종 테스트까지 훌륭히 통과하여 결국 기사 서임식까지 치렀지만 이제 와 생각해 보니 자신은 남자들이 우글우글한 소굴에 제 발로 들어왔다.

게다가 동료가 될 수 있을 거라 여겼던 다른 동기들은 어찌 된 셈인지 그녀를 계속 견제하고 있었고, 그나마 그녀와 같은 식탁 앞에 앉아 있는 사람들은…….

"왜?"

"……."

저와 한 번 좋지 않은 쪽으로 얽혔던 두 남자, 유리안과 로렐뿐이다.

루키나는 그녀가 쏘아대는 시선에 하던 행동을 멈추고 의아한 표정을 짓는 유리안에게 손을 휘휘 젓더니 속으로 중얼거렸다.

'이제부터 정신 바짝 차려야 해, 루키나. 정신 차려!'

그녀는 후우, 후우, 숨을 내쉬며 호흡을 골랐다.

그때였다.

끼이익—

"이야, 너희들 벌써 시작했냐?"

"자식들, 기다리지 않고!"

"우와, 우리 환영회 때는 이 정도는 아니었잖아!"

"어? 너 인마, 결국 붙었구나!"

루키나는 대식당의 출입문이 열리는 소리와 동시에 신입 단원들이 앉아 있는 곳으로 발을 내딛는 오노르 기사단의 선배 기사들을 발견하고선 조금 긴장했다.

건장한 체격을 자랑하는 남자들이 순식간에 식당 안으로 들어오자 텅 비어 있던 식탁은 금세 북적이기 시작했다.

'어라?'

그러나 어찌 된 셈인지 60명이나 되는 선배 기사들은 루키나와 유리안, 그리고 로렐이 앉아 있는 식탁 쪽은 거들떠도 보지 않았다.

'뭐지?'

왠지 가시방석에 앉은 것 같은 반응에 루키나의 미간이 좁아지는 것은 당연했다.

대체 누구 때문인 거야.

루키나는 텅 빈 그들의 식탁을 흘긋거리다 슬며시 고개를 들어 올려 로렐을 응시했다.

로렐 산트너.

얼마 전까지만 하더라도 많은 이들에게 찬양을 받으며 환심을 샀지만 어느 순간부터 그의 주위를 맴돌던 사람들은 뚝 끊어졌다.

'설마, 나 때문인가?'

그리고 보니 제2시합에서 그녀에게 처참한 패배를 당했던 랄프가 로렐에 대한 안 좋은 소문을 퍼뜨리고 다닌다는 이야기를 들은 것 같기도 한데.

루키나는 묵묵히 술을 들이마시고 있는 로렐을 쳐다보며 묘한 표정을 지었다.

'그래도 로렐 때문에 이렇게 텅텅 빌 리는 없어. 그렇다면……'

루키나는 로렐의 옆에 앉아선 빙긋 미소 짓는 남자를 향해 시선을 옮겼다.

유리안 아이너 리우드.

아니, 여기서는 유리 로우드라는 가명을 사용하고 있는 화려한 금발 머리의 미남자는 동기들 사이에서 이름이 아닌, 조금은 특별한 별명으로 불리고 있었다.

「뭐? 또?」

「그렇다니까요! 아니, 어떻게 상대하는 자마다 배탈이 나서 경기를 기권해 버리는 건지! 덕분에 왕자님은 '100년에 한 번 올까 한 행운의 남자' 라고 불린다니까요? 쳇. 그런 행운이 우리 아가씨한테 찾아오면 얼마나 좋아.」

입술을 씰룩이며 투덜거리던 셰리의 말에 루키나는 큰 충격을 받았다.

제1시합부터 시작하여 딱 두 번의 경기를 이기면 8강에 안착하여 총 10인을 뽑는 신입 단원 안에 선출되기는 하지만, 설마하니 유리안이 8강에까지 오르리라고는 생각하지 않았다.

얼마 전까지만 하더라도 궁극의 병약함을 보이던 그가 아니었던가.

루키나는 염라가 건네줬던 목걸이의 효능을 뼈저리게 느끼며 고개를 절레절레 저어야 했다.

한때 제 곁에 들러붙어 도통 떨어지지 않던 휴이렌만큼이나 귀찮은 거머리가 된 유리안이 약간은 곤란하기도 하지만 이해가 되지 않는 편은 아니다.

자신의 생명을 구해준 걸로도 모자라 꽤 괜찮아 보이는 인재를 어떻게 해서든 제 편으로 만들고 싶어하는 이 가련한 황태자의 마음을, 어찌 모를 수 있을쏘냐.

그녀의 마음을 사로잡고자 결국 기사단까지 입단한 유리안의 끈기에 솔직히 감동하며 루키나는 박수를 쳐 주고 싶을 정도다.

기사단 입단 테스트라니.

제국의 황제가 될 황태자의 신분으로서 자존심이 상할 만도 한데 말이지.

스윽.

"아이반?"

루키나는 그를 뚫어져라 쳐다보는 제 시선에 한 번 더 의아함을 느낀 유리안이 고개를 갸웃거리는 모습이, 마치 두 번째 생애에서 키웠던 골드 리트리버와 흡사하다는 것을 느끼며 빙긋 웃었다.

"한잔하시죠. 유리 님. 아니, 유리."

"……아, 아이반!"

"앞으로도 잘 부탁해요."

어떻게 해서든 저와 우정을 나누기 위해 기사단 입단 테스트까지 치른 유리안에 대한 존경심을 표하는 의미에서, 그를 '어쩌다 알게 된 사이'의 업그레이드 단계인 '나름 쓸 만한 친구 사이'로 상승시켜 주기로 했다.

'어쩌면 미래의 황제가 될 수도 있는 녀석이니…….'

미리 친분을 쌓아두는 것도, 생각해 보면 나쁘지 않을 수 있다.

루키나는 제 말 한마디에 미친 듯이 떨리는 유리안의 자색 눈동자를 직시하며 씩 하얀 이를 드러내고 웃었다.

"아, 아이…… 반!"

유리안은 크게 감명을 받았는지, '로렐 경! 들었나? 아이반이 날 친구로 인정했어!' 하고 그를 끌어안을 태세로 외쳐 댔다.

로렐은 '이 자식 뭐야?' 라는 표정으로 유리안의 팔을 떼어내려 했지만 기쁨에 젖은 유리안의 힘이 꽤 셌는지, 유리안은 로렐에게서 쉽게 떨어지지 않았다.

"조용—!"

한껏 달아오른 분위기를 진정시킨 것은 달칵 대식당의 문을 열고 들어온 갈색 머리카락의 사내였다.

풍성한 머리를 찰랑거리며 대식당 안으로 들어온 거구의 사내에게 온 시선이 집중됐다.

루키나는 힘찬 발걸음으로 대식당의 상단 쪽으로 움직이는 그가 바로 자신을 기사로 임명해 주었던 남자이자 오노르 기사단의 단장인 이안 와이너라는 사실을 인지했다.

'정말 멋진 남자였지.'

자신을 기사로 임명해 주었다는 사실 하나만으로도 충분히 루키나의 호감을 산 이안 와이너를 보며 빙긋 미소를 그리던 루키나는 그의 뒤를 이어 들어오는 검은 복장의 사내를 발견하고선 눈을 크게 떴다.

'저, 저 사람이 여기 왜 있어!'

두근두근—

미소를 짓던 루키나의 얼굴이 처참하게 일그러지는 것은 당연했다.

그녀는 이안 와이너의 뒤를 따라 아무렇지 않게 걸어가고 있는 흑발의 사내를 발견하곤 기겁했다.

'후원자라고 커밍아웃할 일이 있나!'

아직까지 오노르의 후원자가 그라는 사실이 밝혀졌다는 이야기는 듣지 못했기에 루키나는 미간을 좁히며 주위를 두리번거렸다.

"저자는 누구지?"

"머리부터 발끝까지 까맣군."

"와이너 단장 뒤에 저 사람은 누굽니까?"

상황 파악을 하지 못한 신입 기사들이 자신들의 주변에 앉은 선배 기사들을 향해 의문을 표하는 게 보였다.

루키나는 술렁이는 장내를 의아하게 여긴 유리안이 로렐을 끌어안다 말고 그, 라펠이 있는 쪽으로 시선을 옮기려 하자 얼른 손을 뻗었다.

"무슨 일…… 윽!"

루키나는 겁도 없이 황태자의 머리 위로 손을 얹었다.

"아, 아이반?"

"조용히 해요!"

"……어?"

윈스턴 공작에게 저뿐 아니라 제국의 황태자까지 기사단에 입단했다는 사실을 들켜 버리기 일보 직전이다.

그녀는 실로 절망하며 고개를 아래로 떨구었다.

황태자가 이곳에 있는 것을 제게 추궁하면 어쩌지?

황태자와 제 사이를 대체 뭘로 설명해야 하나.

루키나는 눈을 질끈 감으며 목구멍까지 차오른 긴 한숨을 억지로 막고 있었다.

"저자는 누구지?"

"예? 방금 뭐라고……?"

"아니. 와이너 단장 옆에 있는 검은 머리 사내 말이야. 왠지 낯익은 얼굴이라서……. 부단장인가?"

여전히 유리안의 머리 위에 손을 얹고 있던 루키나는 라펠을 뚫어져라 응시하던 그가 고개를 갸웃거리며 뱉어낸 말에 급박하게 돌아가던 사고 회로를 정지시켰다.

'잠깐. 설마…….'

모르는 사인 건가?

그녀는 유리안을 멍하니 내려다보더니 이내 라펠을 멀뚱히 쳐다보았다.

와이너 단장과 함께 걸음을 옮긴 라펠은 어느새 세 식탁 중 가운데 있는 식탁 앞에 서서는 루키나가 있는 곳을 응시하고 있었지만 유리안을 봐도 크게 동요하지 않는 눈빛이다.

루키나는 한동안 그들의 반응을 살피다 힘이 쭉 풀리는 것을 느꼈다.

안면이 없는 거야?

휴이렌과 렉시어드가 라펠을 알아보기에 당연히 유리안도 그를 알고 있을 줄 알았다.

그 반대 상황 역시 마찬가지.

겉으로 생각을 드러내지 않는 라펠이었기에 그가 유리안을 알고 있는 건지는 확신할 수 없지만, 적어도 유리안은 라펠을 알지 못하는 상황임이 틀림없다.

루키나는 괜히 긴장했던 스스로에 대해 헛웃음마저 터뜨리며 고개를 절레절레 저었다.

"어…… 그런데, 아이반. 그대가 너무 누르고 있어서 그런지…… 머리가 꽤 아픈데……."

"헉!"

있는 힘껏 유리안의 정수리 쪽을 짓누르고 있던 루키나는 어색하게 뱉어내는 그의 중얼거림에 화들짝 놀라 손을 떼어냈다.

"아하하! 엄청 큰 벌레가 정수리에 앉은 것 같아서 나도 모르게 그만!"

"벌레가 있었어?"

"아주 큰 벌레였다고요."

"……싱겁긴."

루키나가 과장된 표정을 지으며 말하자 유리안은 옅은 미소를 그리며 중얼거렸다.

루키나는 얼른 자리에 앉으며 제 앞에 놓여 있던 술잔을 유리안을 향해 밀면서 한 잔 더 하라는 신호를 보냈다.

"자자, 그럼 모두들 주목!"

오노르의 기사단장인 이안 와이너의 축배사가 시작된 것은 바로 그 시점이다.

"흠흠. 먼저, 축배를 하기에 앞서…… 열흘간 진행되던 길고 긴 입단 테스트 끝에 정식으로 기사가 된 열 명의 신입 단원들을 진심으로 축하한다!"

사자가 내지르는 포효처럼 커다란 목소리로 외치는 이안 와이너 단장의 음성이 대식당을 가득 울렸다.

유리안을 흘끔거리던 루키나의 녹색 눈동자가 와이너 단장 쪽으로 향했다.

와이너 단장은 좌중을 둘러보며 말을 이어 나갔다.

"지금 이 자리에 앉아 있는 총 열 명의 신입 단원들, 바로 그대들은 앞으로 운명이 허락하는 날까지 우리 오노르의 정식 기사로서 여러 가지 임무를 수행하게 될 것이다. 앞으로 어떠한 임무를 맡게 될 건지는 차차 말해주겠지만 오노르의 자랑스러운 기사단원으로서 각자 맡게 될 임무를 소홀히 하지 않으며 언제 어디서나 그대들이 오노르를 대표한다는 것을 잊지 말도록 하라! 그런 의미에서 우리 다 같이 건배하도록 하지. 건배!"

건배!

역시 높은 자리에 앉아 있는 자라서 그런지 한마디, 한마디 외치는 말들이 귀에 쏙쏙 박힐 정도로 훌륭하다.

루키나는 그의 말을 듣다 왠지 가슴이 두근거리는 것을 느끼며 힘찬 고갯짓과 함께 술잔을 집어 들었다.

제 앞에 앉아 있던 유리안, 그리고 퉁명스러운 얼굴의 로렐과도 잔을 부딪친 그녀는 계속해서 말을 이어가고 있는 와이너 단장을 바라보았다.

"혹 음식이 부족한 단원들이 있다면 더 주문하도록 하고! 우리 오노르의 주방장은 아주 통이 크거든! 아, 참! 그렇지. 그 말을 안 했군."

호탕하게 웃으며 말하던 와이너 단장이 파티를 즐기고 있던 기사단원들의 시선을 주목시켰다.

사자 갈기 같던 갈색 머리카락을 뒤로 넘기던 와이너 단장은 흠흠, 몇 번 헛기침을 하더니 입술을 움직이기 시작했다.

"몇몇 단원들은 이미 접했을지도 모르겠지만…… 다음 달 말에 제국 기사단 대회가 열릴 예정이다."

기사단…… 대회?

"원래대로라면 기존 단원이나 신입 단원들을 가리지 않고 가장 출중한 실력의 대표 기사들을 선발하여 무예를 겨룰 예정이었지만, 이번엔 기사단장 회의에서는 특별히 참가 기준을 바꾸기로 의견을 모았다."

웅성웅성— 대식당이 갑작스러운 그의 발언에 술렁였다.

루키나는 전혀 예상치 못했던 말들이 흘러나오자 입을 다문 채 앉아 있었다. 와이너 단장은 말을 멈추지 않았다.

"황도의 기사단들이 동시에 신입 단원을 모집한 것은 올해가 처음이다. 그런 의미로 이번 기사단 대회에는 각 기사단에 뽑힌 신입 단원들이 모두 출전하여 각 기사단의 명예를 걸고 결투를 벌이게 될 것이다."

루키나는 깜짝 놀라 유리안과 로렐을 응시했다.

유리안 역시 눈을 크게 뜨고 자신을 바라보고 있었지만, 로렐은 뭔가 알고 있었는지 말없이 고개를 끄덕이고 있었다.

와이너 단장의 말은 아직 끝나지 않았다.

"그리고 그런 그대들의 염원대로 우리 오노르 역시, 출전한다!"

와이너 단장의 말에 '와아아!' 하는 탄성이 터져 나왔다.

루키나는 들끓기 시작하는 대식당의 분위기에 조금 놀라며 더욱 귀를 기울였다.

와이너 단장은 장내의 분위기가 가라앉을 때까지 잠시 호흡을 고르더니 한 자, 한 자 힘을 주어 말을 뱉어냈다.

"지금껏 우리 오노르는…… 제국 기사단 대회에서 훌륭한 성적을 거두지 못했다. 그래, 솔직히 말하면 우리의 성적은 처참할 정도지. 그래서 간혹 다른 기사단 놈들이 우리를 깔본다는 소문도 있다지?"

씁쓸한 미소를 지으며 말을 잇는 와이너 단장은 돌연 눈을 빛내더니 제 앞에 놓여 있던 테이블을 세게 내려쳤다.

"허나, 이번만큼은 다를 것이다! 이번에는 그런 오명을 씻기 위해 태도를 달리하기로 했다. 기뻐하라, 신입 단원들이여! 그대들의 선배가 되는 오노르의 기존 단원들은 그대들이 우리를 대표하여 제국 기사단 대회에서 우수한 성적을 거두도록 열정적으로 도울 계획이니까!"

……이거, 어쩐지…… 예감이 그리 좋지 않은데.

루키나는 곳곳에서 튀어나오는 탄성에도 아랑곳 않고 와이너 단장의 입술을 뚫어져라 응시했다.

와이너 단장이 이런 열변을 토하고 있는 이유와 라펠이 저기에 서 있는 이유가 뭔가 상관관계가 있을 것이라는 불길한 예감이 그녀의 머리를 스쳤다.

와이너 단장은 굳어버린 루키나를 비롯한 총 열 명의 신입 단원들의 얼굴을 하나씩 들여다보며 씩 웃었다.

"그런 의미에서 앞으로 한 달 동안, 신입 단원들은 선배 단원들과 같은 숙소에 기거하며 곧 있으면 열릴 기사단 대회를 대비하기로 했으니 모두들 차질 없이 준비하도록 하라!"

"대체 무슨 수작이에요!"

낮지만 강렬하게, 버럭 소리치는 루키나의 외침에 푸른 눈동자가 살짝 일렁였다. 무슨 생각을 하는 건지 도통 알 수 없는 깊은 벽안이 천천히 그녀를 향했다.

"이렇게 소리치면 누가 들을지도 모른다, 밀드레드 경."

"헛소리 그만하고, 무슨 꿍꿍인지 말해요. 미티 라펠 경이라니! 그건 어디서 유래한 이름이에요!"

"밀드레드 경. 그대가 대체 무슨 소리를 하는 건지 모르겠군."

"미스터 라펠. 저, 진짜 진지합니다. 아주 심각하거든요?"

"……."

"따라와요!"

루키나는 결국 입을 다물어 버린 라펠의 팔을 잡아당기더니 주위를 둘러보며 걸음을 옮겼다. 겨우 사람들의 시선이 닿지 않을 곳까지 라펠을 데리고 온 그녀는 주변을 지나는 이가 없다는 것을 확인한 뒤 라펠을 올려다보았다.

"미스터 라펠. 당신이 왜 그렇게 당당하게 오노르 기사단의 일원으로 서 있던 건지 제게 설명 좀 해주시겠어요?"

「아이반 밀드레드. 밀드레드 경의 룸메이트가 될 사람은 여기 서 있는 미티 라펠 경이다. 라펠 경과 인사를 하도록.」

불길한 예감은 단 한 번도 빗나간 적이 없다.

와이너 단장이 자신을 친히 불러 라펠과의 인사 자리를 만들어준 것도 놀랍기만 한데, 자신의 룸메이트가 될 사람이 바로 그라고 지목하자 눈앞이 아찔해졌다.

저 남자랑 나랑 같은 방을?

가슴이 철렁하는 것을 느끼던 루키나는 신입 단원들이 선배 단원들과 인사를 하는 틈을 타 라펠을 대식당 밖으로 데리고 나와서는 그를 향해 불만 어린 시선을 보냈다.

라펠은 뻔뻔스럽기 그지없는 얼굴로 대답했다.

"당당하지 않을 이유가 없지. 나 역시 오노르의 단원이니까."

"……뭐라고요?"

"난 2회 기사단 시험에 응시하여 통과한 전적이 있다."

빙긋 올라가는 입꼬리가 그녀의 가슴을 쿵쿵 뛰게 만든다.

이 인간 대체 뭐 하는 작자야?

루키나는 눈앞이 아찔해지는 것을 느끼면서도 숨을 골랐다.

"후우, 하지만 미스터 라펠. 당신은 여기 이 오노르의 후원자잖아요!"

"그렇지."

"후원자이면서 기사가 되는 게 가능한 일이에요?"

"뭐, 딱히 불가능할 건 없지 않나?"

"미스터 라펠!"

"레이디 이브."

루키나는 서늘한 표정을 지으며 서 있던 그가 갑자기 제 이름을 부르자 몸을 움찔했다.

뭐, 뭐야. 왜 그런 얼굴인데?

루키나는 그가 은근한 미소와 함께 저를 내려다보자 미간을 좁혔다.

그의 미동 않는 푸른 눈동자에 시선을 빼앗겨 멍하니 서 있던 그녀는 귓가로 흘러들어 오는 미성에 정신을 차려야 했다.

"이런 상황을 전혀 예상하지 못한 건가?"

……뭐?

라펠의 부드러운 목소리가 귀에 닿았다.

루키나는 눈을 동그랗게 떴다.

"기사가 되기 전보다 후가 더 수월할 것이라 생각했다면 그대의 오판이다, 레이디 이브. 그래서 내가 계속 말하지 않았나. 멈출 수 있는 건 그때뿐이라고. 내 말을 듣지 않은 건 그대였어."

"다, 당신……!"

"그게 아니라면……."

응?

"겁나나?"

루키나는 차갑게 말을 내뱉던 라펠의 눈꼬리가 부드럽게 휘는 것을 알아차렸다.

갑작스러운 질문에 그녀가 답하지 못하는 사이 그가 입꼬리를 올리며 말했다.

"나와 같은 방을 쓰게 됐다는 사실이 겁나냐고."

「주인님! 그건 말도 안 되는 일입니다! 정말 말도 안 됩니다! 저는 반대합니다! 절대 반대입니다!」

미르티스 라펠 윈스턴이 윈스턴가의 공식적인 후계자로서 입지를 다지기 시작했던 아홉 살, 소공자 시절부터 줄곧 그의 곁을 지켜온 드미트리 라이트는 그를 모신 지 어언 20여 년 만에 처음으로 주인을 향해 반기를 들었다.

물론 지난 20년 동안 한 번도 불만이 없었다는 것은 거짓이다. 그 역시 가끔 주인이 저와 의견을 달리하면 약간의 회유나 혹은 불만을 조심스레 표한 적은 있었다. 그러나 이렇게 절대 반대를 외치며 고개를 내저은 적은 처음이었다.

때문에 라펠은 당황스러움을 느끼면서도 겉으로는 내색하지 않으며 안 된다고 반대하며 빽 소리를 질러대는 드미트리를 말없이 바라보고 서 있었다.

「부디 재고해 주십시오, 주인님! 주인님!」

푸르게 일렁이는 차가운 눈동자로 자신을 바라보고 있는 라펠을 향해 드미트리는 온 마음을 담아 외쳤다. 고개까지 숙이며 아예 무릎을 굽힐 태세의 드미트리는 꽤나 간절해 보였다.

항상 자신의 기대보다 훨씬 더 대단한 활약을 해주었던 존경스러운 주인이 도통 믿을 수 없는 말을 꺼냈다는 사실을 그는 부정하고 싶어했다. 그러나 드미트리의 주인 역시 한 번 꺼낸 말은 주워 담지 않을 만큼, 꽤나 강경한 사람이었다.

라펠은 서늘한 눈을 빛내며 입술을 달싹였다.

「벌써 정해진 일이다, 디마.」

「주인님!」

「이미 와이너에겐 말해두었어. 앞으로 한 달 동안 오노르의 기사로서 본부에 머물 생각이니 일정을 조정하도록 해.」

「주인님!」

「그리고 한동안 폐하께서 특별히 호출하는 일이 아니라면 모두 기사단 대회 이후로 미뤄두도록.」

완고하다 못해 철벽과도 같았다.

드미트리는 자신의 외침 따위는 아랑곳 않고 제 말만 뱉어낸 라펠을 처량하게 응시하다 결국 고개를 아래로 떨구었다.

「알겠…… 습니다. 그렇게 처리하도록 하겠습니다.」

드미트리 라이트는 물러날 기미를 보이지 않는 라펠과 몇 초 동안 눈빛을 교환하다 결국 백기를 들어 올렸다.

미르티스 라펠 윈스턴이 오노르로 복귀하기까지는 바로 그런 비화가 존재했다.

「저야 환영이지요!」

라펠을 대신하여 오노르를 대표하고 있던 이안 와이너가 오노르로 복귀를 선언한 라펠의 말에 반색한 것은 어쩌면 당연한 일일지도 모른다.

오노르 기사단은 윈스턴가의 전대 가주인 세르지오 윈스턴이 타계하기 전, 혹시나 하는 상황을 대비하여 미르티스 라펠 윈스턴이 창단한 기사단이었다.

그가 신분을 속여 기사단의 단원으로서 활동할 만큼 많은 애정을 갖고 있던 기사단이었던지라 일정한 시간이 지난다면 제 정체를 밝히며 리우드에서 세 손가락 안에 드는 기사단으로 발돋움시킬 생각이었다.

그러나 3년 전, 갑작스럽게 세르지오 윈스턴이 타계하게 되면서 모든 일이 틀어졌다.

아무리 낮은 작위라도 귀족의 신분이기만 하다면 지원이 가능한 다른 기사단들과는 달리 천민부터 시작하여 중앙 귀족까지, 신분에 제약을 두지 않고 기사단원들을 모집할 수 있었던 것은 윈스턴가라는 든든한 배경이 있기에 가능한 일이었다.

어느 순간 오노르 기사단이 윈스턴가의 기사단이라는 것을 제국에 선언할 예정이었으나 갑작스러운 작위 승계로 인해 그 시기를 놓쳐 버렸다.

그 때문인지, 라펠이 윈스턴 공작의 지위를 물려받은 지 3년이 지난 지금은 보는 눈이 많아 그가 오노르를 이끌고 있다는 것을 아는 사람은 오직 황제, 셀레스틴뿐이었다.

황제가 인정했다고는 하나, 한순간에 자신들이 모실 주군을 잃어버린 오노르 기사단은, 겉으로는 익명의 고위 귀족이 그들을 후원하고 있다고는 하지만 제국의 기사단 사이에서 주군이 없는 기사단으로 불리는 상황이었다.

기사가 되었다는 사실 하나에 들떠서 기뻐하는 다른 일반 기사들과는 달리 그 속사정을 알고 있는 자는 오노르 기사단 내에선 단장인 이안 와이너뿐이었다.

때문에 이안 와이너는 환하게 웃으며 라펠을 반겼던 것이다.

「각하의 가르침을 받을 수 있는 신입 녀석들이 무지하게 부럽습니다!」

드미트리에게 선언하기 전, 만났던 이안 와이너는 '저는 어떻게, 가르침을 못 받겠습니까?' 하고 음흉한 표정을 지으며 눈을 가늘게 떴다.

"형님! 미티 형니임!"

이안 와이너와의 만남에서 쯧쯧, 혀를 차며 돌아섰던 라펠은 멀리서 들려오는 외침에 깊은 상념에서 벗어났다.

로델린의 공작 영애와의 짧은 만남 이후, 저를 기다리고 있을 드미트리와 합류하기 위해 복도를 걷고 있던 그는 두두두 울리는 발걸음 소리에 걸음을 멈춰야 했다.

살짝 고개를 돌려보니 한때 그를 몹시 따르던 오노르 기사단원 헨리 캐슬러가 제게 손을 흔들고 있었다.

그러고 보니 조금 전, 대식당에서 저를 발견하고 몹시 환하게 웃던 헨리의 얼굴이 떠올랐다.

라펠은 오노르의 3기 기사단원으로 뽑혔던 헨리 캐슬러를 바라보았다.

"하아, 하아. 형님! 걸음이 무지 빠르십니다! 분명 아까 발견했었는데 따라잡기까지 한참 걸렸습니다, 하하하!"

짙은 붉은색 머리를 마구 흔들어대며 헨리 캐슬러가 소리쳤다. 라펠은 말없이 그를 내려다보았다.

"그나저나 미티 형님! 정말 너무하십니다!"

헉헉, 숨을 고르던 헨리 캐슬러를 바라보던 라펠은 뜬금없이 제게 소리치는 그를 빤히 직시했다.

헨리 캐슬러는 외쳤다.

"제가 그렇게 본부에 한 번만 들러달라는 서신을 보낼 때는 코빼기도 안 보이시더니…… 7기 녀석들이 들어오자마자 다시 복귀를 한 걸로도 모자라, 신입 녀석의 멘토까지 맡으시다니요! 정말 너무 서운합니다!"

투정을 가득 담은 헨리 캐슬러의 말에는 그를 향한 애정이 잔뜩 담겨 있었다.

라펠은 입을 쭉 내밀고 있는 그를 가만히 바라보다 픽 웃음을 흘렸다.

"잘 지냈나, 헨리?"

"혀, 형니임!"

"어이어이, 동작 그만! 그러다가 미티 형님을 끌어안겠어, 헨리."

"아니 요 발칙한 꼬맹이가, 누가 우선인 줄도 모르고! 감히 나보다 먼저 미티 형님께 친한 척을 해?"

"헨리. 그런 투정은 옳지 못하다. 미티 형님은 단장님의 비밀 임무를 수행하느라 바쁘시지 않았느냐."

빙긋 미소 짓는 라펠의 표정에 감격하며 그를 끌어안으려던 헨리 캐슬러의 계획은 뒤이어 등장한 기사단 3기 단원들에게 저지됐다.

'이거 놓으십쇼!' 라고 외치며 라펠에게 손을 뻗던 헨리 캐슬러는 '무슨 소란이야?' 하고 굵은 음성을 뱉어낸 이안 와이너 단장의 말에 차렷 자세를 취했다.

"아무것도 아닙니다! 형님, 우리 나중에 술 한잔해요!"

까딱까딱—

씩 웃으며 손짓으로 술 먹는 시늉을 하던 헨리 케슬러 외 3기 기사단원들이 와이너 단장에게 묵례를 한 후 사라지자 소란스럽던 복도가 고요해졌다.

"저 녀석들은 여전하군."

"그게 다 각하께서 매정하신 까닭입니다. 한 번 들러달라고 그렇게 애원했다면서요? 그런데 매번 저만 보고 몰래 빠져나가셨으니 각하 소식이 궁금할 만도 하죠."

"……혼내는 건가?"

"아뇨. 그냥 투정일 뿐입니다."

싱긋 웃는 이안 와이너의 미소는 능글맞았다.

미간을 좁히던 라펠은 갑자기 더욱 입꼬리를 길게 찢는 와이너를 의아하게 응시했다.

"그 표정은 뭐지, 와이너?"

"각하. 저도 사실…… 한 가지, 궁금한 것이 있는데 말입니다."

"말해."

라펠은 부드럽게 휘어지는 와이너의 눈빛을 대수롭지 않게 여기며 고개를 끄덕였다.

와이너의 보라색 눈동자가 묘하게 일렁였다.

"혹…… 다른 이유가 있으신 겁니까?"

"다른 이유?"

와이너 단장은 하얀 이가 드러날 정도로 웃었다.

"각하께서 이렇게 충동적으로 일을 하신 적은 단 한 번도 없으셨잖습니까. 특히, 공작위에 오르신 이후로는 더더욱."

"……."

"이번 기사단 대회가 우리 오노르의 이미지를 바꾸는 데 일조할 거라는 각하의 의견에는 동의하는 바지만…… 왠지 다른 이유가 있을 거라는 예감이 들어서 말이지요. 혹시 7기 녀석들 중, 특별히 호감이 가는 녀석이 있는 겁니까?"

씩 올라가는 이안 와이너의 표정은 음흉하다 못해 엉큼했다.

라펠의 미간에 세 개의 기둥이 세워졌다. 의문에 가려 있던 라펠의 푸른 눈동자가 차분하게 가라앉았다.

"와이너."

"예!"

"어디서 쓸데없는 루머를 듣고 온 거지?"

싸늘하기 그지없는 라펠의 말에 와이너는 '헉!' 하고 크게 숨을 들이마셨다. 그는 흠흠, 낮은 헛기침을 흘리더니 이내 볼을 빨갛게 붉히며 어깨를 으쓱였다.

"조심한다고 했는데…… 의도를 들켰습니까?"

"……."

"각하! 오해 마십시오! 저는 결코 각하를 비난하기 위해 그 말을 꺼낸 게 아닙니다!"

"⋯⋯."

"저, 이안 와이너! 평생 각하를 위해 검을 들기로 하늘에 맹세했습니다. 때문에 저는, 각하께서 어떤 성적 취향을 가지고 계셔도 괜찮습니다! 언제나 각하를 위하는 이 마음은 변하지 않을⋯⋯."

"이안."

"⋯⋯!"

"한마디만 더 하면, 그대의 혀를 잘라주지."

"쿨럭!"

제 이름을 부른 걸로도 모자라 섬뜩하기 그지없는 협박을 날리는 라펠의 말에 이안 와이너는 웃고 있던 얼굴에서 미소를 지으며 제 입을 가렸다.

어찌나 놀랐는지 제게서 뒤로 물러나기까지 하는 이안 와이너를 차갑게 응시하던 미르티스 라펠 윈스터는 냉정하게 등을 돌려 드미트리와의 합류 지점으로 걸어가기 시작했다.

'⋯⋯이유?'

음산한 기운이 흘러나오기 시작하는 라펠과 약간 거리를 둔 채 걸음을 움직이고 있던 이안 와이너가 '죽을죄를 졌습니다!' 라고 외쳐 대는 것을 애써 무시하던 시점, 라펠은 와이너 단장이 뱉어낸 말을 떠올리다 인상을 썼다.

물론 이유 없이 그가 이런 일을 계획한 것은 아니다.

굳이 따지자면 이유가 있기는 하지. 그리고 그 이유는⋯⋯.

「겁⋯⋯ 이요?」

순간적으로 눈앞을 스치는 사람은 풀빛을 닮은 녹색 눈동자를 지닌 남장 여자였다.

「재, 재미있는 발언이네요, 미스터 라펠. 무, 무척 재, 재미있군요! 하, 하
하하! 하, 하지만 저, 저는 전혀 겁이 나지 않습니다!」

「……전혀?」

「네, 저, 전혀요! 당신이랑 같은 방 쓴다는 게 뭐, 뭐가 그리 겁난다고! 난
아무렇지도 않다고요! 아, 아무렇지도 않다니까!」

휙, 그에게서 고개를 돌리며 제게 다짐하듯 외쳐 대던 그 남장 여자의
모습이 불현듯 떠올라 라펠은 피식 웃음을 흘렸다.

……망했다. 망했어.

그냥 망한 것도 아니고, 아주 망했어.

완전 망해 버렸어.

루키나 이베타 로델린은 고개를 아래로 떨구었다.

한 번 숙여진 그녀의 고개는 한동안 위로 들리질 않았다.

"이게 말이 되는 일이냔 말이죠. 아니, 시종이 따라갈 수 없는 기사단
이라니! 무슨 기사단이 이래요? 칫."

제 옆에서 꽤 오랜 시간 동안 구시렁거리고 있는 셰리가 없었다면 아
마 루키나는 계속해서 얼굴을 들 수 없었을 것이다.

넋이 나간 듯 멀뚱히 앉아 있는 루키나를 대신하여 그녀의 짐을 싸고
있던 셰리는 에드문드가 카일을 시켜 그녀에게 건네주고 간 돈들과 한동
안 루키나가 입어야 할 속옷들, 그녀의 머리를 가려줄 갈색 가발들, 그리

고 그 외 루키나가 한동안 사용해야 할 여러 물건들을 짐 꾸러미 안에 집어넣으며 계속 투덜거리고 있었다.

루키나는 슬며시 시선을 옮겨 셰리를 응시했다.

"진짜 걱정이 이만저만이 아니에요. 아가씨께서 혼자 계실 수 있을는지도 걱정이고, 속옷도 제대로 입으실 수 있을지도 걱정이라고요. 게다가 아가씨의 머리카락은 너무 예민해서 계속 가발 아래 감춰두면 공기를 잘 쐬질 못할 텐데⋯⋯. 그러다 상하기라도 하면 빗질을 해야 한단 말이죠. 빗질하면 바로 저, 셰리 미우인데. 어휴. 제가 갈 수 없다니!"

부들부들, 떨리는 셰리의 손끝에는 아쉬움을 넘어선 분노가 가득했다.

'나쁜 오노르!' 라고 외쳐 대며 입술을 잘근 깨무는 셰리의 모습에 루키나는 결국 풋 웃음을 터뜨렸다.

"괜찮아, 셰리. 내가 뭐 애도 아니고 혼자서도 다 할 수 있는 일이야."

절망에 가득했던 제 마음을 그나마 요 귀여운 시녀가 풀어준다 생각하며 씩 웃자 셰리는 입을 쭉 내밀었다.

"뭐, 물론 우리 아가씨는 배우면 다 하시는 분이시니 그건 그렇겠죠. 하지만 제가 가장 걱정하는 게 있다고요!"

가장 걱정하는 것?

그게 뭐냐는 표정을 짓자 셰리는 흥, 콧방귀를 뀌며 중얼거렸다.

"아가씨 혼자만 들어가는 게 아니라 그 왕자님도 같이 가는 거잖아요!"

아.

"그 왕자님 때문에 우리 아가씨가 곤란한 상황에 처할 수도 있어서인지, 저는 매우 불안해요. 젠장. 어쩌다 그 힘없는 왕자님도 입단 테스트에 통과하게 된 거죠?"

하아— 긴 숨을 흘리며 투덜거리는 셰리를 향해,

'사실은 그 왕자님이 동행한다는 것보다 더 큰일이 있어, 셰리. 내가 남자랑, 그것도 윈스턴 공작이랑 한 방을 쓰게 됐어' 라는 말을 할 수는 없었다. 루키나는 그저 하하 어색하게 웃을 수밖에 없었다.

'알게 된다면 난리가 나겠지.'

거의 반강제나 다름없는 신입 단원 적응 훈련, 아니, 합숙 훈련에 대한 이야기를 늘어놓자마자 광분을 하던 셰리였건만. 그런 셰리에게 기사로 입단하기도 전에 윈스턴 공작을 만나 제 정체를 들켰었고, 그와 같은 방까지 쓰게 됐다는 말은 절대로 할 수 없다.

루키나는 죽어도 이 일은 비밀로 해야겠다고 생각하며 주먹을 불끈 쥐었다.

어쩐지 등 뒤로 식은땀이 주르륵 흘렀다.

"그런데 아가씨. 저 아까부터 계속 의아한 게 있어요."

겨우 흥분을 가라앉혔는지, 씩씩거리던 호흡을 평소와 같은 상태로 돌린 셰리가 한창 짐을 싸다 입술을 움직였다.

루키나는 침대에 누워 셰리를 바라보다 고개를 끄덕였다. 말을 하라는 이야기였다.

셰리는 그녀를 쳐다보지도 않고 말을 꺼냈다.

"일전에 아가씨께서 말씀해 주시기를, 오노르에는 실력자들이 즐비하다고 했잖아요."

뭐, 그랬었지.

"그런데 기사단 대회를 위해 합숙까지 해가면서 그걸 준비할 필요가 있나요?"

아아— 루키나는 어색한 미소를 지으며 셰리를 응시했다.

그녀 역시 그 점이 의아했기에 로렐에게 물은 적이 있었다.

「너는 아무것도 모르는군.」

「뭐?」

「알기 쉽게 설명해 주지. 네 말대로, 제국 전역에서 오노르에 지원하고자 하는 낮은 신분의 사람들이 많은 건 사실이다. 용병으로 뛰었던 실력자들도 다수 지원한 것도 사실이고. 하지만 우리는 정식 기사 교육을 받지는 않았어. 어릴 적부터 기사가 되기 위해 훈련해 온 귀족들과는 시작점부터 다르다는 소리지. 그리고 제국 기사단 대회는 단순히 기사들의 무예를 겨누는 대회만이 아니라 기사의 덕목을 시험하는 대회다.」

「기사의 덕목?」

「너도 느꼈겠지만, 제국의 기사가 되기 위해서는 몇 가지 덕목이 반드시 필요하다. 각 기사단들은 그런 몇 가지 덕목들을 시험하면서 자신들의 기사단 성격에 맞는 후보생들을 뽑는 편이지. 굳이 알려주자면 기사의 덕목은 용맹이나 예절, 약자 보호, 무예 등을 들 수 있겠군.」

「그러니까 로렐 네 말은, 기사단 대회는 단순한 마상 시합 같은 게 아니라는 소리지?」

「물론 그런 시합도 존재하기는 하지만 그것이 다가 아니야. 이번 기사단 대회에서는 무슨 종목으로 겨누게 될지 모르겠지만…… 내가 알기로는 오노르의 기사들은 각자의 무예 실력은 출중하나 항상 단결력에서 문제가 있었다고 들었다. 게다가 그것보다 더 장애가 된 건…….」

「된 건?」

「기존에 있던 기사단들이 오노르 기사단을 마음에 들어 하지 않는다는 것을 꼽을 수 있겠군.」

쾅!

"아니, 그럼 원래 있던 기사단들이 단합이라도 해서 오노르를 배척시켰다는 말씀이세요?"

루키나는 바닥을 치면서 외치는 셰리의 말에 어깨를 으쓱였다.

"로렐의 말대로라면, 그럴 가능성이 없지는 않다는 거지. 다른 기사단들한테서 집중 견제를 받았던 까닭에 지난 3년 동안은 매번 꼴지나 꼴지 바로 앞이었다던데……?"

"흐음. 그럼 확실히 합숙이 필요할 만도 하네요."

수긍하는 셰리에게 루키나는 대답하지 않았다.

저 역시 그녀의 의견에 동의하는 바였으니까.

"어라? 이게 뭐지?"

그때였다.

침대에 누워 제 짐을 싸고 있는 셰리를 쳐다보던 루키나는 갑자기 의아한 표정을 짓는 셰리를 향해 눈을 동그랗게 떴다. 뭔데 그래?

"……이런 낡은 목걸이가 있었나?"

헉!

"셰, 셰리!"

"네?"

"그거 이리 줘!"

침대에 누워 있던 루키나가 돌연 벌떡 일어나 제 손에서 목걸이를 빼앗아 들자 셰리는 눈을 껌뻑였다.

갑작스러운 루키나의 행동은 몹시 수상하여 셰리가 의심을 품을 만했다.

두근두근, 루키나는 셰리가 들고 있는 로브 속에 들어 있던 목걸이를 빠르게 낚아채고선 얼른 품 안에 소중하게 갈무리했다.

"아가씨?"

루키나는 눈을 가늘게 뜨는 셰리를 향해 환하게 웃었다.

"주, 중요한 거거든. 하하!"

"……."

"얼른 챙겨! 이러다 늦겠다."

"……네."

의문을 표하기는 하지만 더는 물을 생각이 없어 보이는 셰리의 눈치를 살피며 루키나는 생각했다.

'어쩌면 필요 없을지도 모르지만…….'

챙겨서 후회할 일은 없을 거다.

목걸이에 박혀 있던 붉은 빛깔을 띠었던 보석은 투명해진 지 오래지만 나머지 세 개의 보석이 혹시 도움이 될 날도 있을 거다.

루키나는 다시 짐을 싸고 있는 셰리를 바라보며 후우, 한숨을 내쉬었다.

"아이반 밀드레드 경. 경의 숙소는 여기예요."

오노르 기사단의 7기 기사단원이 된 열 명의 인원들은 누군가 오기를 기다리고 있던 자신들을 향해 다가와서는 무표정한 얼굴로 안내를 하겠다며 선언한 붉은 머리 아가씨, 에바의 뒤를 따라 본부 뒤편에 위치한 기사들의 거처로 걸음을 옮겼다.

'합숙이라니, 매우 흥분되는군!' 이라는 말을 쏟아내며 상기된 표정을 짓는 유리안에게 옅은 미소를 지어주던 루키나는 건물 가장 위층의 복도 끝 방에 멈춰 선 에바의 말에 눈을 동그랗게 떴다.

"야, 여긴……."

"쉬. 조용히 해."

"좋겠군, 저 녀석은."

아무렇지 않게 고개를 끄덕이며 갈색 문 앞에 다가가려던 루키나는 등 뒤에서 들려오는 수군거리는 소리에 의아한 표정을 지었다.

뒤를 돌아보니 언제 중얼거렸냐는 듯, 무표정한 얼굴로 딴청을 피우는 다른 동기들이 보였다.

'뭐지?'

루키나는 솟구치려는 의문을 가라앉히고선 에바를 향해 고맙다고 대답했다.

"오늘 일정은 이걸로 끝이니, 내일 아침 식사에는 늦지 말도록 하세요."

"아…… 네."

"아이반, 내일 아침에 보도록 하지!"

힘내라며 주먹을 불끈 쥐는 유리안은 몹시 들떠 있었다.

그는 현 상황이 꽤나 재미있었는지, 씩 웃으며 속삭였다.

'마릭이 걱정할 만하네.'

이곳을 떠나오기 전, '부디 그분을 잘 부탁드립니다' 하고 울먹이며 제 손을 꼭 붙잡던 황태자의 불쌍한 시종, 마릭이 떠올라 루키나는 쓴웃음을 흘렸다.

유리안을 비롯한 남은 아홉 명의 기사들과 에바가 저를 내버려 둔 채 돌아서는 것을 지켜보던 루키나는 후우, 숨을 크게 들이마시며 갈색 문을 응시했다.

'별거 아냐. 할 수 있어.'

루키나는 온몸의 털이 쭈뼛거리는 것을 느끼며 손을 들어 올렸다.

똑똑.

"드, 들어갑니다."

문 앞에서 작게 중얼거린 그녀는 문고리를 잡아당겼다.

끼이익, 열리는 문이 어쩐지 괜히 그녀를 긴장되게 만들었다.

'아직…… 없나?'

한 발자국, 방 안에 들어섰을 때 인기척이 느껴지지 않은 것으로 보아 다행스럽게도 라펠이 아직 오지 않은 것이 분명하다.

루키나는 안도의 숨을 뱉어내며 긴장을 풀었다.

그리고선 찬찬히 앞으로 한 달간 머물게 될 방 안을 살피기 시작했다.

'전망은 좋네.'

방 안에 발을 내딛는 순간 보인 확 트인 창문이 마음의 안정을 찾게 만든다.

본격적으로 방 안에 들어서기 직전 보였던 작은 공간에는 욕조 하나와 물이 담긴 양동이가 가득 들어 있었다.

욕실인가 보네.

숙소 건물 2층에 존재한다는 공동욕실을 사용하지 않아도 된다는 점이 다행스럽다고 생각하며 그녀는 쓴웃음을 흘렸다.

넓지는 않지만 그렇다고 완전 좁지는 않다.

두 명이서 생활하기에는 무리가 없어 보이는 이 공간을 차분하게 둘러보던 루키나의 눈동자가 멎은 곳은 책상 맞은편에 위치한 침대 쪽이었다.

그녀의 입은 쩍 벌어졌다.

'침대가…… 하, 하나뿐이잖아!'

설마하니 저 침대에서 잠을 자라는 건 아니겠지?

루키나는 2층짜리 침대 하나만 덩그러니 놓여 있는 방 안을 이리저리 둘러보았다.

소름이 오소소 돋아나는 것을 느끼며 기겁하던 그녀는 아무리 살펴보아도 침대가 하나라는 사실에 좌절했다.

'그 남자랑 한 침대를 쓰라고?'

물론 1층과 2층이 구분된 침대이기는 하나, 그래도 전체를 따지고 보면 한 몸인 침대잖아!

「걱정하지 않아도 좋아, 레이디 이브.」

얄밉기 그지없는 미르티스 라펠 윈스턴의 목소리가 환청처럼 들려온 것은 바로 그 시점이었다.

루키나는 겁을 안 먹은 척 태연하게 굴려는 자신을 향해 픽 웃으며 말하던 라펠을 떠올렸다.

라펠은 푸른 눈동자를 그녀에게 고정시키며 속삭였다.

「이건 단순한 대비책일 뿐이니까.」

「……대비책?」

「그래, 대비책. 내 만류에도 불구하고 그대가 나의 기사단에 멋대로 들어와 기사가 되어버렸으니 나도 방도를 마련해야 할 거 아닌가. 특히 그대가 내 기사단에서 남장을 하고 들어왔다 들켜 버린다면 곤란해지는 건 나일 테니 말이야.」

「그, 그건 제가 조심한다고 하지 않았나요?」

「물론 그랬었지. 하지만 그 조심도 상황을 모르는 자와 아는 자의 앞에서는 달라질 수밖에 없어. 하지만 걱정하지 않아도 좋아, 레이디 이브. 난 그대와 같은 방을 써도 그대의 몸엔 손끝 하나 건드리지 않을 예정이니까. 크게 문제 될 일은 없겠지.」

빙긋 웃으며 그녀의 질문 공세를 차단하던 라펠의 눈꼬리가 부드럽게 휘어지는 모습을 루키나는 멍하니 바라보아야 했다.

"빌어먹을 인간!"

"그거 나보고 하는 소리는 아니겠지?"

……!

루키나는 등 뒤에서 들려오는 소리에 화들짝 놀라 하마터면 넘어질 뻔했다.

뒤를 돌아보니 머리부터 발끝까지 온통 검정색으로 물들어 있는 제국의 4대 공작 중 한 사람이 문 앞에 삐딱하게 기대어 선 채 자신을 바라보고 있었다.

루키나는 들고 있던 짐 꾸러미를 가슴팍으로 끌어안으며 중얼거렸다.

"……아니에요."

"그럼 다행이군."

루키나는 피식 웃으며 바로 서더니 제 곁을 지나쳐 방 안을 둘러보는 라펠을 멀뚱히 쳐다봤다.

"두 개를 배치해 달라 했더니……."

응?

"레이디……."

"잠깐! 여, 여기선 밀드레드라고 불러주시면 감사할 것 같군요, 미티라펠 경."

루키나는 자연스럽게 저를 '레이디'라 칭하려는 라펠을 향해 손을 들어 올리며 눈을 부라렸다.

그런 그녀를 말없이 내려다보던 라펠은 고개를 끄덕였다.

"그렇게 하지, 밀드레드 경."

"……."

"뭐 어쨌든, 그대도 보다시피 우리가 써야 할 침대는 2층 침대인 것 같군."

"그, 그러네요."

루키나는 2층 침대를 가리키는 라펠을 향해 어색한 얼굴로 고개를 끄덕였다.

라펠은 잠시 고민하더니 그녀의 몸을 아래위로 훑었다.

"뭐, 뭐 하는 거예요!"

루키나는 노골적인 그의 시선에 인상을 쓰며 외쳤다.

라펠은 그녀의 외침에 대꾸하지 않고 그녀와 침대를 번갈아 쳐다보더니 이내 입술을 움직였다.

"그대가 나보다 가벼울 테니 2층은 그대가 쓰는 게 낫겠군. 내가 1층 침대를 쓰지."

"아."

"불만인가?"

"……."

"밀드레드 경?"

"그…… 그렇게 하겠습니다."

루키나는 얼굴이 붉어지려는 것을 겨우 참고선 나지막하게 대답했다.

라펠은 그녀의 답변이 들려오기가 무섭게 몸을 돌려 침대로 걸어갔다.

'젠장. 젠장. 젠자앙!'

저 얄미운 인간을 정말 어쩌면 좋지?

이곳에서 마주친 이후 그녀를 방해하기만 하는 라펠과 한 방을 써야 한다는 사실이 앞으로의 미래가 참담하다는 것을 증명하는 것만 같았다.

그것보다 더욱 불행한 것은 멋대로 뛰기 시작하는 이 빌어먹을 심장 때문인데.

'아무래도 면역이 부족해서 그래, 면역이!'

남자처럼 검을 들고, 훈련을 받고, 분장을 하고, 아무렇지도 않게 술을 마셨으며, 심지어 남자 행색을 하며 기사가 되었지만 그래도 그녀는 여자였다.

그것도 지난 네 번의 생애 동안 연애 한번 해보지 못한 여자.

기사가 되기까지의 과정에서 남자들과 적잖게 얽히기는 했으나 이 남자처럼 자신이 여자라는 것을 알고 있는 사람은 없었다.

그의 앞에 있는 자신은 루키나 이베타 로델린임이라는 것에서 벗어날 수 없기에 이렇게 긴장하게 되는 거라며 스스로를 달래던 그녀는 한숨을 내쉬며 미친 듯이 뛰는 심장을 가라앉히려 했다.

"으아악!"

그리고 그런 루키나가 겨우 평정을 되찾은 뒤 2층 침대 위로 올라가기 위해 발을 내딛으려는 순간, 그녀는 고개를 든 제 시야로 들어온 광경에 소리를 내질렀다.

"지, 지금 뭐 하는 짓이에요?"

미르티스 라펠 윈스턴, 아니, 오노르 기사단 내에서는 미티 라펠이라는 가명을 쓰고 있는 흑발의 남자는 그녀와 겨우 네 걸음 떨어진 곳에서 옷을 벗다 말고선 뒤를 돌아보았다.

"옷을 벗고 있다."

"미스터 라펠!"

언제 상의를 탈의한 건지, 드넓은 등짝이 눈이 부실 정도로 반짝이고 있다는 것을 알아차린 루키나가 인상을 쓰며 외쳤지만 라펠은 제 행동을 멈추지 않고 팔에 걸쳐 있던 상의를 완벽하게 벗어 던졌다.

두근, 두근, 두근—

잠시 고요해졌던 루키나의 심장이 정신없이 뛰기 시작했다.

'저, 저 미, 미친 자식이 정…… 말…… 헉!'

눈을 뗄 수 없을 정도로 아름다운 근육이 시야로 들어온다.

얼굴을 일그러뜨리며 라펠을 향한 욕설을 늘어놓던 루키나는 상의를 탈의한 라펠이 서서히 몸을 돌리는 모습을 넋 놓고 응시했다.

그간 꽤 많은 남자의 벗은 상체를 보았다고 자부하던 그녀였지만 어찌된 셈인지 이 남자의 상체를 보자니 왠지 침이 목구멍을 타고 꿀꺽 넘어갔다.

루키나는 쿵쾅쿵쾅 뛰는 심장 위로 손을 얹으며 뒷걸음질 쳤다.

쿵!

그렇게 뒤로 움직이던 루키나의 등이 딱딱한 책상과 부딪친 것은 그때였다.

루키나는 저를 잡아먹을 듯 다가오던 라펠을 홀린 듯 올려다보았다.

"밀드— 아니, 레이디 이브."

라펠의 붉은 입술이 의자를 꽉 움켜쥐고 있던 루키나를 향해 움직였다.

"자신만만하게 나의 기사단에 들어왔을 때…… 이런 상황 또한, 예상하지 못했던 건 아니겠지?"

……뭐?

"이상하군. 남장까지 각오할 정도라면 남자의 벗은 몸을 보는 것 정도는, 그대가 각오했어야 했던 것 같은데?"

루키나는 그 말을 뱉어내는 라펠의 입꼬리가 씩 올라가는 것을 발견했다. 그는 하얗게 질린 루키나를 향해 반달처럼 눈웃음을 그리며 속삭였다.

"씻는 건, 나부터 하도록 하지."

리우드 제국의 영토만큼이나 광활하기 그지없던 널찍한 면적. 완벽한 역삼각형을 뽐내는 외견. 크고 아름다운 광배근과 승모근들의 환상적인 조화.

그리고 결정적으로 그녀의 시선을 끌었던 건…… 그 남자가 옷을 벗을 때 슬쩍 비치던, 천사의 날개를 닮은 견갑골이었다.

연애에 대한 면역은 없지만 나체에 대한 면역은 어느 정도 존재했다.

펜싱 선수 시절 남자 선수들과 합동 훈련 도중에도 본 적이 있었고, 의대생 시절엔 온전히 나신이 된 시체의 몸을 수도 없이 봐왔으니까.

하지만 그의 몸에서 도저히 눈을 뗄 수 없었던 건, 순식간에 시선을 사로잡은 강력한 마력이 존재했기 때문이다.

만약 가까스로 이성의 끈을 붙잡지 않았더라면 굶주린 늑대마냥 그 남자를 향해 달려들었을지도.

루키나는 도통 머릿속에서 사라지지 않는 그 남자의 상체를 떠올리며 여전히 뛰는 심장의 박동 소리를 느꼈다.

"……반. 아이반!"

아.

그런 이유였을까.

그 뒤로 어떻게 침대로 올라갔고, 눈을 감았으며, 다시 눈을 떴고, 밥을 먹었는지…… 하나도 기억나지 않는다.

윈스턴 공작의 커다란 등에 존재하는 잔근육만이 눈앞에 둥둥 떠다닐 뿐.

"부르…… 셨어요?"

루키나는 어느새 저를 빤히 바라보고 있는 유리안의 자색 눈동자가 자신을 향해 있다는 것을 눈치채고는 어색한 미소를 흘렸다.

유리안은 온종일 넋을 놓고 있던 그녀를 의아하게 느껴졌는지 고운 미간을 좁히며 도톰한 입술을 움직였다.

"아이반. 그대에게 무슨 일이라도 있나?"

"……예?"

"아니. 하루 종일 정신을 다른 곳에 둔 것 같아서 하는 말이야."

"아…….."

"혹시……"

"……!"

루키나는 스스럼없이 제게 다가와 손을 뻗고선 이마에 가져다 대는 유리안의 행동에 화들짝 놀랐다.

그녀가 거부할 틈도 없이 제 이마와 자신의 이마 열을 재어보던 그는 흐응, 낮은 숨을 터뜨리며 중얼거렸다.

"열은 없는데……."

"하, 하하하. 저, 저는 괜찮습니다, 유리!"

루키나는 의아해하는 유리안의 손을 직접 떼어내기보다는 뒤로 몇 걸음 물러나며 고개를 내저었다.

졸지에 루키나의 이마에 닿았던 손이 허공을 휘젓자 유리안의 눈썹이 파르르 떨렸다.

'잠시 생각할 것이 있어서 말을 듣지 못한 것 같습니다—' 라는 변명까지 날린 그녀는 저와 유리안을 수상하기 그지없는 눈으로 흘긋거리고 있는 로렐을 발견했다.

"니들 도대체 뭐 하는 거냐?"

로렐의 눈에 스친 의문을 루키나는 놓치지 않았다.

어색한 표정을 지으며 대답하려고 했지만 유리안이 조금 더 빨랐다.

"뭐 하는 건지 보면 모르나, 로렐? 아이반의 열을 재고 있지 않나."

"아니, 그러니까 열을 왜 네가— 그것보다 내가 몇 번을 말했어? 로렐 말고 산트너라고 부르라 했잖아."

"하하, 로렐. 내가 자네와 알게 된 지 얼마 되지는 않았지만 볼 때마다 느끼는 게 하나 있는데, 자네는 생각보다 정말 재미있는 사람 같아. 어째서 그리 예쁜 이름을 거부하는 건가?"

"……너 죽인다?"

순수하기 그지없는 얼굴로 직격타를 날려 버리는 유리안의 말에 로렐의 얼굴이 처참하게 일그러졌다.

당장이라도 그를 향해 달려들려 하는 로렐을 가까스로 말린 루키나는 마침 그들이 향하고 있던 대식당 쪽으로 애써 두 남자의 등을 밀었다.

"빌어먹을. 내가 어쩌다 이런 녀석들이랑 얽히게 된 건지……."

하아아, 긴 숨을 흘리던 로렐의 말이 들려오기는 했지만 루키나와 유리안은 모르는 척했다.

라펠로 인해 밤을 꼬박 새운 루키나가 가까스로 정신을 다시 다잡은 시각은 이미 오전과 오후 훈련이 끝이 나고 저녁 식사 시간이 시작될 무렵이었다.

중천에 떠 있던 태양이 산등성을 넘어가 버린 시점.

하늘을 붉게 태우던 빛이 어둠으로 물들자 차츰차츰 모여들기 시작한 오노르 기사단의 단원들은 하나둘씩 대식당 쪽으로 발을 움직이고 있었다.

하루가 어떻게 지나가 버렸는지 모르겠지만, 일단은 배 속에서 미친 듯이 신호를 보내오고 있는 것으로 보아 끼니는 채워야 할 것 같다는 생각이 들었다.

끼이익―

다른 신입 단원들이 걷는 길을 따라 움직이던 루키나는 앞서 걸어가던 단원들이 닫아놓은 문을 열고 대식당 안으로 들어서자 몸을 움찔거렸다.

'……어라?'

왠지 모르게 온몸으로 느껴지는 적대적인 시선.

자신과 유리안, 그리고 로렐이 발을 내딛자마자 소란스럽던 대식당 내부가 고요에 휩싸인 것을 눈치챈 루키나는 미간을 좁혔다.

이거 뭔가 좋지 않은데.

그러고 보니 곰곰이 생각해 보면 기사 서임식 때부터.

아니, 더 되짚어보면 그전부터 자신을, 그리고 저와 같이 움직이는 무리들을 향한 시선이 확실히 곱지만은 않다.

나…… 걱정해야 하는 상황인 건가?

일단은 신입 환영회 때 앉았던 예의 그 식탁 앞으로 다가가 착석한 루키나는 조용히 주위를 둘러보았다.

아직까지 오노르의 기존 기사단원들이 대식당 안에 들어오지 않는 상태였으므로 대식당 안에 존재하는 기사들은 루키나를 포함하여 총 열 명인 상황.

그 열 명의 사람들은 모두 각기 그룹을 이루어 뿔뿔이 흩어져 있었다.

정확히는 세 그룹. 루키나 일행이 첫 번째 그룹에 속했고, 루키나에게 패배했던 최종 입단 테스트 2위와 3위, 10위가 두 번째 그룹, 그리고 나머지가 마지막 세 번째 그룹에 속했다.

출입구를 기준으로 오른쪽 편의 식탁에 자리를 잡고 있는 두 번째 그룹이 루키나 일행에게 신경도 쓰지 않고 식탁 위에 놓여 있던 수프를 먹는 것에 열중하는 데 반면, 중앙의 식탁 앞에 앉아 있던 세 번째 그룹은 루키나 일행을 향해 기분 나쁠 정도로 노골적인 시선을 날리고 있었다.

'뭐지, 저 녀석들.'

루키나 일행이 출입구 쪽에서 걸어와 자리에 앉는 일련의 과정을 모두 지켜보며 피식 웃음을 흘리던 그들의 눈빛에 왠지 모를 거북함을 느끼던 루키나는 곧이어 들려온 나지막한 목소리에 인상을 썼다.

"참 재미있지. 어떻게 모여도 저렇게 모였을까. 논란의 중심에 선 녀석들이 똘똘 뭉쳤나 보군."

……뭐?

"연줄에, 운발에, 무식의 만남이라니."

"……!"

"오노르 꼴이 말이 아니야. 어쩌다 저런 녀석들이 뽑힌 거야?"

최종 입단 테스트의 제3시합, 즉 8강전에서 탈락했던 후보생들 중 패자부활전을 통해 10인의 신입 단원으로 뽑힌 9위, 브리드 앤더슨이 나지막하게 중얼거린 말들은 기분 나쁠 정도로 명확하게 들려왔다.

'너 이 자식, 방금 뭐랬어?' 하고 쾅— 테이블을 내리찧으며 자리에서 일어나려던 로렐의 외침은 그가 벌떡 서기가 무섭게 대식당의 문을 열고 들어온 기존 단원들의 등장으로 인해 완벽하게 묻혀 버렸다.

"오늘 저녁은 뭡니까, 주방장님!"

"저녁 먹자, 저녁!"

"하하하, 내가 이 시간을 제일 좋아…… 응? 분위기 왜 이래?"

배를 탕탕 두드리며 대식당 안으로 들어오던 몇몇 기사단원들은 서로 대치를 하고 있던 루키나 일행과 브리드 앤더슨 일행의 눈싸움에 의아함을 느끼더니 곧 그들 앞에 배식된 저녁들을 발견하고선 함박웃음을 그렸다.

"저 망할 것들을 진짜……."

"로렐. 흥분은 좋지 않다."

"이게 다 네 녀석 때문이잖아!"

"나?"

"그래, 너! 재수 좋게 8강까지 오른 너 때문에 우리 실력까지 의심받는 거 아니야!"

루키나는 미간을 찌푸리며 애꿎은 유리안을 향해 투덜거리는 로렐을 말렸다.

유리안은 어깨를 으쓱이더니 제 앞에 놓인 수프를 먹기 시작했다.

제 앞에 앉은 두 남자가 스푼을 들어 올리는 모습을 말없이 응시하던 루키나는 식탁 위에 놓여 있던 그릇을 한동안 쳐다보다 자리에서 일어났다.

"아이반? 벌써 다 먹은 건가?"

그릇을 들어 그들을 흐뭇하게 바라보고 있는 주방 식구들을 향해 그것을 건네고자 했던 루키나는 저를 불러 세운 유리안의 말에 옅은 미소를 그렸다.

"아, 예. 어쩐지 오늘은 입맛이 별로 없어서요."

"……그래?"

"먼저 실례하겠습니다."

루키나는 유리안과 로렐을 향해 목례를 한 후 주방 식구들이 서 있던 앞쪽으로 걸어가려 했다.

"어이. 너희 둘, 고향 친구라면서 저 녀석은 왜 너한테 존댓말을 쓰냐?"

"하하. 아이반이 나를 편하게 대해주었으면 하는 건 나도 원하는 바이지만, 그가 쉽게 말을 놓지 않는군. 저게 편하다나?"

"흐응. 하여간 저 녀석도 평범한 녀석은 아니야."

"그래. 그렇…….."

뱃고동 소리가 부끄러울 정도로 크게 울려 퍼지고 있음에도 불구하고 몇 숟가락 들지 못한 것은 틀림없이 어젯밤의 일 때문이다.

아무래도 그 일을 먼저 정리를 해야 한결 편해진 마음으로 식사도 이어 나갈 수 있겠지—라는 생각에 먼저 숙소로 들어가려던 루키나는 저를 두고 대화를 나누고 있는 로렐과 유리안의 목소리를 들으면서도 애써 무시했다.

그 영향 때문인지, 식탁의 앞쪽으로 걸음 하려다 누군가가 내민 발에
걸려 버렸다.

와장창—!

'…….'

사발 안에 가득 들어 있던 닭 수프가 공중에서 회전을 하더니 그대로
루키나의 머리 위에 안착했다.

뚝뚝.

땅에 코를 박는 것은 방지했지만 뜨거운 수프를 뒤집어써 버린 루키나
의 얼굴이 굳어진 것은 당연한 일이었다.

그녀는 제 발을 건 것이 틀림없는 남자를 올려다보았다.

"이런. 조심하지 그랬어? 미안하게 됐어, 아이반 밀드레드. 내 다리가
워낙 길어서 그만. 하하하."

입꼬리를 스윽 올리며 뱉어내는 남자의 웃음소리가 귓가를 간질인다.

뿌득, 루키나의 이마 위로 도톰한 핏줄이 돋아나는 소리가 들렸다.

'참아주는 건 여기까지…….'

잠자는 사자의 코털을 건드려도 유분수지, 감히 자신을 다른 기사들
앞에서 대놓고 조롱한 자를 그대로 내버려 둘 수는 없다. 동기고 뭐고, 이
같잖은 놈을 내 손으로 처단해야겠다는 생각에 뚝뚝 흘러내리는 수프를
닦으며 몸을 일으키려던 루키나는 어느새 제 앞을 가로막은 누군가의 커
다란 등에 눈을 동그랗게 떴다.

스윽.

'……?'

따악!

둔탁한 소리가 들려온 것은 그녀를 가로막은 등이 유리안의 것이라는

것을 알아차렸을 때였다.

'어…… 어어?'

"뭐, 뭐야!"

루키나를 비롯한 대식당 내의 모든 이들의 눈동자가 동그래졌다.

졸지에 유리안의 커다란 손에 따귀를 강타당한 브리드 앤더슨이 자리에서 벌떡 일어나 이를 가는 것이 보였다.

유리안은 당황한 모든 이들 따위는 개의치 않는, 차고 서늘한 목소리로 브리드 앤더슨을 향해 말했다.

"이 공간을 함께 쓰고 있다는 게, 정말로 치욕스럽게 느껴질 만한 질 낮은 괴롭힘이군."

"……뭐?"

루키나는 그 말을 내뱉는 유리안의 등이 미동조차 않는다는 사실을 알아차렸다.

유리안은 황당해하는 브리드 앤더슨에게 말을 이어 나갔다.

"함께 기사 시험을 치렀던 동료에 대한 일말의 존경심도 없는 경은, 제국의 명예로운 기사가 되기에는 글렀다."

"너, 너 뭐라고……!"

"아이반, 괜찮나?"

루키나는 브리드 앤더슨에게 싸늘한 일갈을 내뱉은 뒤 저를 돌아보는 유리안을 멍하니 올려다보며 고개를 끄덕였다.

지이익―!

……!

"일단 이것으로 닦도록 해."

"아……."

루키나는 주저 없이 자신이 입고 있던 고급 원단의 팔소매를 찢어버리는 유리안에게 얼떨결에 그것을 받아 들었다.

유리안은 루키나가 천 조각을 손에 쥐자마자 다시 몸을 돌려 브리드 앤더슨을 향해 입술을 움직였다.

"앤더슨 경. 그대가 망각하고 있는 것이 있다."

"마, 망각? 내가?"

"내가 알고 있기로는 제국의 기사들은 상대에게 시비를 걸 때, 그대처럼 시정잡배와 같은 입놀림으로 결투를 청하지 않는다."

"……!"

"그대가 그토록 아이반이나 나, 그리고 로렐이 못마땅하게 느껴진다면 어쭙잖은 입놀림이 아니라 정식으로 승부를 청하도록 해라. 기쁜 마음으로 기꺼이 그대를 상대해 줄 테니. 허나 그럴 용기조차 없으면서 이런 수준 낮은 짓거리를 이어갈 생각이라면……."

브리드 앤더슨이 스윽, 한 걸음 그를 향해 다가가는 유리안을 발견하고선 움찔거리며 뒷걸음질 치는 게 보였다.

유리안은 개의치 않고 말했다.

"스스로 오노르의 기사라는 타이틀을 내려놓는 것이 좋을 거다. 기사라는 작위는 그대와 같은 교양 없는 자가 유지하기에는 너무도 무거운 짐이 될 테니."

검 한 번 휘두르지 않았음에도 풍겨 나오는 분위기와 어조 등에 어딘가 힘이 있었다.

루키나는 압도적인 기운을 풍기며 브리드 앤더슨의 꼬리를 가라앉히는 유리안의 모습에 내심 깜짝 놀랐다.

'황태자는…… 황태자네.'

그간 하는 행동들이 제 뒤만 졸졸 쫓아다니는 대형견 못지않아, 하릴없는 한량으로만 취급했었는데 말이지. 화가 난 그가 흘리는 말 한마디 한마디는, 제국의 황태자로서의 기품마저도 느낄 수 있었다.

"너, 마, 말 다 했……."

"그만. 거기까지 하도록 해."

뒤늦게 반응하기 위해 입술을 열려던 브리드 앤더슨은 오른쪽 식탁에서 상황을 지켜보던 오노르의 3기 기사, 헨리 캐슬러의 말에 멈칫하며 입술을 악물었다.

브리드 앤더슨의 룸메이트가 되었다고 했던 헨리 캐슬러는 터벅터벅 걸어오더니 세 명이 대치하고 있는 장소에 멈추어 서선 미간을 찌푸렸다.

"사내새끼가 계집애도 아니고 유치하게 영역 싸움이냐, 뭐냐? 혼자 있는 것도 아니고 다들 보는 앞에서 쪽팔리게……. 기사의 품위 따위는 생각 안 하는 거야, 브리드?"

"헤, 헨리 형님!"

"닥쳐, 인마. 그리고 너하고 너!"

루키나는 저와 유리안을 가리키는 헨리 캐슬러를 쳐다보더니 미간을 찌푸렸다.

"얼른 씻으러 가도록 해. 아주 엉망진창이다. 엉망진창."

쯧쯧, 헨리 캐슬러가 혀를 차는 소리가 대식당을 가득 울렸다.

"저기…… 가, 감사합니다."

화아악, 귓불이 새빨갛게 달아오르는 것을 들켰을까?

누군가에게 고마움을 표하는 것만큼이나 부끄러운 일은 없다.

루키나는 괜찮다는 저를 굳이 방까지 데려다주는 유리안의 눈치를 살피다 자신의 방이 가까워졌을 때쯤이 되어서야 겨우겨우 말을 꺼냈다.

쿵쿵, 그 말 한마디를 건넸다고 미친 듯이 들썩이는 심장이라니.

눈을 동그랗게 뜨며 자신을 내려다보는 유리안의 모습이 왠지 낯설어 보여 시선 둘 곳이 없다는 생각을 했다.

"별…… 거 아니다. 그대는 내 하나밖에 없는 친구가 아닌가. 친구가 위기에 처하면 마땅히 도와줘야지."

말은 그럴싸하네.

제 말에 당황하는 것 같으면서도 태연하게 굴려고 노력하는 유리안이 오늘따라 꽤 듬직해 보여서 루키나는 속으로 풋 웃었다.

"여깁니다."

"버, 벌써?"

"네?"

"……아니다. 문을 열어라."

"아, 네."

제 방인 갈색 문 쪽을 가리키며 말하자 유리안은 서둘러 고개를 내젓더니 명령했다.

뭔가 이상하다 생각하면서도 알겠다는 듯 열쇠를 구멍 안으로 밀어 넣던 루키나는 달칵 열리는 문 뒤로 이어지는 발걸음 소리에 뚝 멈추었다.

"들어…… 오시게요?"

당연히 이쯤에서 돌아서서 가버릴 줄 알았던 유리안이 자연스럽게 방 안으로 들어오자 루키나는 눈을 동그랗게 떴다.

유리안은 주위를 둘러보며 말했다.

"그냥 좀 궁금해서. 다들 이 방이 다른 방들보다 크다고 하더군."

"그렇습니까?"

"그대는 개의치 말고 얼른 씻도록 해. 닭고기가 머리에 들러붙게 되면 처치가 곤란할 수도 있으니까."

아…….

"뭐 하나?"

"아, 아닙니다. 그럼 실례하겠습니다."

이 상황에서 그를 내쫓고 씻겠다고 하면 유리안이 의심을 할 수도 있다.

아르시에서부터 오노르 기사단에 입단할 때까지, 적지 않은 시간 동안 매일같이 얼굴을 맞댄 사이인데 무엇을 그리 부끄러워하냐는 말이 나올 수도 있을 테니까.

왠지 꺼림칙한 기분이 들기는 했으나 유리안의 성격상 자신을 훔쳐볼 것 같지는 않았던지라 루키나는 크게 의심하지 않은 채 욕실 안으로 들어갔다.

닭고기 수프 세례를 받은 가발을 씻어줄 필요성은 확실히 있었다.

'흐음…….'

한편, 유리안은 커다란 창문이 있는 창가 쪽으로 발걸음을 옮기다 2층으로 된 침대를 발견했다.

'2층 침대라.'

자신이 배정받은 방은 좁은 간이침대 두 개를 겨우 놓아둔 반면, 이 방에는 건장한 남자가 다리를 쭉 뻗고 잘 만큼의 침대가 존재했다.

물론 2층짜리라는 것이 문제이기는 했으나 간이침대보다는 낫지. 게다가 서신을 쓸 수 있는 책상이 존재하고, 씻을 수 있는 공간이 따로 있었다.

'아이반에게는 잘된 일이군.'

오노르의 입단 테스트에서 우수한 실력으로 뽑혔던지라 아무래도 이러한 혜택을 누리는 것이라 생각하며 유리안은 고개를 끄덕였다.

촤아악—

'응?'

그때였을까.

유리안은 욕실 쪽에서 들려오는 물소리에 무의식적으로 얼굴을 돌렸다.

아이반이 칠칠치 못하게 욕실의 문을 다 닫지 않은 모양인지, 물이 쏟아지는 소리가 지나치게 선명하게 들려왔다.

'많이 뜨거웠을 텐데……'

그 교양 없는 브리드 앤더슨으로 인해 뜨거운 수프를 맞고서도 아무렇지 않은 얼굴을 하고 있던 자신의 친우가 불현듯 안쓰러워졌다.

확실히 훌륭한 기사가 될 만한 자질을 가진 청년이다.

보면 볼수록 믿음직스럽고 침착한 아이반 밀드레드에 대한 호감도가 쌓이는 것을 느끼며 유리안은 빙긋 웃었다.

아이반 밀드레드만 허락한다면 정말이지 함께 황궁으로 데려가고 싶은 청년이라는 것을 다시 한 번 깨달으며 유리안은 아쉬운 마음을 달랬다.

"어, 저, 저기!"

이젠 은은한 달빛이 창틈을 파고드는 창문을 바라보며 뒷짐을 지고 서 있던 유리안의 귀에 아이반의 다급한 음성이 들려온 것은 그 순간이었다.

"유리. 거기 있습니까?"

"아이반?"

"아, 다행입니다! 아직 가지 않으셨군요!"

유리안은 욕실 쪽에서 들려오는 음성이 안도를 가득 담았다는 것을 눈치챘다.

뭐 도울 일이 있나?

그는 의아함을 감추며 욕실 쪽으로 걸어갔다.

욕실에서 아이반의 목소리가 새어 나왔다.

"죄송하지만 2층 침대의 짐 꾸러미 안에 있는 타월 하나만 꺼내주시겠습니까?"

뭐?

"급하게 안에 들어오느라 타월을 들고 온다는 걸 깜빡 잊었지 뭡니까. 문고리 쪽에 걸어주시면 감사하겠습니다. 하하하! 그럼 부탁드립니다!"

유리안은 어색한 웃음소리까지 섞어가며 외치는 아이반의 말에 머뭇거리다 고개를 끄덕였다.

남의 물건을 뒤지는 취미는 없지만 본인이 요구하니 들어주는 수밖에.

"기다려라."

"감사합니다!"

진심을 가득 담은 아이반의 인사가 욕실에서 들려오자 슬며시 웃던 유리안은 발을 내딛었다.

'그러니까 타월이……'

2층 침대의 베개 쪽 머리맡에 놓아둔 갈색 짐 꾸러미를 풀어 헤치던 유리안은 어렵지 않게 타월을 발견할 수 있었다.

그는 타월을 든 채 고개를 돌려 욕실 쪽으로 걸어갔다.

똑똑.

욕실 문이 열려 있기는 했지만 함부로 그 안으로 들어가는 것은 예의가 아니다.

유리안은 엄격하기로 유명한 황실의 예법을 배우고 자랐던 사람이었기에 확실히 그런 것을 구분할 줄 알았다.

그는 예의를 지키기 위해 먼저 말을 하기에 앞서 문을 두드렸다.

"아이반. 타월을 가져왔다."

촤아악—

친히 그를 위해 타월까지 들고 왔건만 욕실 안에서는 물을 붓는 소리만 들려올 뿐이다.

못 들은 건가?

유리안은 잠시 소리가 들려오지 않기를 기다려 보았다.

"아이반. 타월을—"

끼이익.

틀림없이 물소리와 섞여 제 말을 듣지 못한 것이 분명하다.

유리안은 조금 더 큰 소리로 말하며 노크를 하기 위해 욕실 문을 두드리려다 약간 열려 있던 욕실 문이 멋대로 움직이는 것을 눈치채고선 화들짝 놀랐다.

"아, 아이반. 미안하네. 문이 열린 건 순전히……!"

'실수였어'라는 말을 뱉어내기 위해 입술을 움직이던 유리안은 반쯤 열린 문 사이로 보이는 광경에 더 이상 소리를 낼 수 없었다.

촤아악!

"으, 시원해."

나무 양동이로 물을 들이부으며 몸을 부르르 떨고 있는 사람이 시야로 들어왔기 때문이다.

유리안의 얼굴은 딱딱하게 굳어졌다.

'내가 지금…….'

믿을 수 없는 광경.

쾅!

사고 회로가 정지되어 버리는 것을 느끼며 멀뚱히 서 있던 유리안은 열려 있던 욕실 문이 갑자기 큰 소리를 내며 닫히자 뒤로 주춤 물러났다.

"너."

그런 유리안을 향해 순식간에 욕실 문을 막아선 검은 머리의 남자는 푸른 눈동자를 일렁이며 말했다.

"비켜."

욕실에서의 아이반을 목격한 그의 머릿속에 수많은 생각들이 둥둥 떠다니기 시작할 무렵 들려온, 서늘한 음성.

눈 깜짝할 사이에 제 앞을 가로막고선 문까지 닫아버린 흑발의 사내는 저보다 아주 약간 높은 눈높이에서 저를 무심하게 내려다보며 입술을 달싹였었다.

혼란을 가득 담은 유리안의 시선이 그 사내를 향한 것은 지극히 당연했다.

흑발의 사내는 비웃음이 가득한 음성으로 말했다.

"예의가 없는 자군."

유리안의 미간이 저절로 좁아졌다.

"예…… 의?"

"몰랐다고는 하지 마라. 타인의 씻는 장면을 훔쳐보는 게, 교양 있는 기사가 할 행동이라고 생각되는 건 아니니까."

"……!"

위압감을 풍기는 사내의 말에 유리안은 그 어떤 대답도 할 수 없었다.

눈에 힘을 주며 벌리려던 입을 다무는 유리안을 위아래로 훑어보던 그는 피식, 실소를 터뜨리며 말을 이었다.

"아이반 밀드레드를 따라온 자면 아마도 7기의 단원이겠군."

"……."

"선배로서 충고한다. 저 녀석과 만날 때는 이곳 안이 아닌 밖에서 만나도록 해라. 나는 내 장소에 허락한 이가 아닌 녀석이 들어오는 것을 용납할 수 없거든."

그토록 명백한 축객령은 들어본 적이 없다.

아이반의 머리카락이 은색이라는 것에 적응할 사이도 없이 다가온 벽안 사내의 말에 유리안은 입을 움직이지 못했다.

'뭐 하고 서 있는 거지?' 라며, 욕실과 약간 떨어져 있던 출입문을 가리키는 아이반의 룸메이트가 뱉어낸 말에 그는 어쩔 수 없이 몸을 돌려야만 했다.

쾅—!

유리안이 복도로 나오자마자 세게 닫히는 아이반 숙소의 문은 두 번 다시 열리지 않았다. 가만히 서 있던 유리안은 한동안 움직이지 않다 결국 제 방으로 돌아올 수밖에 없었다.

전신을 짜릿하게 만드는 전율이 혈관을 뒤흔들었다.

시원해도 너무 시원하다. 이런 쾌감이 존재하다니!

루키나는 머리를 긁을 때보다 훨씬 더 강한 희열이 치밀어 오르는 것을 느끼며 온몸을 부르르 떨었다.

닭고기 수프가 묻은 가발을 씻는 김에 가발 속 진짜 머리카락 역시 헹구기로 결심한 그녀가 머리 위로 물을 쏟아붓자마자 강한 쾌감이 일었다.

오랜만에 물을 만난 두피는 벅벅 머리를 긁어대기까지 하는 그녀의 손길에 숨통이 트이는 듯했다.

그간 한 번도 느껴보지 못한 황홀함마저 느끼던 루키나는 그렇게 한참을 긴 머리를 마구 문지르다 문득 든 생각에 번쩍 고개를 들었다.

'맞다, 황태자!'

욕조 안에서 머리카락을 이리저리 움직이며 시원한 물이 두피로 스며드는 것을 느끼던 루키나가 한참 동안 담그고 있던 욕조에서 머리를 들어 올리자마자 긴 머리카락 끝에서 굵은 물방울이 뚝뚝 흘러내렸다.

'너무 오래 있으면 의심할 텐데!'

여자도 아니고 남자가 욕실에 오랫동안 머무는 것은 오해를 살 것이 틀림없었다.

다급해진 그녀는 바닥에 떨어뜨렸던 망으로 긴 머리카락을 고정시킨 뒤 축축하기 그지없는 갈색 가발을 뒤집어쓰고선 무릎을 세웠다.

툭—

타월로 감싸지 못해서인지 줄줄 흘러내리는 물줄기가 어깨를 적시기 시작했다.

"저…… 저기, 유리."

그녀는 유리안을 호출했다.

"유리?"

하지만 유리안은 대답하지 않는다.

뭐야. 설마 간 거야?

혹시나 싶어 그녀는 다시금 입술을 움직였다.

"유리, 계십니까? 타월 말입니다. 걸어두셨……."

쾅—!

좀처럼 쉬이 멎지 않는 물줄기를 어떻게 해서든 막기 위해 가발을 꾹 누르고 있던 루키나는 뒤를 돌아보며 말을 하려다 들려온 소리에 몸을 움찔거렸다.

'열려…… 있었어?'

틀림없이 닫혀 있다 여겼는데, 방금 들려온 소리는 분명 욕실 문이 닫히는 소리였다.

루키나는 무의식적으로 얼굴이 경직되는 것을 막지 못했다.

순간 불길한 예감이 들어 잠시 입술을 떨던 그녀는 잠시 멍하니 서 있었다.

'침착하자. 침착해.'

한동안 돌처럼 굳어 있던 그녀가 다시금 정신을 차린 건 약간의 시간이 지난 뒤였다.

호흡을 가다듬으며 눈을 한 번 감았다 뜬 그녀는 아무렇지 않은 척 열린 욕실 문으로 다가갔다.

"하하하. 미, 미안해요, 유리. 너무 오래 걸렸죠? 건더기가 너무 들러붙어서 떼어내는 데 시간이 꽤 걸렸지 뭡니까."

굳게 닫힌 문밖에 서 있던 유리안은 대답을 하지 않았다.

루키나는 침을 꼴깍 삼키며 어색한 웃음 섞인 목소리를 뱉어냈다.

"저기 그런데 타월……."

달칵.

스윽—

"아, 고, 고맙습니다!"

돌연 열린 문틈 사이로 손 하나가 불쑥 모습을 드러냈다.

그 손에 들린 하얀 타월을 쳐다보던 루키나는 억지로 입꼬리를 올리며 감사의 인사를 건넸다.

'아직은 몰라. 모른다고.'

바깥의 상황을 알지 못하기에 루키나는 침착을 유지하려 애썼다.

아직까지 전부 들킨 것은 아니다.

손만 내민 유리안의 얼굴이 어떤지 확인하지 못했고, 또 그가 무슨 말을 할지도 아직 듣지 못했다.

하지만 그럼에도. 만약 그럼에도 유리안이 제게 의심을 품고, 그것으로도 모자라 그에게 뭔가를 들켜 버렸다면…….

'기절시켜 버릴까.'

두근두근, 거칠게 뛰는 심장의 박동 소리를 느끼던 루키나는 미간을 찌푸리며 생각하다 주먹을 세게 움켜쥐었다.

그러고는 유리안에게서 건네받은 타월로 머리를 감싸고 난 뒤, 숨을 크게 들이마시며 눈을 빛냈다.

결심을 한 그녀는 문고리를 부여잡으며 세게 옆으로 돌렸다.

끼이익—

"기다리게 해서 죄송…… 헉!"

여차하면 주먹을 날릴 생각으로 욕실을 벗어나려던 루키나는 욕실 문 앞에 떡하니 서 있는 낯익은 남자를 발견하고선 그대로 굳어버렸다.

"우리, 얘기 좀 하지."

고요한 벽안을 그녀에게 고정시킨 남자는 차갑기 그지없는 말을 뱉어 내며 루키나에게 손을 까딱였다.

'뭐가 어떻게 된 거야?'

문밖에 있어야 할 유리안 대신 라펠이 서 있는 모습은 예상하지 못했다.

왠지 모르게 심장이 쿵쿵 뛰는 것을 느끼며 입술을 꾹 짓누르던 루키나는 이미 닫혀 있는 방문을 흘긋거렸다.

'유리안은 어딜 간 거지?'

루키나는 불안한 예감이 밀려오는 것을 꾹 참고선 어느새 책상 앞 의자에 자리를 잡은 라펠을 빤히 바라봤다.

그리고선 멋대로 뛰고 있는 가슴 주변을 만지작거렸다.

"레이디 이브."

음산한 기운이 피어오르는 라펠의 안색은 어둡기 그지없다.

선생님 앞에서 혼나는 학생처럼 입을 꾹 다문 채 삐죽이고 있던 루키나는 저를 부르는 그의 음성에 고개를 끄덕였다.

그녀를 직시하는 라펠의 벽안은 미동이 없었다.

'무슨 말을 하려고…….'

이리 뜸을 들이는 걸까. 긴장되게.

루키나는 무의식적으로 침을 꼴깍 삼켰다.

"이대로는 안 되겠다."

그리고 한참 동안 루키나를 응시하던 라펠의 붉은 입술 사이로 굵은 음성이 흘러나왔다.

루키나는 뜬금없는 그의 말에 고개를 갸웃거렸다.

"안 된다뇨?"

"그대와 나의 원활한 공생을 위해서라도 규칙이 필요한 시점이야."

……뭐?

황당하기 그지없는 라펠의 발언에 루키나의 눈이 동그래졌다. 의자에 앉아 다리를 꼰 상태였던 라펠은 그녀를 올려다보며 말을 덧붙였다.

"이해하지 못했나? 그럼 한 번 더 친절하게 말해주지. 앞으로 그대, 레이디 이브와 내가 같은 방을 쓰기에 앞서 서로가 지켜야 할 몇 가지 규칙들을 만드는 게 좋겠다는 생각이 드는군. 아무래도 우리 두 사람의 원활한 공생을 위해서는 그 수밖에는 없는 것 같으니까. 허니, 협조를 부탁하지."

착각인지는 모르겠지만, 어조에 자신을 책망하는 것 같은 느낌을 지울 수 없어 루키나는 미간을 좁혔다.

"저기요, 미스터……."

"그댄 경각심이 부족해."

하지만 루키나가 말을 하기에 앞서 라펠의 다음 말이 흘러나오는 것이 더 빨랐다. 루키나는 입을 벌리려다 말고 그를 바라봤다.

라펠의 말이 이어졌다.

"자기가 여자라고 광고하는 것도 아니고, 남자가 떡하니 있는데 욕실을 사용하다니. 정말 생각이 있는 건지 없는 건지. 내가 그대였다면 절대로 그런 위험한 일은 벌이지 않았을 거다. 그자가 그대의 무엇을 보았는지는 모르겠지만 다행스럽게도 눈치를 채지는 않은 것 같았으니 망정이지, 아니었다면 정말 큰일이 났겠지."

"……!"

"그러니 이 규칙을 만들자고 하는 거다. 허니 그대도 일정 부분은 싫어도 따르도록. 이건 비단 나만을 위한 게 아니라 그대를 위한 것이기도 하니까."

심장에 비수를 확확 꽂는 말을 아무렇지 않게 던지는 라펠의 발언에 대꾸하지 못했던 것은 조금 전 있었던 상황을 라펠에게 전해 들은 루키나 역시 제 잘못을 인지하고 있었기 때문이다.

그의 말대로다.

확실히 이번 일은 그녀가 부주의했었다. 게다가 한 가지 더 잘못한 것을 꼽자면, 저 혼자 쓰는 방이 아닌 이곳에 유리안을 데리고 오기까지 했다는 점이다.

루키나는 벌 받는 학생처럼 그의 앞에 서 있다 입술을 짓눌렀다. 그러고는 슬며시 고개를 들어 올려 그의 미동 없는 벽안을 응시했다.

"알겠어요……. 그 규칙이 뭔지…… 들어보기나 하죠."

완벽하게 잘못을 인정하기는 했으나 입 밖으로 내기에는 자존심이 허락하지 않았다.

루키나는 미간을 좁혔다 펴며 그에게 말했다.

그녀의 떨리는 시선을 바라보던 라펠은 그녀를 향해 뭔가를 내밀었다.

"이게 뭐죠?"

"읽어봐."

"……."

루키나는 차분하게 라펠이 그녀에게 건넨 종이 위의 글자를 읽기 시작했다.

"원활한 공생 관계를 위해 아이반 밀드레드와 미티 라펠이 지켜야 할 동거 규칙."

거참, 긴 타이틀이네.

그 짧은 시간에 이걸 작성했다는 건가?

루키나는 저를 멀대처럼 세워둔 채 책상 앞에서 무언가를 끄적이던 그를 떠올리며 속으로 투덜거렸다.

"첫째. 욕실 사용은 시간을 정해서 할…… 것?"

"마음 같아서는 내가 먼저 사용한다고 하고 싶지만 그대와 나의 훈련 시간이 완벽하게 일치하지는 않으니, 그게 좋은 방법일 것 같더군. 목욕 같은 것은 서로가 동의한 일정한 시간에 욕실을 사용하도록 하되, 순서는 먼저 숙소로 돌아오는 이가 사용하도록 하지."

루키나는 부연 설명을 덧붙이는 라펠을 빤히 바라보다 고개를 끄덕였다.

뭐, 나쁘지는 않은 방법이네.

"둘째. 욕실 사용 시엔 반드시 문을 잠글 것. 그리고 확인할 것?"

"오늘과 같은 불상사를 방지하자는 측면에서 덧붙였다. 허니 이건 반드시 지켜줬으면 해. 나는 우연히 욕실 문을 열었다가, 그대의 나신을 보고 싶지 않거든. 다음 걸 읽지."

그가 중얼거린 말에 인상을 쓰며 라펠을 응시했지만 그는 아랑곳 않으며 오히려 고갯짓을 했다.

루키나는 심통 난 얼굴로 그를 노려보다 목구멍까지 차오른 말을 다시 속으로 삼킨 뒤 다음 글귀를 읽어 내려가기 시작했다.

"셋째. 서로의 물건에는 터치하지 않을 것."

"나는 허락 없이 내 물건을 만지는 걸 싫어해."

……누군 좋냐?

"다음."

루키나는 팔짱을 끼고 다리를 꼰 채 저를 바라보는 라펠에게 입술을 씰룩이다 소리를 뱉어냈다.

"넷째. 마지막으로 숙소에 돌아오는 사람은 방문을 확실히 잠글 것. 아, 이건 저도 동의하는 일이에요."

"그럼 이전의 세 가지는 동의하지 않는다는 건가?"

"그, 그런 건 아니지만……."

"마지막 규칙은 내가 말하도록 하지."

변명을 하려던 루키나의 말을 뚝 끊어버리고선 라펠은 의자에서 벌떡 일어났다.

루키나는 순식간에 제게 다가와 들고 있던 종이를 낚아채 가는 라펠을 쳐다봤다.

라펠은 사뭇 진지하기 그지없는 얼굴로 그녀에게 말했다.

"그리고 앞선 규칙들만큼, 아니, 앞선 규칙보다 그대가 훨씬 더 중요하게 여기고 반드시 지켜주었으면 하는 규칙이 있다."

그는 자신의 말에 귀를 기울이는 루키나를 바라보며 붉은 입술을 달싹였다.

'훨씬 더 중요하게 여기라고?'

총 다섯 가지 내용이 적혀 있던 그가 내세운 규칙 중 마지막 문구를 미처 보지 못했던 루키나는 왠지 가슴이 두근거리는 것을 느끼며 그를 직시했다.

라펠은 제게 집중하고 있는 루키나에게 한 걸음 다가왔다.

'뭐, 뭐야!'

갑자기 제게로 걸어오는 라펠의 행동에 뒤로 주춤거리던 루키나는 그만 2층 침대의 난간에 머리를 부딪쳤다.

"그대가 반드시 지켜야 할, 다섯 번째 규칙."

쿵, 소리가 날 정도로 머리를 부딪친 루키나가 뒷머리를 부여잡고 있음에도 눈 한 번 꿈쩍이지 않던 라펠은 말했다.

"이 방에는, 다른 이물질들을 데려오지 말 것."

······!

라펠은 '이물질'이라는 단어 하나에 급격하게 떨리는 루키나의 귓가로 입술을 가져다 대고선 속삭였다.

"나는 보기보다 꽤 낯을 가리는 성격이거든."

"의심이라······."

유리안 아이너 리우드가 아이반 밀드레드를 알게 된 것은 아직 한 달도 채 되지 않는다.

그러나 그 짧은 시간 동안 같이 먹고 자고, 또 죽음의 위기까지 넘기며 유리안은 아이반이라는 청년에 대해 꽤 잘 알고 있다고 생각했다.

계속해서 그를 의심하는 마릭의 말을 단칼에 무시할 만큼 굳건한 믿음을 표하던 유리안은 단 한 번도 아이반이라는 청년에 대해 의문을 품지는 않았었다.

자신의 생명의 은인이자, 소중한 친구.

황궁으로 데려가고 싶을 만큼 훌륭한 검술 실력을 가진 검사.

미래의 리우드에서 틀림없이 중요한 자리를 차지하게 될 아이반이 제 편에 서준다면 유리안, 자신의 황위 계승에도 도움이 될 거라 그는 믿어 의심치 않았다.

길고 긴 구애 끝에 드디어 아이반 밀드레드가 저를 대하는 데 높기만 했던 벽을 조금씩 무너뜨리고 있건만…… 그런 아이반이 자신을 속이다니.

정말이지 아무리 다시 생각해 보아도 도통 말이 되지 않는 이야기였다.

그래. 정말 말도 안 되는 이야기지.

하지만…….

'어째서……?'

아이반은 황홀하게 느껴질 만큼 아름다운 은발을 숨긴 채, 갈색 가발을 꾹꾹 눌러쓰고 있었던 것일까.

"……젠장."

한 번 싹트기 시작한 의심은 제 의지로는 도통 제어하지 못할 만큼 거센 폭풍을 만들어냈다.

꾹 다문 입술 끝이 파르르 떨리는 것을 느끼던 유리안은 제 앞에서 어색하게 웃던 아이반의 얼굴이 떠올라 숨을 크게 들이켰다.

이렇듯, 유리안의 낯빛이 지나치게 어두웠던 까닭은 아이반이 제게 무언가를 숨기고 있었다는 사실을 알게 된 것도 큰 비중을 차지하고 있었지만 사실 다른 이유가 있기도 했다.

두근두근―

심장이 크게 박동했다. 갑자기 일어나기 시작한 혼돈은 유리안을 고뇌에 빠뜨리기 충분했다.

'아이반…….'

은은한 달빛이 조그마한 창틈으로 새어 들어오는 깊은 밤.

'그대는…… 대체 어떤 사람이지?'

유리안은 황궁의 제 침소와 비교했을 때, 놀라울 만큼 좁은 간이침대에 누워 쓰디쓴 한숨을 흘렸다.

❖

분하지만 인정할 것은 해야 한다.

곰곰이 돌이켜 그간의 제 행적을 되짚어본다면 그 남자의 일침대로다.

경각심 부족.

기사가 되었다는 기쁨에 너무도 젖었던 나머지, 자신이 어떤 마음을 하고 이곳까지 왔는지에 대해 완벽하게 망각하고 있었다.

폐부를 깊게 찌르는 그 남자의 날카로운 비수와 같은 말에도 일언반구조차 하지 못하고 가만히 듣고 있었던 것은 바로 그러한 이유 때문이었다.

앞으로 정말 주의해야 해.

단순히 말에 그칠 것이 아니라 이젠 매사에 조심을 해야 한다.

안 그래도 저를 탐탁잖게 여기는 이들이 적지 않은 상황.

건수를 잡기 위해 눈을 부라리고 있는 사람들에게서 자신의 남장을 들키지 않으려면 지금처럼의 행동은 삼가야 했다.

저는 아주 사소하게 생각하는 실수가 발각의 지름길이 될 수도 있으니까.

「뭐 하나?」

갑작스레 제게 다가온 그로 인해 얼이 빠져 있던 루키나를 향해 라펠은 푸른 눈을 일렁이며 말했다.

그제야 정신을 차린 그가 저를 빤히 올려다보자 라펠은 손에 쥐고 있던 예의 동거 규칙 종이를 내밀며 빙긋 웃었다.

「서명하지 않고.」

「……서명이요?」

「혹시나 그대가 나중에 뒷말을 하면 내가 곤란해지니까. 나는 증거를 남기는 편을 좋아하거든.」

「…….」

「아, 혹시 생각할 시간이라도 주기를 바라는 건가?」

스윽. 붉게 물든 그의 입술이 얄미울 정도로 올라갔다.

루키나가 황당한 숨을 터뜨리며 서 있는 것을 아무렇지 않게 여길 만큼.

두두두두―

말 몇 마리가 황야를 달리는 것만 같은 커다란 소리가 들려온 건 그때쯤이었다.

"주인니이임!"

멀리서 들려오는 발걸음 소리와 우렁찬 외침에 루키나는 고개를 돌렸다.

익숙한 얼굴의 소녀가 어색한 가발을 뒤집어쓴 채 제게로 달려오고 있었다.

그제야 벽에 기대어 서 있던 몸을 바로 세운 루키나는 함박웃음을 짓는 그녀를 향해 옅은 미소를 그렸다.

루키나가 고개를 숙이고 있는 동안 그녀 주변을 서성이던 뭇 레이디들이 칫― 입술을 삐죽이며 몸을 돌린 것은 말 못할 일이다.

"주인님, 하아, 하아! 많이, 하아, 기다리셨지요?"

푸른 눈을 일렁이며 셰리가 루키나의 앞에 멈춰 섰다.

거세게 숨을 몰아쉬던 셰리를 보고 루키나는 말했다.

"많이 안 기다렸어. 그나저나 왜 이렇게 뛰어와. 다치면 어쩌려고."

"왜긴요! 주인님을 빨리 뵙고 싶어서 그랬지요! 어디 보자, 몸은 어떠세요? 무탈하세요? 저 없이도 괜찮으셨어요? 제가 요 며칠 잠을 통 못 잤다니까요! 주인님을 혼자 보내고 나니 잠을 제대로 잘 수가 있어야죠! 그나저나 저 보고 싶으셨던 거 맞죠?"

마치 '그래. 너 없어서 외로워 죽을 뻔했어' 라는 대답을 기다리고 있는 셰리의 얼굴에 풋 웃음을 터뜨리려던 루키나는 고개를 끄덕였다.

그러고 보니 셰리와 떨어져 지낸 것은 빙의 후 처음이었다.

'너무 그리웠어요!' 하고 제 허리를 와락 껴안는 셰리의 머리를 슥슥 쓰다듬던 루키나는 갑자기 고개를 들어 저를 뚫어져라 응시하는 셰리의 시선에 움찔거렸다.

왜 이래?

"그나저나…… 오노르에서의 생활은 어떠세요? 불편함은 없으세요? 시커먼 남자들 사이에서 지내는 거, 엄청 힘드시죠? 어휴, 진짜 저도 함께 갔어야 했는데……."

한숨을 푹 내쉬며 말하며 온몸을 파르르 떠는 셰리를 향해 루키나는 쉬이 답할 수 없었다.

루키나 이베타 로델린이 오노르에 입단하여 합숙 훈련을 하게 된 지는 이제 겨우 사흘.

그 사흘 동안 일어난 일에 대해 하나하나 열거하자면 셰리가 불같이 난리를 피워댈 것이 눈에 선했다.

남장을 하면서까지 기사가 되려고 입단했으면서 경계를 소홀히 했다는 점이나, 윈스턴 공작과 한 방을 쓰고 있다는 점, 그리고 그런 윈스턴 공작에게 어젯밤 한 방 먹었다는 점을 알게 된다면…….

'끔찍하군.'

무조건 비밀로 해야 한다.

루키나는 어색하게 웃으며 손을 내저었다.

"별일은 무슨. 다 계획대로 되어가고 있으니 걱정 마."

"정말요?"

"그나저나…… 유리와 함께 온 그 사람, 마릭은…… 요즘 뭐 해?"

화제를 돌려야 했다.

곰곰이 생각하다 셰리도 알고 자신도 아는 사람 중 공통된 사람을 언급한 루키나는 '마릭'이라는 이름이 흘러나오자마자 온몸을 부르르 떠는 셰리를 보고 의아한 표정을 지었다.

"어휴, 말도 마세요!"

셰리는 감히 생각하기도 싫다는 듯, 입술을 삐죽이더니 이내 고개를 절레절레 저었다.

"그 왕자님 따라서 오노르에 들어가려고 했는데, 일이 잘 안 풀렸나 봐요. 당장은 오노르 주방에 못 들어가고 3주나 기다리라는 말을 들었대요. 그래서 그만 앓아누웠지 뭐예요?"

"앓아누워?"

"네. 헉, 맞다. 이거 자기네 왕자님이 알면 안 된다고 했었는데. 주인님, 이건 그분께는 비밀로 해주세요!"

루키나는 주변을 두리번거리더니 작게 속삭이는 셰리의 말에 얼떨결에 알겠다고 대답했다.

"참, 맞다!"

입술을 씰룩거리던 셰리는 갑자기 무언가 생각났는지, 뒤로 물러나며 입고 있던 로브 안을 뒤적였다.

루키나는 어리둥절해하는 저를 향해 무언가를 내미는 셰리를 보고 눈을 동그랗게 떴다.

"뭐야?"

"휴이렌 전하께서 보내신 서신이에요."

……뭐?

"얼마 전, 공작성으로 보내셨다고 하더라고요. 총관님께서 직접 아가씨께 드린다는 걸, 서임식 당일 날 너무 정신이 없어서 깜빡 잊었다고 저한테 대신 전해달라고 부탁하셨어요."

"아."

"어서 읽어보세요!"

루키나는 눈을 반짝이며 재촉하는 셰리의 말에 봉인된 편지봉투를 뜯었다.

리우드 황실에서 주로 사용하는 고급스러운 편지지에는 화려하기 그지없는 휴이렌의 글자가 적혀 있었다.

루키나는 '친애하는 이브에게'라고 적혀 있는 휴이렌의 편지를 말없이 내려다보았다.

―친애하는 이브에게.

그동안 네게 편지를 보낼까 말까 고민하다 겨우 펜을 잡았다. 이쪽 일이 워낙 바빠서 이제야 여유가 생겼거든.

이브, 잘 지내고 있느냐?

그날 밤, 그렇게 돌아간 이후 너를 통 볼 수 없어서 왠지 모르게 걱정이 되는구나.

형님께서 베르겐으로 가버린 지 적잖은 시간이 흘렀는데, 말 많은 사교계 사람들도 요즘은 네 이야기를 하지 않고 있어서 더더욱 그랬다.

바쁜 와중에도 전해 듣기로는 형님과 앨리스의 일로 매우 좌절한 나머지 밥도 잘 먹지 않는다고 하던데…… 그건 아니겠지?

몇 번을 말하지만 끼니는 꼬박꼬박 챙기는 게 좋아. 너무 무리하다가는 쓰러지기 쉽거든.

아마 너도 들었겠지만…… 그날 네가 형님께 큰 한 방을 날려주는 바람에 형님이 지고 있던 짐이 모조리 내게 넘어오게 되었다.

이렇게 될 거라 예상은 하기는 했지만 막상 닥치니 기분이 묘하기는 하다.

나는 특별히 황태자 전하와의 황위를 다툴 마음이 없지만, 형님이라는 기둥을 잃은 우리 쪽 귀족들은 어떻게 해서든 나를 황태자 전하와 대립시키기 위해 노력하고 있다.

그 때문에 요즘은 황궁 밖을 나서지 못하고 있고, 또 그래서인지 네 소식을 접할 기회가 많지 않다.

때때로 공작성으로 가서 너를 놀리는 재미가 쏠쏠했는데, 더 이상 그 일을 할 수 없어서인지 몹시 안타깝기 그지없다. 아아, 정말 아쉬워.

'아니, 이 작자가 정말!'

웬일로 휴이렌 프란시스 리우드가 저를 걱정하고 있나 싶어 입꼬리를 올리려던 루키나는 대놓고 저를 놀릴 수 없다는 사실에 좌절한 글귀를 적어 내려간 휴이렌을 떠올리며 인상을 썼다. 저를 졸졸 쫓아다니며 싱긋 웃던 휴이렌의 모습이 생각났기 때문이다.

흥, 콧방귀를 뀌던 루키나는 그 외에도 황궁에서의 사소한 이야기들을 써내려 간 휴이렌의 편지를 마저 읽기 시작했다.

—……(중략)…….

하여간 못 본 지 꽤 되어서 그런지, 너의 룽명스러운 얼굴이 눈앞에 선하구나.

내가 기억하기로는 이제 한 달하고도 며칠 뒤면 너의 스물네 번째 생일인 것으로 알고 있는데…….

그때쯤 되면, 긴 침묵에서 벗어나 그날 밤처럼 우리를 깜짝 놀라게 만들어주겠지?

그날을 고대하며 편지를 마친다. 곧 다시 보도록 하자.

……뭐?

루키나는 눈을 동그랗게 떴다.

이 남자가 대체 무슨 소리를 하는 거지?

몇 번을 다시 읽어보았지만 서신에 적혀 있는 '생일' 이라는 글자는 지워지지 않았다.

루키나는 가슴이 뛰는 것을 느꼈다.

―추신. 이브, 편지를 받았으면 읽고 무시 말고, 가끔 답장도 보내고 그래.

리우드의 황자를 이렇게 홀대하는 건, 아마 제국의 레이디 중 너밖에 없을 거다.

그리고 시간이 된다면 황궁으로 놀러 오도록 하고.

그럼 답장, 기다리마.

―너를 아끼는 휴이로부터.

확실히 그녀의 편이라 주장했던 휴이렌은 그날 밤, 렉시어드가 아닌 제 편에 서면서 그 말을 입증했다.

그날 밤 이후 보지 못했던 것이 못내 마음에 걸리기는 했는데 말이지.

루키나는 렉시어드와 앨리스의 범죄 행각을 밝히면서 난장판이 되던 그날 저를 말없이 바라보던 휴이렌의 얼굴을 떠올리며 쓴웃음을 흘렸다.

"왜요? 전하께서 뭐라고 하세요?"

셰리는 찬찬히 편지를 읽고 있는 루키나를 음흉한 눈으로 바라보더니 씩 웃었다.

뭘 그렇게 웃어, 하고 그녀의 이마를 퉁 치던 루키나는 편지를 다시 그녀에게 건넨 후 말했다.

"조만간 답장을 써서 전달할 테니 휴이렌한테 보내주도록 해."

"답장 보내시게요?"

"안 보내면 잔뜩 삐칠 것 같거든. 여행 중이라서 답장이 늦었다고 하면 돼."

루키나의 심드렁한 답변에 고개를 끄덕이던 셰리를 향해 그녀는 조심스럽게 물었다.

"그나저나 셰…… 셰필드."

"네, 주인님!"

"곧 말이야. 내…… 생일이야?"

셰리는 어렵게 말을 꺼내는 루키나의 말에 의아한 표정을 짓다 눈을 동그랗게 뜨며 손뼉을 쳤다.

"헉, 네! 맞아요! 어머, 그 중요한 걸 왜 잊고 있었지? 잠깐만요. 셈 좀 해볼게요!"

셰리는 손가락을 이리저리 굽혔다 펴기를 반복하더니 확신을 하며 소리쳤다.

"맞아요! 한 달하고 일주일 정도면 주인님의 스물네 번째 생일이세요! 음, 그러니까 주인님께서 참가하신다는 예의 그 '기사단 대회' 도중인 것 같아요! 아마도 마지막 날일 거예요! 아아! 그래서 총관님께서 이번 파티를 어떻게 할지 주인님께 여쭤보라고 했었구나!"

그렇단 말이지.

루키나는 '그런 중요한 걸 잊고 있었던 저를 용서하지 마세요!' 하고 무릎을 꿇을 태세를 보이는 셰리를 일으켜 세우더니 괜찮다며 고개를 내저었다.

"그럼 주인님. 총관님께는 뭐라고 전할까요?"

전혀 생각지도 못했던 사실을 접하게 된 루키나가 흐응, 콧소리를 흘리자 가만히 그녀를 흘긋거리던 셰리가 그녀의 답변을 기다리며 말을 걸었다.

루키나는 셰리를 바라보았다.

❖

"어이, 아침부터 대체 어딜 그리 싸돌아다니는 거냐?"

개별로 자유 훈련을 한 오전 훈련 이후 점심시간이 끝날 때쯤, 본부로 돌아온 루키나를 향해 로렐이 미간을 찌푸리며 말을 건넸다.

루키나는 말없이 미소 짓고선 그들의 곁으로 다가왔다.

"점심은?"

"먹었지. 너는?"

"나도. 그나저나 다들 왜 이렇게 분주해?"

허리에 찬 레이피어를 손질하기 위해 로렐 옆에 착석한 루키나는 왠지 모르게 웅성거리고 있는 제1연무장 안을 두리번거렸다.

로렐은 어깨를 으쓱이며 중얼거렸다.

"오후 훈련에선 선배들과 합동 훈련을 할 거라고 하더군."

"합동 훈련?"

"말이 합동 훈련이지, 선배들과의 대련이라고 하더라고. 2기의 선배들 중 한 명과 대련을 할 거라고 하던데……. 우리를 물로 봐도 그렇지, 고작 한 명이 열 명을 상대할 수 있을 거라 생각하는 건가."

한 명?

로렐은 두툼한 입술을 삐죽이며 코웃음을 쳤다.

"하하, 역시 무식이 하늘을 찌르는군."

그들의 대화를 조금 떨어진 곳에서 엿듣고 있던 브리드 앤더슨이 비웃음을 흘린 것은 그 시점이다.

루키나는 쯧쯧, 혀까지 차며 검지를 들어 올려 절레절레 젓는 그를 응시했다.

'뭐야?' 하고 불만에 가득한 표정을 지으며 그를 올려다보는 로렐을 향해 브리드 앤더슨은 말했다.

"그 한 명이 우리 열 명이 모두 덤벼도 끄떡없을 만큼 상당한 실력자이니, 당연한 이야기지!"

"……네가 그걸 어떻게 알아?"

"쯧쯧. 하여간 이래서 무식한 녀석이랑은 말도 섞지 말라더니. 오노르의 미티 라펠 경은 와이너 단장님만큼의 상당한 실력자라고 널리 알려져 있다고. 오죽하면 그분과 검을 섞는 것이 오노르에 입단한 이유 중의 하나라고 불린다니까?"

……미티 라펠?

루키나는 익숙한 이름에 몸을 움찔거렸다.

브리드 앤더슨은 그런 루키나의 반응을 눈치챘는지 로렐을 향했던 시선을 서서히 옆으로 돌리며 그녀를 바라보았다.

"그런 경이로운 분이 하필, 저런 녀석과 한 방을 쓰시게 되다니……. 헨리 형님이 한숨을 내쉬는 것도 이해가 가는군."

스릉—

"어이, 너 이 자식! 며칠 전부터 말이 좀 심하잖아! 그렇게 우리에게 불만이 있으면 대놓고 결투를 신청하라고!"

검집을 문지르던 로렐이 결국 분노를 참지 못해 벌떡 일어나 브리드 앤더슨을 향해 검을 뻗으려는 순간 브리드 앤더슨은 하하, 웃음을 흘리며 뒷걸음질 쳤다.

"말이 그렇다는 거지, 뭐. 하여간 수고들 하라고!"

뒷걸음질 치며 손을 휘휘 내젓는 브리드 앤더슨은 눈꼬리를 휘며 자신의 일행이 있는 곳으로 꽁무니를 뺐다.

"저 빌어먹을 자식. 정말 한 번 손봐주고 싶을 정도군."

우드득, 사사건건 시비를 걸면서도 요리조리 잘 빠져나가는 브리드 앤더슨의 뒷모습을 지켜보던 로렐이 나지막하게 중얼거리는 게 들려왔다.

루키나는 모르는 척하며 마침 제1연무장 안으로 들어오고 있는 유리안을 향해 손을 들어 올렸다.

"유리!"

"……!"

"여깁니다!"

아무렇지 않은 척.

어제 일은 마치 일어나지 않았던 것처럼 태연하게 행동하려고 일부러 팔을 흔들던 루키나는 입구에서 저를 발견한 뒤 멈칫하는 유리안의 수상쩍은 행동에 가슴이 철렁거리는 걸 느꼈다.

'뭔가 걸리는 게 있는 모양인데.'

루키나는 잠시 당황하다 저와 로렐에게 다가오는 유리안을 말없이 지켜보았다.

"로렐. 그리고…… 아이반."

제 눈을 똑바로 바라보지 못하고 그녀의 레이피어를 내려다보던 유리 안은 확실히 이상했다.

루키나는 굳은 얼굴로 그를 응시했다.

로렐은 작게 투덜거렸다.

"넌 또 어딜 다녀왔어? 오전부터 다들 왜 이렇게 개인 행동들이야? 이러니 저런 피라미들한테 시비를 당하지!"

쯧쯧. 혀를 차는 로렐이 씩씩거리며 손질된 검을 들고 자리를 박차고 일어나는 것도 개의치 않으며 루키나는 엉거주춤 서 있는 유리안에게 빙긋 웃어 보였다.

"오전에는 죄송했습니다. 잠깐 셰필드를 만나고 오느라."

"……."

"유리?"

"아. 아니다. 괜…… 괜찮아."

루키나는 어색한 미소를 짓는 유리안을 빤히 직시했다.

어쩐지 유리안이 자신의 얼굴을 제대로 쳐다보지 못하고 있었다.

루키나는 더욱 짙은 미소를 그리며 말했다.

"유리."

"어?"

"훈련 뒤에 잠깐 뵀으면 합니다."

"……응? 왜, 왜?"

더듬거리는 유리안은 당황한 티가 역력했다.

루키나는 부드러운 목소리를 흘렸다.

"긴히 드리고 싶은 말씀이 있어서요."

"아……."

"유리?"

콰앙—!

유리안이 태연자약한 루키나의 얼굴을 멍하니 들여다보다 얼떨결에 고개를 끄덕이려는 순간, 굳게 닫혀 있던 연무장의 문이 열렸다.

"다들 주목!"

연무장의 입구 쪽에는 미리 나와 준비를 하고 있던 신입 단원들을 향해 눈을 부라리고 있는 와이너 단장 및 기존 단원들 몇몇이 서 있었다.

와이너 단장은 그들의 등장에 좌우로 갈라지는 신입 단원들에게 피식 웃음을 흘리고선 연무장을 가로질러 걸어갔다.

두근—

루키나는 와이너 단장의 바로 뒤편에 서서 움직이던 라펠의 푸른 눈동자와 마주치자 미간을 좁혔다.

「정확히 하루를 주지. 내일 저녁에는 서명을 해서 내게 돌려줬으면 좋겠군. 레이디 이브.」

얄밉기 그지없는 말을 흘리던 그의 목소리가 귓가를 맴돌았다.

"저자⋯⋯."

응?

유리안이 누군가를 집중적으로 응시하며 인상을 쓰고 있는 것이 보였다. 그리 험악한 표정을 짓는 유리안은 처음이었기에 루키나는 유리안을 의아한 눈으로 흘긋거렸다.

"이미 소식을 접한 단원들도 있겠지만, 오늘은 특별히 우리 오노르에서도 제일가는 실력자로 이름을 날리고 있는 미티 라펠 경이 이제 막 기사가 된 경들과 직접 검을 나누는 영예를 선사해 줄 것이다. 자, 라펠 경. 앞으로 나와 간단히 소개라도 하지."

루키나는 와이너 단장의 소개를 받아 뒤편에서 한 걸음, 앞으로 나오는 라펠을 응시했다.

라펠은 서늘한 눈으로 좌중을 둘러보며 말했다.

"미티 라펠이다. 그럼, 시간 끌지 말고 바로 시작하도록 하지."

근처의 단원에게서 목검을 건네받은 라펠의 검끝이 마침 제 앞에 서 있던 로렐을 향했다.

쿠앙!

목검의 딱딱한 나무 날과 나이틀리 소드의 날카로운 블레이드가 만나 꽹음이 발생했다.

재질이 다른 두 검이 맞붙었음에도 강한 바람이 일어나는 것을 보며 대련을 지켜보던 뭇 단원이 콧소리를 흘렸다.

검을 받아내는 데 진땀을 흘리며 나이틀리 소드를 휘두르고 있는 라이언 휴블과는 달리, 춤추듯 여유롭게 발을 놀리던 그 남자의 눈빛이 살짝 빛난다고 생각하던 순간 벌어진 일이었다.

「팬팀 공작께서 까다로우신 폐하의 중용을 받는 이유요? 간단하죠. 그분은 폐하가 시키시는 일이라면 무엇이든 하거든요. 사소한 것에서부터 어려운 일까지. 그분이 못하시는 일은 없다고 들었어요. 그래서 폐하께서 특별히 그분을 아끼시는 거고요. 참, 못하시는 일이 없다고 하니 생각난 건데, 팬팀 공작께서는 검술에도 일가견이 있다고 하시더라고요. 레이디 로델린의 아버님이신 로델린 공작 각하와 실력을 겨루어도 쉽게 밀리지는 않을 정도라던데……. 아, 물론 저는 그런 이야기가 있다고 말씀드리는 것뿐이에요!」

루키나 로델린이 처음으로 주최했던 파티에서 티타임을 가지던 도중 미르티스 윈스턴 공작에 대한 이야기가 나온 적이 있었다.

선망 어린 눈빛을 띠며 한 자, 한 자 말하던 리데츠 백작 영애는 말없이 그녀를 쳐다보고 있던 루키나를 향해 손을 휘휘 저으며 마지막 말을 덧붙였었다.

"감사…… 합니다."

라펠이 휘두른 검끝에 종이인형처럼 쓰러져 버린 라이언 휴블은 입단 테스트 2위라는 명예에도 불구하고 힘 한 번 쓰지 못하고 입술을 악물며 바닥으로 떨어진 나이틀리 소드를 집었다.

두근두근.

고요하던 심장에 파문이 이는 것을 느끼며 루키나는 침을 꼴깍 삼켰다. 이제 자신의 차례다.

다른 이들은 그의 정체를 알지 못하지만, 루키나는 알고 있다.

무심하기 그지없는 얼굴에서 땀 한 번 흘리지 않은 채 목검을 휘두르고 있는 저자가, 제국에서 손에 꼽히는 엄청난 검사라는 사실을.

그 때문인지 설레는 가슴을 주체할 수 없다.

'제대로 된 실력자.'

기사가 되기로 결심한 후, 루키나는 몇 달 동안 지옥을 헤매는 것만큼이나 강한 수행을 견뎌냈다.

저를 몹시도 사랑하는, 못 말리는 딸 바보이기는 하지만, 검을 잡은 자신을 단 한 번도 봐주지 않던 에드문드와 가혹하기 그지없는 수련을 거듭했다.

황도인 세이번으로 오는 동안, 그리고 오노르의 기사 입단 테스트를 치르는 동안 낯선 상대와 검술을 겨누는 기회는 적잖이 있었다.

그러나 아쉽게도, 자신의 검술 몇 번에 싱거울 정도로 쓰러져 버리는 상대들로 인해 제 실력을 제대로 가늠하기 쉽지는 않았다.

「뭔가 다른 수를 쓴 거 아니야? 그러지 않고서야 어찌 손 한번 못 쓰고 백기를 들어?」

루키나와 직접 검을 맞대보지 않은 9위, 브리드 앤더슨이 끊임없이 그녀의 실력에 의심을 표한 것은 루키나가 너무도 빠르게 상대를 제압했기 때문이었다.

다른 지망생들에 비해 워낙 압도적인 실력을 가졌기에, 그녀가 제대로 검을 휘두르는 것도 보지 못한 자들이 말도 안 되는 핑계를 대며 루키나가 의심스러운 짓을 했다고 주장하는 이가 있을 정도였다.

"아이반 밀드레드!"

열 명의 지망생들 중 총 여섯 명과의 대련이 끝이 났다.

하나같이 라펠에게 치명적인 공격 한번 펼치지 못하고 꼬리를 내려 버렸던지라 그 모습을 지켜보던 와이너 단장의 표정이 그리 밝지만은 않았다.

루키나의 이름을 크게 부르는 와이너 단장에게는 '너는 다르겠지'라는 의미가 담겨 있는 것만 같아 그녀는 비장한 각오를 다졌다.

'이건 기회야.'

만약 라펠을 조금이라도 몰아붙인다면 자꾸만 그녀에게 시비를 걸고 있는 앤더슨 일행은 물론이거니와 계속되는 의혹을 종식시킬 수 있다.

게다가……

'내가 유희를 즐기러 온 건 아니라는 것 정도는 보여줘야겠지.'

부드득, 루키나는 힐트를 있는 힘껏 움켜쥐었다.

"어이, 밀드레드."

그녀가 손을 들어 올린 후 연무장 정중앙에 서 있는 라펠을 향해 다가

가려고 할 때, 이미 라펠과 한 번 겨루어본 로렐이 그녀를 불렀다.

"조심해라. 저 녀석, 아니, 저 선배…… 꽤 강해."

루키나는 심각하게 말을 흘리는 로렐을 바라보았다.

걱정해 주는 건가?

악연으로 처음 만났지만 이제는 함께 기사단의 일원으로 활동하고 있는 로렐은 무섭게 생긴 외면과는 달리 정 많은 사내였다.

루키나는 빙긋 웃으며 고개를 끄덕였다.

라이언 휴블과의 대련을 지켜보고 잠시 웅성이던 장내가 다시 조용해졌다. 루키나가 라펠의 앞에 서는 모습을 지켜보며 코웃음을 치는 브리드 앤더슨 그룹과 같은 이들이 있는 반면, 이미 루키나와 한 번 맞붙었던지라 그녀의 실력을 이미 알고 있던 자들은 눈에 힘을 주기도 했다.

"낯익은 레이피어군."

힐트를 꽉 움켜쥔 루키나가 그를 향해 검을 겨누자 라펠이 피식 웃으며 중얼거렸다.

루키나는 잘 부탁한다는 눈짓을 보낸 뒤, 그를 향해 달려들었다.

"히얍!"

챙—!

검과 검이 부딪치는 소리. 언제 들어도 온몸에 전율이 이는 그 소리에 루키나의 심장은 미친 듯이 쿵쾅거렸다.

「대부분 그렇겠지만, 상대의 실력을 정확히 알지 못할 때는 섣불리 공격하지 마라. 그가 어떤 기술을 가지고 있는지, 어떤 발놀림을 사용하는지, 어떤 손을 자주 사용해야 하는지 지켜보는 시간을 가져야 해.」

숨을 헐떡이는 루키나를 향해 경고하듯 말을 쏟아내던 에드문드의 날카로운 목소리가 귓가를 맴돌았다.

챙챙!

단순히 검끼리 부딪히는 것 같았지만 사실은 탐색전이나 다름없다.

에드문드가 했던 말들을 떠올리며 루키나는 라펠의 몸놀림을 살폈다. 그가 주로 어떤 발을 사용하고, 어떠한 동작을 반복하는지 등등.

'……젠장.'

하지만 레이피어의 가는 블레이드로 그를 찌르고, 베기를 반복해 보아도 라펠은 뒷짐을 진 채 그녀가 휘두르는 검을 막아내고 있을 뿐이다.

루키나는 인상을 썼다.

'깔보는 거야, 뭐야?'

이전의 모든 신입 단원들을 대했던 것보다 훨씬 더 수월하게 스텝을 밟고 있는 라펠의 모습은 꽃잎에 내려앉은 나비가 다른 꽃잎으로 옮겨가는 모습과도 흡사했다.

그 모습을 지켜보던 몇몇 이들이 호오, 감탄사를 흘리는 것을 들은 루키나의 마음은 조급해졌다.

이대로는 안 돼.

최종 입단 테스트 1위라는 자존심이 있지, 눈앞의 상대를 향해 한 번의 치명타도 날리지 못하고 백기를 들어 올리는 것은 용납할 수 없다.

라펠의 등 너머로 보이는 브리드 앤더슨이 '그러면 그렇지'라는 표정을 짓고 있는 것을 발견한 루키나의 얼굴은 상기되기 시작했다.

채챙— 챙!

"……!"

루키나의 발이 그간 움직였던 속도보다 한층 더 빠른 속도로 움직이기 시작한 것은 바로 그 시점이다.

전력을 다하기로 결정한 그녀의 몸놀림이 조금 전과는 달라지자 라펠의 미동 없던 푸른 벽안이 거세게 요동쳤다.

'흥. 어때요, 미스터 라펠?'

당신이 그렇게 입단을 반대하던 로델린의 공작 영애의 검술 실력이 이 정도란 말입니다!

"하압!"

저를 막기에 급급하고 있는 라펠의 미간이 좁아지는 것을 느끼던 루키나는 스윽, 입꼬리를 올리며 더욱 강하게 그를 압박하기 시작했다.

"오오? 미티 형님…… 밀리는 거 아니야?"

"그럴 리가! 우리 형님이 그럴 리가 없어!"

"형님, 힘내십시오! 신입 따위는 뭉개 버려야지요!"

여유롭던 라펠의 몸짓이 루키나를 따라 속도를 높이자 두 사람의 대련을 지켜보던 기존의 단원들이 휘파람을 불며 소리를 내질렀다.

"밀드레드, 잘한다!"

"그래, 밀드레드! 그렇게 몰아붙이는 거야!"

"그거야, 밀드레드!"

라펠에게 힘없이 패배를 인정했던 여섯 명의 신입 단원들이 일제히 루키나를 응원한 것도 그때부터다. 제1연무장은 기존 단원들과 신입 단원들의 응원으로 더욱 열기가 피어올랐다.

하아, 하아—

숨이 가빠온다.

거칠어지는 호흡이 눈앞을 흐트러뜨렸다. 고작 몇 번 검을 부딪쳤을 뿐인데 엄청난 압박감이 폐부를 깊게 찌르는 것만 같다.

루키나는 흘러내리는 땀방울을 닦을 사이도 없이 거세게 라펠을 압박했다.

'빈틈이 없어.'

미친 듯이 레이피어를 흔들고 있음에도 불구하고 상대의 급소를 발견할 수 없는 것은 눈앞을 아찔하게 만들었다.

커다란 벽을 상대하는 것 같은 기분은 에드문드나, 슈비트 에단의 지도를 받을 때 이후 처음이었다.

강하다는 말은 사실이었군.

제 실력으로는 아직까지 그를 완벽하게 이기기는 불가능하다.

아니, 에드문드의 검을 받아내는 것이 그토록 힘들었던 것처럼, 아마도 지금 현재는 진심을 다하는 라펠을 상대하기는 쉽지 않을 것이다.

그럼에도 불구하고 루키나는 검을 거두어들이지 않았다.

'해볼 때까지는 해봐야…… 헉!'

아직까지 자신을 대하는 데 있어 진심을 다하지 않은 채 피하기에 급급하고 있는 라펠의 기도가 달라지기를 바라며 레이피어를 찔렀다 흔들기를 반복하던 루키나는 순간적으로 몸이 휘청거리는 것을 느꼈다.

애석한 일이지만, 이미 자신의 실력이 그의 발끝에도 미치지 못한다는 사실을 인정하고 있던 터라, 속도를 높이며 라펠을 혼란스럽게 하는 데 집중하고 있던 몸 중심이 흔들려 버린 것이다.

'빌어먹을!'

그간 자신과 검을 겨루었던 자들이 하나같이 기대 이하의 실력을 보여주었던 터라 라펠과 같은 실력자의 등장에 흥분해 버린 것이 문제였다.

루키나는 입술을 잘근 짓눌렀다.

라펠의 목검이 지금 방어를 할 수 없는 그녀의 가슴을 겨누는 것은 순식간의 일이다.

아마도 그의 목검이 제 오른쪽 가슴으로 다가오게 된다면 루키나 역시 다른 여섯 명의 신입 단원들이 그랬던 것처럼 힘없이 검을 떨어뜨리거나, 혹은 뒤로 나자빠지게 되겠지.

라펠 또한 그런 상황을 예상하고 있었는지, 허공에서 마주친 루키나의 녹안에서 시선을 떼지 않았다.

'조금 아프고 말…… 어?'

에드문드가 그리 섣불리 행동하지 말라고 했건만, 오랜만에 활활 타오르는 바람에 앞뒤를 가리지 않은 제 잘못이 있었다.

오늘을 교훈 삼아 아무리 피가 끓더라도 흥분을 자제할 줄 알아야겠다고 다짐하던 루키나는 목검을 들어 올린 라펠의 다음 행동에 눈을 크게 떴다.

쿵!

라펠에게 오른쪽 가슴을 격타당해 뒤로 나뒹굴게 될 거라 생각했던 루키나의 몸은 놀랍게도 앞으로 고꾸라졌다.

'……'

무릎에서 느껴지는 차가운 감촉에 미간을 찌푸리던 루키나는 천천히 고개를 들어 올렸다.

자신의 오른쪽 가슴을 찌를 것이라 예상했던 라펠의 목검은 어느새 바닥을 향해 검끝을 겨눈 상태였다.

루키나는 눈을 크게 떴다.

"다음."

할 말을 잃고 겨우 일어난 루키나를 쳐다보지도 않은 라펠은 여덟 번째 대련 상대인 유리안을 향해 손가락을 까딱이고 있었다.

딱, 한 수.

승기를 빼앗기는 것은 딱 한 수면 충분했다.

허점을 보이게 된다면 패배하는 것은 당연했기에 루키나는 스스로도 잘못을 인정했다.

제 입으로 말하기에 슬픈 일이지만, 아직까지 그녀의 실력으로는 라펠의 검을 막아낼 수 있는 재간은 없었다.

조금 더 훈련을 한다면 모를까, 적어도 지금은 말이지.

다른 신입들이 호되게 당했던 것처럼 루키나 역시 라펠에게 완벽하게 무너질 수 있는 상황이었다는 말이다.

적어도 세 시간 전, 제1연무장에서 있었던 루키나와 라펠의 대련은.

그 정도로 누구나 예상했던 일이었다.

심지어 당사자인 루키나조차도.

나자빠지는 것은 자신일 것이라 확신하고 있던 그 상황에서, 루키나는 놀랍게도 뒤가 아닌 앞으로 맥없이 넘어졌다.

상황을 지켜보던 이들이 모두 허탈한 숨을 토해낸 것은 당연했다.

「룸메이트라고 봐주는 거야, 뭐야?」

비웃음이 가득한 브리드 앤더슨이 여덟 번째 대련 상대인 유리안을 호출한 라펠이 아닌, 이를 악물고 굳은 채로 서 있는 루키나를 향해 중얼거리는 것을 그녀는 놓치지 않았다.

화악, 붉어지는 얼굴을 견디지 못했다.

루키나는 말없이 몸을 돌려 제자리로 향할 수밖에 없었다.

"......."

다른 이들은 짐작하지 못하겠지만— 적어도 루키나는 라펠이 왜 마지막 순간, 그녀에게 치명타를 입힐 수 있었음에도 검을 거두어들인 건지 알아차렸다.

'제기랄…….'

아주 짧은 시간이었다.

그의 검끝에 망설임이 느껴졌던 것은.

루키나는 그녀의 오른쪽 가슴이 비었다는 것을 알아차린 라펠이 제게 달려들려다 멈춰 버린 것을 인지할 수 있었다.

마침 그와 대련을 하는 상대였기에 더더욱.

'일부러 그랬어.'

다른 단원들을 대했던 것과는 달리 그녀를 향한 검에 자비를 베푼 것은 순전이 그가 자신이 '여자'라는 것을 알고 있었기 때문이다. 만약 그렇지 않았다면 일말의 망설임도 없이 그녀를 뒤로 날려 버렸겠지.

루키나는 입술을 세게 악물며 창틀에 앉아 있었다.

달칵.

한참 상념에 빠져 있던 루키나의 귀로 문이 열리는 소리가 들렸다. 그녀는 서서히 고개를 들어 문을 열고 들어오고 있는 남자를 직시했다.

"이미 와 있었군."

라펠은 창틀에 앉아 자신을 빤히 바라보고 있는 루키나에게 말했다. 몇 시간 전까지 열 명이나 되는 신입 단원들을 상대해 주었던 사람이라고는 믿어지지 않을 정도로 멀쩡해 보이는 얼굴이다.

루키나는 태연하게 방 안으로 들어와 책상 쪽으로 향하는 라펠을 지켜보았다.

"……레이디 이브."

문을 열 때부터 이미 생각하고 있었던 건지, 자연스럽게 책상 위에 놓인 종이를 뚫어져라 응시하던 라펠이 그녀를 불렀다.

루키나는 여전히 미동하지 않았다.

그의 고운 미간이 좁아졌다.

"어째서 아직도 서명하지 않았지?"

책망하는 어조. 어떻게 들으면 불쾌하기 그지없는 말투였지만 루키나는 태연한 표정을 지으며 그를 바라보았다.

라펠은 입을 다문 채 저를 응시하고 있는 루키나를 향해 인상을 썼다.

"레이디 이브."

루키나는 한 번 더 제 이름을 부르는 라펠의 말에 창틀에서 엉덩이를 떼어냈다. 그러고선 그녀는 터벅터벅 라펠의 코앞까지 걸어갔다.

"미스터 라펠. 당신이 정한 모든 규칙에 모두 동의할게요. 그간 제 행동에 대해 부주의가 있었던 건 부정할 수 없는 사실이고 그에 대한 책임을 느끼는 바니까."

"잘 생각……."

"하지만, 제가 그 동거 규칙서에 서명하기에 앞서 당신 역시 제가 내거는 두 가지 규칙을 지켜주셨으면 좋겠습니다."

라펠의 푸른 눈에 이채가 서렸다.

"그게 뭐지?"

루키나는 빙긋 웃었다.

"먼저 첫 번째 규칙."

한 걸음, 그를 향해 다가가는 루키나로 인해 라펠은 멈칫했다.

루키나의 입꼬리가 올라갔다.

"당신과 저, 두 사람이 부득이하게 같은 공간을 사용하는 동안 우리 두 사람은…… 서로에게 반하지 말 것."

"……!"

"좋든 싫든 앞으로 한 방을 써야 하는 건 어쩔 수 없는 일인데, 만약 원치 않은 마음이 싹트면 곤란하잖아요?"

싱긋 웃는 루키나의 얼굴을 빤히 들여다보던 라펠은 피식 실소를 터뜨렸다.

"그건 어렵지 않은 일이군."

"그런가요?"

"그래. 나는 그대에게 먼지만큼도 관심이 없거든."

······흥.

"뭐, 그건 저도 마찬가지네요."

"두 번째 조건은 뭐지?"

루키나는 화제를 돌리는 라펠을 향해 웃는 얼굴을 지운 채 말했다.

"그간 가만히 지켜보니 당신은 계속 저를 기사 밀드레드가 아닌 레이디 로델린으로 취급하시는 것 같은데 말이죠."

"······."

"제가 내걸고 싶은 두 번째 조건은 이겁니다. 적어도 제가 오노르에 머무르는 동안 당신은 저를 로델린의 공녀가 아닌 기사 밀드레드로 취급해 주셨으면 한다는 것이요."

라펠의 벽안이 흔들렸다.

그녀는 난감한 표정을 짓는 라펠을 발견했다.

"레이디 이브. 그건······."

"뭐, 그게 힘들다면! 어쩔 수 없죠."

루키나는 조금 전과는 달리, 단번에 대답하기를 꺼려하는 라펠을 바라보다 망설이지 않고 손을 위로 들어 올렸다.

차르륵—

"······!"

순식간에 쓰고 있던 가발을 훅, 벗어버리는 루키나로 인해 그녀의 은색의 머리카락이 허공을 흩날렸다.

라펠의 눈은 동그래졌다.

"당신이 아까 전의 대련 때처럼, 저를 오노르의 기사가 아닌 로델린의 공작 영애로 대해주신다면······ 저도 이 방 안에서만큼은 레이디 로델린으로 지내는 것도 나쁘지는 않겠네요."

"……레이디 이브."

"사실 잘됐어요. 매번 가발을 쓰고 있기도 힘들었거든요. 그거 아세요,
미스터 라펠? 이 가발, 생각보다 엄청 답답하답니다."

루키나는 일부러 빙긋 웃으며 어깨를 넘기고 있던 긴 머리카락을 뒤로
넘겼다.

라펠은 굳은 얼굴로 그녀를 내려다보았다.

"레이디 이브. 무슨 말을 하고 싶은 거지?"

"무슨 말을 하고 싶은지는 명확하게 밝힌 것 같은데요, 미스터 라펠."

"……."

루키나는 서늘한 표정을 지으며 저를 바라보고 있는 라펠을 똑바로 올
려다보았다.

"겁이 나냐고, 물었죠?"

라펠은 웃는 그녀를 그저 직시할 뿐이다. 루키나는 붉은 입술을 달싹
였다.

"당신이 무슨 생각으로 이런 상황을 만든 건지 모르겠지만…… 겁을
먹어야 할 사람은 어쩌면 내가 아니라 당신일 수도 있답니다."

루키나는 눈꼬리를 휘며 말을 이었다.

"당신이 계속해서 저를 기사가 아닌 레이디로 취급한다면 말이죠."

「유리. 혹시 보신…… 겁니까?」

어렵게 말을 꺼내는 아이반의 얼굴에 어둠이 드리워졌다.

고의는 아니었지만 훔쳐본 것은 사실이었기에 유리안은 아무 말도 하지 못했다.

아이반은 당황하는 자신을 가만히 바라보다 쓰게 웃었다.

「보셨군요.」

「일부러 그런 것은 아니네. 어쩌다 보니 나도 모르게…….」

「괜찮습니다, 유리. 책망하려는 것이 아닙니다.」

아이반의 얼굴이 어두운 것은 조금 전 있었던 미티 라펠 경과의 대련이라 생각했었건만, 어쩌면 저 때문일 수도 있겠다는 생각이 들었다.

유리안은 긴 한숨을 흘리는 아이반을 가만히 응시했다. 사실 그 일로 고통스러운 것은 아이반뿐만이 아니었다. 저 역시 어젯밤 본 장면으로 인해 밤을 꼬박 새지 않았던가.

유리안은 퀭해진 두 눈을 아이반에게 고정시켰다. 왠지 초췌해 보이는 아이반이 가발임이 틀림없는 갈색 머리카락을 긁적이다 붉은 입술을 움직였다.

「어제 두 눈으로 보신 유리께서도 짐작하시겠지만…… 이건 제 진짜 머리카락이 아닙니다.」

유리안은 눈을 크게 떴다.

의심이 피어나고 있는 것은 사실이었지만 쉽게 믿어야 할지 말아야 할지 확신하지 못하는 상황에서 아이반이 직접적으로 그 이야기를 꺼냈기 때문이다.

크게 동요한 눈으로 그를 쳐다보던 유리안을 향해 아이반은 말을 이었다.

「유리께서 보신 것처럼, 제 머리색은 은색입니다.」
「허면 어째서…….」
「가발을 썼느냐, 하고 여쭤시는 거지요?」

유리안은 대답하지 못했다.
아이반은 흐릿한 미소와 함께 말을 이었다.

「이유는 간단합니다. 눈에 띄고 싶지 않아서…… 지요.」

유리안은 어색하게 웃으며 입술을 달싹이는 아이반을 향해 시선을 고
정시켰다. 그는 가발이 틀림없는 제 머리를 문지르며 말했다.

「유리께서도 아시다시피, 은색의 머리카락이…… 흔한 것은 아니잖습니
까? 게다가 어깨를 넘기는 긴 머리카락은 다른 동료들에게 그리 좋은 인상
을 남겨주지는 않습니다. 아시다시피 제 체격이 다른 동료들에 비해 건장한
편도 아니라서……. 만약 은발의 긴 머리카락을 묶고 다닌다면 딱 사기 쉬운
오해가―」
「……여자.」

나지막하게 중얼거리던 유리안은 제가 무슨 말을 했는지 깨닫고선 입
을 틀어막았다. 놀란 듯 눈을 크게 뜨는 유리안을 향해 말없이 웃던 아이
반은 고개를 끄덕였다.

「예. 확실히 그런 오해를 사기 쉽죠.」

곰곰이 생각해 보면 아이반의 말이 틀린 것은 아니었다. 실제로 제 주변의 인물 중 한 명인 마릭 역시 그렇게 말하지 않았던가.

유리안은 입을 다문 채 아이반을 응시했다. 아이반은 얕은 한숨과 함께 말했다.

「어머니께서 저의 긴 머리카락을 좋아하셔서 어쩔 수 없이 기르고 있었습니다. 아버지께서 돌아가신 이후로는 머리카락에 손대는 것을 싫어하셔서 더더욱이요. 그런 상황이 아니었더라면 단번에 잘라 버렸을 텐데……. 그 때문에 괜히 유리의 오해를 산 것 같아 어제부터 마음이 참 무겁더군요.」

「아이반…….」

「혹, 그러한 이유로 저를 피하시는 것이었다면 이제라도 사과드립니다. 미리 말씀드리지 못해 죄송합니다, 유리.」

허리를 굽히며 제게 사과를 하는 아이반의 행동에 유리안은 크게 당황했다. 그는 얼른 손을 들어 올려 아이반의 어깨를 부여잡았다.

「얼른 고개를 들게, 아이반!」

「유리…….」

「제길. 그대가 이렇게 사과를 하게 되면, 내가 뭐가 되는가. 그런 속사정도 모르고 의심을 하다니. 오히려 내가 부족했어!」

「당치 않습니다.」

「아니야, 아이반! 이건 전적으로 내 잘못이라고. 내 사과를 먼저 받아주게! 하나밖에 없는 친우에 대한 내 믿음이 부족했어!」

「유리! 왜 이러십니까. 얼른 고개를 드십시오! 유리!」

아직까지도 어제 일어난 일을 떠올리면 얼굴이 화끈거린다.

그렇게 의심이 되면 직접 물어보면 될 것을, 홀로 끙끙 앓으며 의심에 의심을 거듭하던 제 못난 행동들이 눈앞을 둥둥 떠다녔기 때문이다.

섣부른 의심으로 인해 아이반의 시선을 피하던 제 행동들이 떠올라 귓불이 붉어지려고 했다.

유리안은 입술을 잘근 깨물며 고개를 내저었다.

'정말이지…… 나는 그의 친구로 아직 한참은 부족한 남자다.'

새삼 떠오른 마릭의 말을 마치 사실처럼 믿어버리고선 하나밖에 없는 친구를 의심해야 했던 제 모습이 도통 눈앞을 떠나지 않아 유리안은 입술을 잘근 깨물었다.

마음이 넓고 타인을 배려할 줄 아는, 정의로운 기사 아이반에 비교했을 때 자신은 이렇듯 매우 부족했다.

유리안은 고개를 아래로 떨구며 나지막하게 중얼거렸다.

'변해야 한다, 유리. 그의 소중한 친구로 있기 위해서. 그리고 더 나은 황태자가 되기 위해서라도.'

터벅터벅. 숙소를 나와 연무장으로 향하는 길.

저를 기다리고 있을 아이반과 로렐을 떠올리며 걸음을 옮기던 유리안은 새삼 주먹을 불끈 쥐었다.

아이반으로 인해 훨씬 더 건강하고 생기 넘치는 삶을 얻게 되긴 했지만, 이전과 달라진 것이 없다면 새로 태어난 의미도 없었다.

황궁에서처럼 매번 타인을 의심했던 제 모습을 이곳에서까지 적용시켜선 안 된다 생각하며 고개를 젓던 유리안은 자색 눈을 빛내며 걸어갔다.

"아니, 이게 누구신가. 유리 로우드 경 아닌가! 오늘은 웬일로 혼자 걷고 있지? 경의 훌륭한 수하들이 눈에 보이지 않는데?"

유리안의 귀로 귀 익은 음성이 들려온 것은 바로 그때였다.

연무장을 얼마 남겨두지 않은 시점에서 유리안은 걸음을 멈추었다. 뒤를 돌아보니 얼마 전부터 저와 아이반, 그리고 로렐을 향한 불만을 여지없이 드러내고 있는 동기들의 얼굴이 들어왔다.

그러니까 저자의 이름이…….

'브리드 앤더슨.'

아이반에게 말도 안 되는 시비를 걸던 자에게 일침을 놨던 제 모습이 떠올라 유리안은 미간을 굳혔다.

"수하라니. 함께 수련하고 있는 동료들을 두고 말이 심하군, 앤더슨 경."

"하하, 수하 아니었던가? 경이 너무 고귀한 나머지 그들을 수하로 삼고 있는 줄 알았는데!"

"……."

"아니라면 사과하지. 헌데, 연무장으로 가는 길이었나? 어떤가, 로우드 경. 우리도 마침 그리로 가는 길이었으니 함께 가는 것이?"

스윽, 올라간 입꼬리가 마음에 들지 않았다.

전형적인 무뢰한의 얼굴.

어찌 기사라는 자가 이리도 못날 수가 있는지.

혀를 끌끌 차고 싶은 마음이 일어 미간을 좁히던 유리안은 말없이 고개를 돌렸다. 성큼성큼 걸어가는 그의 뒤를 이어 브리드 앤더슨 일행이 유리안의 뒤를 따르는 발걸음 소리가 들려왔다.

"참으로 신기한 조합이야. 보면 볼수록 그렇게 생각한단 말이지. 이봐, 로우드 경. 경과 다른 동기들이 어떻게 친해졌는지 물어도 될까?"

"……."

"하하. 미처 몰랐는데 경은 매우 말이 없군. 마치 뭔가를 숨기는 사람처럼 입을 꾹 다물고 있으니 재미도 없고."

"……."

"아! 그러고 보니 경은 어떻게 10인 안에 들었던 거지? 아무리 생각해도 재미있단 말이야. 듣자 하니 경이 8강에 진출할 수 있었던 건 상대가 모두 기권을 해서였다면서?"

……몹시 말이 많은 자군.

유리안은 제게 얼굴을 들이밀며 눈빛을 빛내는 브리드 앤더슨을 무심하게 내려다보았다.

뒤통수를 치는 자들보다는 차라리 이렇게 대놓고 시비를 거는 자들을 마주하는 것이 마음이 편하지만, 노골적으로 적의를 드러내는 자를 대하는 것이 마냥 편할 리는 없다.

'개의치 마라, 유리.'

이런 일은 수도 없이 겪었다.

심지어 일개 시종들도 저를 무시한 적이 있지 않았던가.

이런 사소한 도발에 넘어갈 수 없다 생각하며 무표정하게 발을 앞으로 내딛었다.

"워낙 고귀하신 분이라 나 같은 건 상대도 안 해주겠다, 이건가? 그거 아나, 로우드 경? 밀드레드 경만큼이나 경에 대한 이야기가 우리 사이에선 화제라는 걸."

제1연무장을 얼마 남겨두지 않고 유리안의 걸음이 뚝 멈췄다. 서늘한 자색 눈으로 그를 노려보는 유리안을 향해 브리드 앤더슨은 붉은 입술을 달싹였다.

"듣자 하니 아주 무시무시한 집안의 자제라던데…… 사실이야? 그런 고귀하신 귀족 나리가 왜 오노르에 오셨을까?"

"애…… 앤더슨 경, 그만하지!"

"그만은 무슨. 경들도 이자에 대해 의문이 있었잖은가!"

버럭 외치는 브리드 앤더슨의 말에 난감한 얼굴을 하고 있던 다른 동기들이 입을 꾹 다물었다.

물 만난 고기처럼 신이 난 브리드 앤더슨은 말없이 저를 쳐다보고 있던 유리안에게 말을 이어 나갔다.

"아니. 대체 얼마나 고귀한 신분이길래 우리랑 이렇게 선을 긋는 건지. 리우드의 기사들에겐 동료애가 중요하다는 거, 귀족 예법에서는 배우지 못했나?"

"……앤더슨 경."

"그러고 보니 그러네! 이봐들. 경들은 로우드 경이 공동욕실에서 샤워를 하는 모습을 본 적이 있어? 밀드레드 경도 그렇고, 로우드 경도 그렇고. 단 한 번도 훈련 직후 공동욕실에 있는 모습을 본 적이 없는 것 같은데……."

유리안은 말끝을 흐리는 브리드 앤더슨을 바라봤다.

동의를 구하듯 주위를 둘러보는 브리드 앤더슨의 말은 가만히 듣고 있던 동료들을 동요하게 만들기 충분했다.

"그건…… 그렇군."

"어째서 본 적이 없는 거지?"

"특혜라도 받고 있는 건가!"

관망자의 자세를 취하고 있던 브리드 앤더슨의 나머지 일행들이 차가운 눈빛으로 자신을 쳐다보자 유리안은 미간을 좁혔다.

곤란하게 됐군. 마릭이 취해놓은 배려가 독으로 작용할 줄이야.

황족은 함부로 자신의 신체를 타인에게 드러내서는 안 된다. 유리안은 그런 황족 중에서도 황제 다음의 지위에 올라 있는 자.

게다가 그는 오른쪽 옆구리에 리우드의 황족들이 가지고 있는 징표, 검은 반점이 존재했다. 만약 그것을 들켜 버린다면 자신이 어떤 신분인지 드러날 게 틀림없었다.

유리안의 합숙 훈련 소식을 접한 마릭이 특별히 조치를 취해 그의 방 배정에 손을 썼기에 아이반 밀드레드처럼 개인 욕실이 달려 있는 룸을 얻게 된 것이다.

유리안은 저를 싸늘한 눈으로 응시하고 있는 네 남자를 직시했다.

"생긴 것도 묘하단 말이지."

그들의 변화에 위기감을 느낀 유리안을 향해 브리드 앤더슨은 한 걸음 다가오며 말했다.

유리안은 뒷걸음질 쳤다.

브리드 앤더슨은 당황하는 유리안을 바라보며 중얼거렸다.

"남자라기엔 지나치게 곱잖아?"

"잠깐, 앤더슨 경. 그 말인즉……."

"자네들은 의심해 본 적이 없나? 유리 로우드 경이, 혹 키만 큰 여자일 수도 있다는 생각?"

유리안의 눈동자가 휘둥그레졌다.

이자가 지금 무슨 소리를 하고 있는 거지?

"우리 중에 여자가 있다고?"

"앤더슨 경! 그건 말도 안 되는 생각이야!"

"맞아. 너무 나갔어. 아무리 그래도……."

"내 말이 억측이라고 생각하나, 다들? 하지만 이상하다고 생각하지 않나? 로우드 경이 뭔가 숨기는 것이 없다면 어째서 우리와 같이 욕실을 사용하지 않는 거지? 어째서 이자와 그 패거리만 개인 욕실을 사용하느냔 말이야."

브리드 앤더슨은 크게 일갈한 뒤, 저를 노려보고 있는 유리안에게 시선을 돌렸다.

"그런 내 의심이 부당하다 생각되면 증명하는 건 어떤가, 로우드 경?"

"대체 무슨 소리를 하고 싶은 거지?"

"나는 경같이 예쁘장한 남자는 지금껏 본 적이 없다. 경과 함께 다니는 그 밀드레드라는 놈도 마찬가지지. 두 사람이 성별을 속인 건 아닐까란 의심이 요즘 들어 매우 드는걸?"

"헛소리를 늘어……."

"그런 내 말이 헛소리처럼 들린다면, 증명을 하면 되지 않나? 경이 남자라는 것을 입증한다면 이런 무례한 행동들을 사과하도록 하지. 상의를 탈의해 주게."

유리안의 동공이 흔들렸다.

저를 의심하는 연유조차 황당하건만, 브리드 앤더슨에게 증명하기 위해 제 상체를 보일 이유 따위는 없었다. 유리안은 코웃음을 쳤다.

"거절하지."

브리드 앤더슨은 냉정하게 대답한 후 몇 걸음 남지 않은 제1연무장 쪽으로 발걸음을 옮기려는 유리안에게 소리쳤다.

"내 말은 아직 끝나지 않았어, 로우드 경."

"……!"

유리안은 손을 뻗어 제 손목을 세게 움켜쥐는 브리드 앤더슨을 노려보았다.

"앤더슨 경. 이 손 놓지 못하겠나?"

"남자끼린데 뭐 어떤가? 간단히 증명만 하면 되지 않나? 금방 해결될 문제를 가지고 왜 이리 시간 끄는지 모르겠군."

"앤더슨 경. 내가 경에게 내 신체를 보여줄 이유는 존재하지 않는다."

"그 말인즉, 자신이 여자라고 인정하는 것인가?"

……정말이지 대화가 통하지 않는군.

유리안은 황당하기 그지없는 표정을 지으며 브리드 앤더슨을 바라봤다. 더 이상 말을 섞을 가치도 없는 자였다. 유리안은 그런 그의 팔을 뿌리치며 다시 앞으로 걸어가려 했다.

하지만 생각보다 브리드 앤더슨의 악력이 엄청났다. 유리안은 무의식적으로 미간을 좁히며 브리드 앤더슨을 응시했다.

"마지막으로 경고하지, 앤더슨 경. 이 손을……!"

스릉—

서늘한 어조로 입술을 달싹이던 유리안의 음성이 뚝 끊어졌다.

유리안은 브리드 앤더슨의 등 뒤에서 그의 목을 정확히 겨누고 있는 날카로운 블레이드를 발견하고선 눈을 크게 떴다. 얼굴을 굳히고 있는 브리드 앤더슨의 등 뒤로 시린 음성이 들려왔다.

"아무리 착한 사람이라도 참다 참다 못하면 폭발한다는 말 들어본 적 있나, 앤더슨 경?"

「하지만! 당신은 제게 먼지만큼의 관심도 없다고 하셨으니…… 틀림없이 그런 상황을 원하지는 않겠군요, 미스터 라펠.」

쉴 새 없이 몰아붙이던 여자의 입꼬리가 올라가는 모습을 라펠은 똑똑히 인지했다.

그녀의 말에 대답하지 못한 라펠을 내버려 둔 여자는 찰랑거리는 은색 머리카락을 휘날리며 몸을 돌렸다.

순식간에 기다란 머리카락을 다시 묶어 흘러내리지 않게 만든 여자는 갈색 가발을 다시 주워 머리에 뒤집어썼다.

라펠은 그 모습을 말없이 응시하며 서 있었다.

「저 역시, 이곳에서만큼은 레이디가 아닌 기사로 지내고 싶습니다. 허니 부디 저를 한 사람의 기사로 대해주시길 부탁드립니다. 당신 역시 제 의견에 동의하시리라 믿어 의심치 않습니다.」

어느새 짧은 갈색 가발을 쓰게 된 여자는 마침 책상 위에 있던 펜으로 자신이 만들어놓은 규칙서에 서명을 한 뒤 그 종이를 라펠에게 내밀며 빙 굿 웃었다.

라펠은 한동안 아무 말도 하지 못하고 그녀가 내민 규칙서를 얼떨결에 받아 들고 서 있어야만 했다.

'……한 방 먹었군.'

단순하게 한 방 먹은 것이 아니라 아주 제대로 급소를 가격당한 느낌 이다.

라펠은 저를 똑바로 응시하며 한 자, 한 자 말을 뱉어내던 로델린의 공 녀를 떠올렸다.

당당한 기운을 뿜어내던 로델린의 공작 영애는 말을 맺은 뒤 저를 바라보지도 않고 2층 침대로 올라가 숙면을 취했다.

얼이 빠져 있던 저와는 달리 쿨쿨, 아주 잘도 잠을 자는 듯했다. 미르티스 라펠 윈스턴은 덕분에 한숨도 자지 못했다.

"형님?"

"……."

"형님! 뭐가 그리 즐거우십니까? 아까부터 입가에 미소가 사라지지 않는군요. 무슨 좋은 일이라도 있으셨습니까?"

짓궂은 얼굴로 건네는 헨리의 말에 라펠은 눈썹을 꿈틀거렸다.

내가 웃고 있었나?

어젯밤 있었던 일을 생각하고 있었을 뿐인데, 저도 모르게 그 일이 얼굴에도 영향을 미쳤나 보다.

라펠은 무슨 일인지 알려달라고 하는 헨리 캐슬러를 쳐다보다 인상을 썼다. 헨리 캐슬러는 서늘하기 그지없는 라펠의 행동에 움찔하며 하하, 어색한 미소를 흘렸다.

"여자라도 생각하고 있었던 거냐, 미티?"

그의 옆에서 걷고 있던 와이너 단장이 서글서글한 목소리로 말을 건넸다.

둘만 있을 때를 제외하고는 저를 아랫사람으로 대하기로 약조했던 와이너의 말에 라펠은 눈을 부라렸다.

이안 와이너는 아랑곳 않고 말했다.

"슬슬 여자를 만날 때도 됐는데 말이지. 통 여자한테는 관심이 없으니 내가 다 안타까울 지경이라고!"

탁탁.

일부러 그러는 것이 분명했다.

라펠의 어깨를 힘껏 두드리면서 말을 잇는 와이너의 행동은 과감하다 못해 발칙했다.

라펠은 가만두지 않겠다는 시선을 날렸지만 이안 와이너는 어깨만 으쓱일 뿐이었다.

"아, 그러고 보니 미티 형님, 결혼 적령기이시지 않습니까!"

"적령기가 아니라 적령기를 한참 넘겼지, 아마?"

"단…… 장님. 그만하시죠."

라펠은 으르렁거리는 이를 감추며 어색하게 웃었지만 이안 와이너의 장난은 멈추지 않았다.

"하하, 그만하긴 뭘 그만해! 이봐, 헨리. 경 주변에 어디 괜찮은 레이디 없나? 미티한테 어울릴 만한 참한 레이디 말이야."

"제 주변이요? 흠, 글쎄요. 우리 멋진 형님께 어울릴 만한 여자가 어디 있을지……."

이 자식들이 정말.

"다들 그만……."

"크, 큰일 났습니다!"

주의를 줄 필요성을 느끼며 입을 움직이려던 라펠은 자신의 목소리가 흘러나오기 무섭게 달려오는 단원 한 명을 발견하곤 말을 멎었다.

화기애애하던 분위기는 숨을 헐떡이며 달려온 그의 말에 딱딱하게 굳어졌다.

"경들에게 실망을 금치 않을 수 없다. 어찌 이런 일이 있을 수 있는지……. 제국 기사단 대회가 불과 한 달밖에 남지 않은 이 상황에서 벌어진 일이라고는 차마 믿기 힘든 일이란 말이다. 모두들, 내 말을 듣고 있는가!"

장내를 울리는 목소리가 널리 퍼져 나갔다. 고개를 숙이고 있던 루키나는 입술을 잘근 깨물었다.

'젠장.'

소란을 일으키고 싶지 않아 묵인했던 것이건만 시간이 갈수록 정도를 더했다. 특히 유리안이 당황하는 모습을 보자니 더더욱 그랬다.

아무리 거리감이 느껴진다 할지라도 유리안은 자신을 친구로 여기고 있는 상황.

그리고 저 역시 요 근래 들어 유리안을 제 친구로 받아들이고 있었던 터라 자신의 친구를 괴롭히는 모습을 묵인하지 못했던 것이다.

저와 자신의 친구를 모욕하는 브리드 앤더슨을 혼쭐내 주던 루키나는 불행히도 마침 제1연무장으로 들어오던 기존의 선배 단원들과 와이너 단장에게 그 모습을 들켜 버렸다.

뒤늦게 자세한 속사정을 전해 듣게 된 와이너 단장이 저뿐 아니라 브리드 앤더슨에게까지 호통을 쳤던 것은 당연했다.

와이너 단장은 저와 브리드 앤더슨에 대한 징계를 내리는 대신 기사단 간부 회의를 소집한 후 얼마 지나지 않아 오노르 기사단 7기의 신입 단원들을 모두 불러들였다.

"이 모든 건, 내 책임도 있다. 경들이 각자 가지고 있는 성격들을 무시하고 무조건 합숙을 종용해서 경들이 가까워지길 바랐지만…… 아무래도 그건 무리였던 것 같군. 지금 중요한 것은 실력을 쌓는 것이 아니다."

멀쩡한 루키나와는 달리 눈이 부은 걸로도 모자라 피가 흘러내린 코를 천으로 막고 있던 브리드 앤더슨의 눈이 상단에 있던 와이너 단장을 향했다.

와이너 단장은 혀를 끌끌 차며 고개를 내젓더니 말을 이었다.

"경들이 실력을 쌓은 후 실행해 볼까 생각했던 일을, 조금 더 빨리 진행하고자 한다."

……응?

루키나는 왠지 모르게 쿵쿵 뛰는 심장의 박동을 느꼈다.

'뭔가 좋지 않은 예감이 드는데…….'

합숙 훈련을 시작한 이래, 계속해서 제게 시비를 걸던 브리드 앤더슨을 손봐준 것은 확실히 속이 후련해지는 일이었지만 와이너 단장의 입술 사이로 흘러나올 말이 괜히 걱정됐다.

루키나는 왠지 모를 불안한 마음을 느끼며 와이너 단장을 바라보았다.

저를 향한 수십 개의 시선을 아무렇지 않은 듯 감내하던 와이너 단장은 결단을 내린 듯 힘차게 고개를 끄덕이더니 소리쳤다.

"경들의 보다 가까운 친밀한 관계 형성을 위해 돌아오는 첫 주의 시작일 날, 다 함께 온천 여행을 떠나기로 했다!"

……어?

"예부터 우리 사내들은 실오라기 하나 걸치지 않은 태초의 상태에서 서로에 대한 진정한 우정을 나누었지! 이번에도 마찬가지다! 아직까지 서로를 믿지 못하는 경들의 친밀 형성을 위해 내가 친히 마련한 계획이니, 토 달지 말고 모두들 참석할 수 있도록 준비하라. 이상!"

웅성웅성—

보다 친밀한 동료애를 다지기 위해 와이너 단장이 제시한 해결책은 오노르의 기존 단원은 물론이거니와 신입 단원들에게도 폭발적인 반향을 일으켰다.

온천 여행.

얼마 뒤 열릴 기사단 대회를 염두에 두고서라도 멀리 나갈 수는 없으니, 아마도 행선지는 틀림없이 세이번 근교에 위치한 아르시가 분명할 터.

아르시의 온천은 물이 좋기로 소문났던 터라 저녁 식사 내내 오노르의 기사들은 오랜만의 여행 계획에 잔뜩 들떠 있었다.

딱 한 곳.

루키나 일행의 테이블을 제외하곤.

"야, 니들."

이안 와이너의 말을 들은 이후로 새하얗게 질린 안색을 되돌리지 못하던 두 사람을 흘긋거리던 로렐 산트너는 결국 들고 있던 스푼을 내려놓은 채 미간을 찌푸렸다.

반쯤 넋을 놓은 상태로 눈앞에 놓인 수프를 뜨고 있던 루키나와 유리안의 시선이 그를 향했다.

로렐은 험악하게 얼굴을 일그러뜨린 채 나란히 앉아 있던 그들을 향해 두꺼운 입술을 움직였다.

"대체 아까부터 왜 그러고 있는 거야? 뭐 씹은 얼굴로 계속. 먹을 거면 먹고, 안 먹을 거면 먹지 마!"

당장이라도 두 사람 앞에 놓인 그릇을 빼앗아갈 기세로 외치는 로렐의 말에 루키나와 유리안은 어색한 미소를 그렸다.

힘없이 웃으며 아무것도 아니라는 표정을 짓던 그들을 못마땅한 눈으로 바라보던 로렐의 말은 이어졌다.

"이유나 좀 알자. 뭐 때문인데? 온천 얘기를 들은 이후로 계속 그랬던 것 같긴 한데……. 온천 가는 거 싫어?"

정곡을 파고드는 로렐의 말에 약속이나 한 것처럼 루키나와 유리안의 몸이 움찔거렸다.

'뭐야, 정말 싫은 거야?' 라고 나지막하게 중얼거리는 로렐의 말을 한 귀로 흘리며 루키나는 제 옆에 앉아 있는 유리안을 흘긋거렸다.

'그러고 보니 황태자도 싫을 만하겠네.'

이안 와이너가 던진 미끼로 인해 난감해진 것은 비단 자신뿐만이 아니었다.

셰리에게 들은 적이 있었다. 황족들에게는 그들에게만 나타나는 특별한 신체적 특징이 있다고. 아마도 유리안의 얼굴이 잔뜩 굳어 있는 것은 바로 그 이유 때문이겠지.

'이 일을 어떻게 처리하지……?'

정체를 들킬 위기에 처한 동지가 생겼다는 것은 둘째 치고서라도, 루키나는 두통이 이는 것을 느끼며 긴 한숨을 내쉬려 했다.

"재미있게 됐군."

피식, 실소를 터뜨리는 누군가의 얄미운 음성이 들려온 것은 그때였다.

루키나는 보란 듯이 그들의 테이블을 지나치며 씩 웃고 있는 남자를 올려다보았다.

루키나에게 호되게 당해 한쪽 눈이 시퍼렇게 물들어 있던 브리드 앤더슨이 아직도 포기하지 않았는지, 비웃음을 날리며 그들을 내려다보고 있었다.

브리드 앤더슨은 스윽 돌아가는 루키나의 시선을 눈치채지 못했는지 얄궂은 미소를 지으며 말을 이었다.

"그렇게 고귀한 척 행동하더니, 결국은 우리랑 같은 욕실을 사용하겠군. 안 그……!"

"앤더슨 경."

"왜, 왜!"

"가라. 그냥."

"뭐?"

"말로 할 때 가라는 말이야."

"……!"

이젠 일일이 상대해 주기도 지쳤어.

대체 이 녀석이 왜 이렇게 제게 악감정을 가지고 있는 건지 모르겠지만 더 말려들었다가 피곤해지는 건 자신이다.

루키나는 서늘한 눈으로 브리드 앤더슨을 향해 손을 휘휘 내저었다.

'칫!' 하고 입술을 삐죽이던 브리드 앤더슨은 식사에 집중하기 위해 고개를 숙이는 루키나와 마찬가지로 제게서 시선을 떼는 두 남자를 노려보다 몸을 돌리려 했다.

"헉! 라, 라펠 경 아니십니까!"

응?

"앤더슨 경."

루키나는 흠칫 놀라는 브리드 앤더슨의 숨소리에 행동을 멈췄다. 브리드 앤더슨의 시선이 향한 곳에서 들려오는 굵은 음성이 귀를 휘감아오는 것을 느끼던 그녀는 눈을 돌렸다.

'……흥.'

그의 푸른 눈동자가 제게 꽂혀 있음을 발견한 루키나의 심장이 괜히 들썩이기 시작했다.

애써 콧방귀를 뀌던 루키나는 자신에게 인사를 하는 브리드 앤더슨을 본체만체하고선 그녀가 앉아 있는 테이블까지 다가온 라펠을 뚫어져라 응시했다.

"밀드레드 경."

이 작자가 이렇게 대놓고 다가오다니.

의아해하면서도 내심 태연하게 앉아 있던 루키나는 정확히 제 이름을 부르는 라펠의 목소리에 눈을 깜빡였다.

라펠은 저뿐 아니라 왠지 적대적인 시선으로 그를 노려보고 있는 유리 안을 한 번 흘긋거린 후에 루키나에게 말했다.

"잠깐 나 좀 보지."

루키나는 제 말만 한 뒤 휙 몸을 돌려 어디론가 가버리는 라펠의 뒤를 멍하니 바라보다 하아, 한숨을 내쉬며 자리에서 일어났다.

숙소로 들어가서 말을 해도 될 것을, 굳이 식사 시간 이후 저를 따로 불러내려는 라펠이 무슨 말을 할지 대충 감이 왔다.

아마도 온천 여행에 대해 언급할 예정이겠지.

이안 와이너의 선언에 태연하게 서 있기는 했지만 그의 입술이 파르르 떨리는 것을 루키나는 목격했었다.

아주 미세한 변화였기에 와이너 단장의 말을 듣자마자 얼른 그를 응시했던 루키나만이 그 모습을 발견할 수 있었다.

아마도 그러한 모습으로 짐작해 보건대, 라펠이 이번 온천 여행에 대해 듣지 못했던 것이 분명했다.

그리고 동료들에게 인사를 한 후 자리에서 일어난 루키나를 인적이 드문 방으로 데리고 온 그가 문을 꼭꼭 걸어 잠근 뒤 꺼낸 말은, 그녀의 예상대로였다.

"아무리 생각해 봐도 이번 여행에 레이…… 경은 동참하지 않는 편이 좋겠다."

자신을 여자가 아닌 기사로 대해달라고 협박 아닌 협박을 늘어놓은 뒤, 당황해하던 미르티스 라펠 윈스턴은 의외로 충실하게 자신을 기사로 대하고 있었다.

'그 방법이 통했나 보네.'

루키나는 속으로 픽 웃으며 입꼬리를 올렸다.

라펠은 의미심장한 그녀의 행동에도 아랑곳 않고 말을 이어 나갔다.

"와이너에게는 내가 따로 지시하도록 할 테니 너무 걱정하지 말고, 경은 빠지도록 해."

"……."

"밀드레드 경. 내 말 듣고 있나?"

"······."

"밀드레드 경!"

자신의 눈앞에 서 있음에도 불구하고 대꾸를 하지 않는 루키나의 모습이 이상했는지 버럭 소리치던 라펠은 하얀 이를 드러내며 웃는 루키나를 발견하곤 입을 다물었다.

루키나는 서늘한 시선으로 제 답변을 기다리고 있는 라펠을 직시했다.

"이번 여행에 동행하지 않는다면 저를 의심할 자들이 점점 더 늘어날 겁니다."

"누가 그걸 모르나? 나도 물론 알고 있지만······."

"경께서 배려해 주신 것은 몹시 감사드리지만, 불참은 어려울 것 같습니다."

"밀드레드 경!"

버럭 외치는 라펠은 꼭 '제정신이오, 레이디?'라고 외치는 것 같았다.

루키나는 쓴웃음을 삼킨 뒤 입술을 움직였다.

"걱정 마십시오, 라펠 경. 제게 방법이 있습니다."

이런 일이 있을 줄은 몰랐지만, 일어났으니 대비는 해야겠지.

"방법?"

담담하게 말하는 루키나를 라펠은 의아하게 내려다보았다.

그녀는 씩 웃으며 고개를 끄덕였다.

"예. 그러니 크게 염려하실 필요는 없을 것 같습니다, 라펠 경. 그럼."

살짝 목례를 한 루키나는 그에게서 등을 돌려 방을 빠져나가려 했다.

하지만 그보다 먼저 라펠의 손이 그녀의 손목을 잡는 것이 빨랐다.

읔—

루키나는 왜 이러느냐는 표정을 짓는 제 시선에도 아랑곳 않고 한 번 잡은 손목을 놓아주기는커녕, 잡아당기는 라펠을 향해 인상을 썼다.

라펠은 성난 콧김을 내뿜으며 그녀를 향해 푸른 눈을 고정시켰다.

"대체 무슨 생각인 거지?"

약간은 화난 것 같은 라펠의 목소리가 루키나의 귀에 들어왔다.

루키나는 그의 시선을 받아낸 채 서 있었다.

라펠은 으르렁거렸다.

"정말이지 제정신이 아니군. 지금 그대가 가고자 하는 곳이 어디인지, 정녕 알지 못한단 말인가? 온천이 뭐 하는 장소인지, 모를 리 없을 터. 그곳엔 그대의 몸을 가려줄 그 무엇도 없단 말이야. 됐어. 그대의 말도 안 되는 요구에 응해주는 건 여기까지다, 레이디 이브. 더 이상은 두고 보지 않겠어. 허니, 그대는 빠지도록 해. 이번 여행에 동행하는 건 절대로 허락할 수 없……. 왜 그런 표정을 짓고 있는 거지?"

숨도 쉬지 않고 그녀에게 말을 쏟던 라펠은 생글생글 웃고 있는 루키나를 그제야 발견하고선 한쪽 눈썹을 꿈틀거렸다.

화를 내고 있는 자신과는 대조적으로 여유로운 얼굴의 루키나가 신경에 거슬렸던 까닭이다.

루키나는 황당한 표정을 짓는 라펠에게 짙은 미소를 그려 보였다.

"흥미롭다고 생각해서 말이죠."

저와 약조한 지 얼마 되지 않았건만 또다시 자신을 레이디로 취급하던 건 둘째 치고서라도, 지금 라펠의 행동은 충분히 이색적이었다.

라펠이 말없이 인상을 쓰자 루키나는 말을 이었다.

"제가 알고 있기로는 리우드의 팬텀 공작은 황제 폐하의 명 말고는 그 어떤 것에도 관심을 두지 않는다고 들었는데……."

루키나는 고요하기 그지없는 라펠의 푸른 눈동자를 빤히 들여다보았다.

"지금의 당신은, 지나칠 정도로 저를 신경 쓰고 계시는군요."

"무슨 소리지?"

"미스터 라펠. 당신께선 혹시 제게 '특별한 관심'이라도 가지고 계시는 겁니까?"

"……!"

잔잔한 호수의 표면과도 같은 그의 벽안이 급격하게 요동치는 것은 의외였다.

루키나는 놀라 제 손을 놓아버리는 라펠이 뒤로 물러나는 것을 지켜보았다.

그리고선 부드럽게 웃으며 말을 이었다.

"다행스럽게도 제게 좋은 방법이 있으니 앞서 말씀드렸던 것처럼 걱정하지 않으셔도 됩니다. 이번 일은 제가 알아서 처리할 테니 크게 신경 쓰지 마세요. 일행들이 기다리고 있을 것 같아 이만 돌아가 보도록 하겠습니다. 그럼, 숙소에서 뵙겠습니다."

"레이…… 밀드레드 경!"

버럭 소리치는 라펠의 외침에도 루키나는 몸을 돌려 문고리를 잡았다.

"젠장!"

하고, 방을 나서는 자신의 등 뒤로 라펠의 성난 음성이 들려오는 것 같았으나 그녀는 멈추지 않았다.

흘러가는 시간은 막을 방법이 없다.

이젠 불과 몇 주 남지 않은 제국 기사단 대회를 준비하며 열을 올리다 보니, 어느덧 대망의 온천 여행 당일이 되었다.

"……."

텅 빈 방.

이른 아침부터 새가 짹짹 지저귀는 소리를 듣고 있던 루키나는 무언가를 뚫어져라 응시하는 중이다.

그녀의 시선이 향해 있는 곳은 책상 위.

풀빛을 담은 자신의 눈처럼, 녹음이 찬란한 물체를 심란한 시선으로 응시하던 그녀는 후우, 숨을 들이마셨다.

쾅쾅쾅!

"이봐, 밀드레드!"

고막을 강타할 만큼 커다란 음성이 들려온 것은 루키나의 손이 그 무언가를 향해 닿기 직전이었다.

귀 익은 목소리에 고개를 돌린 루키나는 요란스러운 문 쪽을 직시했다.

쾅쾅쾅!

"왜 이렇게 꾸물거려? 밀드레드! 아이반 밀드레드!"

그 목소리의 주인공이 그녀의 동료인 로렐 산트너라는 것을 알아차리는 것은 그리 어렵지 않았다.

루키나는 입술을 열려다 말고는 다시금 책상 위에 놓여 있는 물체를 바라봤다.

"이 녀석 대체 뭘 하고 있는 거야? 설마. 진짜 아직도 준비를 못한 건가?"

"로렐. 아무래도 조금 이따 다시 오는 게……."

"답답한 소리를 하네. 그러다 또 그놈들한테 트집 잡히려고? 기다려봐. 재촉하면 나올 수도 있으니까."

"……."

쾅쾅쾅!

"아이반! 일어나! 일어나라고! 평소엔 시간도 잘 지키는 녀석이 답지 않게. 너보다 훨씬 게으른 유리 녀석도 일찍 일어나 준비를 했는데, 어째서 네 녀석은 아직인 거냐!"

"……로렐. 듣자 하니 이상하군. 게으르다니. 어째서 내 수식어가 '게으른'이 된 거지? 나같이 성실한 단원이 어디 있다고."

"그런 성실한 녀석이 매번 훈련에 지각을 해?"

"지각이라니. 단지, 약간 늦었을 뿐인……."

"됐고. 아이반! 뭘 해? 아이바안!"

대놓고 자신들의 기척을 뽐내고 있는 문밖의 대화 소리가 문틈을 파고 들었다.

루키나는 고개를 절레절레 저으며 실랑이를 벌이는 남자들의 말을 듣고서 애써 무시했다.

그녀의 녹안은 여전히 책상 위의 물체에게서 떨어질 줄 몰랐다.

「녹색 보석 안에 든 액체를 마시면 성별을 바꿀 수 있지.」

「여자에서 남자가 될 수 있다는 건가요?」

「그런 셈이지. 하지만 그것의 효과는 단 하루뿐이다.」

긴 수염을 만지작거리던 염라와 나누었던 대화가 머리를 울렸다.

누군가의 근엄한 목소리가 머리를 울렸다.

'그래도 그 아저씨 덕분에 유리도 살렸는데……. 밑져야 본전이지 뭐.'

잠시 주저하던 루키나는 이내 힘차게 고개를 끄덕이며 예의 물체를 향해 손을 뻗었다.

원래는 네 가지의 색을 띠고 있던 목걸이의 보석은 이제는 세 가지 색밖에 띠고 있지 않다.

루키나가 들여다보고 있던 보석은 그중 제 눈동자 색과 같은 초록빛의 보석.

그녀가 예의 녹색 보석을 건드리는 순간 놀랍게도 보석의 형태가 변했다.

'어?'

유리안을 살릴 때, 그녀의 손바닥 위에서 액체로 넘실거리던 보석은 이번엔 동그란 알약의 형태로 제 손 위에 놓여 있었다.

눈을 깜빡이던 그녀는 후우, 숨을 크게 들이마신 뒤 결연한 표정을 지으며 입안으로 그것을 밀어 넣었다.

굵고 긴 삶을 꿈꾸는 레이디 루키나 이베타 로델린이 생존하기 위한 여덟 번째 법칙.

레이디의 위장은 철저해야 한다.

그 철저한 위장을 위해서 하루 정도는 남자가 되는 걸 감수해야겠지.

루키나는 꿀꺽, 알약과 함께 목구멍 너머로 침을 삼키며 숨을 가다듬었다.

'별일이야 있겠어?'

그리고 그녀는 그 말을 뱉어낸 것을 정확히 한 시간 뒤, 후회했다.

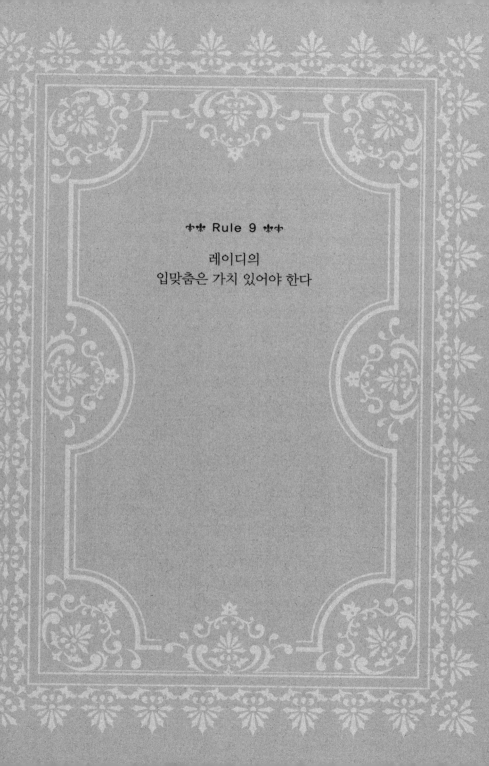

⁜ Rule 9 ⁜

레이디의
입맞춤은 가치 있어야 한다

「당신께선 혹시, 제게 '특별한 관심' 이라도 가지고 계시는 겁니까?」

부드러운 미소를 지으며 생각지도 못한 타격을 날려 버리던 그녀의 녹
안이 보기 좋게 일렁이는 모습을, 그는 멍하니 바라볼 수밖에 없었다.

순간적으로 할 말을 잃은 것은 그녀가 뱉어낸 말이, 도저히 예상하지
못했던 말이었기 때문이다.

언제, 어디서, 무슨 상황에 처하더라도 냉정을 잃지 않으려던 그의 미
간이 좁아진 것은 순식간이었다.

그가 말을 잃은 사이 묘한 눈웃음을 그리며 홱, 몸을 돌려 버리는 그녀
를, 그는 막지 못했다.

'특별한…… 관심?'

웃기는 소리.

특별한 관심이라니.

정말이지 말이 되지 않는 소리다.

아무래도 그 여자가 무언가를 잘못 먹은 것이 틀림없다.

아니, 원래부터 특이한 여자였으니 그렇게 생각할 만도 한가.

미르티스 라펠 윈스턴은 풋, 헛웃음을 터뜨리며 고개를 가로저었다.

물론, 솔직하게 말하자면 자신의 눈길이 레이디 로델린을 향하는 것은 사실이다.

하지만 그것은 어디까지나 그녀가 일삼는 행동들이 그가 후원하고, 또 아끼는 기사단의 명예와 직결되기 때문.

결코 그녀가 언급했던 것처럼 레이디 로델린에게 '특별한' 관심을 가져서이기 때문은 아니다.

히이잉─!

경쾌한 말발굽 소리가 이어지던 것이 말울음 소리와 함께 뚝 멈췄다.

마차를 타고 오던 내내 깊은 상념에 빠져 있던 그의 푸른 눈동자가 겨우 제자리를 찾았다.

이른 아침부터 세이번을 떠나 정오가 되기 전 도착한 목적지를 바라보며 라펠은 자리에서 일어나려 했다.

'응?'

정지한 마차의 문을 열기 위해서는 반드시 문 근처에 있는 이안 와이너를 지나쳐야 하는 상황.

평소 같았으면 마차가 멈추자마자 문을 열고 밖으로 뛰쳐나갔을 이안 와이너가 거슬릴 정도로 묘한 시선을 제게 보내고 있는 것을 발견한 라펠의 움직임이 멎었다.

"할 말이라도 있나, 와이너?"

"하하! 눈치채셨습니까, 각하?"

눈치를 못 채는 게 바보다.

라펠의 서늘한 물음에 이상할 정도로 음흉하게 느껴지는 미소로 화답하는 이안 와이너는 딱 보기에도 수상했다.

라펠은 미간을 좁혔다.

"간단히 해."

"하하."

"와이너."

차가운 라펠의 음성에 이안 와이너가 손을 휘휘 내저었다.

"아뇨. 실은 별거 아닙니다만…… 각하께서 기분이 좋아 보이셔서 말입니다."

"무슨 소리지?"

"오시는 동안 무슨 생각을 하신 건지는 모르겠지만, 각하의 입가에 미소가 가득해서 말입니다."

"……!"

"각하께선 이번 온천 여행을 극구 반대하신 걸로 기억하는데…… 실은 엄청 기대하셨던 거 아닙니까?"

"와이너. 뭔가 잘못……."

달칵!

"미티 형님! 역시 여기 계셨군요! 아, 단장님."

기분 나쁜 웃음을 흘리며 의미심장한 눈빛을 보내는 이안 와이너에게 해명하기 위해 입을 벌리려던 라펠은, 그보다 앞서 마차의 문을 활짝 연 헨리 캐슬러에 의해 저지당했다.

마차 내 두 남자의 시선이 자연스럽게 헨리 캐슬러를 향했다.

"어? 제가 뭔가 방해한 겁니까?"

라펠을 보고 환한 미소를 지으며 뒤늦게 이안 와이너에게 인사를 하던 헨리 캐슬러는 의아한 표정을 지었다.

이안 와이너는 고개를 내저으며 열린 문밖으로 긴 다리를 뻗었다.

왠지 모르게 찜찜했지만 라펠 역시 그의 뒤를 따랐다.

"다들 도착했나?"

오노르 기사단의 합숙지인 아르시의 한 여관 앞에 대열해 있는 마차들을 흘긋거리던 이안 와이너는 라펠에게 친근한 눈빛을 보내는 헨리 캐슬러에게 말을 건넸다.

"아, 아뇨. 그건 아닙니다."

두 남자의 의아한 시선이 자신을 향하자 헨리 캐슬러는 구레나룻 쪽을 벅벅 긁으며 대답했다.

"아직 밀드레드 조가 도착하지 않았습니다."

"밀드레드가? 어째서? 같이 출발하지 않았나?"

놀라는 라펠보다 한발 앞서, 이안 와이너의 목소리가 먼저 터져 나왔다.

헨리 캐슬러는 살짝 얼굴을 까딱이더니 대답했다.

"후발대에게 전해 듣기로는, 밀드레드 녀석이 포함되어 있는 조가 막 출발하려 할 때 밀드레드가 정신을 잃고 쓰러졌다고 하더군요."

뭐?

"괜찮은가!"

라펠은 무의식적으로 헨리 캐슬러의 어깨를 부여잡으며 소리쳤다.

목소리를 높이는 그의 반응에 당황한 사람은 비단 헨리 캐슬러뿐만이 아니었다.

뒤늦게 상황을 파악한 라펠이 헨리 캐슬러의 어깨를 부여잡았던 손을 떼어내며 중얼거렸다.

"아니. 쓰러…… 졌다길래."

나지막한 그의 변명을 들은 이안 와이너가 피식 웃음을 흘리며 라펠의 어깨를 톡톡 두드렸다.

"같은 방을 써서인지 밀드레드에게 유독 신경을 쓰고 있군, 미티."

"……."

"그래서 그리 놀라신 겁니까? 형님도 참. 밀드레드 녀석이 겉은 여리게 보여도 실은 꽤나 건강한 녀석 아니겠습니까? 너무 걱정하지 마십쇼. 조금 전에 들려온 소식에 의하면 다행히 밀드레드는 정신을 차렸답니다."

아.

"당장 움직일 상황은 아니라 아마 오후쯤엔 도착할 것 같고요."

"그거 다행이군! 신입 녀석들이 한 명이라도 빠지면 안 되지! 하하, 잘됐군, 잘됐어!"

라펠은 헨리 캐슬러의 말을 전해 들은 뒤 고개를 돌려 저를 응시하는 이안 와이너의 눈동자와 시선이 마주쳤다.

이안 와이너는 빙긋 웃으며 말했다.

"그렇다니 안심하도록 해, 미티."

"……!"

"자, 그럼 들어갈까?"

라펠은 여관으로 걸어가는 이안 와이너와 헨리 캐슬러의 뒷모습을 바라보며 한동안 서 있다 얼굴을 찌푸렸다.

'특별한…… 관심이라니.'

그럴 리가.

기껏해야 몸의 변화가 일어나는 정도겠지—라고 대수롭지 않게 여겼던 것은, 순전히 루키나의 오판이었다.

초록색 알약을 삼키는 순간 퍼져 나가는 찌릿한 감각이 심상찮다는 것을 느낀 것은 그녀를 기다리던 동료들과 조우한 뒤, 마차에 올라타려고 할 때였다.

「밀드레드!」
「아이반!」

두근두근 뛰는 심장의 박동 소리가 어쩐지 점차적으로 빨라지고 있다는 것을 느끼기는 했으나, 단지 그뿐이라고 여겼건만.

그녀는 감당하기 힘든 현기증이 머리를 죄어오는 바람에, 마차 위로 발을 내딛으려다 말고 그대로 땅 위로 고꾸라졌다.

흐려지는 의식 속에서 놀란 동료들이 자신을 부르는 것 같았지만 금세 세상이 까맣게 물들었기에 대꾸할 시간도 없었다.

'빌어먹을.'

땀구멍이 고장이라도 난 듯, 식은땀이 물처럼 흘러내렸다.

온몸의 뼈가 으스러지는 고통이 숨을 막히게 만들었고 전신을 흐르는 혈관이 팽창하는 게 느껴진다.

하아, 하아—

간이침대에 누워 가쁜 호흡만 내쉬던 그녀는 저를 빤히 내려다보고 있는 낯익은 얼굴을 발견하고선 인상을 썼다.

"아저…… 씨."

하얗고 풍성한 긴 수염의 염라가 그녀를 말없이 응시하고 있었다.

말라 버린 입술을 힘겹게 달싹이는 루키나를 향해 염라가 기괴스러울 정도로 이상한 눈웃음을 그렸다.

"오랜만이다, 그대. 그간 잘 지냈……."

"아저씨! 저한테 대체 뭘 준 거예요?"

"……뭐?"

반갑게 그녀에게 손을 흔들려 하던 염라의 눈이 휘둥그레졌다.

잠시 당황한 기색의 염라의 표정 따위 아랑곳 않은 루키나는 눈에 힘을 쥐가며 소리쳤다.

"그러고 보니 아저씨, 잘 만났어요! 안 그래도 저 아저씨한테 따질 게 몇 가지 있었거든요?"

"아, 자, 잠깐. 진정을……."

"제가 진정하게 생겼어요?"

루키나는 버럭 소리를 내지르며 간이침대에서 몸을 일으켰다.

갑작스러운 상황에 뒤로 물러난 염라가 흠흠, 헛기침을 흘리며 손을 휘휘 저었다.

루키나는 멈추지 않고 그에게 다가갔다.

"아저씨! 어떻게 저한테 그러실 수 있어요! 제가 청순가련하고 예쁜 여자에 빙의시켜 달랬지, 음울하고 사연이 많아도 너무 많은, 게다가 빼야 할 살까지 엄청난 여자에게 빙의시켜 달라고 한 적은 없잖아요!"

"하하. 태…… 아니, 이젠 루키나였던가. 잠깐. 진정하게, 루키나. 그건 다 본왕의 생각이……."

"게다가, 이번 일도 그래요! 황태자를 살릴 때랑은 달리 온몸이 으스러질 것만 같고 효력이 없잖아요, 효력이! 사실은 하나만 진짜고 나머지는 다 가짜 아니에요?"

"어허. 본왕을 의심하는 것인가!"

"흥. 영 믿음직스러워야 말이죠."

입술까지 삐죽이며 투덜거리는 불손한 그녀를 내려다보던 염라가 고개를 내저었다.

정말이지 다루기 어려운 영혼이다.

염라는 긴 한숨을 내쉬더니 이내 자신을 흘끔거리며 구시렁거리고 있는 루키나를 향해 말했다.

"……그대는 정말이지, 급한 성격의 소유자군. 하지만 나는 결코 그대에게 가짜는 주지 않았어."

"네?"

"걱정하지 않아도 된다. 눈을 뜨면, 그대가 원하는 일이 벌어질 테니."

루키나는 서서히 제게로 손을 뻗는 염라의 굵은 검지가 제 이마에 살짝 닿는 것을 느꼈다.

바로 그때, 똑바로 서 있던 자신의 몸이 아주 강한 힘에 의해 뒤로 넘어가는 것 역시.

"그러나 명심해라. 약효가 통하는 시간은 딱 하루뿐이다. 그럼, 또 보도록 하지."

"……아니, 잠깐만요! 아직 못한 말이, 헉!"

쿵쿵. 가슴의 두근거림이 한계치를 찍었다 다시 안정을 되찾는다.

하아, 하아.

급박한 숨소리를 뱉어내며 루키나는 억지로 눈꺼풀을 들어 올렸다.

'꿈?'

꿈이라고 하기에는 너무 생생했는데.

루키나는 덜컹거리는 소리와 함께 달려가고 있는 마차 안을 바라봤다.

"흐음."

입을 쩝쩝거리며 꾸벅꾸벅 졸고 있는 로렐과 그의 옆에서 팔짱을 낀 채 눈을 감고 있는 유리안의 모습이 시야로 들어왔다.

꿈이었나 보군.

별 희한한 꿈이 다 있네.

왠지 찝찝한 기분이 들었지만 크게 신경 쓰지 않으려 노력하며, 그녀는 창밖으로 시선을 옮겼다.

붉은 해가 뉘엿뉘엿 지고 있는 시점. 다른 단원들은 이미 온천에 도착하고도 남은 시점이다. 아마도 지금쯤 먼저 노천탕에서 모여 몸을 씻고 있겠지.

루키나는 저로 인해 뒤늦게 출발하게 된 두 명의 남자들을 쳐다보았다.

「먼저 가라니. 좋든 싫든, 이미 네 녀석과 한 패로 묶인 몸이다. 네 녀석이 회복할 때까지 기다린다.」

「로렐의 말이 맞아. 아이반 자네와 같이 가야지.」

겨우 제정신을 차려 본부 내에 위치한 간이소파에 앉아 있던 자신을 향해, 가슴을 탕탕 두드리던 로렐과 유리안은 눈에 힘까지 주며 대답했다.

루키나는 그런 그들의 말에 쓴웃음을 흘릴 수밖에 없었다.

'동료라.'

시작은 악연이나 우연이었을지 몰라도 어느새 이 두 남자들과 함께 있는 시간이 익숙해져 버렸다.

굳이 따지자면 이 두 남자들이, 자신이 친구라 부를 수 있는 유일한 존재이기도 하겠지.

그런 그들에게 제 신분을 속이고, 심지어 성별을 속이는 것이 영 꺼림칙하기는 하지만…….

'이제 와 도와달라고 하기도 그렇고.'

잠시 약해졌던 마음을 떨쳐 내며 루키나는 고개를 휘휘 저었다.

"……반, 나는, 의심…… 않아."

덜컹거리는 마차 안에서도 쌔쌔 잘도 자는 두 남자들 중, 의문 가득한 잠꼬대를 뱉어내는 유리안에게 시선을 두던 그녀는 머지않아 마차가 멈춰 서자 그들에게로 손을 뻗었다.

출발 전 있었던 사고로 잠시 휴식을 취했던지라 금세 체력을 회복한 루키나와는 달리, 그녀를 신경 쓰느라 기진맥진했던 두 남자들은 일어나라는 루키나의 말에 하아암, 긴 하품을 흘리며 눈꺼풀을 올렸다.

"벌써 도착했나?"

벅벅, 두툼한 눈두덩을 비비며 로렐이 입을 크게 벌렸다.

환한 빛이 새어 나오는 커다란 여관 앞에 멈추어 선 마차 문을 활짝 열자 상쾌한 공기가 스며들었다.

일전에 유리안과 마주쳤던 예의 여관과는 또 다른 분위기를 풍기는 여관을 보며 루키나는 마차에서 내리는 두 남자들의 뒤를 따라 발을 옮겼다.

조금 전까지만 하더라도 붉었던 하늘은 현재 어둠과 섞여 하나가 되기 직전이다.

온몸이 찌뿌듯하다며 성큼성큼 걸어가던 로렐이, 느릿하게 움직이고 있는 루키나와 유리안을 향해 손짓하려 몸을 돌리다 말고는 눈을 동그랗게 떴다.

"응?"

유리안에게서 '몸은 좀 어떠냐?' 라는 질문을 받고 있던 루키나는 미간을 찌푸리는 로렐의 행동에 고개를 갸웃거렸다.

"흐음."

"왜 그래, 로렐?"

"아니. 뭔가……."

자신을 빤히 바라보는 로렐의 눈동자에 의문이 일었다.

왜 이래, 이 녀석?

루키나는 의아한 얼굴로 그를 바라보았다.

로렐은 입술을 삐죽이며 한참이나 루키나를 쳐다보다 픽 웃음을 흘렸다.

"아냐. 별거 아니겠지. 그나저나 다들 빨리빨리 움직이라고! 온천이라니. 하하. 얼른 몸을 담그고 싶군 그래!"

호쾌한 웃음소리를 흘리던 로렐은 저를 쳐다보고 있던 루키나와 유리안을 내버려 둔 채 여관 입구로 짐작되는 곳을 향해 걸어갔다.

"싱거운 녀석."

루키나는 고개를 절레절레 젓다가 후우, 숨을 고르고 있는 유리안에게 말했다.

"들어가시죠, 유리."

"아, 그래야지. 그래…… 야 하는데. 어?"

응?

"아이반."

"예?"

"원래 그렇게 컸나?"

앞으로 있을 일이 걱정됐는지 염려 섞인 표정을 짓고 있던 유리안이 돌연 뱉어낸 말에 루키나는 눈을 크게 떴다.

이건 또 무슨 소리야?

"아니. 해가 져서인지, 그대가 조금 커 보인달까?"

해가 지는 것과 내 키가 무슨 상관이냐고.

루키나는 뜬금없는 그의 말을 알아듣지 못해 말을 잇지 않았다.

대답하지 않는 루키나를 내려다보던 유리안은 내 착각이겠지, 하고 중얼거리며 빙긋 웃은 뒤 앞으로 발을 뻗었다.

'커 보인다고?'

루키나는 로렐이 갔던 방향으로 움직이고 있는 유리안의 커다란 등을 바라보다 고개를 절레절레 저었다.

아무래도 염라가 준 목걸이의 초록색 보석은 하루 동안 성별을 바꿔줄 거라던 염라의 말과는 달리, 현기증과 심장 박동 증가라는 부작용만이 존재하는 약임이 틀림없다.

그렇지 않고서야 벌써 그 약을 먹은 지 거의 반나절은 지났는데, 아직도 효력이 나타나지 않을 리가 없…….

「원래 그렇게 컸나?」

심드렁한 표정을 지으며 발을 뻗으려던 루키나의 움직임이 멎었다.

저를 내려다보던 유리안의 목소리가 귓가에 웽웽 맴돌았다.

루키나는 누가 시키지 않았음에도 불구하고 반사적으로 아래로 향했던 양손을 들어 올렸다.

'……!'

그녀의 손이 내려앉은 지점은 정확히 목과 배의 사이.

매일 아침, 천으로 칭칭 감아서 강하게 압박하고 있던 바로 그 부분이 손바닥이 닿자마자 자연스럽게 푹 꺼졌다.

'어, 어?'

두근두근. 보통 때라면 이렇게 손을 댈 때마다 숨이 막히는 압박감이 느껴져야 하건만, 어찌 된 셈인지 지금 이 순간은…….

'어어? 어어어?!'

사태의 심각성을 파악한 그녀의 손은 이번엔 가슴 부분이 아닌 다리 사이로 내려갔다.

허리 아래.

정확하게는 허벅지 사이에 위치한 은밀하고도 소중한 부분 위로 손을 댄 루키나의 얼굴이 하얗게 물드는 것은 순식간.

설마.

그럴 리가.

믿기 힘든 현실에 고개를 휘휘 저으며 부정해 볼까도 싶었지만, 그러기에는 너무 확실하게, 확연하게, 생생하게 그 감촉이 느껴졌다.

'있…… 어.'

루키나는 저도 모르게 소리쳤다.

"있다고!"

유리안 아이너 리우드.

한때는 뭇 소녀들의 마음을 훔치던 금발의 미소년은 십여 년이 지난 지금, 훌륭한 미청년으로 성장했다.

비록 현재 세간에 알려진 그는 제국 최고의 '병약의 아이콘', 그 자체였던지라 과거의 빛나던 영광은 물거품처럼 사라진 상태였지만 하늘이 무너져도 솟아날 구멍은 있었던 건지, 얼마 전 생각지도 못했던 천운을 맞닥뜨리게 되었다.

한시도 멈추지 않던 기침이 '그'와의 만남으로 인해 그쳤고, 무겁기 그지없던 몸은 '그'가 건네준 명약으로 깃털보다 가벼워졌다.

더할 나위 없는 건강한 신체와 건강한 정신.

다시는 들 수 없을 거라는 판정을 받았던 검까지 들어, 오노르에 소속된 기사라면 매일 해야 할 검술 훈련에도 참석을 할 만큼 확연하게 달라진 제국의 황태자는 어찌 된 셈인지 근심이 가득한 표정을 지으며 굳게 닫혀 있는 문을 흘긋거리는 중이다.

'후우.'

차마 입 밖으로 흘리지 못하는, 가슴 깊은 곳에서 터져 나온 한숨.

온 세상의 짐을 다 짊어진 듯한 그의 낯빛이 이리도 어두운 까닭은 바로 하나다.

곧 마주하게 될 로렐 산트너의 제안을 도저히 거부할 만한 기막힌 아이디어가 생각나지 않는다는 것.

「여기서 잠깐 쉬고 있어. 탕에 들어갈 수 있는지 알아보고 올 테니!」

오노르 기사단의 합숙 훈련을 빙자한 온천 여행에 뒤늦게 도착하게 된 유리안은 저들 일행에게 배정받은 숙소에 짐을 내려놓자마자 신난 얼굴로 소리치던 로렐 산트너를 막지 못했다.

얼마나 서둘렀으면, 평소 자신의 분신처럼 아끼던 스피어를 침대 위에 툭 던져 두고 나갔을까.

'대체 어떻게 해야 하나……'

찬란한 금색 머리카락을 귀 뒤로 넘기는 그의 우아한 손짓에, 창문 밖 나뭇가지에 걸터앉아 그를 주시하던 검은 비둘기 한 마리가 하늘로 푸드득 날아올랐다.

우수에 잠긴 눈동자로 이미 칠흑으로 물든 창밖을 한 번 흘긋거린 그는 다시 한 번 시선을 문 쪽으로 옮겼다.

웅성웅성거리는 오노르 기사단원들의 들뜬 음성이 가득한 복도에서는 그의 걱정스러운 마음과는 달리 즐거움이 가득하다.

정말 이를 어찌하면 좋지?

아무리 머리를 굴리고, 또 굴려도 뚜렷한 타개법이 떠오르지 않았다.

리우드 제국의 제국민이라면 누구나 배웠을 제국의 역사서나 교과서에서 황족을 증명하는 오른쪽 옆구리의 '반점'을 배웠을 터.

워낙 모양도 특이했던지라, 유리안이 입고 있는 옷을 모조리 벗어버린다면 그가 신분을 속여 오노르에 입단하게 되었다는 사실이 밝혀질 것이다.

즉, 자신의 정체를 밝혀 로렐 산트너에게 양해를 구하지 않는 한, 나신이 되어 욕탕으로 들어가자는 그의 제안을 거부할 방도가 없다는 소리.

젠장.

유리안 아이너 리우드는 오른쪽 옆구리를 슥슥 문지르며 미간을 좁혔다.

'아픈 척이라도 해야 하나?'

고심하던 그가 살짝 머리를 기울이자 실타래처럼 부드럽게 흩날리는 금빛 머리카락이 방 안을 밝히고 있던 촛불에 반사되어 빛났다.

심각하게 고민하던 그는 이내 곧 고개를 내저으며 생각을 바꿀 수밖에 없었다.

어떻게 그 병마를 떨쳐 냈는데.

단순한 연극일 뿐이라지만, 지긋지긋한 기침은 흉내라도 내고 싶지 않았다.

유리안은 후우우, 긴 호흡을 뱉어내며 고개를 절레절레 저었다.

차라리 자는 척을 해?

'무리.'

그의 또 다른 대안은 눈 한 번 깜빡이기도 전에 부정당했다.

함께 지낸 지 얼마 되지는 않았지만, 그가 지켜봐 온 로렐 산트너는 꽤나 불같은 성격에, 자신이 하고자 한 일은 반드시 실행하는 성격이었다.

하여 만일 유리안이 잠을 자는 척을 한다면 귀신같이 그것을 파악하여 그의 뺨을 때려서라도 자신을 깨우겠지.

로렐의 손바닥에 얼굴을 강타당하면…… 으으, 몹시 아플 것이다.

유리안은 온몸을 부르르 떨며 절망했다.

처음 시작은 아이반 밀드레드를 따라 들어온 것이었던 오노르에서의 삶이 자신도 의식하지 못하는 사이에 익숙해져 버린 지 오래.

모든 행동 하나하나에 집중하며, 지나치게 신경을 곤두세우던 황궁에서의 삶보다 훨씬 더 편안하고, 즐겁게 느껴지는 오노르에서의 시간이 조금 더 지속되었으면 했다.

그러기 위한 전제가 자신의 정체를 들키지 않는다는 것이었지만 지금은 그 비밀이 탄로 날 위기에 처해 있었다.

'그렇지!'

그럼에도 불구하고 천만다행인 것인지, 이 난감한 상황에 대면한 자신을 유일하게 도울 수 있는 이가 하나 있기는 했다.

그 이는 다름 아닌…….

'아이반!'

유리안 아이너 리우드는 갑자기 떠오른 생각에 환한 미소를 지으며 구석진 소파 자리를 차지하고 있던 갈색 머리의 사내를 향해 고개를 돌렸다.

비록 오전에는 갑작스럽게 실신을 하며 자신을 비롯한 일행들을 당황시켰지만, 현재는 체력을 회복해 기어코 온천 여행에 동행한 바로 그 사내.

갈색빛으로 물든 가발 속에 찬란한 은발을 숨기고 있는 유리안 아이너 리우드의 첫 번째 친구, 아이반 밀드레드라면!

　기사단 내에서도 제 정체를 알고 있는 유일한 자가 아니었던가!

　그런 아이반은 틀림없이 자신이 처한 이러한 상황을 타개할 방법을 마련해 줄 것이다!

　"없…… 어."

　응?

　"……있는데…… 없어…… 졌어. 생…… 졌어."

　어둠에 갇힌 유리안의 유일한 빛이나 다름없는 존재, 아이반 밀드레드.

　평소라면 자신의 부름에, 귀찮은 기색이 가득한 얼굴을 겨우 숨기면서 억지 미소를 지었을 아이반 밀드레드가 어딘가 이상하다.

　유리안은 소파에 앉은 채 고개를 숙이며 무어라 중얼거리고 있는 아이반의 기괴한 모습을 발견하고 멈칫했다.

　'아이…… 반?'

　살짝 벌어진 입술 사이로 뱉어내지 못한 단어가 입안을 맴돈다.

　유리안은 반쯤 넋을 놓은 채 여전히 고개를 숙이고 있는 아이반 밀드레드를 말없이 응시했다.

　'그러고 보니 아이반이 오늘, 조금 이상했지.'

　저보다 작은 체격의 소유자이기는 했지만, 언제나 한발 앞서 나가고 큰 산처럼 보이던 친우가 오늘 아침 식은땀을 흘릴 때부터 알아챘어야 했다.

　매일 검술 훈련에서 그 누구보다 성실히 훈련하며 땀을 흘리던 그의 친구가 창백하게 질린 얼굴로 쓰러지는 모습은 아직까지 잊히지 않았으니까.

「참, 유리. 아이반 저 녀석…… 한동안 건드리지 마. 상태가 정상은 아닌 것 같으니.」

문을 박차고 달려나가기 전, 저를 향해 충고랍시고 말을 툭 던지던 로렐 산트너의 음성이 뒤늦게 떠올랐다.

유리안은 로렐의 말대로 제정신은 아닌 것 같은 자신의 친우에게 다가가기 위해 침대 위에 걸터앉아 있던 자신의 몸을 일으켰다.

곧 닥쳐 올 자신의 위기도 위기지만, 그의 첫 번째 친우가 기운을 차리지 못하는 것이 걱정됐기 때문이다.

힘들 때 도움을 내미는 사람이 진정한 친구다.

자신도 그에게 그런 존재가 되었으면 했다.

"저기, 아이……."

"아아악!"

"……!"

도움이 될 수 있을지 모르겠지만, 대체 무슨 일인 건지 이야기나 들어보자 싶어 말을 걸려던 유리안은 돌연 머리채를 잡고선 괴음을 질러대는 아이반 밀드레드의 행동에 눈을 동그랗게 떴다.

"유리!"

아이반 밀드레드는 그를 향해 걸어가다 멈춰 버린 자신을 향해 홱 얼굴을 치켜들더니 갑자기 그를 불렀다.

유리안은 왠지 모르게 무시무시하게 느껴지는 그 시선에 움찔거렸다.

아이반 밀드레드의 붉은 입술이 움직였다.

"생겼다고요!"

"……뭐?"

"젠장할! 나한테 그게 생겼다고요! 믿어져요? 아아악! 믿어지세요,

유리?"

아이반 밀드레드는 영문을 알아들을 수 없는 소리를 늘어놓으며 유리 안을 향해 미친 듯이 외치다 다시 소파에 털썩 주저앉으며 중얼거렸다.

"생겨…… 버리다니…… 말도 안 돼."

한참이나 광분하며 소리를 내지르던 아이반 밀드레드가 절망이 느껴지는 음성으로 중얼거리는 것을 목격한 유리안은 그에게 다가가려 말고선 다시 침대에 사뿐히 엉덩이를 붙였다.

'일단 가만히 있자.'

그는 로렐 산트너의 충고를 따르기로 했다.

젠장.

머릿속이 엉망진창이 되어 견딜 수가 없다.

신경을 쓰지 않으려 해도 자꾸만 귓가에 맴도는 말들이 도통 사라지지 않는다.

빌어먹을.

적잖은 시간 동안 미간을 좁히고 있던 그는 결국 환기를 시키기 위해 자리에서 일어날 수밖에 없었다.

달칵—

닫혀 있던 창문을 열자 차가운 밤공기가 문틈 사이로 스며들어 온다.

가라앉은 푸른 눈동자를 창밖으로 던지는 그의 얼굴은 평소보다 더욱 그늘이 져 있었다.

오전부터 지금까지, 줄곧 그를 괴롭히던 어떤 생각이 뇌리를 벗어나지 않았던 까닭이다.

'말도 안 된다.'

그래.

그것은 정말이지 말이 되지 않는 이야기다.

백번 양보를 하여 신경이 쓰이는 것을 인정하더라도 '특별한 관심'이라니.

아주 웃기는군.

미르티스 라펠 윈스턴은 어느새 암흑으로 물들어 버린 창밖을 말없이 쳐다보고 서 있다 이내 손을 뻗었다.

쾅, 창문을 닫는 그의 손짓에는 일말의 주저함이라곤 느껴지지 않는다.

휙 몸을 돌린 후 다시 원래 앉아 있던 의자로 돌아온 그는 굳은 얼굴로 주위를 둘러보았다.

「같은 방을 써서인지 밀드레드에게 유독 신경을 쓰고 있군, 미티.」

오노르 기사단 본부에서와는 달리 1인실을 배정받은 라펠의 방 안에서는 그 여자의 흔적이 느껴지지 않는다.

'어쩌면 그런 이유 때문인지도.'

조금 더 깊게 생각해 보면, 이안 와이너의 말이 오히려 합당했다.

그 여자와 같은 방을 쓰다 보니 저도 모르게 신경을 쓰게 되었고, 이 기사단에서 그 여자의 정체를 알고 있는 자는 자신이 유일하니 더더욱 그랬겠지.

그러한 단순한 이유다.

'차라리 빨리 사라져 버리면 좋을 텐데.'

예상치 못한 곳에서, 예상하지 못한 상황으로 제 앞에 등장하여 지금

이 순간까지 자신을 괴롭히고 있는 로델린의 공작 영애가 하루라도 빨리 '기사'라는 직업에 흥미를 잃고 이곳을 떠나주었으면 하는 것이 라펠의 솔직한 바람이다.

제국의 안위를 살피기에도 모자란 시점, 철없는 일개 귀족 레이디의 뒷바라지를 언제까지 해야 하는 건지.

그의 스타일과는 전혀 거리가 먼 현 상황을 내일 아침이라도 벗어나고 싶었다.

똑똑—

"들어와."

굳은 얼굴로 마치 스스로에게 합리화라도 시키듯 그 여자에게 신경을 쓰고 있는 이유를 늘어놓던 라펠은 등 뒤에서 들려오는 노크 소리에 입술을 움직였다.

"형님!"

생글생글 웃으며 열린 문 사이로 고개를 빼꼼 내민 헨리 캐슬러가 하얀 이를 드러내며 그를 바라보고 있었다.

왠지 귀찮아질 것 같은 기분이 들었지만 그는 내색 않고 고개를 까딱였다.

"무슨 일이지?"

"미티 형님! 생각, 없으십니까?"

"생각?"

뜬금없이 무슨 소리야?

라펠은 영문을 알 수 없는 말을 뱉어낸 헨리 캐슬러를 황당한 시선으로 응시했다.

헨리 캐슬러는 가벼운 입술을 움직였다.

"지금 막 비었답니다!"

"비어?"

"예! 노천탕 말입니다! 입욕이요! 이 여관의 노천탕은 피로를 풀어주기로 아주 유명하지요. 어떠십니까? 함께 가시겠습니까? 참! 단장님은 가신답니다!"

침을 튀겨가며 제게 눈을 빛내고 있는 헨리 캐슬러는 이안 와이너까지 언급하며 라펠을 향해 함께 온천을 즐길 것을 요구하고 있었다.

라펠은 어떻게 해서든 저를 유혹하려 하는 헨리 캐슬러를 말없이 바라보았다.

'입욕…… 이라.'

본디 미르티스 라펠 윈스턴은 다른 이와 혼욕을 즐기지는 않는 편이다.

그것은 그 어느 곳에서도 경계를 늦추지 않는, 지나치게 신중한 그의 성격 때문이기도 했지만 황제의 비밀 임무를 수행하느라 발생한 온몸의 자잘한 상처들을 타인에게 보여주는 것이 꺼려졌기 때문이기도 했다.

"형니임."

"……."

"형니이임!"

하지만 지금 이 순간만큼은, 차라리 입욕을 하며 머리를 비우는 것이 더 나을 수 있다는 생각이 든다.

'그 순간만큼은 그 여자 생각을 하지 않겠지.'

라펠은 말까지 늘어뜨리며 저를 불러대는 헨리를 내려다보다 고개를 절레절레 저으며 중얼거렸다.

"안내해."

못 이기는 척 결국 방을 나서는 라펠의 행동에 헨리 캐슬러가 쾌재를 부르짖은 것은 당연한 일이다.

"미티. 자네도 가는 건가?"

온천으로 향하는 길에서 헨리 캐슬러를 기다리고 있던 이안 와이너가 무표정한 얼굴로 걸어오는 라펠을 발견하고선 의미심장한 미소를 지었다.

라펠은 대답 대신 어깨를 으쓱이는 걸로 답했다.

"참! 그 녀석들, 도착했답니다."

무엇이 그리 좋은지, 룰루랄라 콧노래까지 불러가며 다리를 뻗어 나가던 헨리 캐슬러가 무언가 생각난 듯 손뼉을 치며 외쳤다.

"그 녀석?"

"밀드레드 일행 말입니다. 짐 풀고 휴식 중이라던데요?"

……그 여자가 기어코.

그 여자의 생각을 하지 않기 위해 향하는 노천탕의 길목에서 라펠은 또다시 그 여자의 소식을 듣게 되었다.

자연스레 얼굴이 굳어졌다.

쯧, 혀를 찰 뻔했던 라펠이 인상을 쓰자 헨리가 의아한 표정을 지었지만 그는 얼른 고개를 돌림으로써 상황을 무마시켰다.

실신을 한 몸으로 여기까지 오다니.

차라리 그냥 본부에 머무르고 있으면 좋았을 텐데 말이지.

「다행스럽게도 제게 좋은 방법이 있으니 앞서 말씀드렸던 것처럼 걱정하지 않으셔도 됩니다.」

싱긋 웃으며 자신만만하게 말을 늘어놓던 로델린의 공작 영애의 당당한 모습이 문득 눈앞을 스친다.

많은 이들 앞에서 자신의 알몸을 드러내야 하는 이 난관을 어떻게 극복할지, 그는 전혀 감이 잡히지 않았건만.

가진 것이라곤 자신감뿐인 귀족 레이디가 대체 무슨 방도로 온천 합숙에서 정체를 들키지 않겠다는 건지.

'어디 한번 두고 보지.'

미르티스 라펠 윈스턴은 상기된 표정으로 앞서 걸어 나가는 두 남자의 뒤를 천천히 이으며 코웃음을 흘렸다.

「하지만 나는 결코 그대에게 가짜는 주지 않았어.」

미간을 살짝 좁히며, 저를 믿어주지 않는 그녀를 향해 토라진 듯 말하던 명계의 제왕, 염라의 굵은 음성이 머리를 울렸다.

문득 이 말이 떠오른 것은, 아니, 현실을 직시한 후 이 말만이 귓가에 맴도는 이유는 오직 단 하나.

그녀의 신체가 놀라울 정도로 달라졌기 때문이다.

「걱정하지 않아도 된다. 눈을 뜨면, 그대가 원하는 일이 벌어질 테니.」

염라.

그는 자신이 한 번 내뱉은 말은 무슨 일이 있어도 확실히 지키는 존재였다. 의심해서 미안해요, 아저씨.

슥슥—

흔적조차 느껴지지 않는 푹 꺼진 산은 도통 떠오를 생각을 하지 않는다.

목과 허리 사이를 몇 번이나 문질러 봐도 이미 없어진 그것이 다시 생기는 일은 만무하다.

정말 감쪽같다 싶을 정도로 사라져 버린 두 개의 언덕의 빈자리가 공허하게 느껴지는 까닭은, 아마도 가슴팍을 감고 있던 붕대를 더 이상 사용하지 않아도 된다는 이유에서다.

이제 와 굳이 따져 보자면, 그녀는 지난 네 번의 삶에서 신체의 특정 부위로 인해 고민을 한 적은 없었다.

비록 주어진 생명이 다른 이들에 비해 눈에 띄게 짧기는 했지만 신체에는 만족하며 살아왔다.

물론 이번 빙의 후, 잠시 좌절을 맛본 것은 사실이나 각고의 노력 끝에 원하던 몸을 만들지 않았던가?

그랬기에 지금과 같은 상황이 낯설다 못해 당혹스럽다.

다행스러운 사실은 앞으로 하루가 지나면, 아니, 이제 반나절만 더 흐르면 흔적도 없이 꺼졌던 산이 다시 솟아날 것을 알고 있기는 했지만 도통 지금 이 모습이 적응되지 않는 건 부정할 수 없는 사실이다.

상황을 인지한 루키나가 넋을 놓아버린 것은 순식간에 사라져 버린 두 개의 산이 바로 첫 번째 이유였고, 두 번째는—

'……하아.'

루키나 이베타 로델린.

리우드 제국의 4대 공작가인 로델린 공작가의 하나밖에 없는 '영애'인 그녀의 두 다리 사이엔, 뭇 영애들이 가지고 있다고 보기에는 어려운 '무언가'가 묵직하게 자리 잡고 있었다.

다리를 앞으로 뻗을 때마다 느껴지는 바로 그 감촉은 그녀의 심장이 정신없이 뛰는 데 한몫을 하고 있다.

'물론! 남자가 되기 위해 그 약을 먹기는 했지만…….'

이렇게 감당하기 힘들 정도로 큰 물건을 달라고 한 적은 없잖아요!

눈앞에 염라가 있다면 일 초의 주저 없이 그를 향해 달려들어 멱살을 흔들었을 것이 분명하다.

루키나는 이를 부드득 갈며 몸을 떨었다.

「원래 그렇게 컸나?」

유리안이 마차에서 내려 제게 뱉어냈던 바로 그 말이, 키를 의미하는 것이 아님을 깨달은 것은 비로소 신체의 변화를 인지하게 된 시점이었다.

빌어먹을. 차마 아래로 시선을 옮기기도 힘들어 그녀는 입술만 파르르 떨었다.

'진정하자. 진정해라, 루키나.'

후우, 후우.

가빠오는 심장박동으로 인해 숨결이 흐트러지자 그녀는 크게 입을 벌리며 심호흡을 했다.

그렇다고 해서 쉽게 마음이 진정되는 것은 아니었지만 일단 시도라도 해봐야지.

그녀, 아니, 이제는 신체적으로 완벽하게 성인 남성이 된 루키나는 묵직한 앞섶의 흔적을 느끼며 속으로 중얼거렸다.

'이건 단순한 기둥일 뿐이야. 그냥 징표일 뿐이라고. 신경 쓸 필요 없어. 생각할 필요 없어.'

말 그대로다.

이것은 앞으로 반나절 뒤, 흔적도 없이 사라질 남성의 상징일 뿐, 그 이상, 그 이하도 아니었다.

아이반 밀드레드가 사실은 여성이었다는 것을 들키지 않기 위해 위장하기 위한 수단일 뿐.

게다가 이런 건 오래전 해부학 실습 때 숱하게 봤던 것들이 아닌가?

그래. 별거 아니다.

정말 별거 아니야.

물론 살아 있는 사람 걸 본 적은 없지만, 어차피 산 사람이나 죽은 사람이나 생긴 건 똑같잖아?

그냥 신체의 부위일 뿐이야.

의식하지 말자. 의식하지 마.

그러면 되는…… 젠장!

'너 대체 언제까지 서 있을 건데!'

루키나는 애써 시선을 두지 않으려던 다리 아래로 고개를 숙이며 결국 속으로 외쳤다.

위풍당당 그 자체.

루키나는 자신의 다리 사이에서 부담스러울 정도로 자신의 존재감을 뿜어내고 있는 '그것'을 내려다보며 얼굴을 일그러뜨릴 수밖에 없었다.

"이봐, 아이반. 아직도 멀었어? 빨리 안 들어오면 또 다른 녀석들이 올 거라고!"

아아.

"어? 어어. 조, 조금만 기다려……."

젠장.

젠장하알!

노천탕 쪽에선 이미 샤워를 마치고 탕 안에 들어가 몸을 풀고 있는 로렐의 음성이 들려오는 중.

재촉하는 그에게 이제 더 이상 변명할 거리도 생각나지 않는다.

잠시 넋을 놓은 사이 언제 여기까지 온 건지도 모르겠다.

정신을 차려보니 그녀는 로렐, 그리고 유리안과 함께 남성 전용 탈의실에 발을 내딛은 상태였다.

한 가지 다행스러운 점은, 이미 먼저 도착한 기사단원들이 목욕을 마치고 각자의 숙소로 돌아가 저 넓은 탕을 루키나 일행이 전용으로 사용할 수 있다는 것이었지만…….

'빌어먹을!'

다른 단원들이 없다는 이야기를 듣자마자 허리를, 특히 오른쪽 옆구리 근처를 수건으로 칭칭 감으며 로렐보다 한발 앞서 탕으로 뛰어간 유리안과 그의 뒤를 따른 로렐의 눈을 속이기는 힘들 것이다.

탈의실 의자에 앉아 있던 루키나는 나신을 가리고 있던 목욕 가운만을 동아줄처럼 붙잡으며 한숨만 내쉬었다.

'제발 좀 진정해라, 진정해.'

대체 이걸 가라앉히려면 어떻게 해야 하지?

억지로 솟아버린 기둥을 아래로 내리려 눌러보아도 다시 떠오르는 것은 막지 못했다.

마음을 진정시키는 문구들이나 에드문드의 검법을 떠올려 보아도 끓어오른 열기는 도통 식지 않는다.

무언가가 벌떡 선 상태로 그들이 있는 욕탕으로 걸어가는 것이 왠지 모르게 부끄럽다.

화끈 달아오른 얼굴과 들끓는 이 열기를 가라앉힌 뒤 욕탕으로 들어가기 위해, 애꿎은 다리 사이만 노려보던 그녀는 탈의실 입구 쪽에서 들려오는 누군가의 음성에 움찔거렸다.

"정말 아무도 없다고? 사실이냐, 헨리?"

"하하, 제 말 못 믿으시는 겁니까? 예. 틀림없습니다! 녀석들이 모조리 나가는 거 확인했으니 걱정 말고 들어오시죠, 단장님!"

……어?

'자, 잠깐. 이 목소리는……!'

불길한 예감이 머리를 스친다.

머릿속을 미친 듯이 울리는 사이렌 소리에 루키나는 반사적으로 몸을 일으켰다.

피해야 해.

얼른 피해야…….

불길한 예감은 언제나 들어맞기 마련.

루키나는 탈의실 입구 쪽에서 들려오는 소리에 주위를 두리번거렸다.

온천으로 인해 발생한 뿌연 수증기가 노천탕으로 향하는 가리개 사이로 스며들어 온다.

방법은 저기뿐이다. 진정이고 뭐고, 저들을 피해 얼른 저 탕으로 뛰어들어야 했다.

루키나는 입고 있던 목욕 가운을 얼른 벗어 던진 채 제 옆에 놓여 있던 커다란 타월을 몸에 둘렀다.

챠르륵—

"어라?"

대충 몸을 가린 루키나 이베타 로델린이 노천탕으로 향하는 가리개를 걷으며 발을 한 발 내미는 것과 대화를 나누던 누군가의 일행이 탈의실 안으로 발을 내딛는 것은 거의 동시에 일어났다.

루키나는 등 뒤에서 들려오는 의아한 음성에 자동적으로 몸을 멈출 수밖에 없었다.

"밀드레드 아냐?"

헨리 캐슬러였던가?

오노르 기사단의 3기 단원인 그녀의 선배가 뒷모습만으로도 자신을 알아보고선 부르는 말이 들려왔다.

'망할! 딱 한 발만 더 뻗으면 됐는데!'

루키나는 눈앞이 아찔해지는 것을 느끼며 이를 악물었다.

빌어먹을. 고지가 코앞이었건만, 그들을 피하지 못하다니.

'하지만…… 괜찮아.'

걱정할 것은 없다.

이미 그녀는 겉으로 보기에는 완벽한 남성이 된 상황.

비록 내일 아침이면 다시 원래의 몸으로 돌아가겠지만, 지금은 그 누구도 자신의 성별을 의심할 수 없을 것이다.

그것도 그럴 것이 다리 사이의 그것은 아직까지도 제 존재감을 드러내고 있었으니까.

루키나는 깊게 심호흡을 한 뒤, 몸을 돌렸다.

"오셨습니까, 선배님. 아! 단장님."

싱긋―

아무렇지 않은 척, 눈웃음까지 지어가며 인사를 하는 루키나의 행동에 헨리 캐슬러와 그의 뒤를 이어 들어오던 이안 와이너가 고개를 까딱였다.

"오전에 작은 사고가 있었다던데. 괜찮은 건가, 밀드레드 경?"

"예. 별거 아니었습니다. 걱정해 주셔서 감사합니다, 단장님."

"별거 아니라니 다행이야. 다 같이 피로를 풀어야 하는데 경이 빠지면 섭섭하지. 헌데, 경도 입욕을 하러 왔나? 어이, 헨리."

"이, 이상하네. 분명 다 빠져나가는 걸 확인했는데…… 하하."

뒷머리를 긁적이며 딴청을 피우는 헨리 캐슬러를 향해 쯧, 혀를 차던 이안 와이너는 돌연 입고 있던 옷을 훌훌 벗기 시작했다.

'윽!'

조금 전, 유리안과 로렐의 경우에서도 그랬었지만 그들이 탈의를 하는 모습을 보면서 왠지 모르게 다리 사이가 부풀어 오르는 것을 주체할 수 없었던 루키나는 얼른 몸을 돌렸다.

"응? 뭐 하나, 밀드레드 경?"

"예?"

"아니. 왜 뒤를 돌고 있어? 같은 남자끼리."

"……!"

두근두근.

심장이 미친 듯이 벌렁거린다.

아니오, 단장님. 사실 같은 남자가 아니라서 말이죠— 라는 말이 입안을 맴돌았지만 루키나는 차마 그 말을 뱉어내지 못했다.

"하하, 부끄러움이라도 타는 건가?"

"어이, 밀드레드. 괜히 나까지 화끈거리게 왜 그래? 훈련하면서 많이 봤잖아?"

헨리 캐슬러가 커다란 타월로 몸을 감싼 채 뒤를 돌아 있는 루키나에게 의아한 음성을 흘렸다.

루키나는 눈을 질끈 감았다.

'그건 이 빌어먹을 물건이 안 달려 있을 때고요, 선배님!'

그러나 이 말 역시, 입 밖으로 흘러나오지 않는다.

"밀드레드 경?"

"밀드레드!"

"어, 저기, 그러고 보니 숙소에 아주 중요한 걸 두고 왔습니다! 맞습니다. 목욕을 하기 위해선 그걸 가져왔어야 했는데. 자, 잠깐…… 다녀오겠습니다!"

"뭐? 그 꼴로?"

안 되겠다.

이러다가는 저들에게 이 흉측한 물건을 본의 아니게 자랑하게 될지도 모른다.

철저한 위장을 하기 위해 잠깐 동안 남성이 된 건 사실이지만 앞으로 반나절 후 사라져 버릴 물건으로 인해 오해를 받는 것은 죽어도 싫다.

루키나는 영문을 몰라 하는 두 남자에게 어색하게 웃으며 손을 휘휘 내저었다.

"머, 먼저들 들어가십시오! 먼저들 들어……!"

쿵.

획 몸을 돌려 그들에게 노천탕으로 들어가라며 손짓한 후, 자신은 일부러 탈의실 쪽으로 걸어가던 루키나는 미간을 찌푸리고 있는 두 남자를 신경 쓰느라 뒤늦게 들어오던 또 다른 이를 놓쳐 버렸다.

스르륵—

누군가의 딱딱한 몸과 그녀의 몸이 부딪친 것은 순식간에 일어났다.

"괜찮……!"

인기척을 알아차리지 못해 엉덩방아를 찧은 루키나가 자신의 몸을 가리던 타월의 매듭이 풀렸다는 것을 의식할 사이도 없이 고개를 들어 올리자, 시야로 들어온 얼굴은 꽤 낯이 익었다.

"아. 괜찮습니다. 저는 괜찮—"

어?

그의 요동치는 벽안이 제 눈이 아닌 아래로 향하고 있다는 것을 깨달은 루키나는 무의식적으로 고개를 아래로 내렸다.

"아?"

"하하하하!"

뿌연 증기가 모락모락 피어오르고 있는 한 노천탕.

남성 전용 노천탕이라는 팻말까지 붙어 있는 이 노천탕에는 늦은 시각임에도 불구하고 여섯 명의 남성, 아니, 정확히 말해서는 다섯 명의 남성과 반나절 '남성'이 된 루키나 이베타 로델린이 부글부글 끓는 온천의 열기를 느끼고 있었다.

"오노르의 단장이 된 후, 숱한 단원들을 맞이했지만…… 밀드레드 경. 경보다 건강한 단원은 본 적이 없네. 아하하하!"

그중 호탕한 웃음소리를 흘리고 있는 이는 대외적으로 오노르 기사단의 단장이라 알려진 이안 와이너.

사자의 갈기와 같은 풍성한 갈색 머리카락을 한데 묶은 그는 오밀조밀 자리를 잡은 다른 사내들과는 달리, 유독 멀리 떨어져 있는 누군가를 주시하며 하얀 이를 드러낸 채 웃음을 흘리는 중이다.

'젠장. 젠장. 젠장할!'

루키나는 '컸지?'라고 말하며 근처에 자리 잡은 헨리 캐슬러에게 속삭이는 이안 와이너의 목소리를 들으며 얼굴을 붉혔다.

아찔하기 그지없는 방금 전 상황이 문득 눈앞을 스쳐 지나갔다.

「이게…….」

자신의 뇌리뿐 아니라 당시 탈의실에 있었던 세 명의 남성들의 뇌리에서 지워 버리고 싶은 바로 그 일은, 그녀가 풀려 버린 타월의 매듭을 자각하지 못한 채 '그'와 부딪치게 되면서 발생했다.

두근두근—

폭풍을 만난 파도처럼 거세게 요동치던 푸른 눈동자는 정확히 루키나의 다리 사이를 향했다.

평소 무표정의 대가라 불리는 무정한 흑발의 사내가 그렇게 많은 감정을 담아내는 것을, 루키나는 처음 발견했다.

그녀의, 아니, 신체적으로는 그라 불러도 무방했던 루키나의 목 근처가 뜨끈해진 것은 부정할 수 없는 상황.

워낙 순식간에 일어난 일로 인해 타월로 중요 부위를 가릴 생각도 하지 못했던 그녀는 그의 시선이 너무도 노골적으로 자신의 다리 사이를, 그것도 용솟음치는 다리 사이를 향해 있자 그만 이성이 뚝 끊어짐을 느꼈다.

「지금…… 지금…… 내가 대체…… 뭘…… 대체…….」

「아! 라, 라펠 경 아니십니까!」

냉랭한 평상시 모습과는 확연히 차이가 나는 그의 붉은 입술이 충격을 견디지 못하고 파르르 떨리는 것을 목격하고 나서야 루키나는 제정신을 차렸다.

그녀는 아주 자연스럽게 옆으로 흩어진 커다란 타월을 들어 올리며 몸을 감쌌다.

휘릭 하는 바람 소리와 함께 잠시 나신의 상태가 되었던 몸이 완벽하게 타월에 가려졌지만, 충격에 휩싸인 남자의 정신은 되돌아올 생각을 않고 있었다.

루키나 이베타 로델린은 미친 듯이 뛰는 심장과 그에 못지않게 우람한 자태를 빛내고 있는 불룩한 앞섶을 가라앉히지 못한 채 빙긋 웃음을 그릴 수밖에 없었다.

「하하! 본의 아니게 경계 추태를 보였군요. 송구스럽습니다. 흠흠.」

「…….」

「그럼, 먼저 들어가 보겠습니다.」

입을 벌리고 있는 라펠에게 고개를 까딱인 채 루키나는 몸을 돌렸다.

터벅터벅.

노천탕의 길목에 서 있는 이안 와이너와 헨리 캐슬러가 도통 주체하지 못하는 자신의 다리 사이를 흘긋거리며 호오, 묘한 코웃음 소리를 흘리는 게 들려왔지만 루키나는 태연하게 걸어갔다.

그리고 챠르륵, 노천탕을 가리고 있던 발을 걷어내며 뿌연 증기가 가득한 그곳으로 몸을 숨겼다.

「밖에 무슨 일 있냐? 소란스럽던데.」

—하고 묻는 로렐 산트너의 물음에 대꾸하지 않은 그녀는 로렐과 더불어 의아해하는 유리안을 한번 흘겨본 뒤 말없이 탕 안으로 몸을 담갔다— 라는 것이 몇 분 전의 상황이다.

쿵쿵쿵쿵.

고요하던 심장의 박동은 이미 오래전, 제어가 불가능해졌다.

가빠오는 숨은 약의 효력 때문인지, 아니면 자신의 허벅지 사이를 뚫어지게 응시했던 그 남자의 시선 때문인지 가늠하기 힘들어졌다.

의도한 것은 아니었지만 헨리 캐슬러와 이안 와이너 앞에서 자신이 '남성'이라는 것을 증명하게 되어버렸던지라, 앞으로 자신의 성별에 대한 논란이 수그러들기는 하겠으나…….

'망할. 죽고 싶다.'

굵고 길게 살고 싶다던 인생의 모토마저 저버리고 싶을 만큼, 루키나는 차마 들 수 없는 고개를 아래로 푹 숙이며 속으로 중얼거렸다.

'왜 하필 거기 서 있었냐고!'

그 순간, 우뚝 서 있던 것은 비단 그녀의 다리 사이의 '그것' 뿐만이 아니었다.

정말 빌어먹을 타이밍이 아닐 수 없었다.

굳이 따지자면, 라펠과 눈이 마주치자 순간적으로 당황하여 스르륵 내려가는 타월을 제때 붙잡지 못한 그녀에게도 어느 정도 실수가 있기는 했다.

하지만 그 자리에 우두커니 서 있던 라펠 역시 이번 일이 일어나게끔 만든 원흉이었다는 사실은 피할 수 없겠지.

루키나는 부드득부드득 이를 갈며 눈을 질끈 감았다.

'오해…… 하지는 않겠지?'

여인의 몸으로 남성만이 가능한 '기사'의 작위를 얻게 된 여자.

그것만으로도 충분히 제국을 뒤흔들고도 남을 커다란 스캔들이건만.

제국의 4대 공작 중 한 명인 에드문드 로델린의 하나뿐인 외동딸로 알려져 있는 영애에게 흉측한 물건이 달려 있었다는 이야기가 새어 나간다면…….

실은 영애가 아니라 영식이 여장을 하고 있었다는, 말도 안 되는 소문이 퍼지게 된다면……!

'에이, 설마. 그런 생각까지 하겠어? 미스터 라펠은 내가 드레스 입은 모습도 봤었잖아.'

루키나는 설마하니 윈스턴 공작이 그런 생각까지 할까 싶어 헛웃음을 삼키며 고개를 휘휘 저었다.

「적어도 제가 오노르에 머무르는 동안 당신은 저를 로델린의 공녀가 아닌 기사, 밀드레드로 취급해 주셨으면 한다는 것이요.」

어라?

「당신이 계속해서 저를 기사가 아닌 레이디로 취급한다면 말이죠.」

어어?

「이곳에서만큼은 레이디가 아닌 기사로 지내고 싶습니다.」

나, 뭔가, 오해할 만한 떡밥들을…… 뿌렸던 건가?

머릿속이 새하얗게 물든다. 불현듯 머리를 스쳐 지나가는 과거의 발언들이 현재 상황과 겹쳐져 엄청난 오해를 낳을 수 있다는 사실을 자각했기 때문이다.

루키나는 뜨거운 온천물에 얼굴을 담그다 말고 번쩍, 고개를 들었다.

“……!”

허공에서 조우하게 된 그 남자의 푸른 눈동자가 자신의 녹안을 발견하자마자 거세게 일렁이는 게 보인다.

루키나는 결심한 듯 엉덩이를 살짝 들었다. 부력에 의해 크게 힘을 주지 않아도 몸을 일으킬 수 있을 정도였다.

“저…….”

“으악!”

“뭐, 뭐야 이거?”

루키나 이베타 로델린이 심각한 표정을 지으며 저를 주시하고 있던 미르티스 라펠 윈스턴을 향해 다가가려던 시점.

하늘이 도왔던 건지, 여섯 사람이 입욕해 있던 욕탕의 증기가 솟구치기 시작했다.

"……!"

당황한 이안 와이너 등이 웅성거리는 사이 루키나는 저와 정확히 여섯 걸음 떨어져 있던 라펠에게 다가가 그의 손목을 덥석 잡고선, 마침 보이는 욕탕 밖의 바위 뒤로 데려갔다.

'하아, 하아.'

루키나는 가쁜 숨을 몰아쉬며 자신을 황당하게 응시하는 라펠에게 조용히 하라는 의미에서 검지를 입술 위로 가져다 댔다.

"후우, 깜짝 놀랐네. 갑자기 증기가…… 어? 다들…… 어디 갔어?"

"예? 그게 무슨…… 어라, 미티 형님이 안 보이시는데요?"

"그러게요. 그리고 보니 밀드레드도 없어졌습니다!"

두근두근, 심장이 울리는 것과 동시에 여전히 주체하지 못하는 다리 사이의 그것이 용솟음치는 것이 느껴진다.

루키나는 애써 그 느낌을 무시하고선 바위 뒤에서 더욱 몸을 웅크렸다.

"문제가 있는 줄 알고 나간 건가?"

"흐음. 그럼 우리도 나가볼까요?"

"들어온 지 얼마 안 됐는데……."

"하하. 아쉽겠지만 기회가 이것뿐만은 아니지 않겠나. 시간도 늦고 했으니, 내일 일정을 위해서 이쯤에서 끝내는 것도 나쁘지 않지."

"그렇게 하겠습니다, 단장님!"

"산트너 경?"

"아, 예. 저도 뭐……."

후우.

껄껄 웃는 이안 와이너의 주도로 인해 탕 안에 남아 있던 남자들이 탈의실 쪽으로 향하자 루키나는 긴 숨을 뱉어냈다.

'다들 나간 건가?'

그녀는 웅성거리던 발걸음 소리가 더 이상 들려오지 않을 때까지 움직이지 않고 있다 겨우 고개를 돌렸다.

나간 것 같네.

몇 분간 숨을 죽이고 있었던 결과, 지금은 다행스럽게도 탈의실 쪽에서 대화 소리가 들려오지 않았다. 루키나는 안심하며 고개를 돌리려 했다.

"헉!"

"……."

이제 제대로 된 대화를 할 수 있겠어, 생각하며 그를 쳐다보려던 루키나는 시선을 옮기자마자 자신을 빤히 바라보고 있는 그의 벽안과 마주쳤다.

무심코 뱉어낸 숨소리에 라펠의 미간이 살짝 좁아졌지만 그뿐. 분명 조금 전까지도 넋을 놓고 있던 미르티스 라펠 윈스턴은 그의 강렬한 시선에 하하— 어색한 웃음을 흘리고 있는 루키나의 눈이 아닌, 타월로 가렸음에도 불구하고 여전히 불룩한 그녀의 다리 사이를 주시하며 입술을 움직였다.

"레이…… 미, 밀드레드 경."

어이.

왜 레이디라 말하려다 말아.

보통 때라면 밀드레드 경이라 불러주지 않는다고 화를 냈을 루키나는 목구멍까지 차오른 말을 차마 내뱉지 못했다.

제국의 팬텀 공작은 침을 한 번 삼킨 뒤 말을 이었다.

"경은…… 경은 설마……. 설마, 혹시……."

"잠깐!"

"······!"

루키나는 파르르 떨리는 그의 기다란 속눈썹을 주시하다 번쩍 손을 들어 올리며 싱긋 웃었다.

그러고는 눈을 크게 뜨는 라펠에게 소리를 뱉어냈다.

"라펠 경. 제가······ 제가 전부 다 설명해 드릴 테니······ 아주 사소한 저의 부탁 한 가지만 들어주시겠습니까?"

"······부탁?"

루키나는 탐탁잖아 하는 기색이 역력하지만 어쩔 수 없이 되묻는 라펠에게 어색한 미소를 흘렸다.

"혹시······ 혹시 말입니다. 이거······ 어떻게 가라앉히는지 아십니까?"

모락모락 피어나는 증기의 방울 소리가 노천탕에서 들려올 동안, 루키나 로델린은 미르티스 라펠 윈스턴과 자신을 둘러싼 주변의 공기가 팽팽하게 당겨진 실과 같다는 사실을 인지했다.

긴장감이 맴도는 분위기.

라펠의 주도로 이루어진 침묵은 침을 꼴깍 삼키고 있는 루키나의 입마저 다물어지게 만들었다.

무슨 생각을 하고 있는 걸까?

제게 시선을 고정시킨 채 입을 굳게 다물고 있는 라펠의 속을 읽을 수 없어 심장이 쿵쾅거렸다.

후우우.

귓가를 간질이는 얕은 호흡 소리가 조금씩 커져 가기 시작할 바로 그 무렵. 형용할 수 없는 표정과 함께 루키나를 응시하던 라펠의 붉은 입술이 반응을 보였다. 고요를 깨뜨리는 그의 행동에 루키나의 눈이 동그래졌다.

"방금 그 말. 내게…… 한 소린가?"

거세게 흔들리는 벽안의 눈동자가 루키나에게 닿았다.

현실을 인정하고 싶지 않았는지, 음성에서 부정하고 싶어하는 기색마저 느껴졌다. 평소엔 표정 변화가 없던 그의 얼굴이 처참하게 일그러진 것은 이미 오래전의 일. 루키나는 파르르 떨리는 입술과 속눈썹이 기막힌 조화를 이룬다고 생각했다.

마지막으로 그녀를 가장 놀라게 만들었던 것은, 제가 잘못 본 건지 모르겠지만 라펠의 목덜미가 몹시 붉어져 있었다는 사실이다.

미르티스 라펠 윈스턴의 냉랭한 얼굴이 붉으락푸르락해지는 것을 똑똑히 목격하게 된 루키나는 힘차게 고개를 끄덕였다.

당신도 몹시 당황스럽겠지만, 어쩔 수 없지. 일단 이 상황을 타개하는 게 우선이다.

"예. 도와주실 수…… 있으시죠?"

흘긋.

눈을 아래로 살짝 내리깔았다 다시 올리며 물음을 던지자 라펠의 미간이 좁아졌다.

루키나는 해답을 알고 있는 그가 주저하고 있음을 깨달았다.

이러고 있을 시간이 없다.

루키나는 그를 향해 손을 뻗었다.

"라펠 경!"

덥석. 일말의 거리낌 없이 그의 손을 부여잡은 루키나의 행동에 라펠의 벽안이 요동쳤다.

루키나는 멈추지 않았다.

"방법이 있으시다면, 제발 부탁드립니다. 저 좀 도와주세요! 예?"

"가, 가깝……."

"잘 아실 거 아니에요!"

"……!"

당신도 남자라면!

바위 뒤에 몸을 숨긴 두 사람의 거리는 서로의 숨결이 오롯이 느껴질 만큼 가까웠다.

그 사실을 아직 제대로 인지하지 못한 루키나의 간절한 마음과는 달리 전혀 예상하지 못했던 상황에 대면한 라펠의 입술은 벌어진 채 다물어질 줄 몰랐다.

루키나는 간절함을 가득 담아 외쳤다.

"이 빌어먹을 물건을 식히는 방법 좀 알려주세요. 네?!"

두 남녀.

아니. 정확히 말해서는 신체적으로 완벽한 두 남자로 보이는 사내들은 노천탕의 바위 뒤에 숨은 채 불꽃이 튀기는 시선을 교환하고 있었다.

아무것도 모르는 이들이라면 충분히 오해를 살 법한 기묘한 모습. 그리고 그 주인공 중 한 명이, 리우드 제국 내에서도 무감정의 대가라 불리는 미르티스 라펠 윈스턴이라는 것을 알게 된다면 무슨 일이 벌어질까.

루키나는 절박한 심정으로 라펠의 요동치는 두 눈에서 시선을 떼지 않았다.

아니, 오직 눈만 바라보고 있어야 했다.

이유는 간단하다.

만약 그녀가 지금 이 상태에서 시선을 아주 조금이라도 아래로 내리면…….

"……!"

망할!

조금만 움직여도 살결이 닿을 만큼 가까운 거리.

하필이면 루키나도, 그리고 라펠도 커다란 타월로 몸을 겨우 가리고 있었던 상황이었다.

그러한 긴박한 상태에서 그의 손을 덥석 잡고 있으니…….

"밀드…… 레드 경."

저절로 반응할 수밖에.

아주 잠깐. 정말 짧은 시간 동안 라펠의 눈을 향하고 있던 자신의 시선을 아래로 내리자 꼿꼿하게 솟아 있던 그 빌어먹을 물건이 미친 듯이 요동쳤다.

지척의 거리에서 그녀와 대화 아닌 대화를 나누고 있던 미스터 라펠이 그 반응을 느낀 것은 자연스러운 일이었다.

루키나는 얼굴을 일그러뜨리며 제 가명을 불러대는 라펠에게 어색하게 웃음을 흘렸다.

"경께서도 보셔서 아시겠지만…… 만일 제가 이대로 밖으로 나갔다가는, 남들 눈에 변태로 찍힐 게 분명하지 않겠습니까?"

"……."

일부러 다리 사이를 가리키는 루키나의 손짓에 움찔하던 라펠은 대답하지 않았다. 긍정의 의미다.

루키나는 최대한 울상을 지으며 중얼거렸다.

"사람 하나 살리는 셈 치고, 부탁드립니다. 대체 이거…… 어떻게 하면 가라앉습니까? 예?"

눈물을 살짝 머금으며 말을 잇는 그녀의 질문에 루키나를 빤히 바라보며 쭈그리고 앉아 있던 거구의 사내가 눈썹을 꿈틀거렸다.

도통 방법을 모르겠다며 고개를 절레절레 젓는 자신의 처량한 모습을 보게 된다면 그 역시 흔들리겠지.

루키나는 그의 대답을 기다리며 처연한 표정을 지었다.

"그건……."

한동안 아무 말도 하지 않고, 제 안의 혼돈과 열띤 사투를 벌이던 남자의 붉은 입술이 꽤 오랜 시간이 지난 끝에 열렸다.

루키나는 번쩍 고개를 들었다.

방법이 있기는 한 건가?

"그건 뭔데요? 뭡니까!"

희망에 잔뜩 부풀어 오른 루키나의 시선에 라펠은 인상을 썼다.

'어라?

루키나는 그의 귓불이 약간은 붉어져 있음을 눈치챘지만 굳이 언급하지는 않았다. 대신 그가 부담스러워할 정도의 강렬한 시선을 쏘아대며 답변을 기다렸다.

그녀의 뜨거운 눈빛을 피하지 못한 미르티스 라펠 윈스턴은 곧 입술을 달싹였다.

"라펠 경."

루키나는 심통 난 음성을 흘렸다.

그녀와 약간 거리를 둔 채 굳은 얼굴을 하고 있던 미르티스 라펠 윈스턴의 푸른 눈동자가 말없이 그녀를 향했다.

"라펠 경!"

"듣고 있다, 레…… 밀드레드 경."

무심코 흘러나오려던 레이디라는 단어를 또다시 삼켜 버린 후, 딱딱하기 그지없는 밀드레드라는 단어를 뱉어낸 라펠은 그녀를 쳐다보고 있지 않았다.

그는 탈의실에서 루키나의 새로운 신체 부위를 똑똑히 목격한 뒤, 그리고 바위 뒤에서 그것의 반응이 수그러들지 않는다는 것을 확인한 뒤, 그녀에게 도통 경계의 태세를 풀지 않고 일정한 거리를 두고 있었다.

안 잡아먹어, 이 작자야.

루키나는 노골적으로 제 시선을 피하고 있는 그를 뾰로퉁한 얼굴로 응시했다.

"이거 정말 효과 있습니까?"

그녀에게서 등을 돌리고 있던 미르티스 라펠 윈스턴의 어깨가 움찔거렸다.

루키나는 가늘게 뜬 눈으로 그의 등을 주시하며 말을 이었다.

"아니. 제가 경을 믿지 못하는 건 아니지만……."

"그럼 믿고 따르도록 해."

라펠은 여전히 등을 돌린 상태에서 퉁명스레 대꾸했다.

루키나의 얼굴이 구겨졌다.

"지금 이 상황에서 그걸 풀어줄 수는 없지 않나."

"풀어주다뇨?"

"……!"

"풀어준다는 게 무슨 말이죠? 이거, 풀어주면 원래대로 돌아오나요?"

"……."

"라펠 경!"

"시키는 대로 하기나 해!"

이상할 정도로 말꼬리를 늘어뜨리는 라펠의 말이 왠지 모르게 의심스러워 그를 향해 되묻던 루키나는 제 의문을 제대로 풀어주지 않은 채 휙 몸을 돌리는 그를 못마땅한 듯 바라보았다.

그의 말 한마디 한마디가 꽤나 못 미덥기는 했지만 어쩔 수 없지.

아무래도 여자인 그녀보다는 남자로 지낸 시간이 훨씬 더 긴 라펠의 말을 듣는 편이, 지금은 유일한 방법일 테니.

"하아."

루키나는 긴 숨을 들이마시며 가빠온 호흡을 골랐다.

「며…… 명상을 해. 그럼 저, 저절로 가라앉을 테니.」

제게서 눈을 돌리며 말까지 더듬는 그의 모습은 꽤나 낯설게 느껴졌다.

의심이 들 정도로 수상한 그 행동에 가만히 그를 바라보던 루키나는 속는 셈 치고 그의 말을 듣기로 했다.

좋아.

명상. 명상을 해보자.

다리 사이에 쏠린 혈액의 흐름을 원상태로 돌리기 위해서는 마음의 안정이 필요하기는 했다.

하긴.

남자가 되었다는 사실을 인지한 이후, 이 빌어먹을 물체가 제멋대로 솟구쳐 가라앉지 않았던 것은 확실히 마음의 안정을 찾지 못해서이기도 했으니…… 그의 조언이 틀린 것은 아니었다.

'그래도 뭔가 비법이 있을 줄 알았는데…….'

루키나는 평범하기 그지없는 해결책을 제시한 라펠을 한 번 흘긋거린 후 이내 앉은 자세에서 눈꺼풀을 아래로 내렸다.

라펠이 지시하는 대로 크게 심호흡을 하며, 최대한 다른 생각을 하지 않으려 노력하자 다리 사이로 쏠리던 피가 조금씩 전신으로 퍼져 나가는 것이 느껴지기도 했다.

루키나는 후우, 후우 있는 힘껏 숨을 들이켰다 다시 내뱉으며 한동안 말없이 앉아 있었다.

타월에 가려 형체만 불룩 솟아 있던 루키나의 허벅지 사이가 점점 안정을 되찾자 라펠이 한숨을 내쉬는 것도 들려왔다.

"헌데…… 그건 정말 흑주술이 아닌 건가?"

한 번 시작된 그녀의 명상이 적잖은 시간을 소요하고 있을 무렵, 라펠은 아주 낮은 목소리로 중얼거렸다.

루키나의 감은 두 눈이 파르르 떨렸다.

'흑주술이라.'

확실히 자연을 거슬러 성별을 바꾸는 일은 고대의 금기서에서나 볼 수 있는 희귀한 주술에 속했다.

아시아타 대륙의 사람들에게는 자연의 섭리를 거르는 이와 같은 일은 금기로 여겨졌다.

때문에 라펠이 그렇게 생각하는 연유를 어느 정도 이해하기는 한다.

하지만 현재 그녀의 상태 변화는 절대적으로 흑주술과 관련된 일은 아니었다.

그녀가 하루라는 유효기간 동안 남자가 된 것은 명계의 지배자가 직접 하사했던 보험으로 인한 결과가 아니었던가!

일개 인간이 만든 얄팍한 흑주술 따위와 비교하려 들다니, 실례다.

그것도 염라에 대한 실례의 극치!

"절대 아닙니다. 흑주술이라뇨! 제 아버지의 명예를 걸고 절대 금기된 일에 손을 대지는 않았으니 걱정 마십시오. 게다가 말씀드렸지 않습니까. 이건 진짜가 아니라니까요? 눈속임일 뿐입니다. 단순한 눈속임이요."

물론 단순한 눈속임으로 만들어진 것이 정말로 신체의 일부처럼 반응하고 있다는 것을 그는 쉽게 믿기 힘들겠지만, 어쩌겠나. 당사자가 그렇게 말하는 것을.

휙휙, 눈꺼풀을 내린 채 세차게 고개를 내젓는 루키나의 답변에 그의 입이 다물어졌다.

루키나는 속으로 코웃음을 치며 다시 명상에 집중했다.

아니, 그런데 정말 이거 말고 다른 방법은 없는 거야? 시간이 너무 오래 걸리잖아!

슬슬 로렐과 유리안이 자신의 부재를 알아차릴 시점이라 괜히 마음이 조급해졌다.

"……나?"

그리고 다시금 시작된 침묵의 시간.

눈을 감고 있었던지라 그녀의 곁을 지키고 있던 라펠이 무엇을 하고 있는지 루키나는 알지 못했다.

그가 옆에 있다는 것도 잊을 만큼 최대한 다리 사이를 안정시키는 데 집중하던 루키나는 나지막하게 들려오는 누군가의 목소리에 귀를 기울였다.

"제게 뭐라 말씀하셨습니까?"

명상을 하라 지시해 놓고, 말을 걸다니.

쯧, 혀를 차던 루키나는 그의 말을 무시할 수 없어 입술을 달싹였다.

라펠은 그 목소리에 잠시 머뭇거리다 소리를 뱉어냈다.

"혹시 아까 내 것도……."

대체 무슨 말을 하려길래 저리 뜸을 들이나.

"그러니까……."

그러니까 뭐.

"내 것도 봤……."

꾸르륵—

"라펠 경!"

눈을 감고 있었던 터라, 청각에 모든 신경을 집중하던 루키나는 그의 목소리와 섞여 들려오는 기이한 소리에 눈을 번쩍 떴다.

루키나와 한 걸음 정도 떨어진 상태에서 그녀를 내려다보던 라펠이 갑자기 눈을 뜬 그녀를 발견하곤 흠칫 놀라는 게 보였다.

루키나는 개의치 않으며 당황한 라펠에게 물었다.

"방금, 들으셨습니까?"

저와 눈이 마주친 라펠이 미간을 좁혔다.

무엇을?

의아해하는 라펠을 향해 루키나는 심각한 표정을 지었다.

"아뇨. 탕 쪽에서 뭔가 이상한 소리가……."

어?

심장이 바닥을 쿵— 찧는다.

라펠에게 말하며 노천탕 쪽으로 시선을 돌리던 루키나의 시야로 낯익은 무언가가 들어왔다.

그것은 어두운 달빛 아래서도 찬란하게 빛나는 금색 머리카락.

루키나는 뜨거운 탕 위의 표면으로 두둥실 떠오르는 누군가의 모습에 앉아 있던 몸을 반사적으로 일으켰다.

"밀드레드 경?"

라펠이 창백하게 질린 얼굴로 노천탕을 바라보는 루키나의 모습에 고개를 갸웃거리는 것이 보였지만, 그 정체가 누구인지 알아차린 루키나는 주저 없이 노천탕을 향해 뛰어들었다.

"유리!"

착각이 아니다.

순간적으로 잘못 본 것이라 생각했지만, 분명 몸을 뒤집은 채 표면 위로 떠오른 저 사내는 틀림없이 유리안이다.

풍덩!

루키나는 속이 시커멓게 타들어가는 것을 느끼며 노천탕으로 들어갔다. 안 그래도 하얗던 유리안의 안색이 물을 머금어서인지 창백하게 질려 있다는 것을 깨달으며 루키나는 그를 제 어깨 위로 들쳐 메었다.

라펠이 돌연 일어난 상황에 눈을 크게 뜨며 제게 달려오는 것이 보였다.

"하아, 하아. 저 좀 도와…… 고마워요."

신체적으로 남성이 되기는 했지만, 유리안을 제대로 부축하기는 쉽지 않았다. 워낙 예상하지 못했던 상황인지라 다리에 힘이 풀렸기 때문이다.

다행히 라펠의 도움으로 유리안을 탕 밖으로 옮긴 루키나는 미동조차 하지 않고 있는 유리안의 푸른 입술을 내려다보며 인상을 썼다.

'이 자식은 대체 언제부터 이러고 있었던 거야!'

눈앞이 아찔하다.

루키나는 죽은 듯 눈을 내리깔고 있는 유리안의 뺨을 미친 듯이 내려 치며 소리쳤다.

"정신 차려요! 유리! 이봐요, 유리!"

철썩, 철썩.

손바닥이 뺨 위로 내려앉는 마찰음이 노천탕 주변을 가득 울렸다.

설마 온천욕 도중 익사를 하는 사람이 있을 거라곤 생각하지 못했던 건지, 라펠은 정신을 잃은 유리안을 마구 때리고 있는 루키나를 내려다보 며 한 발자국 물러나 있었다.

"정신 차리라고요! 유리! 빌어먹을!"

분명 조금 전까지만 하더라도 제어 불가능할 정도로 볼록 서 있던 다리 사이가 충격적일 만큼 가라앉았다는 것을 인지하지도 못한 루키나는 계속해서 유리안의 의식을 찾게 하기 위해 그의 뺨을 내려쳤다.

"이자, 어째서……."

응?

그런 루키나의 주변에 서 있던 라펠의 입술이 열린 것은 그 순간.

유리안의 맥박이 점점 흐려지고 있다는 것을 파악한 루키나가 두 손을 한데 모아 유리안의 흉부를 압박하고 있을 때, 라펠은 유리안의 오른쪽 옆구리를 주시하며 중얼거렸다.

"어째서 저기 반점이……."

"지금 그게 중요해요?"

"……!"

"그렇게 멍하게 서 있지 말고, 얼른 사람들이나 불러오세요! 어서요!"

버럭 소리치는 루키나의 외침에 라펠이 '아' 하고 낮은 탄성을 터뜨리더니 얼른 고개를 끄덕였다.

루키나는 그가 몸을 돌려 탈의실 쪽으로 향하기 직전까지 유리안의 흉부를 압박했다.

'정신 차려요, 유리. 제발……. 제길!'

쿵쿵쿵쿵.

몇 분 전과는 다른 의미로 심장이 들썩인다.

한 번 흥분하기 시작한 가슴이 도통 가라앉지 못하는 것은 미동하지 않고 있는 유리안의 생사가 불투명해 보였기 때문이다.

'이미 그 약은 써버렸잖아!'

이럴 때, 한 번 유리안을 살렸던 전적이 있던 예의 약을 다시 사용할 수 있다면 이렇게 고민하지 않았겠지만 빨간 약은 흔적도 없이 사라진 지 오래.

루키나는 후우, 숨을 크게 들이마시며 유리안의 기도를 확보했다.

그리고선 스스로에게 다짐하듯 말했다.

'단순히 호흡을 불어넣는 것뿐이야. 그러니, 괜찮아.'

지금 이곳에서 제 앞에 죽은 듯이 놓여 있는 남자가 저세상으로 떠난다면 곤란해질 사람이 한두 명이 아니다.

루키나 이베타 로델린은 물론이거니와 그의 시종인 마릭, 그리고 넓게 보면 탈의실로 달려가는 저기 저 남자, 미르티스 라펠 윈스턴까지. 피의 바람이 불지도 모르는 일.

어떻게 해서든 이 남자를 살려야 했다.

때문에 그녀가 지금 하려는 일은 수많은 사람의 목숨이 달린 중요한 일이다.

루키나는 침을 꼴깍 삼킨 뒤 유리안을 향해 고개를 숙였다.

굵고 긴 삶을 꿈꾸는 레이디 루키나 이베타 로델린이 생존하기 위한 아홉 번째 법칙.

레이디의 입맞춤은, 가치 있어야 한다.

쾅—!

있는 힘껏 문을 박차고 들어온 그의 얼굴은 서늘하기 그지없다.

잔뜩 화가 나 있는 그 모습을 누군가 목격했더라면 차가운 눈빛에 온몸의 털을 곤두세웠을 것이 분명하다.

살벌한 기운을 마음껏 표출하고 있던 남자는 '각하!' 하고, 헉헉거리며 달려들어 오는 누군가의 인기척에 고개를 돌렸다.

"다행입니다. 다행히, 그분의 상태는 괜찮은 것 같습니다!"

가쁘게 숨을 몰아쉬며 제게 보고를 하는 자는 다름 아닌 이안 와이너였다.

"하아, 하아. 정말…… 각하께 이야기를 들었을 때 얼마나 놀랐는지. 아니, 대체 어떻게 그분이 오노르에 입단하실 수 있었던 건지 모르겠습니다."

"……."

"만일 잘못해서 일이 잘못되기라도 했다면…… 하아, 끔찍합니다. 안 그렇습니까, 각…… 각하?"

몇 시간 전 있었던 일로 인해 천당과 지옥 사이를 오간 이안 와이너는 '그'가 겨우 안정을 되찾았다는 이야기를 듣자마자 라펠에게 보고를 하려 달려왔다.

그러나 자신의 보고를 들으면서도 한 번 굳힌 얼굴을 도통 펴지 않는 라펠의 모습에 이안 와이너는 고개를 갸웃거렸다.

"각…… 하?"

"……밀드레드는 어디 있지?"

음산한 그 말에 이안 와이너는 손을 휘휘 내저으며 호탕하게 웃었다.

"아! 하하, 하긴. 이번 일에 밀드레드 경의 공이 매우 컸지요. 그런 구조법은 난생처음입니다. 그분께서 건강을 회복하시면 밀드레드 경에게도 상을 내려야겠습니다. 안 그렇습니까?"

"……."

"어…… 흠흠. 미, 밀드레드 경은 현재 그분과 함께 계십니다."

쾅!

상황이 뭔가 이상하다는 것을 깨달은 이안 와이너가 얼굴에서 웃음을 지운 채 라펠의 질문에 대한 답변을 하기가 무섭게, 미르티스 라펠 윈스턴은 주변의 의자를 향해 발을 뻗었다.

"조, 조금 이따 다시…… 오겠습니다. 그럼."

눈치 빠른 이안 와이너는 그의 기이한 행동을 지켜보다 이내 문을 닫고 사라졌다.

고요한 방 안에 혼자가 되어버린 라펠은 험악하게 일그러뜨린 얼굴을 유지한 채 입술을 악물었다.

「방금…… 무슨 짓을 한 거지?」

누구를 불러야 할지 알 수 없어 다시 돌아가자마자 목격한, 두 눈으로 보고도 믿을 수 없는 광경에 라펠은 그녀를 향해 물음을 던졌다.
하지만 그 여자는 자신의 말이 들리지 않는다는 듯, 죽은 듯 누워 있는 남자를 향해 고개를 숙였다.

「밀드레드!」
「시끄러워요! 정신 사납다고요! 사람 살리고 있는 거 안 보이십니까? 그렇게 멍하게 서 있지 말고, 아까 제가 시켰던 일이나 하세요, 라펠 경! 얼른 다른 사람들을 불러오라고요!」
「…….」
「당신이 짐작하는 이 망할 황족이 당신 기사단에서 죽었다고 공표하고 싶지 않으면 말이에요!」
「……!」
「뭐 하고 있습니까? 어서 안 가요?」

빌어먹을 여자.
그녀에게 묻고, 또 말하고 싶은 것이 한두 가지가 아니다.
그 여자가 어떻게 그렇게 큰 물건을 지닌 '남자' 가 됐는지는 이제 궁금하지도 않다.

그녀의 말도 안 되는 변명대로 그래, 일종의 눈속임이겠지. 도저히 납득은 가지 않지만, 인정해 줄 수 있다.

지금 이 순간, 미르티스 라펠 윈스턴의 머릿속에 가득 들어차 도통 나갈 생각을 않는 미스터리는 불과 몇 달 전까지만 하더라도 틀림없이 2황자의 약혼녀였던 여자가 어떻게 제국의 황족, 그것도 아마 '황태자'라 짐작되는 이와 함께 있었냐는 것이고.

어째서 제국의 황태자가 그의 기사단에 입단했던 건지—에 대해서다.

그리고 그가 현재, 그녀에게 가장 묻고 싶은 것은…….

꽤나 부드러워 보이는 붉은 입술이 죽은 듯 눈을 내리깔고 있던 그 사내의 창백하게 질린 푸른 입술로 내려앉는 과정은 몹시 느리게 진행되었다.

라펠은 충격을 받은 얼굴로 망설임 없이 사내의 입술 위로 제 입술을 가져다 대는 여자를 황당하게 응시했다.

두근. 두근.

가슴이 거세게 반응했던 그 순간을 잊지 못한다.

그리고 약간의 시간이 흐른 지금까지도 여전히, 그의 심장은 제자리를 찾지 못하고 있었다.

타이밍을 놓쳐 버렸다.

증폭된 증기를 피하기 위해 탕을 벗어나야 했건만, 반점이 들킬까 의식하여 뭉게뭉게 피어나는 증기 속에서 유리안은 여전히 탕 안에 몸을 숨겨야만 했다.

모두들 빠져나갔음을 깨달았을 때는 이미 늦어버린 상태였다.

뒤늦게라도 몸을 일으키려던 유리안은 커다란 바위 뒤에서 의미심장한 대화를 나누고 있는 두 남자를 발견했다.

미티 라펠과 자신의 소중한 친우, 아이반 밀드레드였다.

'아이반?'

심각한 표정을 지으며 이야기하다가도 이상하게 친근한 미소를 짓는 두 남자의 모습에 의아했다.

그 두 사람이 원래 그리 친했던가—라는 생각이 들기도 했다.

그렇게 몰래 상황을 지켜보고 있다 보니 또다시 타이밍을 놓쳤다.

'큰일인데…….'

오랫동안 뜨거운 물속에 몸을 숨기고 있다 보니 슬슬 현기증이 일기 시작했다.

두 남자가 탕 안에 숨어 있는 제 존재를 알아차리지 않는 이상, 아니 대화를 끝내고 탈의실 쪽으로 들어가지 않는 이상은 그가 이 곤란한 상황을 벗어날 수 있는 기회는 오지 않을 듯싶었다.

「……리! ……요! ……리!」

한계치를 훌쩍 넘겨 버려 눈앞이 흐려졌다.

뿌옇게 물들어가는 의식 속에서 그를 겨우 붙잡은 것은 저를 있는 힘껏 불러대는 아이반의 외침 덕택이었다.

가까스로 이대로 의식을 놓으면 안 된다고 생각했을 때.

「좋아, 해보자.」

결심을 담은 아이반 밀드레드의 음성이 들려왔다.

'하아.'

살짝 벌어진 입술 사이로 흘러들어 오던 깊은 숨결이 입안을 맴돈다.

눈을 한 번 감았다 떠도 여전히 그 흔적이 남아 있었다.

'닿았…… 었지.'

유리안은 반쯤은 넋을 놓은 상태에서 멍하니 팔을 들어 올렸다.

기다란 그의 검지에 닿은 입술의 떨림이 손끝을 타고 전신으로 퍼져 나간다.

'아.'

가슴 밑바닥에서부터 올라오던 깊은 진동이 심장을 요동치게 만들었다.

콜록거리던 자신을 내려다보며 안도하는 눈웃음을 그리던 아이반 밀드레드의 옅은 눈웃음이 머릿속에서 떠나지 않는다.

「정말…… 큰일 날 뻔했다고요.」

하아. 쓴웃음을 흘리며 고개를 절레절레 젓는 아이반 밀드레드의 녹안은 심장이 떨릴 만큼 부드러웠다.

벌어진 입술 밖으로 몸속에 고여 있던 물을 토해내던 유리안이 순간적으로 멈칫할 만큼 사랑스러운 미소여서 그는 뭐라 대답하지 못했다.

두근두근.

'그는 남자다.'

저와 똑같은 물건이 달려 있는, 남자. 그것도 남자 중의 상남자.

유리안은 고개를 휘휘 저으며 닿았다 떨어지던 입술의 감촉을 잊으려 애써보았지만 아무래도 그 감촉을 잊기에는 쉽지 않아 보인다.

'……왜 이러는 거냐, 유리.'

간밤의 노천탕에서 있었던 불의의 사건사고가 있은 지 벌써 반나절이 흘렀다.

암흑으로 뒤덮여 있던 세상은 어느새 환해진 지 오래.

노천탕에서 익사를 하게 될 뻔했던 불행한 남자, 유리안 아이너 리우드는 어젯밤 있었던 일의 후유증을 대비하기 위해 침대에 누워 있는 상태다.

똑똑.

미약했던 떨림은 점점 머리를 장악할 정도로 퍼져 나가고, 눈을 감아도, 떠도 떠오르는 낯익은 얼굴로 인해 제정신을 차리기 힘들다.

그때 들려온 노크 소리는 반쯤 나갔던 유리안의 정신을 돌아오게 만드는 데 일조했다.

"어이, 유리안!"

고개만 살짝 내밀었음에도 그 덩치를 짐작하게 만드는 우렁찬 음성. 로렐 산트너의 등장에 유리안은 고개를 까딱였다.

쿵쿵, 들려오는 발걸음 소리가 로렐의 트레이드마크나 다름없다고 생각하던 유리안은 로렐의 뒤를 이어 들어오는 누군가를 발견하고선 움찔거렸다.

"좀 괜찮은 거냐? 참 나. 너같이 황당한 녀석은 난생처음이다. 욕탕에서 익사할 뻔하다 살아나다니. 넌 아이반 이 녀석한테 평생 고마워해야 해, 알아?"

"……"

"어이, 유리안!"

로렐 산트너의 등 뒤로 보이는 그를 향해 시선을 꽂고 있던 유리안은 버럭 외치는 로렐의 음성에 눈을 번쩍 떴다.

"아이반."

"괜찮으십니까?"

"아."

"정말이지 다행입니다. 심장이 철렁했다고요."

하하, 웃으며 뒷머리를 긁적이는 아이반 밀드레드의 얼굴이 어쩐지 창백해 보였다.

유리안은 그를 보자 화끈거리는 얼굴의 반응을 애써 모른 척했다.

"콜록콜록!"

"어? 왜 그래? 아프냐?"

"콜록콜록! 크으……."

"유리안!"

"하아, 하아. 로…… 렐."

"왜 인마!"

"미안…… 하지만 물을 좀……."

"어, 그래! 알겠어! 알겠다고! 이봐, 아이반. 부탁한다."

"아, 으응."

로렐 산트너는 아이반 밀드레드를 향해 말을 던진 후 몸을 돌려 방을 나섰다.

드디어 둘만 남게 됐군.

유리안 아이너 리우드는 로렐이 밖을 빠져나가는 것을 똑똑히 지켜본 후, 가쁘게 숨을 뱉어내고 있는 창백한 얼굴의 아이반 밀드레드를 바라보았다.

"아이반. 어디…… 아픈가?"

"예? 아, 아뇨. 유리께서 신경 쓰실 일은 아닙니다. 단순한…… 부작용입니다."

부작용?

"후우. 그나저나 드릴 말씀이 있습니다."

영문을 알아들을 수 없는 말을 하는 아이반을 의아한 눈으로 바라보자 그는 머쓱한 표정을 지으며 말했다.

유리안은 고개를 끄덕였다.

"어제 유리께서 그 일을 겪으시던 와중……."

"와중?"

"……후우. 당신을 알아본 이가 있었습니다. 죄송합니다."

그 말인즉, 자신의 반점으로 인해 제 정체를 유추해 낸 이가 오노르에 있다는 이야기일 것이다.

하지만 그것은 이미 대충 예상했었다.

다른 이도 아닌, 제 목숨이 달려 있었던 급박한 상황에서 반점을 가리는 것을 미처 생각하지 못했던 거겠지.

어쩔 수 없는 일이다.

유리안은 고개를 아래로 떨구는 아이반을 보고 부드러운 미소를 흘렸다.

"괜찮다. 어차피 언젠가는 드러날 일이었어."

"유리."

"와이너 단장에게 부탁이라도 해야 할 판이군. 황태자라는 이유로 날 쫓아내지 말아달라고 말이지."

아이반 밀드레드는 씩 웃는 유리안을 따라 흐리게 실소를 터뜨렸다.

"그나저나…… 벌써 두 번째군."

"예?"

"그대에게 또 목숨을 빚지지 않았나."

아이반 밀드레드의 붉은 입술 사이로 낮은 탄성이 터져 나왔다.

'신경이…… 쓰이는군.'

오늘따라 유독 도톰하고 번들거리는 아이반 밀드레드의 입술에 눈이 갔다.

온 힘을 다해 겨우 시선을 위로 올리지 않았더라면 자신이 아이반의 입술을 뚫어져라 응시하고 있다는 걸 들켜 버렸을 거다.

아이반은 진심을 가득 담은 유리안의 말에 눈꼬리를 휘며 고개를 가로 저었다.

"빚이라 생각하지 마십시오. 오히려 소중한 친구를 살릴 수 있어서 몹시 기쁩니다."

"……."

"유리?"

"어? 바, 방금 뭐라고 했나? 미안하군, 아이반. 잠시 다른 생각을 하느라……."

젠장.

아이반이 말을 잇는 동안 저도 모르게 그의 입술을 주시하고 있었던 모양이다.

달싹이는 붉은 입술이 탐스럽기 그지없어 심장이 콩닥거렸다.

유리안은 얼른 손을 내저었지만 저를 빤히 주시하던 아이반 밀드레드의 녹안을 피하지는 못했다.

두근두근—

입을 굳게 다물고 있는 아이반 밀드레드의 초록빛이 가득한 눈동자가 저를 향하자 뒷목이 화끈거렸다.

그렇게 바라보면 숨을 쉴 수가 없는데.

이상할 정도로 달아오르는 온몸의 반응이 몹시 낯설어서 유리안은 미간을 좁혔다.

"그럼 조금 더 쉬고 계십시오."

"어? 버, 벌써 가는 건가!"

유리안은 빙긋 웃으며 잠시 앉았던 의자에서 일어나는 아이반을 향해 소리쳤다.

무의식적으로 아쉬움이 가득 묻어나는 외침을 지르고는 스스로 움찔거리던 유리안을 향해 아이반은 고개를 끄덕였다.

"예. 한동안 쉬시는 게 도움이 될 겁니다. 단장님께는 제가 말씀드려 놨으니 오늘 하루는 푹 쉬십시오."

"아."

"그럼."

입꼬리를 부드럽게 올리던 아이반 밀드레드는 유리안이 그를 향해 손을 뻗기도 전에 휙 몸을 돌려 방을 나섰다.

유리안 아이너 리우드.

그는 심각하기 그지없는 표정을 지으며 자신의 하나밖에 없는 친구이자, 다리 사이에 저와 똑같은 물건이 달려 있는 그의 흔적을 마지막까지 좇으며 깊은 숨을 내쉬었다.

'대체 내가 어떻게 된 거지……'

쿵쿵.

요동치는 심장의 박동만큼이나 도저히, 아이반의 눈동자를 제대로 마주하지 못하겠다.

'죽겠네, 진짜……'

전신이 으스러지는 듯한 고통이 아침부터 내내 지속되고 있었다.

아마도 이 빌어먹을 진통이 남체에서 여체로의 변화가 진행되는 과정이라는 것쯤은 어제 아침 이미 한 번 겪어서 대충은 짐작이 가능하지만 도통 적응이 되어야 말이지.

터벅터벅.

루키나는 힘없이 발걸음을 앞으로 옮기며 입술을 씰룩거렸다.

간밤의 사건사고로 인해 루키나 일행에게는 다른 신입 단원들과 개별 행동을 해도 좋다는 허가가 내려졌다.

그 말인즉, 유리안이 노천탕에서 익사를 할 뻔했던 일과 루키나가 그런 그를 살렸다는 일이 기사단 내부에 쫙 퍼졌다는 것을 의미했다.

불행 중 다행으로 조금 있으면 약효의 효력이 슬슬 끝나던 시점이었다.

기가 빨리는 것 같은 큰일을 겪었지만, 더 이상 타인의 벌거벗은 몸을 보지 않아도 된다는 점에 만족하며 루키나는 숙소를 향해 움직였다.

'그때 이후로는 멀쩡하네.'

유리안의 커다란 몸이 두둥실 수면 위로 떠오르는 것을 목격했던 바로 그 순간부터 루키나의 용솟음치던 세 번째 다리는 겨우겨우 안정을 되찾았다.

그 후로 몇 번이나 솟구침의 위기가 찾아왔지만 다행스럽게도 유리안의 사고에 대한 충격이 너무 컸던 영향인지, 다른 이들에게 변태로 낙인 찍히지 않을 수 있었다.

"밀드레드 경!"

밤새 유리안의 자는 모습을 지켜보고, 또 날이 밝아 의원이 찾아오는 것을 기다리느라 한숨도 자지 못했다.

일단 숙소로 돌아가면 눕기부터 해야겠다고 생각하던 루키나는 저를 부르는 목소리에 어쩔 수 없이 걸음을 멈추었다.

"아, 선배님."

"로우드 경은 좀 어때? 괜찮아?"

3기 단원 선배인 헨리 캐슬러가 자신의 룸메이트인 브리드 앤더슨과 함께 걸어오고 있는 게 보였다.

루키나는 쓴웃음을 흘리며 대답했다.

"예. 걱정해 주신 덕분에……."

"대체 어쩌다 그런 일을 겪게 된 건지 원."

"어쩌다 그랬긴요. 형님, 당연한 거 아니겠습니까? 주의력 부족이어서 지요! 그것이 아니고서야 어디, 멀쩡한 사내가 입욕 도중 익사할 뻔합니까?"

"……."

"인마. 너 또……. 미안하다, 밀드레드. 대신 사과하지."

헨리 캐슬러가 퉁명스레 말하고는 흥 콧방귀를 뀌는 브리드 앤더슨을 향해 혀를 차더니 이내 루키나에게 말했다.

루키나는 서늘한 눈으로 브리드 앤더슨을 흘긋거린 뒤 고개를 저었다.

"하여간 고생 많았어. 의원한테 듣기로는 경의 초반 조치가 좋았다던데……. 대체 어떻게 했길래, 물 먹은 사람을 살린 거야?"

"……별거 아닙니다. 예전에 책에서 봤던 게 생각나서 시도해 봤을 뿐입니다."

"흐응, 그래?"

묘한 시선으로 루키나를 흘긋거리던 헨리 캐슬러는 씩 웃는 걸로 답변을 대신했다.

성별 전환 약의 후유증 때문인지 등 뒤로 식은땀이 주르륵 흘러내리는 것을 느끼던 루키나는 이 대화가 얼른 끝났으면 하고 바랐지만 그녀의 의도대로 흘러가지는 않는다.

"이번 일 덕분에 로우드 경의 평판은 낮아졌을지 몰라도, 경의 평판은

올랐더군. 동료를 위해서 물불을 가리지 않는다고 말이야."

"……예?"

"그럼, 수고하도록 해."

헨리 캐슬러는 제 말 한마디 한마디에, 곁에 선 채 얼굴을 처참하게 일그러뜨리는 브리드 앤더슨을 무시하며 루키나의 어깨를 톡톡 두드렸다.

그녀는 제 곁을 스치고 지나가던 두 명의 남자들이 한 명은 적대감이 가득한 눈빛을, 다른 한 명은 비교적 다정한 눈빛을 보내고 있었다는 것을 인지하며 후우 한숨을 내쉬었다.

'피곤하다.'

사람들이 모여 있는 단체 생활은 역시나 쉽지 않다.

루키나는 혈액의 흐름이 정상 범위를 넘어가고 있음을 느끼며 다시금 움직이기 시작했다.

"어?"

여관 내의 숙소를 향해 정신없이 걸어가던 그녀의 발이 멈춘 것은 제 숙소 앞을 가로막고 있던 웬 남자를 발견해서였다.

두근── 두근──

제기랄. 진짜 더럽게 아파 죽겠네.

무심코 입 밖으로 그 말을 흘릴 뻔했지만 가까스로 참아냈다. 왜지 모르게 이 남자의 앞에서는 약한 모습을 보이고 싶지 않았기 때문이다.

두근두근.

하지만 심장의 움직임은 확실히 조금 전보다 더욱 빨라져 있었고 귀가 웽웽 울릴 정도로 머리가 아프기까지 했다.

루키나는 점점 흐려지려는 의식을 가까스로 붙든 채 제게서 등을 돌리고 있는 남자를 멍하니 바라보았다.

「따라와.」

명백한 명령.

대체 왜 자신이 그의 말을 따라야 하는 건지 모르겠지만, 워낙 서늘하기 그지없는 말과 행동에 저도 모르는 사이 그의 뒤를 따랐다.

비틀거리며 걷는 모습을 보여주지 않으려고 한 걸음 한 걸음 내딛을 때마다 힘을 주느라 머리가 지끈거리기까지 했다.

검은 머리의 사내가 그녀를 데리고 온 곳은 아마도 그의 방으로 보이는 곳. 대체 무슨 말을 하려기에 저를 이곳까지 데리고 왔나 싶어 루키나는 인상을 썼다.

"라펠 경. 무슨 일로 절……."

"그자."

응?

"정말로…… 황태자인 건가?"

루키나는 낮게 가라앉은 그의 푸른 눈동자가 염려를 가득 담았다는 것을 인지했다.

아무래도 걱정스럽겠지.

다른 누구도 아닌 제국의 황위를 이을지도 모르는 차기 황제가 하필이면 제 기사단의 합숙 훈련 도중 물에 빠져 죽을 뻔했으니까.

물론 그 일은 전적으로 유리안의 잘못에 가까웠지만, 이 일이 세간으로 알려진다면 황제의 그림자라고 불리는 팬텀 공작의 명예에 금이 가는 것은 순식간이다.

루키나는 숨을 쉬는 것도 힘들어지는 몸 상태를 숨겨가며 입술을 달싹였다.

"……예."

"빌어먹을!"

"……"

그의 입술 밖으로 흘러나오는 욕설이 이상할 정도로 강하게 머리를 울렸다.

욕하는 게 꽤 섹시하네.

틀림없이 약 기운 때문인 게 분명하다.

그것이 아니고서야 욕을 하는 남자에게 흥미를 가질 리 없으니까.

루키나는 크게 동요한 얼굴로 저를 노려보고 있는 라펠의 벽안을 피하지 않았다.

"어떻게 경이, 아니, 그대가 황태자와 같이 행동하게 된 거지? 첫 만남부터 입단하게 되기까지, 한 가지도 빼먹지 말고 다 말해."

성큼성큼.

얼굴이 분노로 뒤덮인 검은 머리카락의 사내는 푸른 눈을 일렁이며 루키나에게 다가왔다.

'가깝네.'

루키나는 손만 뻗으면 제 허리를 휘감을 수도 있는 거리에서 저를 내려다보는 남자를 올려다보며 속으로 생각했다.

"그대는 2황자의 사람이 아니었던가, 레이디 로델린? 그런 그대가 내 기사단에 황태자까지 입단시키다니. 제정신이 아닌 줄은 알았지만 이 정도일 줄은 몰랐어!"

"……"

"참아주는 건 여기까지야. 더 이상은 그대의 사정을 봐주지 않을 거란 이야기야! 본부로 돌아간다면 그대는 물론이고 황태자의 퇴단 명령을 내릴 거니, 군말 않고 내 기사단에서 나가…… 이브!"

망할.

힘이 들더라도 조금만 더 버텨보려고 했는데 그것이 쉽지 않다.

라펠의 음산한 말을 한 귀로 듣고 다른 한 귀로 흘리며 똑바로 서 있던 루키나는 결국 흐려지려는 의식을 막지 못하고 몸을 비틀거렸다.

성난 음성을 흘려대던 라펠이 순간적으로 휘청거리는 루키나를 받아 든 것은 틀림없이 그의 반사 신경이 좋아서겠지.

두근두근.

루키나는 제 허리를 휘감고선 저를 안아 드는 라펠을 반쯤 뜬 눈으로 올려다보았다.

"하아, 고마…… 워요."

흐릿한 미소와 함께 건네는 루키나의 힘없는 음성에 미르티스 라펠 윈스턴의 일그러진 얼굴에 변화가 찾아왔다.

"무슨…… 일이지? 어디 아픈 건가?"

"……하하, 신경 쓰실 만한 일은 아니에요. 약의 부작용…… 같은 거라. 하아."

"약?"

눈썹을 꿈틀거리던 라펠은 이내 아아, 하고 그 말이 무엇을 뜻하는지 알겠다는 듯 더는 묻지 않았다.

"죄송하지만 라펠 경. 실례가 되지 않는다면…… 저기 저 침대 위로 저를 좀 옮겨주실 수 있나요? 하하. 어쩐지 일어날 수가 없네요."

마음 같아서는 얼른 이 남자의 몸을 뿌리치고 벌떡 일어나고 싶었지만, 몸이 뜻대로 움직여 주지 않는다.

루키나는 저를 안고 있던 라펠에게 최대한 미소를 지으려 노력했다.

그녀를 오노르에서 쫓아내겠다고 선언했던 매정한 팬텀 공작은 서늘한 눈으로 루키나를 내려다보더니 그녀를 안아 들고 침대로 걸어갔다.

'부탁은 또 들어주네.'

버럭 화를 낼 때는 언제고, 입을 꾹 다문 채 자신을 근처 침대에까지 안전하게 눕히는 라펠을 보며 루키나는 속으로 웃음을 흘렸다.

남체화되어서 많이 무거울 텐데 내색 않고 저를 옮기는 그를 보자니 왠지 고맙기도 하고.

'입은 좀 그만 내밀지.'

루키나는 자신이 화가 났다는 것을 쪽 내민 입술로 증명하고 있는 라펠이 저를 눕힌 뒤 뒤로 물러나자 빙긋 미소 지었다.

"고마워요."

"원해서 한 건 아니니, 그런 말을 들을 이유는 없다."

까칠하긴.

"그럼 실례를 무릅쓰고, 조금만…… 여기서 눈 좀 붙일게요. 아주 조금이면 될 거예요. 길어봤자 한 시간 정도?"

"……원래대로 돌아가려는 건가?"

아아.

"네. 아마도요. 하아. 진짜, 두 번은 못해먹겠네요, 이 짓."

루키나는 나지막하게 중얼거린 뒤 눈을 감았다.

"……슨 생각에서였나."

루키나는 침대 근처에 여전히 서 있던 라펠이 불현듯 뱉어낸 나지막한 음성에 다시금 눈꺼풀을 올릴 수밖에 없었다.

"방금 뭐라고……?"

"……."

어라? 잘못 들은 건가.

루키나는 저를 빤히 내려다볼 뿐 대꾸를 하지 않는 그의 시린 시선을 느끼며 미간을 좁혔다.

"라펠 경. 볼일이 있으시면 보고 오세요. 저는 잠시 눈을 좀 붙일……."

"다른 마음이…… 있어서였나?"

뭐?

"라펠…… 경?"

"그자에게 또 다른 마음이 있었던 건 아니지?"

뭐라는 거야.

루키나는 왠지 거세게 일렁거리는 푸른 눈동자를 제게 고정시키며 얼굴을 찌푸리는 그를 발견하고선 황당한 표정을 지었다.

"하아, 라펠 경. 제가 지금 몹시 상태가 좋지 않아서 그러는데…… 하시고 싶은 말씀이 있으시면 나중에…….'"

"젠장. 내가 대체 뭘 하는 건지!"

그래.

그건 나도 궁금하다.

너 대체 무슨 말을 하고 있는 거냐?

루키나는 저를 잡아먹을 듯 노려보던 흑발의 사내가 답지 않게 얼굴에 자신의 표정 변화를 생생하게 드러내며 뱉어낸 말에 속으로 혀를 찼다.

천하의 팬텀 공작도 제정신이 아닐 때가 있네.

루키나는 온몸을 부르르 떨어 가며 씩씩거리는 라펠을 바라보다 눈을 감으려 했다.

아무래도 신경 쓰지 않는 편이 좋겠어.

그와 쓸데없는 대화를 나누다가는 얼마 남지 않은 자신의 체력이 눈깜짝할 사이에 모조리 소진될 것이 분명했다.

그녀는 하아, 크게 심호흡을 한 뒤 한계치에 다다른 심장 소리를 느끼며 눈을 감으려 했다.

'아?'

이렇게 눈을 감았다 다시 뜨게 된다면 어제 오후 동안 줄곧 그녀를 괴롭혔던 두 다리 사이의 빌어먹을 물건이 온데간데없이 사라져 버릴 거고, 흔적을 감추었던 두 개의 산이 제자리를 찾겠지.

일단은 당장의 위기를 극복했으니 만족하도록 하자— 중얼거리던 루키나는 눈꺼풀이 완벽히 아래로 내려지기 직전, 훅 느껴지는 낯선 숨결에 행동을 멈추었다.

'어어?'

초옥.

아주 짧은 순간.

정말 짧은 순간이었지만 그 느낌은 너무도 생생해서 루키나는 절반쯤 감았던 눈꺼풀을 위로 들어 올렸다.

두근두근. 두근두근.

머리가 울릴 정도로 정신없이 울려대는 심장의 고동 소리가 약의 효력이 떨어지면서 일어나는 부작용 때문인지, 아니면 허리를 굽힌 채 저를 가만히 내려다보고 있는 벽안의 사내 때문인지, 가늠하지 못하겠다.

슥슥—

무슨 생각을 하는지, 속을 읽을 수 없는 푸른 눈동자가 떨리는 루키나의 녹안을 삼킬 듯 직시하고 있다.

루키나는 그가 자랑하는 기다란 검지가 제 입술을 쓸었던 그의 입술 훑는 것을 넋 놓고 응시했다.

그리고 쿵쾅거리는 심장 소리와 함께 그가 한 번 더, 고개를 숙였다.

그녀가 리우드 제국의 4대 공작가 중 하나인 로델린 공작가의 하나뿐인 공작 영애, 루키나 이베타 로델린 공작 영애의 몸 안에 빙의한 지 어언

1년째가 다 되어간다.

그 정도의 시간이면 슬슬 자신이 처한 상황에 익숙해질 만도 하나, 빙의 직전 평범한 일상을 보낼 것이라 다짐했던 애초의 계획과는 달리 하루하루가 스펙터클하다 보니 경계를 늦추지는 않고 있었다.

하지만 그녀가 누구인가. 네 번의 환생으로 경험을 쌓은, 적응의 대가 아니었던가.

비록 현실은 마음을 쉬이 놓을 수 없는 상황이었지만 그녀는 좋은 게 좋은 거라 생각하기로 했다.

원래의 몸 주인인 '루키나'를 위해 복수도 했고, 앞으로의 나날을 지키기 위해 제국 최초의 여기사가 되기로 마음먹었다.

이토록 모든 단계를 차근차근 밟아가며 굵고, 긴 삶을 위한 기초를 다지던 그녀에게 남은 일은 오직 단 하나.

자신이 목표로 하는 '긴 삶'을 함께 살 미래의 동반자를 찾는 것.

아마도 제국 최초의 여기사로 모든 이들에게 인정을 받게 되는 날 이후로 평생의 반려를 찾을 수 있지 않을까—라고 은연중에 생각하고 있던 그녀는 현재의 단계에 집중하기 위해 무의식적으로 남성과의 접촉을 피하고 있었다.

물론 기사가 되기 위해 남성 집단 틈에 끼어 남장을 하고 있다는 모순이 있기는 했지만서도.

그런 그녀에게 있어서 며칠 전 일어났던 남성들과의 두 번의 접촉은 두 번째 단계인 기사가 되기로 결심했을 때 그렸던 예상 시나리오에서 매우 빗나간 것이었다.

첫 번째 접촉은 긴박한 상황, 어쩔 수 없는 상황, 그리고 반드시 해야만 했던 상황이었기에 그리 큰 의미를 두지 않았지만 두 번째는…….

코끝에서 느껴지던 아찔한 숨결. 촉촉하기 그지없던 보드라운 감촉.

숱한 윤회를 거쳐 적잖은 날들을 보내왔던 그녀였지만 그렇게 기습적으로, 아무것도 하지 못하고 누군가에게 제 것을 내어준 것은 처음이었다.

「나는 그대에게 먼지만큼도 관심이 없거든.」

흑발의 사내가 먼저 제안했던 원활한 공생 관계를 위한 동거 규칙의 협의 도중 했던 말이 귓가를 맴돌았다.

피식 실소를 터뜨리며 자신만만하게 말하던 그의 말은 그녀를 빈정 상하게 할 만큼 기분이 나빴던 대답이었기에 더더욱.

그러나 눈앞의 남자가 다정한 말 따위는 늘어놓지 않는 사람이라는 것을 잘 알고 있었기에 루키나는 아무렇지도 않게 그를 태연히 대할 수 있었다.

당신이 내게 관심을 갖지 않는다면 나 또한 당신한테 관심 따위는 죽어도 갖지 않겠다―라는 오기 정도랄까.

그래. 틀림없이 그렇게 생각했는데.

두근―

요 며칠 동안 이상 현상을 이어가고 있는 심장의 박동이 점점 거칠어진다. 그 일을 생각하면 생각할수록, 호흡이 빨라지는 것 같기도 하고. 머릿속을 가득 채우는 환영으로 인해 얼굴이 빨갛게 달아오른다.

두근두근―

제길. 정말 왜 이러는 거지.

루키나는 화끈거리는 목덜미를 만지작거리며 입술을 잘근 깨물었다.

"뭐 문제라도 있냐?"

로렐 산트너는 커다란 덩치와 다르게 눈치가 빠르다.

루키나는 인기척도 내지 않고 제게 다가와 묻는 로렐을 놀란 듯 응시했다.

로렐 산트너는 '이 형님께 다 얘기해 봐' 라는 표정을 지으며 그녀의 어깨를 톡톡 두드리고 있었다.

그 의미심장한 미소에 왠지 거부감이 들어 인상을 쓰던 루키나는 지푸라기라도 잡자는 심경으로 후우, 한숨을 내쉬었다.

"실은 고민이 하나…… 있는데."

"하하, 고민? 아이반 너에게도?"

어이. 그거 무슨 의미냐.

루키나가 눈에 힘을 주자 흠, 헛기침을 흘린 로렐 산트너는 얼른 말하라는 턱짓을 보냈다.

루키나는 주저하다 입술을 달싹였다.

"로렐. 너 혹시…… 그거 해본 적 있어?"

"그거?"

"아니 왜. 그거 있잖아."

"그게 뭔데."

"그러니까……."

"답답하게 하지 말고 속 시원하게 말해봐. 그게 뭐냐고."

내 입으로 어떻게 말해!

파르르 눈꺼풀이 떨렸다.

루키나는 짧게 심호흡을 했다. 로렐은 대체 무슨 일이길래 이리 뜸을 들이냐는 눈빛이었다.

루키나는 하는 수 없이 주위를 둘러보다 로렐에게 가까이 오라는 듯 손짓을 했다. 떨떠름한 기색으로 그녀를 내려다보던 로렐이 한숨을 푹 내쉬며 무릎을 굽히자 루키나는 속삭였다.

그러니까 그게 뭐냐면…….

"뭐? 입맞춤? 뽀뽀를 얘기하는 거냐?"

이 자식이 왜 이렇게 큰 소리로!

일부러 큰 소리를 뱉어낸 것이 틀림없다.

쿵─

'응?'

씩 웃는 로렐을 죽일 듯 노려보던 루키나는 주변에서 들려오는 요란한
소리에 고개를 돌렸다.

본부로 돌아가기 위해 짐을 챙기고 있던 유리안 아이너 리우드가 자색
눈동자를 크게 뜬 채 저를 응시하고 있는 것이 보였다.

"하하, 유리. 아무것도 아닙니다. 신경 쓰지 마세요."

휘휘, 한 손을 들어 올려 허공을 가르던 루키나는 멋쩍은 미소를 지으
며 말을 얼버무렸다.

말없이 저를 바라보고 있기만 하는 유리안에게서 시선을 돌린 그녀는
능글맞은 웃음을 흘리는 로렐의 팔을 잡아끌었다.

핀잔을 주는 루키나의 행동에도 아랑곳 않은 로렐은 음흉한 미소를 지
으며 눈을 가늘게 떴다.

"뭐냐? 너 여자라도 생긴 거냐?"

그럴 리가 있나.

있어도 남자가 생기지 여자는 절대로 아니다.

루키나는 흥 콧방귀를 뀌었다.

"됐다. 너한테 상담하려 했던 내가 멍청했지."

"흐-응."

"짐이나 챙겨."

고개를 절레절레 젓던 그녀는 입술을 삐죽거리며 툭 말을 던진 뒤 몸

을 돌렸다.

씩 웃던 로렐 산트너는 저들을 주시하고 있던 유리안에게 아무것도 아니라는 듯 손을 내젓더니 다시금 루키나에게 다가왔다.

"이 여관에 네 마음을 훔친 레이디라도 있었던 거냐? 그래서 너도 모르게 뽀뽀를 해버렸고?"

죽일까, 이 녀석.

"뭐, 해본 적 있지. 뽀뽀."

놀리는 게 분명하다.

그렇지 않고서야 이리 얄미울 수가 있을까.

루키나는 실실 웃으며 중얼거리는 로렐에 대한 살의를 품으려 했다.

그 살의가 흘러넘쳐 바깥으로 표출되기 직전 들려온 로렐의 말은 루키나의 분노를 누그러뜨리기에 충분했다.

그녀는 조금 상기된 표정을 지으며 로렐을 올려다보았다.

로렐은 '정말?' 이라는 표정을 짓는 루키나를 향해 어깨를 으쓱였다.

"그래. 나도 연애 경험은 있다고."

솔직히 그건 예상하지 못했던 바지만, 루키나는 입 밖으로 꺼내지 않기로 했다.

"헌데 그건 왜? 갑자기 그건 왜 상담하고 싶은 건데?"

"어? 어어, 그, 그냥⋯⋯. 묻고 싶은 게 있어서."

"묻고 싶은 것?"

쿵쿵, 가슴이 울렁거린다.

루키나는 가빠오는 호흡을 가라앉히기 위해 깊게 심호흡을 했다.

「이유?」

로렐 산트너는 무슨 소리를 하느냐는 얼굴로 루키나를 응시했다.

루키나는 대답 않고 심각하기 그지없는 표정을 지으며 로렐의 두툼한 입술이 움직이는 모습을 지켜보았다.

미간을 살짝 좁히던 로렐은 수북하게 자란 턱밑의 털을 쓸며 중얼거렸다.

「뽀뽀하는 데 딱히 이유랄 것까지 있나. 그냥, 하고 싶으니까 한 거지.」

상대에게 입맞춤을 한 이유가 무엇이냐 묻는 루키나의 질문에 로렐은 피식 웃으며 대답했다.

그 말에는 묘한 여유가 느껴져 루키나는 속으로 감탄했다.

연애 고수의 느낌이 물씬 풍겼기 때문이다.

로렐은 호오, 콧소리를 흘리는 루키나를 바라보며 눈꼬리를 휘었다.

「너도 그래서 한 거냐?」

「뭐?」

「좋아서 그 여자한테 입 맞춘 거 아니냐고.」

'윽!'

넋을 놓고 걷다 보니, 앞서 나가던 사람을 발견하지 못했다.

뒤늦게 상대를 발견했을 때는 이미 벽과 같은 커다란 등에 이마를 찧은 뒤였다.

아파라.

정말 멀대같이 큰 사람이다 생각하며 사과를 하기 위해 루키나는 고개를 들었다.

"아!"

그러나 그 상대가 제 머리를 혼잡하게 만든 사람이라는 것을 깨닫자 다음 말이 흘러나오지 않는다.

대신, 겨우 안정을 되찾았던 심장이 미친 듯이 벌렁거렸다.

「좋아서 했지, 그렇지?」

화악— 뜨거운 열기가 순식간에 퍼져 나갔다. 당한 사람은 자신이건만 어째서 제 얼굴이 붉어지는 건지 모르겠다.

이것은 전부 면역력 부족 때문이다.

젠장. 면역력을 기르든가 해야지 원.

무슨 말이라도 해야 한다.

그렇지 않고서는 이 어색한 상황을 타개할 방법이 없다.

루키나는 제 눈을 바라보고 있는 그의 벽안을 올려다보며 희미한 미소라도 지으려 했다.

갑자기 말을 걸려니, 입가에 경련이 일어 쉽지는 않았지만 적어도 시도는 해봐야지.

본부에서와는 달리 아르시의 온천 여관에서는 다른 숙소를 쓰고 있었던 루키나는 그날 이후 사흘 만에 그와 얼굴을 대면했다.

무슨 영문에선지 그날 이후 그를 보기가 힘들었던 것도 이유 중의 하나였지만 지난 사흘 동안 신입 기사단원들 간의 동료애를 다지기 위한 열띤 훈련이 있었기 때문이기도 했다.

그래서인지 그를 대면하는 이 상황이 온몸이 뜨거울 정도로 부끄럽기만 하다.

등 뒤로 식은땀이 흘러내리는 것을 느끼며 루키나는 입술을 움직였다.

"어, 저기······."

"몸은 괜찮나?"

"네? 아, 네."

"다행이군."

그녀는 제 답변이 끝나기가 무섭게 몸을 돌려 버리는 라펠의 커다란 등을 멍하니 응시했다.

어······ 라?

뭔가 이상한데.

제게서 시선을 돌리던 라펠의 벽안은 담담하다 못해 메말라 있었다.

두 볼이 붉어지고 긴장을 해버린 저와는 달리 표정 변화 하나 없던 냉랭한 얼굴.

조금 전까지 두근두근거리던 심장의 박동이 뚝 멈추었다.

「라펠······ 경.」

때는 맑았던 하늘에 붉은빛이 감돌기 시작한 사흘 전 해질녘.

온몸을 적실 만큼 흘러내린 땀방울로 인해 쓰고 있던 가발이 푹 젖어 있다는 것을 인지하며, 스르륵 눈꺼풀을 올린 루키나는 자신이 누워 있던 침대 근처 의자에 앉은 라펠을 발견했다.

서늘한 얼굴로 두꺼운 책을 읽고 있던 라펠의 푸른 눈동자가 느릿하게 그녀를 향했다.

「일어났나?」

「네? 아······ 네.」

그의 얼굴을 보자니 몇 시간 전 있었던 일들이 떠올랐다.

자연스레 입꼬리가 슬쩍 올라가는 것을 그녀는 스스로 인지하지 못하던 상태였다.

라펠은 멋쩍게 웃으며 여기서 잘 수 있게 해주어 고맙다는 말을 하려는 루키나를 향해 다가왔다.

「돌아온 건가?」

「그런 것…… 같아요.」

거리가 가깝다, 심장 소리가 들리면 안 되는데― 따위를 생각하던 루키나는 저를 바라보는 그의 눈빛이 묘하게 차갑다는 것 역시 인지하지 못했다.

라펠은 슬며시 웃음을 그리려는 그녀에게 소리를 뱉어냈다.

「일어났으면 얼른 돌아가.」

「……네?」

「괜한 오해는 사기 싫으니.」

「……!」

「그대의, 아니, 경의 처분은 본부로 돌아가서 다시 생각해 보도록 하지. 황태자의 일 역시……. 뭐 하고 있나? 안 일어나?」

왜…… 잊고 있었지?

천지를 모르고 날뛰던 기분이 순식간에 가라앉았다.

루키나는 까맣게 망각하고 있던 일화를 사흘이 지난 지금, 겨우 떠올렸다.

무의식적으로 미간이 좁아지는 것을 막지 못했다.

'빌어먹을. 그동안 나 대체 뭐 한 거냐?'

얼굴이 화끈거린다.

조금 전과는 다른 의미로 달아올라 익어버릴 정도다.

루키나는 입술을 잘근 깨물었다.

상상의 나래를 펼쳐도 정도가 있지.

어떻게 그런 착각을 할 수 있는 거지?

이는 분명 염라가 준 약에 대한 부작용이 틀림없다.

확실히 그날 그녀는 제정신이 아니었으니까.

의식과 무의식의 경계조차 알아차리지 못한 게 분명하다.

그러지 않고서야 왜 그에게 입맞춤을 당했다는 착각을 할 수 있었을까.

망할.

"밀드레드 경."

"……."

"밀드레드 경!"

잠시 자책을 하고 있던 사이 어느새 다가온 이안 와이너 단장이 그녀에게 말을 걸었다.

루키나는 등을 툭 두드리며 몇 걸음 앞에 세워진 마차를 향해 턱짓하는 이안 와이너를 바라봤다.

이미 라펠이 그 마차에 올라타는 것을 확인했던 루키나 얼굴을 잠깐 일그러뜨렸다 다시 펴며 한숨을 내쉬었다.

"아이반!"

총 나흘간의 온천 합숙 훈련 끝에 본부가 있는 세이번으로 돌아가는 길이다.

숙소를 나서려 할 때, 이안 와이너에게 호출을 당했던 루키나는 이곳에서 저보다 먼저 방을 나섰던 유리안과 조우하게 되었다.

유리안은 이안 와이너를 따라 마차에 오르는 루키나를 향해 반가운 듯 환한 미소를 지었다.

그러나 곧 저와 눈이 마주치자마자 얼굴을 붉히는 모습을 그녀는 똑똑히 인지했다.

'요 며칠, 유리 상태도 꽤 이상한 편이긴 했지.'

제게 너무 큰일이 생겨 유리안이 저만 보면 흠칫거리는 것을 보고도 모른 체했다.

대체 왜 그러는지 묻고 싶은 마음이 들지 않은 것은 아니었지만, 라펠이 너무 신경 쓰였던 상황이었으니까.

하지만 냉정을 되찾고 보니 이제야 유리안의 행동들이 시야로 들어온다.

아무래도 본부로 돌아가게 된다면 그를 따로 불러 대화를 나눠야겠다.

'그나저나……'

루키나는 쾅 닫히는 마차의 문소리에 정신을 차리고 마차 안에 착석 중인 사람들을 흘긋거렸다.

대체 왜 그러는 건지 모르겠지만 루키나의 얼굴을 흘끔거리며 홀로 얼굴을 붉히고 있는 유리안과 그녀에게는 관심도 없다는 듯 창밖을 바라보고 있는 라펠, 그리고 왠지 긴장한 듯 심호흡을 하고 있는 이안 와이너까지.

오노르의 기사단장 와이너가 왜 이 조합을 호출한 건지 대충 예상이 간다.

아마도 이건…….

생각이 정리된 루키나가 이안 와이너를 응시하자, 기다렸다는 듯 호흡을 고른 그의 입술이 열렸다.

"자, 그럼 다들 모였으니 본격적으로 앞으로의 일에 대해 상의해 보도록 하겠습니다. 먼저, 정식 인사가 늦었습니다, 황태자 전하. 오노르 기사단을 이끌고 있는 이안 와이너라고 합니다. 그리고 여긴—"

다그닥 다그닥.

우렁찬 말발굽 소리가 작은 창문 밖에서 들려오고 있는 이곳은, 네 사람을 태운 채 세이번에 위치한 오노르 기사단 본부를 향해 달려가고 있는 한 마차 안.

오노르의 기사단장인 이안 와이너의 주도에 의해 열리게 된 은밀한 회동은 그의 옆에 앉아 있던 미르티스 라펠 윈스턴이 자신을 빤히 바라보는 유리안에게 고개를 까딱이는 걸로 이어졌다.

"미티…… 라펠입니다."

그날 밤, 유리안의 정체를 알게 된 이후 몹시 격앙된 반응을 보였던 라펠이었기에 루키나는 그가 자신의 신분을 밝힐 줄 알았다.

하지만 이어지는 라펠의 대답에 루키나는 눈을 동그랗게 떴다.

'당장은 밝히지 않는 건가?'

유리안의 신분이 드러난 것은 어쩔 수 없는 상황에 의해서였지만 윈스턴 공작의 사정은 다를지도 모른다.

확실히 세간에 알려진 팬텀 공작은 황제의 명을 받고 비밀스러운 임무들을 수행하는 자.

아마 그 때문에 설령 차기 황위를 이을지도 모르는 제국의 '황태자'에게 자신의 신분을 숨기는 건지도.

루키나는 자기소개를 하던 라펠이 자신을 흘긋거리는 것을 지켜보며 입을 다물었다.

'조용히 해라 이거지?'

나도 그 정도 눈치는 있다고.

루키나는 흥, 콧방귀를 뀌며 그의 시선을 피했다.

"하하, 이거 정말…… 깜짝 놀랐습니다. 처음에는 제 눈을 의심했다니까요?"

배시시 웃으며 뒷머리를 긁적이는 이안 와이너는 정말이지 까맣게 몰랐다는 표정을 지었다.

유리안의 유능한 시종인 마릭의 완벽한 조작 덕분에 가능한 일일지도.

루키나는 '조심 또 조심하십시오!' 라고 유리안에게 외쳐 대던 마릭을 떠올리며 속으로 혀를 내둘렀다.

"헌데, 황궁은 어떻게 나오신 겁니까? 건강이 좋지 않으시다 들었는데……. 기사단의 훈련을 받고도 괜찮으셨습니까? 곧 있을 대회 때문에 예년보다 훈련량을 늘렸는데, 따라오기 쉽지 않으셨을지도 모르겠습니다."

"하하. 와이너 경. 하나씩 묻게."

"아, 제, 제가 혹 실례를……!"

유리안은 쉬지 않고 질문을 쏟아내는 이안 와이너에게 고개를 내저었다.

빙긋 눈꼬리를 휘는 그의 미소가 입가에 내려앉았다.

루키나는 여유 가득한 웃음을 그리는 유리안을 바라보았다.

분명 얼마 전까지만 하더라도 영락없이 저와 같은 일개 기사단원으로 보이던 유리안에게서 현재는 더할 나위 없는 기품이 느껴지고 있었다.

정체를 밝히면서 자연스럽게 황족의 포스를 흘리는 건가.

"황제 폐하 몰래 궁을 나선 거라 걱정을 하는 거라면 무의미한 걱정이야. 이미 폐하께 승낙을 받고 출궁을 한 거니. 그리고 경의 염려 덕분에 나는 아주 건강하네. 이건 아마 경이 거느리는 기사단에서 좋은 훈련을 받아서 그런 건지도 모르겠군."

유리안이 이안 와이너와 번지르르한 말을 주고받는 것을 지켜보고 있자니 그 역시 예사 인물은 아니라는 것이 똑똑히 느껴진다.

루키나는 흐응, 속으로 코웃음을 삼키며 그들이 대화를 듣기만 했다.

"그렇다면 정말 다행입니다. 전하의 안위는 곧 제국의 안위와 직결되니 건강하시다는 그 말은 더할 나위 없이 기쁘군요! 헌데 황태자 전하. 황송하지만 딱 한 가지, 의문이 있는데…… 여쭈어도 되겠습니까?"

"얼마든지."

흔쾌히 고개를 끄덕이는 유리안을 향해 굳은 얼굴로 앉아 있던 라펠을 흘긋거린 이안 와이너는 침을 꼴깍 삼키며 숨을 골랐다.

그는 흠흠, 헛기침을 뱉어내더니 이내 결심한 듯 입술을 달싹였다.

"대체 왜 저희 오노르에…… 입단하신 겁니까?"

이안 와이너가, 아니, 정확히 말해서는 미르티스 라펠 윈스턴이 유리안 아이너 리우드를 이 마차에 태운 근본적인 이유는 아마도 이 질문을 하기 위해서겠지.

루키나는 이안 와이너를 통해 자신의 의문을 풀려는 라펠을 바라보았다.

흑발의 사내는 서늘하게 느껴지는 파란색 눈동자로 루키나, 그리고 유리안을 차례로 흘겨보며 유리안의 대답을 기다리고 있었다.

황태자가 쓸데없는 말은 하지 않아야 할 텐데, 하고 생각하던 루키나는 빙긋 웃음을 흘린 유리안이 돌연 저를 쳐다보는 것을 보며 흠칫 놀랐다.

그녀가 눈을 동그랗게 뜨자 씩 미소 짓던 유리안은 이내 이안 와이너에게 시선을 고정시켰다.

"내 사람을 얻기 위해서."

뭐?

"놀라지 말게. 오노르의 무력을 내 것으로 만들고 싶다는 뜻은 아니니."

"그럼……?"

스윽.

'어?'

루키나는 기다란 팔을 제 어깨에 걸치는 유리안의 서슴없는 행동에 몸을 움찔거렸다.

그런 그녀의 태도에도 아랑곳 않은 유리안은 루키나와의 친분을 드러내려는 듯, 짙은 미소를 그리며 이안 와이너에게 말을 이었다.

"여기 있는 아이반 밀드레드 경을 얻기 위해서—라는 표현이 적당하겠군."

루키나는 맞은편에 앉아 있던 두 남자의 고개가 유리안의 말이 끝나기가 무섭게 제게 향했다는 것을 인지했다.

그 두 남자 중 먼저 입술을 달싹인 것은 이안 와이너다.

"아, 그, 그럼 전하께서 입단을 하신 건…….''

"여기 이 친구를 따라서지."

"밀드레드 경을…… 따라서?"

루키나는 놀란 눈으로 저를 응시하는 이안 와이너를 향해 어색한 미소를 흘릴 수밖에 없었다.

"전하께서 밀드레드 경을 몹시 아끼시는군요. 보기 좋은 우정입니다."

"그런가?"

"물론이죠. 하하. 그나저나 밀드레드 경. 경도 혹시 내게 신분을 숨기고 있는 건 아니겠지?"

"……!

의도한 건지, 아니면 무의식적인 건지. 폐부를 깊게 찔러대는 질문에 사레가 들릴 뻔했다.

루키나는 입술을 파르르 떨며 말없이 웃었다.

그러다 라펠과 잠시 눈이 마주쳤다. 심장이 철렁거렸다.

"그럴 리가. 밀드레드 경은 남쪽의 반스 남작령 출신이라더군. 그렇지, 아이반?"

"예? 아, 네, 네에."

얼떨결에 고개를 끄덕이는 루키나를 보고 누군가 풋, 하고 작게 코웃음을 쳤지만 루키나는 못 들은 척했다.

"이왕 말이 나온 김에 나도 한 가지 묻고 싶은 게 있네, 와이너 경."

"무엇이든 물어보십시오!"

이안 와이너는 가슴을 탕탕 두드리며 외쳤다.

유리안은 눈까지 반짝이는 와이너에게 뜻 모를 미소를 그리며 붉은 입술을 달싹였다.

"앞으로 어떻게 할 생각이지?"

"무슨 말씀이십니까?"

그럼 이제 이쪽도 슬슬 본론을 꺼낼 차렌가.

루키나는 어리둥절하는 와이너 단장에게 유리안이 꺼낼 카드는 하나뿐이라 여겼다.

유리안은 그녀의 예상대로 말을 이어 나갔다.

"나를, 우리를…… 쫓아낼 건가?"

"……!"

"앞으로의 일에 대해 상의를 하자고는 했지만 사실은 이 말을 꺼내기 위해 나를 이곳까지 불러들인 거 아닌가. 여기, 이 친구도 비슷한 연유에 서일 테고."

덜컹거리는 마차 안에서 묘한 침묵이 흘렀다.

능글맞게 웃던 이안 와이너가 입을 다물어 버리자 유리안은 후우, 숨을 길게 뱉어냈다.

"퇴단을 권유하기 위해 따로 우리를 부른 것이……."

"하하. 너무 가셨습니다, 전하. 저희는 정말로 순수한 의도에서 상의를 드리고 싶었기에 전하와 밀드레드 경을 여기에 모신 겁니다. 결코 전하와 전하의 친우분께 퇴단을 부탁드리기 위한 자리가 아닙니다."

좌우로 고개를 내젓는 오노르 기사단장의 말에 그의 맞은편에 있던 유리안은 물론이거니와 루키나의 눈까지 큼지막해졌다.

이안 와이너는 구레나룻 근처를 긁적였다.

"그리고 우리 오노르는 신분을 막론하고 실력이 있는 기사들은 언제나 환영합니다. 두 분 모두 이미 저희가 주관했던 기사 입단 테스트에서 훌륭한 성적을 거두시어 단원이 되신 거 아닙니까? 오히려 저희가 두 분께서 나가는 것을 막아야 할 판입니다. 아하하하!"

작은 마차 안이 이안 와이너가 내뱉는 커다란 웃음소리로 가득 찼다.

루키나는 그의 입이 벌어질 때마다 갈색 머리카락이 공중에 흩날리는 모습을 멍하니 지켜보았다.

'……정말?'

오노르의 기사단장이 퇴단 권유를 하지 않을 것이라 선언했음에도 불구하고 루키나가 마음을 놓지 못하는 까닭은 그의 옆에 앉아 무슨 생각을 하고 있는지, 속을 읽을 수 없는 저 남자 때문일 것이다.

본부로 돌아가기만 한다면 저와 황태자 둘 다 쫓아낼 것이라 외쳐 대던 라펠의 모습이 불현듯 눈앞을 스쳤다.

무슨 생각일까.

대체 그는 무슨 생각에서 저렇게 입을 다물고 있는 것이고, 무슨 생각에서 제 정체를 밝히지도 않는 것이며, 무슨 생각에서…… 이 자리를 마련한 거지?

눈앞에 앉아 있음에도 의도를 읽을 수 없는 흑발의 사내에 대한 궁금증이 증폭된다.

두근두근 뛰는 가슴은 다른 이유가 있어서가 아니리라.

"그럼 부탁을 하나 해도 될까?"

라펠의 심정을 파악하기 위해 그를 뚫어져라 응시하던 루키나는 안도의 한숨을 내쉬며 뱉어낸 유리안의 말에 귀를 기울였다.

"난 와이너 경만 허락한다면 계속 이곳의 단원으로 있고 싶은데. 허락해…… 주겠나?"

"하하하. 말씀드렸지 않습니까, 전하. 저희가 붙잡아야 할 판이라니까요? 당연히 됩니다! 원하시는 만큼 지내십시오."

"……고맙네."

"밀드레드 경. 경도 마찬가지야. 아니, 경은 우리 오노르의 기사니 어디 갈 생각 따위는 절대 하지 말게!"

어차피 떠날 생각 따위는 추호도 없었지만 루키나는 고개를 주억였다.

그 뒤로도 유리안 아이너 리우드와 이안 와이너의 화기애애한 대화는 계속되었다.

아르시의 외곽을 벗어나 슬슬 세이번의 성문으로 들어갈 때까지 그들의 입은 닫힐 생각을 않았다.

루키나는 꽤나 수다스러운 두 남자를 흘긋거리다 창밖을 바라보고 있는 라펠의 차가운 얼굴을 직시했다.

'……흥.'

정작 오노르를 이끌고 있는 사람은 다름 아닌 자신이면서, 이 관계에서 멀찍이 떨어져 관전하고 있는 듯한 라펠은 마치 다른 공간에 있는 사람 같다.

그 모습이 몹시 이질적이어서 이상하리만큼 신경이 쓰였다.

쿵쿵. 자극적인 감각은 라펠의 뺨에 꽂혀 있던 시선을 점점 아래로 내려가게 만들었고, 심장의 박동이 조금씩 빨라짐에 따라 그녀는 눈길을 조금 더 아래쪽으로, 조금 더, 아주 조금 더— 밑으로 낮추었다.

두근!

그러다 저도 모르게 그의 입술 위로 시선을 꽂던 루키나는, 의식하지 못하는 사이 손가락을 들어 올려 입술을 만지작거렸다.

'……!'

손끝에서 느껴지는 말랑말랑한 감각이 정신을 마비시키려는 순간, 그녀는 굳은 듯 창밖을 향해 있던 라펠의 시선이 돌아가는 걸 발견했다.

'미쳤어!'

왜 하필 이런 행동을 하고 있을 때, 그와 눈이 마주친 거지?

루키나는 라펠의 벽안이 입술에 손을 대고 있던 자신을 보고 요동치는 것을 놓치지 않았다.

귓불이 새빨개질 만큼 부끄러운 감정이 치밀어 오른다.

루키나는 그의 시선을 피하기 위해 고개를 아래로 떨구었다.

'진정해, 루키나.'

그건 꿈이야.

실제로 일어나지 않은 일이라고.

어째서 그런 빌어먹을 망상을 하게 된 건지 모르겠지만, 일어나지 않은 일로 부끄러워하지 말란 말이야.

"그러고 보니 시종이 필요하시지 않습니까, 전하?"

"시종? 아아. 이제 와 시종은 무슨. 이미 적응이 됐네. 참! 경이 내 편의를 들어주고자 한다면 건의할 게 하나 있기는 하지."

"무엇입니까?"

오히려 너를 쫓아낸, 아니, 쫓아내려 하는 사람이라고.

그러니 계속 의식하지 마.

의식하지 말라고.

"이번에 본부로 돌아간다면 방을 다시 배정해 줬으면 하는데."

"방이요? 아, 1인실을 원하시는 겁니까?"

그 입술이 부드럽게 느껴진 건, 틀림없이 망상에 의한 결과야.

젠장. 대체 왜 내가 저 남자와 입을 맞춘 것에 대해 이렇게 신경 써야 하는 건데! 실제로 입을 맞춘 것도 아니면서!

"아니. 그런 건 아닐세. 나는 다른 이와 방을 함께 써도 상관이 없어. 단지, 함께 방을 쓰는 상대가 내가 원하는 이였으면 하는 아주 작은 바람은 있지만……."

"원하시는 상대가 있으십니까? 그럼 제 권한으로 힘을 좀 써보겠습니다."

"그래 줄 수 있겠나?"

"하하하! 제가 괜히 오노르의 단장이겠습니까?"

신경 꺼, 루키나.

저 남자는 네가 무슨 생각을 하고 있는지도 모를 거야.

너는 지금 쓸모없는 일에 체력을 소진하고 있는 거라고.

그러니 잊자. 그 망할 꿈 따위는 모두 잊어버리는 게…….

"그럼 여기, 이 친구와—"

"단장님."

한쪽에선 끊임없는 대화가, 다른 한쪽에선 혼자만의 상념 속에 빠져 있던 정신없는 마차의 분위기를 뚝 깨뜨리는 싸늘한 목소리는 루키나의 코앞에서 들려왔다.

　감히, 몹시 불경스럽게도, 제국의 황태자가 꺼내는 말을 끊어낸 차가운 표정의 사내는 생각의 늪을 헤매던 루키나 마저 끌어 올렸다.

　라펠은 자신을 향해 주목된 세 쌍의 눈 중 이안 와이너에게 시선을 고정시키며 내내 굳게 닫혀 있던 입술을 움직였다.

　"본부, 도착했습니다."

「예? 안 된다니요……?」

「말 그대로다.」

「각하! 허나, 아까 분명 각하께선 황태자의 요구는 무엇이든 들어주라…….」

「마음이 변했다.」

「예?」

「변했으니 그렇게 알아. 황태자에겐 알아서 변명하도록 해.」

「각하!」

「피곤하다. 적잖이 떠나 있어서 그런지 몹시 피곤하군. 와이너, 나가주겠나?」

「……!」

「이안.」

「……알겠습니다. 그 일은 제가 알아서 처리하겠습니다.」

하아, 깊게 숨을 내쉬며 중얼거리던 이안 와이너가 집무실 문을 닫고 사라지자 라펠은 미간을 좁혔다.

해가 저물기 전에 이미 본부에 도착했건만 어찌 된 셈인지 피곤이 가득하기만 하다. 피로를 풀기 위해 향했던 온천 여행에서 떠나기 전보다 스트레스를 얻어버린 것 같다.

라펠은 욱신거리는 관자놀이 쪽을 짓누르며 털썩, 의자 위에 엉덩이를 붙였다.

확실히 며칠 전, 그에게 충격과 공포를 안겨주었던 그날의 모습보다는 신체적으로 많이 달라져 있었다.

오늘의 그 여자는 날렵해 보이던 눈매도 부드럽게 휘어진 것을 시작으로 전체적인 얼굴의 윤곽이 많이 유해 보였다.

유독 넓어 보이던 어깨도 원래 그가 알고 있던 정도로 변해 있었고, 그를 당황시키다 못해 경악하게 만들었던 예의 그 물건은 사라진 건지 눈에 띄지 않았다.

하지만 딱 한 가지.

변하지 않는 것이 있다면—

「하아…….」

붉고 도톰한 그 입술.

그녀를 내려다보던 자신의 고개가 아래로 숙여진 것은 미르티스 라펠 윈스턴 스스로도 의식하지 못한, 본능적인 행동이었다.

땀을 뻘뻘 흘리며 괴로워하고 있는 그 여자를 보고 있자니, 그 여자가 황태자를 향해 겁 없이 입을 맞추던 모습이 떠올랐다.

순간적으로 형용할 수 없는 화가 밑바닥에서부터 치밀어 올라 끙끙 앓는 그 여자에게 다가섰고, 아무 생각 없이 입을 맞추었다.

부드러웠다.

생각보다.

아니, 생각했던 것…… 만큼이나.

뜨거웠다.

입술이 닿았던, 바로 그 부분이.

한 번 더 허리를 숙인 것은 그 달콤함을 다시금 느껴 보고 싶었기 때문이었다.

「흐으…….」

여자, 아니, 그때 당시에는 남체화 상태였던 레이디 로델린이 얕게 흘리는 숨결이 코끝을 타고 흘러들어 왔다.

가슴을 간질이는 그 모습에 베개 위로 손을 댄 채 그녀의 뜨거운 숨결을 느끼려던 그는,

「라펠……?」

가쁜 숨을 내쉬며 뱉어낸 그 여자의 낮은 음성에 정신을 차렸다.

'내가 지금 무슨 짓을!'

속눈썹을 부르르 떨며 자꾸만 아래로 내려가려는 눈꺼풀을 겨우 틀어막고 있는 루키나의 모습에 심장이 쿵, 바닥을 찧었다.

하아, 하아— 방 안을 가득 채우는 그녀의 숨소리가 목을 조이듯 그를 압박했다.

뒤로 물러날 수밖에 없었다.

정상인 상태도 아닌 여자를, 아니, 여자인지도 의심이 드는 사람에게 입을 맞추다니.

레이디 로델린에게 입을 맞추고 난 뒤 그가 느꼈던 것은 스스로를 향한 경멸과 수치, 그리고 자괴였다.

'어째서—?'

그 후로 며칠간.

또다시 온천욕을 즐기자며 제 방문을 두드리는 헨리 캐슬러와 이안 와이너의 노크 소리도 무시하며 라펠은 밖을 나서지 않았다.

이유가 생각나지 않았으니까.

그녀에게 입을 맞추었던 이유.

심지어 여성의 상태도 아니었던 그 여자를 향해 입을 맞추었던 이유가, 그에게는 필요했다. 그러지 않고서는 그런 짓을 행한 자신을 용납할 수 없었다.

'대체…… 왜?'

가쁘게 숨을 내쉬고 있는 그 붉은 입술이, 그 당시만큼은 지나치게 매혹적으로 느껴지기는 했지만 그는 남체화되어 있는 여자에게까지 입을 맞출 정도로 굶주려 있지는 않았다.

그는 평범한 집안의 가장이 아닌, 리우드 제국에 존재하는 4개의 공작 가문 중 하나인 윈스턴 공작가의 하나밖에 없는 가주다.

호시탐탐 제 자리를 노리는 귀족들에게서 4대 공작이라는 명예로운 자리를 지키기 위해 타인에게 감정을 품는 행위는 이미 오래전에 배제해 버렸던 상황.

그런 상황에서 상대의 신분 따위는 전혀 중요하지 않다고 생각해 버릴 정도로 충동적인 입맞춤을 해버린 것은 있을 수도, 있어서도 안 되는 일이었다.

그렇다면, 대체 왜?

쾅!

"응?"

쿵쾅거리는 가슴의 울렁임이 멈추질 않고 있었다.

짧았던 여행을 마친 뒤 집무실로 돌아온 순간부터.

아니, 황태자와 동행했던 바로 그 마차에서부터.

아니, 그날 밤, 그녀에게 입을 맞춘 순간부터.

아니, 더욱더 근본적으로는—

"라펠…… 경?"

그날, 이 여자가 의식을 잃은 황태자에게 입을 맞추는 모습을 지켜본 순간부터.

미르티스 라펠 윈스턴은 얼마 전까지 집무실의 의자에 앉아 있던 자신이 정신을 차리고 보니 루키나 이베타 로델린의 앞에 서 있음을 인지했다.

창틀에 앉아 있던 남장 차림의 루키나가 갑자기 문을 박차고 들어온 자신의 모습에 눈을 크게 뜨는 게 보였지만 그는 그녀를 향해 걸어가는 것을 멈추지 않았다.

"라펠 경?"

그녀가 온몸에서 심각한 오라를 풍겨대는 자신을 보며 고개를 갸웃거렸다. 라펠은 성큼성큼, 기다란 다리를 뻗어가며 루키나의 코앞에 섰다.

"저기 왜 그러……!"

그는 말없이 멈춰 선 제 모습에 고운 미간을 일그러뜨리더니 바닥에 발을 내딛는 루키나에게 손을 내밀었다.

"흡!"

커다란 손으로 그녀의 작은 머리를 부드럽게 감싸 쥐었던 라펠은 벌어진 입술 사이로 자신의 숨을 불어넣었다. 뜨거운 그의 숨결이 제게로 스며들자 루키나가 짧은 신음을 흘리더니 눈을 동그랗게 떴다.

갈증이 인다. 그녀의 붉은 입술을 핥자 발생하는 찌릿한 전율로 인해. 더욱더 깊이 탐하고 싶어져, 그는 그녀의 머리를 감싼 손을 제게로 더욱 가까이 잡아당겼다.

"하읍!"

숨을 쉬기 위해 벌린 그녀의 치열을 훑으며 틈이 보이자 주저 없이 돌진했다. 그의 혀끝이 안쪽을 쓸고 지나가는 순간 감당하지 못한 루키나가 눈꺼풀을 파르르 떠는 것이 보였지만, 멈출 수는 없었다.

그의 침범을 적응하지 못한 그녀의 웅크리던 혀를 붙잡고, 깊게 빨아당기자 그녀의 고운 미간이 좁아졌다. 입안에서 만난 타액이 얽혀 들어와 현기증이 일었다.

아직 상황을 제대로 받아들이지 못해 그저 어쩔 줄을 몰라 하는 그녀를 물고 놓아주지 않았다. 흐릿해지려는 그녀의 눈동자가 제게 동화되는 것을 느끼며 라펠은 거침없이 혀끝으로 그녀의 입안을 자극했다.

탐하면 탐할수록, 인지하게 된다.

이 축일 수 없는 갈증의 원인이, 무엇인지.

어째서 자신은 이 여자의 입안을 마구잡이로 휘젓고 있는 건지.

전부.

'큭!'

그렇게 한동안 멈출 것만 같았던 시간은 어느새 정신을 차려 제 가슴을 세게 밀쳐 버리는 그녀로 인해 다시금 흘러가기 시작한다.

"하아, 하아! 이게 대체…… 무슨 짓입니까!"

벅벅. 그와 입술이 닿았던 흔적을 지워내고자 손등으로 제 입술을 문질렀음에도 여전히 라펠이 쓸면서 발생한 타액의 흔적이 남아 있다.

라펠은 투명한 타액으로 번들거리는 그녀의 붉은 입술을 가만히 응시했다. 저를 죽일 듯 노려보고 있는 여자의 시선은 무시무시하기 그지없다.

'빌어먹을.'

"라펠 경!"

'……진짜, 빌어먹을.'

"미스터 라펠!"

라펠은 갑작스러운 입맞춤에 씩씩거리는 여자에게 쓴웃음을 흘리며 중얼거렸다.

"같아."

착각인 줄 알았는데…….

"착각이 아니었어."

"대체 무슨 소리를 하는 거예요? 이봐요, 미스터 라펠. 당신 뭐 잘못 먹었……."

"그래도 혹시 모를 확인이 필요하니 한 번만 더 양해를 구할게. 레이디 이브."

"무……!"

그는 기다란 손을 뻗어 저를 노려보던 여자의 허리를 휘감았다.

기습적인 그의 행동으로 인해 당황한 여자가 고개를 들어 올려 자신을 노려보던 바로 그때.

라펠은 두 손으로 그녀의 얼굴을 감싸며 고개를 숙였다.

벌렁거리던 심장을 겨우 진정시키던 루키나는 갑자기 밀려들어 오는 열기에 사고 회로를 더 이상 가동하지 못했다.

'어……?'

분명, 조금 전 화를 냈던 것 같은데.

어째서인지 그녀의 입술 위로는 낯선 남자의 촉촉한 입술이 느껴진다.

'으윽!'

코끝으로 강하게 스며들어 오는 그의 숨결이 눈앞을 어지럽혔다. 그 때문인지, 쿵쾅쿵쾅 심장이 떨려와 차마 뱉어내려던 말을 내뱉지 못했다. 머릿속의 생각들이 얽혀 버려 시야가 아득해진다.

무슨 일이 일어나고 있는 거야?

방심한 틈을 타 입안으로 강하게 밀고 들어오는 상대를, 그녀는 막지 못했다.

눈을 동그랗게 뜨고 있었던지라 그녀의 커다란 눈동자 속으로 라펠이 행하는 모든 행동들이 똑똑히 들어왔다.

뺨을 스치는 매서운 콧날과 파르르 떨리지만 제게로 시선을 고정시키고 있는 푸른 눈동자, 그리고 결정적으로 호흡을 막아버릴 만큼 뜨거운, 붉은 입술까지.

특히나 그의 거침없는 혀끝은 그녀의 은밀한 치열까지 훑고 지나가 전신의 힘을 빠져나가게 만들었다.

'하아.'

입술 밖으로 뱉어낼 수 없는 가쁜 숨결이 목구멍까지 차올랐다가 삼켜진다. 제 모든 것을 주저 않고 빨아 당기는 그로 인해 온몸의 털이 쭈뼛쭈뼛 설 정도다.

두근두근. 벌어진 그녀의 입술을 거침없이 쓸며, 루키나의 머릿속을 헤집어 버린 그 남자로 인해 그녀는 귀가 울릴 정도로 가슴이 반응하고 있음을 알아차렸다. 거칠게 뛰는 자신의 심장만큼이나 가깝게 들려오는 그의 심장박동 소리가 귀를 어지럽혔다. 그에게 물려 옴짝달싹하지 못한 루키나는 반항의 힘을 잃고 제 혀를 옭아매 놓아주지 않는 그의 품속으로 와르르 쓰러질 태세였다.

한 번도 아니고 두 번.

그것도 전혀 예상치 못했던 상대에게 기습을 당했던지라 어안이 벙벙했다.

'그러니까 내가 지금…… 무슨 일을 당한 거냐고!'

지금 이 상황을 도저히, 제 머리로는 받아들일 수가 없다.

루키나는 그에게서 벗어나기 위해 라펠의 입술을 콱 깨물며 뒤로 물러났다.

"……!"

그의 벽안이 거세게 흔들렸다.

그녀로 인해 생긴 입술의 상처에서 붉은 선혈이 뚝뚝 흘러내리고 있다.

스윽, 아무렇지도 않게 핏기를 닦는 라펠을 죽일 듯 노려보며 루키나는 녹안을 고정시켰다.

"제정신입니까?"

라펠이 제게 행한 행동은 아무리 몇 번의 환생과 빙의를 겪었던 루키나 로델린도 받아들이기 쉽지 않다.

그도 그럴 것이, 다른 사람도 아닌 천하의 팬텀 공작이 아닌가!

여자를 돌보다 못한 존재로 취급한다던 바로 그 작자가 뜬금없이 문을 박차고 들어와 입술을 들이밀다니.

이거 또 꿈 아니야?

분노가 흘러넘치다 보면 벌렁거리던 가슴이 차분해지나 보다.

루키나는 미친 듯이 뛰던 심장이 눈 깜짝할 사이에 순식간에 가라앉는 것을 인지하며 그에게 물었다.

"무슨 생각에서였습니까?"

잔뜩 흥분했던 조금 전과는 확연히 달라진 목소리.

차분하기 그지없는 루키나의 질문에 그가 아래로 내렸던 눈꺼풀을 들어 올렸다.

"글쎄."

"미쳤어요?"

"……."

"미친 거냐고요!"

버럭 외치는 루키나를 직시하던 그의 굳은 입술이 움직였다.

"……아무래도, 그런 것 같군."

뭐?

쓰게 웃으며 그녀를 바라보는 그의 푸른 눈동자에 제 얼굴이 비친다.

루키나는 담담하기 그지없는 그의 태도에 인상을 썼다.

"술에 취한 건 아닌 것 같고. 아까 말했던 확인이라는 건 또 뭡니까? 대체 무엇에 대한 확인이에요? 요즘은 입술부터 들이밀고 확인을 하는 거예요?"

"……."

"이봐요, 라펠 경. 아니, 미스터 라펠. 아니, 윈스턴 공! 이거, 범죄라는 건 아십니까?"

루키나는 버럭 소리치며 그를 향해 다가갔다.

라펠은 꿈쩍도 하지 않은 채 그 자리에 서서 루키나를 내려다보고 있었다.

미간을 좁히고 있던 루키나는 그를 똑바로 올려다보았다.

아무래도 미르티스 라펠 윈스턴의 머리 구조를 이루고 있는 나사가 하나 빠진 게 틀림없다.

그러지 않고서야 이런 미친 일을 벌일 리 없지 않은가.

그것도, 제국에서 가장 냉혹하다 알려져 있는 무감정의 소유자, 팬텀 공작이!

루키나는 그의 맑은 벽안을 응시했다.

아주 짧은 시간 동안 살펴본 결과 그의 초점이 흐려진다거나 하는 반응 따위는 보이지 않았다.

입술 사이로 술 냄새가 풍기는 건 절대로 아니다.

그럼 약이라도 한 건가?

아니. 그의 올곧은 성정으로는 마약 같은 것에 손을 댈 리 없지.

헌데 그렇다고 해서 이 남자가 제정신으로 보일까?

아니. 그건 완전 아니지.

이쯤에서 한 가지 질문.

이 남자, 혹시 내가 누군지 모르고 있는 거 아니야?

"공께서는 지금, 누구에게 입을 맞췄는지…… 인지는 하고 있는 겁니까?"

갑자기 솟아난 의문을 루키나는 속에 담고 있지만은 않았다.

눈을 치켜뜨며 묻는 루키나의 날카로운 질문에 라펠은 피식 웃음을 흘렸다. 비웃는 웃음이 아닌 자조 섞인 웃음이다.

그는 깊게 숨을 내쉬며 고개를 끄덕였다.

"알아."

안다고?

아는 사람이 이런 미친 짓을…….

"너무 잘 알아서…… 문제가 되는군."

"이것 보세요. 원스—"

"경은, 아니, 그대는 로델린가의 공작 영애지."

"……!"

"한때 2황자와 약혼을 했었고, 몇 달 전 열렸던 그대의 파티에서 그에게 복수까지 했었어. 그리고 지금 현재는 말도 안 되는 남장을 하고 내 기사단에 들어온 웃기는 여자가 아닌가? 본인이 레이디라는 것도 망각하고 남자들이랑 합숙 훈련도 마다 않는 정신 나간 여자."

"뭐라고요?"

"레이디가 가져선 안 되는, 해괴한 물건을 단 채로 나한테 진정시키는 방법을 묻는 어이없는 여자."

참 나.

"2황자의 약혼녀였으면서 그의 적수인 황태자와 친구까지 되고. 그걸로도 모자라서 감히 황제 다음으로 고귀한 황태자의 입술에 입을 맞추는 것을 주저하지 않는 황당한 여자."

"이, 입맞춤이 아니에요! 당신도 보셨겠지만, 그건 구조의 방법 중 하나인······."

"확인이 필요했어."

그놈의 확인.

인공호흡을 설명하기 위해 소리치려던 루키나는 땀에 살짝 젖어 있는 앞머리를 뒤로 넘기며 중얼거리는 라펠의 말에 입을 다물었다.

"단순한 호기심이었던 건지. 아니면······."

아니면?

"질투였는지."

두근두근.

무슨 소리를 들은 거지?

루키나는 황당한 표정을 지으며 그를 응시했다.

라펠은 말을 이어 나갔다.

"남자가 남자에게 입을 맞추는 행위를 직접 보는 건······ 처음이었다. 물론, 그대가 여자라는 것을 알고는 있지만 확실히 당시의 그대는 여자라고 보기에는 무리가 있었으니."

다시 생각해도 그날 밤의 일을 떠올리기 싫다는 듯 라펠은 몸을 부르르 떨어가며 진저리를 쳤다.

루키나는 아무 말도 하지 않았다.

아무래도 확실히 그때의 일이 그에게 트라우마로 남았던 모양이다. 특히 자신이 그에게 그 '방법'을 물었던 바로 그 일들이. 그리고 루키나가 물을 먹은 유리안을 향해 인공호흡을 시도하던 그 일들이.

"그래서 나도 해봤다."

……어?

"그대가 아프다는 것을 오히려 이용했지."

"잠깐. 그 말은……."

그때 그 꿈이 설마……!

루키나는 충격에 휩싸인 표정을 지었다.

라펠은 새하얗게 질려가는 루키나의 얼굴을 보고도 아랑곳 않고 말을 이어 나갔다.

"화가 났어. 개운해지지 않고 오히려 더욱 화가 났지. 풀릴 거라 생각했던 의문이 늘어나 버렸으니까."

루키나는 멍한 눈으로 그를 쳐다봤다.

흑발의 미청년은 눈을 질끈 감으며 중얼거렸다.

"아무래도…… 내가 먼저 규칙을 어기게 된 것 같군."

두근두근—

침묵을 유지하던 심장이 그 순간 미친 듯이 뛰기 시작했다.

'규칙?'

규칙이라니. 대체 무슨 규칙을 말하는 거야—라는 말이 머릿속을 맴돈다. 루키나는 쓴웃음을 흘리는 그를 빤히 바라보다 문득 떠오른 생각에 움찔거렸다.

「당신과 저, 두 사람이 부득이하게 같은 공간을 사용하는 동안 우리 두 사람은 서로에게 반하지 말 것. 좋든 싫든 앞으로 한 방을 써야 하는 건 어쩔 수 없는 일인데, 만약 원치 않은 마음이 싹트면 곤란하잖아요?」

······아.

"범죄······ 라 했었지. 그래, 그대의 말이 맞아. 그대의 동의 없이 내 멋대로 굴었으니······ 확실히 그렇군. 그에 대한 책임은 지겠······!"

어두운 얼굴로 말을 잇던 라펠의 말은 돌연 제 앞으로 다가온 그림자로 인해 뚝 끊어졌다.

"레이디······."

아마도 레이디 로델린이라든가, 레이디 이브라든가 하는 말을 꺼낼 생각이었겠지.

라펠은 저를 밀쳐 내고선 일정한 거리를 두던 그녀가 이번엔 손만 뻗으면 닿을 거리에 서서 저를 노려보고 있다는 것을 인지하고선 의아한 표정을 지었다.

무슨 생각이었는지.

왜 그런 짓을 했는지.

스스로도 납득을 할 수가 없다.

하지만 저도 모르게 손이 나갔다.

저도 모르게 심각한 표정을 지으며, 저도 모르게 입을 다무는 그의 멱살을 세게 움켜쥐었다.

무언가 각오를 한 듯 미르티스 라펠 윈스턴이 짧은 한숨과 함께 입술을 굳게 다무는 모습을 보자마자 루키나는 잔뜩 인상을 쓴 채로, 그의 멱살을 세게 끌어당기며 발을 들어 올렸다.

"······!"

그의 속눈썹이 파르르 떨리는 모든 과정이 시야로 들어온다.

루키나는 어찌나 놀랐는지, 두 눈이 튀어나올 정도로 크게 뜨고 있는 그의 벽안에서 시선을 떼지 않은 채 입을 맞추었다.

'비려.'

처음 두 번의 입맞춤과는 달리, 이번에는 입술 사이로 그의 상처에서 흘러나오는 핏방울이 스며들어 와 입안을 맴돌았다.

루키나는 놀라 굳어버린 남자의 입에서 천천히 제 입술을 떼어내고선 손등으로 입술을 닦았다.

"바, 방금—"

"나는 당하면, 갚아주는 성격이에요."

루키나 이베타 로델린은 답지 않게 뭐라 말을 잇지 못하는 남자를 향해 흥 콧방귀를 뀌며 말했다.

"그것도 배로 말이죠."

털썩—

"응?"

로렐 산트너는 갑자기 들려온 소리에 고개를 돌렸다.

낮익은 얼굴이 힘이 쭉 빠진 표정을 지으며 주르륵 주저앉는 모습이 보였다.

저 녀석이 왜 저러지?

얼마 전, 큰 사고를 겪었던지라 걱정이 된 로렐은 그답지 않게 염려 가득한 표정을 지으며 달려갔다.

"이봐. 유리. 괜찮아?"

"……."

"유리!"

"아. 로…… 렐."

무슨 일을 겪은 건지 넋을 놓고 있던 남자의 자색 눈동자가 자신을 향했다.

로렐은 힘껏 고개를 끄덕이며 외쳤다.

"그래, 나야! 인마. 너 왜 여기서 이러고 있어? 아이반 녀석을 데리러 간다 하지 않았어?"

곧 있을 저녁 식사 시간을 위해 아이반 밀드레드를 부르러 간다고 걸어가던 발걸음이 깃털보다도 가벼워 보이던 유리안 로우드가 대체 왜 이 꼴로 복도 한가운데에 주저앉아 있던 건지 모르겠다.

로렐은 이해가 되지 않는다는 표정을 지으며 물음을 던졌다.

"그랬…… 었지."

"그런데 왜—"

여기 이러고 있는 거야? 라는 말이 어쩐지 입 밖으로 나오지 않았다.

로렐은 무언가에 홀린 사람처럼 넋을 놓은 유리안이 손을 들어 올려 왼쪽 가슴 아래를 문지르는 것을 지켜보았다.

"유리?"

"……넌 할 수…… 있어?"

무슨 소리야?

로렐 산트너는 의문에 휩싸였다.

밑도 끝도 없는 질문이었으니까.

유리안은 그런 로렐은 쳐다보지도 않고 조금 전 자신이 목격했던 바로 그 장면을 떠올렸다.

로렐에게 숙소에 있는 아이반을 불러오겠다고 자리를 박차고 나오던 그는 아이반의 숙소와 몇 발자국 남지 않은 곳에서 걸음을 멈추었다.

반대편에서 성난 황소처럼 성큼성큼 걸어오고 있는 미티 라펠을 발견했기 때문이다.

'저자는?'

제 방으로 돌아오는 건지, 미티 라펠은 서늘하기 그지없는 표정을 지으며 아이반 밀드레드가 있는 숙소의 방을 열었다.

'돌아갈까?'

잠시 그런 생각을 했던 유리안은 이미 정체가 밝혀진 이상 저자의 눈치를 볼 필요는 없다고 생각했다.

어차피 아이반도 저녁 식사는 해야 하는 상황.

미티 라펠과 대면하는 것이 그리 마음에 드는 상황은 아니지만 유리안 역시 멈추지 않고 두 사람의 방으로 걸어갔다.

「라펠…… 경?」

급했던 걸까.

미티 라펠은 평소의 신중한 성격과는 달리 문도 제대로 닫지 않고 방으로 들어갔다.

문틈 사이로 두 남자가 마주 보고 있는 모습을 바라보던 유리안은 자신의 존재를 드러내기 위해 손을 뻗으려 했다.

「저기 왜 그러…… 흡!」

유리안 아이너 로우드는 아이반 밀드레드를 향한 미티 라펠의 표정을
보지는 못했지만, 미티 라펠이 아이반을 향해 취하는 행동과 그로 인한
아이반의 표정 변화는 똑똑히 목격할 수 있었다.

'그건 틀림없이······.'

입맞춤이었다.

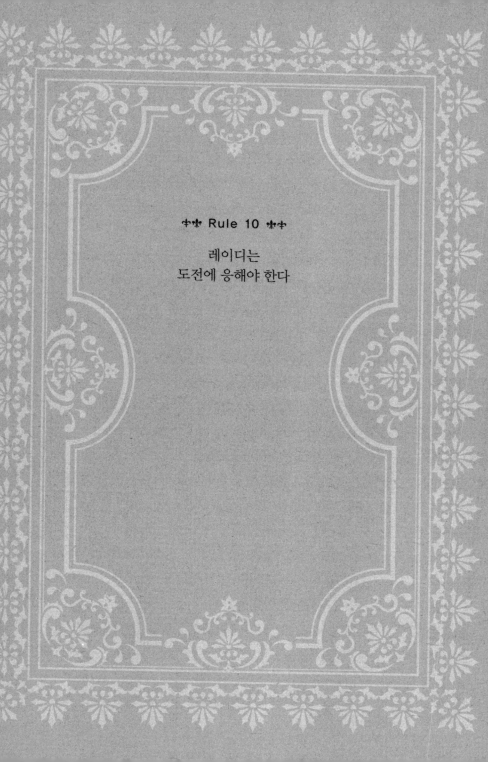

✤✤ Rule 10 ✤✤

레이디는
도전에 응해야 한다

"리데츠 백작 영애는 안 됩니다. 욕심이 많고 덕이 부족해요. 황자비가 된다면 기고만장해져서 아랫사람을 못살게 굴 것이 틀림없습니다!"

누군가 외친 말에 술렁이던 장내가 고요해졌다.

일제히 긴 한숨을 내쉬며 고개를 가로저었다.

"그렇다면 포프너 후작 영애는 어떨까요?"

"그건 무리지요. 안 그래도 요즘 포프너 후작이 황도 진출을 꿈꾸는 상황에서 날개를 달아줄 게 분명합니다. 전하를 등에 업고 천지를 분간 못할지도 모르고요."

"다들 카리먼 남작 영애는 어떻게 생각하십니까?"

"카리먼이요?"

"예. 확실히 언급하신 두 영애들보다는 남작 자체의 세력도 적고, 카리먼 남작령의 영주민들에게 평판도 좋은 걸로 알고 있습니다."

"물론…… 저도 그 이야기를 듣지 않은 것은 아니지만……."

"아니지만?"

말끝을 흐리는 해머 후작의 반응에 제안을 건넨 에머젠 백작의 눈이 동그래졌다.

흠흠, 헛기침을 흘리던 해머 후작은 주변의 눈치를 보더니 입술을 달싹였다.

"미래의, 흠! 미래의 황손을 생각해야 하지 않겠습니까?"

눈치를 보며 꺼낸 그 말에 해머 후작 주변이 물을 끼얹은 것처럼 조용해졌다.

"어허! 해머 후작! 말이 너무 차별적인 것 아니오? 황자비가 황자비로서 훌륭한 덕목을 갖추면 되지, 외모가 무슨 상관인 거요!"

잠자코 상황을 지켜보던 슈나이더 백작이 인상을 쓰며 소리치자 해머 후작 역시 지지 않겠다는 얼굴로 그를 향해 대꾸했다.

"내가 뭐 틀린 말이라도 했소? 황실의 후손을 낳게 될 몸인데, 당연히 그것도 생각해 봐야지!"

"해머!"

상대를 향한 삿대질과 귀를 찢는 고성이 오가는 이곳은 리우드 제국의 4황자 휴이렌 프란시스 리우드의 처소인 써로드 궁.

날이 밝자마자 써로드 궁으로 달려와 몇 달 전부터 언급되었던 황자비 간택 문제에 대한 회의를 하겠다며 이곳에 눌어붙은 2황후파 귀족들은 결국 얼굴을 붉혀가며 소리를 질러대는 중이다.

각자 밀고 있는 영애들을 후보로 올리기 위해 안간힘을 쓰는 귀족들의 절박한 태도와는 달리, 정작 혼인의 당사자인 휴이렌 프란시스 리우드는 회의가 펼쳐지는 원형 탁자 뒤편의 소파에 앉아 무언가를 읽고 있었다.

'풋.'

어젯밤 그의 시종인 레비의 편으로 은밀히 들어온 편지를 얼마나 읽었는지.

그리 많은 글자가 적힌 것은 아니었기에 읽고 읽어서 이젠 암기 모드로 들어서는 중이다.

"이러다 끝이 안 나겠습니다! 고작 후보 선정에 이리 애를 먹는데 어떻게 간택까지 가겠습니까? 여러분. 진정들 하십시오!"

소란스러운 장내를 향해 소리치던 회의의 주선자이자 2황후파의 대표적인 귀족인 이오르 후작은 제 외침에 욕설을 뱉으려다 마는 다른 귀족들에게 눈치를 준 뒤 등 뒤로 고개를 돌렸다.

"차라리 이 시점에서 전하의 의견을 들어보는 것이 좋겠습니다. 아무래도 혼인을 하실 분은 저희가 아닌 황자 전하이시니만큼—!"

'여행이라니……. 어딘지 말이라도 해주지.'

"……."

'여행이라. 나도 여행을 가고 싶어지는걸.'

몇 번을 읽어도 그녀의 목소리가 저절로 떠오르는 것처럼 실감나는 편지의 내용이다.

제게 신경 끄라는 말을 참으로 길고도 장황하게 적어놨다고 생각하며 웃음을 터뜨리던 휴이렌은 갑자기 쥐 죽은 듯 조용해진 장내의 반응에 고개를 들어야 했다.

"아."

입꼬리를 올리고 있던 휴이렌의 얼굴이 저를 향해 쏟아지는 수많은 이들의 시선을 발견하곤 딱딱하게 굳어졌다.

흠흠. 휴이렌은 언제 미소를 그렸냐는 듯, 들고 있던 편지를 곱게 두 번 접은 후 주머니 속으로 집어넣었다.

휴이렌의 변화에 미간을 좁히던 이오르 후작은, 무슨 일이냐는 눈빛을 보내는 휴이렌을 향해 빙긋 웃음을 그렸다.

"무슨 재미있는 일이라도 있으셨나 봅니다, 전하."

저들은 이리 고생하고 있는데 정작 당사자가 흥미를 가지고 있지 않다는 생각에 단단히 뿔이 난 모양이었다.

은근슬쩍 불만을 표하고 있는 2황후파 귀족들의 얼굴을 한번 훑어보던 휴이렌은 쓴웃음을 흘리며 눈꼬리를 휘더니 자리에서 일어났다.

한바탕 들끓었던 써로드 궁은 해가 질 때쯤이 되어서야 겨우 원래의 모습을 되찾았다.

긴 시간 회의를 했음에도 불구하고 여전히 의견 차이를 보이던 2황후파의 여러 귀족들은 쯧쯧 혀를 차며 다음번의 회의를 기약해야 했다.

"아깐 왜 그러셨던 겁니까?"

자신을 위해 모였다 돌아가는 그들을 배웅하기 위해 처소 앞의 정원까지 걸음 한 휴이렌은 곁에서 들려오는 목소리에 고개를 돌렸다.

그의 최측근이라 불리는 보이드 자작이 의문 가득한 눈으로 자신을 쳐다보는 것이 보였다.

휴이렌은 옅은 미소를 지으며 대답했다.

"재미있는 편지를 받아서."

"……편지요? 누구한테 말입니까?"

"친구."

"친구요?"

"그래. 친구. 아주 오래된 좋은 친구."

크리스 보이드의 얼굴에 의구심이 떠올랐다.

'전하께 저 말고도 친구가 있었습니까?' 하는 표정을 짓고 있던 보이드 자작은 말없이 웃고만 있는 휴이렌에게 무언가 말을 하려다 말았다.

물어도 답을 해주지 않을 거라는 것을 보이드 자작은 알고 있었다.

"참, 전하!"

어차피 알 수 없는 일에 매달릴 바에는 차라리 알 수 있는 일의 해답을 구하는 것이 낫지.

크리스 보이드는 마침 생각난 일에 몸을 돌려 처소로 돌아가려는 휴이렌을 불러 세웠다.

휴이렌의 자색 눈동자가 그를 향하자 그는 말을 덧붙였다.

"이미 들으셨을지도 모르겠지만 앞으로 2주 뒤면 라시모프 경기장에서 제국 기사단 대회가 열릴 예정입니다."

"벌써 그런 시기가 왔나?"

"예. 원래 예정대로라면 개회 선언을 렉스…… 황자님께서 하실 예정이었는데, 전하께도 아시다시피……. 흠흠."

말끝을 흐리는 보이드 자작의 말에 미소 지으려던 휴이렌의 얼굴에서 웃음이 사라졌다.

보이드 자작은 괜한 말을 꺼냈다는 생각에 서둘러 말을 끝맺었다.

"어쨌든 주최 측에서 황족의 참관을 여쭙고 있는데 뭐라고 답하면 될까요? 아마도 유리안 전하는 무리일 듯싶어서 우리 쪽에 먼저 연락이 왔더군요."

"……."

"전하?"

기사단 대회라.

휴이렌은 제 대답을 기다리고 있는 보이드 자작을 바라보았다.

「나는 당하면, 갚아주는 성격이에요.」

흥, 콧방귀를 뀌며 흑발의 남자에게 툭 말을 던지던 당시의 루키나 이베타 로렐린은 겉으로는 눈 한 번 깜빡이지 않을 만큼 태연했다.

그녀는 상대를 향해 1차적으로 타격을 날리는 데 그치지 않고, 놀라 돌처럼 굳어 있는 남자를 향해 치명타를 날리는 여유까지 보였다.

「그것도 배로 말이죠.」

피식 실소를 터뜨리던 그녀는 황실의 어두운 일을 도맡아 한다는 제국의 팬텀 공작 따위는 조금도 두려워하지 않는 모습이었다.

팬텀 공작이 당황해 일언반구조차 하지 못하는 것은 당연했다.

슥슥. 입술을 삐죽인 그녀는 한 번 더 중얼거렸다.

「흥. 이깟 박치기가 뭐라고. 별거 아니잖아.」

그래. 사실은 별거 아니었다.

그 남자와 자신은 고작 입술만 맞닿았을 뿐, 그 이상의 행위는 나아가지 않았으니까.

단순한 입술 박치기일 뿐이다. 놀라울 정도로 아무것도 아닌 그냥 입술 박치기.

비록 심장이 몹시 벌렁거려 숨을 참을 수가 없을 지경이었다고 하더라도. 빨개졌던 귓불의 열기가 얼굴로까지 번질까 봐 그의 눈동자가 아닌 눈썹을 뚫어져라 응시하고 있었더라도.

입술이 바짝바짝 말라 계속해서 침을 삼키고 있었더라도. 죄여오는 목구멍의 반응을 애써 무시하며 가슴 소리를 죽이고 있었더라도.

별거 아닌 입술 박치기.

「어이, 미티! 여기 있…… 어라? 내가 방해한 건가?」

챙—

아. 순간적으로 놓쳐 버린 레이피어가 툭 바닥으로 떨어지는 모습을 루키나는 멍하니 내려다보았다.

조금 전까지만 하더라도 힐트를 쥐고 있던 손이 어느새 허공을 내젓고 있었다.

어리둥절한 표정을 지으며 빈 손바닥을 바라보던 루키나의 귓가에는 며칠 전의 그날, 자신과 라펠을 향해 의아한 말을 뱉어내던 이안 와이너의 음성만이 맴돌 뿐.

루키나는 그 음성이 흐려져 완벽하게 사라질 때까지 넋을 놓은 채로 바닥과 닿아 있는 자신의 레이피어를 응시했다.

대련 도중 갑자기 검을 놓쳐 버린 루키나로 인해 당황한 사람은 비단 루키나뿐만이 아니다.

"어이, 밀드레드."

앞으로 보름도 채 남지 않은 제국 기사단 대회를 앞두고, 개인전에 참여할 루키나의 대련 상대는 매일같이 바뀌고 있는 상태였다.

오늘은 스피어를 주 무기로 사용하는 로렐이 일찌감치 그녀의 대련 상대로 낙점이 되어 이른 아침부터 훈련장에 나와 함께 훈련을 하고 있었다.

"너 이 자식, 집중 안 해? 아까부터 정신이 다른 데 가 있다고!"

며칠 전이었더라면 들고 있던 무기를 떨어뜨리는 자는 다름 아닌 자신이 되었을 테지만 상황이 예상과는 반대로 흘러가자, 로렐 산트너는 불만이 가득한 표정을 지으며 미간을 좁혔다.

"로렐."

"왜 인마!"

루키나는 입을 쭉 내밀고 있는 로렐을 응시하다 숨을 길게 흘렸다.

"미안하지만 조금 쉬자."

"뭐?"

이대로는 대련을 하나 마나다.

일단은 자꾸만 벌렁거리는 마음을 가라앉히는 게 우선이다.

루키나는 황당해하는 로렐에게 양해를 구한 뒤 바닥에 떨어진 레이피어를 집어 들었다.

다행히 날렵한 블레이드는 아무런 문제가 없었다.

루키나는 어이없는 표정을 짓는 로렐에게 손을 들어 올려 미안하다고 표시한 뒤, 저만큼이나 넋을 놓고 있는 낯익은 얼굴을 향해 발걸음을 옮겼다.

"유리."

"……."

"유리?"

"헉!"

"왜 그리 놀라십니까?"

꼭 유령이라도 본 사람처럼.

가까이 다가가서 말을 걸어도 답이 없던 유리안에게 얼굴을 슥 들이밀자 유리안은 소스라치게 놀라며 엉덩이를 뒤로 내빼다 그만 벽에 등을 부딪쳤다.

짧게 신음을 흘리고 있는 유리안이 두 눈을 크게 뜬 채 저를 바라보고 있자 루키나는 풋 웃으며 중얼거렸다.

"와, 왔나⋯⋯. 아이반."

경직된 표정과 눈빛.

딱 보기에도 수상쩍어 보이는 그의 행동이 의아하게 느껴진 것은 루키나가 간혹 얼빠진 표정을 지으며 서 있던 시기와 얼추 비슷하기는 했다.

뭔가 이상하게 느껴지는 것이 사실이었지만 안타깝게도 그녀는 유리안에게 신경 쓸 여유가 없었다.

살짝 고개를 끄덕인 루키나는 도통 오늘 아침부터 입에서 사라질 생각을 하지 않는 한숨을 한 번 더 흘린 뒤 고개를 아래로 떨구었다.

'대체 왜 그랬던 거지⋯⋯?'

지끈거리는 두통이 갈수록 심해진다.

대면을 하지 않으니 더 그런 건지도 모른다.

벌렁거리는 심장의 박동 소리를 느끼며 무릎에 얼굴을 파묻을 기세로 목을 숙이던 루키나는 온몸을 파르르 떨었다.

"어이."

그런 루키나를 말없이 내려다보던 로렐 산트너는 결국 들고 있던 스피어를 벽에 세워둔 채 그녀가 있는 곳으로 다가왔다.

털썩 자리를 잡아 앉는 로렐로 인해 먼지바람이 일자 루키나는 숙였던 얼굴을 들어 올렸다.

로렐은 떨리는 그녀의 눈동자를 빤히 직시하더니 흥, 하고 콧방귀를 뀌며 말했다.

"무슨 일이냐, 아이반 밀드레드."

"⋯⋯."

"혹시. 접때 말했던 그 여자 때문이냐?"

"쿨럭!"

성별은 틀렸지만 매우 예리한 추론이다.

눈을 가늘게 뜨며 묻는 로렐 산트너의 말에 루키나는 몸을 움찔거렸다.

어찌 된 셈인지 그녀의 눈치를 살피며 숨을 죽이던 유리안이 돌연 콜록거리기 시작해 로렐은 미간을 찌푸렸다.

"이 녀석은 또 왜 이래? 두드려 줘?"

로렐이 스피어로 인해 단련된 두툼한 손을 들어 올려 허공으로 휘휘 휘두르자 유리안이 얼른 고개를 내저었다.

루키나는 쯧, 혀를 차고 있는 로렐 산트너를 주시했다.

「그래. 나도 연애 경험은 있다고.」

이것이 과연 '연애'의 과정인지 정의조차 내릴 수 없지만 성인 남녀가 입을 맞췄다는 것은 평범한 일은 아니다.

물론 루카나 로델린은 그 일을 당한 것에 대한 앙갚음과 단순한 입술 박치기라 여기려고 노력하지만 엄밀히 따지면 그 일이 있은 뒤 심장이 벌렁거리는 것이 도통 멈출 생각을 않으니.

분명 해답을 찾아야 할 문제이기는 하지.

"저…… 로렐."

이대로 있을 수만은 없다.

어째서 그 순간 그러한 행동이 나왔는지도 모르겠고, 이안 와이너에게 불려 돌아서서 가버리는 그의 뒷모습을 왜 그리 허망하게 바라보고 있었던 건지도 모르겠다.

알아야 한다.

왜 이렇게 가슴이 뛰는 건지.

심장이 요동치고, 얼굴이 화끈거리는 건지. 왜 입을 부딪치게 된 건지.

"상담할 게 좀 있는데……."

"그냥 열 받아서 한 거네!"

심드렁한 표정을 지으며 이야기를 듣고 있던 오노르 기사단의 7기 단원, 가일 모어가 코웃음을 터뜨리며 외쳤다. 귀를 기울이던 루키나의 눈이 동그래졌다.

"열…… 받아서?"

단순히 그런 이유로?

"그래! 예상치도 못했던 순간에 기습적으로 당한 거랬지?"

"어? 어어."

"그렇다면 그런 거지! 게다가 한 번도 아니라 두 번이라며!"

"그건……."

"확 돌아버린 거야. 그래서 부글부글 끓어오르는 화를 참지 못하고, 나도 당했으니 너도 당해봐라 라는 심정으로 이렇게!"

"윽!"

루키나를 향해 강의하듯 말하던 가일 모어는 이 펍에 온 이후로 지금까지, 제 곁에 앉아선 고상하게 술만 들이켜고 있던 라이언 휴블의 목에 팔을 두르더니 휙 그를 제 쪽으로 잡아당겼다.

"가일……."

"흐흐, 응?"

"셋 센다. 떨어져."

"흐흐흐."

"……안 떨어져?"

라이언 휴블이 서늘한 기운을 흘리며 그의 팔을 떼어내려고 했으나, 가일 모어의 힘은 생각보다 거셌다.

루키나는 제게 한창 설명하던 도중 느닷없이 힘겨루기를 시작한 두 남자를 한심하게 바라보다 한숨을 내쉬었다.

지금 현재 루키나가 있는 곳은, 로렐의 말에 의하면 제국 최고의 인기를 구사하고 있는 최신식 펍.

대륙 곳곳에서 수입해 오는 각종 주류들로 가득한 이곳은 리우드 제국의 핫플레이스 중 하나라고 했다.

「회식이다, 회식!」

연애 상담을 해달라고 했더니 갑자기 회식을 주장한 로렐 산트너로 인해 곧 있을 기사단 대회를 준비하고 있던 신입 단원들의 눈이 반짝반짝 빛났다.

「고민을 들어주는 녀석들이 많은 게 좋지 않겠어?」

일을 크게 벌이려는 로렐에게 핀잔을 늘어놓자 로렐은 흐흐, 능글맞은 웃음을 그리며 루키나에게 속삭였다.

순간적으로 움찔하던 루키나는 어쩔 수 없이 그의 제안을 받아들일 수밖에 없었다.

그리고 덕분에, 지난 온천 여행 이후 급속도로 가까워진 오노르 7기의 기사들 중 당시 훈련장에 있던 일곱 명의 기사들은 이렇게 옹기종기 모여 술을 마시고 있는 중이다.

'정말로 그런 이유에서였을까?'

투닥거리다 못해 이젠 벌떡 일어나 몸싸움을 벌이는 가일 모어와 라이언 휴블을 흘긋거리던 루키나는 제 앞에 놓여 있는 술잔의 영롱한 빛깔을 응시하며 생각에 잠기기 시작했다.

어쩌면.

그래. 이제 와 곰곰이 생각해 보면 가일의 말에 일리가 있었다.

갑작스러운 입맞춤으로 인해 순간적으로 화가 치밀어 오른 것은 사실이었고, 그로 인해 일어난 일은 그녀가 생각하기에도 충동적이었으니까.

스스로도 배로 갚아주겠다는 말을 하기도 했으므로 가일의 말이 일리가 있는 것 같기는 한데…… 어쩐지 찜찜하단 말이지.

"열 받아서는 무슨. 그냥 하고 싶어서였을 거라고!"

미묘하게 납득이 가지만 마지막 장벽을 넘지 못하고 있을 때 들려온 또 다른 외침은 루키나의 신경을 잡아끌었다.

루키나는 두 눈에 힘을 주어가며 소리를 질러 대는 로렐 산트너를 바라보았다.

"아니. 남자가 기습적으로 입을 맞췄는데, 여자가 응답을 했다! 그럼 당연히 마음이 있어서 대답을 한 거 아니겠냐?"

……뭐?

"어이. 내 말이 맞았어, 틀렸어?"

"맞지. 맞아."

"응답하면 게임은 끝난 거야."

루키나는 수긍하는 다른 신입 단원들의 대답에 흐응, 턱 끝을 매만지는 시늉을 했다.

그들의 반응에 기고만장해진 로렐은 이번엔 루키나의 옆이자, 자신의 맞은편에 앉아 있던 유리안을 바라보았다.

"유리 네 의견은 어때?"

"……."

"유리!"

유리안은 테이블이 흔들릴 정도로 소리를 질러대는 로렐의 외침에 흐려지던 동공의 초점을 되찾았다.

"응?"

"집중해, 인마. 집중!"

미안— 하고 작게 쓴웃음을 흘리던 유리안은 뒷머리를 긁적였다.

로렐은 '아이반의 이야기 말이야. 너는 어떻게 생각하냐고' 라는 질문을 다시 던져 가며 유리안의 대답을 기다렸다.

루키나는 그가 들고 있던 맥주잔의 표면만큼이나 유리안의 동공이 거세게 흔들리고 있음을 깨달으며 고개를 갸웃거렸다.

"나는……."

……유리?

확실히 요 며칠 유리안의 행동이 이상하기는 하다.

저를 보는 시선이 하루에도 몇 번씩 바뀌는 것 같다면 제 착각일까?

루키나는 저를, 아니, 정확히는 제 입술을 뚫어져라 응시하고 있는 유리안이 침을 꼴깍 삼키며 벌떡 일어나는 것을 지켜보았다.

"자, 잠깐 볼일을 좀……."

"유리!"

아마도 대답을 회피할 생각이었던 건지 자리에서 일어나려던 유리안은 뒤쪽에서 걸어오던 이들을 발견하지 못하고 그만 그들과 부딪쳤다.

만일 루키나를 만나기 전의 유리안이었더라면 뒤에서 걸어오던 이들과 몸부터 부딪쳤겠지만 오노르에서의 갖은 기초 훈련 등으로 인해 몸이 날렵해졌던지라 그런 불상사는 일어나지 않을 수 있었다.

그러나…….

"뭐 하는…… 짓이지?"

하필 술잔을 들고 있던 두 명의 남성들 중 한 명이 유리안을 피하려다

발을 헛디뎌 버렸다는 것이, 문제라면 문제였다.

서늘한 표정을 지으며 유리안을 바라보던 남자는 위협적인 표정을 지으며 입술을 달싹였다.

"그렇게 갑자기 일어나면 어떡하나? 다 젖었잖아."

"아……."

"죄, 죄송합니다. 저희가 그만 실수를 저질렀군요! 죄송합니다. 그 의미로 혹 젖은 부분이 있다면 세탁을……."

괜한 시비에 얽힐 바엔 일단 사과부터 하는 것이 좋다.

하필이면 사건에 엮이는 사람이 제국의 황태자라면 더더욱.

본능적으로 유리안을 막아선 루키나는 억지로 눈웃음을 그려가며 말하려 했다.

촤악—

하지만 그녀의 말이 모두 끝나기도 전에 술잔을 들고 있던 사내가 남은 술을 루키나를 향해 뿌렸다.

루키나의 머리끝에서 뚝뚝, 진한 알코올 냄새가 풍기는 것은 첫 번째 반응이었고, 아직 상황 파악을 하지 못하고 하하 웃고 있던 오노르 기사단의 테이블이 차갑게 식어간 것은 두 번째 반응.

그리고 뒤늦게 상황을 파악한 남은 다섯 명의 남자들이 일제히 일어나게 된 것이 세 번째 반응이었다.

"어이! 지금 뭐 하는 거야?"

"사과하는 사람한테 술을 뿌린 거야, 방금?"

"저 자식이 진짜!"

이곳은 리우드 제국에서 온갖 사람들이 몰려오는 핫플레이스 중의 대표적인 주점.

다양한 신분과 다양한 직위를 가진 이들이 술이라는 공통점으로 모여

드는 곳이었다.

'예감이 좋지 않은데.'

코끝으로 떨어지는 알코올의 방울 때문인지 아니면 불안한 마음 때문인지, 고요하던 가슴이 요동치기 시작한다.

술잔을 기울이면서, 그리고 고민을 들어주면서 어느새 친해진 오노르의 기사들은 웬 낯선 이들과 마찰을 벌이고 있는 루키나와 유리안을 위해 당장이라도 검을 뽑아 들 것처럼 눈을 부라리고 있었다.

일촉즉발의 상황.

루키나는 여기서 잘못 행동하다가는 오노르의 기사들에게 악영향이 갈지도 모른다는 생각이 들어 날을 세우는 그들을 진정시키려 했다.

"무슨 일이지?"

그 순간 나타난 새로운 존재는 그녀의 이목을 집중시켰다.

"자작님께서 신경 쓰실 일이 아닙니다. 주제도 모르고 기사가 되겠다며 설쳐 대는 버러지들과 잠시 실랑이가 있었을 뿐이니 너무 개의치 마십…… 자작님!"

듣기에 꽤나 거슬리는 말을 내뱉고 있는 누군가에게 태클을 걸려고 입을 벌리려는 순간, 루키나는 제 앞에 드리우는 그림자를 발견하고선 고개를 들었다.

"역시."

그런 루키나의 눈에도 꽤나 낯이 익은 남자가 비릿한 미소를 흘리며 입술을 달싹였다.

"구면이군."

"어머, 얘. 설마 저기……!"

"헉. 맞아! 그분이야!"

흑백의 조화를 이루는 시녀복을 입은 두 명의 소녀들이 황제의 집무실이 위치한 마쉐라 궁의 왼편 복도 입구 쪽에 서 있던 남자를 발견하곤 걸음을 멈추었다.

조금 전, 시녀장에게서 한 소리를 들었던지라 바삐 움직여야 함에도 불구하고 그녀들은 숨을 죽이며 몸을 한쪽으로 숨겼다.

소문으로만 듣던 제국의 팬텀 공작을 제 눈으로 볼 수 있는 기회였기 때문이다.

"하아. 어쩜 저리도 고상하신지. 가면을 쓰신 모습도 저리 아름다우신데 벗으면 얼마나 눈부실까."

"참! 너 그 얘기 들었어? 메리 언니가 가면을 벗은 모습을 얼핏 본 적이 있다던데, 엄청난 추남이라고 고개를 절레절레 젓더라고!"

"아아. 나도 그 얘기를 듣기는 했었지만 리사 언니 말로는 메리 언니가 거짓말을 하는 거래. 경쟁자를 없애기 위해서라나 뭐라나. 몇 년 전 윈스턴 공작가에서 일했던 하녀가 리사 언니의 사돈의 사촌의 팔촌의 친구의 동생인데 전해 듣기로는 팬텀 공작님의 외모는 유년 시절부터 유명했다더라고. 만약 그대로 자랐으면 냉미남 그 자체일 게 분명하다고 장담하더라니까?"

양 갈래로 머리를 땋은 붉은 머리 시녀의 말에 획획, 손가락을 좌우로 내저은 말총머리를 한 갈색 머리 시녀는 눈에 힘까지 주며 말했다.

붉은 머리 시녀는 '역시 그렇겠지?' 하고 작게 중얼거린 뒤 다시 창문 근처에 서 있던 흑발의 남자를 바라보았다.

"대체 무슨 생각을 하고 계시는 걸까……."

섬뜩한 검은 가면으로 얼굴의 반을 가리기는 했지만 햇빛이 스며드는 창문 앞에 서 있었던지라 그의 푸른 눈동자는 더할 나위 없이 반짝거렸다.

그의 아름다운 옆모습을 홀린 듯 응시하며 뱉어낸 붉은 머리 시녀의 말을 가만히 듣고 있던 갈색 머리 시녀는 대답했다.

"얘는. 당연한 거 아니겠어? 우리 팬텀 공작께서 생각하시는 건 오직 하나뿐이야."

"하나?"

"그래, 하나! 바로 제국의 안위! 저분은 자나 깨나 제국만 생각하시는 분이시라니까?"

"……그럴까?"

"당연하지! 저분은 제국과 결혼하신 분이라고!"

일말의 주저도 없이 쏟아낸 그 말에 붉은 머리 시녀가 수긍한다는 듯 고개를 끄덕였다.

갈색 머리 시녀의 확신에 찬 주장이 받아들여진 모양이었다.

두 사람은 할 일이 남아 있음에도 불구하고 다른 시녀들에게 오늘의 일을 자랑하기 위해 한동안 자리에 멈추어 선 채 흑발의 남자를 감상했다.

"윈스턴 공작 각하."

무슨 생각을 하는지 알 수 없는 표정으로 창문 앞에 서 있던 흑발의 사내가 몸을 돌린 것은 그가 마쉐라 궁에 들어선 지 꽤 오랜 시간이 지난 뒤의 일이다.

라펠은 저를 부르는 익숙한 목소리에 등을 돌렸다.

가지런히 정리된 회색빛 콧수염을 트레이드마크로 하는 황실의 시종장, 버트가 자신을 바라보고 있는 것이 보였다.

"폐하께서 들어오시랍니다."

"고맙네."

"안내하겠습니다."

라펠은 한 발 뒤로 물러나더니 제 대답을 기다리는 버트에게 고개를 까딱여 주었다.

버트는 빙긋 웃은 뒤 먼저 앞서 나갔다.

황제가 있는 집무실까지는 이 복도를 쭉 걸어가면 된다.

집무실 앞에서 기다리려다 거리를 둔 것은 혹시나 황제와의 만남을 원하기 위해 오른편 계단을 걸어 집무실로 향할 다른 귀족들과의 만남을 피하기 위해서였다.

기다란 다리를 쭉쭉 뻗어 나가던 라펠은 제 앞에서 걸어가고 있는 버트의 뒤를 따르며 조금 전까지 하고 있던 생각을 이어갔다.

「드미트리 님께서 오셨습니다. 날이 밝자마자 각하를 봤으면 한다는 폐하의 호출이 있었답니다.」

갑작스러운 상황에 반응을 하기도 전에 찬물을 뿌린 사람은 다름 아닌 이안 와이너였다.

라펠은 어느새 문을 박차고 들어온 이안 와이너의 속삭임에 겨우 정신을 차리고선 바라보았다. 그러고는 저도 의식하지 못하는 사이, 남장을 하고 있던 로델린의 공작 영애를 흘긋거렸다.

대체 무슨 꿍꿍이인지 알 수 없는 로델린의 공작 영애는 지나치게 태연한 얼굴로 제 시선을 마주하고 있었다.

「난…….」

미르티스 라펠 윈스턴은 갈등했다.

그가 공작위를 이은 지 이제 겨우 3년.

하지만 지난 3년 동안 그는 단 한 번도 주군의 호출에 지각을 하거나, 거역을 한 적이 없었다.

미르티스 라펠 윈스턴에게 있어서 황제의 명은 곧 그 무엇보다도 우선시해야 할 일이었고, 자신의 사명이었으니까.

그러나 그 순간만큼은 이상하게 발이 떨어지지 않았다.

「각하?」

이안 와이너가 의아한 표정을 지으며 라펠을 부른 것은 아마도 그런 이유 때문이었을 거다.

황제의 호출이라는 말이 끝나기도 전에 몸을 돌리곤 했던 것이 바로 자신이 알던 윈스턴 공작이었건만, 라펠은 자신이 말을 전했음에도 불구하고 움직이지 않고 있었다.

라펠의 행동에 이안 와이너가 당황한 사이, 속닥이며 은밀한 대화를 나누는 두 남자를 지켜보던 루키나가 입을 열었다.

「두 분께서 하실 말씀이 있으신 것 같은데, 자리를 피해 드리겠습니다.」

주저하던 그의 귀로 흘러들어 온 로델린 공작 영애의 음성은 흐트러지려던 그의 정신을 차리게 만드는 데 일조했다.

「어? 괜찮아. 우리가 먼저…….」

「아닙니다. 그럼.」

이안 와이너가 묵례를 한 후 방을 나서는 루키나를 잡으려 했지만 이미 그녀는 밖으로 나가 버린 뒤였다.

「밀드레드와 다투기라도 하신 겁니까?」

그녀가 사라진 것을 확인한 이안 와이너가 굳어 있던 라펠에게 물음을 던졌지만, 라펠은 대답하지 못했다.

"각하."

긴 상념에 빠져 있던 그를 현실로 불러들인 건 버트였다. 라펠은 굳게 닫혀 있는 금색의 문을 바라보며 고개를 까딱였다.

버트는 두어 번 정도 노크하더니 문을 열었다. 라펠은 끼이익 소리를 내며 열린 문 사이로 발을 내딛었다.

"윈스턴. 많이 기다렸나? 이걸 읽는 데 시간이 꽤 걸려서 말이야."

또각또각.

집무실 안을 울리는 구두 소리가 널리 퍼져 나갔다.

성큼성큼 움직이던 라펠이 멈추어 선 곳은 누군가 앉아 있는 책상 앞. 두 손 위에 무언가를 든 채 의자에 앉아 있던 금발 머리의 중년 남성은 부드러운 미소를 지으며 자리에서 일어났다.

라펠은 대답 대신 가면을 벗고선 고개를 숙이며 예를 표했다.

리우드 제국의 58대 황제인 셀레스틴 라쉬 리우드는 자색과 금색의 적절한 조화를 이루는 궁정복을 펄럭이며 그를 향해 다가왔다.

라펠은 황제가 자신을 지나쳐 소파에 앉을 때까지 얼굴을 들지 않았다.

셀레스틴으로부터 착석하라는 말이 떨어지고 나서야 소파에 엉덩이를 붙인 라펠은 그가 앉기가 무섭게 질문을 쏟아내는 황제를 향해 입술을 움직여야 했다.

라펠이 오노르 기사단을 핑계 대며 잠시 황궁을 비운 사이, 제 머리를 아프게 하는 귀찮은 일이 꽤나 많이 생겼다고 투덜거리던 셀레스틴은 그저 옅은 미소만 띠고 있는 라펠을 향해 눈을 빛냈다.

눈부신 금발과 요동치는 자색 눈동자를 지닌 황제의 얼굴을 마주하고 있자니 얼마 전, 마차에서 들여다본 누군가의 얼굴이 떠올랐다.

'닮기는…… 닮았군.'

어째서 눈치채지 못했던 거지?

라펠은 유리안을 보고서도 수상한 점을 느끼지 못했던 스스로를 책망하며 미간을 좁혔다.

"그래서 말인데 윈스턴……."

"……."

"윈스턴!"

"아, 폐하! 죄, 죄송합니다."

제게 황태자의 권위를 확실히 보여주던 유리안을 떠올리며 잠시 생각에 빠진 사이, 그만 황제의 부름을 듣지 못했다.

라펠은 화들짝 놀라 고개를 숙였다.

흐음, 하고 콧소리를 흘리며 라펠을 응시하던 셀레스틴이 눈을 가늘게 뜨며 말했다.

"……그대답지 않군. 감히 짐과의 대화 도중 다른 생각을 한 것인가?"

"폐, 폐하!"

"농담일세, 농담. 하하. 오랜만에 그대의 경악한 얼굴을 보니 조금 살 것 같군. 요즘 골치 아픈 일만 많아서 말이야. 짐은 그대를 놀릴 때가 가장 재미있더라니까?"

"폐하……."

"그래서, 준비는 잘되어가나?"

"예?"

"기사단 대회 말이야. 듣자 하니 이번엔 오노르도 준비를 단단히 한다고 하던데……. 어때? 괜찮은 신입이라도 있나? 우승할 것 같아?"

눈꼬리를 휘며 묻는 셀레스틴을 보고 라펠은 순간 눈앞이 캄캄해졌다.

일부러 떠보는 것이 분명한 셀레스틴의 질문이 두통을 일게 만들었다.

분명 이번 신입 기사 모집을 통해 제국 각지에서 실력이 출중한 신입 기사들이 대거 들어온 것은 사실이긴 하지만.

'수석 합격자가 여자라는 것을 알게 된다면…….'

라펠은 터져 나오려는 한숨을 꾹 참았다.

제국을 호령하는 황실 기사단 아그노스의 위상이 날이 갈수록 커져 가는 것을 꺼려하여 라펠이 오노르를 창설해 조금씩 키워 나가는 것을 묵인해 주었던 셀레스틴이었지만, 팔은 안으로 굽는다고 그는 자신의 기사단인 아그노스가 제국 최고 기사단 자리를 놓치는 것을 원하지는 않았다.

그런 셀레스틴을 잘 알고 있었기에 라펠은 이안 와이너로 하여금 제국 기사단 대회에서의 성적을 요하지 않았었다.

그러나 이번 기사단 대회는 다르다.

남장을 한 제국의 공작 영애부터 시작하여 무려 황태자까지 끼어 있는 7기 기사단원들을 생각하면 기사단 대회에서의 성적을 가늠할 수 없었다.

게다가 단장인 이안 와이너까지 기사단 대회에서 훌륭한 성적을 보이겠다고 눈을 빛내는 상황.

라펠은 옅은 미소를 머금으며 속내와는 다른 말을 뱉어냈다.

"아무리 날고 긴다 할지라도 아그노스에 비할 바 있겠습니까. 이번에도 어차피 우승은 아그노스일 테니 너무 염려 마십시오, 폐하."

"하하하. 그대는 예전부터 아그노스를 과대평가하고 있다니까? 그 녀석들이 열심히 하는 건 사실이지만, 혹시 알아? 오노르에서도 훌륭한 기사가 나와서 다른 기사들의 모범이 될지."

흠칫 놀라던 라펠은 대답 대신 미소를 그렸다.

그러다 껄껄 웃고 있는 셀레스틴을 바라보며 생각했다.

'폐하께선…… 모르시는 것 같군.'

다른 이도 아닌 자신의 장자가 라펠의 기사단으로 신분을 속이고 들어와 기사단의 일원이 되었다는 것은 까맣게 모르고 있는 얼굴이다.

병약하다고 알려진 황태자가 기사가 된 것을 알게 된다면 공작 영애가 기사가 된 것만큼이나 난리가 날 것이 틀림없다.

'하나도 아니고 둘씩이나…….'

라펠은 쓴웃음을 삼켰다.

"아마 지금쯤 회의가 한창이겠군."

호탕하게 웃음을 터뜨리던 셀레스틴은 어느덧 중천에 뜬 태양이 보이는 창밖을 흘긋거리며 중얼거렸다.

라펠은 되물었다.

"무슨 회의 말씀이십니까?"

"그렇지. 그대도 휴이 녀석의 황비를 구한다는 이야기 들었지?"

"아."

"후우. 정말 녀석의 배필을 구하는 문제가 이렇게 머리 아플 줄은 몰랐어. 그대도 알다시피 황실로 시집오고 싶어하는 영애들이 어디 한둘인가? 렉스의 전례를 만들지 않기 위해서라도 이번엔 철저하게 준비해 볼까 하는데…… 정작 당사자인 휴이가 비협조적이라서 말이지. 한 번 주의를 줄까도 생각 중이야."

'렉스의 전례'라는 그 말에 반응하지 않았다면 거짓이다.

라펠은 반사적으로 떠오른 누군가의 얼굴에 굳은 표정을 지었다.

픽 웃으며 말을 잇던 셀레스틴이 그런 라펠의 어두워진 얼굴을 발견하고 묘한 눈빛을 보냈지만 자신의 생각을 입 밖으로 꺼내지는 않았다.

"이쯤 되면 짐이 왜 그대를 불렀을지 궁금하지 않은가?"

로델린 공작성에서 좌중을 휘어잡던 은발의 여인을 생각하던 라펠은 빙긋 웃는 셀레스틴을 바라보았다.

셀레스틴은 제 말을 기다리는 라펠에게 말을 이었다.

"휴이 녀석의 황비 간택을 준비하다 보니 갑자기 그대 생각이 나는 게 아닌가."

"……예?"

"짐의 기억으로는 그대의 나이도 이제 곧 서른인데, 슬슬 괜찮은 영애를 반려로 맞이해야 하지 않겠어?"

"……!"

"짐이 휴이 녀석의 간택을 준비하는 자들에게 그대의 배필로 적당한 영애들도 골라놓으라고 명해 놓았어. 허니 그중 마음에 드는 영애가 있다면…… 흐응? 윈스턴. 왜 그런 표정을 짓고 있지?"

무의식적으로 딱딱해진 얼굴을 황제의 앞에서 드러내 버렸다.

라펠은 말을 잇던 셀레스틴이 미간을 좁히자 자리에서 벌떡 일어났다.

"폐하!"

"짐의 제안이 마음에 들지 않는 건가?"

"……."

"호오? 그대답지 않게 대답이 없군."

라펠은 대꾸하지 않고 고개를 숙였다.

셀레스틴이 흥미롭다는 표정을 지으며 그를 응시했다.

"윈스턴. 그대는 혼인을 하기 싫은 거야, 아님 짐이 그대의 반려를 고르는 게 싫다는 거야?"

"폐하."

"그것도 아니라면 지금 마음에 품고 있는 영애가 있기라도 한 건가?"

쿵─

심장이 내려앉는 소리가 들려왔다. 라펠은 얼굴을 들어 셀레스틴을 응시했다.

셀레스틴이 라펠을 보고 짐짓 놀란 표정을 짓더니 말했다.

"정말……?"

셀레스틴은 마치 '천하의 윈스턴, 네가?' 라는 눈으로 라펠을 바라보고 있었다.

두근거리는 심장의 박동 소리가 거세지는 것 같아 라펠은 그저 뜻 모를 미소만 지어 보였다.

「천하의 팬텀에게 마음에 둔 여인이 있다니. 그대를 사모하는 영애들이 듣는다면 까무러칠 이야기군. 윈스턴. 기회가 된다면 어떤 영애인지 짐에게도 소개해 주게. 장차 공작부인이 될 여인이 어떤 사람인지, 짐의 눈으로 직접 확인해야겠으니 말이야!」

집요하게 그 상대가 누구냐 묻는 셀레스틴에게 일언반구도 하지 않았던 라펠을 보며 황제는 두 손 두 발을 다 들어 올렸다.

대신 멋쩍게 웃는 라펠에게 눈을 부라리며 소리쳤다.

잠시 요동쳤던 벽안을 평상시와 같이 안정시킨 라펠은 셀레스틴의 집무실을 나설 수 있었다.

「나는 당하면, 갚아주는 성격이에요. 그것도 배로 말이죠.」

뒤로 물러나면서 입꼬리를 올리던 여자의 얼굴이 눈앞을 아른거려 떠날 생각을 않는다.

그녀에게서 멸시받을 것이라 생각했던 그가 눈을 감을 때와는 사뭇 다른 반응에 라펠은 움직이지 못했다.

만약 이안 와이너가 문을 박차고 들어오지 않았더라면 그 후 어떠한 상황에 처하게 됐을지, 감히 상상이 가질 않았다.

'무슨…… 의미지?'

생각하고.

생각하고.

그리고 또 생각해 보아도 그녀가 왜 그러한 반응을 보였는지 제 머리로는 결론을 내릴 수 없었다.

오히려 '왜?' 라는 의구심만 증폭될 뿐.

갑작스레 들이닥친 와이너 단장으로 인해 대화를 나누는 것을 방해받았던지라 더더욱 의문이 커져 갈 뿐이다.

두근두근.

곰곰이 되짚어보기 위해 그 상황을 떠올릴 때마다 미동 없던 심장이 제멋대로 뛰기 시작해 라펠은 미간을 찌푸렸다.

차라리 그녀에게 먼지 나도록 맞았다면 마음이 후련할까.

라펠은 이를 악물며 한숨이 흘러나오려는 것을 꾹 참았다.

상대의 동의를 구하지 않고 무턱대고 입을 맞추었던 것도 충분히 저답지 않은 짓이었지만 그 뒤로 이어진 그녀의 행동으로 인해 얼빠진 모습으로 서 있던 것도 저답지 않은 일이다.

'돌아간다면……'

이제 어떻게 그 여자의 얼굴을 마주해야 하지?

뭐라고 말을 걸어야 할까?

대체 어떤 식으로 말을 걸어야…… 그 일이 결코 일회성 반응이 아니었음을 전할 수 있을까.

리우드 제국의 황궁인 카르디아 궁은 수많은 황족들이 기거하는 궁전들의 집합체이다.

그중에서도 가장 화려하고 아름답고 장엄한 크기를 자랑하는 궁전이 황제의 집무실과 처소가 있는 마쉐라 궁이었고, 마쉐라 궁의 동편에는 황태자 궁인 라몬 궁, 서편에는 황후와 황비들의 처소인 위피네 궁, 그리고 북편에는 황자들의 처소인 써로드 궁과 황녀들의 처소인 바라스 궁이 차례로 위치해 있었다.

오노르 기사단 본부로 향하기 위해 마쉐라 궁을 나선 라펠은 피레트 광장으로 직결하는 카르디아 궁의 정문 쪽으로 걸음 하는 중이었다.

멀리 마차가 보이는 곳으로 움직이던 라펠은 맞은편에서 걸어오던 낯익은 얼굴을 발견하곤 멈추어 섰다.

"윈스턴 공?"

항상 저와 마주치면 못마땅한 시선을 쏘아보이던 2황자 렉시어드와는 달리 속을 읽을 수 없는 미소를 짓는 휴이렌은 본능적인 거부감을 일게 만든다.

라펠은 고개를 숙이며 인사하는 휴이렌에게 예를 표했다.

"휴이렌 전하를 뵙습니다."

"폐하를 뵙고 가는 길인가?"

라펠이 마쉐라 궁에서 나오는 것을 보았던 건지, 제게 입꼬리를 올리며 묻는 휴이렌은 자색 눈동자를 일렁이며 대답을 기다리고 있었다.

'자신도 황위 계승 후보라는 건가.'

렉시어드의 뒤에 서 있을 때와는 달리 밝은 태양 아래로 나오니 훨씬 더 빛나는 휴이렌의 금색 머리카락을 직시하며 라펠은 입술을 움직이려 했다.

'4황자는…… 그녀와 친분이 있었지.'

그러다 문득 떠오른 생각에 라펠은 눈앞의 남자를 떠보기로 했다.

2황자와 혼약한 사이였던 로델린의 공작 영애가 자신의 기사단에 몰래 숨어 있다는 것을 이자도 알고 있는 걸까?

게다가 자신의 정적이나 다름없는 황태자와 로델린의 공작 영애가 현재는 둘도 없는 친구 사이가 됐다는 것 역시도?

라펠은 휴이렌과 의미 없는 대화를 몇 번 더 주고받은 뒤, 돌아서서 처소로 돌아가려는 그를 불러 세웠다.

"그러고 보니 전하께선 로델린 공작 영애와 남다른 친분이 있으셨죠."

"……응?"

"그녀는 잘 지냅니까?"

라펠의 은근한 질문에 휴이렌 프란시스 리우드의 자색 눈동자가 큼지막해지는 것을 그는 똑똑히 목격했다.

반사적인 반응.

라펠은 느슨해졌던 경계를 삼엄하게 세우는 휴이렌을 발견하고선 쿵쿵 뛰는 심장을 가라앉히려 애썼다.

그는 굳어진 휴이렌을 향해 입꼬리를 올렸다.

"전하?"

"아. 너…… 무 놀라운 질문이라 그만 말문이 막혔나 보군."

"예?"

"다른 사람도 아닌 윈스턴 공이 이브의 안부를 물을 줄은 예상 못했거든."

라펠은 휴이렌의 입 밖으로 흘러나온 '이브'라는 단어에 미간을 좁혔다.

"이브가 무얼 하고 지내나라……. 하긴. 그건 나도 궁금한 바요. 본인 말로는 요즘 여행을 다니고 있다는데 대체 어딜 여행 중인지 말을 해줘야 말이지."

"……."

"그래도 뭐. 조만간 이브의 생일이 있을 예정이니 곧 볼 수 있겠지. 그때만 기다리고 있소. 안 그래도 그 맹랑한 녀석을 통 보지 못해 그리웠던 참인데."

생…… 일?

"그럼."

휴이렌이 꺼낸 단어 하나에 멈칫한 라펠은 제게 고개를 까딱인 채 갈 길을 가버리는 4황자의 뒤를 바라보고 서 있다 다시 걸음을 움직였다.

미르티스 라펠 윈스턴이 휴이렌 프란시스 리우드와 황궁에서 마주친 그 시각.

세이번의 피레트 광장 북편에 위치한 유명 펍, 글로리스에서는—

"아이반. 아는 녀석이야?"

어느새 루키나와 유리안의 뒤편으로 다가온 로렐이 나지막한 음성을 흘렸다.

루키나는 제게 시선을 꽂고선 비릿한 미소를 짓고 있는 남자를 알아보았다.

「구면이군.」

루키나 이베타 로델린이 그 남자와 만난 것은 많아봤자 세 번 정도.

첫 번째는 델론트 후작성의 파티에서 한 번, 두 번째는 로델린령에서 한 번, 그리고 세 번째는 루키나 이베타 로델린의 파티에서 한 번.

'내가 로델린 공작 영애라는 것을…… 알아본 건가?'

식은땀이 주르륵 흘러내렸다.

구면이라는 단어를 언급할 정도로 그와 친분이 있었던 것은 아니었으니까.

굳이 따지자면 악연에 가까우려나.

하필이면 남장을 한 자신의 모습을 알아본 바클리 자작을 향해 경계의 시선을 보내며 루키나는 허리춤에 차고 있던 검집으로 손을 뻗으려 했다.

'아니, 잠깐.'

여차하면 제 정체가 흘러나오기 전에 그를 제압해야 한다.

루키나는 혼자만의 각오를 다지며 바클리 자작에게 달려들 준비를 했다.

조금이라도 입을 더 움직인다면—이라는 가정하에 그의 입술을 주시하고 있던 그녀는 문득 스치는 생각에 눈을 크게 떴다.

'방금 나한테 반말을 했었지?'

게다가 레이디라는 말을 붙이지도 않았고.

쿵쿵 뛰던 가슴이 놀라울 정도로 빠르게 안정을 되찾는다.

루키나는 저를 노려보고 있는 바클리 자작을 말없이 응시하다 안도의 한숨을 내쉬었다.

불행 중 다행인지 바클리 자작은 그녀를 '루키나 이베타 로델린' 공작 영애가 아닌 자신과 한 번 부딪쳤던 전적이 있는 남자로 생각하는 모양이었다.

많은 사람들 앞에서 수모를 당했으니 확실히 잊지 못할 만도 하다.

'좋아해야 하는 건지…….'

자신이 여인임을 들키지 않았다는 사실에 안도하면서도 한편으로는 쓴웃음을 흘리며 루키나는 그를 향해 고개를 까딱였다.

"그렇군요."

"나는 에릭 바클리다. 그대의 이름은?"

루키나는 잠시 갈등했다.

현재 사용하고 있는 이름을 말해야 할까? 귀찮은 일에 휘말리면 어떡하지.

하지만 어차피 바클리 자작과 재회를 해버린 이상, 그녀가 어디서 무엇을 하는 자인지는 주변 지인들을 통해 쉬이 조사가 가능했다.

숨길 필요가 없다 여긴 루키나는 입술을 달싹였다.

"아이반 밀드레드."

바클리 자작은 나지막하게 '밀드레드라는 귀족은 들어본 적이 없는데' 하며 중얼거렸다.

"자작님! 그 녀석입니다."

"그 녀석이라니?"

"왜. 오합지졸 오노르 녀석들 중 이번에 수석으로 입단했다던 신입 말입니다."

뭐?

"아아. 개중에도 그나마 쓸 만하던 녀석이 이 녀석이었나? 카를로가 잘못 봤군. 이자는 아그노스가 스카우트할 정도로 탐나는 녀석은 아니다."

루키나는 저를 위아래로 훑으며 중얼거리는 바클리 자작의 말에 인상을 썼다.

"아이반. 내가—"

저를 무시하는 것이 틀림없는 바클리 자작의 코웃음에 미간을 찌푸리던 루키나는 상황을 지켜보던 유리안이 뭔가 말을 하려 하자 팔을 들어 올렸다.

좌우로 고개를 내젓는 루키나를 응시하던 유리안은 이내 벌어진 입을 다시 다물며 뒤로 물러났다.

그녀는 주위를 둘러보았다.

'시간을 지체하면 귀찮아져.'

루키나는 그녀의 일행들을 보며 경멸하는 표정을 짓고 있던 바클리 자작을 향해 말했다.

"의도하지는 않았지만, 저희의 부주의로 일어난 일입니다. 한 번 더 사과드립니다. 젖은 옷에 대한 세탁비는 지불할 테니 소란은 피우지 않는 것이 어떨까요?"

"······뭐라?"

"어이! 우리가 고작 세탁비를 얻고자 소란을 피운다는 소리냐!"

딱 보기에도 귀족 자제라는 분위기를 풍기고 있는 바클리 자작 뒤편의 남자들이 루키나의 말에 소리를 내질렀다.

루키나는 아랑곳 않고 바클리 자작의 대응을 기다렸다.

바클리 자작은 흥, 코웃음을 치며 대꾸했다.

"그날, 나와 맞설 때와는 달리 아주 공손하군."

"맞서다니요. 그저 자작님께서 불의를 저지르는 것을 말렸을 뿐입니다."

고개를 가로젓는 루키나의 말에 바클리 자작 뒤편의 남자들이 또다시 발끈했다.

그런 그들에게 손을 들어 올려 저지를 한 바클리 자작은 빙긋 웃으며 질문을 던졌다.

　"아이반 밀드레드. 오노르의 일원이 되었다고? 흥미롭군. 그대는 이미 윈스턴 공작의 사람인 줄 알았는데."

　윈스턴 공작이라는 단어에 바클리 자작 주변뿐 아니라 루키나의 일행도 술렁거렸다.

　"윈스턴 공작이라면 팬텀 공작 아니야?"

　"밀드레드가 팬텀 공작과 친분이 있었어?"

　빌어먹을.

　잠시 잊고 있었는데 바클리 자작의 언급으로 인해 그 남자와의 일이 불현듯 머리를 스쳤다.

　루키나는 벌겋게 달아오르려는 열기를 손을 꽉 쥐어가며 가라앉혔다.

　"어쩌다 보니 그렇게 되었습니다."

　"오노르가 1지망이었나?"

　"예?"

　"만약 아니었다면 나와 같은 곳에 입단할 수도 있었겠군."

　같은…… 곳?

　루키나는 바클리 자작의 말에 본능적으로 경계를 했다.

　뭔가 듣고 싶지 않은 말이 나올 것 같은데.

　불안한 예감에 심장이 쿵쾅거렸다.

　바클리 자작은 굳어버린 루키나를 향해 말했다.

　"나는 이번에 아그노스에 입단했다. 하여 곧 있을 기사단 대회를 준비 중이지. 오노르도 이번 대회에 출전한다고 들었다. 그렇다면 아이반 밀드레드, 그대 역시 마찬가지이겠군."

　……젠장.

에릭 바클리가 뱉어낼 말이 무엇인지 예상이 간다.

루키나는 아찔한 예감에 어금니를 꽉 악물었다.

그리고 얼마 뒤, 그녀의 생각대로 바클리 자작은 서늘한 눈빛을 쏘아 대며 말했다.

"로델린령에서의 치욕을 갚아줄 때가 왔군. 그때처럼 그대를 보호해 줄 대귀족은 없을 테니, 각오하는 게 좋을 거다. 밀드레드."

❖

「유리!」

굳이 잘잘못을 가리자면, 곁에 있던 사람을 신경 쓰느라 뒤편에서 느껴지던 인기척을 무시했던 제게 있었다.

얼굴이 화끈거리는 것을 막기 위해, 그 맑고 투명한 녹안을 회피하기 위해 일어났던 제 귀로 들려온 아이반 밀드레드의 외침은 흐트러지려던 정신을 바로잡게 만들었다.

서둘러 몸을 뒤로 빼려 했지만, 이미 상대방과의 마찰은 피할 수 없었다. 뒤늦게 상황 파악을 한 유리안이 험상궂은 표정을 짓는 사내들에게 말을 하려는 순간, 그는 제 앞을 가로막는 작은 몸을 발견했다.

'아…….'

코끝에서 느껴지는 달콤한 체취.

어째서 같은 남자에게서 그런 향이 나는 건지 모르겠지만 어느 시점부터 아이반 밀드레드에게서는 아찔한 향기가 흘러나왔다.

곰곰이 생각해 보면 온천 여행을 마치고 돌아오던 그 시기였을까.

유리안은 신경을 어지럽히는 아이반 밀드레드의 체취에 잠시 흔들리면서도 이성을 유지하려 애썼다.

대놓고 시비를 거는 것이 분명해 보이던 두 남자는 아마도 오노르 기사단을 탐탁잖게 여기던 다른 기사단 일원임이 짐작 가능했다.

저를 비롯한 오노르 기사단을 '주제도 모르고 기사가 되겠다며 설쳐대는 버러지들'이라 칭했으니까.

이야기를 듣고 있던 로렐 등이 발끈했던 것도 사실.

유리안은 저로 인해 일어나는 이 난감한 상황을 정리하기 위해 앞으로 나서려 했다.

휘휘—

하지만 등 뒤로 손을 내저으며 자신을 막아 세우는 아이반을 보고 행동을 멈추었다.

아이반 밀드레드는 저보다 훨씬 작은 체구를 가지고 있었음에도 불구하고 자신의 든든한 보호막이 되어주려 했다.

작은 등이 커다란 산처럼 느껴져 유리안은 무언가에 홀린 듯 서 있었다.

"어째서…… 그랬나?"

"예?"

불쾌하기 그지없던 시비가 끝나고 난 뒤.

제게 결투나 다름없는 경고를 날리며 사라지던 황실 기사단 아그노스의 신입 단원들의 뒷모습을 바라보며 서 있던 아이반 밀드레드를 향해 유리안은 물었다.

'빌어먹을 아그노스 놈들!'하고 술로 분을 풀고 있는 다른 오노르의 기사들과는 달리 비교적 차분한 기세로 돌아온 아이반 밀드레드의 눈꼬리가 부드럽게 휘어지는 모습을 유리안은 똑똑히 목격했다.

아이반 밀드레드는 대답했다.

"유리께서는 신분이 탄로 나서는 안 되지 않습니까. 허니, 유리보다 제게 시선이 집중되는 편이 나을 거라 생각했습니다. 그리고 정말이지 별거 아닌 일이니, 크게 신경 쓰실 필요 없습니다. 참, 유리. 그나저나 여기 감자튀김이 맛있던데 하나 더 시킬까요?"

별거 아니라는 듯, 손을 저으며 말하던 아이반 밀드레드가 돌연 눈을 빛내며 감자튀김을 운운하자 심각한 얼굴을 하고 있던 자신이 우습게 느껴졌다.

풋 실소를 터뜨리는 제게 부드러운 미소로 화답하는 아이반을 바라보며 유리안은 생각했다.

'이런 좋은 친구를 피하려 하다니……'

제게 불상사가 생기면 누구보다도 먼저 발끈해 주는 이 친구를, 믿기 힘든 장면을 목격했다는 이유로 슬금슬금 피하던 자신이 한심하게 느껴졌다.

'그래. 고작 그것이 뭐라고. 사람이 사람에게 끌리는 데는 남녀가 없지 않은가.'

마음이 움직이는 것은 사람의 의지로는 제어가 불가능하다.

그리고 아마 아이반 밀드레드는 그러한 이유로 그자와 그런 짓을 벌였던 거겠지.

「저기 왜 그러…… 흡!」

아이반 밀드레드를 완벽하게 가린 커다란 체구의 남성이 제 친우의 얼굴을 향해 얼굴을 들이미는 모습을 보자마자 몸을 돌렸다.

어찌나 심장이 쿵쿵 뛰는지, 밖으로 튀어나올 정도였다.

아직도 그때만 생각하면 얼굴이 화끈거리고 피가 들끓는 것 같아 미칠 지경이지만, 그렇다고 해서 하나밖에 없는 친우인 아이반 밀드레드를 저버리는 것은 말도 안 되는 일이었다.

유리안은 후우, 한숨을 내쉬었다.

'넓은 포용력이 필요한 시기다.'

장차 황제가 된다면 주변에서 더한 모습도 보게 될 터.

어쩌면 그날의 일은, 아직은 인간관계를 대함에 있어 어수룩한 자신을 단련시키는 데 도움이 될 수도 있을 것이다.

사람이 사람에게 끌리는 것은 본능적인 것이다.

하여 남성이 남성에게 끌릴 수 있는 것이고, 아이반 밀드레드와 미티 라펠이 입을 맞추는 것도 충분히 있을 수 있는 일이다.

유리안 아이너 리우드는 길고 긴 생각 끝에 비로소 마음의 문을 활짝 열고, 있는 그대로의 아이반 밀드레드를 받아들이기로 마음먹었다.

그리고 그런 그가 드디어 예의 그 장면을 머릿속에서 털털 털어내며 마음의 안정을 되찾자마자 또 다른 시련이 찾아왔다.

「하아, 하아.」

빙긋 웃으며 아이반 밀드레드의 어떠한 모습도 좋아하리라고 다짐하던 유리안의 시야엔 그 남자와의 깊은 입맞춤 후 거칠게 숨을 몰아쉬는 아이반 밀드레드의 얼굴이 둥둥 떠다녔다.

'어?'

타액으로 번들거리는 입술과 흐릿해진 동공.

그리고 야릇한 숨결.

아이반 밀드레드는 잔뜩 흐트러진 모습으로 상대를 바라보고 있었다.

두근—

너무 놀라 그때는 미처 눈치채지 못했던 의외의 모습이 이제야 떠오른다.

유리안은 몸을 움찔거렸다.

붉은 입술만큼이나 빨갛게 번져 가는 두 뺨 위의 홍조가 그의 심장을 마구 두드렸다.

유리안은 돌연 두근거림이 커져 가는 가슴 윗부분을 문지르며 미간을 좁혔다.

갑자기 왜 이러는 거지?

어, 어째서……?

「유리.」

응?

「유리! 거기서 뭐 하십니까?」

「유리, 밥은 드셨습니까?」

「유리. 같이 대련할까요?」

「유리, 함께 움직이는 게 어떻습니까?」

「유리!」

「유리!」

「유…….」

……!

털썩, 주저앉는 유리안의 얼굴은 새빨갛게 물들어 있었다.

에릭 바클리.

이제 와 생각하면, 처음 만났을 때부터 도통 마음에 들지 않던 작자였다.

분명 앨리스와 나란히 서 있었던 자신을 대놓고 무시했을 때부터 로델린령에서 다시 재회했을 때도, 그리고 길고 긴 다이어트 끝에 완벽하게 변모한 제 모습을 보고 찬양 아닌 찬양을 늘어놓는 것을 지켜볼 때도 유쾌하다기보다는 불쾌한 감정이 더 치솟는 자였다.

「로델린령에서의 치욕을 갚아줄 때가 왔군.」

아니나 다를까, 걱정이 현실로 들이닥쳤을 땐 루키나는 올 것이 왔다는 생각이 들었다.

「그때처럼 그대를 보호해 줄 대귀족은 없을 테니, 각오하는 게 좋을 거다. 밀드레드.」

저를 향한 적개심을 유감없이 드러내고 있는 에릭 바클리 자작의 반응에 태연할 수 있었던 것은 어느 정도 그의 말을 예상했던 까닭이 아닐까.

루키나는 제게 노골적으로 적의를 드러내는 바클리 자작의 시선을 담담하게 받아냈었다.

이른 아침부터 짹짹거리는 참새의 지저귀는 소리에 침대에서 몸을 일으킨 루키나는 창가 쪽으로 터벅터벅 걸어갔다.

촤아악—

햇빛을 가리는 커튼을 열어젖히자 환한 빛이 쏟아져 내렸다.

눈부신 아침의 광경에 잠시 미간을 찌푸리던 루키나는 비어 있는 2층 침대의 아래편을 흘긋거리다 다시 창밖으로 시선을 던졌다.

'맑네.'

구름 한 점 없는 파란 하늘이 시야로 들어온다.

루키나는 고요하게 뛰는 심장 소리를 느꼈다.

'오늘이군.'

지난 2주 동안 누군가로 인해 심란하기 그지없었던 머릿속이 놀라울 정도로 맑아졌다.

루키나는 오늘 있을 행사로 인해 분주하게 움직이는 오노르 기사단의 식구들을 창밖으로 내려다보며 빙긋 웃었다.

그 사람에 대한 생각은 일단 오늘 진행될 일 뒤에 다시 생각하도록 하자.

루키나는 기대감으로 점차 물들기 시작하는 심장 박동 소리를 느끼며 몸을 돌렸다.

「제국 기사의 일원으로서, 도전을 거부하는 건 예의가 아니겠군요.」

제 대답에 코웃음을 흘리고 있던 바클리 자작의 눈썹이 꿈틀거렸던 것이 떠오른다. 루키나는 그녀의 말이 끝나자마자 몸을 돌려 사라지던 바클리 자작을 생각하며 하루를 시작할 준비를 했다.

굵고 긴 삶을 꿈꾸는 레이디 루키나 이베타 로델린이 생존하기 위한 열 번째 법칙.

레이디는 도전에 응해야 한다.

❖

 올해로 정확히 백 주년을 맞이한 '리우드 제국 기사단 대회'는 총 일주일 동안 리우드 제국 기사들의 성지인 라시모프 경기장에서 열리는 기사들의 가장 큰 축제다.

 대회 첫날과 둘째 날은 각각 단체전과 개인전의 예선 경기가 열리고, 대회 개시 사흘째가 되면 예선을 뚫고 올라온 기사들을 대상으로 본선 경기가 시작될 예정이었다.

 단순한 무예뿐 아니라 기사들의 지혜와 덕목도 겨루는 기사들의 축제는 기사와는 연관이 없는 일반 제국민들도 보러 올 만큼 많은 인기를 끌었다.

 특히 축하 연회와 결승전이 열리는 첫날과 마지막 날의 입장료는 몇 달 전 미리 구매하지 않는다면 웬만한 평민들은 쉬이 구할 수 없을 만큼 값이 치솟을 정도로 커다란 인기를 구사했다.

 대회에 참가하는 기사단들은 각각 단체전과 개인전을 통해 승리 시 점수를 획득했다.

 기사들은 자신이 속해 있는 기사단의 명예를 걸고 출전했고, 경기를 이길 때마다 승점을 쌓는 형식으로 종합 우승자를 가리게 된다.

 가장 많은 점수가 걸려 있는 경기는 개인 검술 경기와 단체 마상 경기 결승전이었다.

 우승 시 무려 천 포인트를 획득하게 되면서 역전 우승의 기회가 찾아오곤 했는데, 전통적으로 황실 기사단의 단원들이 그 우승을 독차지하다시피 하면서 지금까지 단 한 번도 종합 우승을 내주지 않았다.

특히나 이번 대회는 마침 동시에 신입 기사단원들을 모집했던 황도의 기사단들을 기념하는 의미로 백지의 상태에서 신입 기사들끼리 맞대결을 펼치기로 의견을 모았지만, 도박꾼들이나 호사가들은 황실 기사단인 아그노스 기사단의 우승을 점쳤다.

루키나 이베타 로델린이 속해 있는 오노르 기사단의 첫 경기는 단체 마상 경기였다.

입단 테스트를 1, 2, 3등으로 통과했던 3인을 제외한 나머지 기사들은 다른 시합에도 참가를 하기는 했으나 가장 많은 점수가 걸려 있는 마상 경기에 주력을 하고 있는 상황이었다.

그리고 정오를 갓 넘긴 시점. 시작될 단체 마상 경기를 응원하기에 앞서 루키나는 곧 있을 황족의 개회사를 듣기 위해 경기장 앞을 가득 메우고 있는 군중들을 뚫으며 어딘가로 향하고 있었다.

"어머! 혹시……?"

마상 경기가 시작되기 전 관람에 앞서 반드시 만났으면 한다는, 의지가 가득한 쪽지를 보내온 반가운 이를 떠올리며 성큼성큼 걸어간 루키나는 약속 장소에 도착했음에도 도통 보이지 않는 상대를 찾기 위해 이리저리 주변을 두리번거렸다.

그런 그녀에게 들려온 음성은 어쩐지 귀에 익었다.

"왜 이렇게 늦……."

읔!

빙긋 웃으며 고개를 돌리던 루키나는 저를 바라보고 있는 세 명의 여인들을 발견하곤 흠칫 놀라 입을 다물었다.

슥슥, 뒤로 뒷걸음질까지 치는 그녀의 행동은 물 흐르듯 자연스러웠다.

루키나의 당혹에 물든 표정은 조금도 개의치 않는다는 듯 각각 적, 녹,

벽색의 머리카락을 자랑하는 세 명의 여인들이 반가움이 가득한 얼굴로 그녀에게 다가왔다.

"역시 기사님 맞네!"

"잘 지내셨죠, 기사님?"

"여기서 기사님을 뵐 줄 알고 있었다고요!"

눈을 한 번 감았다 뜬 사이에 어느새 제 주변을 뱅그르르 둘러싼 세 여인들의 눈이 별처럼 반짝였다.

루키나는 부담스럽기 그지없는 그녀들의 뜨거운 시선을 느끼며 잇새로 숨을 흘렸다.

"오, 오랜만에…… 뵙습니다. 레이디들."

루키나의 어색한 미소가 지어지기 무섭게 그녀들은 소리쳤다.

"오랜만이에요, 기사님!"

"기사님도 이번 대회에 참가하시는 거죠?"

"어느 부분에 참가하시는 거예요?"

"우리 기사님 실력이라면, 역시 검술 경기겠죠?"

"마상 경기일지도 몰라!"

"검무 시합은?"

"기사님! 저희가 응원하러 갈까요?"

"어머 얘는! 당연한 거 아니겠어? 우리가 응원 안 하면 누가 기사님을 응원해!"

"기사님의 첫 경기는 언제예요?"

"기사님! 이왕 참가하신 거 우승까지, 아시죠?"

"오호호호! 당연히 우승하시겠지! 우리 기사님이 어디 보통 분이셔?"

……이런.

주르륵 흘러내리던 식은땀이 이젠 줄줄, 쉴 새 없이 샘솟는다.

루키나는 깔깔 웃으며 다른 두 명의 여인들을 타박하는 붉은 머리 레이디에게 어색한 웃음을 흘릴 수밖에 없었다.

'젠장. 엄한 데서 잡혀 버렸네.'

한 번 시작된 수다는 도통 끊어낼 수가 없다.

본인을 앞에 두고 기사님의 실력이 출중하다는 둥, 다른 기사들을 응원하는 여자들보다 자신들이 더 제대로 된 기사를 응원하고 있다는 둥의 말을 늘어놓는 것을 루키나는 마냥 지켜봐야만 했다.

그녀들에게서 벗어나고자 바쁘다는 말을 늘어놓으려고 입을 떼보았지만 그마저도 삼켜 버릴 만큼 그녀들의 입술은 쉬지 않았다.

루키나는 이 여자들을 물리칠 수 있는 구세주를 기다려야만 했다.

그때였다.

"주인님! 주인님!"

쏟아지는 질문의 파도에 허우적거리며 컥컥거리고 있던 루키나의 귓가로 누군가의 음성이 들려왔다.

간절히 원하면 온 우주가 도와준다는 말이 사실인 건지도!

루키나는 세 여인들의 머리 뒤로 보이는 낯익은 얼굴에 눈을 크게 떴다.

"주인니이임~!"

저기 저 멀리서 복슬복슬한 갈색 머리카락을 흩날리며 제게 달려오고 있는 기괴한 복장의 남장 소녀는 틀림없이 셰리였다.

두두두두. 먼지바람까지 일으키며 루키나가 있는 곳을 향해 직진하는 셰리를 보며 루키나는 손을 들어 올렸다.

'셰리! 나 여기 있어!'

어리둥절해하는 세 여인들 사이로 우뚝 솟은 루키나가 손을 흔들자 셰리는 매섭게 눈을 빛내며 그녀의 코앞까지 다가왔다.

그러고는 세 여인들 틈 사이로 있는 힘껏 손을 뻗어 휙─ 루키나의 손목을 낚아챘다.

"죄송하지만 우리 주인님 좀 데려갈게요!"

셰리 미우는 깜짝 놀라는 세 여인들을 향해 짧게 외친 뒤 루키나를 끌어당겼다.

루키나는 그런 셰리의 손길에 끌려 발을 앞으로 쭉쭉 뻗었다.

세 여인들은 셰리에 붙들린 채 멀어져 가는 루키나를 아쉬운 듯 바라보았다.

"어휴. 저 여자들……. 아니나 다를까 우리 아가씨를 귀찮게 하던 중이었네. 하마터면 발견 못할 뻔했다고요."

붐비는 군중들을 뚫고 비교적 한적한 골목길에 다다라서야 걸음을 멈춘 셰리는 긴 한숨을 내쉬며 투덜거렸다.

예의 세 여자들을 떠올리며 온몸을 부르르 떨기까지 하는 셰리를 물끄러미 내려다보던 루키나는─

"그나저나 아가씨! 저 없는 사이 잘 지내셨…… 꺅!"

일말의 망설임도 없이 양팔을 들어 올려 저를 향해 배시시 웃는 셰리를 세게 끌어안았다.

"휴이 오라버니가?"

물 만난 고기처럼 입술을 움직이는 셰리의 이야기를 가만히 듣고 있던 루키나의 눈이 동그래졌다.

셰리는 그녀의 말이 떨어지기가 무섭게 고개를 끄덕였다.

"네! 원래는 렉스 그놈, 아, 아니…… 렉시어드 황자 전하가 올 예정이었지만 아가씨께 격퇴를 당한 이후 추방됐잖아요! 그래서 휴이렌 전하께서 대신 오시게 된 모양이에요."

그거 곤란하게 됐네.

"허니 아가씨. 부디 휴이렌 전하와 부딪치지 않게 조심하세요. 네?"

불안함을 가득 담은 얼굴로 간절하게 당부하는 셰리를 향해 루키나는 손을 뻗었다.

수북한 머리 숲을 헝클어뜨리는 루키나의 손길을 오랜만에 느낀 셰리가 싫다고 몸을 들썩이면서도 입꼬리를 말아 올렸다.

루키나는 그 모습을 지켜보다 부드럽게 웃었다.

"걱정 마, 셰리. 어차피 시합 도중엔 투구를 쓰고 있을 예정이니, 오라버니는 모를 거야."

"그렇겠죠?"

"그래. 그리고 네 말대로 주의할게. 들켰다가는 확실히 큰일이잖아. 안 그래?"

"어휴. 아가씨께서 그렇게 말씀해 주시니 정말 다행이에요!"

셰리는 안도의 한숨을 푹 내쉬며 활짝 미소 지었다.

루키나는 그녀에게 옅은 눈웃음으로 화답하다 순식간에 얼굴을 굳혔다.

문제는…… 유리안인가.

어디로 튈지 모르는 제국의 황태자를 떠올리자니 머리가 지끈거린다.

만일 그와 휴이렌이 경기장에서 마주치기라도 한다면……. 으으, 아찔하군.

꼴깍 하고 목구멍 사이로 침 넘어가는 소리가 들렸다.

루키나는 그런 참극은 막아야 한다며 온몸을 부르르 떨었다.

"아가씨는요?"

"……응?"

"제가 없는 동안 아가씨께는 별일 없었나요?"

"……!"

순간적으로 말을 잇지 못했다.

파란 두 눈을 반짝이며 묻는 셰리에게 무어라 대답해야 할지 막막해졌기 때문이다.

루키나는 흠칫 놀라 입만 뻐끔거렸다.

"별일 없으셨죠?"

셰리는 확인 사살이라도 하듯 되물었다.

입술이 바짝바짝 말라갔다.

루키나는 어색하게 웃을 수밖에 없었다.

셰리.

네가 없는 근 한 달 동안 내게는 세 번째 다리가 생겼단다.

너는 감히 상상도 하지 못할 크기였어.

게다가 충격적인 건 그 모습을 무려 타인에게 보여주기까지 했다는 거 아니니?

너도 알지? 가면을 쓰고 다니는 팬텀 공작 말이야!

어디 그것뿐이겠어? 셰리, 나는 그 남자한테 입맞춤을 당해 버렸지 뭐니!

그런데 더 충격적인 건 내가 그만 열 받은 나머지 그 남자에게 자의로 입을 맞추기까지 해버렸다고!

믿어져?

내 스스로 그 남자한테 입을 맞췄다니까?

—라는 말은, 죽어도 할 수 없다.

"……아가씨?"

루키나는 의아한 표정을 지으며 고개를 갸웃거리는 셰리에게 답변을 들려주지 못했다.

차라리 세 여인들에게 둘러싸여 있을 때가 훨씬 나은 것 같다고 생각될 정도다.

루키나는 의아해하는 셰리에게 말했다.

"그런데 셰리. 왜 하필 대회 시작 전에 만나자고 한 거야?"

셰리의 의문은 지극히 정상적인 일이지만 그것에 일일이 답해주었다가는 불같이 날뛸지도 모르는 일이다.

루키나는 애써 화제를 돌렸다.

셰리는 제 질문에 대답해 주지 않는 루키나를 뚱한 얼굴로 쳐다보다 이내 그녀가 대꾸해 줄 생각이 없어 보이자 짧게 한숨을 내쉬며 답했다.

"아아. 다름이 아니라…… 카일 총관님께서 정말로 아가씨의 생일 파티는 하지 않아도 되는 건지 한 번 더 여쭤보라고 하셔서요. 조촐하게나마 파티를 여시는 것이 어떠하겠냐고 하시던데……. 아가씨. 정말로 파티 안 여실 거예요?"

'아가씨의 특수한 사정은 잘 알고 있기는 하지만 다른 파티도 아니고 무려 생일 파티를 생략하자는 건 정말 아쉽다고요!' 라며 입을 쭉 내미는 셰리를, 루키나는 가만히 응시했다.

그러고 보니 얼마 전 휴이렌의 편지에서 제 생일을 언급했던 기억이 난다.

아마도 대회 마지막 날이었던가?

'벌써 그런 시기가 되었나…….'

정신없이 지내느라 줄곧 잊고 지냈었는데 말이지.

'그녀'가 루키나 이베타 로델린의 몸으로 빙의한 지 이제 막 일 년이 지났고, 그에 이어 루키나 이베타 로델린의 스물네 번째 생일이 다가온다는 것이 실감 나지 않는다.

정말 눈 깜짝할 사이에 시간이 흘러가 버렸다.

루키나는 심장의 뜀박질을 느꼈다.

'하필이면 24번째 생일이라니······.'

지난 네 번의 삶에서 매번 스물다섯이 되기 직전에 불의의 사고를 당해 죽음을 맞이했던지라, 본능적인 불안감이 가슴 밑바닥에서부터 치밀어 오른다.

설마 이번엔 아무 문제 없겠지.

스물네 번째 생일을 맞이하기는 하지만, 마지막 날도 아니고 고작 첫날이 다가오고 있을 뿐이다.

게다가 이번에는 명계의 제왕인 염라가 선사해 준 보험도 들고 있지 않은가?

이미 네 개의 보험 중 두 개를 써버린 후지만······.

언젠가는 남은 두 개가 도움이 될 날이 오겠지.

"아가씨?"

불안한 마음에 잠시 생각하던 루키나는 저를 부르는 셰리에게 아무것도 아니라는 듯 손을 내저었다.

그러고는 셰리에게 답하기 위해 입술을 움직였다.

"이번엔 파티는 생략하도록 하자. 대신 경기 끝나고 아버지께 들러 인사를 하러 가겠다고 전해줘."

"네! 알겠습니다, 아가씨! 그럼 저는 그렇게 알고 이만 가볼게요. 아, 참!"

아쉽기는 하지만 루키나의 결정을 존중한다는 듯 세차게 고개를 끄덕이던 셰리는 불현듯 몸을 뒤적이며 무언가를 루키나에게 건넸다.

루키나는 곱게 접힌 편지 하나를 내밀고 있는 셰리를 보고 눈을 동그랗게 떴다. 셰리는 말했다.

"아가씨를 뵈면 꼭 전해 드리라고 로건 할아버지께서 말씀하셨거든요!"

―소단주께 아룁니다. 이번 기사단 대회가 시작되기에 앞서 이곳저곳에서 수상한 움직임이 있다는 보고가 올라오고 있습니다. 부디 몸조심하시길. 그리고 소단주의 화려한 우승을 기원합니다. 멀리서나마 응원하겠습니다.

……조심하라 해놓고 은근히 부담을 주면 어떡해, 로건?

셰리가 건네준 쪽지의 내용은 느슨한 태도를 취하며 돌아다니던 그녀를 긴장하게 만들었다.

루키나는 픽 웃으며 들고 있던 쪽지를 접어 웃옷 안쪽의 주머니에 갈무리했다.

태평하게 대회에 임하려 했던 자신과는 달리 대회 100주년을 맞이했던 터라 반드시 종합 우승을 차지하고 싶은 각 기사단들의 정보전이 펼쳐지고 있는 모양이었다.

"……이브."

다른 곳도 아니고, 무려 정보 길드 마스터로 은밀하게 활동 중인 로건의 당부이니만큼 분명 경계는 해야겠지.

"……이브!"

하지만 어떤 식의 움직임일까?

무언가 사고라도 내려는 걸까?

이번 대회에는 휴이렌과 같은 황족들도 참관한다는 이야기가 있던데.

그들에게도 미리 알려야 하는…….

"이브!"

"누…… 헉!"

셰리와의 밀회를 마친 뒤, 오노르 기사단의 단원들이 있는 곳으로 움직이던 루키나는 로건이 던져 준 의문점을 생각하느라 저를 부르는 목소리를 듣지 못했다.

뒤늦게 상황 파악을 했을 땐, 무언가 커다란 그림자가 머리 위로 드리워진 것을 알아차렸다.

뭔가 싶어 고개를 돌린 루키나는 하마터면 뒤로 엉덩방아를 찧을 뻔했다.

"조심…… 해."

그의 얼굴을 발견하곤 비틀거리는 루키나의 허리를 한 손으로 감싸는 데 성공한 라펠이 붉은 입술을 움직였다.

루키나는 등에서 느껴지는 뜨거운 손길에 눈을 두어 번 정도 깜빡거렸다.

'꿈인가?'

"윽!"

꿈이 아니군.

꿈과 현실을 구분하기 위해 저를 거의 안다시피 하고 있는 라펠의 다리를 걷어차자 그가 인상을 쓰며 그녀의 허리를 지탱하던 손을 놓아버렸다.

뒤로 넘어지려다 겨우 바로 서게 된 루키나는 '대체 뭐 하는 거야!'라는 얼굴로 저를 노려보는 라펠을 바라봤다.

"언제 온 거예요?"

황궁에 간다고 하지 않았었나.

그날, 잠시 자리를 피했던 루키나가 돌아왔을 땐 라펠은 물론이거니와 이안 와이너도 사라진 뒤였다.

그녀는 제 베개 밑에서 아마도 그가 남기고 갔을 거라 짐작되는 작은 쪽지를 발견했고 그 쪽지에는 '한동안 보지 못할 거야'라는 글귀만 쓰여 있었다.

그리고 2주가 흘렀다.

루키나의 뾰족한 구두에 정강이를 차였던 터라 다리를 슥슥 매만지던 라펠은 왠지 가시가 돋쳐 있는 루키나의 말에 고개를 들었다.

"조금 전."

"흐응."

"……."

"왜요?"

"아니. 저기……."

뭐.

루키나는 뚱한 얼굴로 라펠을 노려봤다.

그녀의 따가운 시선을 예상하지 못했다는 듯 라펠은 본연의 차가운 얼굴을 기괴하게 일그러뜨리더니 조심스럽게 물었다.

"혹시 화…… 났나?"

"제가 왜요?"

"……어?"

"하하. 경도 재미있는 소리를 하시는군요. 제가 라펠 경께 화가 날 일이 뭐가 있겠습니까? 화 안 났어요. 그럼요. 화는 무슨."

"이, 이브?"

"죄송하지만 라펠 경. 곧 있으면 동료들의 마상 경기가 시작됩니다. 그들을 응원하러 가야 해서 이만 실례하겠습니다. ……뭐 하는 거예요?"

심드렁하게 목례하는 시늉을 하던 루키나가 몸을 돌리려고 하던 순간, 라펠은 기다란 팔을 뻗어 그녀의 손목을 잡아챘다.

그의 강한 힘이 손목에서 느껴지자 루키나는 미간을 좁혔다.

라펠은 인상을 쓰며 저를 올려다보는 루키나의 표정에 흠칫 놀라더니 이내 냉정을 되찾았다.

"우리, 아직 하지 못한 이야기가 있지 않나."

두근—

어쩐지 귓가를 간질이는 그 목소리에 루키나는 가슴이 멋대로 벌렁거리는 것을 느꼈다.

침착해. 그동안 이 일에 대해 많이 생각하고 또 생각했잖아.

그녀는 진지한 눈빛을 보내고 있는 벽안을 직시하다 후우, 숨을 고르며 대답했다.

"라펠 경. 물론 그 일에 대해 정리해야 할 일이 있기는 하지만……."

"전하께서 오신다는 이야기를 듣기는 했지만 이렇게 빨리 뵙게 될 줄은 몰랐습니다."

……어?

"이리로 오시지요. 아그노스의 단원들은 동편 연무장에서 몸을 풀고 있습니다."

"동편 연무장?"

"예. 주최 측에서 배려를 해준 모양입니다. 하하하!"

어찌나 커다랗고 호탕한 목소린지, 아직 모퉁이를 돌지 않았음에도 불구하고 쩌렁쩌렁 복도를 울린다.

"라, 라펠 경!"

루키나는 소리가 들려오는 방향을 바라보며 서 있는 라펠을 향해 작게 소리쳤다.

"이브?"

"오라버니예요!"

"뭐?"

"휴이렌 황자라고요!"

"……!"

"전하. 이쪽입니다."

망할!

휴이렌에게 이 모습을 보이지 말라고 당부하던 셰리에게 걱정 말라고 손을 내젓던 자신의 말이 무색할 만큼, 너무도 빠르게 그와 부딪칠 위기에 처해 버렸다.

루키나는 입을 뻐끔거리며 소리치는 제 말에도 꿈쩍하지 않던 라펠의 팔을 잡고 그를 끌고 가려다 그만 모퉁이를 도는 황금색 머리카락의 소유자를 발견했다.

그녀는 황급히 저보다 머리 두 개는 더 큰 라펠의 뒤로 몸을 숨겼다.

"이브."

라펠이 작게 제 이름을 불렀지만 루키나는 조용히 하라는 듯 그의 허리를 꾹 눌렀다.

그러는 사이 제국의 4황자를 위시한 아그노스 기사단원들이 루키나와 라펠이 서 있는 곳으로 다가오기 시작했다.

라펠은 제 등에 얼굴을 파묻고 있는 루키나를 흘긋거리다 바로 옆의 기둥 뒤로 몸을 움직였다.

루키나는 자연스레 그의 뒤를 따랐다.

"하하. 전하! 저희 아그노스가 이번 기사단 대회를 얼마나 열심히 준비했는지 보여 드리겠습니다! 기대하셔도 좋을…… 윽."

굵은 기둥 옆에 우뚝 서 있는 커다란 남자를 발견한 휴이렌 옆의 사내가 인상을 찌푸리며 걸음을 멈추었다.

'그냥 가라고! 가!'

라펠의 뒤에 숨어 몸을 가리던 루키나는 멈춰 선 사내의 발등이 제 시야로 들어오자 쿵쾅쿵쾅 뛰는 심장 소리를 느끼며 이를 악물어야 했다.

"오랜만입니다, 체스터 백작 각하."

"……그렇군. 라펠 경."

백작의 지위를 가지고 있는 남자는 가면을 벗은 상태인 라펠이 말로만 듣던 팬텀 공작이라는 사실을 모르는 듯했다.

단순히 라펠을 오노르의 단원들 중 한 명인, 기사 '미티 라펠'로만 알고 있는 것이 틀림없다.

그러지 않고서야 저렇게 탐탁잖은 목소리를 흘릴 리 없으니.

루키나는 눈을 질끈 감으며 라펠의 등에 더욱 얼굴을 파묻었다.

'……!'

휴이렌에게 들켜서는 안 된다.

절대로 안 된다—를 되뇌며 그의 뒤편에 들러붙어 있던 그녀는 갑자기 등 뒤로 손을 내민 라펠의 커다란 손바닥을 발견하곤 눈을 크게 떴다.

그는 아래로 팔을 내린 채 떨고 있는 루키나의 손을 세게 잡았다.

루키나는 손바닥 끝에서 전해져 오는 온기에 입을 다물었다.

"아는 자인가?"

귀 익은 음성.

한때 지겨울 정도로 들었던 휴이렌의 목소리가 라펠의 커다란 몸 너머에서 들려오고 있었다.

루키나는 긴장한 나머지 손을 세게 움켜쥐었다.

라펠이 그 행동에 움찔거렸지만 곧 잠잠해졌다.

"아아. 오노르라고 들어보셨습니까?"

"오노르?"

"예. 그곳에 속한 기사 중의 하나입니다. 신경 쓰실 필요 없습니다."

"……."

"이번엔 오노르도 참가를 한다는 소문이 사실이었군. 어때, 할 만할 것 같은가?"

체스터 백작이라는 남자는 비웃음이 가득한 조소를 날리며 라펠에게 물었다.

라펠은 '글쎄요' 하고 작게 대답했다.

그런 라펠을 아니꼬운 시선으로 응시하던 체스터 백작은 이내 라펠의 등에 얼굴을 파묻고 있는 루키나를 발견했다.

"그나저나 경의 뒤에 숨은 자는 대체 뭔가? 뭐 하고 있는 거야?"

"……."

"이봐. 대체 무엇을 하고 있는 건가."

"백작 각하."

"……?"

"가시던 길을 마저 가시는 것이 어떻겠습니까?"

"……뭐?"

"부탁드립니다."

라펠은 고개를 숙이며 말했다.

자신을 쫓아내려는 그의 반응에 체스터 백작의 얼굴이 붉어졌다.

"너 지금 뭐라고 했어!"

빌어먹을!

'이 남자가 무슨 생각인 거야!'

조용히 타일러도 모자랄 판에 하필 고고한 귀족의 심기를 자극해 버린 라펠을 보며 루키나는 피가 마를 지경이었다.

눈앞이 아찔해졌다.

"라펠! 감히 하급 기사 주제에 감히 후작에게 명령하는 것인가!"

"체스터. 그만하지."

"……예?"

성큼성큼 라펠과 루키나를 향해 다가오려던 체스터 백작은 짧게 숨을 흘리는 휴이렌의 말에 행동을 멈추었다.

휴이렌은 귀찮음이 가득한 목소리로 말을 이었다.

"아그노스 단원들을 보러 가던 중 아니었나? 곧 환궁을 해야 하는 터라 더 이상 시간을 지체하고 싶지 않은데."

"……아, 예, 예! 라펠! 운 좋은 줄 알아! 가시지요, 전…… 흠흠! 가시지요!"

라펠과 루키나를 의식했는지, 전하라는 단어를 언급하지 않고 체스터 백작은 앞서 걸어가기 시작했다.

그런 그의 뒷모습을 바라보던 휴이렌은 저를 똑바로 직시하고 있는 라펠과 여전히 그의 등에 머리를 파묻은 채 이 시간이 지나가기만을 기다리는 루키나를 흘긋거리다 체스터 백작의 뒤를 따랐다.

"하아아."

천만다행으로, 휴이렌에게 제 모습을 들키지 않았던 루키나는 그들이 사라지는 것을 완벽하게 확인한 뒤에 긴 한숨을 내쉬었다.

"하마터면 큰일 날 뻔했다고요! 오라버니가 말리지 않았다면 저까지 정체를 들켜 버렸을 거예요!"

씩씩. 루키나는 커다란 고비를 넘겼다는 표정으로 숨을 고르다 저를 빤히 내려다보고 있는 라펠을 향해 소리쳤다.

라펠은 성난 콧김을 뿜어내고 있는 루키나를 말없이 응시하다 굳게 닫혀 있던 입술을 움직였다.

"그럼 이제 대화할 준비가 된 건가?"

뭐?

루키나는 무언가에 타격당한 표정으로 그를 바라보았다.

라펠은 당황해 눈을 크게 뜨는 그녀에게 말했다.

"그날 있었던 일에 대해 이야기하고 싶은데."

······산 넘어 산이라더니.

조금 전의 위기보다 더 큰 산이 루키나의 앞을 가로막고 있었다.

"잠깐."

황실 기사단인 아그노스의 일원들을 만나기 위해 움직이던 휴이렌의 걸음이 멈췄다. 앞서 나가던 마키아 체스터의 시선이 정면에서 후면으로 돌아갔다.

체스터 백작의 시야로 들어온 휴이렌은 조금 전 지나쳤던 복도의 입구를 뚫어져라 응시하고 있었다.

마키아 체스터는 의아한 표정을 지었다.

"왜 그러십니까, 전하?"

"잠깐 여기서 기다리게."

"······예?"

휴이렌은 깜짝 놀라는 마키아 체스터를 향해 그 말을 날린 뒤 몸을 돌렸다.

터벅터벅 걸어가던 발걸음은 성큼성큼 쭉쭉 뻗어 나갔다.

휴이렌이 도착한 곳은 복도를 지탱하기 위해 놓인 여덟 개의 기둥 중, 예의 두 사람이 기대 있던 여덟 번째 기둥이었다.

휴이렌은 미간을 좁혔다.

'그자······ 어딘가 낯이 익어.'

흑발에 푸른 눈을 지닌 자의 당당한 시선이 왠지 모르게 익숙하다.

웬만한 하급 기사들은 저보다 훨씬 높은 계급인 귀족들을 보면 아부를 늘어놓기 바쁘건만.

아무렇지 않은 태연한 얼굴로 체스터 백작과 심지어 자신의 눈을 똑바로 바라보는 그 모습은, 자신이 알고 있는 누군가와 닮은 것 같기도 했다.

'설마 그럴 리가.'

몽글몽글 피어나려는 의심은 곧 스스로에 의해 부정당했다.

그래. 그럴 리 없지.

천하의 그자가 누군데, 일개 기사단의 일원이 되어 숨어 있을 리가.

휴이렌은 쓴웃음을 흘리며 고개를 저었다.

그러나 한 가지 더 신경 쓰이는 것이 있다.

바로 그자의 뒤편에 숨어 있던 갈색 머리카락의 기사.

무슨 영문인지는 모르겠지만 커다란 그자의 등 뒤에 모습을 숨긴 채 꿈쩍도 않던 모습은 확실히 기이하기 그지없다.

그렇게 한참 동안 기둥 뒤편에 서 있던 두 사람을 떠올리며 생각하던 휴이렌은 기둥 아래쪽에서 반짝이는 무언가를 발견했다.

'응?'

휴이렌은 반사적으로 그것을 향해 다가갔다.

"하아, 하아. 저, 전하!"

뒤늦게 그의 뒤를 따라 달려온 마키아 체스터 백작이 긴 숨을 몰아쉬며 휴이렌의 곁으로 다가왔다.

허리를 살짝 굽혔다 들어 올린 휴이렌은 자색 눈으로 손에 들린 무언가를 한참 동안 주시하다 헉헉거리는 체스터 백작을 응시했다.

"체스터 백작."

"예, 전하!"

"아까 그 라펠이라는 자…… 오노르 기사단의 기사라고 했었나?"

"예? 아…… 예."

마키아 체스터는 돌연 라펠을 언급하는 휴이렌을 의아한 시선으로 바라봤다.

그 말을 듣고서도 좁아진 미간을 펴지 않던 휴이렌은 손에 들린 목걸이를 한 번 더 내려다보았다.

금빛으로 빛나는 고급스러운 펜던트 형식의 목걸이.

펜던트 안쪽에 아주 작게 황궁의 직인이 찍혀 있는 이것의 주인을, 그는 잘 알고 있었다.

"오노르의 참가자들에 대해 알고 싶은데……. 도와줄 수 있겠나?"

두근두근 뛰기 시작한 심장의 박동은 멈추지 않는다.

루키나는 바짝 말라가는 입술을 침으로 축이며 인상을 썼다.

곧 있으면 열릴 단체 마상 경기를 응원하러 가야 하건만 그녀는 어찌된 셈인지 라펠의 뒤를 따라 걷고 있는 중이다.

긴장하지 마. 별거 아니야.

긴장하지 마, 루키나 로델린!

흐트러지려는 마음을 바로잡으며 루키나 로델린은 스스로를 향해 외쳤다.

물론 그런다고 해서 일단 반응하기 시작한 가슴이 쉽게 진정될 리는 없었지만.

"여기가 적당하겠군."

뚝 걸음을 멈춘 라펠은 주위를 두리번거리며 사람이 없다는 것을 확인했다.

그는 아마도 창고로 사용되는 듯한 방의 문을 열더니 루키나에게 고갯짓을 했다.

나보고 들어가라고?

루키나는 떨떠름한 얼굴로 그를 흘긋거리다 라펠의 뜨거운 시선에 어쩔 수 없이 고개를 아래로 떨구며 발을 움직였다.

달칵—

어찌나 치밀한지.

자신이 창고로 들어가자마자 문을 걸어 잠근 라펠은 거칠게 숨을 내쉬고 있는 루키나를 바라보았다.

크게 심호흡을 하고 있던 루키나는 어느새 문 앞에 기대어 저를 쳐다보고 있는 라펠의 시선이 눈썹을 꿈틀거렸다.

"라펠 경. 대체 하실 말씀이 무엇이길래 저를 이곳까지 데리고 오신 거죠? 저는 얼른 동료들을 응원하러 가야 하는데요."

꽤나 퉁명스러운 말투로 툭 말을 던지는 루키나의 녹안이 빛났다.

라펠은 팔짱을 낀 채 그녀를 내려다보더니 굳게 다물고 있던 입술을 달싹였다.

"레이디 이브."

"밀드레드 경이라 불러주시죠. 그렇게 약속하셨잖아요."

"……레이디 이브."

청개구리 같으니.

루키나는 입술을 삐죽였다.

"네. 레이디 이브, 여기 있습니다."

제게 꽂힌 라펠의 시선이 도통 흔들릴 생각을 않자 루키나는 툴툴거리며 대답했다.

라펠은 그제야 기울이고 있던 몸을 바로 세우더니 다시 말을 이었다.

"묻고 싶은 게 하나 있는데."

올 것이 왔군.

순간적으로 눈앞이 아찔해졌지만 루키나는 태연함을 유지하려 애썼다.

정신 차려. 호랑이한테 물려가도 정신만 차리면 살잖아!

그래. 그날의 일은 '좋아서' 한 게 아니라 '열 받아서' 한 거라고 대답하면 돼.

그럼 아무 일도 없었던 게 될 테니.

"혹시……."

두근두근, 가슴이 터질 듯 부풀어 올랐다.

루키나는 꿀꺽 침을 삼켰다.

라펠은 긴장하며 저를 노려보는 루키나에게 남은 말을 뱉어냈다.

"렉시어드 황자 말고 결혼을 약속했던 사람이 있나?"

"……예?"

'어째서 그날 그렇게 대응한 거지?' 라든가, '내게 입을 맞추었던 진짜 이유가 뭔가?' 라든가, 그것도 아니면 '날 좋아하나?' 등등의 말을 예상했던 루키나는 둔기에 맞은 표정을 지으며 라펠을 올려다보았다.

'이, 이 남자가 방금 뭐라고 한 거야……?

미르티스 라펠 윈스터는 놀라는 루키나에게 흔들림 없는 시선을 보내며 말했다.

"만약 없다면 입후보를 하고 싶은데."

"……."

"참. 곧 그대의 생일이라고 알고 있는데…… 혹시 생일에 파티를 열 생각인가?"

"……."

"생일날 뭘 할 거지? 함께 보낼 사람은 있어? 정확히 생일이 언제지?"

"……."

"레이디 이브. 내 말 안 들리나?"

"······."

"이브."

"······."

"이브!"

왁!

루키나는 잠시 이성의 끈을 놓아버린 사이에 자신의 코앞까지 다가온 라펠을 발견하곤 뒷걸음질 치다 뒤편에 위치한 선반에 머리를 부딪칠 뻔했다.

라펠이 급하게 손을 들어 올려 그녀의 머리를 감싸지 않았더라면 말이지.

"조심해, 이브."

이젠 레이디라는 단어까지 빼버리는 남자를 루키나는 멍하니 올려다보았다.

하마터면 선반 위의 물건들이 쏟아질 뻔했다며 중얼거리는 라펠의 붉은 입술을 넋 놓고 응시하던 루키나는 손을 뻗어 그의 가슴을 밀쳐 버린 뒤 후우, 후우 숨을 몰아쉬었다.

'제, 젠장······!'

쿵쾅쿵쾅, 심장이 고장 난 것처럼 반동했다.

뜨거운 열기가 치솟아 올랐다.

루키나는 귓불이 붉어지려는 것을 애써 감추려 했지만 두 뺨의 홍조까지는 숨기지 못했다.

'왜 이러는 거야, 대체!'

충동적인 행위였지만 스스로 눈앞의 남자에게 입을 맞추면서 남자에 대한 면역력이 높아졌을지도 모른다고, 지난 2주 동안 생각했다.

네 번의 삶 동안 남자 한 번 사귀어보지 못한 모태 솔로로 살아오긴 했지만 드디어 입맞춤을 클리어했다고 좋아하기도 했었던 과거가 불현듯 떠올랐다.

아마도 여태껏 경험하지 못한 행위였기에 그리 부끄러웠던 거라고 생각하던 루키나는 생각을 정리하는 자신을 그저 바라보고만 있는 라펠을 흘끔거렸다.

미르티스 라펠 윈스턴.

제국의 4대 공작 중 하나이자, 황제의 그림자라 불리는 냉혈인의 대명사.

언제나 검은 가면으로 얼굴을 가리고 다녀 팬텀 공작이라고 불린다는 예의 남자가 감히 그녀가 상상조차 해본 적 없던 말을 늘어놓고선 루키나의 안정을 기다리고 있었다.

루키나는 입을 열어야 했다.

"라펠…… 경. 아니, 윈스턴 공작 각하."

목소리 끝의 떨림을 그가 몰랐으면 좋겠는데.

루키나는 쿵쾅거리는 심장의 뜀박질을 애써 무시하며 말했다.

라펠이 기다렸다는 듯 고개를 까딱이는 게 보인다.

루키나는 크게 숨을 들이마신 후 머릿속을 가득 메우고 있는 말을 뱉어냈다.

"방금…… 제게 뭐라고 하셨습니까?"

라펠은 못 들었냐는 눈으로 그녀를 내려다보다 대답해 주었다.

"그대의 생일에 무엇을 할 거냐고 물었어."

"아, 아뇨, 그거 말고."

"말고? 그대의 생일 파티가 열리냐고?"

아니! 그거 말고!

루키나가 말없이 얼굴을 좌우로 흔들자 의문이 더 짙어진 표정을 짓던 라펠이 기억을 더듬었다.

"생일에 누구와 보낼 건지?"

왜 이렇게 생일에 집착하는 거야!

"그거 말고요! 그거 전에. 전에 말이에요! 제일 처음 한 말이요!"

벌렁거리는 가슴 소리를 느끼며 소리치던 루키나의 외침에 라펠이 픽 웃음을 터뜨렸다.

"아아."

언제나 서늘한 표정을 짓고, 냉랭한 기운을 흘릴 때와는 달리 눈꼬리를 부드럽게 휘며 입가에 미소까지 짓는 라펠의 다정한 표정에 심장이 펑 터져 버렸다.

루키나는 무언가에 홀린 사람처럼 그에게서 시선을 떼지 못했다.

"입후보를 하고 싶다고 했다."

그래, 바로—

"그대의 남편 후보에."

그, 그거…… 말이야.

비교적 인적이 드문 라시모프 경기장 서편 연무장으로 향하는 길목에서 은밀한 움직임을 이어가던 남자가 걸음을 멈추었다.

가늘게 뜬 눈으로 주변을 두리번거리던 남자는 으슥한 그림자가 드리워진 모퉁이로 몸을 틀었다.

에릭 바클리는 마지막으로 자신을 주시하고 있는 사람이 있는지 없는지 확인한 뒤 어둠 속에서 얼굴을 가리고 있는 인영을 바라봤다.

"어떻게 됐지?"

경계가 가득한 음성.

사안이 사안인지라 신중하게 말을 건넨 에릭 바클리의 말에 벽면에 붙어 있던 사내가 기대어 있던 몸을 일으켜 바로 섰다.

"걱정 마십시오. 말씀하신 대로 손을 써놨습니다."

기분 나쁜 눈웃음을 그리는 사내의 말에 에릭 바클리는 실소를 날렸다.

그는 저만 믿으라는 듯 샐쭉 웃는 사내가 영 못 미덥기만 했다.

"……내가 너를 신용해야 하는 이유는?"

결국 입 밖으로 생각하던 말을 뱉어낸 에릭 바클리의 말에 사내는 하하, 이죽거리며 웃더니 비릿한 미소를 지어 보였다.

"나리. 섭섭하시게 왜 이러십니까? 절 믿으십시오. 저흰 이미 한배를 탄 사이 아닙니까?"

"……."

"저도 그 녀석에게 맺힌 게 많은 놈입니다. 실망시켜 드리지는 않겠으니 걱정 마십시오!"

가슴을 탕탕 두드리는 사내가 손을 저으며 말했다.

확실히 의심스러운 자이긴 하나 자신의 정보원이 신분을 보증한 자이기도 했다.

상처는 안에서 곪기 시작하니까.

"좋다. 한번 믿어보지. 허나 날 배신할 경우엔 약속했던 아그노스로의 합류는 없던 일이 될 거다."

"하하하. 배신이라니요. 절대 그럴 일은 없을 테니 마음 푹 놓으십시오. 제가 혼신의 힘을 다해 자작님을 돕겠습니다!"

누가 들을까 두려울 정도로 있는 힘껏 외쳐 대는 사내를 여전히 서늘한 눈으로 응시하던 에릭 바클리는 고개를 끄덕이며 몸을 돌렸다.

큭큭거리는 남자의 기괴한 웃음소리만이 주변을 울리고 있었다.

오후에 열린 단체 마상 경기 예선전을 훌륭한 성적으로 통과한 오노르의 7기 단원들을 축하하는 자리.

앞으로 최고 승점이 걸린 결승전까지는 다섯 번의 경기가 더 남아 있었지만, 첫 승리는 언제나 값지다.

응원차 달려왔다며 이안 와이너의 돈주머니를 딸랑거리던 헨리 캐슬러의 주도하에 라시모프 경기장과 오노르 본부의 중간 지점에 위치한 대형 펍에 발걸음 한 오노르의 7기 기사들은 첫 승리에 한껏 달아올라 있었다.

"결혼이라는 거, 어떨까?"

쉽지는 않겠지만, 한 번 시작한 일을 끝까지 가보자며 의지를 다지던 동료들 사이에서 홀로 정신을 다른 곳에 두고 있던 루키나 로델린은 무의식적으로 툭 말을 던졌다.

그리고 그런 그녀가 뱉어낸 말의 파장은 생각보다 거셌다.

"푸흡—!"

칼칼해진 목을 시원하게 식히고 혈액의 흐름을 원활하게 돕는, 보리로 만든 달콤한 음료.

언제나 진귀한 재료를 사용하는 황궁에서와는 달리, 제국민 누구나 마시는 맥주잔을 손에 쥔 채 꼴깍꼴깍 술을 들이마시던 유리안은 옆자리에서 들려오는 말에 입에 든 맥주를 그만 입 밖으로 뿜어냈다.

그런 유리안 아이너 리우드의 입안에 들어 있던 맥주를 고스란히 받아낸 사람은 다름 아닌 라이언 휴블이었다.

"……."

뚝뚝.

유리안의 타액이 섞인 맥주 방울이 라이언 휴블의 턱을 타고 흘러내렸다.

내일 경기가 있다는 핑계를 댔음에도 불구하고 억지로 이곳까지 불려온 라이언 휴블의 얼굴이 더욱 딱딱해졌다.

"미, 미안하네, 휴블 경! 괘, 괜찮나?"

의도했든 하지 않았든 결과적으로 자신의 잘못이 되어버렸던지라 유리안은 자리에서 벌떡 일어나 소리쳤다.

큭큭거리는 주변의 웃음소리가 들려왔지만 여전히 냉정을 유지하던 라이언 휴블은 한숨을 내쉬며 유리안이 내미는 손수건을 받아 들었다.

"조, 조심…… 큭큭, 좀…… 하지. 큭큭."

오노르 7기의 단원 중에서도 가장 과묵하다 불리는 라이언 휴블이 하필 제게 이런 짓을 저지른 자가 유리안이라는 것을 알고 가까스로 화를 참는 모습을 지켜보던 로렐은 입가를 꿈틀거리며 말했다.

웃으려면 웃고, 말려면 말아.

루키나는 어쩔 줄 몰라 하는 유리안과 애써 태연한 척 노력하는 라이언, 그리고 어깨까지 들썩이며 키득거리는 로렐을 흘긋거리며 속으로 중얼거렸다.

"예의 그 여자 이야기야?"

"어?"

"결혼이라니. 벌써 그런 말까지 오간단 말이지? 입맞춤 이야기가 나온 지 얼마 안 된 것 같은데 결혼이라니. 밀드레드, 너 인마…… 빠르다?"

저를 향해 픽 웃으며 술잔을 치켜드는 가일 모어의 말에 루키나는 손을 저으며 소리쳤다.

"아, 아냐, 그런 거. 내가 한 말이 아니라 그 사람이……."

"뭐? 남자가 아니라 여자가 그런 소리를 했단 말이야? 이야. 그 레이디 대체 누구냐? 정말 대단한 레이디 아니야?"

눈을 번쩍 뜨며 과장된 표정과 행동을 취하는 가일 모어를 향해 루키나는 애써 해명하지 않기로 했다.

그렇게 한동안 토라진 루키나를 놀리며 다른 동료들과 시시콜콜한 이야기를 나누던 가일 모어는 옅은 미소를 지으며 작게 중얼거렸다.

"결혼은 확실히 좋은 단어지. 아아. 나도 얼른 자리 잡고, 괜찮은 레이디를 만나서 빨리 결혼하고 싶다!"

벌컥벌컥, 맥주를 입안으로 들이붓는 가일 모어 외 다른 동료들이 저를 부러운 눈빛으로 쳐다보자 루키나는 그들에게 '그런 의미가 아니라니까!' 하고 외치면서도 순간적으로 떠오른 상상을 막지 못했다.

'……결혼? 그 남자와 내가?'

순백의 드레스가 아닌 붉은 장밋빛 드레스를 입은 채 빨간 면사포를 쓰고 서 있는 자신과 머리부터 발끝까지 온통 흑색으로 장식한 검은 가면의 사내가 손을 맞잡고 있는 모습은 어쩐지 아름답다기보다는 오싹한 느낌을 준다.

루키나는 풋 코웃음을 흘리며 고개를 가로저었다.

'말도 안 돼.'

결혼이라니.

연애도 제대로 안 해봤는데 결혼은 무슨.

루키나는 수북한 음식들과 술을 즐기던 동료들이 어느새 흥미 가득한 시선으로 저를 바라보고 있음을 인지했다.

그녀는 붉어진 얼굴을 감추기 위해 입술을 움직였다.

"그, 그냥 해본 소리야. 다들 신경 쓸 거 없어."

"자식…… 부끄러운 거냐?"

미간을 좁히며 말하는 루키나의 반응에 가일 모어는 큭큭 웃었다.

"확실히 그 레이디가 저돌적이긴 하군."

침이 섞인 맥주를 얼굴에서 닦아내던 라이언 휴블도 그들의 대화에 참여하며 중얼거렸다.

"그래서? 아이반 네 녀석은 뭐라고 답했는데?"

……응?

"설마. 그 말을 듣고도 내뺀 건 아니지?"

남자답지 못하게—라는 말까지 덧붙이는 로렐의 말엔 그녀를 향한 핀잔 아닌 핀잔까지 내포되어 있었다.

루키나는 움찔했다.

「입후보를 하고 싶다고 했다. 그대의 남편 후보에.」

지나치게 평온한 얼굴로, 지나치게 평온하게 말하던 남자의 말은 그녀의 머릿속을 새하얗게 물들이는 데 일조했다.

한 번 들어도 이해하지 못했던 그 말이 두 번 듣는다고 이해할 수 있을 리는 없었다.

루키나는 얼떨떨한 표정을 지으며 입술을 움직였다.

「저…… 저기, 그 말은…….」

정확히 무엇을 뜻하는 겁니까? 라는 질문을 끝맺지는 못했다.

장난이나 농담을 하고 있다기엔, 말을 뱉어낸 남자의 표정이 너무도 진지해 보여서 루키나는 속에 든 말을 다 꺼내지 못하고 말끝을 흐렸다.

라펠은 얼빠진 얼굴을 하고 있는 루키나를 보며 희미하게 웃더니 등 뒤에 있던 창고의 문고리로 손을 뻗었다.

달칵 문 열리는 소리가 들려오자 루키나는 정신을 차렸다.

라펠은 말했다.

「그대의 생일에 로델린 공을 직접 뵙고 싶은데. 자리를 마련해 줄 수 있을까?」

직접 본다니.

그게 무슨 소리냐고.

어째서 아버지를 직접 만나고 하겠다는 거지?

대체…… 왜?

"아이반."

그 말도 그래.

남편 후보에 입후보라니. 무슨 대통령을 선출하는 것도 아니고, 입후보라니!

제정신인 건지 의심이 드는군.

하긴, 입술을 들이밀었을 때부터 정신을 다른 곳에 둔 것 같기는 했어.

"……아이반."

그렇다고 또 농담을 하는 것 같지는 않은데. 에이, 설마 고작 입 한 번 맞췄다고 결혼 전제 연애를 하자는 건 아니지?

"아이반?"

자, 잠깐. 혹시…… 내가 자기한테 입맞춤을 해서…… 서, 설마!

그게 첫 입맞춤이라며 책임지라고 하는 건가?

정말? 정말 그런 거야?

아, 아니. 냉정해지자.

아무리 이곳이 판타지가 난무하는 세계라고 해도, 고작 입술 한 번 뺏겼다고 결혼까지 가자는 건 말도 안 되잖아!

그래. 차분하게 생각해 보는 거야.

그 냉정한 남자가 섣불리 그런 말을 했을 리는 없고…… 아마 나처럼 지난 2주 동안 생각하고 또 생각했겠지.

그러다 내린 결론이 내 남편 입후보였던 거야.

그런데 왜 내 남편이 되고 싶어하는 거냐고!

이미 2황자와 파혼까지 한 여자와 대체…… 어?

'설마.'

설마! 설마 그럴 리 없겠지만.

설마…….

"아이…….”

"나를, 좋아하기라도 한다는 건가?"

"쿨럭!"

길고 긴 상념의 늪을 헤매며 북 치고 장구까지 치던 루키나 로델린은 제 곁에서 심상찮은 기침을 뱉어내는 남자를 향해 고개를 갸웃거렸다.

"유리? 어디 안 좋은 거 아니에요? 아까부터 계속 기침이 잦은데."

조금 전, 펍에서 라이언 휴블에게 못할 짓을 저질렀던 유리안의 기세가 걱정스럽다.

루키나는 염려 섞인 표정으로 그를 바라보았다.

흠흠, 헛기침으로 목을 가다듬던 남자는 이내 '아이반' 하고 그녀를 부르더니 붉은 입술을 달싹였다.

"묻고 싶은 게 하나 있는데…….”

"얼마든지요."

그의 자색 눈동자가 기묘하게 일렁였다.

루키나는 진지하기 그지없는 그를 의아하게 올려다보았다.

유리안 아이너 리우드는 말했다.

"정말 결혼을 할 생각인가!"

……뭐?

"다시 한 번 생각해 줄 수 없겠어?"

"네?"

"결혼이라니. 결혼…… 이라니. 아무리 이해하려 해도, 그건 정말이
지……."

"……."

"아이반. 나를 봐서라도 결혼만큼은 조금만 더 기다려 주게. 내가 조금
더 수련을 하고, 충분히 마음이 넓어졌을 때, 그때쯤 재고하는 게……."

"유리. 유리, 유리!"

"……?"

"무슨 말도 안 되는 소리를 하시는 겁니까?"

루키나는 도저히 용납은 안 되지만 어떻게든 스스로 해결해 보겠다는
듯 의지를 다지고 있는 유리안의 말을 끊었다.

유리안의 눈이 동그래졌다.

루키나는 풋 웃었다.

"결혼이라니. 그럴 리가요. 저는 지금 제 몸 하나 간수하기도 힘든걸
요."

"그, 그래?"

"그럼요. 제가 결혼은 무슨."

연애라면 또 모를까.

두근두근, 지금껏 생각해 본 적 없었던 단어에 가슴이 일렁인다.

왜 이러는 거냐, 루키나 로델린.

라펠의 충격적인 발언으로 인해 고요하던 심장이 멋대로 들썩이는 것이 마음에 드는 것 같기도 하고, 아닌 것 같기도 해서 심란하다.

루키나는 쓰게 웃었다.

"후우. 그렇게 생각한다니, 정말 다행이야."

아마도 라펠이 꺼낸 말이 너무도 예상하지 못했던 것이었기에 그의 말 한마디 한마디가 제게 커다랗게 다가온 건지도 모르겠다.

큰 의미는 두지 말아야겠다 여기며 고개를 젓던 루키나는 나지막한 유리안의 중얼거림에 미간을 좁혔다.

다행이라니?

"왜 다행이에요?"

평소 같았으면 그냥 넘어갔을 발언이지만 루키나는 현재 매우 예민해진 상태였다.

터벅터벅, 저 멀리 보이는 오노르 본부로의 발걸음을 뚝 멈춘 채 루키나는 당황하는 유리안을 올려다보았다.

"유리."

"어, 어?"

유리안 아이너 리우드는 갑자기 멈춰 선 루키나를 따라 멈추어 서서는 당황이 가득한 얼굴로 그녀를 내려다보았다.

그녀는 금발의 미남자를 향해 입을 쭉 내밀며 말했다.

"유리는 제가 결혼하는 게 싫으세요?"

"당연히 싫지!"

"왜요? 왜 싫으신데요?"

"그, 그거야……."

루키나의 돌발 질문에 유리안의 이마에 땀이 송골송골 맺혔다.

그녀는 흔들리는 그의 동공에서 시선을 떼지 않으며 유리안이 말을 잇기를 기다렸다.

난처해하던 유리안은 기어들어 가는 목소리로 답했다.

"그대가…… 영원히 내 곁에 있었으면 하니까……."

아주 작은 음성이었지만 적어도 앞에 서 있던 루키나의 귀에는 똑똑히 들리는 말이었다.

루키나는 유리안의 답변을 듣고 흠칫 놀라 뒷걸음질 쳤다.

'이 녀석…….'

가만 보면, 유리는 꽤 집착이 심한 것 같다.

그것도 친구에 대한 집착이, 몹시.

슬쩍 그의 상태를 살펴보니 귓불까지 새빨개진 채로 고개를 푹 숙이고 있는 모습이 보인다.

루키나는 왠지 모를 안쓰러운 감정이 치솟는 것을 느끼며 한숨을 내쉬었다.

'하긴. 그럴 만도 하지.'

갓 서른을 넘길 때까지 단 한 명의 친구도 없었던 유리안 아이너 리우드에게 겨우 생긴 친구가 바로 자신 아니었던가.

루키나는 속으로 혀를 차며 슬며시 고개를 들어 제 표정을 살피는 유리안에게 손을 뻗었다.

"유리."

그녀는 망설임 없이 유리안의 커다란 손을 덥석 잡고선 말했다.

갑자기 스킨십을 하는 루키나의 행동에 꽤 놀랐는지 그의 두 뺨이 붉어졌다.

아직 그것을 발견하지 못했던 루키나는 유리안의 자색 눈을 직시하며 말을 이었다.

"걱정 마세요. 제가 결혼을 하더라도, 평생 유리의 친구가 되어드릴게요."

세상에 이렇게 좋은 친구가 어디 있나.

루키나는 스스로에 대한 뿌듯한 감정을 품었다.

가만히 그 이야기를 듣고 있던 유리안의 눈이 바로 그 순간 큼지막해졌다.

"어? 그럼, 결혼을 할 생각인 건가!"

"네?"

"결혼을 할 생각인 거냐 물었어!"

아니, 왜 포인트가 그쪽인데?

평생 친구가 되어주겠다는 말에 감명을 받아도 모자랄 판에, 결혼을 언급하며 눈을 부라리는 유리안을 보니 헛웃음이 흘러나왔다.

루키나는 유리안의 뜨거운 시선에 그의 손을 잡고 있던 손아귀의 힘을 풀어버렸다.

"아이반!"

그러고는 일말의 망설임도 없이 몸을 돌렸다.

아니나 다를까, 유리안 아이너 리우드는 다시 걸어가기 시작하는 루키나의 뒤를 따르며 소리쳤다.

"아이반! 결혼 안 할 거지?"

"지금은요."

귀찮은 기색이 가득한 음성으로 루키나는 그에게 대답했다.

유리안은 포기하지 않았다.

"지금은 안 하겠다는 말은, 언젠가는 하겠다는 말인가!"

"뭐…… 언젠가는 해야겠죠."

"안 돼! 그자는 안 돼!"

"그자?"

오노르의 본부 건물 앞까지 다다랐을 때 등 뒤에서 들려온 말은 루키나를 멈추게 만들었다.

홱 몸을 돌려 유리안을 바라보는 루키나의 녹안에 움찔하던 유리안은 작게 말을 되풀이했다.

"그…… 그 레이디는 절대……."

루키나는 말을 더듬거리고 있는 유리안에게 짓궂은 미소를 그렸다.

"그렇게 계속 반대하시다가 저랑 결혼하고 싶다고 주장하시겠습니다, 유리."

"……!"

"하지만 걱정 마세요. 전 지금 연애는 몰라도, 결혼할 생각은 전혀 없……."

……응?

눈꼬리를 휘며 말하던 루키나는 상대가 돌처럼 굳어 넋이 나갔다는 것을 뒤늦게 알아차렸다.

"유리?"

어쩐지 새빨갛게 익어 있는 얼굴도, 저를 떨리는 시선으로 바라보고 있는 모습도, 확실히 자신이 알던 그 유리안이 아니었다.

루키나는 넋이 나가 있는 남자의 눈앞을 휘휘, 손으로 저으며 그를 불러보았지만 유리안은 반응이 없었다.

"저기, 유리."

"내, 내가 준 펜던트, 기억하나?"

"네?"

"내 부, 부적 있지 않나. 부적!"

"아."

"다, 다음 경기를 대비해서라도 그걸 슬슬 돌려받고 싶은데! 돌려줄 수 있겠어?"

빨간 사과보다도 붉은 안색으로 유리안은 외쳤다.

루키나는 수상쩍은 눈길로 그를 바라보았다.

화제를 돌리는 건가.

누가 봐도 말을 바꾸는 것이 틀림없는 유리안의 의아한 태도에 의문을 느끼면서도 루키나는 굳이 파고들지 않았다.

"갑자기 필요하신 겁니까?"

"그, 그래!"

"……알겠습니다. 잠깐만 기다리십시오. 항상 지니고 다니고 있었거든요. 여기에 분명—"

루키나는 힘차게 고개를 끄덕이는 유리안을 바라보며 피식 웃더니 웃옷의 안쪽 주머니를 뒤적였다.

"어라?"

챙!

검끝이 맞닿는 순간 발생하는 파공음이 숨죽인 경기장을 가득 울렸다.

경기를 지켜보는 관중들은 진지하기 그지없는 눈빛으로 살벌한 기운이 감도는 경기장을 내려다보고 있는 중이다.

귀족들을 위해 마련된 발코니 관람석 자리에 앉아, 결투를 벌이고 있는 두 명의 기사들을 내려다보던 검은 가면의 사내는 매서운 기세로 상대를 몰아붙이는 은색 투구의 기사에게 신경을 집중시켰다.

저보다 훨씬 큰 체격의 기사를 상대로 단 한 발자국도 물러나지 않는 은색 투구의 기사는 깃털처럼 가벼운 몸놀림으로 레이피어를 움직이고 있었다.

그새 실력이 늘었나?

원래 예사롭지 않은 검술 솜씨를 지니고 있었지만 날이 갈수록 그 실력이 늘어나는 것 같다.

아무래도 집안의 영향이 있기도 하고, 워낙 좋은 실력자들이 오늘을 위해 상대를 해주었기 때문이겠지.

그는 옅게 웃으며 은색 투구 기사의 움직임을 좇았다.

"저자, 실력이 괜찮군."

"은색 투구 말씀이십니까? 저도 마침 그런 생각을 하고 있었습니다!"

"어느 기사단 출신이지?"

"음, 그러니까…… 아! 오노르군요."

"오노르? 황도에 그런 기사단이 있었나?"

"하하. 남작님도 참. 황도엔 워낙 많은 기사단들이 있지 않습니까. 알려지지 않은 걸 보니 어영부영 모인 자들의 집합이겠지요."

"오노르라……."

뒤편에 앉아 있던 귀족들이 경기를 지켜보며 수군거리는 소리가 들려왔다.

이번 경기는 주목받는 경기가 아니었기에, 경기를 관람하는 귀족들은 대여섯 명 정도였다.

그들이 나누는 대화를 들으며 오노르의 기사들을 기대해도 좋을 것이라는 말을 꺼내려다 만 그는 다시 경기에 집중했다.

「남편…… 후보요?」

크게 일렁이던 풀색 눈동자.

제 귀를 의심하며 그를 빤히 올려다보던 남장 여자의 얼굴엔 경악이
가득했다.

루키나 이베타 로델린. 로델린 공작가의 공작 영애이자 현재는 남장을
한 채 그의 기사단에 정체를 숨기고 기사가 된 레이디는 그를 황당하다는
듯 바라보며 되물었다.

그런 그녀의 모습에 가슴 한편에서 찌릿한 전율이 일어 라펠은 즉각적
인 대답을 하지 못했다.

언제나 저를 노려보거나, 혹은 툴툴거리거나, 그것도 아니면 경계하던
모습과는 달리 큰 눈을 깜빡거리며 입술을 움직이는 그 모습은 몹시 생소
했다.

화장기 하나 없는 맨얼굴에 그렇게 심장이 두근거린 것은 아마도 그녀
를 대하는 제 마음에 변화가 일었기 때문이라고 미르티스 라펠 윈스턴은
생각했다.

그는 믿어지지 않는다는 표정을 짓고 있는 여자를 데리고 창고로 나서
며 작게 속삭였다.

「내일 있을 첫 경기에 응원을 가겠다.」

「……!」

「다치지 않게 조심하고, 이왕이면 승리하도록 해.」

채챙—!

검술 경기에서 한번 빼앗긴 흐름은 엄청난 실력자가 아닌 이상, 쉽게
찾아오기 힘들다.

폭풍처럼 몰아치는 은색 투구 기사의 기술에 휘말리게 된 남색 투구의 기사는 날카로운 레이피어를 피하기 급급했다.

그의 예상대로라면 진작 결판이 나야 했었을 이번 경기가 생각보다 길어진 까닭은 아마도 그녀가 첫 경기를 임함에 앞서, 평소 이상으로 긴장을 했기 때문인지도 모르겠다.

'곧 승부가 나겠군.'

그럼에도 불구하고 이미 승기를 잡아 상대를 벼랑 끝으로 밀어붙이고 있는 그녀의 승리는 코앞에 놓여 있었다.

「……어째서?」

마상 경기가 열리고 있는 라시모프 경기장의 야외에 다다랐을 때, 그녀를 데려다준 후 돌아서는 그의 옷깃을 가까스로 붙잡은 그녀가 떨리는 음성을 흘렸다.

라펠은 그가 한 모든 행동들이 이해 가지 않는다는 표정을 짓고 있는 루키나를 내려다보았다.

글쎄.

어째서일까?

힐트를 움켜쥔 손을 부들거리며 루키나를 노려보고 있는 남색 투구의 기사를 무감각하게 내려다보던 라펠은 생각했다.

처음 그녀의 이름이 적힌 초대장을 받았을 땐, 그에게 있어서 루키나 이베타 로델린은 단순히 '웃기는 공작 영애'였다.

그러나 직접 보게 된 루키나 이베타 로델린은 그가 알고 있던 평범한 레이디들과는 다른 점이 있었고, 철저한 계획에 의해 제국의 2황자를 무너뜨리는 모습은 내색하진 않았지만 가히 통쾌하기까지 했다.

모두를 경악에 휩싸이게 만든 파티 이후 일상생활로 돌아갔던 그 역시 간혹 그녀의 일을 떠올릴 정도로 재미있는 공작 영애.

그래. 아마도 그때까지는 특이하긴 하지만 그 정도에 그쳤을지도 모르겠다.

굳이 따지자면 본격적으로 그녀가 신경 쓰였던 것은 고작 한 달도 채 되지 않는다.

그 기간 동안 그녀를 생각하지 않은 날을 꼽으라면 다섯 손가락도 되지 않을 만큼, 그 여자는 너무도 자연스럽고 익숙하게, 그리고 눈 깜짝할 사이에 그의 머리를 장악했다.

「당신께서 그러셨잖아요! 제가 레이디로서는 형편없지만 검사로는 완벽했다고!」

그 당시, 그녀가 그를 향해 외치던 간절함이 담긴 그 말을 라펠은 지금까지 똑똑히 기억하고 있었다.

'놓친다면…… 후회하겠지.'

솔직히 말하자면 그녀를 향한 이 감정이 무엇이고, 어디서 비롯된 건지, 어떻게 시작되었고, 왜 그렇게 되어버린 건지 정확히 정의 내릴 수는 없다.

그러나 한 가지 확실한 건, 지금 이 순간 그녀의 곁을 떠나지 않고 싶다는 사실이겠지.

눈앞의 보석을 몰라보고 방치한 걸로도 모자라 펑펑 울게 만들어 된통 당한 렉시어드 황자와 같은 신세가 되어서는 곤란하다.

섣부른 감이 없지는 않으나, 그 때문에 스스로도 놀랄 말을 늘어놓았던 건지도.

와아아!

라펠은 검게 물들어 있던 그의 캔버스에 붉은 잉크 한 방울을 떨어뜨린 여자가 드디어 승리를 쟁취하는 모습을 지켜보았다.

헉헉, 숨을 내쉬며 자신의 레이피어를 하늘 높이 치켜들고 있는 은색 투구의 기사를 향해 라펠은 박수를 쳐 주었다.

아직 그녀의 마음이 어떤지 정확히 파악할 수 없어 후보라는 자리에 만족할 수밖에 없으나…….

'기회가 있다면 망설이지 않을 거다.'

이렇게 원한 것은 공작위 이후로는 처음이었으니까.

'……!'

제 결심은 틀리지 않았다 여기며 루키나를 향해 달려오는 오노르의 동료 기사들을 흘긋거리던 라펠은 자리에서 일어나다 제 자리와 얼마 떨어지지 않은 곳에서 낯익은 얼굴을 발견했다.

짝짝짝, 경기 결과에 대해 박수를 보내고 있는 금발의 사내는 현재의 그가 가장 경계해야 할 사람이었다.

반사적으로 행동을 멈춘 라펠은 자신의 시선에 경기장으로 향해 있던 자색 눈동자를 제게 고정시키는 남자를 향해 목례를 취했다.

"황자 전하를 뵙습니다."

무명 기사들 간의 경기에 팬텀 공작이 관전을 하고 있다는 것도 충분히 놀라운 일이건만, 팬텀 공작이 뱉어낸 그 말은 긴장하고 있던 다른 귀족들을 당혹시키기엔 충분했다.

휴이렌은 그런 라펠의 인사를 받으며 픽 웃음을 흘리더니 말했다.

"경기에 집중하느라 그대가 있다는 것을 몰랐군. 공도 이 경기에 관심이 있었나?"

빙긋 웃는 휴이렌의 눈웃음이 어쩐지 의미심장했다.

알고 온 것인가?

은색 투구의 기사는 얼굴을 드러내지 않고 곧장 경기장 안으로 걸어왔기에 그럴 리는 없을 터.

라펠은 샘솟는 의문을 가라앉히며 대답했다.

"예. 관심 가는 기사가 있어서. 전하께서는······?"

"아. 나도 마찬가지요. 저 기사들, 아니, 정확히는 오노르의 기사에게 흥미를 가지고 있거든."

"······그렇습니까."

태연해야 한다.

라펠은 당황하려던 표정을 감추며 겨우 대답했다.

딸깍.

"그건······?"

"아아. 미안. 신경 쓰이게 했나 보오."

귀를 자극하는 소리에 휴이렌의 손에 들린 것을 쳐다본 라펠에게 휴이렌은 고개를 가로저으며 대답했다.

라펠은 서둘러 손에 쥐고 있던 금색의 펜던트를 주머니 안으로 집어넣는 휴이렌을 발견했다.

어쩐지 수상쩍었지만 더는 묻지 않았다.

"공이 생각하기에 이번 기사단 대회는 어떤 기사단이 우승을 할 것 같소?"

웃는 얼굴을 하고 있지만 가장 경계해야 할 자는 확실히 이자임이 틀림없다.

황제께서는 어떤 황자를 차기 황제로 마음에 두고 있는 건지, 렉시어드 황자가 그렇게 되어버린 지금은 오리무중이다.

라펠은 굳어진 얼굴로 휴이렌을 바라보다 들려온 물음에 입술을 움직여야 했다.

"당연히 아그노스 아니겠습니까?"

"하하. 공도 아부를 늘어놓는군."

"……."

"물론, 황실의 아그노스가 훌륭한 실력을 가진 기사들을 모아두기는 했지만…… 어쩐지 이번만큼은 다를 것 같다는 생각이 드는군."

딸깍, 휴이렌의 주머니에서 다시 한 번 펜던트를 여닫는 소리가 들려왔다.

라펠은 휴이렌이 무의식적으로 펜던트가 들어 있는 주머니로 손을 넣은 채, 경기장을 벗어나는 은색 투구 기사 일행을 흘긋거리는 것을 지켜보았다.

두근두근―

루키나를 응시할 때와는 달리 라펠의 벽안이 서늘하게 가라앉았다.

젠장.

대체 어디 있는 거야?

눈앞이 아찔해졌다.

설마하니 잃어버린 건 아니겠지?

하지만 이미 머리 한쪽에선 그것의 부재를 인정하라는 이성이 조급한 마음의 그녀를 향해 벅벅 소리치고 있었다.

안 돼. 그래도 마지막까지 찾아야지!

루키나는 벌렁거리는 가슴을 억지로 가라앉히며 후우, 후우, 숨을 몰아쉬었다.

그냥 포기하기에는 그것의 의미하는 바가 너무 컸다.

다른 것도 아니고 무려 황태자의 펜던트다.

그것도 그가 몹시 아끼고 또 아껴왔다는 소중한 펜던트.

황태자가 위기에 처할 때마다 그를 구해줬던 바로 그 펜던트를 잃어버렸다는 사실은 죽음을 불사해야 할지도 모르는 엄청난 일일지도 모른다.

"아이반!"

자신이 살기 위해서라도 반드시 예의 펜던트를 찾아내고야 말겠다고 의지를 불태우던 루키나는 저를 부르는 소리에 하던 행동을 멈추었다.

땀을 삐질 흘리며 뒤를 돌아보니 성난 황소처럼 자신을 노려보고 있는 로렐과 유리안이 보였다.

루키나는 흠칫 놀랐다.

"너 대체 지금 뭐 하고 있는 거야!"

로렐이 씩씩거리며 그녀를 향해 소리쳤다.

루키나는 짐 꾸러미를 뒤적이다 말고선 인상을 썼다.

"뭐 하기는! 펜던트를······."

"아이반. 그건 괜찮다고 하지 않았나. 어마······ 어머니께 다시 달라고 하면 되는 일이니 너무 신경 쓰지 않아도 돼."

"하지만······!"

"하지만은 무슨 하지만이야! 그만하고 얼른 일어서!"

"왜?"

"왜긴 왜야!"

울상을 짓는 루키나의 손목을 덥석 잡는 로렐의 손길은 우악스럽기 그지없다.

루키나가 미간을 찌푸리며 묻자 로렐은 외쳤다.

"오늘이 무슨 날인지 잊은 거야?"

무슨 날인데?

루키나가 말없이 저를 올려다보자 로렐은 소리쳤다.

"대회 마지막 날이잖아!"

그게 뭐?

"너 인마, 개인 검술 결승전이 있는 날이라고!"

침착하자.

침착하자, 루키나.

침착해야 해. 긴장하지 말자.

"하아."

탁!

"죄, 죄송합니다! 죄송합니다, 나리!"

닫혀 있던 입술 사이로 긴 숨이 흘러나오기가 무섭게 무언가가 떨어지는 소리가 났다.

고개를 돌리니 자신의 레이피어를 손질하던 대장장이가 그녀의 것을 바닥에 떨어뜨린 것이 보였다.

낮은 탄성을 흘리는 그녀에게 고개를 꾸벅이는 대장장이를 보며 루키나는 빙긋 웃었다.

일부러 그런 것도 아닌데 뭘.

"괜찮습니다. 다치진 않으셨습니까?"

"……예? 아…… 예에."

"다행이네요."

부드러운 미소를 그리며 다시 갑옷을 챙겨 입는 루키나를 흘긋거리던 회색 머리의 대장장이는 연신 얼굴을 꾸벅이더니 한숨을 내쉬었다.

아마도 자신을 더욱 꾸짖지 않는 루키나에 대해 안도하는 모양이었다.

그녀는 아래로 떨구었던 자신의 레이피어를 들어 올려 슥슥 닦고 있는 그를 향해 말했다.

"그런데, 아저씨는 이전까지 보던 분이 아니시네요."

"……!"

응?

"아, 예, 예! 나, 나리. 이전까지 오던 보르도 녀석이 하필 오늘 배에 탈이 나서…… 제, 제가 대신 왔습니다."

"배탈이요? 많이 아프신 건가요?"

"네? 아…… 예에. 아마…… 아마도요. 저도 자세한 건 잘……."

뒷머리를 긁으며 겸연쩍게 웃는 회색 머리의 대장장이를 쳐다보던 루키나는 고개를 끄덕였다.

"그분께 그동안 검을 손질해 주셔서 감사하다고 말씀드리려 했는데 아쉽게 됐네요. 저 대신 전해주시겠습니까? 그동안 고마웠다고 말이죠."

"예! 다, 당연하지요! 반드시 전하겠습니다, 나리!"

"부탁드려요."

보통 검사가 자신의 검을 손질하는 것은 당연한 일이지만, 자신의 검에 부정한 짓을 저지르는 것을 방지하기 위해, 그리고 공정을 가하기 위해 대회 주최 측에서는 각 부문에서 8강 이상에 오른 기사들을 상대로 자신들이 선정한 대장장이를 붙였다.

검술 부문 개인전 8강 이상의 성적을 거두어들인 루키나 역시도 대회 기간 동안 그녀의 레이피어를 손질해 줄 개인 대장장이와 함께하며 대회를 치렀다.

보르도라고 스스로를 소개한 그 대장장이는 로델린령의 소문난 대장장이 호리온만큼이나 매끄럽게 검을 손질해 줬던지라, 루키나는 한결 수월하게 경기에 임할 수 있었다.

마지막 경기, 즉 개인 검술 경기 결승전을 앞두고 대장장이가 바뀌었다는 것이 의아하기는 했지만 아프다니 어쩔 수는 없는 노릇.

곧 있을 경기에 온 신경을 써도 모자랄 판이었던지라 루키나는 크게 개의치 않으며 시선을 옮겼다.

'드디어 오늘이군.'

철컥.

루키나는 눈앞에 놓인 은색 투구로 손을 뻗으며 긴 숨을 들이마셨다.

「결승전 아침부터 정신을 놓고 있으면 어쩌냐! 네가 우리의 희망인데!」

「아이반. 그 펜던트는 크게 신경 쓰지 않아도 되니, 최선을 다해주게.」

결승전이라는 것도 잊고 온 방을 휘젓고 다니던 루키나를 향해 핀잔을 늘어놓던 로렐의 말과 다정한 미소를 지으며 용기를 주던 유리안의 음성이 귓가를 맴돈다.

그 외에도 이곳까지 오는 동안 자신을 독려하던 오노르의 기사 동료들과 그녀의 경기를 흥미롭게 보았다며 오늘 있을 경기도 기대한다는 일반 제국민들의 응원의 목소리가 귓가를 맴돌았다.

그리고—

「레이디 이브, 로델린 공과의 만남은 어떻게 됐지? 말씀드렸나?」

어젯밤, 불현듯 제 방문을 두드리더니 대뜸 물음을 던진 흑발의 남자가 눈앞에 아른거린다.

철컥.

"좋아!"

루키나는 크게 심호흡을 한 다음 은색 투구를 뒤집어썼다.

아이반 밀드레드의 트레이드마크가 되어버린 은색 투구가 가발 속 숨겨진 그녀의 머리색만큼이나 반짝였다.

루키나는 갑자기 주먹을 불끈 쥐는 저를 보며 흠칫 놀라는 대장장이의 시선에도 아랑곳 않고 외쳤다.

"할 수 있어!"

여기까지 왔으니 모두의 염원대로 우승 정도는 가볍게 해줘야겠지!

그리고 예상했던 대로 결승전 상대가 되어버린 바클리 자작도 손봐줘야 하고 말이야!

그런 다음에는, 그다음에는…….

「경기가 끝나면 데리러 가지.」

「라펠!」

「참. 사실 이 말을 하려고 찾아온 건데, 레이디 이브.」

그렇게 밀드레드 경이라 불러달라 했음에도 불구하고 다시 저를 부르는 호칭을 레이디 이브로 바꾼 윈스턴 공작의 말투는 이전과는 달리 몹시 다정해진 상태.

그런 심란한 말을 할 거면 얼른 돌아가라고 버럭 소리를 지르는 자신을 향해 빙긋 웃으며 몸을 돌리던 그는 정확히 자정이 되자마자 루키나에게 속삭였다.

「스물네 번째 생일, 축하해.」

꿀꺽.

말라 버린 목구멍 너머로 침이 넘어갔다. 루키나는 두근거리는 가슴을 진정시키기 위해 손을 왼쪽 가슴 위로 얹었다.

몇 번 심호흡을 하니 다행히도 요동치던 마음이 안정을 되찾는다.

루키나는 힘차게 고개를 끄덕이며 레이피어의 블레이드를 닦고 있는 대장장이에게 손을 내밀었다.

움찔하던 대장장이가 그녀에게 그것을 건네자 루키나는 붉은 힐트를 세게 움켜쥐었다.

그립감이 나쁘지 않은데?

상쾌한 기분. 미약하게 떨리는 호흡. 그리고 왠지 모를 기대감.

루키나 이베타 로델린은 개인 검술 대회 결승전 진출자를 위해 마련된 천막 밖을 벗어나기 위해 손을 앞으로 뻗었다.

와아아!

천막을 벗어난 루키나가 향한 곳은 커다란 함성 소리와 수많은 시선이 쏟아지고 있는 라시모프 경기장의 개인 검술 결승전이 열리는 무대.

루키나는 힘차게 다리를 뻗으며 모두의 주목을 받는 무대 위로 발을 움직였다.

루키나 이베타 로델린의 스물네 번째 생일이자 리우드 제국 기사단 대회의 마지막 날이 밝아왔다.

올해로 정확히 100주년을 맞이한 리우드 제국 기사단 대회의 최종일.

리우드의 황도 세이번에 거주하는 제국민들은 자신들이 운영하던 상점마저 닫아두곤 라시모프 경기장으로 향했다.

제국 기사단 대회의 피날레를 장식할 개인 검술 경기 결승전이 곧 있으면 열리기 때문이다.

황도의 기사단들을 비롯하여 제국 각지에서 모여든 기사단들이 각종 무예와 지혜 등을 겨루는 제국 기사단 대회의 종합 우승 후보는 놀랍게도 하나가 아닌 둘로 압축되어 있었다.

모두들 예상했던 대로 황실의 이름을 등에 업은 황실 기사단, '아그노스'가 총 18,900점으로 선두를 달리고 있었고, 그 뒤를 이은 2위 팀은—

"대체 오노르가 뭐 하는 기사단이야?"

"돌풍 중의 돌풍이군. 설마하니 오노르가 우승 후보로 거론될 줄은 어떻게 알았겠어?"

"단체 마상 경기에서 준우승을 할 줄은…… . 무명의 반란이군, 그래!"

무려 다른 경기들을 통해 18,500점을 획득한 황도의 오노르 기사단이었다.

현 리우드 제국에서 황실의 오노르 기사단과 비견되는 칼튼 기사단이 이번 대회에 불참을 하게 되면서 자연스럽게 아그노스의 수월한 우승을 점쳤던 도박꾼들은 폭풍처럼 좌중을 휘어잡은 오노르의 기세에 놀라워했다.

이름 없던 무명의 기사단이 아그노스와 라이벌 구도를 이루자 제국민들이 환호를 내지른 것도 당연한 일이었다.

그런 상황에서 대회의 마지막 경기인 개인 검술 경기는 많은 이들의 비상한 관심을 불러일으켰다.

그것도 그럴 것이 하필 결승전에 오른 두 명의 기사가 하나는 오노르에, 하나는 아그노스에 소속된 기사였기 때문이다.

이번 경기를 승리하게 되면 얻는 포인트는 천 점.

진다면 그에 반밖에 되지 않는 오백 점을 얻게 된다.

아직 종합 우승이 확정되지 않은 상태에서 만나게 된 두 기사들 간의 결투는 단순히 개인적인 명예만이 다가 아닌 승부가 되어버렸다.

"오노르의 밀드레드가 이겨야지!"

"신분을 막론한 기사단이라며, 오노르는! 그럼 당연히 오노르를 응원해야지 않겠어?"

그간 귀족들의 잔치라 불리던 제국 기사단 대회를 한발 떨어진 곳에서 관람하던 평민 이하 제국민들은 실력만 있다면 누구나 단원으로 받아들이는 오노르를 지지했고,

"말도 안 되는 소리. 기사 자격도 없는 녀석들이 기사 최고의 명예라 할 수 있는 최고 기사단이 되어선 곤란해."

"맞는 말입니다. 아그노스가 우리 귀족들의 명예를 살려줘야죠."

기사를 귀족들만의 명예로운 직책으로 여겼던 귀족들은 좋든 싫든, 아그노스에 힘을 실어주었다.

"아이반 녀석. 긴장하고 있겠지?"

"아마도 그렇겠군."

그렇게 기대 이상의 성적을 거두면서 온 제국의 관심을 받게 된 집합, 오노르 기사단.

특히나 마상 단체 경기에서 훌륭한 활약을 하며 준우승이라는 쾌거를 이룩해 낸 주역들인 로렐 산트너와 유리안 아이너 로우드는 성큼성큼 걸음을 움직이며 어딘가로 향하고 있었다.

현재 그들이 향하는 곳은 조금 뒤 열리게 될 개인 검술 경기에 참가하는 아이반 밀드레드의 천막.

그간 결승전에 오르기까지 훌륭한 실력을 지닌 대적자들을 상대하면서도 첫 경기를 제외하고는 나름 수월하게 경기를 이끌어 나간 아이반 밀

드레드에 대한 관심은 남녀노소 할 것 없이 높아진 상태였다.

때문에 주최 측에서는 고위 귀족 출신 기사들에게만 주어진다는 대기 천막까지 하사하며 이번 경기를 준비할 수 있게 도와주었다.

"오늘 아침에 보니 풀려도 한참은 풀려 있다고, 그 녀석. 도저히 안심이 안 돼. 후우. 그러니까 유리, 우리가 녀석의 긴장을 풀 수 있게 도와주는 거야. 알았어?"

아침에 있었던 일을 떠올리며 고개를 절레절레 흔들던 로렐 산트너는 제 옆을 걷고 있던 유리안을 향해 주먹을 불끈 쥐며 말했다.

항상 툴툴거리면서도 동료의 일에는 두 손을 걷어붙이는 로렐을 보며 빙긋 웃었다.

'너무 신경을 안 썼으면 싶은데……'

오노르 기사단 입단 테스트 때 아이반 밀드레드에게 건네주었던 자신의 부적을 잃어버렸다는 사실에 아이반의 얼굴이 사색이 되는 모습이 불현듯 떠오른다.

당장 오늘 아침에도 그것을 찾느라 정신을 놓고 있었던 모습 역시.

이럴 줄 알았으면 큰 의미가 있는 것이라 말하지 말 걸 그랬다며, 아니, 그전에 그렇게 말을 돌리지 말 걸 그랬다며 후회하던 유리안은 터벅터벅 걸어가던 로렐이 우뚝 서 있자 의아한 표정을 지었다.

"왜 그러나, 로렐?"

"……"

"로렐?"

"저 녀석이 왜 여기 있지?"

아이반 밀드레드의 천막을 얼마 남겨두지 않은 지점에서 멈추어 선 로렐은 미간을 좁히며 중얼거렸다.

로렐을 향했던 유리안의 시선이 로렐을 따라 움직였다. 저자는……?

「앤더슨 경! 경은 함께하지 않을 건가? 오늘 준우승을 기념하려고 다들 모이려는 참인데!」

「어? 어어. 자, 잠깐 볼일이 있어서.」

브리드 앤더슨.

자신과 아이반의 입단 이후 끊임없이 그들에게 시비를 걸던 자.

그제 있었던 마상 단체 결승전 이후 줄곧 보지 못했던 얼굴을 아이반 밀드레드의 천막 근처에서 발견하게 될 줄이야.

평소 아이반 밀드레드와 악연이라면 악연이었지, 친하지는 않았던 브리드 앤더슨이 천막 앞에서 회색 머리의 누군가와 이야기를 나누고 있는 모습이 보였다.

본능적으로 경계를 할 수밖에 없다.

"어떻게 됐지?"

"걱정 마십시오, 나리. 제가 잘 처리…… 흐익!"

"응? 왜 그러…… 헉!"

가보자는 말을 꺼내지 않았음에도 발을 쭉쭉 내뻗은 두 남자는 소곤소곤 이야기를 나누던 브리드 앤더슨 일행의 등 뒤로 다가갔다.

브리드 앤더슨에게 무언가 보고하던 회색 머리가 어두운 얼굴로 말을 하다 자신과 로렐을 발견하고선 소스라치게 놀랐다.

"로, 로우드 경. 사, 산트너 경까지…… 어쩐 일인가?"

로렐은 황급히 회색 머리를 향해 가라는 손짓을 하고선 저들에게 수상쩍은 미소를 짓는 브리드 앤더슨을 서늘하게 내려다보았다.

"그건 오히려 내가 묻고 싶은 말인데? 여기서 뭐 하고 있는 건가, 앤더슨 경?"

"뭘 하긴. 하하. 다…… 당연히 밀드레드 경을 응원하러 왔지!"

"……밀드레드를?"

"흠흠. 아무리 그래도 동료 아닌가! 이번 경기를 이기면 우리 기사단이 우승을 할지도 모르니 격려의 말이라도 하려고……. 하지만 밀드레드 경이 이미 경기장으로 향한 모양이더군. 아쉬워. 정말 아쉽다고."

한숨을 길게 내쉬며 중얼거리는 브리드 앤더슨은 누가 보아도 연기라고 볼 수밖에 없는 표정을 짓고 있었다.

로렐과 유리안은 굳어진 얼굴로 그를 내려다보았다.

"그, 그럼 나는 기다리는 사람들이 있어 먼저 가보도록 하겠네."

브리드 앤더슨은 저를 의심스러운 눈으로 바라보는 두 명의 남자들을 향해 하하, 웃음을 흘린 뒤 몸을 돌려 사라졌다.

"저 자식이……."

로렐은 자신을 붙잡을까 걱정했는지 있는 힘껏 어딘가로 달려가는 브리드 앤더슨의 뒤를 못마땅한 듯 응시하다 입술을 삐죽였다.

"하여간 정말 마음에 안 드는 녀석이군."

동감이야— 하고 유리안은 속으로 중얼거렸다.

"그럼 지금부터 올해로 100주년을 맞이한 리우드 제국 기사단 대회의 마지막 경기. 검술 부문 개인 결승전을 시작하도록 하겠습니다! 먼저 6전 전승을 자랑하는 아그노스 기사단, 흑색의 에릭 바클리!"

커다란 팡파르와 동시에 장내 사회자의 목소리가 개인 검술 경기가 열리는 라시모프 제1경기장으로 번져 나간다. 주로 귀족들이 앉아 있는 관중석에서 짝짝짝, 박수 소리가 터져 나왔다.

함성 따위는 지르지 않는다는 듯 고상한 표정을 취하며 박수만 쳐 대는 그들을 발코니 관람석에서 경기장을 내려다보던 라펠은 쓴웃음을 흘렸다.

"그리고 마찬가지로 파죽의 6전 전승을 기록 중인 오노르 기사단, 은색의 아이반 밀드레드!"

와아아!

경기장을 메운 관중들 중 대다수를 차지하고 있는 평민들은 박수는 물론이거니와 우렁찬 함성 소리까지 뱉어내며 경기장 서편 입구 쪽에서 등장하는 은색 투구의 기사를 반겼다.

"요즘은 개나 소나 다 기사가 되겠다고 설쳐 대는군. 그러니 기사들 물이 흐려질 수밖에."

자리가 자리인지라 무표정한 얼굴로 경기장 안을 내려다보던 라펠의 귀에 누군가의 음성이 들려왔다.

아이반 밀드레드의 선전을 아니꼽게 바라보는 귀족들의 선봉에 자리 잡은 포프너 후작이었다.

가면을 쓰고 있던 라펠은 곁에 앉은 귀족들을 향해 아이반 밀드레드를 비롯한 오노르의 험담을 늘어놓는 포프너 후작에게 말하기 위해 일어나려 했다.

"포프너 후……."

"포프너."

하지만 그런 그보다 먼저 말을 마친 사람이 있었다.

라펠이 고개를 돌리니 낯익은 얼굴의 중년 남성이 무시무시한 시선으로 포프너 후작을 부르는 게 보였다.

라펠은 반사적으로 입을 다물었다.

중년 남성은 옅게 웃으며 입안에 머물던 말을 뱉어냈다.

"이왕 여기까지 온 거, 가만히 입 닥치고 조용히 경기를 관전하는 게 어떤가?"

"……!"

"폐하의 충실한 기사가 되겠다는 자를 그런 식으로 험담하는 그대의 방식이 영 거슬려서 말이지."

"흐, 흠흠!"

씨익. 입꼬리를 말아 올리는 남자는 틀림없이 그도 잘 알고 있는 사내였다.

한때 황제의 신뢰를 독차지했던 사내이자, 제국의 4대 공작 중 하나.

그리고 제국 기사들의 추앙을 받는 그 남자.

휘어지는 눈꼬리를 자랑하는 에드문드 로델린의 부드러운 미소는 가끔 그 미소를 받아들이는 상대로 하여금 긴장을 유발하곤 했다.

웃고 있기는 하지만, 실은 은밀한 경고가 담겨 있는 그의 살벌한 미소는 주위의 귀족들을 숨죽이게 만들었다.

"어떻소, 윈스턴 공. 공도 그렇게 생각하지 않나?"

미르티스 라펠 윈스턴은 싱긋 웃던 로델린 공작의 녹안이 마침 일어나 있던 제게 꽂히자 피식 실소를 터뜨렸다.

"제가 하고 싶은 말을 대신하셨군요, 로델린 공."

"하하, 그렇소? 이거 우리 두 사람이 통했나 보군! 공도 이 경기를 보러 왔나 보오?"

"예. 관심이 가는 기사가 있어서……."

"그래? 나도 그런데. 이왕 이렇게 된 거, 같이 앉아서 관전하는 게 어떻소?"

"영광입니다."

라펠은 제 옆의 빈자리를 가리키는 에드문드 로델린의 말에 묵례를 한 후 발을 뗐다.

그들 두 사람의 회동을 지켜보던 포프너 후작이 붉어진 얼굴을 뒤로하고 발코니를 벗어나는 것이 보였지만 라펠은 굳이 지적하지는 않았다.

"파티 이후 몇 달 만이지?"

"대여섯 달 정도가 아닌가 싶습니다."

"벌써 그렇게 됐나. 하긴. 어느덧 이브의 생일이…… 흠흠. 어쨌든 그동안 어떻게 지냈소? 듣자 하니 요즘 황궁 출입은 잦지 않은 모양이던데. 여전히 폐하의 비밀 임무를 수행 중인 거요?"

멋모르는 젊은 귀족들 사이에선 더 이상 황제의 총애를 받지 못해 이선으로 물러나 버려 '이 빠진 사자'라 불리고 있다는 로델린 공작은 황도에 기거하고 있지 않음에도 여전히 막강한 세력을 구사 중이었다.

잠정적 은퇴를 한 상태라지만 아직 정보력은 살아 있을 터.

라펠은 옆자리에 착석하는 자신을 향해 안부 인사를 가장한 동태 파악에 나선 에드문드 로델린을 향해 미소를 그렸다.

"비밀이라 답해 드릴 수 없는 점, 양해 부탁드립니다."

"허허, 사람 참. 야박하긴."

"헌데 로델린 공께선 어째서 이번 경기에 흥미를 가지시는 겁니까?"

"응?"

"누구를 응원하는지 여쭈어도 되겠습니까?"

실은 묻지 않아도 그가 누구를 응원하기 위해 이곳까지 왔는지 자신이 가장 잘 알고 있었다.

에드문드 로델린 공작이 포프너 후작에게 대놓고 면박을 준 이유도, 역시.

'딸 바보라더니…….'

라펠은 제 말에 입꼬리를 스르륵 올리는 에드문드를 발견하곤 속으로 풋 웃음을 터뜨렸다.

답변을 꺼내지 않아도 얼굴에서부터 그가 누구를 응원하는지 보였기 때문이다.

라펠은 소개가 끝난 뒤 검끝을 맞대며 인사를 나누고 있는 두 명의 기사들을 흐뭇하게 응시하는 에드문드 로델린의 대답을 기다렸다.

"딱히 응원하는 기사는 없지만…… 오노르의 저 밀드레드라는 녀석이 마음에 들어."

그러시겠지.

"몇 번 저 녀석의 경기를 관전했는데, 내 젊은 시절과 비슷한 점이 많더군."

그것도, 그렇겠지.

"키워볼 만한 가치가 있는 녀석인 것 같아서, 왠지 눈이 가더라고."

환한 미소가 내려앉은 에드문드 로델린의 말이 귀에 쏙쏙 박힌다. 라펠은 태연함을 유지하기 위해 애써야 했다.

"그러는 윈스턴 공은 누굴 응원하는 거요? 역시 황제 폐하의 기사인 바클리 자작인가?"

라펠은 고개를 내저었다.

"저 역시 공과 같은 의견입니다."

"그럼……?"

"밀드레드 경이 이상하게 신경 쓰이더군요. 공께서 말씀하셨던 대로 확실히 주목할 만한 기사임이 틀림없습니다."

"하하하, 그렇소? 내 안목을 다른 이도 아닌 윈스턴 공, 그대에게 인정받다니 이거 기분이 몹시 좋구려!"

큰 웃음을 터뜨리며 외치는 에드문드 로델린의 말에 라펠은 옅게 웃다가 돌연 얼굴을 굳혔다.

'기회인가.'

예상하지는 않았지만 우연히도 로델린 공작과 합석을 하며 그녀의 경기를 지켜볼 수 있는 지금이 바로 그에게 찾아온 첫 번째 찬스인 건지도 모르겠다.

신분을 숨기기는 했지만, 사랑하는 딸의 첫 우승이 눈앞에 놓여 있는 경기를 직접 관람하고자 먼 로델린령에서 세이번까지 찾아온 에드문드 로델린에게 자신이 그의 여식에게 어떠한 감정을 품고 있는지 말할 수 있는 기회.

"로델린 공."

라펠은 결승전 심판의 구호가 끝나기가 무섭게 검을 맞대고 있는 두 기사들을 흥미진진한 눈으로 응시하고 있는 에드문드를 불렀다.

"왜 그러시오, 윈스턴 공?"

에드문드는 시선을 루카나 로델린이 움직이는 경기장에 꽂은 채 제게 대꾸했다.

한순간도 딸아이의 움직임을 놓치지 않겠다는 그의 의지가 보이는 것 같아 다시 웃음을 삼키던 라펠은 후우, 숨을 내쉬며 입을 열었다.

"공께 긴히 드릴 말씀이……."

"로델린 공 아니십니까?"

……!

"아아. 윈스턴 공도 함께였군. 착석해도 되겠소?"

'빌어먹을.'

지금 이 상황에선 차마 입 밖으로 꺼낼 수 없는 단어가 입안을 맴돌았다.

라펠은 미간을 좁힌 채 앉아 있었다.

"누가 이길 것 같습니까?"

"글쎄요. 둘 다 실력이 비등해서……."

"내기를 건다면 저는 은색 투구의 기사에게 걸고 싶군요."

"전하께서도 오노르의 기사를 지지하시는 겁니까?"

"몇 번 그의 경기를 관전했었는데, 꽤 재미있는 몸놀림을 가지고 있더군요. 윈스턴 공. 공은 어떻소?"

"……!"

"공도 오노르의 기사를 응원하는 건가?"

자색 눈동자를 빛내며 저를 흘긋거리는 남자의 말에 말문이 컥 막혔다.

자신과 로델린 공작 사이를 비집고 들어온 것으로도 모자라 미묘한 눈웃음까지 짓는 휴이렌 프란시스 리우드의 의도를 파악하려 했지만 티는 내지 않았다.

라펠은 굳은 얼굴로 고개를 끄덕였다.

"재미있군, 그래. 검술 방면에선 제일이라고 할 수 있는 제국의 내로라는 두 공작들이 응원하는 무명의 기사라니. 밀드레드 경이 우승을 차지하게 된다면 아마 두 공작들이 응원을 해준 결과가 아닐까 싶소. 하하하."

발코니 석을 크게 울리는 그 말에 라펠은 어쩐지 웃을 수가 없었다.

그러고 보니 루키나 로델린의 첫 경기가 열렸던 그날 이후 몇 번 더, 그녀의 경기를 관전하기 위해 휴이렌이 직접 경기장을 찾았던 모습을 목격했던 것이 기억났기 때문이다.

'뭔가…… 알고 있는 걸까?'

라펠은 이전에도 보았던 금색 펜던트를 손에 쥔 채 딸깍거리는 휴이렌을 무심하게 흘긋거렸다.

챙챙!

얼마 전, 시작된 개인 검술 경기 결승전은 점점 달아오르고 있었다.

에릭 바클리 자작은 어린 시절부터 기사 교육을 받고 자란 엘리트 중의 엘리트.

비록 로델린령에서는 루키나 로델린에 의해 망신 아닌 망신을 당하긴 했으나 젊은 귀족 중에서는 세 손가락 안에 꼽힐 정도로 검술 실력이 뛰어났다.

그가 개인 검술 경기에 참가한다는 이야기를 듣고 모두들 그를 우승 후보로 점쳤던 이유는 바로 그 때문이었다.

그러나 이에 맞서는 루키나 로델린 역시 호락호락하지는 않았다.

그녀는 제국에서도 검술 명가로 소문난 로델린 공작가의 유일무이한 후계자였다.

게다가 오노르에 입단한 이후, 날이 갈수록 실력이 상승했던 터라 오노르 기사단을 이끌고 있는 이안 와이너가 멀지 않은 시간에 자신과 겨루어도 쉽게 이기질 못할 것 같다는 푸념을 할 만큼 만만찮은 상대다.

블레이드끼리 맞부딪쳐 강한 파공음을 내고 있는 경기장 안을 관중들은 호흡까지 참아가며 관전하던 중이었다.

"참, 전하. 황비 간택 문제는 잘 진행되고 있습니까?"

아마도 쉽게 끝나지는 않을 것 같다고 생각하던 라펠의 귀에 에드문드 로델린의 목소리가 들려왔다.

라펠은 반사적으로 제 옆자리에 앉아 있는 휴이렌을 바라보았다.

휴이렌이 멋쩍은 미소를 지으며 대답하는 것이 보였다.

"그게 쉽지는 않군요."

"다른 이도 아닌 일생을 함께할 반려를 고르는 일입니다. 당연히 쉬울 리 없지요."

"그렇겠지요?"

"우리 제국에는 훌륭한 영애들이 많으니, 신중에 또 신중을 거듭하셔서 비를 고르시는 편이 좋을 것 같습니다."

진심을 담아 말하는 에드문드에게 고맙다는 듯 고개를 끄덕이던 휴이렌은 헛기침을 하며 입술을 달싹였다.

"……그래서 말입니다, 로델린 공."

라펠은 사뭇 진지한 음성으로 에드문드를 부르는 휴이렌의 말에 덩달아 긴장했다.

불편한 예감에 라펠의 미간이 좁아졌다.

"이브는 어떨까요?"

……!

무의식적으로 그만 자리에서 벌떡 일어날 뻔했다.

라펠의 반응 따위는 아랑곳 않고 에드문드를 바라보던 휴이렌은 '예?' 하고 되묻는 그에게 말을 이었다.

"아무리 제국 곳곳을 뒤적여도 이브만 한 영애는 없는 것 같습니다."

"저, 전하."

"공께서 허락만 해주신다면 저는 이브를 제……."

진중하기 그지없는 말을 뱉어내며 에드문드 로델린에게 진심을 늘어놓고 있는 휴이렌에게 귀를 기울이던 라펠은 기묘한 느낌에 반사적으로 고개를 돌렸다.

그런 라펠의 시야로 오른쪽 어깨를 잡고 있는 은색 투구의 기사가 들어왔다.

라펠은 비틀거리는 기사의 모습에 벌떡 일어났다.

그리고는 경악하는 에드문드와 의아해하는 휴이렌을 향해 말했다.

"죄송합니다. 급한 일이 생겨 잠시 자리를 비우겠습니다."

라펠은 말을 던진 이후 상대의 답변은 기다리지 않고 몸을 돌려 발코니 석을 벗어났다.

쿵쿵— 불안한 가슴이 거세게 요동쳤다.

방심했다.

아니.

정확히 말해서는 방심이라는 단어는 적절하지 못하다. 방심이라고 하기에는 제 손에 들려 있던 힐트가 느슨해졌으니까.

굳이 따지자면 이것은—

"하아, 하아."

루키나는 입술을 잘근 깨물며 눈앞에서 자신의 빈틈을 노리려는 상대를 주시했다.

휙휙, 공기를 가르는 나이틀리 소드가 만들어내는 소음이 무서울 정도로 공포스럽게 다가오고 있었다.

루키나는 벌렁거리는 심장 소리에 이를 악물었다.

'젠장. 젠장. 젠장할!'

처음 레이피어를 집어 들었을 때만 하더라도 눈치채지 못했다.

그래. 이것은 어쩌면 검의 이상을 살피지 못했던 자신의 책임인 건지도.

그 때문에 힐트와 블레이드 부분이 느슨해진 것을 경기 시작 후에야 알아차렸다.

거세게 자신을 몰아붙이는 상대를 피하느라 가까스로 힐트를 붙잡고 있기는 했지만 조금 더 경기가 진행된다면 아마도 버티기 어려운 상황까지 다다를지 모른다.

루키나는 거칠게 숨을 내쉬며 뒷걸음질 쳤다.

무언가 이상하다는 것을 깨달은 시점은 그를 향해 달려들던 자신의 레이피어가 부자연스러울 정도로 요동치는 것을 목격하는 바로 그 순간이었다.

평소대로였다면 미세한 파동을 그리며 흔들렸을 블레이드가 눈에 띌 정도로 큰 곡선을 그리며 움직였다.

루키나의 눈이 동그래질 때, 상대는 일말의 망설임도 없이 그녀를 향해 나이틀리 소드의 끝을 들이밀었다.

푹, 소리를 내며 갑옷을 찢어 들어오는 검끝의 촉감을 느꼈다.

예리한 칼이 어깨를 파고드는 것은 숨이 막힐 정도로 고통스러웠다. 눈앞이 흐려질 뻔했지만 이를 악물면서까지 버텨낸 루키나는 힘껏 어깨를 비틀며 뒤로 물러나고선 레이피어로 그를 찌르기 위해 팔을 뻗을 수밖에 없었다.

하필이면 오른손으로 힐트를 쥐고 있던 상태였다.

오른쪽 어깨를 파고드는 나이틀리 소드의 나락에서 겨우겨우 벗어나긴 했지만 그로 인해 힘이 쭉 빠진 것은 사실이었다.

뚝뚝 흘러내리는 핏물을 멍하게 내려다볼 시간도 없었다.

'만일 그때 조금이라도 밑으로 내려갔더라면—'

들고 있던 검을 바닥으로 떨어뜨려 버렸을지도 모르겠다. 차라리 어깨 근처를 찔린 것이 다행스러울 정도였다.

루키나는 맹공을 펼친 뒤 다시 숨을 고르고 있는 상대를 경계했다.

'노렸…… 어.'

이 경기는 검술 경기다.

검투 경기가 아니라는 소리.

각자 소지한 검으로 상대를 겨누며 실력을 교환하기는 하지만 목숨을 내놓은 채 경기를 지속하지는 않는다.

상대가 백기를 들어 올릴 때까지 경기를 지속하기는 하지만 결코 목숨을 빼앗지는 않는 기사들의 경기.

그러나 그녀의 앞에서 서늘한 눈빛을 빛내고 있는 저자는 온몸이 오싹해질 정도로 강렬하게, 루키나를 향한 살의를 표출하고 있었다.

실수라고 치부하기에는 그의 검끝이 너무도 정확하게 그녀의 어깨를 파고들었다.

훅 들어왔다가 금세 나가기는 했으나 적어도 그녀의 힘을 빼앗기에는 충분한 움직임이었다.

그는 알고 있었다. 마치 루키나의 손에서 힐트와 블레이드가 분리될 것이라는 것을 예상이라도 한 듯, 거침없이 움직였으니까.

'하지만 대체 어떻게?'

수많은 생각들이 머리를 잠식했다.

바클리 자작의 공세를 막아내는 것도 충분히 버거운 일이건만, 한 번 시작된 의문들이 도통 사라질 생각을 하지 않았다. 그러다 보니 경기에 집중을 할 수 없었다.

루키나 로델린의 얼굴은 점점 창백해졌다.

뚝뚝 흘러내리는 피는 둘째 치고서라도 상대를 향한 의구심이 증폭되어 현기증이 일었다.

아마 경기를 관전 중인 일반 관중들은 눈치채지 못했을 거다. 바클리 자작이 그녀의 어깨를 찌른 것은 워낙 순식간에, 그리고 교묘하게 일어난 일이었으니까.

우우우—!

공격을 하던 루키나가 어느 시점을 기준으로 바클리 자작의 검끝을 피하기만 하자 이곳저곳에서 야유가 쏟아졌다.

동요하지 않은 것은 아니었지만 그에 신경 쓸 겨를이 없었다. 루키나는 흘러내리는 식은땀을 막지 못하며 가쁘게 숨을 몰아쉬었다.

앞으로 조금만 더.

조금만 더 시간이 흐른다면, 온몸을 비틀어가며 포물선을 그리는 바클리 자작의 공세를 막아낼 수 없을 지경에 이를지도 모른다.

"중지—!"

그때 들려온 심판의 외침은 그녀에게 있어 구세주나 다름없었다.

루키나에게 달려들려는 바클리 자작을 막아 세운 심판은 그녀에게 발을 내딛었다.

흐려지려는 의식으로 인해 제대로 보이지는 않지만 붉은 옷을 입은 심판이 제 앞에 우뚝 서 있는 게 보였다.

루키나는 미간을 좁혔다.

"밀드레드 경. 경기를 계속할 수 있겠는가?"

개인 검술 경기 심판을 맡은 기사협회장 벤 칼릭스가 루키나를 향해 물었다.

루키나가 부상을 입었다는 것을 인지한 질문이었다.

루키나는 고개를 끄덕였다.

"그렇다면 잠깐 동안 상처를 치료하는 시간을 주도록 하지. 바클리 경, 동의하는가?"

"……."

"바클리 경?"

"동의합니다."

본디 서로의 목숨을 노리는 경기가 아니었기에 만일 경기 도중 부상을 당한다면, 아주 잠깐 동안 상처를 치료하는 시간을 주는 것이 경기의 룰이었다.

에릭 바클리는 칼릭스 심판의 말에 못마땅한 어투로 대답한 후 몸을 휙 돌렸다.

루키나 역시 그런 그를 흘긋거리다 비틀거리며 무대 아래로 내려갔다.

"뭐야? 뭐가 어떻게 된 거야?"

"무슨 일이지?"

갑자기 중단된 경기로 인해 관중들은 눈에 띄게 웅성거리기 시작했다.

그에 신경 쓰지 않고 자신의 천막으로 돌아온 루키나는 크윽, 낮은 신음을 흘리며 미간을 좁혔다.

근처 의자에 엉덩이를 붙인 그녀는 땀에 흠뻑 젖은 투구를 벗은 채 찢겨진 갑옷 부근을 매만졌다.

빌어먹을. 대체 얼마나 깊게 찔린 거야…….

"아이반! 괜찮…… 헉!"

"괜찮은……!"

이 경기를 주시하고 있는 사람들은 비단 일반 제국민들뿐만이 아니었다.

루키나의 가장 가까운 동료들 역시 마찬가지.

돌연 중단된 경기의 이유를 파악하고 있는 것은 경기의 흐름을 좇아가던 실력 있는 기사들뿐이다.

루키나가 부상을 당했다는 것을 알아차리자마자 그녀의 천막 근처로 달려온 첫 번째 무리, 유리안과 로렐은 있는 힘껏 천막의 막을 걷다 눈을 크게 떴다.

'엎친 데 덮친 격이군.'

루키나는 쓴웃음 흘리며 입술을 짓눌렀다.

하필이면 갑옷을 벗고 상처를 지혈하려던 순간 들이닥친 두 명의 남자들은 무방비한 상태의 그녀를 마주하고야 말았다.

하아, 하아.

숨을 내쉬기도 버거웠던 루키나는 제 모습에 놀라 굳어버린 두 남자에게 변명할 기운도 없었다.

그녀는 이를 악물며 새하얗게 질려 있는 로렐을 불렀다.

"로렐."

"……."

"로렐! 큭!"

"어, 어? 어어?"

당황하기는.

"미안하지만…… 후우, 거기 있는 튜닉 좀."

"……."

"로렐!"

"아, 으응! 알겠어!"

로렐은 가까스로 외쳐 대는 루키나의 말에 흰색 튜닉을 집어 들어 그녀에게 건넸다.

루키나는 주저 없이 튜닉의 소매를 이로 악물더니 세게 뜯었다.

부우욱!

옷이 찢어지는 소리와 함께 튜닉의 소매 부분이 찢겨 나왔다.

루키나는 뜨거운 호흡을 내쉬며 피가 흐르고 있는 오른쪽 어깨를 찢어진 튜닉으로 감쌌다.

'제길.'

제길.

제길!

"윽!"

"아이반!"

한 손을 쓸 수 없는 상태에서 주로 사용하는 오른손이 아닌 왼손으로 어깨 부분을 압박하는 것은 쉽지 않다.

천으로 동여맨 가슴이 미친 듯이 뛰는 것이 심장 때문인지 아니면 오른쪽 어깨의 상처 때문인지, 숨 막힐 정도로 답답해졌다.

끙끙거리며 지혈하려 애쓰는 루키나를 안쓰럽게 여긴 로렐이 여전히 굳어 있는 유리안을 제치고 그녀를 향해 다가가려고 발을 뻗었지만 더는 소리가 들리지 않았다.

가쁜 숨을 내쉬던 루키나가 슬쩍 눈을 흘리며 그들이 있는 쪽을 바라보자 머리부터 발끝까지 온통 흑색으로 치장한 남자가 로렐을 막고 있는 모습이 보였다.

'라펠……'

하아, 하아.

눈앞이 흐려진다.

"패, 팬—"

"산트너 경. 당장 로우드 경을 데리고 나가."

"……예?"

"나가라고!"

버럭 소리를 지르는 그로 인해 귀가 따갑다.

루키나는 인상을 쓰며 라펠을 향해 입을 삐죽였다.

쿡쿡 쑤시는 어깨의 통증이 더욱 진해진다.

식은땀이 주르륵 흘러내렸다.

"유, 유리."

"……"

"유리!"

"아."

"나가자."

"······."

"이, 일단 나가자고."

로렐은 루키나와 라펠을 홀린 듯 흘긋거리고 있는 유리안에게 외친 뒤 그를 잡아당겼다.

천막이 펄럭거리는 소리와 함께 소란스럽던 주변이 고요해졌다.

루키나는 쓴 물을 토해냈다.

라펠은 어깨를 감싼 천의 매듭을 묶지 못하고 있는 루키나에게 다가왔다.

"······크흑!"

아무렇지도 않게 제게 다가와 찢어진 튜닉으로 어깨를 감싸주는 라펠을 올려다보며 루키나는 신음을 흘렸다.

가면을 쓰고 있었네.

어째서 로렐이 '팬' 자를 그렇게 중얼거린 건지 알 것 같다.

그녀는 쓰게 웃었다.

"······들킬 거예요."

헉헉, 숨을 몰아쉬던 루키나의 말에 신중하게 지혈을 돕던 라펠이 미간을 꿈틀거렸다.

루키나는 말을 이었다.

"다들······ 당신이 누군지 알게, 악!"

"지금 그게 중요한가?"

하아, 하아―

라펠은 마지막까지 섬세하게 매듭을 묶은 후 그녀를 부축했다.

더 이상 선혈은 흘러내리지 않았지만 아직도 오른팔에 힘이 제대로 들어가지 않았다.

비틀거리는 루키나가 바로 설 수 있었던 것은 라펠이 그녀의 허리와 등을 지탱하고 있었기 때문이다.

이제 그녀에게 남은 시간은 얼마 남지 않았다.

얼른 갑옷을 재정비하고 다시 투구를 써야 하는 시간.

루키나는 색색거리며 호흡을 뱉어낸 후 근처에 놓아둔 갑옷을 향해 손을 뻗으려 했다.

"기권해."

그런 그녀의 손목을 덥석 잡은 라펠은 명령 섞인 어조를 뱉어냈다.

루키나가 하얗게 질린 얼굴로 그를 올려다본 것은 반사적인 행위였다.

"그 상태로는 무리야. 기권해."

"라펠 경."

"명령이다. 기권해."

"……."

"레이디 이브!"

"싫습니다!"

루키나는 눈을 부라리며 자신을 부축하고 있던 그를 있는 힘껏 밀쳤다.

방심하고 있었는지, 라펠이 뒤로 몇 걸음 물러났다.

루키나는 얼굴을 일그러뜨린 채 그를 응시했다.

라펠은 씩씩거리고 있는 그녀를 향해 짧게 한숨을 내쉬더니 말했다.

"이브. 그대가 이날을 열심히 준비해 온 걸 모르지는 않아. 제 능력을 증명하고 싶어한다는 것도 알고 있다. 허나, 성치 않은 몸으로 상대하기에는 바클리 자작의 실력이 너무 뛰어나. 게다가 그는……."

라펠은 파르르 입술을 떠는 루키나를 직시하며 말을 이었다.

"그는, 경에게 악의를 가지고 있어. 단순히 경기 중 당한 부상으로 그칠 일이 아니다. 허니…….”

“이브가 아니라 밀드레듭니다.”

“이브!”

“몇 번을 말해야 알아듣는 겁니까! 지금 저는 루키나 로델린이 아니라 아이반 밀드레드로서 서 있는 겁니다!”

“…….”

“젠장. 하필 이 순간에 말썽을 부리다니…….”

눈물이 주르륵 흘러내렸다.

이날을 위해 고생했던 나날들이 눈앞을 스치고 지나갔다. 로렐과 유리안의 앞에서 제 정체를 들켜 버렸다는 것보다, 그들과 고생을 하며 오늘을 위해 준비해 온 일들이 더욱 크게 와닿았다.

루키나는 붉은 선혈이 묻어 있는 자신의 레이피어를 흘긋거리며 이를 갈았다.

“라펠 경. 경은 제가 만일 남자였더라도…… 기권을 명하셨을까요?”

“이브.”

“이건…… 남녀가 걸린 문제가 아닙니다. 기사로서의 자존심이 달린 문제예요. 큭! 공정해야 할 경기를 망쳐 버린 그 작자를, 저는 절대 용서할 수 없습니다!”

쿵쾅쿵쾅.

가슴이 세차게 일렁였다.

제국의 기사로서 지녀야 할 기사도 정신을 저 멀리 던져 둔 채 살의를 담아 제게 나이틀리 소드를 뻗어대던 바클리 자작을 내버려 둘 수가 없었다.

루키나는 입술을 악물며 손을 세게 움켜쥐었다.

괜찮아.

오른팔을 쓰지 못한다 할지라도 왼팔이 있어.

오른팔만큼은 아니지만 바클리 자작 정도는 충분히 제압할 수 있을 정도야.

그러니까, 할 수 있어.

루키나는 라펠에게 녹안을 고정시키며 말했다.

"나가겠습니다."

"……."

"허락해 주십시오."

흔들리지 않는 눈동자로 그를 바라보며 루키나가 말했다.

라펠의 푸른 벽안이 거세게 일렁였다.

루키나는 귀가 웽웽 울린다고 생각했다. 저를 빤히 바라보고 있는 라펠은 무슨 생각을 하는지 읽을 수 없었다. 그러나 그의 고집보다 제 고집이 더 셌다.

만약 그가 제 말을 들어주지 않는다면 강제로라도 이곳을 벗어나 무대 위에 오를 생각이었다.

루키나는 숨을 죽이며 라펠의 입술이 움직이기를 기다렸다.

"……."

미르티스 라펠 윈스턴.

오노르 기사단을 후원하고 있는 제국의 공작은 강력한 의견을 피력하고 있는 루키나를 그저 바라보기만 했다.

이제 얼마 남지 않은 시간.

그가 빨리 결정을 해주어야 무기를 들고 올라갈 수 있건만.

조급해지는 마음을 가까스로 가라앉히며 루키나는 주먹을 세게 움켜쥐었다.

철컥.

'응?'

후우, 짧게 숨을 내쉰 라펠이 돌연 허리춤에 차고 있던 자신의 검을 그녀에게 건넨 것은 그 순간이다.

루키나는 아찔해지는 의식을 끈을 붙잡은 상태에서 라펠을 바라보았다.

라펠은 말없이 검집에서 검을 뽑아 든 후 루키나의 손에 쥐어주었다.

'어어?'

바들거리는 손바닥 위로 그립감이 좋은 힐트가 내려앉자 반사적으로 팔이 반응했다.

루키나는 무릎을 굽힌 채 찢어진 튜닉의 다른 쪽 소매 부분을 부우욱, 찢어버리는 라펠을 응시했다.

라펠은 찢어진 소매로 루키나의 손과 제 검의 힐트를 꽁꽁 묶더니 중얼거렸다.

"들어봐."

"……네?"

"어서."

속삭이는 그의 말에 루키나는 오른팔에 힘을 주었다.

윽, 따끔거리기는 했지만 놀랍게도 자신의 레이피어를 쥐었을 때보다 가볍게 느껴졌다.

라펠은 눈을 크게 뜨는 루키나에게 말했다.

"보기보다 가벼운 검이지. 아마도 지금 상황에서의 그대에게는 저 검을 사용하는 것보다 이 검을 사용하는 게 더 유리할 수도 있겠군."

"라펠……."

"그렇게 기사도 정신을 주장하는 그대를 막는 건, 같은 기사로서는 하지 못할 짓이지."

그의 이름을 부르던 루키나의 눈이 동그래졌다.

라펠은 땀이 흐르는 루키나의 이마를 손등으로 닦아주었다.

"하지만 만일 그대가 더는 버티기 힘든 상황이 온다면, 나도 내 스스로를 제어할 수 있을지 모르겠군. 그대가 뭐라고 하든, 그대의 경기를 막아 그대를 내려 버리겠어. 레이디 로델린의…… 남편 후보로서 말이지."

한 자, 한 자 뱉어내는 말에는 진심이 담겨 있었다. 루키나는 너무도 확고한 그 말에 풋 웃음을 터뜨릴 수밖에 없었다.

"고마워요."

"그 말은 경기가 끝난 뒤 해도 늦지 않을 것 같아."

"……."

라펠은 말없이 저를 직시하고 있는 루키나를 일으켜 주었다.

비틀거리며 겨우 자리를 잡는 루키나를 바로 세워주던 그는 하아, 숨을 흘리며 주변에 놓여 있던 은색 투구를 집어 들었다.

루키나는 자신의 얼굴 위로 투구를 씌워주는 라펠을 올려다보았다.

"그대가…… 경이 그렇게 주장하는 그 기사도 정신을, 바클리 자작에게 하나도 빠짐없이 보여주도록 해."

"……."

"이왕 이렇게 된 거…… 지는 건 용납하지 않겠어."

뭐?

"이건 오노르를 후원하는 윈스턴 공작으로서 하는 말이니, 무서워서라도 반드시 이겨야 할 거다. 밀드레드 경."

루키나는 푸른 눈동자가 아름답게 일렁이는 모습을 보며 옅은 미소를 그렸다.

철컥철컥, 고개를 끄덕이면서 발생한 투구 소리가 귀에 닿자 라펠은 쓰게 웃었다.

루키나는 손에 고정된 라펠의 검을 내려다보며 몸을 돌렸다.

천막 밖은 중단된 경기로 인해 아직도 소란이 끊이질 않는 상황.

'하아, 후우.'

길게 심호흡을 하며 숨을 고른 루키나는 이내 팔에 힘을 주며 발을 뻗었다.

"아."

마지막 한 걸음.

천막 밖을 벗어나기까지 딱 한 걸음을 남겨둔 상태에서 루키나는 돌연 걸음을 멈추었다.

갑자기 멈춰 선 루키나가 은색 투구를 쓴 채 뒤를 돌아보자 라펠의 얼굴에 의문이 물들었다.

루키나는 투구의 눈 부분을 아래로 내린 뒤 작은 틈 사이로 그를 응시했다.

"미스터 라펠."

'라펠 경'이 아닌 '미스터 라펠'로 그녀를 부른 루키나를 보며 라펠이 의아한 표정을 지었다.

루키나는 입꼬리를 올리며 말했다.

"이 경기가 끝나면, 시간 좀 내요."

"시간?"

"네. 시간."

루키나는 나지막하게 중얼거렸다.

"이번에도 스물넷을 못 넘길 불상사가 발생한다면…… 연애 한 번은 하고 죽어야 속이 시원할 것 같으니까."

"……이브?"

그녀의 혼잣말을 듣지 못한 라펠이 다시 자신을 부르자 루키나는 가쁜 숨을 뱉으며 말했다.

"미래의 남편 후보가 어떤 사람인지 알아볼 시간 정도는 가져야 할 거 아니에요."

"……!"

"그럼, 다녀오겠습니다."

차륵—

놀라 눈을 크게 뜬 루키나는 마지막 남은 한 발을 앞으로 뻗었다.

다시 등장한 은색 투구 기사를 발견한 관중석에서 커다란 환호성을 내질렀다.

살짝 감았다 뜬 루키나의 시야로 눈부신 섬광이 쏟아 내렸다.

제국력 1283년, 늦가을.

100주년을 맞이해 리우드 제국의 황도, 세이번의 라시모프 경기장에서 열린 리우드 제국 기사단 대회의 개인 검술 경기 우승자는 2시간을 넘기는 혈투 끝에 오노르 기사단의 '아이반 밀드레드'가 차지했다.

리우드 제국의 저명한 역사학자 로레드 카시우가 작성한 역사서, 〈다시 보는 리우드 제국사〉에 의하면 '아이반 밀드레드'는 지난 99회의 개인 검술 경기 우승을 차지했던 아흔아홉 명의 우승자와는 달리 최초의 '여성 우승자'로 기록하고 있다.

❖❖ Rule 11 ❖❖

레이디의
길은 거침없어야 한다

"크윽!"

쾅— 소리와 함께 바닥을 찧은 브리드 앤더슨이 거친 신음을 흘렸다.

줄곧 멱살을 잡힌 채 움직였던 터라 엉덩이를 붙이자마자 헉헉, 숨을 몰아쉬던 브리드 앤더슨은 퉁퉁 부어 있는 얼굴을 겨우 위로 들어 올렸다.

"브리드 앤더슨."

하던 행동을 멈추게 만드는 서늘한 목소리.

언제나 고성만 벅벅 질러대던 로렐 산트너의 목소리라고는 쉬이 믿어지지 않을 만큼 차분하기 그지없는 그 음성에 브리드 앤더슨은 몸을 움찔거렸다.

"사, 살려줘! 살려줘!"

지금 이 상황에서 그에게 반항한다면 남는 건 죽음뿐이다.

위기를 직감한 브리드 앤더슨은 손바닥이 얼얼해질 정도로 손을 비벼

가며 소리쳤다.

로렐은 무표정한 얼굴로 그를 향해 저벅저벅 걸어갔다.

"오, 오지 마! 오지— 악!"

주저앉은 채 두 팔을 지지대로 삼아 뒤로 물러나던 브리드 앤더슨은 딱딱한 벽과 등을 부딪쳤다.

저 혼자 북 치고 장구까지 치는 브리드 앤더슨을 보던 로렐의 연갈색 눈동자가 무시무시하게 빛났다.

그리고 후우, 숨을 길게 뽑은 로렐이 두툼한 손을 들어 올리는 순간.

"아아아악!"

브리드 앤더슨이 내지른 비명 소리가 창고 안을 가득 울렸다.

수십 분 뒤.

달칵.

"뭐래?"

지친 얼굴로 문을 열고 나와 손을 털고 있는 로렐의 얼굴은 어둡기 그지없다.

로렐이 창고 안으로 들어가 있는 동안 주변을 살피며 문을 지키고 있던 헨리 캐슬러가 지나칠 정도로 냉정한 표정을 짓고 있는 로렐에게 말을 걸었다.

로렐 산트너는 두툼한 입술을 움직였다.

"예상했던 대롭니다. 바클리 자작의 명을 받았다는군요."

"역시나……."

"증거도 있으니 원한다면 증인도 서겠다고 합니다."

"……그래?"

"예. 그런데 선배님."

"응?"

"……이만 방으로 돌아가도 되겠습니까?"

"어? 어어. 그, 그래. 수고했어. 쉬어."

커다란 제 등을 톡톡 두드려 주는 헨리 캐슬러를 향해 살짝 묵례를 한 로렐은 뚜벅뚜벅 어둠 속으로 사라졌다.

헨리 캐슬러는 멀어지는 로렐 산트너를 안쓰러운 눈으로 응시하며 고개를 절레절레 저었다.

"저 녀석도 제정신이 아니군."

"제정신일 리가 있나."

"아, 단장님!"

어느새 곁으로 다가온 이안 와이너가 제 말을 잇자 헨리 캐슬러는 화들짝 놀라며 숨을 고르더니 이내 아무렇지 않은 듯 그를 향해 고개를 까딱였다.

오노르의 기사단장, 이안 와이너는 살려달라 외쳐 대는 창고 쪽을 흘긋거리다 힘없이 숙소로 걸어가고 있는 로렐의 뒷모습을 바라보았다.

"그 아수라장을 겪고 난 뒤에도 제정신인 녀석이 대단한 거야."

"……."

쓰디쓴 얼굴로 나지막한 목소리를 흘리는 이안 와이너의 말에 헨리 캐슬러는 입에만 맴돌던 말을 꺼내기로 결심했다.

"……그쪽 상황은 어떻습니까?"

이안 와이너의 눈동자가 작게 요동쳤다.

"어느 쪽을 말하는 거지?"

"뭐……."

우물쭈물거리며 뒷머리를 긁는 헨리 캐슬러에게 이안 와이너는 쓴웃음을 흘리며 대답했다.

"로우드, 아니, 유리안 황태자 전하 쪽을 말하는 거라면 자네도 알다시

피 이미 오노르에서 퇴단하셨다."

누가 황태자 따위가 궁금하답니까.

헨리 캐슬러는 목구멍까지 차오르는 말을 겨우 삼키며 태클을 걸지 않기로 다짐했다.

말없이 입술만 꿈틀거리는 헨리 캐슬러의 행동을 지켜보던 이안 와이너는 그 행동이 무엇을 의미하는지 알아차리고선 다음 말을 이어갔다.

"아그노스 측에선 바클리 자작의 신병을 제국군에게 넘겼다고 해."

"예? 정말입니까?"

정말이지.

"죄명은 기사 모독죄, 황태자 기만죄, 품위 위반죄 등등이 붙었다고는 하는데 가장 큰 죄는…… 아무래도 살인미수죄겠지."

정정당당하게 실력을 겨루어야 할 제국 기사단 대회의 꽃, 개인 검술 경기.

기사라면 누구나 한 번쯤은 서고 싶어하는 영광스러운 무대의 결승전에서 기사답지 못한 행동을 저지른 에릭 바클리 자작의 만행은 결승전이 끝난 직후 공개됐다.

「제가…… 졌습니다.」

피를 뚝뚝 떨어뜨리며 에릭 바클리를 벼랑 끝까지 몰아세우던 은색 투구의 기사가 결국 들고 있던 흑색의 검으로 자신의 목을 겨누자, 바클리 자작이 고개를 아래로 떨구며 자신의 패배를 인정한 것이다.

와아아!

결코 짧지 않았던 결투의 결과는 2시간 동안 숨죽이며 우승자가 나오기만을 기다리던 많은 관중들을 환호하게 만들었다.

드디어 정해진 개인 검술 경기의 우승자.

심판인 벤 칼릭스가 아이반 밀드레드의 승리를 선언하고 관중들이 그를 향해 우레와 같은 박수를 보내고 있을 때였다.

쿵―!

에릭 바클리를 겨누고 있던 은색 투구의 기사, 아이반 밀드레드는 선언이 끝나자마자 검과 함께 정면으로 고꾸라졌다.

철갑옷이 바닥을 찧는 소리와 함께 아이반 밀드레드가 쓰고 있던 은색 투구가 바닥과 맞닿아 벗겨지는 것은 순식간이었다.

땀으로 흠뻑 젖어 있던 그의 투구가 데굴데굴 무대 위를 구르는 모습은 박수갈채를 보내던 관중들을 굳어버리게 만들었다.

「뭐, 뭐가 어떻게 된 거야?」

침묵에 휩싸여 있던 관중석에서 누군가 소리쳤다.

휘파람 소리와 환호성이 가득했던 조금 전과는 확연히 달라진 상황.

분명 승리한 사람은 은색 투구의 기사, 오노르의 아이반 밀드레드였건만 경기장 위에 똑바로 서 있는 자는 패배한 에릭 바클리 자작이었다.

터벅터벅.

좌중을 혼란에 빠뜨린 장면으로 인해 어느 누구도 말을 잇지 못하고 있던 그 순간, 머리부터 발끝까지 흑의로 장식한 누군가가 경기가 펼쳐지던 무대 위로 올라왔다.

어느 누구도 입을 열지 않았지만, 그자의 정체를 모르는 이들은 적어도 경기장 안에는 존재하지 않았다.

머리부터 발끝까지, 온통 흑색으로 장식한 리우드의 팬텀 공작을 몰라볼 수는 없었으니까.

언제나 얼굴을 가리는 검은 마스크를 쓰고 제 정체를 드러내지 않는
황제의 그림자는 웅성거리는 좌중들의 관심에도 아랑곳 않고 철퍼덕 쓰
러져 있는 기사를 향해 다가갔다.

「헉!」
「저, 저건!」

팬텀 공작은 기다란 팔을 뻗어 의식을 잃은 기사를 조심스럽게 안아
들었다.
너무나 자연스러운 그 행동에 심판인 벤 칼릭스는 물론이거니와 에릭
바클리 역시 멀뚱히 그를 바라보고 있었다.
팬텀 공작은 주변의 시선 따위는 개의치 않고 몸을 돌렸다.
그리고 그때.
정신을 잃고 있던 기사의 머리에서 무언가가 툭— 떨어졌다.
투구로 꾹 눌러두었던 아이반 밀드레드의 갈색 가발은 작은 흔들림으
로 인해 바닥으로 떨어졌다.
그리고 그 속에 숨겨져 있던 빛나는 은색 머리카락이 눈부신 실타래처
럼 흘러내리는 장면은 그 자리에 있던 모든 이들을 숨 막히게 만들었다.
'장관…… 이었지.'
누군가는 크게 숨을 들이켰고, 누군가는 벌어진 입을 다물지 못했다.
그리고 이안 와이너, 저 역시도 그 황홀한 광경을 넋 나간 모습으로 지
켜보며 한참을 서 있었다.
"……님."
"……."
"단장님!"

그 자리에 있던 모두를, 아니, 이젠 제국 전역을 충격에 빠뜨린 '그날'의 일을 떠올리자니 온몸에 전율이 일었다.

이안 와이너는 뒤늦게 저를 크게 부르고 있는 헨리 캐슬러를 발견하고선 상념에서 벗어났다.

"어디까지 했지?"

얼굴을 휘휘 저으며 묻는 이안 와이너를 향해 헨리 캐슬러는 대답했다.

"형님, 아니, 각하께서 로델린령으로 가셨다는 이야기까지 하셨습니다. 헌데 단장님……."

"응?"

헨리 캐슬러는 주저하다 결국 입술을 움직였다.

"밀드레드…… 말입니다. 아, 아니, 로델린 공작 영애 말입니다. 괜…… 찮은 거겠죠?"

상태가 좋지 않다 들었는데—라는 말을 덧붙이는 헨리 캐슬러를 향해 이안 와이너는 어두운 안색을 거두지 못한 채 대답해야 했다.

"의식을 잃은 지 이틀째인 오늘이 고비라더군."

"자네들, 그 얘기 들었나?"

리우드 제국의 사교계는 물론이거니와 일반 제국민들까지 들썩이게 만든 리우드 제국 기사단 100주년 대회가 요란스럽게 막을 내린 지 이틀 뒤.

온천으로 유명한 아르시의 한 여관에서 술을 마시던 호사가 루젝은 마침 자신과 합석을 제안한 상인들을 향해 누런 이를 드러냈다.

어제까지 파예 왕국의 상인들과 거래를 하고 이제야 아르시로 돌아온 치노 상단의 단주 조쉬는 의아한 표정을 지었다.

"무슨 얘기?"

"이번 기사단 대회와 관련된 이야기 말이야!"

웅성웅성.

루젝이 음유시인이라는 거창한 타이틀로 자신을 소개하기는 했지만, 실은 단순한 호사가일 뿐이라 여기던 조쉬 일행은 꽤나 흥미로운 이야기를 꺼낸 루젝을 향해 고개를 가로저었다.

그들의 반응에 피식, 가소롭다는 듯 웃음을 흘리던 루젝은 맥주를 한 잔 주문한 후 히죽 웃으며 말했다.

"쯧쯧. 다들 소식이 그렇게 늦어서야. 이틀 전에 일어난 일을 아직도 못 들었단 말이야?"

"아아. 우리가 워낙 바빠 이제야 아르시에 도착했거든. 헌데…… 뭐 흥미로운 일이라도 있었던 거야? 안 그래도 이곳까지 오는 내내 기사단 대회에 대해 다들 술렁거리던데."

"맞아, 맞아! 속 시원히 좀 말해보게! 무슨 소식인지 궁금해 죽겠다고!"

재촉하는 조쉬 일행이 원하던 반응을 보여주자 루젝은 하얀 이를 드러내며 고개를 끄덕였다.

"흠흠, 좋아. 다들 그렇게 원하니, 말해보도록 하지! 그런데 자네들. 이번에 우승한 기사단이 오노르라는 걸, 알고는 있지?"

루젝의 말에 귀를 기울이던 조쉬 일행은 고개를 끄덕였다.

"그렇다고 하더군. 오노르라니. 놀라운 일이 아닐 수 없어!"

"그러게 말이야. 오노르라 하면, 그동안 귀족들도 무시했던 기사단이 잖아."

"맞아. 내 친척이 그곳 주방에서 일하고 있는데, 오노르의 일원이라고 하면 비웃음만 받았다더라고."

"아아. 그러고 보니 오노르는 신분을 막론하고 단원을 받았던 곳으로 유명한 곳이었지."

고개를 끄덕이는 그들을 보며 루젝은 말을 이었다.

"그래! 누구나 들어갈 수 있어 귀족들 사이에서 은근히 멸시를 받았던 바로 그 '오노르'에서 이번에 놀랍게도 개인 검술 우승자를 배출해 낸 걸로도 모자라 종합 우승까지 차지했거든?"

"뭐? 정말?"

두 눈을 동그랗게 뜨는 사람들을 향해 루젝은 입을 길게 찢었다.

"헌데 그 우승자가 사실은, 남자가 아니라 여자라더군!"

"뭐?"

"쿨럭! 그게 무슨 소리야? 우승자가 여자라고?"

"잠깐. 여자도 기사가 될 수 있나?"

입에 들어 있던 술까지 뿜어낼 기세로 되묻는 조쉬 일행의 반응에 탄력을 받은 루젝은 말했다.

"거기서 놀라면 섭섭해. 이 여자의 정체가 더욱더 재미있단 말이지."

"어이, 말해! 빨리 말해!"

"술이 부족해서 그래? 주인장! 여기 맥주 하나 추가해 줘!"

후후. 낮게 웃음을 흘리던 루젝은 저를 대신하여 술을 주문해 준 조쉬에게 고맙다는 듯 고개를 까딱인 후 검은 눈동자를 빛내며 외쳤다.

"이 여자의 정체는, 단순한 일반 평민도 아닌 무려 공작 영애였다는 이야기야!"

"뭐? 공작 영애?"

"어느 공작 영애?"

"잠깐. 지금 현재 공작 영애라 하면…… 하나뿐이지 않아?"

"헉! 그렇다면 설마……."

루젝은 무언가를 깨달았다는 표정을 짓는 조쉬 일행을 향해 외쳤다.

"맞아! 바로 남자들만의 기사 대회를 우승한 공작 영애. 그것도 현재로선, 제국에서 한 명밖에 없는 공작 영애……. 바로 로델린 공작 영애라는 거지!"

"로델린 공작가의?"

"아니, 어떻게 공작가의 영애가 기사가 될 수 있었던 거지?"

"자자, 다들 흥분 말고 잘 들어봐. 대체 이 공작 영애가 어떻게 오노르 기사단에 합류할 수 있었냐? 들리는 소문에 의하면 말이지―"

듣지 않으려 해도 들을 수밖에 없는 우렁찬 목소리에 무의식적으로 귀를 기울이던 유리안의 행동이 돌연 멈추었다.

옆자리에서 들려오던 사람들의 목소리가 커다란 그림자에 가로막혀 더 이상 들려오지 않는다.

유리안은 숙이고 있던 고개를 천천히 들어 올렸다.

어느새 자신이 앉아 있던 테이블까지 다가온, 익숙한 얼굴의 사내가 걱정이 가득한 표정을 지으며 그를 내려다보고 있었다.

유리안은 쓰게 웃었다.

"전하. 이제 그만 돌아가시는 것이 어떻습니까? 현 상황에서 너무 오랫동안 출궁하고 있는 건 황제 폐하의 노기를 살 겁니다."

"……."

"전하."

자신을 부르는 마릭의 간절한 음성에도 반응 않은 유리안은 말없이 손을 들어 올렸다.

"예, 예, 갑니다, 가요!"

입 한번 벙긋하지 않았음에도 그가 술을 더 주문한다는 것을 알아차린 주인장이 멀리서 힘껏 소리를 질렀다.

대꾸 없는 자신의 주군이 저를 본체만체하자 긴 한숨을 흘리던 마릭은 결국 체념한 듯 그의 앞자리에 털썩 앉아버렸다.

"저도 한 잔 주십쇼!"

자포자기의 심정으로 맥주가 가득 담긴 술잔을 들고 나타난 주인을 향해 소리친 마릭은 곧 제 앞에 당도한 술잔을 집어 들고선 벌컥벌컥 입안으로 쏟아부었다.

감히 주군이 허락하지도 않았는데 술을 마시다니.

유리안은 툴툴거리며 술잔에 입술을 가져다 댄 마릭에게 지적하려다 말았다.

그러고는 저를 흘끔거리는 마릭에게서 시선을 거두며 중얼거렸다.

"모르고…… 있었어."

전혀.

정말로, 단 하나도.

"친구라고…… 생각했는데."

그렇게 생각했던 건, 저뿐이었을까?

가슴 한쪽이 쿡쿡 아려왔다.

유리안은 침울한 표정을 지었다.

모든 것이 거짓이었다.

이름도.

나이도.

출신지도.

심지어…… 성별도.

「유…… 리. 유리.」

「……」

「내가, 우리가 본 거…… 대체…… 뭐냐?」

윈스턴 공작에 의해 천막 밖을 나오며 로렐이 중얼거렸다.

유리안은 대답할 수 없었다.

어째서 팬텀 공작이 이곳에 있는 건지 이해하는 것은 차치하고서라도 갑옷과 상의를 벗은 아이반 밀드레드의 상체를 도통 이해할 수 없었다.

천막 안으로 들어선 유리안의 눈에 가장 먼저 들어온 건 아이반 밀드레드의 오른쪽 어깨에 깊게 파인 검상이 아니라…….

「볼록…… 했지?」

휘휘, 고개를 저으며 부정하던 로렐의 말이 귓가에 맴돌았다.

그래. 틀림없이 그것은 볼록했다.

깊은 골까지 얼핏 보이던 굴곡진 가슴 부위를 보며 유리안은 숨이 컥 막히는 것을 느꼈다.

그럴 리 없는데.

자신은 다른 의미로 볼록했던 아이반 밀드레드의 두 다리 사이도 보지 않았던가?

유리안은 아이반 밀드레드의 가슴 부근을 꾹꾹 압박하던 의문의 천들을 이해하지 못했다.

그리고 천들 사이로 보이던 가슴팍의 골짜기는, 더더욱.

벌렁거리는 심장 소리가 점점 커져 갔음에도 쉽게 받아들이지 못한 것은 제게, 자신들에게 모습을 들켜 버리자 뜻 모를 미소를 짓던 아이반 밀드레드의 모습 때문이었다.

"알고…… 있었던 걸까."

검은 가면을 쓴 채 숨 가쁘게 아이반 밀드레드의 천막으로 달려와 그녀를 감싸던 그 남자는, 아마도 틀림없이 미티 라펠이겠지.

미티.

미티…….

미르티스 윈스턴.

어째서 눈치채지 못했던 거지?

「저 녀석과 만날 때는 이곳 안이 아닌 밖에서 만나도록 해라. 나는 내 장소에 허락한 이가 아닌 녀석이 들어오는 것을 용납할 수 없거든.」

고작 같은 방을 쓰는 룸메이트를 지나치게 챙긴다고 생각하기도 했지만, 단순히 자신의 영역에 다른 이들이 들어오는 것을 반기지 않아서라고 치부했던 것이 실수였다.

돌이켜 생각해 보면 그때 제게 그런 말을 던졌던 건, 아마도 아이반 밀드레드를 보호하기 위한 수단이었던 건지도 모른다.

의식을 잃은 아이반 밀드레드를 안아 든 미티 라펠이 다른 사람도 아닌 무려 윈스턴 공작이라는 것을 인지했을 때 유리안의 발은 제멋대로 움직였다.

그는 가늘게 숨을 흘리고 있는 아이반 밀드레드를 든 채 경기장을 벗어나려는 윈스턴 공작을 막아 세웠다.

「비켜주십시오, 전하.」

가면 속의 푸른 두 눈이 낮게 일렁였다.

유리안은 저를 압박하는 말투에 미간을 좁혔다.

심장이 미친 듯이 뛰었다. 당시의 감정이 질투인지, 아니면 무엇이었는지 확신할 수는 없지만 그의 손에 아이반 밀드레드가 안겨 있다는 것이 참을 수 없을 정도였다.

「무례를 용서해 주시길.」

어째서 나를 속였냐는 표정을 짓고 있던 유리안은 제게 고개를 까딱인 후 자신을 지나쳐 가버리는 윈스턴 공작을 붙잡지 못했다.

멀어져 가는 그의 뒷모습이 자신의 시야에서 완벽하게 사라질 때까지, 유리안은 우뚝 서 있었다.

'……!'

그가 정신을 차린 것은 윈스턴 공작의 품에 안겨 있던 아이반 밀드레드의 은색 머리카락 한 올이 제 손바닥 위에 내려앉은 것을 발견했고 나서였다.

두근두근.

고요하게 일렁이는 심장 소리가 귀를 웽웽 울렸다.

유리안은 말없이 술잔을 부여잡은 채 한참을 앉아 있었다.

"즈언하. 제가 무어라 했습니까!"

그동안 그를 고뇌하게 만들었던 수많은 고민거리가 모조리 사라지는 것도 순식간이지만, 새로운 고민거리가 생기는 것도 순식간이다.

쉽게는 믿어지지 않는 이 현실을 받아들이고 또 받아들이려 노력할 때, 유리안은 제게 소리치고 있는 마릭을 발견했다.

잠시 넋을 잃은 사이 마릭이 어깨를 들썩이며 외치고 있었다.

"그자는, 믿지 말라고 몇 번을 경고드리지 않았습니까! 하아아. 못 믿을 작자라고, 몇 번씩이나…… 흐윽!"

"……마릭, 뭐 하는 거지?"

유리안은 상심이 가득한 표정으로 말하고 있는 마릭을 황당하다는 듯 응시했다.

마릭은 중얼거렸다.

"즈언하의 상심을 나누려고 하는 겁니다!"

"……."

"흑흑. 불쌍하신 분. 겨우 몸이 회복되나 싶었더니…… 드디어 마음을 나눈 친구가, 성별을 속이고 있었다니. 흑흑. 즈언하만큼 가여운 분도 또 없을 겁니드아!"

벌컥벌컥 술을 마실 때 알아봤어야 했다.

술에 약한 마릭을 말렸어야 했는데.

생각의 늪에 빠져 있느라 마릭을 제어하지 못했다.

유리안은 어깨까지 들썩이며 엉엉 울고 있는 마릭을 바라보았다.

"즈언하아."

"……."

"흑흑."

"……어쩌면, 잘된 건지도 모른다."

"흐어엉, 불쌍하신…… 예?"

닭똥 같은 눈물을 주르륵 흘려대던 마릭이 고개를 들었다.

유리안은 왁자지껄한 분위기 속에 마음이 차분해지는 것을 느끼며 숨을 골랐다.

"사내인 줄 알았는데……."

그래서 그 사실을 받아들이기 힘들었는데.

그자와의 입맞춤을 보고 동요한 스스로를 제어하고 또 제어했는데.

그를 보면 뛰는 가슴을 무시하려 노력해 왔는데.

그를 보면 올라가는 입꼬리를, 단순한 우정으로 치부했었는데.

그를 보면 기분이 좋아지는 이 감정을 순진하게 여겨왔는데…….

'이젠 그럴 필요가 없게 되었으니까.'

유리안은 자리에서 벌떡 일어났다.

"전하?"

마릭은 갑자기 일어나는 유리안을 멍한 눈으로 올려다보았다.

유리안은 테이블 위에 얼굴을 대고 있던 마릭을 향해 명했다.

"일어나라, 마릭. 궁으로 돌아간다."

"……네?"

유리안은 자색 눈을 빛내며 중얼거렸다.

"폐하를 뵐 것이다."

후드득 떨어지는 땀방울이 바닥을 적신다.

챙―!

있는 힘껏 내민 검이 막혀 버리자 입술이 파르르 떨렸다.

'망할.'

대체 얼마나.

얼마나 더 버틸 수 있을지 모르겠다.

그녀는 목구멍을 간질이는 욕설을 겨우 삼키며 매섭게 제게 날아드는 남자의 검을 피했다.

라펠이 꽉 묶어준 팔에서는 점점 힘이 빠져나갔고 이제는 앞으로 내딛고 있던 오른쪽 다리까지 마비가 될 것 같았다.

'버텨. 버텨야 해, 루키나.'

스스로를 향해 끊임없이 되뇌었다.

가빠오는 숨을 겨우겨우 내쉬며 되뇌었다.

이것은 의지의 싸움이다.

누구의 의지가 더 굳세냐는 싸움.

그녀는 이를 악물었다.

'빨리 약점을 찾아야……'

아무리 라펠의 검이 가볍다 할지라도, 그가 있는 힘껏 제 어깨를 압박해 줬다 할지라도 곧 있으면 인내가 한계치에 도달한다는 사실은 변하지 않는다.

땀이 비 오듯 흘러 이미 갑옷 안의 옷을 모조리 적셔 버린 지금.

긴 시간 동안 쉽게 결론이 나지 않는 이 장기전을 끝내기 위해서는, 계속해서 이를 악물며 버티기보다는 도통 보이지 않는 상대의 약점을 재빠르게 파악하는 것이 더 유리했다.

제게 공격하던 것이 더 이상 먹히지 않자 뒤로 물러나서는 숨을 고르고 있는 바클리 자작의 약점을 찾기 위해 루키나는 빠르게 그를 스캐닝했다.

'내 오른쪽을 노리고 있는 건가?'

그의 검이 닿았다 떨어진 이후로 계속, 바클리 자작은 그녀의 오른쪽 팔을 공략하고 있었다.

부상당한 쪽을 노린다면 승기를 잡을 수 있을 거라 여겼던 건지, 바클리 자작은 이렇게까지 경기를 길게 끌고 올 줄은 몰랐다는 얼굴이다.

'조급해지는 걸 노려야 해.'

결판이 나지 않는 경기를 지켜보며 지치는 것은 비단 관중뿐만이 아니었다.

루키나는 후우, 짧게 숨을 가다듬었다.

현재까지 그녀를 매섭게 몰아붙이고만 있는 바클리 자작이 수법을 바꿀 때가 올 것이다.

그래. 그때까지만 조금 더 기다리면 된다.

격렬해지는 어깨의 통증으로 인해 얼마나 더 버틸 수 있느냐가 문제이기는 하겠지만, 그래도—

'……!'

아마도 단 한 번.

딱 한 번의 찬스가 올 게 틀림없다.

그 찬스를 절대로 놓쳐서는 안 된다고 생각할 때, 루키나는 '하압!' 기합 소리를 내며 저를 향해 달려들려는 바클리 자작을 발견했다.

흔들리던 그녀의 눈동자가 번뜩인 것은 그 순간이었다.

그가 공격을 하려고 달려들려는 그 타이밍을 노려야 했다.

무방비하게 제게 달려드려는 그는 틀림없이 그녀가 자신의 검을 피할 것이라고만 여길 터.

그리고 그 시점, 루키나는 반대로 그의 약점을 파고들었다.

기회는 오직 한 번뿐이다.

루키나는 마지막 남은 모든 힘을 끌어모아 오른손에 집중시켰다.

그러고는 앞발에 힘을 주며 몸을 세게 비틀었다.

쾅—!

바클리 자작의 나이틀리 소드를 피해 라펠의 검을 쭉 뻗은 루키나의 처음이자 마지막 찬스는 정확히 바클리 자작의 힐트를 강타했다.

「……!」

바클리 자작이 숨을 크게 들이마시며 뒤로 주춤거린 것은 본능적인 행동이었다.

만일 그가 그대로 버텼다면 그대로 엉덩방아를 찧었을 테니까.

바람을 가르며 다가온 흑검이 힐트를 강타하게 되면서 바클리 자작의 나이틀리 소드가 공중으로 뻗어갔다.

허공을 회전하다 툭, 바닥으로 떨어지는 자신의 검을 발견한 바클리 자작은 얼른 그것을 집어 들기 위해 다리를 뻗으려 했다.

하지만 그보다 먼저 루키나의 흑검이 그의 목을 겨눈 것이 더 빨랐다.

스릉―

루키나는 가쁘게 호흡하며 귀가 먹먹해질 정도로 가슴이 뜀박질하는 것을 느꼈다.

검을 겨누고 있는 그녀의 행동으로 인해 바클리 자작이 석고상처럼 멈춰 선 채 움직이지 않는 모습이 보였다.

헉헉거리며 심호흡을 하던 루키나는 마지막 힘을 쥐어짜며 흑검의 블레이드 부분을 그의 목으로 더욱 들이밀었다.

검을 놓친 자와 검을 든 채 목을 겨누고 있는 자.

검술을 모르는 이가 보아도, 경기의 승자는 이미 갈린 상태였다.

「……빌어 ……먹을.」

아주 작게.

그에게 검을 겨누고 있는 루키나 로렐린의 귀에만 들릴 만큼 작은 목소리로 바클리 자작이 중얼거렸다.

현실을 받아들이지 못한 건지, 아니면 패배를 직감한 건지 눈까지 질끈 감은 채 그녀의 검끝의 시린 촉감을 느끼던 바클리 자작은 아래로 내렸던 손을 천천히 들어 올렸다.

루키나는 그의 행동을 예의 주시하며 여전히 힐트를 강하게 부여잡고 있었다.

바클리 자작은 생각보다 교묘한 자. 패배를 인정하는 척하다가, 여차하면 몸을 돌려 오히려 기습을 가할지도 모른다는 생각에 경계를 풀 수 없었다.

그녀는 오직 그가 흘릴 단 한 마디를 기다리고 있었다.

「제가…….」

쿵쿵쿵쿵, 고요하게 뛰던 심장의 박동이 귀를 뒤덮고, 머리를 뒤덮어, 경기장까지 뒤덮던 시점.

루키나는 억지로 흘린 바클리 자작의 음성을 들을 수 있었다.

「……졌습니다.」

"허억!"

긴 잠수 이후 수면 위로 얼굴을 꺼낸 것처럼 내내 참고 있던 숨을 입 밖으로 토해냈다.

얼마나 견디고 있었던 건지 얼굴이 화끈거린다.

루키나는 벌렁거리는 심장 소리를 느끼며 인상을 썼다.

짹짹, 어디선가 평화로운 분위기를 알려주듯 새들이 노래하는 소리가 들려오고 있었다.

루키나는 한 번, 그리고 두 번 눈을 깜빡였다.

'어?'

여기가…… 어디지?

루키나는 시야로 들어온 낯선 광경에 미간을 좁혔다.

하얀 레이스가 달려 있는 폭신한 침대는 물론이거니와 향기롭기까지 한 꽃 냄새는 남자들만 가득하던 오노르 본부 내의 숙소와는 차이가 있었다.

꿈…… 인가?

그녀는 인상을 쓰며 고개를 아래로 내리다 눈을 크게 떴다.

'……이, 이게 대체 뭐야!'

가슴을 압박하던 천이 모조리 사라져 있었다.

그것으로도 모자라 그녀는 무려 순백의 잠옷을 입은 상태였다.

루키나는 기겁하며 자리에서 일어나려 했다.

"큭!"

이 빌어먹을 상황을 제대로 받아들이기 위해 침대에서 벗어나고자 하던 그녀의 몸짓은 머릿속과는 달리 힘없이 뒤로 고꾸라졌다.

허리에 힘을 주려던 루키나는 어깨를, 그것도 오른쪽 어깨를 강하게 아리는 끔찍한 통증에 털썩 베개 위로 등을 붙였다.

"하아, 하아."

루키나는 인상을 쓰며 이를 악물었다.

정말 꿈인 건가?

아니, 꿈이라기엔 온몸이 너무 아프다.

특히 팔을 들 수 없을 만큼, 어깨가 무거웠다.

식은땀이 주르륵 흘러내리는 것을 느끼던 루키나는 고개를 아래로 내렸다.

그제야 자신의 몸 오른쪽이 천으로 칭칭 감겨져 있다는 것을 인지했다.

어깨의 시작부터 손가락 끝까지.

'아주…… 미라로 만들어놨군.'

그래서 움직이기 불편했던 걸까.

루키나는 황당해 마지않으며 한숨을 터뜨렸다.

"어휴. 아가씨는 대체…… 어? 어어?"

뭐가 뭔지 아직 이해할 수는 없지만, 마냥 이대로 있을 수만은 없다고 생각하던 루키나가 이 침대를 벗어날 방도를 생각하려 할 때였다.

끙끙거리던 그녀의 신음 소리가 흘러나옴과 동시에 달칵 문 열리는 소리가 들리더니 갈색 문 사이로 익숙한 얼굴이 들어왔다.

루키나의 눈이 동그래진 것처럼 상대의 눈도 큼지막해졌다.

"아가씨!"

저렇게 있는 힘껏 자신을 '아가씨' 라 불러댈 사람은 이 세상에 오직 셰리밖에 없다.

루키나는 희미하게 웃었다.

"셰……."

"자, 잠깐만요, 아가씨! 가, 각하를 불러올게요! 조금만! 조금만 기다리세요!"

자신을 똑바로 직시하고 있는 루키나를 발견하자마자 두 눈에서 눈물방울을 흘리던 셰리가 그녀의 목소리를 다 듣지도 않고 버럭 외쳤다.

멀뚱히 그녀를 바라보던 루키나는 문을 열어둔 것도 잊어버리고선 어딘가를 향해 타타타 달려가는 셰리의 발걸음 소리를 들으며 헛웃음을 삼켰다.

"흐으."

갑자기 들이닥쳤다 바람만 일고 사라져 버린 셰리의 흔적을 좇던 루키나는 침대에서 벗어나기 위해 천천히 허리를 들어 올렸다.

제대로 몸을 움직이기 어려워 가쁜 신음이 흘러나왔지만 멈추지는 않았다.

루키나는 겨우 침대에 걸터앉은 뒤 잠옷 속 비치는 상처 부위를 내려다보았다.

'그 모든 게 꿈이, 아니었나……'

결승전을 담당하던 심판 벤 칼릭스가 제 이름을 크게 부르며 승리를 선언하자 가까스로 붙잡고 있던 검이 그만 아래로 툭 떨어졌다.

그것을 억지로 잡으려 하다가 저 역시 바닥으로 고꾸라졌다.

데굴데굴 굴러가는 투구를 잡기 위해 손을 뻗으려 했으나 팔이 움직이질 않았다. 그저 가쁜 숨만 몰아쉴 수밖에 없었다.

무거웠다.

너무도 무거운 몸을 조금도 움직일 수 없었다.

땀이 비 오듯 흘러내리는 것만큼이나 찢어진 상처에서 핏물이 흘러내렸다.

아마도 갑옷 속이 축축해진 것은 땀이라기보단 피 때문이 아닐까 하고 그녀는 흐려지는 의식 속에서 생각했었다.

「결국, 참지 못했어.」

다정하게 들리는 그 목소리는 바로 그 순간 들려왔다.

눈앞이 뿌옇게 물들어 자꾸만 눈꺼풀이 아래로 내려가려고 할 때, 의식과 무의식의 경계면에서 허우적거리던 루키나는 귓가를 간질이는 그 목소리를 겨우 들을 수 있었다.

그 상냥한 음성과 동시에 천근을 얹은 것처럼 무거웠던 제 몸이 깃털처럼 가벼워졌다.

루키나는 왠지 모르게 안심이 되는 손길에 긴장의 끈을 풀어버렸다.

「하지만…… 수고했어, 이브.」

의식 저편으로 건너가기 직전 누군가 제게 건넨 말.

흐릿해진 시야로 얼굴을 인식하지는 못했지만, 그 목소리의 주인이 누군지는 잘 알고 있었다.

너무도 편안하고, 다정했던 그의 음성은…….

'따뜻…… 했어.'

"이브!"

벌컥 문을 열고 들어오던 에드문드의 이마에서 굵은 땀방울이 흘러내렸다.

소식을 듣자마자 달려온 것인지, 손에 제국 신문으로 보이는 것을 들고 뛰어들어 온 에드문드의 모습에 루키나는 옅은 미소를 그렸다.

아버지— 하고, 부드러운 눈웃음과 함께 그에게 고개를 끄덕이자 에드문드는 크흡, 하고 잠시 얼굴을 돌려 눈물을 참더니 후우 크게 숨을 몰아쉬었다.

"이브!"

그러다 닳겠어요, 아버지.

루키나는 그렁그렁 맺힌 눈물을 애써 자제하려 노력하며 제 이름을 크게 불러대는 에드문드를 향해 그저 배시시 웃음을 그렸다.

내 아버지이기는 하지만 정말 알아주는 딸 바보라니까.

그녀는 자신이 볼까 봐 눈을 비비는 척하며 손등으로 눈가에 맺힌 눈물을 닦고선, 흠흠 헛기침까지 하던 에드문드를 응시했다.

"네가 깨어나지 않았다면 바클리 녀석을 죽여 버렸을 것이다."

의식을 잃은 지 무려 사흘 만에 눈을 뜬 루키나 곁을 지켰다는 에드문드는 에릭 바클리를 향한 살의를 불태우며 중얼거렸다.

루키나는 제게는 한없이 상냥한 아버지가 주먹을 불끈 쥐는 모습에 풋웃음을 터뜨렸다.

"하지만 무사하잖아요. 게다가 바클리 자작에게는 엄청난 망신이지 않을까요?"

"망신?"

"수많은 제국민들 앞에서 다른 사람도 아니고 여자한테 지는 모습을 보여주게 됐으니 말이에요."

경기 내내 상대를 몰아붙이던 것은 확실히 에릭 바클리였지만 승리를 쟁취한 것은 다름 아닌 루키나 로델린이다.

자존심이라고는 하늘을 찌르는 사람이 자신이 인정하지 않으려 했던 기사에게, 그것도 여자에게 져 버렸다는 것을 과연 받아들일 수 있을까?

루키나는 저를 노려보던 바클리 자작의 사나운 눈빛을 떠올리며 쓰게 웃었다.

아마도 열이 머리끝까지 차올랐겠지.

"알고…… 있는 거니?"

씩씩거리는 바클리 자작의 얼굴이 눈에 그려지는 것 같아 온몸을 부르르 떨던 루키나에게 에드문드는 조심스럽게 물었다.

루키나는 침대 옆의 테이블 위에 놓여 있는, 에드문드의 손에 들려 있는 신문과 정확히 일치하는 제국 신문을 고갯짓했다.

루키나의 시선을 따라 눈을 옮기던 에드문드가 한숨을 내쉬었다.

"이브."

"괜찮아요, 아버지. 어차피…… 끝까지 숨기기는 어려웠을 거예요."

태연하게 대답하기는 했지만 씁쓸한 점이 아예 없지는 않았다.

아이반 밀드레드가 실은 남자가 아닌 여자라는 것을 만천하에 드러낼 줄 알았더라면 예의 그 약을 먹지 않는 건데.

'그날 엄청 아팠다고.'

땀이 비 오듯 흘러내리던 그날을 떠올리며 루키나는 입술을 씰룩였다.

어디 그뿐인가?

두 다리 사이에 존재하지 않았던 세 번째 다리가 생겨났던 바로 그날 밤, 루키나는 전혀 생각지도 못했던 사람의 앞에서 불룩한 그것의 존재를 똑똑히 드러내야 했다.

'정말이지 끔찍했어.'

다시는 떠올리고 싶지 않은, 흑역사 중의 흑역사다.

"차라리 잘됐어요. 계속 동료들을 속이는 것도 양심에 찔리던 차였는데 말이죠. 하하."

"……."

"……."

"……."

"아버지. 저…… 어떡하죠?"

억지 미소를 지어가며 말하던 루키나가 돌연 얼굴에서 웃음을 거두었다.

애써 아무렇지 않은 척 말을 꺼냈지만 두려움이 앞서는 것은 사실이다.

이런 식으로 여자라는 것을 밝히고 싶지는 않았는데…….

제국 최초의 여기사가 되기 위해 남장을 하고 기사단에 입단을 하면서 언젠가는 제 정체를 드러내야 한다고 생각하기는 했었다.

그러나 생각보다 그 시기가 앞당겨져 당황스러운 것은 어쩔 수가 없나

보다.

루키나는 떨리는 목소리로 그를 바라보며 물었다.

"이브."

에드문드는 결국 고개를 아래로 떨구는 루키나의 손 위로 제 손을 겹치며 부드럽게 웃었다.

"난 기사가 되고자 하는 널, 마지막까지 말리지 않은 걸 후회하지 않는다."

루키나는 그의 말에 얼굴을 들었다.

피는 섞이지 않았지만 제 눈 색과 똑같은 굳건한 녹안을 제게 고정시키고 있던 에드문드는 말을 이었다.

"네가 앞으로 어떤 일을 하더라도 나는 아비로서 너를 지지하겠다."

"……아버지."

"네 뒤에는 내가 있으니 너무 걱정 말고 당당해져라. 그래야 네가 원하던 제국 최초의 여기사도 할 수 있지 않겠니?"

반달처럼 눈꼬리를 휘며 다정한 미소를 보내는 에드문드의 모습에 벅찬 감동이 치밀어 오르는 것을 느꼈다.

'고마워요, 아버지' 하고 외치며 그를 와락 끌어안고 싶은 심정이지만 커다란 부상을 당했던 터라 몸을 쉽게 움직일 수 없는 사실이 그저 안타까울 뿐이다.

루키나는 입가에 미소를 거는 것으로 그에게 화답했다.

에드문드와 앞으로 일어나게 될 일을 상의하며 진지한 이야기를 나누던 루키나는 통증으로 인해 고통스러워하는 제 모습을 보며 자리에서 일어나는 에드문드를 배웅하려 했다.

그럴 필요는 없다고 고개를 내젓고선 밖으로 나가려던 에드문드가 돌연 무언가 생각났는지 걸음을 멈추어 뒤를 돌아보았다.

"참."

루키나는 의아한 표정을 지으며 그를 응시했다.

"그나저나 네가 나를 속일 줄은 몰랐다, 이브."

루키나는 눈을 가늘게 뜨며 저를 의심스러운 눈초리로 바라보는 에드문드를 향해 눈을 크게 떴다.

"갑자기 무슨 소리세요?"

에드문드는 웃는 건지, 아니면 화를 내는 건지, 답지 않게 입술을 쭉 내밀며 한동안 루키나를 응시하더니 한숨을 푹 내쉬었다.

"정말이지 실망을 금할 수 없어. 이브. 내 너를 어찌 키웠는데……. 좋은 것만 입히고, 좋은 것만 먹이고, 해달라는 건 다 들어주었는데……."

"아, 아버지?"

"이 아비는 슬퍼. 내게 감쪽같이 비밀로 하다니……."

흑흑―

감격의 재회와 진지한 의논 이후, 돌연 눈물을 똑똑 떨어뜨리는 시늉을 하며 과장된 연극 톤의 발음을 이어가던 에드문드를 루키나는 황당하게 응시했다.

대체 무슨 소리를 하시는 거야?

영문을 알 수 없다는 표정으로 눈만 크게 뜨고 있는 루키나에게 투덜거리던 에드문드는 흥, 콧방귀를 뀌더니 소리쳤다.

"아무리 두 사람이 그렇고 그런 사이라고는 하지만, 난 아직 허락할 수 없다!"

……뭐?

"허니 공도 잘 들으시오."

루키나를 응시하던 에드문드가 홱 몸을 돌려 문 쪽을 바라보았다.

루키나는 끼익, 문소리와 함께 모습을 드러내는 낯익은 얼굴을 발견하고선 딱딱하게 얼굴을 굳혔다.

'헉!'

그런 그녀의 얼굴이 굳어지든 말든 전혀 개의치 않은 에드문드는 한 자, 한 자 힘을 주며 입술을 움직였다.

"난, 아직, 허락, 안 했소!"

안 해! 절대 안 해! 라고 외치는 에드문드의 눈에서는 레이저가 나올 기세였다.

"솔직히 말해요! 대체 아버지한테 뭐라고 한 거예요!"

부글부글. 새빨개진 얼굴로 외치는 루키나의 상기된 모습과는 달리 차를 마시는 흑발의 남자는 느긋하기 그지없다.

호로록, 찻잔에 입술을 가져다 대는 그 모습이 어찌나 우아한지.

순간 화를 내면서도 한 폭의 그림과도 같은 장면에 흠칫하며 루키나는 침을 꼴깍 삼켰다.

내가 무슨 생각을 하는 거야!

잠시 넋을 놓으려던 루키나는 얼른 고개를 휘휘 저으며 미간을 좁혔다.

"미스터 라펠!"

"시끄럽군."

라펠은 제 말을 못 들은 척하며 계속해서 차만 마시고 있는 라펠에게 소리쳤다.

그러자 들고 있던 찻잔을 테이블 위로 내려놓은 흑발의 미남자는 후우, 한숨을 내쉬며 그녀를 바라보았다.

차분하게 가라앉은 벽안에 움찔하던 루키나는 두 볼이 붉게 상기되는 것을 느꼈지만 내색하지 않았다.

그 모습을 지켜보던 라펠의 입술이 움직였다.

"흥분하지 마, 이브. 별 얘기 안 했으니까."

별 얘기 안 했는데 아버지가 왜 그런 반응을 보이셨던 거야!

루키나는 방을 나설 때까지 자신과 라펠, 특히 라펠을 향해 두 눈을 부라리며 '허튼짓하면 공을 절대로 용서하지 않겠소!' 라 외치던 에드문드를 떠올렸다.

라펠은 못 미더워하는 루키나에게 말을 이었다.

"기사단에서 같은 방을 쓰는 룸메이트였다는 이야기를 했을 뿐이야."

뭐?

"콜록콜록!"

그의 맞은편에 앉아 귀를 기울이던 루키나는 심드렁하게 뱉어낸 라펠의 말에 자리에서 벌떡 일어나려다 비틀거렸다.

오른쪽 어깨를 강하게 아리는 통증에 현기증이 일었기 때문이다.

다리까지 꼰 채 여유롭게 그녀를 바라보던 라펠은 반사적으로 따라 일어나 루키나에게 손을 뻗었다.

"……이브?"

이…… 이 남자가 정말 미쳤나!

"제정신이에요, 미스터 라펠? 누구 혼삿길…… 윽!"

"이브!"

"으으."

"이브, 괜찮은 건가?"

"괘…… 하아, 괜찮아요."

루키나는 쓰게 웃으며 왼팔을 들어 올린 뒤 깊게 심호흡을 했다.

'으으. 아파 죽겠네. ……응?'

귀가 얼얼할 정도로 쿵쾅거리던 심장을 진정시키기 위해 숨을 고른 루키나는 몇 분의 시간이 흐른 뒤 비교적 고요해진 가슴의 박동을 느꼈다.

그녀는 저를 불안한 시선으로 응시하고 있는 라펠을 똑바로 마주하기 위해 슬며시 고개를 들어 올렸다.

그러자 조금 전의 느긋했던 모습은 온데간데없는, 안절부절못하는 흑발의 남자가 벽안을 일렁이며 저를 바라보고 있는 게 보인다.

마치 손을 대면 깨질 것 같은 유리와 대면한 사람처럼.

어쩐지 괴리감이 느껴지는 그 모습에 왜인지 풋 웃음이 터져 나올 뻔했지만 애써 참아냈다.

루키나는 자꾸만 근질거리는 입가를 겨우 바로잡으며 소리를 뱉어냈다.

"생일 선물 한번…… 거하게 받았네요."

움직이기 힘든 오른쪽 어깨를 흘긋거리며 루키나가 쓴웃음을 흘리며 말하자 라펠이 미간을 꿈틀거렸다.

그녀는 저를 바라보고 있는 라펠의 푸른 눈동자를 직시했다.

묻고 싶은 것이 한두 가지가 아니었기에 순서가 필요했다.

루키나는 일단 가장 먼저 떠오른 질문들을 쏟아냈다.

"당신이 대체 어떻게 여기에 있는 거예요, 미스터 라펠? 게다가 룸메이트 어쩌고 한 건 대체 무슨 소리고요?"

상처를 덮고 있던 천을 갈아주던 셰리가 말하기를, 이곳은 세이번 외곽에 위치한 로델린가의 별장이라고 했다.

리우드 정계에서 잠정 은퇴를 하게 된 루키나 로델린의 아버지, 에드문드 로델린은 세이번에서의 모든 것을 정리하고 로델린령으로 내려갔었는데, 루키나가 기사단에 들어가게 되면서 급하게 세이번에 별장을 마련했다고 한다.

그리고 세이번의 제국민들이 지켜보는 라시모프 경기장 한복판에서 제 정체를 드러내게 된 루키나를 에드문드는 급하게 이곳으로 옮겼다고.

그래. 거기까지는 충분히 납득이 가능하다.

그런데 이 남자가, 어떻게 제 앞에 이렇게 아무렇지도 않은 얼굴로 앉아 있는 건지는 도통 모르겠다.

루키나의 질문에 말없이 그녀를 주시하던 라펠이 꾹 다물고 있던 입술을 열었다.

"사실대로 말했을 뿐이야. 로델린 공께서 '윈스턴 공은 대체 우리 이브랑 무슨 사이요?'라 여쭤보시길래 '같은 방을 쓰던 사입니다'라 대답했을 뿐이고, '어째서 여기에 있는 거요?'라 여쭤시길래, '그녀의 남편 후보가 되었습니다'라고 대답했지."

뭐,

뭐,

뭐?!

"미스터 라—"

그의 이름을 있는 힘껏 외치려던 루키나는 그녀의 말이 끝나기도 전에, 벌떡 일어나 제 목을 끌어안는 그의 행동에 마지막 단어를 뱉어내지 못했다.

코끝을 간질이는 낯선 남자의 체취가 느껴진다.

루키나는 머리가 마비될 만큼 아찔한 그 향기에 눈만 깜빡였다.

라펠은 허리를 굽혀 그녀의 목을 감싸 안은 채 나지막하게 중얼거렸다.

"······그토록 두려웠던 적은 없었다."

조용하지만, 묵직한 사내의 목소리가 귀를 두드렸다.

루키나는 쿵쾅거리는 심장의 박동을 느꼈다.

라펠은 뜨거운 숨결을 내쉬며 말했다.

"그대를 잃는 줄 알았어."

말을 쏟아내는 남자의 목소리가 어쩐지 떨리는 것처럼 느껴졌다면 내 착각인가?

루키나는 제멋대로 뛰고 있는 가슴의 두근거림을 제어하려 노력했지만, 쉽지는 않았다.

그의 입김이 닿아 빨개진 귀는 쉽게 가라앉을 생각을 하지 않고 있었다.

제, 젠장…….

떼어내야 하는데.

자기 마음대로 행동하는 이 남자를 얼른 밀쳐 버려야 하는데…….

'그러지 못하겠어.'

화끈거리는 얼굴의 열기가 전신으로 퍼져 나가는 감각이 싫지 않다.

그의 입술이 흘리는 숨소리가 귀 주변을 울리는 감각도, 제 목을 끌어안고 있던 그가 천천히 허리를 들어 올려 자신을 내려다보는 것도, 맑고 푸른 눈동자에 놀란 제 얼굴이 비치는 것도 전부…… 싫지 않아.

"내, 내가 어디 쉬, 쉽게 죽을 사람인가요? 흥! 고, 고작 칼 한 번 맞았다고 죽지는 않는다고요!"

물론 스물넷의 첫날이라 철렁하긴 했지만.

루키나는 제게 속삭인 뒤 물러난 그를 올려다보며 툴툴거렸다.

라펠은 솔직하게 대답하지 못하는 루키나를 내려다보며 희미한 미소를 짓더니 다시 의자에 엉덩이를 붙였다.

"그렇다면 다행이군."

"……."

쳇. 얄미운 남자.

순 자기 마음대로 구는 걸로도 모자라 멋대로 스킨십을 하고, 심장까지 벌렁거리게 만들다니.

　이건 반칙 중의 반칙이다. 루키나는 속으로 입술을 삐죽였다.

　여자를 돌처럼 대한다더니, 행동할 때는 또 저돌적이란 말이야. 정말이지, 알 수 없는 남자라니까.

　"후우. 어쨌든 당신 덕분에 아버지께서 오해 아닌 오해를 하셨네요. 이 상황을 어떻게 설명해야 하는 거지……."

　자신과 라펠이 대화를 나눌 시간을 주겠다고 방을 벗어났던 에드먼드가 문을 닫은 이후로도 줄곧 문에 귀를 대고 있는 것을 라펠 역시 모를 리 없다.

　루키나가 문 쪽을 흘긋거리며 중얼거리자 라펠은 대수롭지 않게 말했다.

　"굳이 해명할 이유가 있나?"

　"예?"

　"나는 로델린 공께 있는 그대로의 사실만 전했을 뿐이고, 그대 역시 숨길 이유가 없지 않아?"

　루키나는 답지 않게 뻔뻔함의 극치를 달리는 라펠을 황당하게 바라보았다.

　라펠은 눈을 가늘게 뜨며 물었다.

　"이브. 설마 그날 내게 했던 말을 부정하려는 건 아니겠지?"

　그러니까!

　그날 했던 말이라니. 대체 뭘 의미…….

　「미래의 남편 후보가 어떤 사람인지 알아볼 시간 정도는 가져야 할 거 아니에요.」

아— 무의식적으로 탄성을 흘리는 루키나를 향해 라펠이 피식 실소를
흘리는 게 보였다.

가까스로 안정을 되찾았던 얼굴이 미친 듯이 화끈거렸다.

라펠은 어쩔 줄 몰라 하는 루키나에게 말했다.

"시간 내려고 왔어."

쿵쾅쿵쾅—

한계다.

한계.

루키나는 터질 듯 부풀어 오른 심장의 박동에 입술을 파르르 떨었다.

남자를 상대로 검을 맞대어 와르르 무너져 내린 적은 셀 수 없을 만큼
많았지만, 말로서 이렇게 무너져 내리는 경험은 많지 않다. 안정을 되찾
으려 노력했으나 어려웠다.

루키나는 새빨개진 얼굴을 그에게 고정시켰다. 사람을 당황하게 만드
는 데 재주가 있는 사람이었다.

"조, 좋아요."

하지만 침착해져야 한다.

그녀는 딱딱한 얼굴에 흐릿한 미소를 그리고 있는 라펠을 똑바로 직시
하며 숨을 가다듬었다.

라펠은 제 시선을 피하지 않고 있었다.

뜨거운 눈길에 온몸이 타들어갈 것 같았으나 루키나는 입안을 맴돌던
말을 밖으로 꺼내야 했다.

"확실히 그랬었죠. 당신을 아는 시간을 가져 보겠다고."

"그랬었지."

"그, 그랬죠. 흠흠."

일부러 그러는 건지, 고개를 끄덕이는 그의 모습에 목덜미가 뜨거워

진다.

루키나는 목을 가다듬었다.

그리고는 요동치던 푸른 눈을 그에게 꽂으며 말했다.

"하지만 제가 당신을 아는 시간을 가지기에 앞서, 한 가지 묻고 싶은 게 있어요!"

"……얼마든지."

흔쾌히 고개를 끄덕이는 라펠을 보던 루키나는 침을 꼴깍 삼켰다.

그동안 내내 하고 싶었지만 계속해서 타이밍을 놓쳤던 바로 그 말.

그 말을 꺼내기 위해 루키나는 짧게 심호흡을 했다.

요동치던 눈으로 그를 직시하며 루키나는 물었다.

"미스터 라펠. 당신은 저를…… 어떻게 생각하시는 거예요?"

이 말을 하기까지 어찌나 심장이 뛰었는지.

아무래도 제 심장은 빙의를 하면서 고장 나게 된 것이 틀림없었다.

도통 진정하지 않는 심장 소리에 속으로 투덜거리던 그녀는 그에게 물었다.

그러자 라펠은 미간을 좁혔다.

"어떻게 생각하냐니?"

되묻는 그의 모습에 당황한 것은 오히려 자신이다.

내가 뭐 이상한 질문이라도 했나?

놀란 루키나는 횡설수설하기 시작했다.

"아, 아뇨. 말 그대로예요. 그러니까 당신은 저를 대체 어떻게 생각하시길래 그런 제안을 하신 거, 건지 궁금해서……."

한마디로, 제정신으로 남편 후보가 되고 싶다는 말을 한 건지 아니면 충동적인 발언이었던 건지에 대한 확인이 필요했다.

그래야 저 역시 진지하게 그를 대할 수 있을 테니까.

라펠은 말끝을 얼버무리며 그를 흘긋거리는 루키나에게 피식 실소를 흘렸다.

"이브. 그대는 나를 어떤 사람이라고 알고 있지?"

"네?"

"솔직해도 괜찮아."

루키나는 어깨를 으쓱이는 라펠을 직시했다.

정말 솔직해도 되는 건가?

주저하던 그녀의 입술을 움직였다.

"황제 폐하가 시키는 일이라면 무엇이든 하는 제국의 그림자."

"맞는 말이지. 나는 폐하가 지시하시는 일은 모두 수행하려고 노력하니까."

라펠이 고개를 끄덕였다.

루키나는 수긍하는 그를 쳐다보다 또 음성을 흘렸다.

"오노르 기사단을 남몰래 후원하고 있는 수상한 귀족."

"그것도 사흘 전까지의 일이지. 이젠 내가 오노르의 후원자, 아니, 창단자라는 게 드러나 버렸어. 꽤 곤란하게 됐지."

혀를 차며 중얼거리는 라펠의 얼굴에 어둠이 잠시 스쳤다.

루키나는 탄력을 받았다.

"순 제멋대로에, 까칠하고, 성격도 나쁘고, 오만한 데다, 예민하기까지 한 남자!"

"……뭐?"

"왜요. 틀린 건 아니잖아요?"

그가 내걸었던 원활한 동거 생활을 위한 규칙 각서를 떠올리며 루키나가 몸을 부르르 떨자 라펠이 황망한 웃음을 터뜨렸다.

인정하도록 하지, 하며 중얼거리는 라펠을 보며 씩 웃던 루키나는 외쳤다.

"지금까지 단 한 번의 연애 스캔들도 없었던 희귀남! 미스터 라펠. 세간에서 당신을 뭐라고 하는 줄 알아요? 여자한테는 티끌만큼의 관심도 없는 돌 중의 돌이래요!"

그런 남자가 갑자기 입맞춤과 포옹과 심지어 남편 후보에 입후보하겠다고 선언하는 모습은 확실히 제정신으로 보이지 않는다.

루키나는 지금껏 참아왔던 모든 불만을 터뜨릴 기세로 외쳤다.

그녀의 말이 이어질 때마다 답지 않게 큭큭 웃던 라펠의 눈이 돌연 매섭게 반짝인 것은 바로 그때였다.

'응?'

루키나는 눈을 휘던 라펠이 저를 빤히 바라보고 입을 열지 않자 순간적으로 긴장했다.

왜, 왜 저래?

"레이디 이브."

그의 굵은 목소리가 조용히 방 안을 울렸다.

꿀꺽. 루키나는 말라 버린 목구멍을 축이기 위해 한 번 더 침을 삼켰다.

"그대의 말마따나 여자에게는 관심도 없다는 돌 중의 돌인 내가, 왜 그대의 남편 후보에 들고 싶어하는 건지…… 아직도 모르겠나?"

'이미 알고 있는 줄 알았는데. 그대는 생각보다 눈치가 너무 없군' 이라는 말까지 덧붙이며 그가 쓰게 웃었다.

라펠의 입술 사이로 흘러나오는 '남편 후보' 라는 단어가 꽤나 이질적이어서 루키나는 멍하니 그를 바라보았다.

그런 그녀를 향해 라펠은 상냥하기 그지없는 목소리를 흘렸다.

"빠졌기 때문이잖아."

뭐?

"아니. 정확히 말하자면, 좋아하고 있기 때문…… 인가?"

"대체 어떻게 된 거예요? 언제부터예요? 팬텀…… 아니, 윈스턴 공작 각하와 그렇고 그런 사이라는 게 사실이세요? 아가씨. 아가씨이…… 읍!"

빽 소리를 지르는 셰리를 향해 손을 뻗었다.

갑자기 제 입을 틀어막은 루키나로 인해 셰리가 더는 말을 흘리지 못하고 읍읍거렸다.

루키나는 특정 단어만 나오면 쉴 새 없이 뛰는 심장의 박동을 느끼며 중얼거렸다.

"나도 납득이 잘 안 가니까 생각 좀 정리하게 조용히 해봐, 셰리."

그렇게 옆에서 계속 말을 하면 도저히…… 진정할 수가 없다고.

빌어먹을. 루키나는 입술을 잘근 깨물며 고개를 아래로 떨구었다.

현 상황들을 쉽게 받아들이기도 힘든데 그날 홧김에 뱉어냈던 말들로 인해 커다란 위기가 닥치니 어쩔 줄을 모르겠다.

이것은 팔 한쪽을 못 써서 목숨에 위기가 닥쳤던 결승전 날과도 거의 흡사할 정도다.

벌렁거리는 가슴부터 시작하여 빙긋 웃던 그의 얼굴이 눈앞을 아른거리기까지 해서 미칠 지경이다.

루키나는 저를 수상하게 바라보던 셰리가 조용해지자 긴 한숨을 내쉬었다.

침묵에 휩싸인 방 안이 두 여인의 콧김으로 인해 흔들리는 촛불로 가득해졌다.

"좋아하시는…… 거예요?"

"셰리!"

"아, 알았어요. 알았어."

그 순간 들려온 셰리의 말은 루키나의 신경을 곤두세웠다.

흥미진진한 눈으로 슬쩍 말을 던지던 셰리는 금세 꼬리를 내밀며 투덜거렸다.

루키나는 흥, 하고 그녀에게 콧방귀를 뀐 채 입술을 다물었다.

「빠졌기 때문이잖아.」

언제나 경고만 하고, 화를 내고, 지적만 하던 남자가 그토록 부드럽게 웃는 모습은 처음 봤다.

루키나는 너무도 다정해 보이는 그 모습에 순간 넋을 잃었다.

너무 놀란 나머지 이게 꿈인가라는 생각도 들었다.

그때, 문을 박차고 들어와 '거기까지! 이만 늦었으니 이제 돌아가 보게!' 라 외치며 라펠을 끌어내는 에드문드의 행동에 그녀는 충격의 늪에서 벗어날 수 있었다.

「좋아하고 있기 때문인가?」

아예 몰랐다고 하기에는 그동안 생각해 오던 것들이 있었다.

그러나 대놓고 그의 입으로, 그 냉정한 사람의 입으로 그 말을 들으니 심장이 동요하는 것을 막을 수가 없다.

에드문드에 의해 밖으로 내쫓기는 와중에도 제게 또 오겠다고 말하던 라펠의 모습이 자신이 알고 있던 그 모습과는 너무도 차이가 있어 루키나는 한참 동안 입을 열지 않고 앉아 있었다.

'연애라……'

의식의 끈을 놓기 직전, 아무것도 하지 못하고 허망하게 죽을 수는 없다는 생각을 하기는 했지만 막상 무엇을 할 그 기회가 코앞에 다가와 있자 쉽게 손이 나가지 않는다.

자신이 실패한 것은 아니지만 일단 루키나 이베타 로델린은 2황자의 약혼녀였다가 파혼한 전적이 있는 연애 실패자다.

게다가 지금 그녀가 처한 상황이 그리 좋지만은 않다는 것도 단점 중의 단점이겠지.

때문에 만약 시작을 하더라도 순탄하지는 않으리라.

'하지만 도전은 해봐야지!'

천만다행으로 목숨에는 문제가 없어서 망정이지, 하마터면 스물다섯을 넘기지 못하고 또다시 염라를 만날 뻔했다.

이번에야말로 무사히 스물다섯을 넘기고 싶었기 때문에, 환생이 아닌 빙의를 택했던 루키나는 반복되는 삶에 변화를 주어야 한다고 생각했다.

연애.

지난 네 번의 삶에서는 단 한 번도 경험하지 못했던 바로 그것.

루키나의 천을 갈아주던 셰리는 주먹을 불끈 쥐는 그녀를 향해 '아가씨, 힘주면 상처가 터져요!' 라 속삭였다.

"셰리. 나 해보려고."

"네?"

루키나는 뜬금없는 말을 꺼내는 자신을 의아하게 쳐다보는 셰리에게 씩 웃었다.

"만약 잘못되면 서로를 향한 칼부림 정도가 나겠지. 까짓, 대수겠어?"

"아, 아가씨?"

"좋아. 받아들여 주지. 당신의 도전을! 난 쉽게 지지 않을 거라고요, 미스터 라펠!"

루키나는 초록색 눈동자를 일렁이며 외쳤다.

셰리는 그런 루키나의 어깨에 천을 가져다 대며 한숨을 내쉬었다.

리우드 제국 기사단 대회가 막을 내린 지 정확히 일주일째를 맞이한 날이었다.

「황제 폐하께서 대회의를 소집하셨습니다!」

요 며칠간 적잖은 파장을 일으키고 있는 일로 정국이 시끄러운 바.

많은 귀족들의 불평불만을 그저 무시할 수만은 없었던 리우드 제국의 58대 황제, 셀레스틴 라쉬 리우드는 결국 귀족 대회의를 소집했다.

마쉐라 궁의 대회의실에 모여든 귀족들 중 황족을 제외한 가장 높은 신분인 공작부터 가장 낮은 신분인 남작까지.

황제에게서 작위를 부여받은 귀족들의 대부분이 참석한 이번 대회의는 이른 아침부터 북새통을 이루고 있었다.

그렇게 각자의 이름이 적힌 자리에 착석한 귀족들은 너 나 할 것 없이 입술을 움직이며 소리를 냈는데, 누군가는 화가 잔뜩 난 얼굴로 외쳐 댔고 다른 누군가는 냉정하게 상황을 파악했다.

또 누군가는 증거를 들이밀며 소리쳤고 다른 누군가는 감정에 의지하여 말을 이어가고 있었다.

열띤 토론을 벌이는 그들이 공통적으로 나누고 있는 주제는 일주일

전, 제국 기사단 대회의 개인 검술 경기 결승전에서 일어난 일과 관련된 사건이었다.

"그녀를 소환해야 합니다! 속히 결단을 내려주십시오, 폐하!"

"어허! 소환이라니! 생각하고 말을 꺼내시오! 그녀가 범죄자라도 된단 말이오? 포프너 후작은 말이 심하군!"

"델론트 후작께서는 로델린 공작의 사람이라 그런지 무조건 그들을 감싸고 보시는 거 아니오? 이 상황에서 로델린가를 두둔하는 것이 어디 가당키나 한 일입니까? 정신 차리십시오!"

"뭐라? 방금 뭐라고 했소? 정신을 뭐?"

"왜요! 내가 뭐 틀린 말이라도 했소?"

금방이라도 칼부림이 일어날 법한 일촉즉발의 상황.

공교롭게도 그녀를 처벌해야 한다와 해서는 안 된다의 두 파로 나뉘어 착석을 했는지, 마주 본 채 서로를 향해 삿대질을 해대는 두 명의 후작들을 바라보며 셀레스틴 라쉬 리우드는 미간을 좁혔다.

시끄럽군.

만나기만 하면 열변을 토해 싸워대는 것이 저 두 사람의 일이기는 했지만 오늘따라 귀가 따갑기만 하다.

셀레스틴은 그런 그들을 시작으로 도통 입을 다물 생각을 않는 다른 귀족들의 논쟁을 심드렁하게 응시했다.

「폐하! 이대로 묵인하시면 안 됩니다! 감히 여인의 신분으로 사내들의 성역인 기사단에 들어간 공작 영애가 제국의 천년 역사에 어디 있었습니까? 이건 사교계의 수치 중의 수치입니다! 아무리 로델린 공작을 아끼신다 하더라도 아닌 건 아닌 겁니다!」

「로델린 공작 영애를 소환하십시오, 폐하! 그녀에게 죄를 물으십시오,

폐하!」

「소환하셔야 합니다, 폐하!」

「그녀를 처벌하십시오, 폐하!」

어찌나 들들 볶는지.

밤낮을 안 가리고 로델린 공작 영애에게 처벌을 내려야 하다고 주장하는 귀족들의 제창에 결국 백기를 들어 올려 '공작 영애 처분 여부 회의'를 열기는 했지만, 자신이 말할 틈도 주지 않고 저들끼리 소리치고 있는 모습은 짜증스럽기 그지없다.

셀레스틴은 굳은 얼굴로 제 주변에 앉아 있는 4황자 휴이렌 프란시스 리우드에게 입을 움직였다.

"휴이. 네 생각은 어떻지?"

"……!"

"너는 이 일을 어떻게 생각하는지 듣고 싶군."

격한 반응이 이어지는 회의실의 반응에도 불구하고, 홀로 다른 생각에 빠져 있던 휴이렌은 갑작스러운 부름에 몸을 움찔거렸다.

어느 순간 정신을 차리니 황제를 비롯한 장내의 시선이 모두 자신을 향해 있었다.

당시 그 현장에 있었던 목격자 중 한 명의 신분으로 황자 중에서도 유일하게 귀족 대회의에 참석하게 된 휴이렌은 잠시 동요하다 곧 마음을 가라앉혔다.

그는 자색 눈동자로 좌중을 둘러보더니 후우, 짧은 숨을 내쉬며 입술을 달싹였다.

"로델린 공작 영애의 처분을 제게 물으신다면……."

쾅―!

"안 됩니다, 전하! 안—"

그리고 휴이렌이 제게 쏠린 시선에 화답하기 위해 소리를 뱉어내려 할 때였다.

자리에서 스르륵 일어나려던 휴이렌의 말은 갑자기 벌컥 열린 대회의실의 문소리에 의해 뚝 끊어졌다.

황태자의 신분을 나타내는 푸른 궁정복을 입은 금발의 사내가 헉헉, 거친 숨을 몰아쉬며 대회의실 입구에 서 있었다.

휴이렌을 향하던 셀레스틴의 눈동자가 매섭게 변했다.

"유리."

"폐하를 뵙습니다."

유리안 아이너 리우드. 셀레스틴의 장자이자, 제국의 황태자인 그는 굵은 땀방울을 닦지도 않고 셀레스틴을 향해 고개를 숙였다.

"아니, 황태자 전하가 여긴 어쩐 일로—?"

"역시. 소문이 사실이었군."

"소문?"

"듣지 못했나? 유리안 전하께서 오노르와 관련이 있다는 소문이 파다했지 않은가."

"아아. 유리안 전하께서 로델린 공작 영애와 함께 기사단에 들어갔던 바로 그 소문?"

"잠깐. 몸도 병약하신 분이 어떻게 오노르의 입단 테스트를 통과한 거야?"

"그 말 못 들었나? 유리안 전하께서 아르시의 온천의 물을 덮어쓰신 뒤 완쾌하셨다는 이야기!"

"그게 사실인가!"

유리안의 예상치 못한 등장에 귀족들의 수군거림이 거세졌다.

유리안은 저로 인해 술렁이는 주위의 반응 따위는 개의치 않고 회의실 중앙을 향해 성큼성큼 걸어갔다.

그러고는 고개를 들어 올려 2층의 상석에 앉아 있는 셀레스틴의 근처에서 다시 걸음을 멈추었다.

셀레스틴은 굳은 얼굴을 한 채 붉은 입술을 달싹였다.

"유리. 짐은 너를 부른 기억이 없다."

"알고 있습니다."

"……뭐라?"

서늘한 음성을 날리는 셀레스틴의 말에 일말의 망설임도 없이 고개를 끄덕이는 유리안을 보며 셀레스틴은 인상을 썼다.

유리안은 결의에 찬 표정으로 말했다.

"폐하께서는 제멋대로 궁을 나가 황족의 명예에 흠집까지 낸 제게 분명 자중을 명하셨습니다. 하지만 폐하께서 로델린의 공작 영애를 벌하시기 위한 회의를 연다는 이야기를 들은 순간, 가만히 있을 수만은 없었습니다. 폐하께서 만나주지 않으셔서 이렇게 무례를 범하며 들이닥친 점은 벌하셔도 마땅하지만 그전에 먼저 제 말을 들어주셨으면 합니다."

예전의 유리안이었다면 셀레스틴과 10초 이상 얼굴을 마주하지 못하고 기침 세례를 이어가기 시작했을 텐데, 오늘의 유리안은 헛기침 한번 흘리지 않고 그를 똑바로 쳐다보고 있었다.

셀레스틴은 호오, 속으로 입꼬리를 올리면서도 내색 않고 그를 향해 코웃음을 쳤다.

"유리. 네가 건강해졌다는 이야기는 듣기는 했지만…… 그렇다고 하여 이제 보이는 것이 없어진 것이냐? 짐이 누군지, 이 자리가 어떤 자린지 잊은 게야?"

"……그럴 리가 있겠습니까, 폐하. 폐하께서는 대 리우드 제국의 58대 황제이시며, 제가 세상에서 가장 존경하는 위대한 제왕이십니다. 무례를 용서해 주십시오."

낮게 으르렁거리는 셀레스틴을 향해 유리안은 고개를 가로저었다.

당당하다 못해 뻔뻔해 보이기까지 한 유리안 황태자의 태도를 주시하던 일부 귀족들은 셀레스틴 황제가 황태자에게 노기를 드러낼 것이라 믿어 의심치 않았다.

"……좋다."

하지만 셀레스틴의 입에서 흘러나온 말은 그들의 예상을 뛰어넘기 충분한 대답이었다.

셀레스틴은 웅성거리는 주변의 반응은 전혀 개의치 않으며 말을 이었다.

"네가 어떤 말을 할 건지, 일단 들어나 보도록 하지."

유리안은 그의 말에 한 번 더 묵례를 하며 예를 표했다.

셀레스틴과 그의 곁에 착석해 있던 휴이렌의 눈동자에 이채가 서렸다.

유리안은 크게 심호흡을 한 뒤 입술을 달싹였다.

"루키나 로델린이 여성임에도 불구하고 남성들의 영역인 기사단에 몰래 입단해서 기사단 대회까지 참가한 것은 분명 지탄받아 마땅한 일이나, 그녀는 다른 이도 아닌 제국의 영웅인 에드문드 로델린의 유일한 외동딸입니다. 부디 폐하께서는 넓은 은혜를 베푸시어 로델린 공작의 하나뿐인 영애에게 가혹한 벌을 내리시지 말아주십시오. 만약 그런 그녀가 괘씸해꼭 벌을 내리고자 하신다면—"

"내리고자 한다면?"

유리안은 잠시 뜸을 들인 후 셀레스틴에게 힘을 주며 말했다.

"그녀를 제 황태자비로 삼는 걸 허락해 주십시오."

일말의 주저함도 없이 뱉어낸 유리안의 말에 장내가 소란스러워졌다.

셀레스틴은 대체 무슨 소리를 들었냐는 표정으로 유리안을 내려다보고 있었고, 비교적 느긋하게 상황을 관전하던 휴이렌은 자리에서 벌떡 일어나 버렸다.

두근두근.

황제를 비롯한 대회의실의 수많은 사람들의 시선이 저를 향해 있었지만 가슴의 뜀박질만큼 큰 소리는 어디에서도 들려오지 않았다.

유리안은 각오를 한 얼굴로 셀레스틴의 대답을 기다렸다.

"유리. 지금 네가 무슨 이야기를 한 건지, 알고나 있는 것이냐?"

"예."

"제국의 황태자비 자리를 이 소동의 주인공에게 맡기고자 한다니. 제정신으로 한 소리는 아니겠지?"

유리안은 쓴웃음을 흘리며 답했다.

"저는 충분히 제정신입니다, 폐하."

"뭐라?"

"폐하께서도 잘 아시다시피 저는 허울뿐인 황태자가 아닙니까?"

"……!"

"그런 제 비로 오고 싶어하는 영애들은 적어도 제국에는 없는 걸로 알고 있습니다. 소동의 주인에게 내리는 처벌로는 이만큼 합당한 것이 어디 있겠습니까."

"유리!"

"부디 허락해 주십시오, 폐하."

"……."

"폐하."

"폐하! 저 역시 여기서 한 말씀 드려도 되겠습니까?"

미간을 좁히던 셀레스틴이 유리안을 뚫어져라 응시하고 있을 때였다.

유리안이 입술을 굳게 다물고 있는 셀레스틴을 재촉하려는 순간, 그의 옆자리에 멀뚱히 서 있던 휴이렌이 돌연 1층으로 내려와 유리안의 옆에 서더니 셀레스틴에게 소리쳤다.

셀레스틴은 안 그래도 복잡한 머리를 어지럽히는 휴이렌을 인상을 쓰며 바라봤다.

"휴이. 지금 짐이 유리와 말하고 있는 것을……."

"로델린 공작 영애를 형님, 아니, 황태자 전하의 비가 아닌 저의 비로 삼을 수 있도록 허락해 주십시오!"

"……뭐?"

셀레스틴은 제 귀를 의심했다.

웅성웅성.

목에 핏대까지 세워가며 외친 휴이렌의 말에 어리둥절해하던 귀족들이 동요하기 시작했다.

셀레스틴은 인상을 쓰며 서로를 노려보고 있는 자신의 두 아들을 바라보며 헛웃음을 삼켰다.

"조금 전, 제게 로델린의 공작 영애에 대한 처분을 여쭈셨지요? 제 대답 역시 형님과 같습니다. 제가 아는 로델린 공작 영애는 그 누구보다 황실과 엮이기 싫어합니다. 폐하께서도 그 이유는 잘 아실 터. 허니, 저의 비로 삼아 그녀를 황궁에 묶어놓는 것이 로델린 공작 영애에게 내릴 수 있는 가장 큰 처벌일 것이 틀림없습니다. 폐하, 부디 허락해 주십시오!"

쩌렁쩌렁 외친 휴이렌의 음성이 대회의실 안을 크게 울렸다.

갑자기 들이닥친 유리안 황태자의 청원은 백번 양보해서 받아들인다 치더라도 휴이렌 황자까지 저런 일을 벌일 줄은 몰랐다는 얼굴로 귀족들은 수군거렸다.

특히나 자신의 여식이 휴이렌의 황자비로 거론되었던 포프너 후작을 비롯한 몇몇 고위 귀족들의 얼굴이 크게 일그러졌다.

"폐하!"

"폐하!"

두 명의 황자들.

앞으로 차기 황위를 이을 가능성이 높은 황자들이 저를 크게 부르자 셀레스틴은 손을 들어 올렸다.

금발의 두 형제는 있는 힘껏 소리치려다 황제의 서늘한 얼굴에 움찔하며 입을 다물었다.

셀레스틴은 냉랭하기 그지없는 표정을 지으며 말했다.

"그만. 그만하라."

폐하—라는 외침을 한 번 더 꺼내려던 유리안과 휴이렌은 차가운 셀레스틴의 시선에 입을 다물었다.

"버트."

냉혈한 황제의 눈으로 그들을 노려보던 셀레스틴은 제 곁에 있던 황실 시종장 버트를 불렀다.

"예, 폐하."

"로델린 공작 일행은 현재 어디에 머물고 있지?"

"세이번 동북부 외곽 쪽 별장에 머물고 계신다고 합니다."

셀레스틴 라쉬 로우드는 그 말이 끝나기가 무섭게 입술을 움직였다.

"리우드 제국 황제, 셀레스틴 라쉬 리우드의 이름으로 명한다. 지금 당장 이번 사건의 당사자인 로델린 공작 영애를 카르디아 궁으로 불러들여라. 회의는 그때 다시 재개한다. 이상."

의식을 찾은 후 사흘 동안 꼼짝없이 방 안에 갇혀 요양을 해야만 했다.

침대에서 벗어나려 할 때마다 큼지막한 푸른 눈동자를 부라리며 '아가씨!' 라 외쳐 대는 셰리의 압박에 두 손 두 발을 다 들었기 때문이다.

루키나가 겨우 침실 밖을 벗어난 것은 어깨를 감싸고 있던 천을 특대 사이즈에서 중간 사이즈로 줄이던 시점이었다.

천을 갈자마자 셰리에게서 침실 밖 외출을 허가받은 루키나는 침실 안에서 느끼던 공기와 정원에서 마주하는 공기의 차이를 인지하던 중이었다.

상쾌하기 그지없는 공기를 마주하며 있는 힘껏 심호흡을 하려던 루키나는 홱 몸을 돌리다 낯익은 얼굴과 마주쳤다.

"어?"

순간적으로 탄성 소리가 터져 나왔다. 루키나는 벌어진 입을 황급히 다물며 흠흠, 기침을 했다.

"어, 언제 오셨어요?"

그의 시선을 바라보지 못하며 루키나가 물었다.

터벅터벅, 긴 다리를 뻗어 그녀의 코앞까지 다가온 흑의의 사내는 고요한 벽안을 루키나에게 꽂았다.

두근두근.

차갑지만, 이상할 정도로 열기가 느껴지는 그의 시선에 귓불이 붉어진 루키나는 얼른 왼손을 들어 올려 제 귀를 감쌌다.

라펠은 냉랭한 얼굴과 어울리지 않는 옅은 미소를 그리며 대답했다.

"방금."

"아."

"몸은…… 좀 어때?"

거의 사흘 만이다.

의식을 찾은 직후 그와 대화를 나누기는 했지만, 그 이후 사흘 동안은 빠른 회복을 위해 침실에 칩거하다시피 했기 때문이다.

침실 문을 여닫는 이는 많아봤자 둘.

에드문드와 셰리뿐이었다.

루키나는 제게 묻는 라펠의 목소리가 매우 조심스럽다고 생각하며 풋 웃었다.

"가벼워요. 보기보다 그렇게 큰 부상은 아니었던 모양이에…… 윽!"

"이브!"

그의 앞에서 휙휙, 오른팔을 휘두르려다 루키나는 짧은 신음을 토해냈다.

깜짝 놀란 라펠이 그녀를 향해 팔을 뻗자 루키나는 배시시 웃었다.

라펠은 싱긋 미소 짓는 그녀를 보며 미간을 좁혔다.

"장난을 치는 것을 보니 정말 괜찮은 모양이군."

"제가 회복력은 빠른 편이죠."

만일 염라 아저씨의 그 빨간 보석이 남아 있었다면 더욱 빨리 회복했을지도 모르겠지만, 다이어트를 통해 단련된 몸은 확실히 달라도 다르다.

루키나는 하얀 이를 드러냈다.

"헌데, 미스터 라펠은 이 시간에 어쩐 일이세요?"

"……."

"미스터 라펠?"

"아직…… 듣지 못했나?"

"예?"

라펠의 얼굴에 어둠이 내려앉은 것을 발견한 루키나가 의아하게 고개를 갸웃거렸다.

라펠이 잠시 머뭇거리다 입을 열려 할 때였다.

"아가씨! 아가씨!"

타이밍 한번 안타깝네.

루키나는 멀리서 저를 부르며 달려오는 셰리의 목소리에 라펠에게 양해의 눈빛을 보냈다.

라펠은 아무 말 없이 고개를 끄덕였다.

"무, 무슨 일이니, 셰리?"

하필이면 사흘 만의 만남을 방해하고 그래— 라는 말이 목구멍까지 치솟았지만 꾹꾹 눌러 담은 루키나는 헉헉거리며 숨을 크게 몰아쉬던 셰리에게 말했다.

싱긋 웃고 있기는 했지만 가시가 뻗쳤다는 것을 모르지 않은 셰리가 움찔하기는 했으나 그녀는 자신의 목적을 달성하기 위해 소리쳤다.

"황명이…… 황명이 떨어졌어요!"

응?

"폐하께서 아가씨의 입궁을 명하셨다고 해요!"

'일주일이면 오래 참았네.'

다그닥, 다그닥—

황도의 외곽에 있던 별장에서 황도 정중앙에 위치한 카르디아 궁까지의 거리는 마차로 15분 거리.

성문을 지나 궁을 향해 달려가는 말발굽 소리를 들으며 루키나는 쓴웃음을 흘렸다.

그 일이 있고 난 지 벌써 일주일이라는 긴 시간이 지났건만 이제 와 자신을 소환하는 황제의 인내심이 생각보다 길었다고 생각했다.

'다른 귀족들의 반발이 심했던 걸로 들었는데.'

저 때문에 1년에 많아봤자 다섯 번 정도 열리던 귀족 대회의가 소집됐다는 이야기도 전해 들었다.

루키나는 긴장이 감도는 마차 안을 둘러보았다.

황궁으로 향하는 마차 안에 탑승한 사람은 총 세 사람.

저와 에드문드, 그리고 라펠이다.

비교적 평온한 얼굴을 하고 있는 자신과는 달리 에드문드와 라펠은 세상의 모든 짐을 짊어진 사람과도 같은 얼굴을 하고 있었다.

전쟁에 나가는 장군도 이 정도로 비장하지 않으리라.

루키나는 어쩐지 풋 웃음이 흘러나오는 것을 막지 못했다.

"이브."

"네?"

"그렇게 가벼이 여길 문제가 아니다."

큭큭, 낮게 어깨를 들썩이는 루키나를 발견한 에드문드가 짧게 한숨을 내쉬며 말했다.

루키나는 잔뜩 굳어 있는 에드문드를 바라보았다.

에드문드는 관자놀이 주변을 어루만지며 말했다.

"대회의 도중 너를 직접 소환하신 것을 보면…… 아무래도 각오는 해야 할 것 같다."

에드문드의 발언에 얼굴에서 웃음기를 지워 버린 루키나의 눈이 차분해졌다.

그런 그녀의 옆자리에 착석 중인 라펠은 에드문드를 바라보며 입을 열었다.

"로델린 공. 공께서는 걱정하지 않으셔도 됩니다. 레이디 로델린은 제가 지키겠습니다."

아마도 에드문드를 안심시키려는 듯 말하는 라펠을 향해 에드문드는 눈을 가늘게 떴다.

"윈스턴 공."

"예."

"공은 대체…… 우리 이브와 무슨 사이요?"

경계를 가득 담아 묻는 에드문드에게 라펠은 잠시 머뭇거렸다.

에드문드는 퉁명스럽게 말했다.

"공이 우리 이브가 머물렀던 기사단의 후원자라는 건, 그래, 이젠 알게 되었지. 공 덕분에 우리 이브가 무사히 입단을 할 수 있었던 것도, 그래. 고맙게 여기는 바요. 하지만 난 대체 공이 왜 우리 이브를 만나러 별장에 들른 건지 아직까지도 모르겠소. 단순히 룸메이트였던 사람을 걱정하기에는 너무 오지랖이 넓지 않나?"

"……로델린 공."

"공 역시 황명을 받들어야 하기에 함께 입궁을 하긴 하겠지만 이 이후로는 우리 이브와 얽히지 않았으면 좋겠소. 아무래도 남장을 했다고는 하나, 남자와 같은 방을 쓴 레이디와 혼인하려는 자는…… 없지 않겠소?"

라펠은 일침을 놓는 에드문드를 향해 어디서부터 설명해야 할까— 라는 표정이었다.

루키나는 '너 따위는 인정 안 해!' 라는 얼굴로 라펠의 대답을 기다리는 에드문드를 바라봤다.

우와, 아버지. 사위한테 날을 세우는 장인 그 자체시네요.

흥! 콧방귀까지 뀌며 라펠에게서 시선을 돌리던 에드문드는 루키나를 응시하며 '저자와 가깝게 지내지 말거라' 하는 눈빛을 쏘아댔다.

루키나는 입꼬리가 근질거리는 것을 느끼며 말했다.

"아버지. 왜 그렇게 섭섭하게 말씀하세요. 윈스턴 공께서 당황해하시겠어요."

"……이브?"

호호, 웃으며 말을 잇는 루키나를 에드문드는 놀란 얼굴로 응시했다.

그녀는 답지 않게 교양 있는 레이디처럼 입까지 가려가며 미소를 흘렸다.

"우리 윈스턴 공께 너무 야박하게 굴지 마세요."

"우, 우리?"

"예. 윈스턴 공은 미래의 제 남편이 될 여러 '후보' 중 한 명이거든요. 앞으로 두 분이 어떤 사이로 발전할지 모르는데, 벽을 세워서야 되겠어요?"

"콜록!"

"……뭐?"

그녀의 말에 귀를 기울이던 라펠이 헛기침을 흘림과 동시에 가만히 이야기를 듣던 에드문드의 입이 벌어졌다.

에드문드는 빙긋 웃는 루키나에게 믿어지지 않는다는 표정을 지어 보이다 이내 라펠을 노려보며 툴툴거렸다.

"난 아직 공을 받아들이지 않았소."

잠시 당황하던 라펠은 눈썹을 까딱이며 목례했다.

"레이디 로델린, 아니, 이브의 말대로입니다. 로델린 공. 앞으로 저희가 무슨 사이가 될지 모르는데, 저를 편히 대해주십시오."

"흠흠!"

생각보다 능청하기까지 하네.

루키나는 입술을 씰룩이는 에드문드에게 유려한 미소를 그려 보이는 라펠을 흘긋거리며 생각했다.

"곧 황궁입니다!"

마차를 몰던 로델린 공작가의 총관 카일이 마차 밖에서 외쳤다.

그제야 느슨해졌던 분위기가 다시 팽팽해졌다.

라펠을 못마땅하게 바라보던 에드문드가 루키나에게로 시선을 옮겼다.

"헌데, 정말 어쩔 계획인 거냐, 이브. 아마도 네 존재를 못마땅하게 여기는 귀족들이 한둘이 아닐 거다. 사냥감을 노리는 맹수처럼 득달같이 달려들 거란 말이야. 내 모든 걸 걸고 너를 지킬 거지만…… 힘겨워질 수도 있다. 만일 문제가 생긴다면, 내가 전부 책임을 질 터이니 너는 빠져 있거라."

"걱정 마세요, 아버지. 제게 생각이 있어요."

루키나는 말을 잇는 에드문드에게 고개를 내저었다.

에드문드의 녹안이 크게 일렁였다.

"생각?"

"네. 생각이요. 허니 걱정하지 않으셔도 돼요. 아, 물론, 윈스턴 공께서도 마찬가지십니다."

라펠의 미간이 살짝 좁았다 펴지는 것을 루키나는 똑똑히 목격했지만 굳이 태클을 걸지는 않았다.

'생각이라니……'

두 남자는 생글생글 웃는 얼굴로 창밖을 바라보며 '저기가 말로만 듣던 황궁인가 보네요!' 라 감탄하고 있는 루키나의 모습에 얼굴을 굳혔다.

루키나 이베타 로델린이 생각 끝에 내린 결론은 언제나 두 남자를 기함시켰기에 더더욱.

"말도 안 되는 소립니다! 황태자비라니요! 황자비라니요! 둘 다 처벌이라기보다는 오히려 치하에 가깝습니다! 레이디의 품위를 손상시킨 것으로도 충분히 처벌을 해도 모자랄 판에, 그것은 오히려 지나친 처사입니다!"

대회의실의 어떤 귀족이 뱉어낸 외침은 주변의 많은 이들의 동조를 이끌어냈다.

옳다고 외쳐 대는 귀족들의 음성을 따분하게 듣고 있던 리우드의 황제, 셀레스틴은 말없이 제 옆자리에 앉아 있는 두 명의 황자들을 흘끔거리다 아래로 시선을 옮겼다.

"로델린 공. 공은 두 황자들의 제안을 어떻게 생각하는지, 말해줄 수 있겠나?"

사건의 중심에 있는 로델린 공작 영애의 아버지, 에드문드 로델린이 딱딱한 얼굴을 한 채 회의실의 중앙에 서 있었다.

에드문드 로델린은 후우, 숨을 뱉어내며 말했다.

"폐하. 황공하오나 저의 여식이 물의를 일으킨 것도 사실이고, 금단의 영역에 발을 디딘 것도 사실입니다. 하지만 이는 전적으로 제가 책임져야 할—"

"폐하께 한 말씀드리고 싶습니다."

에드문드가 결의를 다지며 꺼낸 말은 그의 곁에 서 있던 검은 가면의 사내가 입을 열게 되면서 끊어졌다.

에드문드가 인상을 쓰며 옆을 바라보는 것도 개의치 않고, 발언권을 얻으려 하는 라펠의 모습을 내려다보던 셀레스틴은 말했다.

"짐의 귀는 언제나 열려 있다. 그래, 그대는 또 무슨 소리를 하고 싶지?"

셀레스틴의 허락이 떨어지자 예를 표한 라펠은 고개를 가로젓는 에드문드의 행동에도 불구하고 머릿속에 가득 찼던 말을 뱉어냈다.

"로델린의 공작 영애는 제 기사단에서 기사 생활을 시작했습니다. 처음 그녀를 거두어들인 것도 바로 저. 그리고 마지막까지 그녀를 책임져야 할 사람도 접니다. 허니, 제가 그녀를 책임질 수 있게 해주십시오, 폐하.”

“책임?”

차분하게 라펠의 말을 경청하던 셀레스틴이 하하, 웃음을 흘렸다.

“이거 정말 재미있는 상황이군. 대체 몇 명의 사내들이 서로 책임지겠 다고 하는 건지……. 윈스턴 공. 짐은 이번 사건에서 그대의 잘못이 결코 적지 않다는 것을 알고 있어. 지금 그대에게 잘잘못을 묻지 않는 건, 그대 보다 로델린의 공작 영애가 더 큰 잘못을 했다고 생각했기 때문이야. 그 런 상황에서도…… 로델린 공작 영애를 위해 나서겠다?”

“폐하.”

“버트. 공작 영애를 들여라.”

“예, 폐하.”

코웃음을 치던 셀레스틴의 말이 끝나기가 무섭게 버트가 손을 들어 올 렸다.

문 앞을 지키던 시종들에 의해 굳게 닫혀 있던 대회의실의 문이 끼이 익 열렸다.

대회의실의 은색 문이 열리자마자 보인 광경은 기사 서임식 때나 입는 기사 예복을 착용한 루키나 이베타 로델린 공작 영애의 모습이었다.

“헉!”

“아니, 어쩜 저리도 경망스러울 수가!”

“여기가 어디라고 감히!”

로델린 공작 영애의 처분을 둘러싼 흥미진진한 상황을 눈에 불까지 켜 고 주시하던 뭇 귀족들이 루키나의 모습에 혀를 내둘렀다.

그녀를 손가락질하며 소리치는 몇 명의 귀족들도 존재했다.

셀레스틴은 그런 그들의 외침에도 불구하고 에드문드와 라펠 쪽으로 걸어오고 있는 루키나에게서 시선을 떼지 않았다.

"로델린의 루키나. 폐하를 뵈옵니다."

실크처럼 흘러내리는 은색 머리카락을 한데 묶은 채 성큼성큼 걸어와 제게 인사를 하는 루키나의 복장은 비록 경악스러웠지만 확실히 아름답긴 했다.

유리와 휴이가 그토록 원할 만하군— 하고 속으로 생각했던 세레스틴은 굳은 얼굴을 펴지 않고 말했다.

"오랜만이구나, 이브. 그동안 잘 지냈느냐?"

셀레스틴은 형식적인 인사를 건넸다.

여인의 몸으로 감히 남성들의 상징인 기사 예복을 입고 나타난 로델린의 공작 영애는 부드러운 눈웃음과 함께 황제를 바라보았다.

"예. 폐하께서도 잘 지내셨습니까?"

"하하. 그럴 리 있겠느냐? 짐은 너로 인해 매우 곤란해진 상태다. 너도 알다시피, 이번 달에는 열리지 않으려던 대회의가 네 덕분에 열리게 되었거든."

셀레스틴은 미소를 지으며 루키나를 향해 일격을 날렸다.

순간적으로 루키나의 몸이 움찔거리기는 했으나 루키나는 말없이 웃을 뿐이었다.

셀레스틴은 그런 루키나를 내려다보다 얼굴에서 미소를 거두어들였다.

"이브. 아니, 로델린의 공작 영애여. 지금의 네가 어찌하여 이 자리에 서 있는 건지 알고는 있느냐?"

"예."

"그렇다면 너의 행위가 얼마나 위험하고, 오만하고, 품위 없었는지도 알고 있는 거겠지?"

루키나는 그 말에는 대답하지 않았다. 잠시 눈을 가늘게 뜨던 셀레스틴은 말했다.

"지금의 네가 선택할 수 있는 선택지는 그리 많지 않다. 짐이 친히 일러주자면 총 두 가지의 길이 있겠군. 먼저 첫째로 짐의 아들들인 유리안과 휴이렌이 주장했던 대로 녀석들 중 한 명과 혼인을 하면서, 네가 그토록 연을 끊고 싶어했던 황궁과의 인연을 이어가는 방법이다."

루키나는 황제의 옆자리에 차례로 앉아 있는 유리안과 휴이렌의 얼굴을 바라보며 눈을 크게 떴다.

유리안과 휴이렌은 가라앉은 시선으로 저를 내려다보고 있었다.

"그리고 다른 한 가지는 레이디의 품격을 지키지 못하고 감히 기사가 되려고 했던 네 욕심을 회개하기 위해, 발트의 수녀원으로 1년간 수행을 떠나는 방법이 있지."

"……!"

"짐이 그간 다른 귀족들의 제안을 받으며 고심하고 또 고심한 끝에 생각해 낸 방도이니, 너는 둘 중 하나를 선택하여 짐의 고민을 더는 데 협조하도록 하라."

"……아뢰옵기 황공하오나, 폐하. 감히 폐하께 청하고 싶은 것이 있습니다."

고작 여인 하나로 일어나고 있는 이 지긋지긋한 회의를 종료하고 싶었던 셀레스틴은 제 말이 끝나자마자 조심스레 입술을 달싹이는 루키나를 냉정하게 응시했다.

"청?"

그와 비슷한 말을 들은 것이 벌써 몇 번짼지.

셀레스틴은 짜증이 치밀어 오르는 것을 느끼며 으르렁거렸다.

"어리석군. 네 행동으로 이렇게 제국을 혼란으로 몰아놓고 감히 청할 것이 있다는 이야기냐?"

"······예."

"······!"

루키나는 크게 심호흡을 했다.

'거의 도박이나 마찬가지지만······.'

시도는 해봐야지.

오래전, 그녀가 알고 있던 셀레스틴은 괴팍하다 못해 살벌하기까지 한 성격의 소유자였다.

그는 저보다 훨씬 황위 계승 서열을 앞서 있던 황제들을 제치고 황위에 올랐다.

그렇게 빼앗다시피 얻어낸 황위를 지키기 위해 그는 주변을 끊임없이 경계했고 그것은 때론 독으로 다가왔다.

하지만 지금 이 시점에서 그 독은 제게는 돌파구가 될지 모르겠다.

과거 셀레스틴 라쉬 리우드는 사람을 쉽게 믿지는 않았지만 솔직하고 당당한 성격을 지닌 자들은 좋아하곤 했었다.

그들은 제게 숨기는 것이 없다고 생각했으니까.

만일 그때의 셀레스틴이 그 성격 그대로 자랐다면······.

"좋다. 그 청이라는 것이 무엇인지, 들어나 보도록 하지."

자신의 매서운 자안을 피하지 않는 루키나를 바라보며 픽 실소를 흘리던 셀레스틴이 고개를 끄덕이자 루키나는 속으로 안도하다 말했다.

"폐하. 몇 달 전, 저와 파혼 증서 문제로 서신을 나누었던 것을 기억하십니까?"

2황자인 렉시어드와의 파혼 문제를 해결하기 위해 자신이 직접 황제에게 서신을 보낸 적이 있었다.

그를 직접 알현한 적은 없었지만 루키나는 당시 황제가 자신에게 지대한 관심을 가지고 있음을 눈치챘다.

아마도 황제의 최측근이었다던 아버지 때문이겠지—라 단순히 치부했었지만 황제는 답장을 보내며 그녀에게 화답해 주었다.

덕분에 복잡한 절차 없이, 무려 황제가 직접 작성한 파혼 증서를 얻게 되었다.

"기억한다."

고개를 끄덕이는 셀레스틴을 향해 루키나는 빙긋 입꼬리를 올렸다.

"그럼 그 서신 교환 도중 폐하께서는 이번 일에 대한 책임을 지시겠다며, 제게 무슨 일이든 원하는 게 있다면 말하라고 하셨던 것도 기억하십니까?"

루키나의 말을 흥미롭게 듣던 셀레스틴이 돌연 미간을 좁혔다.

"허나 너는 그러한 짐의 제안을 거부하지 않았더냐?"

왜 이제 와 그런 이야기를 꺼내는 거지? 셀레스틴이 불쾌함이 가득 담긴 눈빛을 보내자 루키나는 고개를 끄덕였다.

"예. 그때는 그랬지요. 당시에는 파혼 말고는 원하는 것이 없었거든요. 하지만 지금은 상황이 달라졌습니다."

"달라졌다?"

"마음이 바뀌었습니다."

뻔뻔해도 너무 뻔뻔한 루키나의 태도에 장내가 술렁거렸다.

셀레스틴은 황당하기 그지없는 눈으로 저를 빤히 올려다보고 있는 루키나를 응시했다.

"조용."

차가운 얼굴의 그가 손을 들어 올리자 대회의실이 순식간에 침묵에 휩싸였다.

두근두근.

미친 듯이 뛰는 심장의 박동을 느끼며 루키나는 저를 주시하던 셀레스틴의 다음 말을 기다려야만 했다.

"재미있는 아가씨라 생각하기는 했지만, 기대 이상이군."

루키나는 중얼거리는 셀레스틴에게 답하지 않았다.

"이브. 아니, 레이디 로델린. 그대가 짐에게 원하는 것이 대체 무엇이지?"

셀레스틴의 자안은 고요하게 일렁였다.

확실히 한 나라를 책임지는 황제다운 표정과 말투다.

2층 상석에서 자신을 내려다보는 셀레스틴의 모습에 루키나는 순간적으로 커다란 압박감을 느꼈다.

그와 꽤나 거리가 떨어져 있었음에도 불구하고 몸을 움직이지 못했다.

잠깐 동안 멈칫하던 그녀는 다행스럽게도 곧 정신을 차릴 수 있었다.

'하지만 나 역시 만만하지는 않지.'

난 무려 명계의 지배자와 몇 번을 얼굴을 마주해도 기죽지 않는 사람이라고.

게다가, 친분까지 있다니까?

루키나는 힘차게 눈을 감았다 다시 뜨면서 셀레스틴에게 말했다.

"여인의 몸으로 사내들의 세계인 기사가 되고자 했던 것은 순전히 제 생각이고, 의지였습니다. 그 일로 인해 발생한 모든 부수적인 결과들은 모두 제가 책임져야 할 것들. 저는 타인의 힘을 빌려 그 상황을 무마하는 것을 원치 않습니다. 그것이 저의 절친한 친우의, 오라버니의, 동료의, 그리고 사랑하는 아버지의 힘이라도 마찬가지입니다."

"첫 번째 길은 싫다 이거군."

루키나는 고개를 끄덕였다.

"렉시어드 황자 전하와 파혼한 지 얼마 되지 않았습니다. 그 와중에 황족과 다시 혼인이라니. 이 얼마나 과분한 일입니까. 허니 부디 첫 번째 길만큼은 피하고 싶습니다."

"무엄하다—!"

황제에 의해 반강제적으로 대화 속에 끼어들지 못하던 귀족들 중 누군가가 소리쳤다.

루키나가 계속해서 황실과 인연이 닿는 것이 못마땅한 것이 틀림없었다.

차가운 반응에도 불구하고 루키나는 반응하지 않았다.

셀레스틴 역시, 마찬가지다.

셀레스틴은 픽 웃으며 물었다.

"그렇다면 두 번째 길을 선택하겠다는 건가?"

"수녀원을 말씀하시는 겁니까? 폐하. 제가 수녀원으로 가는 것은 제국의 손실입니다. 저는 결코 수녀원에 어울리는 레이디도 아니고, 수행을 한다고 조신한 레이디가 되지도 않을 겁니다."

"당돌하군. 짐이 내건 두 가지 길을 모조리 거부하다니. 멍청한 것인가, 아니면 겁이 없는 것인가?"

루키나는 코웃음을 치는 셀레스틴을 향해 고개를 숙였다.

"허니 세 번째 길을 걸어갈 수 있도록 허락해 주십시오."

"……세 번째 길?"

자신이 제시한 두 가지 길이 아닌 또 하나의 길을 언급하는 루키나의 말에 셀레스틴의 얼굴에 의문이 물들었다.

루키나는 얼굴을 주억이더니 이내 붉은 입술을 달싹였다.

"예. 세 번째 길. 제가 폐하께 바라는 것은, 이 길을 선택하는 것을 허락해 달라는 것입니다."

"그것이 무엇인지 한번 들어나 보겠다."

셀레스틴은 루키나의 입술이 움직이길 기다리고 있었다.

아마도 이 길은 모두가 반대를 하겠지.

하지만 시도조차 하지 않는다면, 더 앞으로 나아갈 수는 없다.

누군가는 말했다. 여성은, 기사가 될 수 없다고.

그러나 루키나는 시도했다.

비록 남장을 하긴 했지만 기사가 되기 위해.

루키나 이베타 로델린은 자신이 검을 들고, 기사가 된 것을 후회하지는 않는다.

오히려 곰곰이 생각해 보자면 검을 들 수 있어서 좋았다.

각종 장신구와 액세서리를 손에 든 것이 아니라, 검과 방패를 들고 저를 동등하게 대하는 사내들과 무예를 연마할 수 있어서 좋았다.

함께 입단한 동료들과 동료애를 다지며 기사단 대회를 준비하는 과정이 너무도 즐겁고, 좋았다.

언젠가는 이런 날이 올 거라고 생각하기는 했었지만, 생각보다 빠른 시점에서 새로운 길로 향하는 갈림길에 서게 되었다.

지금 그녀가 할 수 있는 선택은 두 가지 정도일 터.

들었던 검을 내려놓고 레이디로서의 본분만을 지키는 길로 걸어갈 것인가, 그것도 아니면 들고 있던 검을 계속 움켜쥔 채 제국의 여기사, 그것도 최초의 여기사가 되는 길로 힘차게 뻗어 나갈 것인가.

두근―

그녀는 자신을 예의 주시하는 셀레스틴에게서 시선을 떼지 않고 당당하고 큰 목소리로 외쳤다.

"제가 기사단을 창설할 수 있도록 허락해 주십시오."

굵고 긴 삶을 꿈꾸는 레이디 루키나 이베타 로델린이 생존하기 위한 열한 번째 법칙.

래이디의 길은 거침없어야 한다.

천 년이 넘는 역사를 자랑해 온 리우드 제국에서 여인의 몸으로 기사의 작위를 얻어낸 사람은 단 한 명도 없었다.

당연하게도, 여인이 기사단을 창단했다는 기록도 존재하지 않았다.

리우드 제국의 기사에게 있어서 '레이디'란 자신이 싸워야 할 이유, 혹은 사랑을 바치거나 지켜야 하는 존재일 뿐이지 동료애나 전우애를 나누며 함께 검을 맞대는 동지는 아니었으니까.

"미친 소립니다!"

누군가가 외친 그 소리는 어쩌면 혁진적인 상황을 받아들이지 못한 자신의 마음을 대변했던 건지도 모르겠다.

리우드의 58대 황제, 셀레스틴 라쉬 리우드는 커다란 파장을 일으킨 로델린 공녀의 말에 들끓기 시작하는 회의실을 무표정하게 내려다보았다.

불과 몇 달 전까지만 하더라도 그녀의 아름다움을 찬양하던 뭇 귀족들이 눈에 불을 켜고 소리치고 있었다.

"폐하, 황공하오나 거친 표현을 사용하는 것을 용서해 주십시오! 그만큼 로델린의 공녀는 제정신이 아닙니다! 정신이 나간 공작 영애의 말을 듣지 마시옵소서!"

"그렇사옵니다, 폐하! 정말이지 말도 안 되는 일입니다! 여인이, 하하, 여인이 감히 기사가 되는 걸로도 모자라 기사단장의 지위를 넘보다니요! 이는 지금까지 전례가 없었던 일입니다!"

"렉시어드 황자 전하의 일이 공작 영애에게 있어 상심이 크셨던 건지도 모르겠군요. 이런 공개적인 자리에서 저렇게 철없는 말을 늘어놓다니! 폐하, 그녀의 말을 귀담아듣지 마십시오!"

역사와 전통, 그리고 예법에 민감한 보수 귀족들이 루키나 로델린의 충격적인 발언을 곱씹으며 길길이 날뛴 것은 어쩌면 당연했다.

저 역시 깜짝 놀랄 발언들이었으니까.

이를 어떻게 처리해야 할까.

셀레스틴은 감정을 드러내지 않고 열띤 논쟁을 벌이고 있는 귀족들을 내려다보았다.

"제가 여러분들께 한 말씀드려도 되겠습니까? 폐하. 허락해 주십시오."

골머리를 썩게 만드는 로델린 공작 영애의 처분에 대해 생각하던 셀레스틴은 귀족들에게 말을 하면서도 자신의 양해를 구하는 루키나를 발견했다.

저 간 큰 영애가 이번엔 또 무슨 말을 하려나 싶어 대충 손을 들어 올려 승낙의 신호를 보내자 루키나 로델린은 두 눈을 크게 뜨며 좌중을 두리번거렸다.

"여기 계신 고귀한 귀족 여러분들께서는 저의 장래에 대해 지대한 관심을 가지고 계시는군요. 저의 정신 상태도 걱정해 주시니 정말이지 몸 둘 바를 모르겠습니다. 그런 의미로 이 자리에서 여러분들께 감사의 인사를 드리고 싶습니다."

"아니, 저, 저!"

"괘씸한지고!"

묵례를 하는 루키나의 행동에 발끈한 몇몇 귀족들이 쯧쯧 혀를 찼다.

그에 아랑곳 않고 루키나는 쩌렁쩌렁 목소리를 높였다.

"감사한 건 감사한 거고, 저는 고귀하신 여러분들께서 언급하신 몇 가지 문제에 대해 의문이 들었습니다. 먼저 여러분들께서는 수십 차례도 넘게, 아니, 수백 차례도 넘게 제가 '기사'로서의 자질이 부족하다 못해 기사가 되어서는 안 된다고 말씀하시고 계십니다. 저는, 여기서 의문이 듭니다."

의문? 셀레스틴은 흥미로운 시선으로 루키나를 응시했다.

루키나는 외쳤다.

"비록 신분과 성별을 숨기기 위해 남장을 하기는 했지만 저는 오직 검술 하나만으로, 실력자들이 즐비한 황도의 오노르 기사단에 합격을 했습니다. 그냥 합격도 아니고, 수석 합격이었죠."

"허나 오노르는 기사단이라고 보기엔 부족하지 않소!"

루키나의 말을 끊어낸 음성은 그녀의 기사 인정을 반대하는 무리들 쪽에서 들려왔다.

황도에 거점을 둔 한 기사단의 일원 중 한 명이었다.

루키나는 픽 웃음을 흘렸다.

"오노르가 오직 귀족들만 뽑지 않고, 신분에 관계없이 단원들을 모집해서…… 인가요?"

"그렇소!"

루키나는 긍정하는 그를 향해 눈꼬리를 휘었다.

"그렇군요. 그럼 그렇다고 칩시다. 하지만 잊으신 겁니까?"

"이, 잊다니?"

시비를 건 귀족을 바라보는 루키나의 입매가 길게 찢어졌다.

"저는, 황실에서 주최한 제국 기사단 백 주년 대회의 개인 검술 부문에서 우승을 했습니다."

"……!"

"신예 중에서는 최고로 불린다는 바클리 자작님을 제치고 말이죠."

휘이잉, 마치 바람이라도 부는 것처럼 고요한 정적이 흘렀다.

루키나의 말에 순간 벙쪄 버린 귀족들은 입만 뻐끔거리며 그녀를 쳐다보고 있었다.

루키나는 짙은 미소를 그렸다.

그때 누군가가 손을 들어 올렸다.

"레이디 로델린. 나는 제이크 리센트라고 하오."

"리센트 남작님이시군요."

제이크 리센트. 루키나가 자신의 파티에도 참석한 적이 있었던 그를 알아보자, 바클리 자작의 친우라고도 알려져 있는 빨간 머리의 사내가 루키나를 노려보며 입술을 달싹였다.

"물론 그대의 검술 실력이 다른 레이디들에 비해 뛰어난 것은 사실이오. 에릭 녀석도…… 아니, 바클리 자작님도 그래서 그대에게 당한 거겠지. 하지만 우리 제국은 지금까지 단 한 명도 여인을 기사로 받아들인 적이 없었소. 많은 분들께서도 이미 거론하신 문제지만, 이는 전례가 없었던―"

"법에 정해져 있습니까?"

"……!"

루키나는 말을 잇는 리센트 남작의 말을 끊고 물었다. 리센트 남작이 인상을 쓰며 그녀를 내려다보았다.

루키나는 그의 시선을 피하지 않았다.

"'여인이 기사가 되어서는 안 된다'는 조항은 제국법전의 그 어디에도, 기록되어 있지 않은 걸로 알고 있습니다."

"레이디 로델린!"

"저는 오노르 기사단의 일원으로서 많은 남성들과 똑같은 훈련을 받았습니다. 그들에게 주어진 훈련을 저 역시 똑같이 수행해 냈다는 말입니다. 체력적으로 그들에게 뒤지지 않고, 검술적인 면에서는 그들보다 더 뛰어납니다. 아니, 이번 제국 기사단 대회의 개인 검술 부문에 참가했던 다른 기사들과도 비교했을 때도 최고라고 자부할 수 있습니다. 이런 제가 '기사'로서 부족한 것이 대체 무엇인지 리센트 남작님뿐 아니라, 여기 계신 귀족 여러분들께 묻고 싶군요. '여자'라는 사실뿐입니까?"

저를 내려다보는 귀족들을 향해 일침을 가하는 루키나의 발언으로 인해 장내가 술렁였다.

흠흠! 셀레스틴은 애꿎게 헛기침을 흘리는 귀족들을 흘긋거리다 이내 논란의 중심에 서 있는 루키나 로델린 공작 영애를 바라보았다.

모든 귀족들의 흔들리는 동공을 하나하나 마주치던 루키나의 녹안이 허공에서 셀레스틴의 자안과 조우했다.

'……'

녹안의 은발 미녀가 감히 제 눈을 피하지 않고 똑바로 마주하고 있었다.

피식, 실소가 터져 나오려는 것을 꾹 참으며 셀레스틴은 입술을 움직였다.

"잠시 휴회하도록 하지."

"예?"

"로델린 공과 윈스턴 공은 짐을 따라오게."

보다 못한 셀레스틴이 후, 숨을 흘리며 말하자 장내는 더욱 소란스러워졌다.

그는 제 뒤편에 서 있던 시종장 버트를 향해 고갯짓을 한 뒤 휙 몸을 돌려 대회의실을 벗어났다.

"폐하. 로델린 공작 각하와 윈스턴 공작 각하께서 오셨습니다."

대회의실이 있던 곳에서 딱 한 층만 더 올라가면 집무실이 있었던지라, 성큼성큼 걸음을 옮겨 곧 올 인물들을 기다리던 셀레스틴은 똑똑 문을 두드리며 말하는 버트에게 고개를 까딱였다.

이내 문이 열리고, 건장한 두 남자가 셀레스틴의 시야로 들어왔다.

하나같이 굳은 얼굴을 하고 있어 입꼬리가 근질거렸지만 셀레스틴은 내색하지 않았다.

"앉게나들."

셀레스틴은 일부러 더욱 냉정한 시선을 보내며 손짓했다.

주저하던 두 명의 공작들이 에드문드를 시작으로 차례로 착석하자 셀레스틴은 길게 한숨을 내쉬었다.

흘긋 그들의 반응을 살펴보니, 금방이라도 낭떠러지에 떨어질 사람들처럼 긴장한 표정을 짓고 있었다.

'그럴 만도 하지.'

그 맹랑한 아가씨가 이 두 남자의 간을 콩알처럼 만들어 버린 것이 틀림없었다.

셀레스틴은 흠흠, 기침을 흘린 뒤 에드문드에게 말했다.

"에디."

"예, 폐하."

"대체…… 딸 교육을 어떻게 시킨 건가?"

"……!"

애칭으로 부르는 것으로 보아 황제가 크게 화가 난 것은 아닌 거라 여기던 에드문드가 몸을 움찔거렸다.

셀레스틴은 그런 에드문드의 반응을 알아차리고선 콧방귀를 뀌었다.

"짐이 수많은 레이디들을 만나봤지만 그대의 여식처럼 당돌한 아이는 처음이야. 하긴 이전부터 재미있는 아이였긴 했지만, 그 사건 이후로 확실히 더욱 특이해졌어. 그거 아나?"

주르륵. 등 뒤로 식은땀이 흘러내렸다.

셀레스틴의 자색 눈을 차마 바라보지 못하는 에드문드가 어색한 웃음만을 흘리며 대답하기를 꺼려했다.

셀레스틴이 언급한 '그 사건'이란 렉시어드 황자가 루키나 로델린 공작 영애를 암살하려 들었던 1여 년 전의 일을 가리키고 있었다.

셀레스틴은 입술을 쉬이 열지 않는 에드문드에게 말을 이었다.

"렉스와의 일이 그렇게 충격적이었던 건가……. 칩거에 이어 남장에, 기사단 입단에, 심지어 기사단 대회의 우승까지 차지하다니. 이런 레이디는 제국 역사상 한 명도 없었다고. 알아?"

"폐, 폐하."

"그리고 라펠."

"……예, 폐하."

셀레스틴은 매섭게 눈을 부라리며 라펠에게 입술을 달싹였다.

평소 저를 팬텀 혹은 윈스턴이라 부르던 셀레스틴이 애칭을 사용하자 라펠의 미간은 좁아졌다.

셀레스틴은 경직된 반응을 보이는 라펠이 흥미롭다는 듯 응시했다.

"그대가 마음에 두고 있다던 영애가, 로델린의 공작 영애였던 건가?"

"……!"

"에디. 그대는 알고 있었어?"

"예? 아, 아, 저는……."

"로델린 공께서 아신 지는 얼마 되지 않았습니다."

제게로 돌아온 질문의 화살에 대응하기 위해 입술을 열려던 에드문드는 갑자기 말을 끊고 치고 들어온 라펠을 놀란 눈으로 바라보았다.

라펠은 차분하기 그지없는 시선으로 셀레스틴을 쳐다보며 말했다.

"폐하께 미리 말씀드리지 못한 것은, 로델린의 공작 영애가 렉시어드 전하와 불미스러운 사건이 있었기 때문입니다. 혹여나 그녀에게 화가 미칠까 이제야 말씀드리는 점, 용서해 주십시오."

셀레스틴의 자안에 이채가 서렸다. 그는 고개를 숙이는 라펠에게 얼굴을 들라는 손짓을 했다.

황제의 명이 떨어지자마자 고개를 들어 올린 라펠은 벽안을 그에게 고정시킨 뒤 다음 말을 뱉어냈다.

"폐하. 폐하께서 이번 일로 제게 많은 실망을 하셨다는 것은 알고 있습니다. 그녀가 레이디라는 것을 알고 있으면서도 오노르에 들인 점은…… 저 역시 경솔했다고도 생각합니다. 하지만 그녀의 성별이나 신분을 떠나 한 기사로서의 로델린 공작 영애는…… 정말이지 훌륭합니다. 허니 폐하. 뭇 귀족들의 말에 흔들리지 마십시오. 로델린 공작 영애는 후일 제국에 유용한 인재가 될 겁니다. 제가 보장합니다."

한 자, 한 자 힘을 주어가며 내뱉는 라펠의 말엔 진심이 담겨 있었다.

그녀를 얼마나 아끼는지에 대해서도, 그녀를 어떻게 생각하는지에 대해서도.

에드문드는 왠지 자신의 얼굴이 달아오른다고 생각했다.

천하의 팬텀이 이렇게까지 루키나를 마음 써줄 줄은 몰랐기 때문이다.

"하하하. 이브는 운이 좋은 레이디군. 제 실력을 보장하는 사람이 다름 아닌 윈스턴 공작이니 말이야."

비웃는 것인지, 아니면 진정으로 웃음을 터뜨리는 것인지 도통 속을 읽을 수 없는 황제가 크게 입을 벌려 소리쳤다.

라펠과 에드문드는 더 이상 말을 잇지 않고 황제의 반응을 기다렸다.

이제 모든 것은 순전히 황제의 판단에 달렸다.

하하— 호탕하게 웃음을 흘리던 셀레스틴이 돌연 웃음을 멈추자 오싹한 긴장감이 집무실 안을 감돌았다.

"버트."

"예, 폐하."

셀레스틴은 공손히 손을 모아 머리를 조아리는 버트를 바라보며 자리에서 일어났다.

"회의를 재개하도록 하지."

'오래 걸리네……'

심장이 쿵쾅거려 미칠 지경이다. 어찌나 벌렁거리는지 가슴이 터져 버릴 것만 같다.

발을 동동 구르며 이리저리 움직이고 싶은데 보는 눈이 많아 그러지도 못하겠다.

루키나는 입술이 바짝바짝 말라가는 것을 느끼며 미간을 좁혔다.

「기사단……?」

제 요구에 몇몇 귀족들의 얼굴이 처참하게 구겨지는 것은 중요하지 않았다.

그녀의 시선이 향하고 있던 곳은 오직 황제가 앉아 있는 상석.

눈썹을 꿈틀거리며 되묻는 황제의 중얼거림이 긍정의 뜻인지, 부정의 뜻인지 읽을 수 없어 루키나는 쿵쾅거리는 심장의 움직임을 막지 못했다.

'너무 앞서갔나?'

그녀의 주장에 하얗게 굳어지던 아버지 에드문드와, 아무 말도 하지 않던 라펠의 표정 역시 눈앞을 스친다.

언젠가는 성별을 들킬 줄 알았고, 그때를 대비해서 황제를 은근히 압박할 떡밥들도 뿌려두기는 했지만 거두어들이는 시기가 빨랐던 건지도 모르겠다.

루키나는 제 맘은 알지 못하고 어느덧 뉘엿뉘엿 지고 있는 붉은 해를 응시하며 고개를 아래로 떨구었다.

수군수군. 대부분의 귀족들은 갑자기 중지된 회의로 인해 대회의실 앞 복도에 서선 창문만 응시하고 있는 루키나를 손가락질하며 입술을 삐죽이고 있다.

셀레스틴 황제가 에드문드와 라펠만을 대동한 채 사라진 이후로 그 불만은 더더욱 증대되고 있었다.

아무리 태연한 척 굴려는 루키나지만 지금 이 상황이 난처하지 않을 리는 없었다.

두근거리는 이 심장 소리가 바깥으로 새어 나가면 곤란하다.

약점을 드러냈다간 개처럼 달려들 것이 분명했다.

때문에 어떻게 해서든 저들에게 나약한 모습을 보이지 않으려 곧게 서 있던 루키나는 곁에서 들려오는 목소리에 얼굴을 돌렸다.

"이번엔 파장이 좀 큰 것 같지?"

'……휴이렌!'

녹색 궁정복의 금발 미청년이 빙긋 웃고 있는 것이 보였다.

그는 그녀에게 다가와서는 말했다.

"대체 무슨 생각으로 남장을 해서까지 기사단으로 들어간 거냐, 이브. 여행 중이라더니 깜빡 속았어."

"……."

"하여간 너는 잠시도 눈을 뗄 수 없는—"

"어떻게 된 거예요, 오라버니!"

오랜만에 만났음에도 불구하고 제게 인사도 건네지 않은 루키나가 버럭 소리치자 휴이렌의 얼굴에 의문이 물들었다.

루키나는 의아해하는 휴이렌을 향해 입을 쭉 내밀며 말을 이었다.

"모른 척하지 마세요! 폐하께서 하신 말씀 말이에요. 제가 선택해야 할 길 중 하나가 오라버니와 결혼을 해야 한다는 바로 그거!"

"아아."

"아아—가 아니잖아요. 다른 사람도 아니고, 오라버니와 혼인이라니. 대체 어디서 그런 이야기가 나온 거죠? 정말 이해할 수가 없다고요."

"내가 그랬어."

"어떤 정신 나간 작자가…… 네?"

셀레스틴이 말했던 루키나의 길은 모두 다 납득이 가지 않았지만, 제일 납득 가지 않는 것은 아무래도 휴이렌과의 결혼이었다.

2황자이자 휴이렌의 친형이기도 한 렉시어드의 전 약혼녀를 황자비로 들이는 건 정말 말이 안 되지 않은가.

툴툴거리며 휴이렌에게 투정하던 루키나는 말을 잇다 말고 그를 쳐다봤다.

휴이렌이 묘한 미소를 지으며 저를 내려다보고 있었다.

"못 들었니, 이브? 폐하께서도 그러셨잖아. '휴이렌이 주장했던 대로'라고."

"오, 오라버니?"

"수녀원 따위에 너를 보낼 바에는 내가 너를 거두어들이겠다고 했다. 그것이 가장 좋은 방법이라 생각했고."

얼떨떨해하는 루키나를 바라보며 휴이렌은 부드럽게 미소 지었다.

그의 말에 귀를 기울이던 루키나는 너무도 태연한 그의 표정에 멀뚱히 그를 응시했다.

'나를…… 거두어들인다고?'

생글생글 웃고 있는 그의 자안이 크게 일렁였다.

순간적으로 가슴이 두근거렸지만 이내 흥 코웃음 치며 그녀는 미간을 좁혔다.

내가 무슨 짐이냐!

"됐어요. 오라버니의 도움 따위는 필요하지 않아요. 저 스스로도 충분히 해결할 수 있다고요!"

"……뭐. 확실히 그렇게 노력한 것 같다마는."

응?

"쉽게 풀리리라 생각하는 건 아니지, 이브? 기사단이라니. 말도 안 되는 소리다."

휴이렌은 눈을 가늘게 뜨며 고개를 내저었다.

루키나의 눈동자가 큼지막해졌다.

"폐하께서 네 요구를 받아들일 리 만무하다. 여태껏 그런 전적은 단 한 번도 없었어."

"오라버니."

"그러지 말고, 차라리 내 제안을 받아들이는 게 어때? 그렇다면 이번 소란은 내 선에서 무마시켜 주마. 그게 너한테도 좋을 거야. 이브 넌 주목받는 걸 싫어하잖아."

"……."

"큰형님께서 그렇게 나오실 거라고는 예상하지 못해서 문제가 조금 복잡해졌지만…… 큰형님보단 내 곁에 있는 것이 더 나을 거다. 널 귀찮게 하지는 않으마. 내 비가 된다 하더라도 네가 하고 싶은 것을 다 하고 살 수 있도록—"

"사양할게요, 오라버니."

한 걸음 제게 다가와서는 그윽한 시선을 보내는 휴이렌이 꽤나 낯설게 느껴진다.

이 남자가 왜 이러는 걸까? 라는 의문이 순간적으로 치솟을 만큼 당황 하던 루키나는 제게 말을 잇던 휴이렌에게 두 손을 들어 올렸다.

남들이 어떻게 보든 간에 그녀에게 가까이 다가가려 하던 휴이렌은 멈 칫했다.

루키나는 짧게 숨을 뱉어낸 뒤 고개를 치켜들었다.

"비단 이번 일 때문에 제가 폐하께 그런 요구를 한 건 아니에요."

"이브."

"이건 저와 같은 길을 걸을지도 모르는 미래의 레이디들을 위한 길이 기도 하다고요. 허니, 책임도 모두 제가 질 거예요."

"……."

"오라버니의 말씀은 정말 감사하지만 제 문제이니만큼, 제가 마주해야 할 일이에요. 오라버니께선 충분히 그걸 이해해 주실 거라 믿어요."

명백한 거절.

더 다가오려는 휴이렌의 앞에 높은 장벽을 쳐 버린 루키나를 보며 휴 이렌이 쓰게 웃음을 흘렸다.

단호하게 선을 긋는 그녀의 흔들림 없는 녹안을 주시하며 아무 말도 하지 않던 그는 흘러내린 앞머리를 뒤로 쓸어 넘기며 중얼거렸다.

"내가 너를 어떻게 이기겠어."

꼬리를 내리는 휴이렌의 대답에 루키나는 씩 웃었다.

휴이렌은 하얀 이를 드러내는 그녀를 내려다보더니 픽 웃으며 말했다.

"하지만 제국의 많은 영애들 중 네가 내 비가 되어주었으면 한다는 건, 진심이었다."

"……네?"

"참."

뭔가 충격적인 이야기를 들은 것 같은데.

귀를 의심할 만큼 황당한 말을 꺼낸 뒤 갑자기 주머니를 뒤적이던 휴이렌은 이내 주머니 속에서 무언가를 꺼내 들었다.

"어어? 이거, 어떻게 오라버니가……."

"가끔 보면 넌 정말 허술해, 이브. 이렇게 중요한 걸 떨어뜨리고 다니면 어떡하니."

쯧쯧, 휴이렌이 혀를 차며 놀라는 그녀의 손에 그것을 쥐어주었다.

제 손바닥 위에 살포시 내려앉는 금색의 펜던트와 고개를 내젓는 휴이렌을 번갈아 쳐다보던 루키나는 머릿속에 가득 차는 의문을 막지 못했다.

"이걸, 아세요?"

"모를 리 있겠어? 네가 떨어뜨린 그 물건은 큰형님께서 가장 아끼시던 물건이다. 어릴 적에 나도 탐을 내며 형님께 달라고 조른 적이 있었는데 아무에게도 주지 않겠다며 단호하게 말씀하셨는데…… 그걸 네가 가지고 있을 줄이야."

"예?"

"아. 그래서 형님이 그렇게 나오신 건가? 흠. 어쩌면…… 그럴지도 모르겠군. 이거 곤란하게 됐는데."

휴이렌은 영문을 몰라 하는 루키나를 내버려 둔 채 홀로 고개를 끄덕이며 자문자답을 이어갔다.

'가장 아끼던 거라고?'

단순한 부적일 거라고만 여겼는데, 뭔가 의미를 지녔던 건가.

「아이반. 그건 괜찮다고 하지 않았나. 어마…… 어머니께, 다시 달라고 하면 되는 일이니 너무 신경 쓰지 않아도 돼.」

결승전 아침, 저를 달래기 위해 말하던 유리안의 얼굴이 눈앞을 스쳤다.

너무 정신이 없어 일단은 고개를 끄덕이다 그 후로 줄곧 잊고 지냈었는데, 이렇게 잃어버린 물건을 마주하니 유리안에 대한 미안함이 밑바닥에서부터 차올랐다.

'유리……'

그러고 보니, 꽤 건강해 보였지? 많이…… 화가 났을까.

황제의 옆에 착석해 있던 푸른 궁정복의 사내는 서늘한 얼굴로 저를 내려다보고 있었다.

회의가 중단된 후 그에게 말을 걸려 했지만 저를 한 번 본 후 돌아서던 그에게서 무언가 거리감이 느껴져 쉽게 인사를 건네지도 못했다.

"윽."

어깨의 통증이 갑자기 심해지자 루키나는 미간을 좁혔다. 그녀를 살피던 휴이렌이 '괜찮아, 이브?' 하고 그녀를 부축하려 들었지만 루키나는 괜찮다는 듯 손을 저었다.

이 통증은 부상을 당했던 어깨로부터 시작되기는 했지만 진정한 아픔은 어깨 아래, 가슴에서 느껴지고 있었다.

언제나 제게 다가오지 못해 안절부절못하던 유리안이 루키나가 말을 걸기도 힘들 만큼 벽을 치던 모습이 자꾸만 아른거린다.

아마도 그에게 제 신분을 비롯한 성별을 숨기고 있었던 것이 원인이기도 하겠지.

친구랍시고 저는 모든 걸 털어놨는데, 정작 유일한 친구는 제 모든 걸 숨기고 있었으니…… 이해하지 못하는 것도 아니다.

처음엔 단순히 그를 이용하기 위해 곁에 있었던 자신이었다.

황태자가 친구라면 나중에 큰일을 도모할 때 도움을 받을 수도 있을 테니까─라는 계산에서.

하지만 함께 지내면서 같이 훈련을 받고, 고생을 하며, 동료애를 다졌던 그에게 특별한 감정을 가졌던 건지도 모르겠다.

'젠장…….'

그의 회피에 이렇게 쓴웃음이 지어지는 것을 보면.

"곧 회의가 재개될 예정입니다! 존경하는 귀족 여러분들은 모두 자리에 착석 부탁드립니다!"

저를 아이반 밀드레드로 알고 있던 유리안에게 얼굴을 대면하고 사과해야 한다.

아마 이 산을 넘고 난 뒤, 시간이 나게 되면 그에게 직접 찾아가야 할지도 모른다고 생각하며 주먹을 불끈 쥐고 있을 때, 그토록 기다리던 회의 재개를 알리는 시종의 외침이 대회의실 앞 복도를 크게 울렸다.

"황제 폐하께서 드십니다!"

달칵.

문이 열림과 동시에 시종장 버트의 커다란 목소리가 대회의실 안으로 쩌렁쩌렁 퍼져 나갔다.

웅성거리며 착석해 있던 대회의실 안 귀족들은 일제히 자리에서 일어나 황제를 향해 머리를 조아렸다.

자색과 금색이 섞인 황제의 궁정복을 입은 채 상석에 엉덩이를 붙인 셀레스틴은 손을 들어 올렸다.

옷자락이 펄럭이는 소리에 슬며시 얼굴을 든 귀족들은 황제의 허락이 떨어지자마자 의자에 엉덩이를 붙였다.

"루키나 이베타 로델린. 로델린의 공작 영애는 고개를 들어라."

셀레스틴의 묵직한 음성을 듣고 고개를 든 루키나는 황제의 뒤편에 서 있는 에드문드와 라펠을 차례로 훑은 뒤 셀레스틴의 자안과 허공에서 조우했다.

"드디어 폐하께서 결단을 내리셨군!"

"아무래도 수녀원으로 그녀를 보내시겠지?"

미동 없는 시선으로 루키나를 내려다보는 셀레스틴의 모습에 몇몇 귀족들이 기대에 가득 찬 눈빛으로 그들 두 사람을 흘긋거렸다.

쿵쾅쿵쾅.

루키나는 거센 파도처럼 뛰는 심장 소리를 느끼며 침을 꿀꺽 삼켰다.

긴장해 얼굴까지 창백해지려는 루키나를 응시하던 셀레스틴이 꾹 다문 입술을 열기 시작했다.

"루키나 로델린. 너는 감히 여인의 신분으로 기사단에 입단하여 기사단 대회에 참가까지 했다. 맞느냐?"

"……그렇습니다, 폐하."

"레이디의 본분을 망각하고 남장까지 하며 남자들 틈에 끼어 검술 훈련을 받았다는 사실이 이미 만천하에 드러났음에도 불구하고 조금의 잘못도 뉘우치지 않고 감히 짐에게 기사단 창단을 요구한 협박까지 했다. 맞느냐?"

아니, 황제 폐하. 협박이라뇨. 거 말씀이 심하시네.

제가 당신에게 한 제안은 협박이라기보다는, 그냥 예전에 흘리듯 던졌던 미끼를 거두어들인 거라고요.

"……황송하지만 그렇습니다, 폐하."

속으로 따지고 싶은 마음이 굴뚝같았지만 그랬다가는 이 상황을 예의 주시하던 귀족들이 불같이 날뛸지도 모르겠다.

루키나는 눈을 크게 뜨며 대꾸하려다, 황제의 뒤편에 서 있던 에드문드가 고개를 내젓자 어쩔 수 없이 수긍하며 대답했다.

빌어먹을.

'이제 다 끝난…… 건가.'

아주 약간의.

정말 약간의 희망을 가지고 있었건만.

어쩌면 제 희망은 쉽게 꺼지는 촛불이었던 건지도 모르겠다.

귀가 멍멍할 정도로 울리던 심장이 고요해졌다.

절벽 아래로 떨어질 것 같은 긴장감이 뚝 끊어졌다.

돌파구가 있을 거라 여겼기에 소중히 여기던 촛불이 불어온 바람에 의해 꺼져 버렸다.

루키나는 질끈 눈을 감아버리는 에드문드를 발견하고선 가슴이 철렁거리는 것을 느꼈다.

'잠깐. 이렇게 되면 나…… 진짜 수녀원에 들어가야 하는 거야?'

회심의 일격이 실패하게 된 걸까.

루키나는 정신없이 일렁이는 심장의 박동을 느꼈다.

이럴 줄 알았다면 휴이렌에게 그렇게 매몰차게 거절하지 말 걸 그랬나— 하는 나약한 마음도 일기 시작했다.

그리고, 바로 그때.

"좋다."

갑자기 찾아온 초조함에 목구멍이 타들어가는 것을 느끼던 루키나는 제 귀를 의심했다.

방금…… 뭐라고?

"기사단 창단을 허가해 주지."

"예?"

"폐하!"

"무슨 말씀이십니까, 폐하!"

"지금 짐이 말하는 중이다."

손을 들어 올려 말하는 셀레스틴이 서늘한 자안으로 자신들을 훑어보자 벌떡 일어나려던 귀족들이 슬그머니 다시 착석했다.

루키나는 깜빡깜빡, 눈을 몇 번 감았다 다시 뜨며 셀레스틴을 쳐다보았다.

루키나를 내려다보던 셀레스틴의 눈이 반달처럼 휘어졌다.

"루키나 로델린. 짐은 너의 요구를 들어주기로 했다. 레이디의 신분으로 무려 기사단을 창단하여, 제국의 인정을 받는 공식 기사가 되고자 하는 너의 열망이 짐을 감동시켰다."

뭐?

"확실히 제국법에는 레이디는 기사가 되면 안 된다는 조항이 없으니 네 요구가 아예 불합리한 것도 아니다. 짐은 검을 든 레이디를 탐탁잖게 여길 만큼, 그렇게 꽉 막힌 사람이 아니기도 하고 말이지."

"폐, 폐하!"

두근두근— 꺼져 가던 불씨가 순식간에 되살아나자 루키나의 심장이 크게 뛰기 시작했다.

셀레스틴은 너무 놀란 나머지 말을 잇지 못하고 저를 부르기만 하는 루키나에게 빙긋 웃어주었다.

"너는 '레이디'임에도 불구하고 제국 기사단 대회에서 우수한 성적을 거둘 만큼 실력이 있는 실력자다. 직접 관전하지 못했지만 짐 역시 네가 검깨나 잘 쓴다는 이야기를 들은 적이 있지. 허니, 그런 네가 기사단을 창단하면…… 그래, 윈스턴의 말대로 제국에도 도움이 될지도 모르겠군."

루키나는 눈꺼풀을 파르르 움직였다.

기쁨에 젖어 입꼬리가 자꾸만 위로 올라가려는 것을 막지 못하겠다.

"하지만, 네가 기사단을 창단하는 데는 몇 가지 조건이 있다."

"마, 말씀하십시오, 폐하!"

두근두근 떨리는 심장의 압박에도 불구하고 루키나는 크게 소리쳤다.

그런 그녀의 상기된 표정에 피식 웃음을 흘리던 셀레스틴은 돌연 얼굴에서 미소를 지운 뒤, 붉은 입술을 달싹였다.

위이잉—

바람 한 점 없는 책상 앞에 날개를 파닥이는 파리가 자유로운 비행을 하고 있다.

위이잉— 위이잉—

어찌나 횅한지.

만약 이 파리가 존재하지 않았더라면, 왠지 눈물이 났을지도 모르겠다.

위이— 탁!

"……!"

"오, 잡았다! 아가씨, 보세요! 제가 잡았어요! 후후. 이 녀석이 엄청 거슬리게 했죠?"

쉬지 않고 날갯짓을 이어가는 파리의 비상을 놓치지 않겠다는 듯 주시하던 루키나의 눈이 동그래졌다.

어디서 들고 왔는지, 돌돌 만 종이로 제 코앞을 날아가던 파리를 내리 찧은 셰리는 환하게 웃으며 그녀에게 죽은 파리의 시체를 내밀었다.

루키나는 자리에서 벌떡 일어났다.

"어떻게 그리 잔인할 수 있어!"

그렁그렁 눈물방울이 맺힌 눈으로 셰리를 노려보며 루키나가 외쳤다.

"예?"

"저 파리에게도 생명이 있다고!"

"……아가씨?"

"몰라!"

성난 눈을 부라리며 이를 으르렁거리는 루키나의 반응에 셰리가 흠칫 놀라 뒷걸음질 쳤다.

그냥 파리를 잡았을 뿐인데— 하고 중얼거리며 셰리가 울상을 짓자 그제야 제 행동을 파악한 루키나는 하아아, 긴 한숨을 내쉬었다.

"……미안, 셰리. 내가 지나쳤어. 너한테 화풀이를 하는 게 아닌데. 내가 나빴어."

"아, 아가씨?"

"이리 와."

루키나는 얼떨떨한 표정을 지으며 저를 바라보는 셰리를 향해 두 팔을 크게 벌렸다.

셰리는 우물쭈물거리다 으어엉, 하고 크게 울음을 터뜨리며 그녀를 향해 달려갔다.

살포시 제 품에 안기는 셰리의 등을 두드려 주며 중얼거렸다.

"잘했어. 안 그래도 엄청 거슬렸거든. 맞아. 무지 거슬렸어."

루키나는 '그렇죠? 거슬렸던 거죠? 저 잘했죠?' 라고 울먹이며 묻는 셰리를 향해 답하지 않고 그저 그녀의 등을 쓰다듬었다.

이 무슨 추태란 말인가.

루키나는 쓴 물이 치밀어 오르는 것을 겨우 참으며 수북한 지원서가 놓여 있는 책상을 흘긋거렸다.

혹시나 싶어 지원서 인쇄를 맡기러 간다는 셰리에게 원래 예상했던 수량 이상으로 주문을 넣으라고 지시했지만 지금 상황으로 보건대 그럴 필요가 없었다.

'젠장!'

루키나는 이를 갈고 싶은 심정이었다.

그녀는 눈을 질끈 감으며 그날 있었던 일을 떠올렸다.

흥분한 루키나를 향해 의미심장한 미소를 짓던 셀레스틴의 음성이 귓가를 맴돌았다.

「루키나 로델린. 짐은 네게 여인의 신분으로 기사단을 창단할 수 있는 기회를 주기로 했다. 하지만 다음과 같은 조건을 충족시켰을 때 너를 진정한 기사로 인정하기로 한다.」

무뚝뚝한 말을 흘리며 루키나를 바라보던 셀레스틴의 목소리가 대회의실 안을 크게 울렸다.

루키나는 물론이거니와 그 자리에 있던 모든 황족과 귀족들이 셀레스틴의 입술만을 응시했다.

셀레스틴은 수많은 시선에도 아랑곳 않고 말을 이었다.

「첫째. 기사단의 일원은 너를 포함한 총 일곱 명으로 시작한다. 귀족 이상의 신분만이 너의 기사단의 일원으로 합류할 수 있다.」

「귀, 귀족 이상…… 이요?」

깜짝 놀라 되묻는 루키나에게 셀레스틴은 코웃음을 치며 고개를 끄덕였다.

「그래, 귀족 이상. 네가 창단할 기사단이 인정된다면, 어쩌면 제국의 상징
이 될지도 모른다. 그렇다면 다른 귀족들에게도 이 기사단이 존재해야 할 합
당한 이유를 만들어줘야 하지 않겠나?」

「……!」

「수긍한 걸로 알지. 그리고 두 번째 조건이다. 여인이 창단한 기사단이기
에 짐은 너 말고 다른 레이디들의 필요성을 느낀다. 하여 너를 제외한 둘 이
상의 레이디들이 입단을 신청해야 한다.」

「두, 둘씩이나!」

기겁하는 루키나를 보며 셀레스틴이 되물었다.

「왜. 제국 최초의 여기사가 되고 싶어 이곳까지 찾아왔으면서 너와 같은
길을 걷고자 하는 여인은 없었으면 하는 것이냐?」

움찔한 루키나는 얼른 손을 내저었다.

「아닙니다! 절대 아닙니다!」

「그럼 뭐, 문제없겠군. 그리고 마지막 조건이다. 일곱 명의 인원이 충족되
면 짐이 너와 네 기사들에게 어떠한 임무를 하나 내릴 것이다. 결코 쉽지 않
은 임무가 될 예정이니 기한은 한 달 정도 줄 예정이고, 목숨을 걸어야 할 거
야. 만약 이 임무를 완벽하게 수행해 낸다면 짐은 너를 제국의 정식 여기사
로 임명하고, 너의 기사단 역시 정식으로 제국을 수호하는 기사단으로 인정
할 것이다. 어때, 할 수 있겠느냐?」

루키나는 가늘게 뜬 눈으로 제게 묻는 셀레스틴에게 힘차게 고개를 끄덕였다.

「……예! 하겠습니다! 반드시 해내겠습니다!」

셀레스틴은 주먹까지 불끈 쥐는 루키나의 모습에 어깨를 으쓱이더니 말을 이어나갔다.

「꽤 자신만만하군. 그래 좋다. 아, 참. 한 가지가 더 있다.」
「……?」
「기사단의 모집은 일주일로 한정한다. 일주일이 지나도 너의 단원들이 모이지 않는다면, 이 모든 것은 없었던 일로 할 것이다. 그리고 이와 같은 혼란을 유도한 죄를 물어 로델린 영애, 너의 혼인을, 짐이 직접 주도할 생각이니 그렇게 알라.」
「……예?」
「어려우냐?」

당연히……
"당연히 어렵지! 대체 일주일 안에 어떻게 단원들을 모집하냐고!"
버럭 소리를 지르지 못한 것이 후회된다.
셰리와 떨어진 후 다시 한 번 셀레스틴의 말을 떠올려 보던 루키나는 있는 힘껏 외쳤다.
죽은 파리의 시체를 처리하고 있던 셰리가 화들짝 놀라 루키나 쪽을 흘긋거렸지만 루키나는 그녀를 바라보지 않고 씩씩 성난 콧김만 내뿜었다.

'빌어먹을. 빌어먹을. 빌어머그을!'

일부러 그런 말도 안 되는 조건을 내세운 것이 틀림없다.

그래. 그러지 않고서야 그 말을 모두 끝낸 후, 피식 실소를 흘릴 리 없었으니까.

'당했어. 완전히 내 꾀에 넘어간 셈이라고. 젠장할!'

셀레스틴 라쉬 리우드는 만만찮은 자다.

과거에도 느끼기는 했지만, 직접 대면하니 그것을 확연하게 인지할 수 있었다.

「그렇게 자신했으니 일주일 뒤, 네가 짐의 앞으로 가져올 결과를 기대해 보도록 하지.」

셀레스틴은 당황해 파르르 떨고 있는 루키나에게 마지막 일격을 가한 뒤, 자리에서 일어났다.

쾅— 닫히는 문을 허망하게 바라보며 루키나는 한참을 서 있어야 했다.

대회의실에 앉아 있던 몇몇 귀족들이 큭큭거리며 무언가를 속삭이는 소리가 들려왔으나 루키나는 대응하지 못했다.

에드문드가 절망에 빠진 그녀에게 다가오지 않았더라면 아마 그 자리에서 밤을 꼬박 새웠을지도.

루키나 로델린은 입술을 악물며 다시 책상 앞에 자리를 잡았다.

현재 루키나 이베타 로델린이 책상 하나를 들고 앉아 있는 곳은 황도 세이번의 한가운데에 위치한 피레트 광장.

그것도, 세이번에서 만남의 장소라 불리는 곳인 바로 에이든 브렛 리우드 초대 황제의 동상 분수 앞에 기다란 책상 하나와 의자 하나를 놓은 채 자리를 잡은 루키나는 기사단을 모집 중이었다.

기한은 총 일주일.

일주일 안에 저를 제외한 여섯 명의 귀족 출신의 단원들을 모집해야 하건만, 어찌 된 셈인지…….

"하아아."

저 망할 입단 지원서는 어째 도통 줄어들 생각을 않는다.

루키나는 무거워진 마음을 끌어안으며 고개를 아래로 떨구었다.

"아가씨. 너무 걱정 마세요. 여섯 명, 꼭 모일 거예요! 고작 여섯 명이 잖아요!"

세리가 긴 한숨을 내쉬며 고개를 절레절레 젓는 제게 주먹을 불끈 쥐어 보였지만 루키나는 쓴웃음밖에 나오지 않았다.

그렇게 난리를 쳤는데, 어느 미친 귀족이 내 기사단에 지원을 하겠어—라는 말은 입안에서 맴돌 뿐이었다.

똑똑, 노크 소리에 책을 읽던 유리안이 고개를 들었다.

문을 열고 들어온 사람은 그의 충실한 시종, 마릭이다.

'무엇을 기대했던 거지?'

유리안은 자조 섞인 웃음을 흘리며 고개를 절레절레 저었다.

마릭은 저를 빤히 바라보던 유리안이 곧 시선을 아래로 내려 다시 들고 있던 서적에 집중하자 미묘한 표정을 지었다.

그는 고요하다 못해 적막이 흐르는 집무실 안이 책장 넘기는 소리만 가득하다는 것을 인지하고선 터벅터벅 걸어갔다.

"전하. 오늘의 신문입니다."

"거기 둬."

"……예."

저를 쳐다보지도 않고 명령하는 유리안의 말에 잠시 움찔하던 마릭은 순순히 들고 있던 신문을 책상 앞에 올려두었다.

'……!'

마릭이 의식하지 못하게, 자연스럽게 책장을 넘기던 유리안은 오늘 날짜가 찍혀 있는 리우드 제국 신문의 1면에 낯익은 얼굴이 그려져 있는 것을 보며 움찔했다.

'……아이반.'

아니, 이제는 아이반이 아닌 로델린 공작 영애라 칭해야 하나.

입안에 쓴맛이 감돌았다.

유리안은 길게 한숨을 내쉬며 결국 들고 있던 책을 책상 위로 엎어두었다.

마릭의 눈에 이채가 서렸다.

─로델린 공작 영애, 기사단원 모집 중! 하지만, 지원자는 없었다!

자극적인 헤드라인.

언제나 그랬듯, 제국 신문은 일부러 이런 단어를 사용하여 사람들의 시선을 끈다.

그들의 이번 타깃은 다름 아닌 그녀군.

무표정한 얼굴로 신문의 내용을 읽어 내려가던 유리안의 안면이 시간이 흐를수록 굳어갔다.

예의 기사 내용은 다음과 같았다.

황제 폐하의 드넓은 아량 아래, 혹독한 처벌을 받지 않고 오히려 '기회'를 얻은 로델린의 공작 영애가 여인으로서 최초로 기사단원을 모집하기 시작한 지 벌써 일주일 중 6일이 흘렀지만, 안타깝게도 그녀의 기사단에 들려는 귀족들은 단 한 명도 존재하지 않았다고 한다.

　　특히나 반드시 그녀의 기사단에 포함되어야 하는 레이디들이 '여인이 무슨 검이냐!'며 크게 반발하고 있는 상황이라고.

　　"마릭."

　　"예, 전하."

　　"앞으로 얼마나 더 남은 거지?"

　　주어가 생략된 물음이었지만 마릭은 주저 없이 대답했다.

　　"하루밖에 남지 않았습니다. 아니, 정확히 말하면 오늘 해질 무렵이 최종 마감입니다."

　　유리안은 중천에 떠 있는 태양을 흘긋거리며 미간을 좁혔다.

　　"걱정…… 되십니까?"

　　마릭이 집무실 안으로 들어왔음에도 불구하고 단 한 번도 그를 쳐다보지 않았던 유리안은, 그제야 고개를 들었다.

　　걱정?

　　걱정이라…….

　　"그럴 리가. 나를 속였던 여자다. 걱정할 리 없지 않으냐."

　　"……."

　　"왜 그런 표정이지?"

　　"아무것도 아닙니다."

　　"마릭."

　　"……그렇다면 왜 모두의 만류에도 불구하고 대회의실까지 찾아가셨던 겁니까?"

유리안은 눈을 크게 떴다.

무례를 용서하라는 말을 하면서도, 마릭은 입술을 움직이는 걸 멈추지 않았다.

"당시 전하께서 대회의실 문을 박차고 여는 순간, 저는 하늘이 노랗게 물드는 줄 알았습니다. 하지만 전하께서는 그녀를 위해 황제 폐하께 청했지요. 공작 영애를 전하께 달라고 주청하셨던 건, 대체 무슨 이유……."

"마릭. 주제넘구나."

"죄송합니다, 전하! 죽여주십시오!"

서늘한 음성이 흘러나오기가 무섭게 털썩 주저앉는 마릭은 상황 판단이 빨랐다.

유리안은 머리가 바닥에 닿을 듯 조아리고 있는 그에게 미간을 좁혔다 펴며 일어나라는 듯 손짓했다.

마릭은 안도의 한숨을 내쉬며 다시 몸을 일으켰다.

"……마릭."

"예, 전하."

"귀족들의 반응은…… 어떠하지?"

다시는 그녀의 일을 언급하지 말라는 명령이 나올 것이라 생각하던 마릭의 눈동자가 동그래졌다. 냉정한 태도를 취할 것이라 여겼던 유리안이 먼저 입술을 달싹이자 마릭은 쓴웃음을 삼키며 대답했다.

"신문에 적힌 그대롭니다. 그 누구도 입단을 하지 않을 것이라 의견을 모으고 있답니다. 남자 귀족들은 여자가 기사가 된다면 겨우 만들어놓은 자신들의 세계가 무너질 것이라고 주장하고 있고, 여자 귀족들은…… 뭐, 말씀드리지 않아도 짐작하시겠지요."

유리안은 고개를 끄덕였다.

그가 알고 있기로는 현재 루키나 로델린 공작 영애는 귀족 레이디들 사이에서 엄청난 조롱의 대상이라고 했다.

황족을 제외하고는 가장 높은 귀족 영애의 자리에 올라 있었으면서 남장까지 해서 기사단에 입단을 한 그녀를 레이디의 수치라고 손가락질하고 있다고.

"아마 쉽지는 않을 겁니다. 귀족들의 단합이 생각보다 단단하더군요."

"……."

"때문에 그녀를 도와주지 않는 편이 전하께 더 유리할 수도 있습니다."

"무슨 소리지?"

마릭은 인상을 쓰며 저를 쳐다보는 유리안에게 대답했다.

"폐하께서 로델린 공작 영애에게 뭐라고 말씀하셨는지 전하께서도 기억하시지 않습니까. 만일 그녀가 주어진 기한 안에 단원들을 모집하지 못한다면, 로델린 공녀는 폐하께서 점지해 주시는 사내와 혼인을 해야 합니다."

"……!"

"그때, 전하께서 그녀를 달라 주장하시면—"

"마릭."

간담이 서늘해지는 유리안의 음성에 마릭은 다음 말을 목구멍 안으로 삼켰다.

유리안은 제 눈치를 보는 마릭에게 소리를 뱉어내려다 말고는 다시 루키나의 얼굴이 그려진 제국 신문을 바라보았다.

「여인의 몸으로 사내들의 세계인 기사가 되고자 했던 것은 순전히 제 생각이고, 의지였습니다. 그 일로 인해 발생한 모든 부수적인 결과들은 모두 제가 책임져야 할 것들. 저는 타인의 힘을 빌려 그 상황을 무마하는 것을 원치 않습니다. 그것이 저의 절친한 친우의, 오라버니의, 동료의, 그리고 사랑하는 아버지의 힘이라도 마찬가지입니다.」

황제의 무시무시한 시선을 피하지도 않고 자신의 의견을 피력하던 은발의 여인이 눈앞에 아른거렸다.

기사단을 창설하겠다며 당시 대회의실에 있던 모두를 기함시켰던 여자.

「저기, 유리. 저는…….」

잠시 중단된 회의로 인해 복도로 나선 자신을 따라와 무언가 말을 걸려던 그 여자.

휴이렌과 대화를 나누는 모습이 무척이나 친근해 보이던 그 여자.

겉모습은 아이반 밀드레드일지 모르나 자신이 알던 그와는 약간의 거리가 있어 보이던 그 여자.

고작 며칠 새에 달라진 상황이 아직 적응되지 않는다.

'그'가 남자가 아닌 '여자'라는 것도 쉽게 믿어지지 않았다.

직접 두 눈으로 보기 전까지는 모든 이들이 의심을 해도, 그는 확신하지 않았었다.

아이반 밀드레드, 아니, 루키나 로델린은 자신을 속였다.

너무나 감쪽같아서 영락없이 그녀를 '그'라고 믿었었다.

그러나 그럼에도 불구하고 그는, 아니, 그녀는…….

'내 친구야.'

유리안은 고뇌 끝에 결론을 내렸다.

숨을 죽이고 있던 마릭의 눈이 벌떡 일어나는 유리안을 따라 움직였다.

유리안의 시선은 어느덧 붉게 물든 창밖을 향해 있었다.

시간은 흘러가는 중이다.

"아."

터벅터벅, 걸음을 옮기던 휴이렌의 미간이 좁아졌다.

정말이지 빌어먹을 타이밍이군.

순간적으로 욕지거리가 입안을 감돌았다.

하필이면 이 순간 저 남자와 마주치다니.

휴이렌의 자색 눈동자가 거칠게 요동쳤다.

"전하를 뵙습니다."

검은 가면의 사내는 저와 눈이 마주친 휴이렌을 향해 인사를 건넸다.

휴이렌은 미간을 살짝 좁히더니 이내 그를 향해 말을 이었다.

"윈스턴 공."

불편한 기운이 두 남자 사이를 감돌았다.

휴이렌은 제게 인사를 한 후 발을 옮기려는 윈스턴 공작이 왠지 자신과 같은 곳을 향할 것 같다는 직감을 받았다.

결국 의문을 참지 못한 휴이렌의 입술이 움직였다.

"어디를 가는 중이오?"

"……."

"설마. 피레트 광장은 아니겠지?"

그 말에 미르티스 라펠 윈스턴이 휴이렌을 바라보았다.

그의 눈매가 살짝 일그러지는가 싶더니 짧은 한숨과 함께 음성이 들려왔다.

"전하께서도 그곳에 가시는 길이시군요."

젠장. 역시 불안한 예감은 틀린 적이 없다.

휴이렌은 노골적으로 불쾌한 감정을 드러냈다.

윈스턴 공작, 라펠은 서늘한 얼굴을 거두지 않고 몸을 돌렸다.

"허면 이러고 있으시면 안 됩니다. 서두르십시오. 곧 해가 집니다."

"아, 아아. 어어."

휴이렌은 성큼성큼 걸어가는 라펠의 뒤를 이어 얼른 발을 뻗었다.

「마지막까지 그녀를 책임져야 할 사람도 접니다. 허니, 제가 그녀를 책임질 수 있게 해주십시오, 폐하.」

검은 로브 자락을 휘날리며 앞으로 걷고 있는 윈스턴 공작의 커다란 등을 바라보자, 그날 대회의실에서 있었던 그의 음성이 귀를 맴돌았다.

이브와 무슨 사이인 거지?

미르트스 라펠 윈스턴이 누군가를 위해 그렇게 열변을 토하던 것은 난생처음 봤다.

오로지 황제와 제국만을 생각하는 사람인 줄 알았건만.

대회의가 열려도 없는 사람마냥 벽 근처에 서 있던 사람이 바로 윈스턴 공작이 아니었던가.

휴이렌은 루키나를 위해 감히 황제에게 청하기까지 하던 라펠을 의심했다.

'설마. 그럴 리가.'

순간적으로 묘한 상상이 머리를 스치기는 했지만 휴이렌은 코웃음 쳤다.

아무리 상상일 뿐이지만 말도 안 되는 이야기다.

다른 사람도 아닌 팬텀 공작이 아닌가. 그는 메마른 감정의 소유자란 말이지.

'단순한 동료애인지도 모르겠군.'

듣자 하니 그의 기사단에 로델린의 공작 영애가 신분을 숨겨 들어갔다 더니, 일종의 책임 의식을 느끼는 모양이다.

휴이렌은 샘솟는 의심을 휘휘 털어내며 바쁘게 발걸음을 움직였다.

"응?"

그가 움직이던 발을 멈춰 선 것은 예의 피레트 광장의 분수 주변을 둘러싼 수많은 제국민들을 발견했기 때문이다.

휴이렌은 먼저 멈춰 서 있는 라펠에게 다가갔다.

"대체 무슨……!"

굳은 얼굴로 특정한 곳을 응시하고 있던 라펠에게 질문을 하려던 휴이렌은 그가 향하던 곳으로 시선을 옮기다 굳어버렸다.

휴이렌의 시선 끝에는 대회의실에서 입었던 기사 예복을 입고 있던 루키나와, 그녀를 마주 보고 있는 황태자 유리안 아이너 리우드의 모습이 들어왔다.

웅성웅성—

모두의 구경거리가 된 로델린의 공작 영애와 황태자의 재회는 세이번의 제국민들을 들끓게 만들었다.

"정말…… 이세요?"

황태자 유리안 아이너 리우드는 깜짝 놀라고 있는 로델린의 공작 영애에게 직접 작성한 입단 지원서를 내밀고 있었다.

얼떨결에 그것을 받아 든 루키나가 흔들리는 눈을 하고 그에게 묻자 유리안은 고개를 끄덕였다.

"그래."

대답하는 유리안을 보며 루키나는 다시 물었다.

"저, 정말이죠? 물리지 않으실 거죠?"

"아이반. 아니, 이젠 뭐라고 불러야 할지도 모르겠지만, 내가 그대에게 거짓말을 한 적이 있었느냐?"

루키나는 고개를 내저었다.

유리안은 말했다.

"그대의 기사단에 입단하고 싶다. 귀족 이상의 신분이라고 했으니 황족도 문제는 없겠지."

"……유리."

입술을 꽉 악물며 감동에 젖은 표정을 짓는 루키나를 향해 흐리게 웃던 유리안은 그녀의 곁으로 다가갔다.

그 상황을 지켜보던 셰리가 얼른 의자 하나를 들고 와 루키나의 곁에 놓아주자 고맙다는 듯 고개를 까딱이던 유리안은 그녀의 곁에 털썩 앉으며 물었다.

"이제 얼마나 남았나?"

"네?"

"기사단이 충족되기까지 말이야."

루키나는 유리안의 질문에 쓰디쓴 표정을 지으며 머리를 긁적였다.

그녀는 거의 체념한 얼굴이었다.

"아…… 후우. 다섯 명이요. 유리. 친히 궁을 나와 여기까지 와준 건 정말로 고맙지만, 아마도…… 기사단 창단은 그른 것 같아요. 지난 엿새 동안 쉬지 않고 홍보했는데, 입단 지원자는 유리가 처음이거든요."

"……."

"곧 해가 질 텐데, 남은 다섯 명을 어디서 구해야 할지……."

"그건 걱정할 필요가 없을 것 같군."

"네?"

"윈스턴 공. 휴이. 두 사람도 지원서를 제출하러 온 것이 아닌가?"

"……!

휴이렌은 수많은 군중들 속에서 저와 라펠을 찾아낸 유리안의 말에 멈칫했다.

'큰형님께서 달라지긴 하셨군.'

건강해지셨다더니 목소리에서 힘이 느껴졌다.

휴이렌은 정확히 저를 바라보고 있는 유리안에게 하하, 웃음을 터뜨렸다.

"하하, 형님은 속이지 못하겠습니다."

"오, 오라버니?"

"이브. 늦어서 미안하다. 그리고 여기."

휴이렌은 시종인 레비를 시켜 미리 준비해 둔 루키나의 기사단 입단 신청서를 내밀며 빙긋 웃었다.

루키나의 녹안이 세차게 흔들렸다.

"윈스턴 공."

그런 그들의 모습을 말없이 지켜보던 라펠이 천천히 그들을 향해 걸어오자 유리안은 입술을 움직였다.

"황태자 전하를 뵙습니다. 이브."

루키나는 유리안에게 인사를 한 라펠이 품 안에서 지원서를 꺼내 제게 건네자 말을 잇지 못했다.

"고마…… 워요, 다들."

조금 전까지 나라를 잃은 듯 멍하게 앉아 있었던 루키나는 두근두근 뛰는 가슴을 주체하지 못했다.

정말이지 좋은 친구들이구나, 라는 생각이 머리를 가득 채웠지만 그녀는 겨우 세 장밖에 모이지 않은 지원서를 내려다보며 쓰게 웃었다.

"마음만은 정말 감사히 받을게요. 그렇지만 아무래도 남은 세 명은 무리일 듯싶어요. 이럴 줄 알았으면 마지막까지 홍보를 해보는 건데."

"단정하지 않는 것이 좋을 것 같군, 레이디 이브."

"……네?"

"그렇습니다, 로델린 공작 영애님. 저도 여기 있습니다!"

루키나는 갑자기 들이닥친 낯선 얼굴을 발견하곤 눈을 동그랗게 떴다.

지금 무슨 상황인 거지?

루키나는 호탕하게 외친 뒤 제 앞으로 성큼성큼 걸어와 두꺼운 손을 내미는 커다란 덩치의 남자를 올려다보았다.

"로, 로렐?"

"멋진 녀석이라고 생각했던 아이반 밀드레드가, 사실은 여자일 줄이야! 정말이지 황당하기 그지없지만 한 번 맺은 인연을 모른 척할 수는 없지요!"

"……!"

"라펠 경. 아니, 윈스턴 공작 각하. 저 오노르를 퇴단하고 로델린 공작 영애의 기사단에 입단하고 싶습니다! 허락해 주십시오!"

루키나는 벙찐 표정을 지으며 걸걸하게 외치는 로렐을 올려다보았다.

라펠은 픽 웃으며 대답했다.

"경의 뜻대로."

"감사합니다! 그럼, 받아주십시오, 로델린 공녀님! 미리 말씀드리지 못했지만 제 아버님께서는 자작의 작위를 가지고 계십니다. 사실 저의 성은 산트너가 아닌 사르트르고요. 앞으로 잘 부탁드립니다!"

루키나는 허리를 굽히며 외치는 로렐에게서 지원서를 받아 든 뒤 이를 악물었다.

어쩐지 눈물이 날 것 같아 그녀는 아무 말도 잇지 못했다.

'그렇지만…….'

낭떠러지 앞에 놓여 있던 순간, 구세주처럼 유리안이 나타났다.

그 뒤를 이어 휴이렌과 라펠, 그리고 심지어 로렐까지 모습을 드러냈다.

그들을 향한 고마움이 차마 형용할 수 없을 만큼 차올랐으나 여전히 여섯 명의 단원은 충족되지 않는다.

루키나는 눈물이 핑 도는 것을 애써 참아내며 빙긋 웃었다.

단 두 명.

만일 기사들을 모은다 하더라도, 황제가 언급했던 레이디 두 명의 존재가 큰 장벽이 될 거라 생각하기는 했지만 그것이 현실로 다가오니 아쉽기 그지없다.

해는 앞으로 몇 분만 더 지나면 완벽하게 져 버리는 상황.

자신의 기사단 모집 과정을 지켜보겠다는 듯, 분수와 약간 거리를 둔 곳에서 그녀 일행을 주시하고 있던 황실 기사단원들의 눈빛이 느껴져 루키나는 쓴 물을 삼켰다.

"오늘의 은혜는…… 꼭 갚을게요."

루키나는 저를 빤히 내려다보고 있는 네 명의 남자들을 향해 흐리게 웃으며 목례를 했다.

한 명, 한 명 눈을 맞추며 진심을 전한 그녀는 '이제 시간이 다 됐습니다'라고 말하며 제게 다가오는 시종장 버트의 음성에 고개를 아래로 떨구었다.

히이잉―!

그때였다.

갑자기 요란한 말발굽 소리가 들리더니 눈부신 장식을 자랑하는 마차가 루키나 로델린 일행 앞에 멈추어 섰다.

달칵, 소리를 내며 마차에서 내린 드레스 차림의 두 여인 중 금발의 여인이 눈을 동그랗게 뜨며 주위를 두리번거렸다.

"어어? 잠깐, 뭐야?"

루키나를 비롯해 그 자리에 있던 네 명의 남자들은 두 눈을 크게 뜨며 사뿐사뿐 그들을 향해 걸어오는 여자를 바라보았다.

금발의 미인은 불만에 가득한 표정을 짓고 있는 적발의 소녀와 함께 좌우를 두리번거리며 소리쳤다.

"이미 다 끝난 거야? 아니지? 나, 얘랑 같이 입단 신청하러 왔는데!"

❀❀ Behind 2 ❀❀

젠틀맨은
잠 못 이루고

"지, 지금 뭐 하는 짓이에요?"

냉정한 척 들었지만 붉어진 얼굴의 변화는 막을 수 없었다. 아마도 자신의 얼굴이 그렇게 빨개졌을 것이라고는 예상하지 못했겠지. 라펠은 픽 웃음을 흘리려는 것을 꾹 참고선 그녀에게 대답했었다.

"옷을 벗고 있다."

'미스터 라펠!' 하고 소리를 지르는 그녀의 입술이 덜덜 떨리는 것 같았다. 라펠은 속으로 코웃음 쳤다.

고작 이런 일도 예상하지 못하고 겁 없이 남자들이 득실거리는 기사단에 입단했던 건가.

'그러기에 감당하지 못할 일은 벌이는 게 아니지.'

어쩔 줄 몰라 하는 레이디를 내버려 둔 채 라펠은 욕실 쪽으로 발걸음을 옮겼다.

쏴아아.

"헉, 뭐야. 저 남자 진짜 씻는 거야? 내가 눈을 뜨고 있는데! 미쳤어, 미쳤다고!"

작은 욕실 안에서 라펠이 씻는 소리가 들려오자 아마도 그녀는 흥분을 감추지 못하는 듯싶었다.

"진정해! 이럴 때일수록 진정해야 해, 루키나. 후아, 후아."

자신이 뱉어내는 말 한마디, 한마디가 욕실 안 그의 귓가로 들려온다는 것을 아직 자각하지 못한 것이 틀림없었다. 촤르륵! 물줄기들이 바닥으로 뚝뚝 떨어질 때마다 소스라치게 놀라며 비명을 내지르는 그녀의 행동들이 꽤 우스웠다. 그래서인지 그는 일부러 더욱 큰 소리를 내며 양동이 속에 들어 있던 물을 스스로에게 쏟아부었던 건지도.

「모쪼록…… 조심하십시오.」

한창 그녀를 자극하는 소리를 만들어내며 목욕을 하던 라펠은 문득 떠오른 말에 멈칫했다. 그가 저택을 나서기 직전, 긴 한숨을 흘리며 저를 안쓰럽게 올려다보던 드미트리의 목소리가 머리를 울렸다.

조심?

'어째서?'

이유를 알지 못하겠다.

라펠은 큰일이라도 날 것처럼 저를 염려 섞인 눈으로 응시하던 드미트리의 눈빛에 인상을 썼다.

물론 드미트리가 라펠이 어째서 오노르의 본부에서 지내려는 건지에 대해서 자세한 내막을 아는 것은 아니었다.

라펠이 저택을 나설 때는 오로지 황제 폐하의 명을 수행하기 위해서라는 것을 알고 있었었으니까. 그런 그가 갑자기 오노르의 본부에서 숙식을 할 것이라는 말을 하자 괜히 마음을 졸인 걸 수도 있다.

허나 드미트리의 염려는 크게 신경 쓸 문제는 아니다. 라펠은 위험한 임무를 수행하러 가는 것도 아니요, 그저 천지 분간을 하지 못하고 기사가 되겠다며 설쳐 대는 한 철없는 레이디의 결심을 무너뜨리기 위해서일 뿐이니까.

조심해야 할 이유는 없다.

라펠은 멀어져 가는 저를 배웅하던 드미트리를 머릿속에서 애써 지워 냈다.

'······?'

얼마나 지났을까.

욕실 밖에서 들려오던 루키나 로델린의 원망 섞인 외침이 잦아진 것을 알아차린 라펠은 행동을 멈추었다. 들고 있던 양동이를 욕조 근처에 놓아 둔 채, 타월로 대충 물기를 닦아낸 그는 욕실의 문고리를 잡아 돌렸다.

끼이익.

경계를 하며 밖으로 나간 라펠의 귓가에는 아무 소리도 들려오지 않았다.

'이상하군.'

이상해도, 너무 이상한 일이다.

그의 예상대로라면 지금쯤 씩씩거리며 '파렴치한!' 이라 소리쳐도 무방할 레이디의 목소리가 전혀 들리지 않았다.

혹시 그의 목욕 소리를 견디다 못해 밖으로 나간 건가?

'그렇다면 다행인데.'

이 방에서 그녀를 쫓아내기 위해 시작한 목욕이었다. 더 나아가 루키나에게 오노르의 자진 퇴단을 받아내기 위해 그녀의 룸메이트가 되기도 했다.

이렇게 쉽게 무너져 내릴 레이디였나— 라는 의문이 잠시 일었지만 빠르면 빠를수록 그에게는 평온이 찾아온다. 라펠은 스윽 입꼬리를 올리며 분명 루키나가 부딪쳤던 책상 쪽을 쳐다보다 방 안으로 본격적으로 움직이기 위해 발을 앞으로 내딛었다.

"하?"

라펠은 제 시야로 들어온 장면에 어이없는 숨을 터뜨릴 수밖에 없었다.

이게 대체 무슨 일이지?

조금 전까지만 하더라도 그의 시야에는 들어오지 않았던 루키나가 제 침대에 벌러덩 드러누워 눈을 꼭 감고 있었다.

'이 여자가 진짜.'

라펠의 조각 같은 얼굴이 일그러졌다.

그가 욕실로 들어가 씻는 척을 했던 건 고작 10분에서 20분 사이. 평소보다 길게 목욕을 했던 건, 그녀에게 그의 씻는 소리를 들려주기 위해서였다. 헌데, 그 시간을 참지 못하고 그의 침대를 점령하고 있다니.

'나와 해보자는 거군.'

미르티스 라펠 윈스턴은 도전을 거부하지 않는다. 그는 일부러 새근새근 숨소리를 내며 자는 척을 하는 루키나 로델린의 곁으로 터벅터벅 걸어왔다.

"레이디 이브. 지금 뭐 하는 거지?"

1층 침대 위에 누워 있던 여자는 그의 냉랭한 물음에 아무 대답도 하지 않는다. 라펠은 눈을 꼭 감고 있는 그녀가 깨어 있다고 확신했다.

"그곳은 내 침대다. 당장 일어나 줬으면 하는데."

싸늘하기 그지없는 라펠의 말투에도 불구하고 루키나 로델린은 꿈쩍도 않는다.

오히려.

"으음."

"……!"

아무렇지도 않게 제 손을 들어 올려 하얀 목덜미를 벅벅, 긁기까지 하는 것 아닌가. 그녀에게 말하기 위해 침대 근처에 서서 그 모습을 지켜보던 라펠의 미간이 좁아졌다.

'레이디가…… 조심성도 없이!'

정말 말도 안 되는 여자다.

라펠은 결혼할 상대도 아닌 저에게 스스럼없는 행동을 일삼고 있는 여자를 보며 혀를 찼다. 아무리 제게 이기고 싶다지만, 외간 남자에게 이렇게 대놓고 목덜미를 보여줄 여자는 흔치 않다. 이런 조심성 없는 여자를 데려갈 남자가 돌연 안타까워졌다.

"레이디 이브. 지금 나와 뭘 하자는 건가."

라펠은 서늘한 목소리를 흘리며 그녀의 도발을 저지하려 했다.

"레이디 이브! 대체……."

"하암."

"……!"

버럭 소리를 지르며 그녀를 깨우려던 라펠의 눈이 큼지막해졌다. 제 이름이 들려오자 몸을 뒤척이던 루키나가 제게로 몸을 돌렸기 때문이다. 물론 단순히 그를 바라보며 자는 척을 했다면 이렇게 놀라지 않았을 테지만, 라펠의 벽안에 비친 그 장면은 아찔하다 못해 심장이 철렁거렸다.

매트리스 위에 기대어 있던 루키나의 상의가 팔락였다. 그녀의 하얀 목덜미 아래로 깊게 파여 있는 두 언덕의 골이 서 있던 그의 시야로 단번에 들어왔다.

'……젠장.'

라펠은 휙 몸을 돌리며 얼굴을 찌푸렸다.

이 여자가 정말 제정신인가.

물론 잔잔한 호수 위에 돌을 먼저 던진 것은 자신임이 틀림없다. 그녀의 앞에서 옷을 훌러덩 벗으며 목욕을 하겠다고 욕실 안으로 들어가 버렸으니까. 그쯤 되면 알아서 백기를 들어 올릴 것이라 생각했던 것이 아마도 그의 오판이었던 게 틀림없다. 라펠은 멋대로 뛰기 시작하는 심장박동을 가라앉히기 위해 짧게 숨을 골랐다. 그러고는 다시 고개를 돌려 그녀에게 말했다.

"좋아. 오늘은 이만하도록 하지. 그러니 이제 도발은 그만하도록 해, 레이디 이브."

그녀를 자극하기 위해 시작한 도발이 오히려 제게 배가되어 돌아왔다. 왠지 신경이 쓰여오는 것을 단절하기 위해 그는 차갑게 일갈했다.

'……?'

그가 먼저 패배를 선언하면 제 침대를 점령하고 있을 레이디가 벌떡 일어나 씩 웃을 것이라 여겼다. 그러나 라펠은 자신이 말을 꺼냈음에도 불구하고 꿈쩍 않는 그녀를 멍하니 응시했다.

'잠깐.'

설마.

라펠은 황당한 표정을 지으며 고개를 아래로 숙였다. 색, 색. 고른 숨을 뱉어내며 눈을 감고 있는 여자의 입이 슬쩍 벌어지는 게 보였다. 보통 자는 척을 한다면, 이렇게 끈질기게 쳐다보는 누군가의 시선에 못 이겨 눈꺼풀을 파르르 떨기라도 하는데 이 여자는 도무지 그런 반응을 보이지 않고 있었다. 라펠은 경악했다.

'정말 자는 거라고?'

그가 욕실로 들어간 것은 20분 내외. 욕실에 들어선 그의 귓가에 그녀가 구시렁거리는 소리가 한동안 들려왔던 것을 감안한다면 10분 정도 전에 이 여자는 잠에 빠졌다는 이야기가 된다. 라펠은 허탈한 숨을 토해냈다.

'잠든 여자에게 일어나라 마라 지시를 했다니…….'

하. 헛웃음을 삼킨 라펠은 고개를 절레절레 저었다. 그녀가 잠들었기에 망정이지, 아니었다면 자신의 이런 머쓱함을 들켜 버릴 뻔했다. 라펠은 쓴웃음을 흘리며 이젠 아예 온몸을 이불 밖으로 드러내고 있는 여자를 내려다봤다.

"어쩔 수 없군."

씩씩거릴 때는 언제고, 잠에 빠져든 여자가 황망하기 그지없지만 그녀를 이대로 제 침대에 내버려 둘 수는 없는 노릇이었다. 라펠은 잠시 망설이다 이내 결의를 다지고선 그녀에게 다가갔다.

"레이디 이브……. 결례를 용서하시오."

잠결에 움직이는 그녀를 향해 작게 중얼거린 그는 그녀의 목과 다리를 향해 팔을 뻗었다.

……!

1층에서 재울 수는 없기에 2층 쪽으로 그녀를 옮기려는 의도에서 누워 있는 그녀를 안아 들었다. 그녀의 팔을 제 목에 걸고 허리에 힘을 주기가 무섭게 루키나의 몸이 제게 쏟아졌다.

"우음."

붉은 입술 사이로 흘러나온 그녀의 숨결이 목을 간질인다. 오소소 선소름이 가라앉지 않는다. 쿵쿵. 왠지 심장박동이 빨라진 것 같기도 했다. 라펠은 제 품에 안겨서는 여전히 잠든 레이디를 묵묵히 내려다보다 2층 침대 쪽으로 그녀를 조심스레 눕혔다. 그녀의 몸 위로 얇은 이불을 덮어 준 그는 얼른 1층 침대로 내려와 그곳에 털썩, 엉덩이를 붙였다.

"……"

루키나가 움직이면서 발생하는 침대의 삐걱거리는 소리가 좁은 방 안을 가득 울렸다. 라펠은 미묘하게 뜨거워지는 귓볼을 의식하며 얼굴을 굳혔다.

「모쪼록…… 조심하십시오.」

드미트리가 과연 이를 예상하고 그런 말을 뱉어낸 건지, 아닌지 모르겠지만 라펠의 머릿속에는 그 말이 한 번 떠올라 사라질 줄 몰랐다.

미르티스 라펠 윈스턴의 잠 못 드는 밤은, 그렇게 시작됐다.

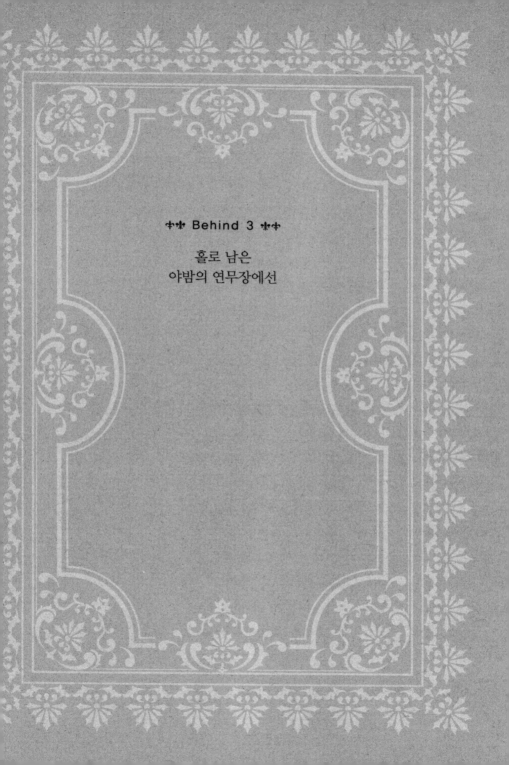

❖❖ Behind 3 ❖❖

홀로 남은
야밤의 연무장에선

"다음."

제게 손가락을 까딱이며 다가오라는 시늉을 하는 흑발의 사내에게 유리안은 왠지 모를 투쟁심을 불태웠다.

인간적으로도, 그리고 검술적인 면에서도 존경하는 친우를 고작 목검으로 저지시켜 버린 상대에게 닿기 위해서였다.

"그럼, 부탁드립니다."

유리안 아이너 리우드.

비교적 팔팔했던 어린 시절에는 제국의 내로라하는 기사들에게 검술 훈련을 받기도 했었던 몸이다.

아직 몸이 기억하고 있는 그 당시를 떠올리며 입단 테스트를 치른 결과, 놀랍게도 이번 오노르 기사단의 최종 10인 안에 들었던 그는 온 힘을 다해 미티 라펠이라는 기사를 향해 블레이드 끝을 겨누었다.

챙!

하압, 기합 소리와 함께 미티 라펠에게 달려든 유리안은 고작 한 손으로 저를 막아 세운 남자를 보고 움찔거렸다.

"틈."

"윽!"

회심의 공격을 수월하게 받아냈을 뿐만 아니라, 멈칫한 제 틈을 파고들며 어깨를 톡톡, 두드린 미티 라펠의 목검에 얼굴이 화르륵 달아올랐다.

타악!

울컥하여 다시금 미티 라펠을 향해 발돋움했지만.

"큭!"

유리안은 횡으로 목검을 휘두른 미티 라펠에 의해 뒤로 엉덩방아를 찧을 수밖에 없었다.

"겨우 이 정도의 실력으로 입단 테스트를 통과했다니, 놀랍군."

"……!"

"다음."

작게 신음을 흘리는 저를 보며 냉랭한 목소리를 흘리던 남자의 벽안이 서늘하게 일렁였다. 뭐라 대꾸할 틈도 없이 아홉 번째 대련 상대를 향해 손가락을 까딱이는 그를 보며 유리안은 풀 죽은 얼굴로 자리에서 일어날 수밖에 없었다.

"괘, 괜찮아, 로우드. 너만 당한 거 아니야. 라펠 경이 너무 센 거라고."

터덜터덜, 동료들의 곁으로 다가오자 아홉 번째 대련을 시작하고 있는 미티 라펠을 흘긋거리던 로렐 산트너가 그의 등을 두드려 주며 소곤거렸다. 유리안은 쓴웃음을 흘리며 그를 바라보다 로렐의 옆에서 미티 라펠에게 눈을 고정시키고 있는 아이반 밀드레드를 응시했다.

'아이반?'

오노르의 신입 단원들 중, 미티 라펠을 상대로 한 대련에서 가장 빛나는 성과를 올린 것이 분명한 아이반 밀드레드는 어찌 된 셈인지 이를 악물고 미티 라펠의 대련을 지켜보고 있었다. 마치, 그의 모든 몸짓 하나하나를 머릿속에 새기겠다는 것처럼.

두근.

유리안은 커다란 충격을 받았다. 고작 대련 하나만으로도 저렇게 분노하다니. 친애하는 동료의 의식이 얼마나 존경스러운가. 그는 무의식적으로 쥐고 있던 힐트에 더욱 힘을 줬다.

"어이. 로우드, 뭐 해?"

미티 라펠의 대련은 순식간에 끝이 났다. 비교적 오래 시간을 끈 편이었던 아이반 밀드레드가 있었지만 한 시간도 채 되지 않아 열 명의 신입단원들과 대련을 끝내 버렸다.

「경들은 오노르에 어울리지 않을 만큼, 실력이 부족해. 다른 기사단에 뒤떨어지기 싫다면 스스로 힘을 더 기르도록.」

그와 겨루었던 단원들이 헉헉, 거친 숨을 몰아쉬고 있는 것과는 달리 흑발의 기사는 현실을 인지하게 만드는 냉랭한 말을 남긴 채 제1연무장을 벗어났다.

곧이어 이어진 저녁 식사 시간. 입맛이 없다며 먼저 숙소로 돌아가 버린 아이반 밀드레드의 뒤를 따르지 않고 연무장에 남아 있던 유리안은 저를 부르는 목소리에 고개를 들었다.

아이반과 함께 나섰을 것이라 여겼던 로렐 산트너가 의아한 표정을 지으며 자신을 내려다보고 있었다. 유리안은 쓴웃음을 흘리며 근처의 목검을 집어 들었다.

"그의…… 라펠 경의 말대로다."

"뭐? 무슨 소리야?"

예쁜 이름과는 다르게 꽤나 험악한 인상의 소유자인 로렐 산트너가 미간을 찌푸렸다. 유리안은 후우, 숨을 고른 뒤 들고 있던 목검을 수직으로 베며 말했다.

"나의, 하아, 실력은……."

휘익, 휙!

"……오노르에, 어울리지 않아."

휙!

"그러니…… 더욱, 연습을 할 수밖에! 하압!"

휙, 휙!

목검을 아래에서 위로 내리며, 한 발자국 앞으로 나갔다가, 다시 뒤로 물러나기를 반복하는 유리안의 자안이 바다처럼 일렁였다. 숨을 헐떡이며 나지막하게 뱉어낸 말이었지만 로렐 산트너의 귀에는 들어갔던 모양이다.

탁!

"……!"

계속해서 수직 베기를 반복하며 허공을 가르던 유리안은 어느새 널브러진 목검을 집어 들어 제 앞을 막아버리는 로렐 산트너를 응시했다.

"로렐?"

"아무도 없는 허공에 그렇게 휘둘러 봤자, 실전엔 도움이 안 돼."

유리안은 무슨 소리를 하느냐는 표정을 지으며 로렐을 바라봤다. 로렐은 쳇, 하고 입술을 삐죽이더니 뒷머리를 벅벅 긁으며 커다란 손과 어울리지 않는 목검을 만지작거렸다.

"젠장. 가급적 조용히 살아가려 했는데, 하필 혈기 넘치는 녀석들과 친해지게 되다니. 빌어먹을. 계획에 차질이 생기잖냐."

"그게 무슨……."

"덤벼!"

유리안은 큼지막한 손에 잡혀, 비교적 작아 보이는 목검을 제게 겨누고 있는 로렐 산트너를 어리둥절한 눈으로 바라봤다. 로렐은 험악한 얼굴과 어울리지 않게, 볼을 빨갛게 붉히더니 소리쳤다.

"네 녀석의 실력이 다른 녀석들보다 뒤떨어지면, 같이 다니는 내가 피곤해지니까. 그래, 그래서, 도와주려는 거야!"

"……뭐?"

"다른 의도 따윈 없다. 그러니 덤벼. 네가 만족할 때까지 대련 상대가 되어줄 테니!"

……아.

유리안은 일부러 크게 외치며 말하는 로렐을 멍한 눈으로 응시하다 픽 웃음을 흘렸다. 유리안에게 얼른 오라는 듯 손짓하던 로렐의 얼굴이 붉어졌다.

가슴 한켠에 따뜻한 바람이 흘러들어 와 입꼬리를 올라가게 만들었다. 유리안은 말없이 미소를 지으며 로렐을 응시했다. 그러자 그의 시선을 마주한 로렐이 얼굴을 일그러뜨리며 외쳤다.

"어이. 안 덤비고 뭐 해? 이 손, 민망해지게 할래?"

동료.

이것이, 동료와 함께하는…… 기분인 건가.

유리안은 '셋 셀 때까지 안 덤비면 내가 먼저 간다!' 하고 외치는 로렐을 향해 힘차게 고개를 끄덕인 후, 소리쳤다.

"그럼, 사양 않고!"

힘껏 발돋움을 하며 로렐에게 달려든 유리안이 예정에는 없던 훈련을 이어가고 있는, 오노르 기사단 제1연무장.

그곳을 밝히던 촛불은, 한동안 꺼지지 않았다.

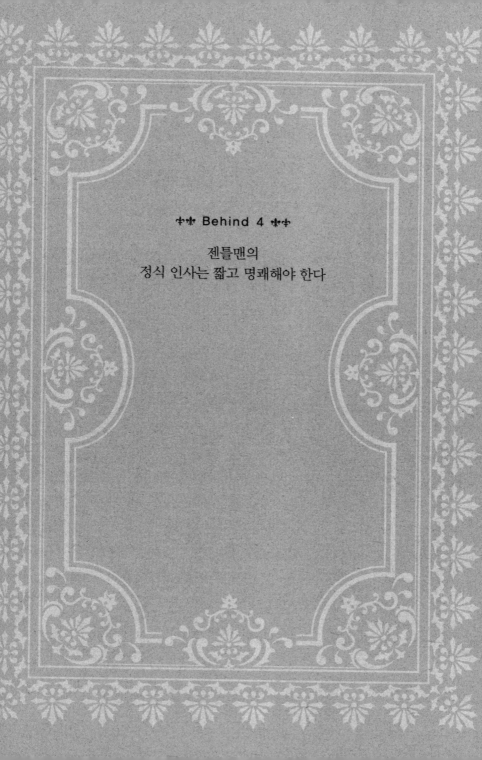

✛✤ Behind 4 ✤✛

젠틀맨의
정식 인사는 짧고 명쾌해야 한다

"의식을 잃은 지 이틀째인 오늘이 고비라더군."

그날, 기사단 대회에서 발생한 일련의 사건들은 모두를 충격에 빠뜨렸다.

결승전을 승리로 이끈 대회의 우승자가 힘없이 쓰러진 걸로도 모자라, 제국의 팬텀 공작이 그런 쓰러진 우승자를 부축하기 위해 단상 아래로 내려간 것은 충분히 회자될 만한 일이었으니까.

게다가 그 우승자의 정체가 다름 아닌 로델린의 공작 영애였다는 것이 수많은 사람들의 눈앞에서 밝혀졌다. 반짝거리는 은색의 머리카락을 힘없이 팔락이며 팬텀 공작에게 안겨 사라지는 공작 영애의 모습은 현재 많은 이들의 입에 오르내릴 정도로 큰 화제였다.

안타깝기 그지없는 일이다.

오랜만에 키워볼 생각이 드는 신입 기사가 나타났다 했더니. 하필이면 신분을 숨긴 귀족에다가, 그것도 여자이기까지 했다. 가끔 신분을 숨긴 귀족들이 자신의 실력을 시험해 보기 위해 기사단에 몰래 입단한 경우가 없지는 않았지만 성별이 '여자'라는 것은 꽤나 큰 문제가 되었다.

이안 와이너는 제 말을 듣자마자 '하아' 길게 한숨을 내쉬는 헨리 캐슬러를 흘긋거렸다. 그간 라펠의 룸메이트라며 '아이반 밀드레드'를 못마땅하게 여기던 헨리 캐슬러 역시 그의, 아니, 그녀의 부상이 염려스럽긴 한 모양이었다.

"잘 견디…… 아니, 견디시겠지. 여인의 몸으로 오노르에 수석으로 합격하신 분 아닌가. 분명히 잘 견디실 거야."

녹안을 빛내며 검을 휘어잡던 갈색 머리카락의 기사가 눈앞에 아른거렸다. 이안 와이너가 뱉어낸 말에 '암요! 당연히 그래야죠!'를 외쳐 대던 헨리 캐슬러는 갑자기 윽, 하고 신음을 흘리더니 얼굴을 일그러뜨렸다.

"왜 그러나?"

"저, 저기……."

"왜?"

"어…… 그러니까 말입니다, 단장님. 흠흠."

이안 와이너는 말을 잇다 말고 갑자기 헛기침을 늘어놓는 헨리 캐슬러를 의아하게 바라봤다. 필터를 거치지 않고, 언제나 자신이 하고 싶은 말을 무작정 뱉어내는 편이었던 헨리 캐슬러가 뭔가 주저하는 것이 보였다. 이안 와이너는 인상을 썼다. 답답하게 왜 이래?

"저기……."

"허허, 헨리. 대체 왜 이러나? 복장 터지게 하려고 작정했나? 대체 뭘 말하고 싶은 거야? 셋 셀 때까지 말하지 않으면 차라리 말을 하지 말……."

"봤잖습니까, 단장님도!"

쯧, 혀를 차며 헨리 캐슬러에게 말하던 이안 와이너의 눈이 동그래졌

다. 봐? 뭘? 의아함이 가득한 표정으로 저를 주시하는 오노르 단장의 눈
빛에 얼굴을 화르륵 붉히던 헨리 캐슬러가 기어들어 가는 목소리를 중얼
거렸다.

"부, 분명 컸단…… 컸단 말입니다."

"무슨 소리를 하는 겐가. 커? 뭐가?"

"단장님도 녀석, 아니, 공작 영애에게 말했잖습니까! 오노르 기사단장
으로 있으면서 그분보다 건강한 기사는 본 적이 없다고!"

대체 무슨 소리를 하는 건지 모르겠다.

이안 와이너는 도통 알아들을 수 없는 말을 뱉어내는 헨리 캐슬러를
어이없다는 듯 응시하다 고개를 돌리려 했다.

'헉.'

그러나 그런 그의 등골이 오싹해진 것은 몇 초 지나지 않아 일어났다.

때는, 기사단 대회를 얼마 남겨두지 않았던 어느 날.

각기 다른 마음을 품으며 크고 작은 사고를 일으키는 신입들과 대화합
의 장을 만들기 위해 마련한 자리, 아르시로의 온천 여행.

단원 한 사람도 내버려 두지 않고 전원 참가해야 한다며 으름장을 놓
았던 제 말에 오노르의 기사단은 한 명도 빠짐없이 합숙을 시작했다. 물
론, 당시 신분을 숨기며 남장을 하고 있던 로델린의 공작 영애도 동행했
다.

그리고 그곳에서 이안 와이너를 비롯한 수많은 오노르의 기사단원들
은 똑똑히 목격했다.

남자로 변장했던 로델린 공작 영애의 다리 사이에 우람하게 솟아 있
던, 예의 그것. 어찌나 건장한지, 마치 하늘을 뚫을 기세로 격렬하게 꿈틀
거리던 바로 그것. 그것을 발견한 주변의 단원들이 왠지 주눅 든 표정을
지을 만큼 기세등등했던 바로 그것.

「오노르의 단장이 된 후, 숱한 단원들을 맞이했지만…… 밀드레드 경. 경보다 건강한 단원은 본 적이 없네. 아하하하!」

헨리의 말대로 이안 와이너는 다리 사이에서 흉기를 휘두르고 있는 로델린 공작 영애를 향해 껄껄 웃으며 외쳤었다. 탈의실 내에서도, 그리고 온천탕 내로 들어가면서도 그녀의 듬직한 기둥에 대해 말하고 또 말했다.

「지금…… 지금…… 내가 대체…… 뭘…… 대체…….」

그녀의 다리 사이를 바라보며 뱉어낸, 어떤 일이든 냉정했던 '그' 답지 않은 주군의 중얼거림 역시, 파파팟 떠올라 머리를 스쳐 지나갔다.
쿵.
잘 달려 있던 심장이 바닥을 내리찧는 것이 느껴졌다. 이안 와이너는 반쯤 돌아갔던 몸을 스으윽 돌리며 헨리 캐슬러를 정면으로 쳐다봤다. 헨리 캐슬러가 '기억, 하십니까?' 하고 떨리는 음성을 뱉어내자 이안 와이너는 뭔가에 홀린 사람처럼 휘휘 고개를 끄덕였다.
"틀림없이…… 있었지요?"
"이, 있었지."
제 존재감을 드러내며. 꼿꼿이 서선, 우리를 반겼지.
"제 꿈이…… 아니지요?"
"꾸, 꿈일 리가 있겠나."
나 역시 이렇게 선명하게, 떠오르는데.
꿀꺽.
말라 버린 목구멍 사이로 침이 넘어갔다. 이안 와이너와 헨리 캐슬러는 멍한 표정으로 서로를 바라봤다. 그러다 얼굴이 백지장처럼 하얗게 물든 그들은 한참 동안 움직이지 못했다.

그런 두 사람의 귓가로 그 '사건'이 일어나고 얼마 뒤, 그들을 향해 눈을 부라리며 뱉어낸 누군가의 말이 맴돌았다.

「잊어. 그날, 온천에서 있었던 일. 무슨 일이 있어도, 잊어라. 떠올라도 지워. 앞으로 오늘 일어난 일에 대해 언급하는 녀석들은…… 내 이름을 걸고, 죽인다.」

자신의 트레이드마크나 다름없는 검은 칼날을 쓸며, 자비라고는 느껴지지 않는 말을 흘리던 흑발의 사내는 지독하게 살벌했다.

'귀가 간지럽군.'

라펠은 이상할 정도로 간지러운 귀 부근을 긁으려다 자리에서 벌떡 일어났다. 쾅, 문을 열고 들어온 한 남자가 그의 시야로 들어왔기 때문이다.

"윈스턴 공?"

사건이 일어난 직후, 곧장 에드문드와 함께 로델린령으로 향하고 싶었지만 처리해야 할 여러 가지 문제들이 있었기에 조금 늦게 출발했다. 밤낮을 달려 로델린령에 도착한 라펠은 저를 놀란 눈으로 바라보는 로델린 공작성의 고용인들의 눈치에도 담담하게 응접실을 지켰다.

제국의 4대 공작 중 한 명인 팬텀 공작이 영지에 도착했음에도 불구하고 공작성의 성주가 그를 반기러 나오지 않은 까닭은 당연히 사경을 헤매고 있는 여식에게 정신을 집중하고 있었기 때문이었다.

라펠은 에드문드 로델린의 급박한 마음을 이해했다. 그리고 그 역시 로델린 공작과 같은 마음이었다. 제 품에 힘없이 늘어져 있던 그녀를 내려다보았을 때, 그 역시 쿵쾅쿵쾅 뛰는 마음을 주체하지 못했으니까.

라펠이 도착한 지 한 시간가량이 흘렀을까.

그는 응접실의 문을 열고 들어온 에드문드 로델린을 향해 목례했다. 설마하니 그가 이곳에 있을 줄은 몰랐다는 표정을 지으며 멈칫하던 로델린의 공작이 라펠을 향해 천천히 걸어왔다.

"공이 왔다는 이야기를 조금 늦게 들었소. 워낙…… 정신이, 없었던 터라."

"괜찮습니다. 크게 개의치 마십시오."

"……이해해 줘서 고맙소. 하아."

루키나 로델린의 부상은 생각했던 것보다 위험했다. 몇 번이고 생사의 고비를 넘나들 만큼. 응급조치를 취하고 난 후에도 위기의 순간이 찾아왔다. 혹자는 그녀가 다시는 깨어날 수 없을 거라 했지만, 라펠은 절대로 그럴 일은 없다고 여겼다. 그녀의 안정을 꾀하기 위해 일부러 로델린령까지 그녀를 데려갔던 에드문드는 라펠이 저들을 따라 로델린령으로 왔다는 사실에 꽤나 놀란 것 같았다. 라펠은 어두운 에드문드를 빤히 직시하더니 내내 입안에만 맴돌던 말을 뱉어냈다.

"이브, 아니, 레이디 로델린은…… 좀 어떻습니까?"

순간적으로 울컥하는 감정이 치솟을 뻔했지만, 그는 언제나 그랬듯 자신의 감정을 얼굴 밖으로 드러내지는 않았다. 에드문드는 침착하게 묻는 라펠을 빤히 응시하다 쓰게 웃으며 그의 맞은편 소파에 착석했다.

"다행히 최대 고비는 넘겼다고 의원이 말하더군."

"아."

"정말로 다행이지. 하마터면 나는 또다시 그 아이를 잃을 뻔했어."

길게 숨을 흘리며 중얼거리는 에드문드의 말에 씁쓸함이 담겨 있다. 이번만큼은 절대로 잃지 않겠다며 루키나를 안아 든 라펠에게 다가가 얼른 제게 넘길 것을 요구했던 그의 뜨거운 외침이 떠올랐다. 라펠은 대꾸하지 않았다.

"그런데……."

최대 고비를 넘겼다는 에드문드의 말이 어쩐지 마음이 놓였다. 그를 따라 안도의 숨을 뱉어내던 라펠은 에드문드가 저를 빤히 쳐다보고 있는 것을 인지했다.

에드문드 로델린은 아무리 생각하고 또 생각해도 이해가 가지 않는다는 표정을 지으며 그를 바라보고 있었다. 순간, 올 것이 왔다는 생각이 들어 라펠은 콩닥거리는 가슴의 들썩임을 가라앉히기 위해 노력해야 했다.

"윈스턴 공."

"말씀하십시오, 로델린 공."

"……아직 공은 내 질문에 답하지 않은 것 같은데."

"……."

"어째서 공이 이곳에 있는 건지, 납득이 잘 가지 않는구려. 아! 그러고 보니 그때, 이브를 안아 든 사람 역시 그대였군. 그러고 보니 그대는 우리 이브가 단원으로 있던 오노르의 기사들과 꽤나 친분이 있어 보이던……. 어어? 잠깐! 내 기억이 틀리지 않는다면, 분명 오노르의 단장이 그대보고 주군이라 불렀던……!"

대답 않는 라펠을 바라보며 미간을 좁히던 에드문드 로델린의 눈이 동그래졌다. 뭔가 납득할 수 없는 일들이 그의 머릿속에 펼쳐졌기 때문이다. 라펠은 사고 회로를 굴려가며 외쳐대는 에드문드를 지켜보았다.

철컥!

혼잣말을 한참 내뱉던 에드문드 로델린이 자리에서 벌떡 일어나 등 뒤의 벽에 걸려 있던 검집에서 검을 뽑아 든 것은 순식간이었다.

스릉—

라펠은 목덜미에서 느껴지는 칼끝의 예리한 촉감에 쓴웃음을 삼켰다.

"윈스턴 공."

그간 루키나의 상태로 인해 정신이 없던 로델린의 공작이 결론에 다다르기까지는 오랜 시간이 걸리지 않았다. 라펠은 저를 부르며 검을 겨누고 있는 에드문드 로델린을 올려다보았다. 에드문드가 서늘하고도 차가운 녹안을 제게 고정시키며 말했다.

"공은 우리 이브가 아이반 밀드레드였다는 걸, 알고 있었소?"

한때 제국 최강의 기사이자 검사라 불렸던 에드문드 로델린의 검이 자신의 목을 겨누고 있음에도 불구하고 라펠의 벽안은 흔들리지 않았다. 어찌나 흔들림 없는지 오히려 에드문드가 당황할 정도였다. 에드문드는 대답 대신 미묘한 웃음을 짓는 라펠을 바라보며 인상을 썼다.

잠깐 동안 응접실 내에 침묵이 흘렀지만 그 공기가 마치 칼날이 스치는 것처럼 날카로웠기에 그 누구도 먼저 입을 열지는 않았다.

"예."

그리고 한동안 이어지던 침묵을 깨뜨린 것은 라펠이었다. 라펠은 제 대답에 동요하는 에드문드와 눈높이를 맞추기 위해 서서히, 자리에서 일어났다.

"알고 있었습니다."

"그, 그게 정말이오?"

"예."

담담하게 대답하는 라펠을 보며 에드문드가 얼굴을 일그러뜨렸다. 후우. 많은 것을 담아낸 숨결이 에드문드의 입 밖으로 흘러나왔다. 에드문드는 붉어지려는 얼굴을 겨우 가라앉히며 차분하게 물었다.

"혹시나 해서 묻는 건데…… 윈스턴 공은 대체 우리 이브랑 무슨 사이 요?"

그 말에 라펠은 옅은 미소를 그려 보였다. 에드문드는 대답 대신 의미심장한 웃음을 짓는 라펠을 보고 눈을 큼지막하게 떴다. 라펠은 제 답변을 기다리는 에드문드를 향해 굵고 낮은 음성을 뱉어냈다.

"같은 방을 쓰던 사입니다."

"말도 안 돼!"

에드문드 로델린이 소리쳤다. 어찌나 크게 외쳤는지 방 밖에 있던 로델린 공작성의 고용인들이 안으로 들어와 별일이 없는지 살피기까지 했다. 라펠은 광분하며 제게 달려들 기세로 외쳐 대는 에드문드를 그저 빤히 주시했다. 에드문드 로델린은 자신의 귀를 의심하며 라펠에게 눈을 부라렸다.

"그러니까, 후우, 지금 공이 뱉어낸 말은…… 그대와 하, 한방을 썼다고? 우리 이브가? 위, 윈스턴 공 그대와?"

라펠은 믿을 수 없다는 표정을 짓는 그에게 말없이 고개를 끄덕였다. 어차피, 시간이 지나면 드러날 사실이었다. 그런 일을 질질 끌며 숨길 필요는 없었다. 라펠은 기겁하는 에드문드에게 미동 없는 시선을 꽂으며 말을 이었다.

"예, 로델린 공. 다른 이들에게 그녀의 정체를 들키게 하지 않기 위해서라는 이유로, 기사단에서 그녀와 한방을 썼습니다."

태연하게 대답하는 라펠을 보고 에드문드가 휘청거렸다. 아마도 현기증이 온 모양이었다. 라펠은 쓰러지듯, 주변의 소파를 부여잡은 에드문드에게 다가갔다. 그리고 그가 제정신을 차릴 때까지 한동안 기다려야 했다.

"룸…… 메이트라."

발칵 뒤집혔던 로델린 공작성의 응접실은 무려 30분이 지나서야 안정을 되찾았다. 라펠은 허허, 어이없는 웃음을 흘려대며 저를 찌릿 노려보고 있는 에드문드 로델린의 뜨거운 시선에 그저 가만히 앉아만 있었다.

이럴 땐 가만히 있는 것이 상책이다.

라펠은 움직이지 않았다.

"룸…… 메이트."

허허.

에드문드 로델린은 지금 몸을 구성하고 있는 무언가가 빠져 버린 사람처럼 '룸메이트'라는 글자와 '허허'라는 의성어를 반복하고 있었다. 계속 저렇게 내버려 둬도 되는 걸까? 살짝 의문이 들었지만 라펠은 자연스러운 반응이라 여기며 그를 지켜보았다.

"하, 한 가지 물어볼 것이 있소."

루키나의 기사단에서의 룸메이트가 다른 누구도 아닌 눈앞의 라펠이라는 사실을 접하고 난 뒤.

'그 좁은 방 안에서 우리 이브와 무슨 짓을 했나!'라든가, '탐욕스러운 눈으로 이브를 훔쳐본 건 아니겠지?!'라든가, '혹시 우리 이브를 덮친 건가? 그랬다가는 내가 가만히 둘 줄 알아?' 등등의 말을 쏟아내며 흥분을 감추지 못한 에드문드 로델린은 지금은 비교적 평정을 찾은 상태였다.

라펠은 여전히 언제든 제게 달려들 생각이 있다는 눈빛으로 한 손에는 예의 검집을 꽉 쥐고 있는 에드문드 로델린을 바라봤다.

"윈스턴 공 그대는…… 어째서 여기에 있는 거요?"

"아, 그건."

"아니, 그것보다 근본적인 질문이 필요하겠군."

"……."

"고작, 룸메이트의 안위를 살피기 위해 그대가 이곳 로델린령까지 온 것은 아닐 거라 생각되는데. 내 말이 맞소?"

날카로운 에드문드 로델린의 질문에 라펠의 파란 눈동자가 크게 일렁였다. 가만히 지켜봐 온 결과 에드문드 로델린에게 있어서 루키나는 그의 모든 것이라고 해도 무방한 존재. 앞으로 제가 뱉어낼 말에, 웅크리고 있는 제국의 호랑이는 적잖이 동요할 것이라 예상된다.

하지만—

「미래의 남편 후보가 어떤 사람인지 알아볼 시간 정도는 가져야 할 거 아니에요.」

얼굴을 살짝 붉히며 천막을 나서던 그녀의 뒷모습이 떠올라 그는 주먹을 불끈 쥐었다. 한때, 제국을 호령하던 최고의 기사인 그가 조금은 두렵기도 하나 어차피 그 여자를 얻기 위해서는 반드시 거쳐 가야 할 관문이었다.

라펠은 요동치는 눈으로 제 대답을 기다리고 있는 그녀의 아버지를 향해 말했다.

"짐작하신 대롭니다. 고작 한때 룸메이트라는 이유로…… 그리고 오노르의 후원자라는 이유만으로 이곳, 로델린까지는 오지 않았을 겁니다."

"역시! 내 예상이 맞았군! 그래. 그대는 그 정도로 한가한 자가 아니……."

"제가 이곳에 온 이유는, 그녀의 남편 후보이기 때문입니다."

"아! 하하, 뭐야, 그런 이유였소? 남편 후보라니. 그…… 에?"

뭐라고?

라펠은 제 대답에 만족스럽다는 듯 고개를 까딱이던 에드문드 로델린을 향해 고개를 숙였다.

"이미 알고 계시겠지만, 그럼에도 불구하고 정식으로 인사드립니다, 로델린 공작 각하. 얼마 전부터 레이디 로델린, 이브의 남편 후보가 된 미르티스 라펠 윈스턴이라고 합니다."

빙긋 웃는 라펠과는 달리 에드문드의 얼굴에 경악이 번져 갔다.

2권 끝